领衔

LING XIAN

重建中文之美

百花洲 杂志社 选编

百花洲文艺出版社

BAIHUAZHOU LITERATURE AND ART PRESS

目 录

| 作品

小城童年

庞　培

小镇啊，你的街道永远寂静。

没有一个人能够再回来说：

你为何人去巷空一片荒寂。

——约翰·济慈：《希腊古瓮颂》

要是我有食欲，也只能尝尝泥土和石头。

——阿尔图尔·兰波

备战备荒为人民。

——毛主席语录

1

小城安静。有时雪落下来，落在这安静上面。屋顶上布满陈年的烟囱，烟囱外墙依稀显露出夏天的孔眼，斑斑节节被寒风吹刮的印迹。烟囱都不怎么冒烟了，即使冒烟，也不大看得出来，因为天空布满寒冬腊月里特有的阴霾。天亮了，等于没亮一样，整个白天小城的马路上光线半明半暗。人就像工厂的大烟囱里掉落下来的碎屑。主要也就是上下班时街上的人多，也就多那么一小会儿，二十分钟左右，县城各处又重新归于岑寂了。空气里飘来冻硬实的煤渣味道，有时稍带一点点工厂后门头的锅炉房蒸汽、机油和垃圾味道。

风吹进一条弄堂里，老半天了行人还能听得见风在弄堂深处来回轰响，"空通空通"四处旋舞的干冷的回声。弄堂两侧的人家，穷得连灰尘也舔吃干净了，灰尘也不大多见。一直到天黑了，风吹出来，仍像下午进来时一样干净，饥肠辘辘。

人们言语不多，都低着头，习惯了相笼着手低头。本来早几年日子要好过些，大家笑脸相迎的，现在改成匆忙点一点头，躬身进了自家的天井、门洞。那是一个言语不多、言语无效的年代，大街上，马路两侧围墙刷满了标语。人们半夜三更做梦都梦见标语，长长的游行队列，开万人大会时空地上挥舞的拳头，拳头像大海的万顷碧波。人们把最后一点吃奶的力气都使在了口号和红色的标语上，使在了开会、集会游行上。

家家米缸都很容易空。人走路时仿佛不是揣着一颗活人的心，而是揣着空空的米缸。一天二十四小时，一年365天，人们恍恍惚惚，天天眼前晃动的就是吃、吃。时间仿佛是用平常舀米的碗盛量走的。那情形，就像若干年后电视电影里时常出现的"快进"时的倒带效果。好不容易家里一坛子米盛满，哗哗哗就低落下去，比水池里放水还要快。

米缸令人恐慌地空下去，沉默下去……

饿了，说话也就少了，没劲了。

孩子们自动地分散到各处，到黑洞洞的家门以外去寻食吃，用手指头抠、用牙齿撕、用脚踢。最后一招是用眼睛看，瞪着橱窗里的饼干筒看很久很久。

那饼干筒，那饭店灶台上的锅子，可能也是空的。

寻食吃，不用大人说，不用父母教。

吃，是动物天性。

2

夏天河里全是洗冷浴的人，"扑通"作响的沿河码头散发出淘米筲箕的味道，也就是竹篾条跟淘洗的粳米和大米相混杂的味道。这味道人凑在热天的水面上闻，会特别香。关于米，我们江南吴方言中还有一种专门语汇，形容煮熟过后一粒粒的饭米，叫"饭米廊"。至于那个发音"扇"的文字。是否写成"扇子"的"扇"？一时大概也弄不大清爽。这种特殊的称谓，也说明过去年代的人们对于每天下肚去的米饭的感情。一层层麻石台阶的码头边沿有时会有残剩的饭米粒，被潮水一捋，往水里沉，随即又浮上来，有些小鱼专门候在河边草丛中，等着来吃这种被河水泡开来涨大了的饭米扇，例如鱼旁鱼皮、穿条鱼，样子铅灰色的小虾，等等。弄堂口人家说："地上漏了粒饭米扇"或者"你脸孔上有粒饭米扇"，这是说你刚吃完饭嘴边上还沾了一粒米饭。这种饭米扇，在河边看见时，往往因为天气太热已经有点变质，米饭原有的香气已经很微弱了，但在运河清冽的空气里，仍依稀可闻。人闻到时，大多跟河里的水汽、码头上淘米洗菜气味混杂在一起。有辰光有点热热的、酸腐的感觉，一般都是隔夜的馊泡饭，馊的冷饭，人家才肯倒出来，才舍得当垃圾到码头上洗碗时清理掉，江南人很少说"舍得"。这话也讲成"潘得"。"你舍得吗？"叫"你一潘得？"而那些馊的米饭粒，小猫吃过了，家里碗橱里老鼠也偷溜进来扒了几口，才轮得到河里的小鱼吃。

在一条横贯全城的运河（支流）水里，洗冷浴人一整个夏天都像城里各处的生活垃圾那样泡在同一种潮来（汐）里，也从不觉得多少脏。河面再怎么发浑，漂满酸腐的隔夜泡饭、西瓜、冬瓜皮、鱼鳞和鱼肠，河水总还是清清爽爽，像树上的一张槐树叶子一样宽绰爽朗。河水发出很有磁性的蛮好听的声音，像一张刚抽出封套、刮刮新的唱片。走街串巷的手艺人，例如水乡里弄常见的竹篾匠、箍桶匠，有汗湿的长满了老趼的手，热天手臂弯总缠好一块揩汗毛巾。有时候年长的说书人，苏州扬州下来的评话、弹词开篇、说书，小辰光总是公认这两个地方下来的老师傅肚里货色最好，中山公园书场总是替他们放置最好的台位。一碗茶泡好，一把风雅的折扇"啪"一声打开，惊堂木"当"的一下。茶馆外面的树荫里头于是吹来英雄云集、好汉们啸聚的古代事迹……水性好的泳者从闸桥河一路游到城里，等于用赤裸的肌肤把县城的原始版图，每条弄堂、每家工厂、饭店的位置用水重绘了一遍，当然绘在水里。沿着运河游，纺器厂过去是酒厂，酒厂过去是孵坊，孵坊过去是屠宰场，屠宰场再往东面游，是天主教堂。那年夏天，天主教堂所在的街区，是全城最僻静冷落的地方。教堂被关闭，大门锁上已经将近十数年。在这十几年里，有一半的辰光甚至连一个看门的人也不许配备。跟教堂相隔开五十米，几条弄堂过去，一排红砖头房子，以前（没人知道那是多少年前的久已淹没的年代）曾经是归属教堂的一家教会学堂，那时已被一所中学的校办工厂所占据，一条巨幅标语白天而降，上书："工人阶级必须领导一切！"天主堂的本堂神甫已经在早些年被迫脱下了神职人员的教袍，据说遣送到苏北的滨海农场耕地养猪去了。整个锡澄运河的河道曲曲弯弯，其间在高低不一的街区里弄分开无数的支流，有时贴着围墙窗口，贴着人家后门陡直的石阶走过，有时像吐出的蛇信子一样蜿蜒，延伸向远方。自然，小城四周全是茂密的农田，其中一侧紧邻滚滚东流的长江水。长江在这一带的江面古称"澄江"，后来又叫"扬子江"，但是县城里上了年纪的老人只说一个字，叫它一种称呼："海"——上万年前，大海还在距城区不远的地方，后来一个个岛屿、一方方沙岸被风、被水、被浪涛堆砌、吞噬、分流；县城脚下的大地，经历了无数次毁灭过后陆地的雏形，以及被轻易扼杀在萌芽状态的人类始祖的足迹迁移，渐渐迎来了最具号召力的风暴，以及风暴过后岸滩上的篝火……

那年夏天，码头上还有特殊的麦片香味道。国家向城镇居民供给的粮食不足，甚至出现了严重的匮乏现象，于是号召居民购买一定量的麦片作代用品，搀在大米里煮饭烧粥。一粒粒被压扁，像是只只小昆虫的麦片其实很富营养，只是外形丑陋，吃在嘴里吃口也很糙，但有什么办法？麦片、山芋干，这两样食品都经常搀在米饭锅里，使得饭烧好快出锅的一刹那屋子里的香味更浓郁，更加馋人了。人们普遍抱怨，由于有了这些粮食代用品之后，不论大人小孩，全感觉肚皮更加饿，更加吃不饱了。原因是麦片的出现在深一层意义上勾起了城镇居民对于食物的恐慌，另一方面，也勾起了最原始的一种饥饿感。街弄里的人都在想，现在都吃麦片了，将来还能吃什么？只好喝西北风，吃水缸里挑的河水？麦片的风波最多只持续了两年，也许只有一年半，这种其实并不难吃的粮食种类就从国家统销的市场上销声匿迹了。成了我小辰光一段特殊的记忆。大热天，江南人家吃中饭夜饭，都有手捧着饭碗头串门的习惯，每个人都捧着自家的饭碗苦笑，那是一种被大自然的丰饶娇惯了的水乡臣民脸上特有的表情。麦片烧起粥来，粥会很稠，味道也香，很容易勾起人的食欲。那是被机器有序地挤压成片状的夏天，是干燥火热的美丽的夏天，既贪婪，又惬意。

河水岑寂着，像是会开口笑似的，又像是县城年纪五十岁朝上的居民，它都认得一大半。什么人什么时间大致从什么弄堂口走过，甚至手里会拎上些啥个东西，例如，一盒马蹄酥（点心，在那年夏天自然很少见），一包带给家里小孩子吃的纸袋装的烂苹果、烂梨，或者拎了一只鱼箱……河水竟然事先都像是揣摸得到似的很知心知肺地流。开闸关闸，有时水流向东，有时潮水又往西城头涌。一波一波，慢条斯理，跟庙里和尚念经一样。大人小孩，全在一条闸桥河里洗冷浴，家里扛一只红漆的浴盆当救生艇，最常见的是卸下来的门板，拐到河里来放下，那松木制的阔门板，一湿水，颜色发暗发黑，立即就有呛人的灰尘被风吹起的热味道，其实是木头本身的味道，不知为什么，闻起来竟像是街面上热天的灰尘。门板慢慢地倾斜，一头沉到水里，像沉船倾斜的甲板。小孩子不待门板完全沉水，急吼吼赤膊就往门板上面爬，整个身子扒上去扒着，两只手死死掰住门板上头，不肯松手。旁边护着他们的大人就嘻嘻、嘿嘿在水里笑，随门板自身的沉浮而显示出很好的水性来。其实热天头拐门板洗冷浴并不轻松，门板有时在水里侧翻过来，漂浮时洗冷浴的人根本不大好掌握。门板力道大，而且因为体积的缘故很难捉摸到它的平衡，敢于带了门板教小孩洗冷浴的大人，都是水上竞技的高手。门板万一翻了，小孩压在底下，一时出不来，就有窒息的危险。实沉沉的门板，让人又喜又恼，欲罢不能。

除了浴盆和拆下来的门板，那年夏天漂在河里，漂到码头身边辅助洗冷浴的器具之一还有竹头的座车。座车是六角形的，一般底下有个木板的垫子，拎在手里实沉沉，端着拐着放到水里，要浸好一会儿才往河里沉，然后就漂在水面上。座车一般只让小孩子玩，五六岁以下出卵小人。让小人到河里泡着，省得一个热天下来，身上痱子一大层。微凉的河水对于痱子有奇效。我们小辰光，小孩子都普遍生痱子，正如大冷天普遍全有冻疮一样，热天冷天，四季是那么分明。洗冷浴辰光，一只座车旁边总有一个大人看着护着，手把住座车的扶手。座车缓缓地做着同心圆的旋转，沿河漂下来，有点像做气象测试的热气球，像桶状的飞行器。一个不足月的婴儿正站立不稳从座车里露出来一个头，奶声奶气的"嘀嘀"几声，被运河水刺激得很惬意，晕乎乎地瞪眼看他初涉人世之后第一次从水上看到的世界：岸上的树荫、房舍、码头上下的居民。一个油头粉面的男人气冲冲跑下码头，去洗一洗手，途中差点把一名年纪大的船上人撞倒。一名四十岁左右的妇女刚洗好菜、淘好了米，把一只淘米筲箕挽在手臂弯，还用自己的肘臂上下掂一掂筲箕分量，另一只手里拎了放萝卜和一把小青菜的竹篮。无论筲箕还是竹篮子，那天傍晚都让她很定心和满意，她往河岸走时一步一回头，仿佛预感到这样的日子已经不会多了，十几年后就不再会有了。她心满意足地对每个人、每样东西微笑，她看到了漂游在座车里的那名宝宝，不禁颔首大笑起来。她朝上走一步，又回头看了看河里漂的一只烂西瓜，她跟自己嘀咕了一句这确实有点可惜，“西瓜只烂了一半”，另半拉八成吃口蛮甜的。又一名船上人扛着一支橹急匆匆经过她身边，往码头下方走。她匆匆看一眼那支橹，赶快再督促自己往上迈一步，掮着橹的船上人有点打乱了她一步一回头洗好菜往家里跑的步骤。她第三次回头，又注意地看了看座车里那名宝宝，这一次，她感觉那个宝宝也朝她注视着，慢慢望过来，绽露出仿佛偷偷享乐一般的笑容。俩人一个在码头上，一个在河道中间，相隔很远的一段，但却像是心有灵犀似的。妇女这一次笑得更好看了，她并没有因此而陶醉，并没有停下身子来痴痴地朝河里看，她保持着先前上码头的节律，匀速前进。河岸上的荫凉已经够着了她的腰身，遮住她脸上原先一直晒到的炎炎烈日。她用手擦一把鬓角上的汗，刚才在码头往下的一端，其实河边上的树荫也七七八八大抵能遮住太阳光，那是一些榆树、刺槐、苦楝和垂柳。风一吹，树荫飘来荡去，露出很多天色的空隙。现在，上码头的人快要走上河岸了，迎接他们的却是沿河的一排排密密匝匝的树荫。进入那片树荫，岸上的人就看不大清河里嬉水的人群景象了。岸上人将看到另一番景象，地势远远低于河岸的一大片老城区，鳞次栉比的弄堂房屋、店铺、马路、天井、水塔……

一直延向遥远的天际。

座车也有味道，跟门板的木头味道不一样。竹筒的味道更凉，闻上去扑鼻的一股清香，不像浸了河水的木板那样蓬松。那股竹头的清香已经在使用经年的竹头座车各部位贮存了很多年，闻上去有点阴郁和压抑，要不是大热天被人掮到河里沉沉水，很可能也就根本消失了，早就被江南的天井和弄堂人家的光线气息磨损掉了。但此刻一浸到水里，竹筒和竹竿部分就“咕噜噜”开始呼吸，先是吸气，然后慢慢往外呼气，呼出一长口气，冒出来一股股、一摊摊的黑水，全是陈年的污垢、灰尘，有时竟附带了吐出来几只蟑螂、壁虎子的尸骸，也就是在闸桥河水里现身一下，立即被河水卷没。冷浴洗过再捎到码头上，湿淋淋的竹头座车看起来像是重获了一次新生，"嘘嘘"地从座车各处发出惬意的空气流通声音，那些竹竿、竹节的颜色看上去比下河之前清亮体面多了。这一个冷浴洗得比街上的人还要更起劲呢。这会儿那位跟着下河的出卵泡宝宝也欢快异常着，在座车里一颠一颠像是要从囚禁他的童年世界里跳出来去飞跃舞蹈。远远地在岸上看，河里的宝宝白亮白亮的，像一小面耀眼的折射出光照的镜子。座车端放在石码头上，给到码头上来淘米洗菜的街坊增添了不少麻烦，因为一只座车，几乎占据了码头面积的一半。这时候河水也像婴儿头上几绺稀疏的毛发一样傻乎乎的单纯可爱。

夏天里，全城都有新旧竹木器味道，每条街上都有一爿竹木器店，人们睡的床是竹榻，坐的椅子、矮凳、平常使用的盛放东西的器皿，多数为竹制，有的人家还用竹头竹片做窗户或护窗板。每年的春天，县城弥漫在一种新上市的竹器的清香里，老街、新宅全跟竹子相关。那时小城的空气是篾青色的，有一种经由手工编织之后的市井的勤勉、雅致的气质。我记得街上担粪的粪桶上的搭襻是颜色发青的竹杈片做的、更不用说淘米洗菜用的筲箕篮篮。

城郊有成片成片的竹林，城里公园里有，乡下的村子或山脚下面就更多了。这些林子全都有了很多年历史，全是自然长成的。

热天头太阳一晒，一条北门街上全是竹头和竹器的清冷，木头门板蓬松发苦。照理说一条北门街的味道是按不同店铺所在位置分段分片的，有点泾渭分明的感觉，比如日杂公司是日杂公司味道，药店是药店味道，钣金店是钣金店味道，钣金店又名白铁匠店。中午十二点钟过后，全城所有的人家、商店全陷入一种子夜一般昏昏欲睡的彻静里。这是夏日难得的午睡时段，家家户户全把门板竹榻铺设到弄堂口房门口有走廊过道风的地方，小孩做作业白相也全往院子后门口挤靠。这一切全是自动自发地形成，没有人教谁，说你赶紧找风凉点的地方；人人都是赤日炎炎夏日的温良恭顺的臣民，只要深宅大院的房子里有一点点风凉的地方，有一眼眼起穿堂风的可能，这空歇的可能性就全被赤膊淌汗的大人小孩子占据了。人与自然相互间构成了一种古老而聪颖的契约。没有空调，没有电风扇——只有孩子手里老旧的蒲扇"啪哒啪哒"敲着背脊骨。而大人手里随时卷着揩汗用的湿毛巾。全城在赤日炎炎的午后显得多么安静呵……这时候仿佛被一场大火炙烤烘焙着的光亮的城区的大街小巷，只有白铁匠店（钣金）里的铁砧，小钢锤还在一下一下清脆悦耳地敲响，仿佛在替大马路上的夏天赶制一件古老贵重的白金首饰。电焊枪"嗞嗞嗞"冒着火花，灌满氧气的钢瓶在凹凸不平的黄石卵地上滚动，瓶身有时会重重碾过颗粒大小不一的细石砂……这磨人骨髓的声音好几公里之外都清晰可闻。太阳也发出电焊枪一样"嗞嗞"的响声，待午睡的小孩子耳朵听见，就变成一串串钴蓝色的火苗……太阳的火舌无情地舐舔着县城上空高耸的塔楼、烟囱、教堂、山峦，甚至工地脚手架和古老里弄两侧的风火墙。空气在升温，全城都仿佛燃烧起来，火势一直要到傍晚五六点钟才逐渐减弱下来。这一段时间，所有小城里的店家，只有钣金店一家还在工作和营业，这真是苦不堪言的古老夏天，天很蓝，地上静得可以听得见左邻右舍小孩子身上浸了热汗水之后出痱子的声音。每个人身上黏糊糊的，店堂里的敲打声音不仅作为伴奏，午睡的居民们本身也在睡梦中吐出一道道火舌。午睡阶段的身子闪烁着蓝光。盛夏酷暑，眼看只有黑夜才能拯救小城里的居民——只有黑夜和运河码头上的水……房屋建筑物最大程度地洞开了，不是真的屋顶被晒爆了，而是屋子里各种各样的家具陈设，全都被夏天的气流裹挟着，到县城老街上的热风里去走了一遭。玻璃旧了，红漆的五斗橱开始漆水脱落了，而老房子的房梁比从前更加坚固耐用了，那种一个人粗的圆木圆柱子，在大暑天气咬咬牙，又把自己体内的纹路悄悄回旋了一圈。那些户外的砖墙，红砖、青砖、石头垒砌的，全不一样。在这样的烈日暴晒下面，全城的建筑物内的水汽，都最大程度地被太阳光吸干了，所谓敲骨吸髓，指的就是这种暴热天气。一切地面上的生命全在悄然期盼着一场应时的暴雨……只有雨水能够拯救这里的阴霾和疯狂。小钢锤敲打着，店里在卖力赶做一个棉纺厂锅炉房用的通风管道，薄铁皮跟薄铁皮之间的嵌缝要对齐嵌牢，于是少不了锤子的殷勤体贴。榔头和锤子仿佛一前一后围绕着那些机器，在劝说机器们要懂得人性，也多少讲究一点世故人情。几乎要跪下来求拜它们了：发发慈悲心吧老天爷！……

　　我觉得夏天有时像一只洋铁皮制的渔船上用的桅灯，是一点点一点点被街上的钣金师傅用榔头敲出来的，慢慢地一只桅灯从底下灯座开始成型，散发出旧的年代的洋煤油味道。做这只船用桅灯时钣金师傅满头满身的热汗，由于一再地细心躬迎而在大热天心里虔诚地跪伏下来，地上全是铁屑、铁渣、破碎的螺帽螺丝，一根根烧尽发黑的电焊条。钣金店里的地面是干硬的耐泥地。桅灯所用的材料全是铁、铅皮、钢条，小孩摸在手里冰凉冰凉，而且有一股新鲜的金属味道，有时掺杂些牛油、润滑油味道，仿佛灯罩所用的铅材料刚刚被拆封，从一大包油纸包里刚刚被取出来。在热天，这些味道都可以降温。我家对门街边上就有这样一家船具店，店堂后门紧邻着闸桥河，有时我会在店堂的铁锈和焊锡气味里闻到闸桥河上飘来的热乎乎的水汽。我在那其中辨别县城的其他气味，人家屋檐上晾晒的棉絮棉被啦，晒干的莴苣卷啦，芝麻酱饼啦。我看见汗从他（师傅）的额头上滴滴淌下来，落在沾满铁屑的地上，"吱吱"作声。做这只桅灯的过程中要动用手工的焊锡，锡块被高温熔化之后亮白亮白的，比婴儿的眼睛还要好看。我惊喜地凝视那个夏天逐渐成形的过程，劲头十足地认为这是罕有的奇迹。师傅单膝跪在地上，我也跪在地上，而且是两只脚全跪着。

　　当师傅把一支小小的焊枪点伸到桅灯内部的某个交合位置，他只是把自己的头最大程度地偏倚过去，可是我呢？为了看清邻居老伯伯，也就是钣金店里那名师傅神奇的动作，我的细小的脖子不知在空中绕了多少道弯。我像围墙上的丝瓜藤一样缠绕着他：趴在地上，根本顾不得任何焊枪铁屑榔头敲打的危险。我可以在铁皮杂乱的店堂地上趴着过一个下午，流着口水，有时舐着自己的手指头，那些指头直到天黑睡觉前还全是污黑的。我惊奇地凝视店堂内部发生的一切，就像另一年的夏天整日整日地泡在闸桥河里，等着浮桥头会有西瓜船开过来一样。

　　令人惊奇的是，堆满碎铁皮铁屑的店堂地面还十分凉快，凉快到比一般人家走廊很长的厅堂里的穿堂风还要凉快上十分。周围有那么多喷着火的焊枪、加了煤的炉膛、铁皮碗里高温熔化的焊锡，可是干泥地上却冰凉如初，摸上去像积了一层霜一样透凉！

只要一点、一丝丝微风，店堂就凉快异常。工作着的人们就惬意地大口呼吸，叹一口气，与此同时热汗大颗大颗落下来。钣金师傅走过来，脱下右手上的手套，用沾满锈粉的宽厚的手掌，摸一摸我的脑袋。

这可能跟那家船具——白铁店堂所在的位置是临街一家年代悠久的大户人家的房子有关。即使在北门街上，到1970年代，那样的房子也不多见了。阴森，大门进去有很深的进身。进身处两侧皆有高大陡直的风火墙。

3

但热天天黑之前那段时间，大街小巷都像沸腾了一样热闹，比早起头还热闹，也有点像早起头（早晨），只不过没有早起头那一段时间清新和清静。热天天亮之后，街面上渐渐热闹起来，主要是经过菜市场上下班的，再就是各家各户门前倒马桶时的忙乱。早上再热闹，一切还是静悄悄，有节制地进行，如同轮船站的客轮起锚出港了，乘客和水手各怀着心事，场面显得严肃悠然一点。一旦轮船又回到码头上，进港湾了，还是同一批乘客水手，脸上表情，手上动作就不由自主地放肆多了，话都多起来，跑路跑得也更加快捷。热天大街上的景象，跟船上客人上下客道理相似。有人肩上搭一条毛巾往运河里跑，甚至来不及跟街边上打招呼的人解释他这一刻究竟要去哪里。有人早已码头上泡过冷浴了，此刻只穿着一条大短裤，在临街的自家屋门口扎马步。膝盖放一张过了期的报纸，长凳上弄了碗煮毛豆。酷热的一天眼看着快过去，大街重重地叹一口气，每个居民，无论男女老幼，全听见了这一声令人惬意，有时也叫人郁烦的叹息声音。汽车基本上是不会有的，那年夏天连小城居民私有的脚踏车也很少见，脚踏车还作为单位里的公车形式，不断被有特权的领导们凑理由借回来骑上一回，炫耀一番呢。那时候的脚踏车样子也难看，全是28寸，后座的书报架很大，呈长方形的那种。小人缠着大人要想学，这28寸的车也是又重又不灵活，很难学骑。

街坊里弄，一般只看见两种牌子的车子："永久"和"凤凰"牌，推着它，就好像推了一架缝纫机在街上跑。拖煤球、拖材料的板车倒是有的，城里也有专门的板车队，全是一班膀圆腰壮、大字不识几个的大汉，时常见了他们挤坐在河码头上分食西瓜，不用刀切而用手直接掰开了啃；这班工人还是城里仅有的几家国营饭店里的常客，早中晚三趟，只要手头上有点闲钱，全一并供奉给案板上一字形排列开的大海碗盛的黄酒、焖烧得"脱脱烂"的猪头肉。城里东南西北，都有各自的板车队，统属当年所谓的"运输公司"管理安排。傍晚五六点钟这时候，一碗黄汤大抵灌下肚里了，日落西山，各自于是拖着空车子从大街上"嘎噔嘎噔"回家。他们拖得很慢，仿佛拖了一车的战利品，又有点像是随后十年里出现的"归国华侨"，那些海外归来的游子一样疯疯癫癫的，趾高气扬着，赤膊、袒胸露背，板车的一根纤绳和套在背上的粗皮带，在沿路回家时被故意弄得漫不经心、松松垮垮的。他们挨家挨户，大声骂面孔熟的邻居，故意调笑，但又气量很小的样子，唱歌一样直着嗓子，跟人打招呼，满嘴酒气，满身酡红，像煮熟的盐水虾一样。夕阳西坠，晚霞满天时，板车队的人回家，这大概就是黄昏天黑前最大的噪音了。一条北门街上的人，自东向西，老老少少，听见板车"空通、空通"辗来全见得躲的，尤其是刚下班的少妇、丫头家，拖板车人看她们的眼神，一般就跟瞪视着熟食店案板上的猪头肉相混淆了。"快点！板车队下班了。"人们在门前走廊和厅堂身底大呼小叫着相互提醒。尤其是家里毛丫头多的人家，正在浴盆洗浴已经拉好帘布了的，还要把帘布重新再拉一遍。膀大腰圆的板车工人有时眼睛吃红了，会奇怪地当街出言不逊。在他们中间，夕阳就像一件落下来的丑闻，令街上预备乘凉的小城人家忐忑不安着。这一阵子其实也无伤大雅的噪音过去之后，大街就真的安静下来了，人们自动地，仿佛梦游一般的跟往常一样开始往外搬着凳子、门板、桌椅。除了大衣橱、五斗橱以外，家里称得上是家具的大件，基本上全搬运出来了，当街乘凉，就像夏天渐入佳境所必备的一个隆重的仪式。想想，一家人家连大床床板都拆下来搬到院子里、大街边上了，还有什么不好搬呢？家里差不多都搬空了，如果需要，乘风凉的人连水缸都会搬出来的，可惜水缸不怎么派得上用场。一条北门大街，朝地上泼水的泼水，晾衣裳的晾衣裳，端凳子的端凳子，还有的专门负责钢精锅里的一大锅粥的降温，粥锅子放到盛满凉水，最好是井水的面盆里，然后用把蒲扇不停地在粥锅上扇。大人说小人，小人喊大人，这类声音在夜幕降临之前，从东到西，此起彼伏。没有行人了，这个辰光大街上已经不大会有不认识的行人了，有的话，也是走亲戚，或者一个地方的城里人，家住东城头，今朝跟厂里的好友回家来喝一杯。我所说的行人，是指大白天偶尔还出现的外地人，到天快黑这一刻，就基本只剩下了到码头坐夜轮船路过北大街的上海知青，有时也有江西知青。总之凡要乘船从水路走的，在1970年的夏天，很有可能都曾经从我们的小县城城北一带经过。

街上走的知青，一般都是一脸落寞，身上背着露宿的行李，三两个，很好认。

这是最自由欢快的时间，游行结束了，批斗会、学习班，车间里"大赶快上"的劳动竞赛，以及检举揭发啦，提高阶级斗争的觉悟啦……一切全偃旗息鼓了。人们暂时放下各自命运的优胜劣汰，接受夏天的统领。钳工｜船民、钣金工、干部、政工人员、军人、小脚老太婆、管区领导、居委会大妈，全部手持一模一样的蒲扇，穿一样的汗背心、白衬衫，坐下来吃起了一样的伙食：麦片粥、炒西瓜皮、炒蚕豆、红豆腐、拌黄瓜、大头菜……望来望去，一条北门街上近千户的人家，热天乘凉时吃夜饭台子上的菜全一样的。所不同的只是菜肴品种的多少，精致与否，以及有的人家老酒吃得起劲与否的程度。

有人家多一只甜面酱炒青豆子；有人家酱里放了点豆腐干、肉丁；有人家光是豆子，闻起来也一样喷喷香，老远就馋得小孩子咽口水。

月亮升起时，街两边的乘凉队列竟兀白焕发出一种清明的气息来。坐短矮凳的人，藤躺椅上的人，全一动不动，路灯柱下参差不齐的人影，一时间全不说话了，仿佛吃过夜饭，歇着一口气了，想睡觉了。这是一天里街市最初的一阵困意……跟早晨蒙蒙眬眬的初醒相类似，人们身体的动作全变慢，说话语句、声音简略下来。

于是点蚊香。河滩头也有人点蚊香。弄堂深处，也有影影绰绰一晃一晃的蚊香亮头。

街上，几个知青走过，大家都不说话了，停下来张望，连开讲《水浒传》的憨老头也停下来，把脸转过去张望。

也有人家在大街看不见的地方，在天井里乘凉。这样的人家天井一般都比较大，四周的围墙和花坛高高矮矮，小孩子抬头看，夜空有一部分藤萝密布，繁星之间居然垂落下来一只结籽的葫芦，或者刚长成小雏形的丝瓜，晃晃悠悠，树杈间还有蜘蛛网，能清晰地看得见串串亮闪闪的露珠。露珠的光，有时就跟繁星细密的亮光相交织。天井大，房子小。天井的后院部分，角落上，总会有口用于日常饮用的水井，也不晓得什么年代开凿的。井边上是热天最阴凉处。夏天头热得不得过，人家就会掉转屁股四处找寻有井的地方，去用铅桶吊半铅桶水上来，降降温：井水每每跟冬天的冰雪一样冻寒，小孩子洗手，有时会觉得手上一层皮也在井水里抹脱了。乘凉时，人家也避开不知年代的井台，避开那口井，总是在院子最宽绰处，在天井正中央，摆下桌子来吃夜饭，搁下门板露天乘风凉，一家人拖竹矮凳的拖竹矮凳，掮长凳的掮长凳，在天井砖头地上忙乱一阵，拍蚊子，摇扇子。不知为什么，在天井里的日脚，热天头湿漉漉的，周围全是上升的地气，渗透下去的阴沟水，整个街巷间发出一种声音，是古老江南的市井阡陌间特有的汩汩声响。黑暗中，你能听得见地下水潺潺流响，那时候鸽子睡觉了，鸡进了鸡窝，蟋蟀罐里的蟋蟀在木门槛底下抓挠那只圆形的瓦罐。各种昆虫、小飞蛾全趁夜色出来集会，都往树荫密集处和亮灯的地方来回俯冲。对小孩子来说，天井乘凉相比较大街上，要悠闲自在些，少了些冒险的兴奋罢。他可以把注意力相对集中在神秘曼妙的听觉上，古代的天井也成为他稚嫩听觉的一份外延。这是一个躺在自家门板上安静下来的小男孩，整个美丽的夜空侧卧过来，从各种迷惘的星象之间俯看他。他感到夜空的脸颊贴在他脸颊上，他感到从未有过的一丝镇静、庄严，一种油然而生、快要长大成人的难以名状的悲悯。他小小的胸膛跟前仿佛盛了许多平常没有的感情，把一分钟前活蹦乱跳的玩乐的念头"嗞"一声浇灭了。一名不识字的孩子面对一道书写在大黑板上的数学题，那黑板大到几乎覆盖整个学堂里的教室……

4

弄堂里有天井的人家很多，面积不一，形状也稀奇古怪。小的小到一条狭弄形状，贴围墙脚两条阴沟，门槛处有青石板覆盖。有时做成一层两层的台阶。大的完整的天井，前后有一百平方米，略略呈长方形的，有花坛，种翠竹的；也有的人家，饥馑年代竟掘开有些年代的青砖地挖出一块菜田，自备些韭菜莴苣蚕豆什么的菜子，开春撒下去，几场雨一浇，菜就绿油油长出来了。种菜的人家，随摘随吃，下油锅一炒，比什么市井中的江南时蔬都要新鲜。

弄堂给人的感觉也像可以吃似的，碧绿碧翠，围墙上飘垂下来藤萝，砖头地覆满陈年的青苔，空气自然有了水乡古镇特殊的清冽雅致，像种田的农民穿上了的确良。

较为完整的大的天井，1970年的小县城，能够充分悠闲享用的人家，也已经不多了。天井早已被政府的房管所分配制度分割得七零八落，很少再有像样的大宅院人家了。所有里弄包括不起眼的柴窝房，都住满了人。总是从前有资产的大户人家被迫迁住偏房侧厢，并且一户门牌能住满各式阶层的工人、农民、船上人家、部队干部、供销社营业员，林林总总，杂处在一堆，共用两三个，有时是一个大天井，成为那个年代特有的风景之一。

因为种了菜，弄堂有时也有农田的感觉，也会走着走着突然冒出一条开花的田埂。唯一的区别是城里人家不种麦种稻，尤其是双季稻。那个年代流行种双季稻的，城里没有。棉花也没有，种玉米、向日葵有的。城里人家自己在后院天井里收向日葵子。县城被最大程度地农业化了，为了发扬"自力更生"精神。"自力更生"这四个字，那些年里也被作为标语刷写得到处都是，红色、黑色，厕所墙上，学堂围墙，电影院楼房顶上，大会堂门口，常见的其他标语，不定期有：

千万不要忘记阶级斗争！

无产阶级专政万岁！

伟大领袖毛主席万岁！

伟大的中国共产党万岁！

排除万难，去争取胜利！

坦白从宽，抗拒从严！

团结紧张，严肃活泼！

> 三大纪律，八项注意！
> 好好学习，天天向上！
> 大海航行靠舵手！
> 广阔天地，大有作为！
> ……

　　有时一条弄堂到了头，一堵断围墙的墙面出现半拉红色的感叹号——"！"，字形已经扭曲走样。厕所旁边也会有画成绿色的向日葵叶子，一颗红鸡心，一轮喷薄欲出的红太阳，镰刀、铁锤，等等，还有工人老大哥、农民伯伯砸向美蒋特务小丑头上的大铁拳。边上刷写着什么"工业学大庆，农业学大寨"之类的标语。

　　弄堂紧挨田野，也紧挨大大小小的工厂区，那是小规模的街办工厂、校办企业的年代。一条弄堂走着走着，说不定走到一家工厂堆满生产垃圾的后门口，然后这一带居民都常年吃着车间里的灰尘铁锈。大白天里，上午是机床声音，下午则换成了马达、蒸汽的隆隆声。一些旧的家族祠堂、废弃的寺庙，都被改建成了面目狰狞的车间，县城里有制药厂、机电厂、染织厂、水泥厂、面粉加工厂、毛巾厂……

　　每个县城都有几乎一模一样的一套工厂系列，把昔日县城的街巷里弄，分割得七零八落。我们的小城既像一个小村庄，又像偏远地方的加工厂。好在当年这些街办或集体工厂的效益都不怎么好；另一方面，小城的历史足够悠久，经受得起动荡年代的各种折腾埋汰。也好在这一带一直没通铁路，只通了轮船和公路。

5

　　咸带鱼上岸则和鲜带鱼完全不同。大热天里浮桥码头上也有咸带鱼被江海大队的人运上岸来，不怕死的苍蝇四处飞来绕去地跟踪。蚊虫、白色蛆虫，加上带鱼身上几近腐烂的白皑皑的肉汁水，淌得半条北门街到处腥臭。然而这腥臭，在热昼心。日头一晒，风吹雨淋的，久而久之，竟变成一种说不出道理来的莫名的馨香。说它很香，也未免夸张了点，但至少不像一开始拖上岸那样惹得街上行人嫌恶了。原因是带鱼上市之后，不久就被城里人家买光了。干瘪瘦小到只有寸把宽的细带鱼，也哄抢光了。买到最后，只能拣些鱼头。菜场上实在没有什么可买的荤菜吃呀！烂到一半的咸带鱼买回家，就拿到闸桥河水里漂洗，回家就着酱油生姜糖懒烧烧，总算也吃到点海鱼的肉腥气吧。因此一条北门街上，码头上的鱼腥气，浮桥菜场门口一层干结的盐霜，使得带鱼的味道复杂起来。那种盛夏酷暑的鱼腥气，时而在大太阳底下升腾起一股滚烫火热之气，时而又阴湿异常，像一种久已失传了的家具木质霉变的味道。有时候，午睡时间，浮桥头方向吹来一阵淡淡腥臭的微风，这暖烘烘的腥气是干燥的，甚至是令人愉悦的。有时，气候突变，要下雷阵雨了，眼看过路人急匆匆地找高大点的房檐躲起来，北门的浮桥一带就像黄石块铺设的街面一下子被人挖掘出来许多久已腐烂的鱼的内脏。

新鲜的带鱼，被船家或食品公司雇人起上岸，则是完全不同的一派风光。一般在九月份，秋风乍起，银白的成舱成舱的带鱼被人用大的箩筐抬上岸。由于新鲜，鱼的身上看上去富于弹性，鱼肉也结实，紧，人一看就感觉嘴馋。装卸过程中汪出来，流淌在码头上的汁水也显得亮白轻盈。四周只有海风的气息，而没有大热天那种咸湿货的腥臭了。一条条手掌样宽的鲜带鱼，仿佛一个个舞会上模样新颖的少女，刚刚受了礼仪约束，要到变幻莫测的社会上来一试身手。白白的鱼身，被摊贩堆放在浮桥沿河的码头，仿佛在争嫌吹来的秋风还不够清冽，不够白似的，让人远远地就感觉到嘴里味蕾深处一种久违了的鲜激味道。

这种鲜带鱼，放在饭锅头，用葱姜料酒一蒸。几乎只要一分钟，一起锅，就熟得流油了。吃在嘴里那种鲜嫩，整块整块的、整段整段的，筷儿稍许一撬，一夹，鱼骨鱼刺就自动松脱，刺全下来，只剩放在嘴里入口即化的鲜嫩的肉。

有的人家口味重，蒸好的带鱼端起锅前，浇上一遍（一小匙）酱油，就更显出这道菜肴的风味来。

春晒头，三四月里，也有一次新鲜的带鱼上市，是跟出海的黄鱼船一起返航。带鱼在春天早晨的空气里，远远看，竟是一片金灿灿。原因是春天的太阳还显得稚气娇嫩呢，连刚起水的带鱼也受着寒，忍耐着河上、长江码头一带一阵阵袭来的料峭的春寒。鱼身上仿佛可以掉落下来冰碴，鲜活的带鱼的身段，看上去肉头更紧，更结实了，像一根根银子做的长长的棍子。

一年四季，小城人家就在热天和大冷天的吃咸货、春秋两季的吃鲜货上，品味咀嚼着他们水乡的生活——这是古已有之的并不成规矩条文的市井饮食。人们的呼吸，也随着城外长江水的潮涨潮落变化更新。

新鲜的河码头上的风，吹出沿河人家的深宅大院深处的硝烟味、战争年代刺刀的捅杀和血腥，也吹出洋槐树、梧桐深井味、线装书味，吹出人家侧厢屋房里腐烂被虫蛀的木头板壁味，做阁楼用的厚实的隔板味，房梁上的鸟窠味，鸡棚的腥气，一早起头拣出来的小青菜味，竹篾篮头味。阵阵河风。吹来船上人家辛勤的大脚板味，船上新刷的桐油味，吹出一条小街的沧桑和变不惊处。河上"丁零咣啷"的锚链声音，水中深沉的桨橹的搅动声。那桨橹仿佛在岁月深邃的水中探询一个结果，一个上古年代的谜，江南之谜。树荫头一阵落花，仿佛在大白天里哑默无声的呐喊。而一阵波光，仿佛一名千年的侠客在市井中矫健地游走。谁能肯定这弄堂口上一间坍塌的小瓦房没有被鬼魂所占据留守着，日日夜夜？黑黑的电线杆上，贴着手写的"夜啼郎"的一张字条，谁又能否认，这纸上的蹩脚字迹，不曾被神秘的转世灵魂附了体——以一种人的肉眼看不见的奇异的形式？枯井和汩汩清澈的日常水井是一个道理，正如生和死，前世今生。在一间厅堂上垂挂有领袖像和红色对联，并置着，默默无语。

井底深埋有一颗日本人从天上扔下来的从未引爆的炸弹，我小辰光是吃着喑哑的有一点掺牙缝的炸弹味道长大的。

6

家里粮食紧张，烧饭米不够了，父亲就会悄悄乘长江轮船回趟老家。隔一天回来，肩上总捐半麻袋山芋或乡下特制的山芋干。山芋干抓一把放口袋去学堂，那是何等的奢侈激动。一路上心都要怦怦猛力跳好几回，心想着男女同学满含羡慕心情的"回头率"。山芋干也是小辰光我们磨牙的零食，冬天头，吃煮山芋和吃山芋干都特别香，前者还可以捏在手上捂暖两只手。山芋有红皮的山上山芋，也有平原农田里的白皮山芋。前者甜糯起粉，表皮鲜红，简直跟孩子们脚跟头生的冻疮一样娇艳欲滴。

白皮山芋水分多，适合生吃和放泡饭锅里切成块煮。时隔数年，我最记得冬天头寒冬腊月里姆妈煮在饭锅头上的山芋的香味。洋锅子上的水蒸气在一大清早的太阳光里冉冉升腾，沿着那一缕木门板上的光线外溢、缭绕。那是儿时最美的冬日清晨，那时家家户户，全用煤球炉烧饭。烧时先放三两只山芋在淘米筲箕，拎到码头上洗干净，洗山芋还要带一把刷篷尘用的板刷，到水里用板刷把山芋通体刷一遍。冬日清晨，快要结成冰的河滩头，在彻寒的水中哆哆嗦嗦捏了板刷，蘸一蘸河水，刷一刷山芋，那山芋身上现出的鲜艳红光恰好跟东方天际酡红的朝霞相辉映，这也是有关童年大冷天的一个难以磨灭的记忆。洗过之后，山芋扔到筲箕里实沉实沉，跟块黄石头无异。拎回家，姆妈会用菜刀把它们一只只对切成两半，然后放了水跟米饭一起煮，一起烘饭锅，童年学的第一桩事体就是烘饭锅。待到饭熟过半，屋子里也飘满了熟山芋又热又甜的香味，把大人小孩全馋得口水直咽。一般都是红皮的山上山芋放饭锅头上煮特别好吃。山芋起粉，乡下人家的大灶头，有人还直接把山芋放灶膛灰里捂熟了吃。我想，那种吃法大概更加馋人。

烧饭锅里的水蒸气，弥漫到整个童年小屋的每个角落。水汽夹杂山芋煮熟、起了粉的味道，就跟诱惑人的萝卜干香味一样，说不清道不明。这样说吧：我小辰光，光嗅闻几遍饭锅头上煮山芋的味道，感觉也能够御寒！心里头一闻见煮山芋的甜热，户外冰天雪地的莫名苦寒就好似一阵风似的吹走了，人就有了许多新鲜的劲道和力气，就生出些跃跃欲试的崭新憧憬来。山芋的热甜，跟大冷天的寒风刺骨，正好是一对古已有之的冤家，尤其是用1970年代县城人家烧饭的洋锅子煮出来的热山芋。

孩子们土里土气，在那种年代的大冬天，充其量也就有一颗煮熟了的山上山芋一样的心罢。我最欢喜闻煮熟后山芋弥散在空气里的那份沁甜，暖心贴肺的甜。剥开薄薄一层皮，山芋还一个劲往外冒热气呢，看上去傻傻地要冒很久。姆妈煮的半片头山芋，从饭锅头用筷子小心戳夹，弄到碗头还直往下滴水呢。我们总是就着那上面的饭米扇（粒）一大口咬下去。这第一口，既有解馋的山芋香，又有米饭颗粒的甜糯。孩子们赶紧舔了舔嘴唇，稍加回味，又大口吃将起来。

不吃煮山芋，就吃泡饭锅里的。山芋切成块，跟隔夜饭一起煮成粥汤。这样用洋锅子煮熟的效果，大冷天一清早也特别温暖人心。人还钻在被窝里"捂被头窝"，煤球炉子上的山芋香就像闹钟一样催促大家起床了。在这放了山芋块的泡饭汤香气里你拖了双棉拖鞋起床，去拉开大门看：户外白皑皑一片，屋檐马路上全是耀眼的冰凌冰柱，天空比一年中的任何季节都要明亮，光线异常强烈，但又不是太阳光，而是天寒地冻冰雪的寒冽之气。这时候赶紧关上大门，一户人家就在价廉物美的山芋泡饭香中体验到了那种凡俗人间其乐融融的乐趣。这幸福甚至舍不得哪怕翻开书中的一页看上一眼……

每个人，全在过年这几天里获得了一个属于自己的"宝贝"的观念。

每年腊月里开始盼过年，一般叫吃"冬至年夜饭"那天称"过小年"。这天开始，学堂大多预备放假了，孩子们就纷纷聚在一起遥望自己的"年景"，今年我要泡多少多少炒米，吃多少块红烧肉，放几次炮仗；还有能拿到多少压岁钱，怎么花，心里全有厚厚一本账。往往由于向往得太多，太厉害了，结果适得其反，比如压岁钱少了一毛钱，小脸孔就板起来，在家使性子，结果反吃了父亲一巴掌，弄了个大年初头涕泪纵横号啕痛哭的场面。过年穿的新衣裳，也值得我们小孩反复揣摩想象，年前牵姆妈的手，裁缝店里总是要去一趟，闻闻皮尺、滑石粉香味，有时也被领到布店柜台上，量身高，心里觉得特别开心炫耀，自己从未被别人这么侍候着，这么好过。做馄饨皮子的摇面店也是必去的，小孩子排队买年货是分内事，还有豆腐店，蒸年糕的地方，帮家里拷酱油拷酒，老远跑一趟亲戚家，总之事情忙着呢，小小一个脑袋瓜。有时竟想不过来，每天回家都加倍地观察父母亲的脸色，试图从中解读出一鳞半爪关乎过年的信息。跑路都一溜烟地比平常快一大截。临过年半个月，家里咸菜早已经腌制好，开始腌鱼、咸肉、咸脚爪。这不可思议的过年的"年味"，就一点一点弥漫开来，直到除夕那一天。像一大堆旷野上的篝火般火光冲天，熊熊燃烧起来……古老的年味。

像是用腌猪头上的粗盐粒搓出来的，又像是蒸年糕的蒸笼蒸出来的；也像泡炒米时街头围观的一大堆雀跃的小孩子欢叫出来的。古老的年味，被放了茴香、花椒，也在各人家的祖宗像面前烧着燃续了香火，祭拜出来的。更像是一种传统的民间请神仪式请出来的。例如恭请菩萨，请财神爷、观世音保佑一年里风调雨顺、心想事成，等等。一切都成了古老的象征，都演变成了一个其过程漫长复杂的许愿和承诺。大人们的虔诚恭敬和小孩子们的顽皮嬉闹如此融洽地交会在了一起，构成了传统春节光怪陆离，同时又稀松平常的和谐市井的氛围。每名中国人都在这一氛围里其乐融融着，一大清早露着笑脸，安享节日的既十分公开，又有着不同寻常内涵的秘密的诗意。

年一过，人就又大一岁了。头发须白的老人表情看上去更庄重了。年过四十的父亲走路时手和脚的摆动也谨慎起来，像是要去茭白田里捉一只微风中的蜻蜓。小孩子被人告知"你又大一岁了"，全是一脸懵懂，无所谓的样子，而且爱理不理一转身走开了。姆妈说到小儿又大一岁，相笼着手，竟是满眼睛的喜悦。年初一发完压岁钱，围着转着我们哥俩看，像是在看一份经年流传下来的稀奇。岁月深处，我始终记得姆妈闪烁着欢喜的眼睛，那目光深处对于生命的一种亲密无间的爱恋、审视和迎迓，始终在我儿时的记忆里熠熠生辉。

7

天冷。屋里屋外竟有明显的温差。十二月里，清早不敢把小脸蛋伸出被头筒，一旦伸出，感觉室内空气寒冽异常。光线灰蒙蒙的，只听得见吹了一夜的寒风慢慢停息下来，守候在破旧的窗棂和屋门跟前，使得人想象一下自己出门的情形，就不由得倒吸一口冷气。

我和比我大四岁的哥哥睡一张床。床就搁在靠窗位置，早上起床穿衣裳，伸出一根手指往窗户前一试，立即冻得缩了回来，把窗玻璃上一层水蒸气擦掉，外面早已垂挂下一根根冰凌。

1970年，县城人家的住房面积都很小，一般的四口之家，不超过三十平方米。也就一间正房用于睡觉起居，另外搭配一间小披屋，做烧饭的厨房。到了大冷天，清早都是父亲最初起床，开炉门，把早饭要吃的泡饭锅子端上煤球炉子。我至今仍记得父亲披一件破旧的棉袄，脚上拖一双芦花靴筒下床来瑟缩前行的样子和声音。那是十二月里一天生活的开始。我们家睡觉的房子直接连着厨房。隔夜封好的一只煤炉，天蒙蒙亮时，炉门会被人拉开。发出"嗤"的一声。这声音，存留在我幼年时的记忆里，好像是唯一一种可以抵御自然界严寒的声音。代表了穷愁潦倒但仍一息尚存的人们的挣扎。这炉门拉开的声音对于每名那个年代活过来的人都有一种奇妙的慰藉。躺在被窝不肯起床的我们。饥肠辘辘的身子一下子全都有了反应。仿佛被寒风吹刮中的一小根火柴点着了一样。

那时城里人家居民的住房，全由房管所统一指派分配。1960年代通了电，几十户人家共用一只电表箱，隔一个季度或半年住户们集中开一次会，电费统一分派每个户头，0.2度或0.3度电，这类上缴电费的会议每次都闹得面红脖子粗，有时还要打架。除了电灯、广播外，偶尔有一户人家偷用电炉，后者也是1970年之后的事情。那时，家家户户没有冰箱，没有空调、电视、电风扇、电话，根本没有任何所谓的家用电器。有经验的住户，一眼而知隔壁邻居家一年会用掉几度电。

一户人家跟一户人家，有时只隔开一层薄薄的土坯墙，或一层老式的天井。家家户户，住房连着住房，走廊连着走廊。县城的街区，无形中也有点小范围的"人民公社"化了。各人家风俗习惯、饮食起居相互渗透影响，渐渐趋于一体化了。一天三顿吃饭，无非是：早上，萝卜干泡饭；中午，老青菜米饭，外加一碗酱油汤；晚上仍旧是泡饭，把中午头剩下的青菜一扫光。

泡饭锅子，又名"洋锅子"。那时家家户户洋锅子、搪瓷盆、搪瓷的杯子总是必备的。除了吃饭用的碗，瓷器一般很少见了。洋锅子便宜，用用惯惯不要紧。屋子发黑了，洋锅子一般也是又旧又黑。凹凸不平。记得锅子的盖头常常会盖不抵缝，锅子被烧得变形了，仍旧经年累月在使用。这种便利的器皿，一方面也像是在救苦救众；一方面，也成了平头百姓和居民们艰难度日的象征。

　　临睡前，家中最后一句话总是父母床跟头传来的"炉门封好啦？"周围死寂一片的夜色，忽儿西北风，忽儿东北风，在屋前屋后弄堂里打旋。父亲说话带点苏北口音。我听了父亲的声音，心里最定心，立即就呼呼大睡起来，把再冷的夜全远远抛到了脑后。有时这句话变成妈妈的声音："这个月电费交了吗？"妈妈声音小，与其说是轻柔，不如说沙哑无力，就像再过两天——一般不超出三天——她又要生病住院了一样。人在那个年代里，被贫穷压得常常抬不起头，大气不敢喘一声。妈妈脸上的表情，就是这样，我闭上眼就能看见这个表情。直到今天，我仍记得妈妈在被窝里，一边因为要提醒什么的说着话，一边往被窝里缩的声音。家里人每个动静，我都听得清清爽爽。1970年的冬天，天冷到有时一家人洗好了脚，洗脚水却没办法倒。总不能倒在家里吧。

　　而大门外面已经开始下雪，只听得见隆隆的风声。

　　那种严寒，已经到了用耳朵去听一听也会吃不消的地步。小孩生怕再听一听，耳朵就会掉落下来。全家人都在忍耐，因为省煤球，唯一的一只煤炉是必须要封好的，于是房子里全是昏沉沉的煤气，四处弥漫，在屋顶、房梁四周缭绕。如果开了灯检查，炉膛里的煤气还在白乎乎地往上冒一种看不见的烟雾。

　　那时候湿煤球、干煤球一闻就闻得出。好煤和劣质煤也是，夜间封煤炉时气味明显不同。逢到天寒地冻的一夜，碰巧捡了一只劣质煤球封上去，屋子里气味就难闻多了。那时有种说法，叫"发火"，说煤球的好坏优劣，叫"这只煤球发不发火？"劣质煤，自然发火的力道远远不够。冬天，我记得好煤坏煤有时一批批的，可按月计量。父母之间时常嘀咕，"这个月这批煤不怎么发火"，或者"还蛮发火的"。家里煤球，一般是一个月、二十天去买一次，用挑水的桶一只只装满了挑回来。后来用借的板车去拖，最后是借三轮车踏回来，这期间运输工具每隔五六年变换一次。到踏三轮车时，我已经是名十五六岁的少年。

　　父亲不仅担水，还用同样的一副水桶挑煤球。

　　水桶是腰圆形，煤球从桶底往上排列，到一定空间就不能放匀称，于是每次总有三两只煤球被挤扁压破了回来，妈妈总是用一副惋惜失望的目光看它们。桶底的碎煤屑倒在一块空地上，用畚箕扫起来，到出太阳的好天气，再用水和了之后，重新捏起来，做成卵形的小煤球。

米、煤是一点也不浪费的。穿的衣裳也同样。一条北门大街，人人全是穿了带补丁的衣裳长大的。1970年，家里还没有茶叶，我小辰光没碰见有一家人家家里泡茶叶茶的。直到1976年左右，市面上出现一种细碎的泡茶吃的东西，叫"茶叶末末"。我们才晓得中国原来是吃茶叶的国家。那种茶叶末末，泡了茶，要吃时，必须使劲吹，才能把杯子、碗上密密的一层碎梗梗吹开，人才喝得到真正的茶汤水。

有时煤球炉子的炉门"嗞"一声开了，还要捡起铁钎小心捅下煤灰。封了一夜炉子，煤灰淤塞满了上下炉膛，如果要让炉子加快"发火"，就要捅底下煤灰。煤灰被捅掉多少，跟蜂窝煤炉的火力是成正比的。假定炖上去的泡饭锅只需稍微温热，煤灰一般就不捅了，只要炉门开条缝，让余火焖着就行。但有时起床在被头窝里懒的时间久了，全家需要紧急动员，不仅要让炉子赶紧发火，余下的琐事也要加快节奏：预备早饭，穿衣裳漱口揩脸。这当口，妈妈还要替家里人预备中午饭的饭菜。

中午饭的青菜、咸菜豆腐是一大清早烧好了焖在饭锅头的。妈妈上长日班，中上头不大可能出厂门赶回家替我们做饭。

这时候，父母如果嫌炉子再不"发火"，就需把煤炉从固定的底座拎下来，拎到靠近大门口有风的地方。利用风力大小来加速火力。有时他把煤炉拎到风口偏左一点位置，有时会直接对准风口，这要视全家人那天早晨的需求而定。

煤炉固定的底座，不过是平常做饭用的空地，垫了四块红砖，砖头围成"口"字形，炉子放在上面。

逢到隔夜煤炉没封好（有时是劣质煤的缘故），大冬天的早晨起床一看，手一摸，炉膛冰冷冰冷，家里人全都要痛苦地喊出声音来。炉子熄火了，只好预备柴爿、报纸到家门口生炉子去了。妈妈责怪爸爸："跟你说下床去看看的，你不听！"爸爸骂哥哥："封得太晚了，那只煤球烧过的了喂！"哥哥骂我："喊你不要烧水，偏要！"一片哀叹埋怨声，此起彼伏。屋子里也比平常慌乱许多。

　　每名家庭成员对煤球炉上炉火的脾性大小揣摸熟习的程度，表明了他对于家庭的认知程度。冬天夜里，每晚父亲临睡前，都像一名鉴宝师一般小心对待那只煤球炉，他不会轻易更改、作出他的判断，今天这只封下去的煤球怎么样。他跟那只炉子的关系在我的童年时代，也成了赫赫父权的象征。

　　很小的时候，哥哥对待那只煤炉的熟悉程度，就达到了令人惊叹的深奥地步。小小年纪，他会提出异议。在绕着炉子，脚蹬芦花靴筒转悠几圈后，他会跟妈妈郑重宣告："不行的，这只煤炉到早上会熄火！"

　　妈妈立即把大儿子的判断转达给父亲。父亲不屑地撇了撇嘴角，嘀咕道："怎么老是不吉利的话，明天天亮还早呢。"说完转过脸睡觉。哥哥无奈，走到自己，也就是我困的床跟前时，气鼓鼓的。然后，他把伸进被窝的脚踢我一下，说："你看吧。明天早饭吃不成了。"我们分睡一张床的两头，他这样踢和生气时我早已假装睡着了。怎么办呢。总要有所表示吧。

　　于是我"嗯"了一声，不置可否，并且又在被窝里假装换姿势似的翻了个身。

　　我对煤炉脾性的把握，也很在行。差不多一瞅一个准，只不过因为家里年纪最小，发表的意见无人重视罢了。无论是烧饭、捅炉子、封炉门、生炉子。

　　样样全精通，轮到我来，几乎不用费什么脑筋。不过，对于煤炉这样的家庭大事，小孩子实在插不上嘴，我的技能本领只得显示在礼拜日脚，假期里跟同学小朋友到家里偷东西烧了来吃。那时。我方有机会露一手。偷烧一只煤球，而使家里原先堆煤球的那块地方，看上去完好如初。小孩子一起偷吃的食物，无非是冷天头的煎鸡蛋、烧年糕、烘馒头，夏天的烤知了烤土豆一类。冷馒头放在火钳上，放到煤炉边上烤热烤焦，这是小辰光常干的事情。

　　煤球炉不仅配备铲煤灰的铲子，还配备火钳、炉盖、铁钩。我在户外寒风呼啸的大冬天，在睡梦中听到的最后一点声响往往跟这只宝贝煤炉有关。听得见封炉门时家人用铁钩子钩上去的圆铁盖"噗"

　　一声压上去，听见铁钩被扔到干泥地上。在经过了一夜暴风雪肆虐之后，古老的县城仿佛脱胎换骨，突然出落成了一个新人，变得年轻甚至陌生了许多，有一种令人新奇的感觉。好多平常熟悉的声音全没有了，甚至一座城市相关的历史和记忆也没有了。大雪使时空产生出一种断裂，我们眼前仿佛有一种新生活的景象，一种回到了远古年代的温暖。

大雪带给每个人一种感人的纯洁，唯独屋子另一头那只煤炉，不死不活矗立着，提醒大家这只是一时的幻觉，周围仍旧是1970年的中国。在这之前，我仍旧睡着。朦胧的意识最初作出反应的是一只炉子被在屋门前拎来拎去。我先听着风在屋顶上打旋，想象了片刻户外白色的严寒。然后，我听见煤炉被在空地上放下时炉子上的铁丝搭襻声音。搭襻掉落下来，"哐啷"一下，童年的八音盒由此打开。

这之后，我又睡着了，时间并不长。天色也由最早的漆黑一片转换成朦胧的曙光。冬天早晨的曙光，那才叫真正的曙光。周围的光线变得如此柔和，光线浸染在一种大面积的纯净里。地面上的一切全显得卑怯、矮小，显得潦草，只待美丽的曙光自遥远的天边喷薄欲出。我始终觉得，冬天的天空是最大最遥远的，人在自己屋子的那一头一直能望出去很远，望得见太阳跟地球之间最远的空间距离。寒冷和大雪已经使得人的视线最大程度地显得纯净，能见度极高。小辰光，我总喜欢在自己破旧的小平房里遥遥望向天际的一轮朝阳。每一层红红的朝霞都能像妈妈手心里的胭脂防裂膏一样依次均匀地搽抹到你脸上。而你作为一个初醒的小男孩仿佛从未有过如此柔软的红红的小脸蛋。从日出破晓的地方一直到你站立的地方，天地一派寂静。如果这之间太阳会有动静，会发出笑声，你一定立即跟着微笑，不自觉地受到太阳的感染。因为除了伟大的冬天，在你和太阳之间就再也没有别的什么了，再也不剩下其他的障碍，只有无限悠远的称之为太空星际的那一方开阔地。这片开阔地，一年四季里，唯有冬天的早晨清澈可见，能够映入一名好奇心极强的孩子的眼睛。

我再次醒来，并非因为曙光初现。而是在朦胧的意识对周围一番搜捕之后，突然接触到了一种新异、芬芳的香气。我全部幼小的身心，都在那阵香气里停留下来，稳妥着，定心一闻：唉，原来是家人捡到天井里生煤炉的柴片发出的烟。我顿时感到心头一热。沉睡着的意识一下子苏醒了大半，木柴块的烟味道使冬日的清晨显得更完善了。我闭上眼睛，听到弄堂口和天井空地上的风吹得生炉子的报纸"哗哗"响，听到寒流中炉子上铅丝做的搭襻——拎襻掉落下来，击打在煤炉身上"哐啷"的声响，那声响比世间最美的音乐还要动听上百倍。我甚至听得见炉门口的煤灰被风沿街吹走、吹远的声音，炉膛冒出熊熊的火焰。直直上蹿中发出"呼呼"声响。这火焰，恰好跟满天朝霞相辉映，形成视觉上生机益然的一幅画面。由于这一阵屋里屋外弥漫开来的烧柴片的烟，冬日清晨的一切气息全被唤醒了，旷野上雪地的味道，炉子上红薯稀饭的香味。弄堂口，菜场，大饼油条包括附近工厂的味道，隔夜路灯和有线广播声音留下的气息，全被烟气熏赶出来，被凛冽的晨风吹醒了……

烧柴的烟雾，跟户外天寒地冻的清冽空气相交织，像是一对孪生兄妹，一对自古皆然的冤家，相互比拼，斗殴，撕咬着。放在十二月天亮不久的天井、弄堂口，你被这两种截然不同的气流刺激得浑身一激灵，大脑像刚冰镇过的一样，骤然间清醒，这过度的清醒简直使你身上的各种知觉比平常扩大了数倍的敏捷度。与此同时，满天朝霞漫出高高的云层，使大街上积雪的部分笼罩上了一层柔和好看的红晕，鲜妍异常。你出门，小心翼翼踏着冻土层的砖头地走到弄堂口，小小的肺部从一股猛烈的生炉子烟雾中刚刚逃脱，却又迎面撞见颜色清白无处不在的冷空气……

8

冬天、夏天，街上人全不这样念，全念成——热天、冷天。

大热天，皮革厂码头附近有很多西瓜船，停在热昼心。西瓜船多的水面，成了北门街长大的从小洗冷浴赤身光屁股小孩的乐园。

每当卸货，西瓜一船一船上岸。水面温温的，水里就出现许许多多鲜红橙黄的碎瓜瓤，远近上下翻浮着，孩子们就下河争抢，抓到一个就在水里边双脚踩水，边就着浑浑热热的闸桥河水吃将起来。吃了大半只瓜，还剩不少肉，看见水上浮来半个，又扔掉手里的，再去伸手捞那另外一片，送到嘴边大嚼。

瓜船卸货，长长的木跳板一沉一荡，上面全是糖烟果品公司雇来运瓜的码头工人，他们在十来米长的窄窄跳板上疾步如飞，两人一组用箩筐挑，难免掮夹挤撞，装筐时堆得过高的大小西瓜经不起颠荡，纷纷滚落。一只两只，有的撞碎在码头台阶，在船舷旁边，有的直接就落进了闸桥河。瓜好的那种，沉到河里，过好半天才能看见它在离船很远的水面"噗"

一声跳将起来，一时间河面上仿佛开起了快乐的西瓜大会、西瓜狂欢节。跌碎的水里岸上的整只的红瓤黄瓤瓜，看上去全都锣鼓喧天，喜气洋洋。小孩子肚皮吃不了多少，不多一会儿，肚皮被瓜汁撑得滚圆，游不动水了。也有饿煞鬼投胎的，胃口贪婪，吃到差点被水呛死淹死的，上岸就被人数落，就趴在堤岸上呕吐，不停地打饱嗝，然后一个猛子再下河去吃。水道仿佛成了长熟长肥的瓜田。

于是闸桥河，热辣辣的夕阳下，流着各种跟西瓜相关的漂浮物。瓜皮、瓜子、好瓜和烂瓜……小孩成群结伙，在瓜船附近游弋，伺机出击；装货卖货的船家也不是吃素的，他们有时会手拎捞东西的铁钩，或者干脆用长长的船篙。赤脚在船头船尾追赶水里那些捞吃西瓜的小孩。每年都有孩子被金属的铁钩击中或被竹篙打晕在河里的事件，每年小孩仍旧前簇后拥着。船家担心的是游近船舷来偷瓜的。

孩子们呢？也天性觉得光吃卸货时掉落水中的现成货，味道不过瘾，要吃，就吃船舱里自己亲自用手偷摸到的。那滋味仿佛数倍于那些形形色色的"落水货"，把个人吃得眼睛好黏起来。

吃着吃着，就看岸上的一条标语、吊塔、烟囱、码头上的门机。

吃着吃着，就吃进了闸桥河里一口柴油。

船家就笑起来，捧着碗坐在船头铁锚旁笑。船家也有憨厚的、凶悍的，急吼吼跟着跳板前后跑的，慢悠悠吸筒水烟的，各式性情。他们只是不愿你来黄鼠狼吞鸡似的偷。卸货时，他们忙不过来；不卸货时，他们也乐得把船舱里成色不佳的生瓜、烂瓜、半生不熟货清理出队伍。一天太阳暴晒下来，船家和公司价钱谈不拢，夕阳西下时舱面就传来"扑哧""噼啪！"的声音，那是熟过头了的西瓜经高温之后自然爆胀，炸裂开来。那都是最最甜的西瓜。舱面上下，一时间仿佛遇着了全体西瓜的一场暴动。瓜汁横流，瓜肉狼藉，很有点像后来几年电视报道过的海边上海豚的集体自杀。这类胀熟的瓜，船家自己消受不过来，就趁夜在岸边码头贱卖，大声吆喝着吸引岸上乘凉的人家，价格等于是半卖半送。每个人手里都黏糊糊、"得滋滋"（吴方言），那怎么办呢？

谁让远近河面上一丝微风也没有的呢？

胀裂开来的西瓜，叫"自然熟"，又叫"爆炸瓜"。

只要是吃的，粮食、水果，那些年里进城来的货船，到哪个地脚，靠附近哪些个码头，全城的人全都闻风而动，全都跟着梗起脖子，眼睛骨碌碌跟着转了。一艘装山芋干的船，才刚刚驶经青阳过去月城不到，县城里的人就已经鼻子吸吸响闻见了山芋干的不凡的香味。

傍晚长江涨潮，瓜船附近的"落水货"开始从河面上四处漂散，回旋，然后同方向往城西或者城东（视潮水的涨落而定）的水域漂流。漂出皮革厂码头附近，尚有整只整只的好瓜，漂到船闸附近，能捞上好吃的，就寥寥无几了。漂过船闸，到澄江桥头，只剩下一片狼藉的大小西瓜皮，西瓜皮人家也要的啊。这时还有人奋不顾身，下河去打捞，跟着红红绿绿的碎西瓜在湍流中出没。到大弄口过去，到浮桥身底下，水面就只剩下瓜子，以及上游人家不要的明显肿胀的烂西瓜了……整个过程，河道本身仿佛正是那名夜色中放开喉咙大卸八块的幕后真正的饕餮者。

大热天，也就随着黑一阵白一阵的昼夜光线漂走远去。

9

天井人家说闲话，三三两两的，声音高低不一，隔开三四家天井的矮墙头。大抵能听见。不说闲话的人屋里屋外做事体，凭声音也能体会到七七八八。譬如有人家刚烧饭，淘米笣箕里的米下了洋锅子，照例要把笣箕在院子养鸡的角落往墙头叩一叩，拍两下，会有些剩下的米屑从笣箕缝里落下地。

鸡也熟悉这类声音，远远地就一路追赶过来，啄食忙碌一番，"呱呱"叫得比平时响亮。有人家生煤球炉，炉子上铅丝做的搭襻一拎，"啪"一声煤炉底座往砖头地上一顿。有人家"红灯"牌的收音机唱着曲调模糊不清的革命现代京戏，一名内战时期的解放军士兵冒着大风雪潜入山中。甚至小半条街后面河滩上一上一下的两个人，停在石码头上说的闲话，声音也被风吹送，出奇地清爽："西山监狱里出来……"

另一个说："莴苣皮积肥，乡下把猪吃……"有人正从修房作漏的高高的木梯子上爬下来，明显地因为恐高而心有余悸，一只脚往下踩时用力很重。弄堂口磨刀师傅正吃力地歇一口气，用围裙擦擦脸上的汗，"磨一把剪刀一角洋钱。"另一个女人说"我家那把薄刀（菜刀）刀口磨掉了。今年磨了两次了。"磨到后来，师傅往手上那把锈斑很重的剪刀刀口上吐一口唾沫，这好像是他祖传秘方的一部分。有人家蹲在井台边剖鱼，估计是条蛮大的活鲫鱼，"噼啪"一声，挨了刀的鱼竟然从他手里挣脱了跳到地上。有人家炖的排骨汤汤水沸了出来，砂锅周围"滋滋"地溢满汤汁，也不晓得是谁家炉子上遭了殃。"门前厕所……也不见人打扫，"有人嘀咕。一群躲猫猫（捉迷藏）玩耍的小孩子声音急促地追跑过附近小弄堂，那声音就像弄堂口突然起了大风，"啪"一声止住，脚步声又不知去向。大人跑，跟小孩子快跑，在弄堂发出的声音完全相异。一旦弄堂里有大人快跑的声音，八成就有什么灾祸降临了。闸桥河又淹死人了，家里人急病倒下了，厂里着火了，体育场枪毙犯人了，等等。有时弄堂地面会传来短距离的大人脚步的小跑，那不要紧，大概炉子上一锅子粥，忘了掀开锅盖，或者他家一只鸡，蹿到了别人家房顶。

一旦整条整条的弄堂。有人不停歇地飞奔而去，城里一定什么地方出了事情。游行啦，批斗大会啦，晚上放映露天电影啦……总之，全激动人心。一时间鸡飞狗叫，家家户户门口匆忙探出一张张脸来，熟悉和不熟悉的，都奔走相告。

政府的宣传车在拐过一条马路之后。声音陡然间嘹亮起来。那时还没有后来才有的警车，一般是前后组成的一个车队，几辆卡车相尾随，前面一辆部队的吉普车开道，缓慢地均速行驶。第一辆卡车是满满半卡车持枪的解放军战士。后车厢前排的位置，是三名面孔煞白，被五花大绑着的杀人犯。杀人犯的脸已经不像是活人的脸了，仿佛有人另外在这些死鬼脸上贴上去、糊上去了一张白纸。呼吸早已从这层纸糊的脸上停止了。杀人犯的头自始至终被战士用手摁牢。在马路边上看，能看得出犯人和士兵双方手臂、颈脖之间的抗争。有的杀人犯的颈梗恭顺、柔软，已经没有多少活人的样子了。有的则不，强硬着不服的头颈，去闯闹他的阎罗殿。只是，到那一刻，只剩下自己的脖子，似乎还能在沿街围观的人群上空，一路断断续续说出些什么，表白着什么，除此之外他身体的其他部分，全被剥夺了一个活生生的生命的权利。每名杀人犯胸前都挂一块木牌牌，牌子上标示犯人姓名的位置都用红墨水画了"××"，这是那个年代里最为醒目的文字，其意义超过了当年所有的任何汉字。到末了，整个由四五辆部队卡车组成的车队，仿佛就是为了从人山人海的县城马路上载运走这几个红色恐怖的"×××"、"××"。车队远去了，人流散开，持高音喇叭向街道两边高喊着"提高阶级斗争警惕"的宣传车声音归于沉寂之后，这几个红色的"××"字样仍在小城人家的眼前晃现。其他黑色的汉字墨迹都不见了，只剩下这类鬼符一样的终极图案，标示出空气中看不见的万事万物之间一切生命的高压电网线。

第二辆卡车是群押赴刑场陪绑的重案犯，那些年里，也有些罪行暧昧的流氓、小偷、"地富反坏右"之类，有幸莅临这类场面，于是被绳子绑在一起，串成一串，围着卡车后车厢的三面护栏立成一圈。个个面朝大街，其中竟有几个蓬头垢面的女犯人，吸引起围观行人的"嗨嗨"回音。"流氓罪"、"反动资本家"是那些年流行的风尚，你只要说错一句话，众目睽睽之下得罪了某个有权有势者，你就可能变成一名臭名昭著的"流氓"，被当地公安机关收监关押，士兵们手持冲锋枪，荷枪实弹，站在每一名陪绑犯人的身后。

宣传车，两辆卡车的后面尾随一辆部队的吉普车。领导和枪决犯人的刽子手，一般就坐在这辆车里。车队浩浩荡荡行驶过南街，拐向县城中心的人民路，在走完东西一条长街的人民路之后，拐向体育场一侧的中山路，然后再从那里转向外围的环城路，前后大约两小时的路程。

人们都很镇定，稍微比平常院子里乘凉或上河滩头话少一点，到马路和弄堂口站着看一看稀奇。

主要是争相看几眼死鬼和女囚犯。孩子们就不同了，遇到宣传车上高音喇叭一喊，简直就像过节一样兴奋。大部分小孩都挤到了围观行人的前列，一会儿立定，一会儿人群中窜来窜去地一溜小跑，跟着宣传车追出去好几条街，回头再碰见家门口的其他小孩，都是一脸梦游的表情。

人枪毙了，宣传车也摘下高音喇叭，停止了广播。其他陪绑游街的犯人也在山脚下聚集起来，被民兵和武警重新押解上车，回看守所里。部队的车开道，一路风驰电掣。

开得很慢的宣传车，对于马路并不宽的小城，也近乎于一份酷刑，更不用说车上分贝很高的喇叭和口号声音，游街时，车辆行进的速度大概只有每小时五至十公里。车辆缓缓而行，围观人群越聚越多，行人纷纷争抢着要追赶到车头跟前，好把即将吃枪子的杀人犯脸相看清爽。这就形成了围绕着第一辆卡车汹涌迂回的好几股人流。这时卡车像艘破冰船，船首的位置始终紧挨着冰山沉重缓慢的体积，慢慢滑入人群深处，一时间茶馆店门前、礼堂台阶上、拱桥顶上、沿街围墙上，全站着挤着趴着形形色色的人群。有的人还爬到树上，站在靠墙的脚踏车鞍座上。每一次转弯，宣传车上的广播声音，都要重新变换一下分贝。全城的鸟都飞走了，鸡都躲在鸡棚里，不出来吃食。车上的播音，时而是男的，时而是个女的，都慷慨激昂，什么"阶级敌人资本主义复辟"，全不在话下。说话时一字一顿，听起来像警告，但更像是毫不通融的威胁。无论宣传车走到哪里，人在县城的任何一个角落，都可以听见。

声音在毫不通融的威胁和严厉呵责之间来回变换。远远的城市上空，宣传车的高音喇叭似乎逮到了一个五官齐全很逼真的呵责对象，小孩子都看见了，寒风萧瑟的街头一个歪着头垂落下双手接受批斗的坏分子，或者是街上画的宣传漫画上的"工贼"、"反动学术权威"、"剥削劳动人民血汗的刽子手"一类。漫画上的线条形象如此恣意夸张，阶级敌人的龅牙有时竟比他一张脸还要大，宣传车一路喊口号要去打倒的，大概就是这样畸形到不成形的丑牙齿。

画上画到"美蒋特务"一章，有时竟还出现罪恶不赦的美元的票额。看上去很是丑陋，美元漫天飘舞，全画得比擦屁股的草纸还难看，人全画得瘦骨伶仃，个个都像阴间里的鬼魂。

每年夏末初秋，县城都要枪毙一拨人。犯人都穿单衣单衫，站在卡车车厢头上游街示众，看上去一件衬衫不是穿上去的，而是临揪上车时被人胡乱塞在胸前。估计犯人从监房押出来时总要经过一番搏斗折腾。犯人草草站立，天气却普遍地明显让人觉得入秋。街上已经有裁缝店里的新咔叽布、新套装味道。犯人总是很年轻，总是胡子剃尽的下巴泛着青光，脸孔有一种异样的白，跟隔夜馊了的豆浆颜色无异。北门街的小孩从未见过年纪超过四十岁的犯人，他们看见过年纪大，有的甚至头发花白了的"四类分子"，但真正被押绑赴刑场的死鬼，却全很年轻，是立在卡车上游街时有点架不住腔调的毛头小伙子。犯人临死，心里八成总还是害怕，加上沿街这么多张脸，这么多双眼睛全盯着他，宣传车上的高音喇叭不停地喊出他名字，即使到了秋凉的十月金秋，犯人游街时的县城上空也依然热浪滚滚。有一次憨大认真盯紧了其中一名杀人犯中的首犯的脸看，他只看见了一团煞白的光晕，那小伙子脸仿佛一团空白。他跟着押解车走了半条街，跌跌撞撞，期间不知多少次被警察和围观人群撕扯过身上的衣裳、手臂，脸上还莫名其妙挨了一拳。可是他铁了心要追上去看一张完整的脸。他只看到杀人犯胸前样子狰狞的木牌，画上了红色的××，黑墨书写的歪歪斜斜的名字，笔画仿佛有一股来自阴间的杀气。然后，县城上空陡然间像是升起热气球似的飘舞起刷写在围墙上成群的标语，标语、红旗、宣传车的木栅栏，再加上他追了大半条街终于看见，看清爽了的犯人的眼睛，那眼睛仿佛在一处看不见的课堂黑板面前受到了当值老师永生的呵责，一道数学题公式完全颠倒，程序被打乱了。计算和解题的可能性因此而不复存在。憨大看到一名士兵把一只手揪在年轻小伙子胸前，在犯人早已失去了清醒神志的情况下要求他更加"老实"些！犯人在被押解他的军人猛力摇晃的情况下似乎从满城的拳头口号声中略微喘息了一下，呼吸了一口气，他的脸正在从遥远的死亡的困惑中艰难地走出来，抬起头来。他的眼神在憨大脸上扫视了一下，那神情如同一名失聪者不可思议地恢复了听觉。他一时不明白该如何面对这样的奇迹。可以看得见他的脑子在飞速地转动，比平常人，比满大街人山人海者不知要飞快多少。可是。转动的结果仍旧使他失望，那一足以拯救那个下午，拯救一个生命的数据终究还是遥遥无期。看上去，犯人并不痛苦。痛苦早已弃他不顾，离他远去。在满大街"提高阶级斗争"口号声中，他只是虚弱。左右摇晃着。他身后的士兵必须不时地像摆放正一只木偶一样前后拨弄纠正他的姿势。死亡以最高分贝的民众狂欢形式在人们眼前发生了。站立在最高点的事物，不管是人、房屋、电线杆、士兵肩上的刺刀、天空……全都摇摇欲坠着，仿佛被一股小孩子眼睛看不见的飓风吹刮得站立不定。人人都感到了危险，感到了焦虑，感到想要背转身去呕吐的一阵恶心。涌入心头的子弹的腥脏味，夺取人性命的子弹仿佛不是从身背后，从被迫抬起的额骨正中心射入，而是随胃液的分泌物从人的咯血的肺部或不适的肠道中被呕吐出来。杀人犯在绑赴刑场之前，因此也并不像是凶神恶煞地杀过人的样子，而更像是无助的病人，一名长期肺痨患者，一名车间里化工产品的慢性中毒者。押解在卡车前排的那名小伙子不过是此类疾病精心制作，长期风干了的标本。他并非一直有正常人的清醒体态和神志，他睁开眼睛看了周围马路边的围观者那一眼，只是一个人熟睡途中被窗外警报声意外唤醒了，士兵搀扶着他，病人终于摆脱了自己的病床。那一颗致命的子弹此刻有一种滑腻腻的感觉，像一粒人体中的结石，在血液和胃壁深处叮当作响，幽灵？人类还配得上谈论鬼魂或幽灵？

那是万分惊诧的一眼，北门街的居民，憨大的左邻右舍骂起这一类事情，凡骂杀人犯"死鬼"的，都是北方人。其他的说法，比如憨大姆妈，全骂成"浮尸"。这死鬼，好像境况体面了些，因为都跟水有关，连死了也是被水淹死的，被河道冲下来一段。

那年纪轻轻的浮尸睁眼看了看围观人群，其中也包括了跟一名半大小孩的目光相交。他并没有看出什么异常的景象来，但对于挤在人堆里满头大汗的憨大来说，那一眼，却是终生难忘。在看了那一眼之后，孩子就自动立定下来，退出了在卡车后面追赶戏耍的行列。人潮汹涌，没有人在意一名来自北门街上某弄堂人家，此刻在骄阳下傻乎乎站定了的小孩。

写作的庞培

祝 勇

　　庞培不止一次地邀我到他所居住的城市去，那是一座长江边的小城，我想象得出它的宁静，适合于诗人，和过小日子的市民。这两种人，都可爱，而且，可敬。而我的腿，却时常被大都市绊住，被一些莫名其妙的脸所围困，寸步难行。每个人都有自己的生活，相逢并不是件容易的事情，中国人将此称为缘分。缘分让我认识了庞培，我将此看作命运的某种犒赏。

　　与庞培谈话是愉快的，如果在江边，无人，有茶，有干净的风，就更愉快。这是我向往那座江南小城的唯一原因。如果没有庞培，我可能一辈子也不会产生去那里的愿望。那座城市的市长不会愿意听到这一点，他可能会拿出一大堆GDP反驳我，但在我这个偏执狂眼中，所有的GDP加起来抵不过一个作家，尽管在那座小城里，可能没有几个人对这个写字的人有所耳闻。我珍惜与庞培的每一次交谈，尽管我们的语言无比散漫，没有主题，也没有逻辑，但它们令人怀念。我们曾经不止一次地共同旅行，我们说过的话都被风吹走了，但我觉得它们是有意义的，并以某种秘而不宣的方式影响着我内心的成长。在大多数情况下，谈话已不是谈话，是谈事，每场交谈都有实在的内容，并且，必须取得切实可行的、哪怕是阶段性的成果。人们关注于语言的"有效性"，把没有成果的交谈视为浪费时间。它更像是谈判。城市里的所有语言，正日复一日地演变为某种谈判语言。我们的交谈，正沦为谈判的一部分，委婉或者直白，每个词语都明确地指向利益（即使谈恋爱也不例外），为显示隆重，还须以酒色财气，以及一整套眼花缭乱的潜规则作为陪衬，这使交谈变成一种仪式。在这里，我发现自己已经越来越丧失交往能力。在纸页上，我掌握着调动和支配语言的权力，但在现实生活中，我已经无法控制语言，却被语言所控制。在不同场合，对不同的人，说不同的话，必须小心翼翼，切忌随心所欲，这令我无所适从。

这使我真正的谈话对象局限于一个较小的范围内，具有某种内部交流的性质。此外，除了一些吃喝拉撒、衣食住行的必要话语，我已不愿多说一个字。我的语言区域日渐萎缩，城市的规则让我逐渐失语——它把一切都安排好了，我的意见已经无关痛痒。我只在纸页上表达自己的想法，我最后的发言权就在这里。我想，庞培也是一样。所以，我们喜欢彼此交谈。正是像庞培这样的朋友，使我的交谈欲望再度膨胀起来，语言重新变得丰沛。我喜欢庞培，原因之一是与他交谈体现了语言的快感，我们的谈话，像一只小船，在水上漂浮，没有方向，却让我领略许多风景，诉说或者倾听，都是幸福的。这是一种真正有效的谈话，而别人的有效原则，在我们眼里则统统无效——那些直扑功利的谈话，或曰谈判。饿虎扑食般，令人望而生畏，对我们而言，那才是真正的浪费时间。

庞培年龄不小，已坐四望五，人到中年，但他没有一张风尘的脸。他表情干净，憨态可掬，语言中不乏孩童般的鲁莽，清澈见底。秋天里，我们一起沿川藏线行进，在一个村庄，他被藏族少女的笑容感染，他说："只有在不通柏油马路的地方，才看得见这样的笑容。"但在我看来，庞培的笑，与其有相似的属性，令我想起一句俗语："从心底乐开花。"我第一次意识到这句话的准确性。我惊异地感到，当我们试图寻求某种最佳的表述方法的时候，最准确的表达，早已被前人说过了。庞培的笑容，是中国式山水的产物，与柏油路无关——犹如他笔下的乌篷船，"是典型的中国式梦境的产物"，"是中国古代人民对于河流、水乡、日夜的精妙看法"——它与道路上一切美好的事物遥相呼应，但那道路不是城市里的柏油路——在城市里，像他所有的语言和行动一样，他的笑会显得另类，不合时宜，并被作出错误的判断。通常认为，与山野相比，城市是安全的，以红绿灯为代表的各种规则确认了这一点，并通过警察、小脚侦缉队以及层层叠叠的"组织"得以贯彻，令行禁止，而在山脉与江河之间，则隐含着风险。但庞培的世界观完全相反，他的语言和表情，表达了他对乡野的充分信任，以及对都市的深刻怀疑——那里遍布歧路、旋涡与陷阱，只有在乡间，人类才像自然界所有的事物一样，保持着它原有的面貌和秩序。从他的谈话，乃至文字间，我闻得到山川草泽的气息——那次川藏之旅，我和泽仁康珠在甘孜州首府康定等他，他一下车，要做的第一件事，不是与我们打招呼，而是径直奔向路边的折多河（我心头一喜：我又看到了那个庞培！），他对河流的渴望超越一切——这种对比，在他的《旅馆：异乡人的床榻》一书中表达得清清楚楚。他笔下的《噩梦旅馆》、《疯旅馆》、《失忆旅馆》，与《徽州旅馆》、《银杏旅馆》、《走廊飘浮在幻觉中旅馆》有着本质区别。他说："我不懂推土机、掘土机、标尺、钢钎。敲向明末马头墙的铁锤——某种程度上也在敲向陆游、辛弃疾、金圣叹、范成大、陈子龙——我也不懂电视机（我小时候就不懂）、电话、电脑、广告、游乐场、公安、导游……这些我一概不懂。我只懂房子的内封闭结构、门楣、门雕、雀替、抱鼓石、古代诗词和田园美景的血肉相连。我只懂天上的云，'瞧：那些云——在飘，多么美妙……'（波德莱尔诗句）——我只想对着路人（周围仍旧活着的路人）发问：你们的家园在哪里？变成了什么样子？为什么？"我理解这种情感。

多年前，我们一起上了三清山，又一起去的婺源。在那里，我觉得他说出来的每一句都是诗。或者说，那些诗句不是他说出来的，而是婺源借用他的口说出来的，婺源以这种方式表明了对他的充分信任。在山野、村庄，以及老房子中，他像发言人，拥有某种表达的特权，因为他熟谙它们的命脉，所以，他的语言比我们任何人都要准确和生动。可惜他说的很多话我都没有记下来，只记住一句。那时，我们住在一座老房子里，庞培说，在清晨，房子里的家具是一件一件醒来的。我之所以记住它，是因为我后来把这句话剽窃进自己的文章里。我把他脱口而出的这句话蔓延开，这才有了我的《婺源笔记》。

我相信很多人不喜欢庞培的文字，因为他的著作里不能提供关于成功学的任何信息。在世俗的眼光里，他不能称作"成功者"。他甚至曾经把自己的处境命名为"落魄"：

> 贫穷就像吸毒，也有一种特异的魅力，容易使人上瘾，尤其对于穷人中间那些性格孤僻、懦弱的人。我曾经跟一个朋友讲到这一点，他瞪大了吃惊的眼睛，似乎没有听懂我的话。一个人在社会上落魄，一般的

境地尚不算凄凉，如果有一天，他忽然从中尝到落魄的甜头，他就成了真正落魄之人，可以说是拿到了此一行业的合格证书。就像车工、钳工们有升级考试，分成八级来衡量其手艺高下，贫穷也有它不同的层次。很多年代里，人类对于贫困保持着精细的味觉，这是使人叹为观止的准精神领域。因为贫穷使我们的身心坠向真正的民间，孟子说的"饿其体肤，劳其筋骨……"正如一个人在完全绝望时反而获得清醒的神智，非常恶劣的窘迫和贫困同样带给我们异常敏锐的感官。我想，波德莱尔、坡·维康、德·昆西和哥尔德斯密，以及克·汉姆生、哲学家斯宾诺莎、小说家让·热内，全都深谙此道。因为，人本质上是一名乞丐。而人所能够做的最华美的一件事情，就是在大地上沿途乞讨，终生流浪。人一旦在其苦涩的根部尝到贫穷的甜头，他就会丧失掉他在世上大部分味觉。另一方面，在现代社会中，人要学会在贫穷中保持从容的风度，是多么困难啊！需要怎样的勇气，我们才能在此黑暗的角落安然入睡？"贫穷而能听见风声也是美的"（布莱语），这是诗人简洁的概括。而我把贫穷本身看做一笔不菲的财富。它就像一把磨不快的钝斧头，虽不灵便，使用起来效率很慢，但是结实，耐久。我并不愿眨眼之间就把它丢弃进废料箱里。

在这篇短文中，实在不该作这么长的引用，但这是当代中国散文中最令我痴迷的文字之一，我不愿在谈论庞培的时候舍弃它们。在川藏线上，我向庞培谈起这篇文章：《纸上的季节》，发表已经七年，我还记得它的某些片断。这使我相信文字不会消失，我相信在好的文字中，存在着某种守恒定律，它们可能被分化，成为一个个微小的碎片，在时光中流失，但它会像米粒一样，以隐秘的方式进入我们的身体。它们看上去不在了，实际上还在，成为我们身体的一部分，并为我们提供力量。尽管在庞培看来，这并不是他最看中的文章，而且，当初在发表的时候，《人民文学》作了许多删节。这段文字以残章断简的形式出现在我面前，但它并不是残茶剩饭，我没有见过有一段话像这段话这样深刻地表达了写作者在世界上的处境——既落魄，又优越。我相信他写下这些话的时候，不是带着自怨自怜，而是掺杂着某种优越感，某种超越于物质层面的轻松和自由，就像孔子表扬过的颜回，"一箪食，一瓢饮，在陋巷，人不堪其忧，回也不改其乐"。我没有打听过庞培的私生活，但我相信他对贫穷的描述是真实的，一个不在困厄中的人，写不出如此深邃的话。这使他的目光始终在下方，在民间。他写了厚厚的一本书——《阿炳：黑暗中的晕眩》，献给瞎子阿炳——一位困厄的天才。在民间，他保持着平视的目光。像在《乡村肖像》里那样，写肉墩头、摇面店、小学堂、乡公所、蚕种场、白铁匠店、浆粽店、澡堂、旧桥、钟表店、乌篷船、芦苇、琵琶、目连戏、青衫、水袖、黄酒……所有平凡的事物在他的描述中变得让人眷恋，就连街边上一字排开的肉墩头，上面神情悲愁的整猪头，以及在冬天的风中皱缩着灰白色白膜的猪肝，都令我们倍觉温柔，想起贫乏而丰盈的旧日时光。他的目光从来不好高骛远，只有曲膝者的目光始终向上，但他的目光是由多种复杂物质构成的。其中不乏慈母般的悲悯。他的语言是细致的，从不粗枝大叶地伤害民间的自尊。他的每一句话都饱含着对民间中国的敬意。贫穷无损于他的高贵，也丝毫没有妨碍他的自由，相反，赋予他更多的自由——如果我们一定要为自由牺牲什么，那么，牺牲金钱，可以说是一种最小的牺牲，这也是读书人很少对清贫心怀不满的重要原因——他们失去了自己不需要的，得到了自己最需要的。我们一起逛书店，他随手从书架上抽出一本书，推荐给我。是萨囊彻辰的《蒙古源流》，厚厚的一本精装，定价只有三元四角五分，还要打折。这是贫穷训练出来的能力。这个功利世界的漏网之鱼，当世俗的规则步步紧逼，他非但没有就范，反而更加游刃有余。

　　庞培的作品，从来不教你如何投资、养生、谈恋爱，更不兜售探幽解密的"历史知识"，这显然有违于广大读者的阅读需求，但它无疑是重要的。任何投机取巧的做法都与庞培无缘，他老老实实地体会和表达，他甚至不指望依靠写作来"出名"——文坛的各种热闹里，从来不见庞培的身影。当所有的功利色彩褪去以后，他对世界的辨别，就令人十分信服。一个不指望从文字中获得利益的人是干净的，这份干净挂在他的脸上，埋伏在文字中，一眼可辨，不似某些散文界的时尚英雄，张口春秋大义，满脸奸商表情。他像他笔下的江南手艺人，拥有不可动摇的职业耐心。他的工作是与一些他所看不见的虚拟人进行纸上交谈，但他从不偷工减料。他呈现了文学所能呈现的神奇魅力，以不寻常的视角、腔调与感受力，展现民间的寻常事物。如果一个民族对文字的精妙无动于衷，那么这个民族的构成因素就只能是一些酒囊饭袋、行尸走肉。庞培的文字中没有高深的道理，但它训练着我们对美的味蕾，在日常细节中发现我们民族文化的浩瀚底蕴。这使他的文字充满一种轻盈而浩大的气势，如他笔下的乌篷船——"它一代一代被多少朝代的打鱼人承袭下来，像人们承袭这个国家和民族的其他诗词格律、文房四宝一样，提供了恒常的心理庇护，也挖掘出了大自然中的母性，抚育了一代又一代中国人的感情，像嘴角微翘的少女；像坐月子的女人；像长辫子的乡村姑娘。羞涩、安然地飘浮在故乡月明之夜的水面……"

　　庞培的文字经常唤起我朗诵的欲望，因为他文字的细腻中暗含着一种金石般的铿锵感。它文字清瘦，有骨骼感，却像江南的薄雪，依托在一个斑斓丰沛的世界之上，意象强悍而汹涌。这一点很像他的性格——比如他唱歌，不是在麦克风前忸怩作态，是在酒桌上，撕破嗓子地唱，温文尔雅的江南口音，变作气运丹田的歌吼，使我们从这个江南秀才的身上感受到一种豪放气质——细致、坚韧，这就是庞培，也是他笔下的古典中国。他曾经的坎坷、困厄，与中国的命运几乎如出一辙，但贫穷不足以使这个国度堕落，也不足以使一个写作人变得卑微。他的强大蕴涵在文字里，在文字的庇护下，比某些人通过金钱买来的强大更加真实和持久。

我内心有个宽银幕……

——答诗人杨键问

庞　培

杨键：我首先想请你谈谈你对五四时期散文作家的看法。实际上在那个时期已经形成了一个较好的散文传统，以后又再次中断。你认为，通过近五十年努力，我们的散文与此衔接上了吗？

庞培：回答可以连篇累牍。首先，我们自己的现代文学变革身处一个人类文明的大变革时期，可以说是彻头彻尾的"身逢乱世"，在西方，工业革命，两次大战，民族国家，自由、民主、生态、科技……都遭遇了前所未有的震荡。在1919年的中国，胡适、梁启超他们倡导的"少年中国"从一开始就处在"内外交困"的时代风暴中，不仅文学本身，其他各行各业，尤其中国人的生活方式，都在根本上受到二十世纪典型的命运变革，汉语说话的声音完全变了。仔细再看，动作和表情也完全变了，这就是你在一篇采访记中曾经谈到的"中国人脸上的表情变少了……"我对你当时说这句话时那种悲痛的声音记忆犹新。我们仍旧沉浸在此一悲痛中。因此，你谈到的中断很难说有什么确切的年份，这种中断也许早在"五四"之前就已经局部悄悄地存在了，发生在诸如陈子龙、夏完淳；或者更靠后一点的沈复、曹雪芹这一辈文人志士的身上。从大的范畴讲，这是现代和古代之间的"中断"；从局部来讲，是新与旧、文言与白话、美与丑之间的分野。那么，我理解中"较好的散文传统"是指较好的写作者的涵养和境界，较好的文人生活、作品和命运，从这一点上说，我比较喜欢那个时期的废名、梁遇春、沈从文。优秀的文学家当然不止这几个。但我以为这三个名字代表了我心目中那一个时期传统的美好形象，最多加上一名《南行记》作者艾芜。某种程度上，他们几个当年的努力和寻觅在今天的中国已经是无可挽回地夭折了。他们不仅朝向古代中国，尤其钟情传统的乡土中国，这四名作家里面只有梁遇春的文字稍稍西方或欧化一点。但在梁的时代英国小品文的帷幕还没完全落下来，还在进一步发展之中，可这名早逝的大师用中文写得竟然丝毫也不比普里斯特利或卢卡斯们差，这真是让人非常地吃惊！从这一点上来说，当代散文之"衔接"大概远远不及废名、梁遇春他们那一代写作者的"衔接"……

杨键：对古代散文你怎么看？我们这一代在这一方面是最薄弱的。从古代散文那里我们能够得到一种什么样的营养？

庞培：时间的营养。深睡眠。这些读不懂或只能部分读懂的古籍甚至潜伏在我们每个人的梦境深处，它们不仅出现在梦境中并且引发和生发出一系列新的梦境来。汉语是世界上最古老的象形文字，我们通过阅读一些古代散文，能够体味到它们内在奥秘甚至字形的演化，它们一点点啃噬着人类的时间，其牙齿就是记忆、修辞、美……读一本《梦溪笔谈》或者《尚书》，你总是能够听见那些时间深处的声音，因此，属于汉语的时间和声音是其中最珍贵美好的营养。

我意犹未尽……

杨键：我私下里认为，经过20世纪下半叶的种种巨变之后，在中国，会写一篇像样文章的，不会超过二十个人，你认为中国散文的前景如何？写一篇文章的奥秘在哪里？

庞培：这二十人里会不会有我（一笑）？

话说回来，散文确实担当着比其他文体更普遍意义上的"文章"概念。也因此，散文的前景就是"人"的前景。我不仅明白你提问的重点，并且同意这其中对所谓"中国当代文学"的尖锐批评。"粗鄙"一词也许可以涵盖你所追问并担忧的现象。曾几何时，中国的大街小巷，到处是铺天盖地的粗鄙文字，从散文这一方面看，中国人不仅远离崇高很多年，也与美好、美妙的情感体验久违了。我敢说这是一种美好的文学的两面或两极，崇高，是其内在的心性、理性，而美好是外在的感性形式。全部五十年来的文学，在我们谈论的这一层面都愧对哪怕再普通不过的中国人的感情。文字不仅苍白失神，反而反过来地甚嚣尘上，助桀为虐！还是换个话题，写一篇文章的奥秘何在？我以为正在这些普通的常识问。

　　我理解中的"新散文"之"新"也就在恢复普通和日常的"新"上面。我们不可能再回到"五四"胡、梁他们的时间坐标系上了，但他们当年所振臂一呼的"少年中国"仍旧是过去一百年里最伟大的人文口号。这种精神，这一份复兴中华的光辉憧憬仍旧激励着我们更具实验性质的创作。文章的奥秘，在于你心之所系，心灵归属的地方……

　　杨键：1996年，当你的《低语》出版以后，引起了很大反响。尤其在南方，有好几位散文作家，比如黑陶、邹汉明等，都曾受到你散文的影响。产生这种影响的主要原因仍旧是因为你写出了"江南的魅力"。我有时甚至认为，没有你的出现，"江南"一词看上去都是一个死去的字眼。尤其你最近的《小城童年》，看完这本书我才感到，我们小时候的江南已经死去，但都在这本书里得到了保存。你的出现使得"江南"一词，得以再生，而"北方"目前还是一个死去的字眼，似乎还没有人能够把"北方"救活，我想，请你谈谈目前南方和北方的散文状况？

　　庞培：至少我们前面提到的"五四"年代，几名散文大家都是南方人。北方的停滞、苍凉已经数百年。萧红的《呼兰河传》是个例外，这是唯一堪与北方大地的命运和风景相匹配的小册子。我也注意到了这个现象。似乎中国版图上的北方比南方更早进入了文学的"风化或钙化"期。在当代，人们可能会说周涛、史铁生、张承志、张锐锋……散文界有几个耳熟能详的名字，但这些名字与我无关。他们当然也有优秀之作，但却既跟现在谈论的"北方"无关，也跟一般意义上的世界文学视野相错开。这些作家的情形确实很奇怪，有点像切尔诺贝利核泄漏之后该地区的生物变种。作家在中国，多么容易成为孤独的生灵的变种啊！我不能保证这种情况有一天不会出现在我身上！"核泄漏"无处不在啊！讲了这些话，我都再没兴致跟你聊你提问的"江南魅力"了。

　　《小城童年》里有我们小时候的江南，这是实话，但我却惭愧。我自感并没有把这无限辽阔的儿时的江南说完全、哪怕局部栩栩如生地呈现出来。

　　那样的童年相比较以后的"70后"、"80后"实在是我们一代人的幸运。虽然古典中国已人去楼空，但我们确实以我们童稚的眼睛看到了它们即将颓圮的戏院、门楼，雕花的厅堂、天井、弄堂以及几乎全部的旧江南的空间元素。我说过很多次，古典中国最后的身影，江南最后的背影被存留在了我们20世纪

60年代人眼睛里，这是一个辛酸的话题。有一次我去古镇同里，在一家临河的茶馆吃茶，我下楼梯时突然停下来，因为自己在楼梯上走路的声音吓着了我自己，那个声音仿佛是我的前世！我们平常很少有机会经过那种年代久远的旧式木楼梯，这一次，我豁然开朗：我仿佛在那家旧茶馆的楼梯一角，听到了远去江南的脚步声，恍惚中，一个凄美水乡的背影正在转身，下楼……直到今天，我也没能把那一天的感觉写进一首诗里。那脚步声还在我内心深处回荡……

杨键： 你的作品里有强烈抒写自然与女性的倾向。而我们这个时代，现在最突出的灾难就发生在这两个领域，其中的破坏性巨变是前所未有的，请你谈谈这两个问题。

庞培： 自然与女性，几乎是我的另一个童年。相比较尘世童年，它们来得持久而永恒，这正是我在其中流连忘返的原因。

除了书籍，对我影响最大的是我的妈妈。她只是贫穷年代一名普通的纺织厂女工。但在她身上，我却几乎看到了中国女性的全部，或命运的全过程。她的美一直在震撼我，引领着我。她就像是一部我日夜在心里放映的电影巨制，她的模样，说话、走路……足以让——不一定让我，让世上的另一个人——也许更加聪慧的一个——让我们去独力发明一种比电影的发明更了不起的记忆术。我相信，对于诗人和作家而言，普鲁斯特的发明就远远超过了后来多用于商业范畴的电影。我内心有一个宽银幕，影院观众席上自始至终都只有我一个人。而在岁月的黑暗观众席上，我一定是最痴迷、最废寝忘食的那一个。从这个意义上说，《小城童年》仍旧只是一个开始，是一次私底下怯生生的对母亲或儿时江南形象的单纯复制。我还没有真正写出我自己——

庞培评集

　　小说、散文、诗歌，庞培多文体的写作，从来都根植于自己身体的记忆和精神的漫游。而且，在他的每一个作品中，似乎都有着故乡辽阔的江面和清凉的流水。与更多的炫技派不同，庞培是文字养大的，所以他的文字也是肉做的，带着人情，也带着动人心魄的体恤与悲悯。

——庞培获奖作品《庞培作品》授奖辞

　　我从《低语》开始熟悉庞培的文字。觉得他的文字适合于下午和静夜的时候阅读。读着他的《低语》，那里面的物象、场景，就如散落民间的豆粒，它嵌进路边的水沟，滚进小巷深处，小心而又精到：有时也如一滴一滴的檐水，能听到它的轻轻落地的声音。庞培的文字显然不是为急性子人写的，得静下心来阅读，慢慢地体会。如果你能听到豆子落地或是水滴击石的声音，那你就能读出庞培的《低语》中的这些小心翼翼的高品质的文字。

　　庞培的文字一直具有低语的品质。我能从中看到类似夜行动物的走动。这些轻材质的文字在这里也同样地具有扩展的面容，它能使得我在午后的阅读中，在体味它的特有的梦境般质感的同时，也慢慢地去体味它的滴水般的声音，"咚！——咚！——""滴——答——滴——答！——"

——马叙《通向意象的道路：读庞培》

　　我总觉得庞培的诗或散文，是在一个大的天人合一的氛围里展开的他的爱慕和敬畏。这种爱慕和敬畏被他保存得如此之好，以致所谓的乱世之音只是其中可有可无的回响。这大概正是庞培的诗和散文可涓涓不息的奥秘。据我所知，庞培在任何时候都是可以写作的。他似乎在一个永难穷尽的源泉里、在某种重大的恩泽里言说，这自然而然地使他葆有一份对人和万物的亲情。对于我来说，庞培的存在，就像许多年前还没在遭人为破坏的乡下的一个早晨，没喷农药的大米是用柴火来煮熟的，我被那煮稀饭的香味香醒了，接着被那个早晨的清新所浸润和改变。此时，他已来到我的窗下，他有那么多朴素的欢喜要告诉我，我们两个放牛娃，要去村子里最老的柳树下放牛，他在前面，我紧随其后。

——杨键《纯洁心》

庞培的散文缓慢而忧郁，就像雨天走在青石铺就的巷道里，两边是陈旧的黑瓦木屋，路边则是碧绿的苔藓。于是，庞培的散文就与这个时代的时尚划清了界限，他内心所固守的东西与红尘滚滚的虚假浮华是不相干的，甚至是抵牾的。他在自己的世界里回忆或遥想，也可称作"生活在别处"。

除了他的散文，我对庞培一无所知，但仅凭他的散文，我就可以肯定这是一个有独特追求的作家，一个卓尔不群、既有坚决拒斥也有不可出让的东西的作家。他平实的写作既不豪放也不婉约。他仿佛也并不刻意追求什么，但他的平实里却没有丝毫的市民气，那是一种高贵、自信和平静的平实，是一种充满了浪漫气息的平实。在一个从众之风无处不在的时代，庞培的散文在"五种回忆"中为我们带来了另一种气息。

——孟繁华

张锐锋、钟鸣、庞培、于坚将世间的一切都包容于自身的写作之中。在他们看来。散文是最高级的文体，连最伟大的小说都是非小说的，他们都呈现出一种散文化的特征。他们这种百科全书式的写作为的只是一个简单的原则：真实。他们印在文本里的螺旋形指纹，重叠着历史、天象和血液运行的轨迹。尘埃落定，山峦显形，"如此单调的世界竟然让人如此依恋，这里记存着秘不可寻的人的奥义。人们在四季窥望，看到的大约就是这些了。然而正是这亘古不变的简单内容，使人感到忧伤和疼痛"。

——祝勇

他是丰富的，又是单纯的，有着江南之柔之水的气质，同时又具至刚的一面，一个诗意的矛盾。作为中国的散文大家之一，庞培的行文有一种灿烂广大而又波涛汹涌的功夫，但更多的却是一种挡不住的急迫。他要热烈地表达，不管虚或实；他要精神饱满地行走在江南的大地上。无论歌声的古老或新鲜。可以说他是江南最明亮的水之诗人，充满了少年江南的朝气。

——柏桦《论江南的诗歌风水及夜航七人》

庞培笔下的少女更具有生命的热情。也正是热情使庞培的语言更为敏感恣肆，音域更为广阔舒展，庞培的少女倾向于生、倾向于自由甚至洪亮，他绝没有蒲宁那种暗淡零落。读庞培的《少女像》往往让人喘不过气来，他那太炽热的才情、他那魔术般的时常浓得化不开的文字如疾风般畅快淋漓、迎头撞来，我们好像真的乘上了他歌声的翅膀与他的文字一道飞向了远方，不是轻盈地而是火热地、饱满地、坚定地飞向了远方。

——柏桦评庞培的《少女像》

读庞培的作品就仿佛进入了一个繁美，细致，优雅，奇幻，充满不言而喻的喜悦中透射出蓝色的忧伤。建造出这样的世界是很难但又是具有挑战性的，一个真实又幻美的世界，从庞培的词语里诞生。

在这个严谨有序，时时刻刻都强调自身的责任，强调顺从不容置辩的、绝对戒律的世界里，一个人要坚持断言自主，这又需要多么冷酷无情的行动，战胜那种非生存的意义；需要多么坚定的个人意志，这就是心灵测绘员的使命。

——龙安《心灵版图的测绘员：庞培》

| 作品

千古一梦（节选）

——中国人第一次离开地球的故事

李鸣生

真人航天员

载人航天的核心是人。

这人，便是航天员。

1961年，加加林从太空返回地面时，飞船总师科罗廖夫在第一时间向赫鲁晓夫报告：飞船降落伞已经打开，飞船正在着陆，工作正常……急不可待的赫鲁晓夫未等科罗廖夫说完，便打断他的话，大声问道：快告诉我，人还活着吗？

由此可见，航天员是何等重要！

航天员并非一般人，一般人当不了航天员。真正优秀的航天员都是天之骄子，尤其是第一次上天的航天员。苏联的加加林是，美国的斯特朗是，中国的杨利伟也是。

中国航天员从最初选拔到后来上天，历经四十二个春秋。1961年和1970年，中国曾两次秘密选拔航天员，但皆因历史的原因，这两次选拔出的预备航天员最终从青年变为老年，由青丝变成白发，不仅没有上天，而且连飞船的影子也没见着，只能在一声声叹息中度过余生。

中国第三次秘密选拔航天员，始于1995年冬。这个冬季，北京有点冷。在这个寒冷的冬季里，由空军和国防科工委联合组织的选拔航天员的专家组顶着寒风开始了秘密选拔活动。此次选拔的对象仍是空军飞行员。这是从苏联和美国学来的经验。1957年，苏联第一次选拔航天员时，从三千名歼击机飞行员中选出二十名预备航天员，最终只有六名成为航天员。1959年，美国从喷气式飞机驾驶员、热气球驾驶员、潜艇驾驶员、登山运动员、赛车手中选出五百名预备航天员，最终只有七人成为航天员。中国的这次选拔，是先从空军一千五百零六名飞行员中选出八百八十六人参加初选，再从这些人中选出六十名参加角逐，最后经过层层筛选，挑选出了十二名预备航天员。也就是说，最后这十二名预备航天员是从一千五百零六名飞行员中选拔出来的。

中国航天员的选拔采用的基本是俄罗斯的标准，同时参考了美国的标准，但又有别于俄罗斯和美国的标准。美国航天员的身高标准可达1.93米，因美国是航天飞机，空间大。俄罗斯航天员的身高标准是1.70米，因俄罗斯是飞船，空间小。至于年龄标准，根据苏、美以往几十年的经验总结，男人四十岁为最佳。因为男人只有到了四十岁，生理机制才会处于最佳状态，返回地面后后遗症最轻。相反，年龄越小，后遗症越重。像美国哥伦比亚航天飞机上的航天员，年龄都在四十岁以上。因此，中国航天员的选拔标准中除了增加一条政治标准外，主要有如下几个硬性条件：身高1.60～1.72米；体重55～70公斤；年龄25～35岁；驾机飞行时间不得少于八百小时。

此外，航天员选拔出来后，还要把航天员的家属和孩子接到北京，逐一进行严格的体检。家属们来到北京后，既高兴又很担心，他们担心的不是自己的身体有病，而是担心自己的身体有病而耽误了丈夫的前程，耽误了国家的大事。比如后来乘"神舟七号"上天漫步太空的翟志刚，他的妻子当时就明确表态说，万一自己的身体查出来有问题，就和丈夫离婚！

对于这次航天员的选拔，新老飞行员们都表现出强烈的参选愿望和浓厚的兴趣。空军一位副司令员曾亲自找到北京航天医学工程研究所所长沈力平说，我除了年纪不合格，其他条件都行，我愿意代表空军的飞行员第一个报名，而且不计任何代价！北京军区一个飞行员参加选拔最终落选后，还找到航天员大队负责人吴川生，要求给他发个证书，在证书上写上"某某同志某年某月曾参加过中国首批航天员的选拔并入围"。吴川生问他要这个证书干什么，他说将来有一天他当爷爷了，可以拿着这个证书告诉孙子说，爷爷当年曾经参加过中国首批航天员的选拔！甚至中国原子弹之父钱三强的夫人何泽慧已年过八旬，有一次开会见到沈力平时还开玩笑说，中国人要上天了，把我这个老太婆也算一个吧，我的身体还不错哟！

在选拔航天员的同时，对航天员教练也进行了选拔。尽管事先官方有过声明，航天员教练的待遇条件绝不低于航天员，但飞行员们对当航天员教练的兴趣还是不大，甚至有的明确表示不愿当航天员教练。比如某军区有一位飞行团团长，各方面条件都不错，却明确表态说，当航天员就来，做航天员教练就算了。其主要原因，是航天员能上天，可以成为举世瞩目的英雄，而航天员教练却只能在地上，上不了天，永远默默无闻！不过，最后还是从空军二十名双学位歼击机飞行员中挑选出了两名非常优秀的航天员教练，一个是指令长教练员吴杰，一个是随船工程师教练员李庆龙。

然而，中国当时还不具备训练航天员的能力和条件，或者说还不完全具备。全世界具备训练航天员能力与条件的国家只有两个，一个是美国，一个是苏联。开始时，中方打算让十四名航天员都去俄罗斯培训。可一打听价格，太贵！贵到什么程度？最初在北京谈判时，一个航天员一年的学费，俄方要两千万美元。后来中方砍价，砍到一千四百万美元！即便这样，加加林中心在对所有国家的收费中，对中国还是最低的。对美国最高，比中国高出十倍！算算吧，一个航天员一千四百万美元，如果十四个航天员都去，该是多少？

后来中方决定，只派吴杰和李庆龙两人去俄罗斯加加林宇航中心受训。同时，每季度再轮流派出一个专家小组，也去加加林宇航中心学习。

俄罗斯加加林宇航中心位于莫斯科的北郊，是世界最著名的宇航员培训中心，不仅有国际一流的器材设施，还有世界顶级的训练教官。加加林宇航中心地处一大片茂盛的森林之中，四周是一个很大的湖，名为天鹅湖，生活区就建在湖边上；湖的另一侧是航天员训练中心大厦。航天员宿舍是宾馆式住宅，推开窗户便能见到大片的白桦林。整个加加林中心无论地形还是建筑，都显得非常漂亮。加加林的遗孀就住在天鹅湖旁边一栋白色的别墅里。遗憾的是，据亲眼见到这位老人的中国专家说，这位当年享誉全球的人类飞天第一人的妻子，如今已是一位目光呆滞、表情木讷、忧郁寡言的普普通通的俄罗斯老太太。加加林中心的主任克里木克是一位上将，正春风得意，踌躇满志。加加林中心常年都是封闭式管理，任何人未经许可不得走出中心的大门。加加林中心已有四十多年的培训历史，四十多年来已为世界各国培养了不少优秀的航天员，其中包括美国的一些航天员。美国虽然有自己的宇航中心，但为了吸收他国经验，同时为了避免"近亲繁殖"，也将航天员送到加加林中心培训。凡到这个中心受训的航天员，受训时间一般三到四年，最多六年，至少两年。中国因时间紧迫，经费有限，要求把时间缩短为一年。尽管加加林中心对此感到不可思议，还是认真负责地为两名中国航天员专门制订了一个为期一年的教学训练计划。

1996年金秋十月，中国航天员教练员吴杰、李庆龙怀揣飞天的梦想，第一次走进俄罗斯加加林宇航中心。加加林中心主任克里木克将军本来就对中国航天员心中没底，加上吴杰、李庆龙的身高只有1.70米，与人高马大的欧美航天员相比，既矮又瘦，因此，他安排加加林中心按照俄罗斯选拔宇航员的标准，对他俩的身体素质和航天特殊生理功能又做了一次测验。测验结果是：完全合格！

但接下来要过的每一道关口，都非常不容易。

比如，语言关。吴杰说，我们过去从来没有接触过俄语，虽然来俄罗斯之前曾到北京外语学院找了三个老师，专门进行了八个月的俄语强化训练，但到了加加林宇航中心，俄方教员都用俄语讲课，而且讲的全是专业术语，我们学的那点俄语根本不够使，刚开始几乎一句都听不懂。我们只好加班加点，恶补俄语，每天训练结束回到房间，不管有多苦多累，第一件事就是打开电视，收看俄语新闻。甚至上厕所都在强背单词。

又比如，冬季野外耐寒生存训练关。李庆龙说，冬季野外训练开始后，俄方用飞机把我们拉到北极圈。那里的积雪非常厚，大概有一米多，温度接近零下五十度，人站在雪地上如果不动，几分钟就能把你冻僵！但俄方要求我们三人一组，独自生存四十八小时以上，一切困难自己想办法克服。而且，每人只发给几块压缩饼干、几块拇指大的巧克力和一瓶矿泉水。没有房子，我们就自己搭建一个几平米的"雪屋"。冷了，自己生火。渴了，就把冰块装在铁盒里，再放在篝火上加热，然后当水喝。困了，却不敢睡觉，因为人一旦睡着了，身体温度低于三十五度，就会患低温症，搞不好还有生命危险。所以在这四十八小时里，我们几乎没睡，实在扛不住了，打一个盹，猛一醒来，还以为自己已经到另一个世界了。等到早上的时候，我们嘴唇冻得发紫，脸上、头发上、眼睫毛上全都结上了冰凌子，只有眼珠还在转动。有个美国的航天员就因为鼻子冻伤，被淘汰了。但我和吴杰都挺过来了！这四十八小时让我永生难忘，因为完全是一种死里逃生的感觉！

再比如，隔离舱训练关。所谓隔离舱训练，就是把一个航天员单独关在一间只有七八平方米的小屋里，身上捆绑着各种测试导线和仪器，昼夜不停地按规定的程序操作各项科目，七十二小时后再放出来。在这三天三夜里，只有你自己陪伴着自己，不能睡觉，不能说话——包括自言自语。吃饭时由外面的人从窗户洞里送饭进来，每天只能吃一块饼干，喝一小杯水。除了工作就是工作，不能有丝毫的松懈和怠慢，否则就完不成规定的科目。完不成规定的科目就被淘汰。所以再累再困，也不能闭一下眼睛，只要一打盹，警灯立即把你惊醒。更不能出错，一出错就前功尽弃。特别是到了第三天，度时如年，孤寂难熬，你必须用毅力控制自己的情绪，不能有半点急躁，因为外面有监视器一直监视着你的一举一动，包括你的眼神和面部表情。

为什么要做这种训练呢？因为太空是一个完全不同于地球的地方，航天员在太空飞行中始终处于低压、缺氧、宇宙辐射、高温、低温、超重、失重、噪声以及与世隔绝等极为恶劣的环境里，很容易出现不同程度的心理障碍。美国有一个航天员，由于在太空待的时间太长，情绪出现烦躁，便和同事吵架，甚至打了起来，差点导致航天飞机出事。苏联也有一个航天员，上天后由于心理不稳定，无法控制自己的情绪，便乱扳开关，差点造成飞船出轨。因此，要让航天员做到意志坚定，临危不惧，头脑清醒，遇事不惊，耐住寂寞，情绪稳定，就必须要加强心理训练。李庆龙说，因为航天员在太空有时要连续几天几夜单独执行飞行操作任务，在这几天几夜的太空生活里，是非常孤独寂寞的。做这个项目，就是要训练你承受孤独寂寞的心理能力。这种孤独与寂寞不是一般人所能承受得了的，它需要超常的控制自我的毅力与坚韧的耐心。等三天三夜放出来后，我都快憋疯了，恨不得抓起一把凳子把隔离舱砸了！

与吴杰、李庆龙同时在加加林宇航中心参加训练的，还有美国、法国、英国、德国、以色列等国家的共三十多名航天员。欧美的航天员与中国航天员相比，训练水平总体上差不多，只是在一些具体科目上会体现出各自的长短。但在金钱物资上，欧美航天员绝对占优势。比如，美国的航天员在加加林宇航中心的附近建有专门的小别墅，他们每天开着高级小轿车参加训练，还可以带着夫人或者情人住在这里，自己做饭，像度假一样。每当训练满一个月后，他们便回国休假一个月，再回来接着参加训练。法国等欧洲国家的航天员则每周五乘坐飞机回国度周末，周一再来参加训练。由于欧美航天员财大气粗，参加培训的时间一般又是四年，他们无论在训练上还是生活上都显得十分从容。而中国航天员不光经费有限，而且培训时间只有一年，所以生活上既显得十分寒碜，训练中又显得相当紧迫——因为中国急需航天员教练！尽管加加林中心有双休日，其他人都玩去了，唯有他俩在争分夺秒，惜时如金，刻苦学习，拼命训练，不仅周末不出门，甚至两个月也不上一次街，把自己关在屋子里，不是啃《航天员手册》，就是吃方便面。

整整一年时间里，吴杰和李庆龙没有回过一次国，他们的妻子也没去过一次。他俩就像被关进了不能出门的隔离房一样，与外界断绝了联系，忍受着长时间的孤独与寂寞。他俩唯一去过的加加林宇航中心之外的地方，就是加加林博物馆。俄罗斯民族是一个崇尚英雄的民族，航天员是他们崇尚的英雄之一。俄罗斯的航天员都有小汽车，国家专门为航天员定制了特殊的车牌，航天员开车上街，大人小孩见了都会敬礼欢呼，其他的车都会自动让路，警察也会为他们开绿灯。俄罗斯已有一百多名航天员上了天，每次航天员从天上返回时，都要从加加林中心的"英雄大道"上走过，不仅两边有无数的人夹道欢迎，国家要员也会出面迎接。而且，当晚加加林中心与皇家歌舞团还要举行一个彻夜不眠的隆重的欢迎晚会。每年的加加林逝世纪念日这天，凡是在加加林中心受训的航天员，无论你来自哪个国家，也不管你去没去过加加林的故乡，加加林中心都会把你拉到加加林的故乡，参观加加林博物馆。该博物馆里除了赫然醒目的加加林塑像，还陈列着加加林生前穿过的服装、使用过的办公室以及第一次上天的返回舱。那天，吴杰和李庆龙站在加加林的塑像前，想起加加林三十六年前就已上天，而自己虽然来自嫦娥的故乡，却还在俄罗斯人的帮助下每天气喘吁吁地进行着上天的基础训练，心里涌出的是一种非常复杂的滋味。

当然，训练之余，他俩也有自己的精神寄托方式——给远方的妻子写信。

本来他俩也想打电话，可没条件把电话打回国内，便只有等妻子的电话。按照国内相关规定，家属一个月只能打一次电话。而且，电话费太贵，每次说不上几句话，两百元的通话费就没有了。只有长话短说，可说可不说的话不说。至于夫妻间想念的话，想说也不能说，因为妻子的身边全是排队打电话的人，当着那么多人的面，怎么好意思说啊！许多外国航天员很不理解他俩的生活方式，问，你们怎么受得了啊？他俩淡淡地回答说，习惯了。

吴杰、李庆龙用一年时间，学完了外国航天员需要四年学完的课程。但要想拿到加加林中心的《宇航员资格证书》，还必须闯过最后一道难关——考试！加加林中心的考试极为严格，没有任何特殊照顾，更没有"后门"可开。亲眼目睹了此次考试过程的航天员大队负责人吴川生说，两位中国航天员的考试，由加加林宇航中心的七名专家组成考试小组，考官是加加林中心的副主任。只要有一个专家不投票，考试就算不及格。考试时，两位航天员与教练员不能相见，全部隔离开。航天员是坐在飞船的模拟舱里进行考试，外面是监控室。航天员先穿上航天服，走到考官处，从题库里自己抽取考题，然后进入模拟舱。考题分A卷和B卷，包含四个步骤：模飞四个小时，上升四个小时，运行四个小时，返回四个小时。中间设计了五个故障：两个严重故障，三个一般故障。只要有一个严重故障航天员没发现或者是发现了没排除，就别想及格。航天员的俄方导师和教练事先都不知道考题内容，考试时又不让进去，所以非常紧张，急得在外面走来走去，因为航天员的考试成绩直接关系到他们的职务和军衔的晋升。特别是当第一个严重故障出现时，他们为两位中国航天员捏着一把汗，直到看见两个中国航天员发现并圆满排除了故障，才松了一口气，赶紧跑到外面抽了一支烟。在"交会对接"技术的考试中，几个美国航天员过去第一次都没过关，但我们的航天员上去后对接得非常准，一次过关，考了个4.5分，相当于百分制的九十分。毕业时，加加林中心专门举行了一个仪式，由加加林宇航中心主任克里木克将军为两名中国航天员正式颁发了《宇航员资格证书》。克里木克将军还伸出大拇指说，没想到，中国航天员真棒！

两位航天员回国后，带回不少宝贵经验，还翻译了几册加加林宇航中心的训练文件和资料，为中国航天员的训练提供了难得的帮助。李庆龙说，在俄罗斯学习的一年，我认识上有了很大提高。国外航天员的敬业精神和献身精神，给我留下了很深的印象。美国的航天员在训练当中的吃苦精神很令人敬佩，对工作也兢兢业业。比如我们在黑海训练时，外边温度是四十度，人扔到海里就有五六十度，他们和我们一样训练，做得一丝不苟。有一次，一位俄罗斯老航天员问我，你们中国的火箭老出问题，你怕不怕？我说，现在还没想到那一步，你怎么看？他告诉我说，作为一名航天员，你不要想这些东西，你要相信你的上司，相信工程技术人员，这个东西是个大的系统，不该你管的事老去想它，你的活就干不好，你只管好自己的事就行了。还有一位教我自动控制系统的俄罗斯教员也问我，你们载人航天工程搞到什么程度了？我说你们的报纸上已经登了。他说如果情况真是那样的话，没有七八年时间你们是上不去的，因为不掌握核心技术就别想上天。我说，不一定吧。他说，如果你们国家对航天员不负责任的话，可能会提前。回国以后，经过多年的训练，我更加坚定了对中国载人航天这个事业的信心，因为你人没上天，就不是国际空间俱乐部的成员，人家根本瞧不起你。

1998年1月5日，中国第一支航天员大队正式成立，空军司令员亲手将十四名预备航天员（包括两名航天员教练员）的档案移交给了国防科工委。十四名预备航天员于当日进驻航天城。接着，3月9日，一个春暖花开的日子，十四名预备航天员正式开始了长达五年的"魔鬼"般的训练。

于是，从这时起，十四名航天员已不再是驾驶飞机的飞行员，而是中华人民共和国的首批航天员！航天员是军人中的军人，是勇士中的勇士，是人杰中的人杰，是骄子中的骄子！虽然当时的中国还算不上很富裕，可国家在他们身上却投入了相当大的财力。

十四名航天员的职级都是副团级或正团级，军衔是中校或上校，航天等级是三级或四级（航天等级最高为特级）。航天员的家属由部队统一特招入伍，再分配到各个科室。航天员训练时有训练津贴，每月大约八百元。伙食标准每人每天九十元，食品由专门的生产基地供应，还有五名厨师专门烧菜做饭。人人都有人身保险，保费每人三百万元。一个航天员一年的生活费至少一百万元。十四个航天员的培训费用更为昂贵，其中一个项目的培训费就达两千多万元！为了培养航天员，国家专门建了一个体训馆和模拟器大楼，有几十人甚至上百人专门为他们服务。如果把训练设备器材、医监医保、训练教员、后勤保障、体育场所、基本建设等费用都算在一起，国家每年投在一个航天员身上的各种费用至少上千万！

难怪有人说，如果说飞行员是国家用黄金堆起来的，航天员就是国家用铂金堆起来的！

国家为什么要投入如此大的巨资？十四位航天员心里都清楚，就是希望他们尽快百炼成钢，早日上天，实现中华民族千年飞天的梦想！

然而，从一名预备航天员到一名正式航天员并非易事，其间还隔着一段相当艰难的路程！

首先，从训练者的角度来说，承担航天员训练任务的北京航天医学工程研究所当时在客观上存在着不少问题和困难。从上世纪50年代起，北京航天医学工程研究所以陈信为首的一批老专家就开始了载人航天的研究，几十年来一路风风雨雨，坎坷不断，1985年大裁军时还差一点给裁掉。直到1992年载人航天工程启动后，这个所才正式纳入国防科工委编制，开始逐步恢复元气。

但载人航天工程启动后，一些很现实的问题一直冲击和困扰着研究所。

一是部队的待遇当时还没提高，科研人员每月的岗位津贴只有一二百元，成天加班也没加班费。与地方相比，同一档次的专家和技术干部月收入还不及人家的一半。新来的本科生、研究生到部队三年了，月收入才一千多元，主任设计师也只有两千多元。而地方则至少是五六千元，一些热门的专业如计算机、生物医药、电子技术等的同级专业人员甚至可以拿到一万元。因此，新来的本科生、研究生第三年就开始不稳定，第五年、第六年就转业走人。

二是晋级晋职问题。研究所是军队编制，而科研人员晋级晋职和地方一样，也要看你发了几篇论文，有什么成果，得了几个科技进步奖。但训练航天员，多数人只能当无名英雄，每个人的工作就管那么一小块，你说它不重要，离了还不行，成果却看不见。加上载人航天工程是保密的，你的研究水平再高也不能发表论文，无法从纸面上体现出来，成果也很难申报。即使成果能申报，载人航天是系统工程，一件事情几个部门、几十人甚至几百人同时都在干，成果再大，也是大家的功劳，个人成就显现不出来，评职称时自然就会受到影响。

三是社会主义市场经济初期带来的一些矛盾与困惑。航天员大队训练处处长白延强说，不少航天产品都要通过外面的工厂协助才能完成，而我们的经费是上面分阶段拨下来的，合同只能分阶段签，一艘飞船一艘飞船地签，两三年签一次，不能一下子就签八年十年。第一年签合同时价钱还可以，但第二年、第三年再签合同时对方就开始加价了，而且越往后，要价越高，你不加还不行。他说设备需要更新了，没法干了，你就得给他更换设备。你让他尽快把产品赶出来，他说赶出来可以，但得加班，你就得再给他付加班费。因为航天产品不能半路再找别人干，它已经控制你了，套住你了。当然这些厂都是国营的，有它的难处，本身就不景气，加上物价和材料不断上涨，多要点钱可以理解。但如果是计划经济，他就不敢打马虎眼，也不敢要钱，上级部门可以用职权监督、制约他。再比如说，按航天员训练大纲的要求，航天员每年都该进行一次飞行训练。但我们四年才搞了一次。为什么呢？与管理体制有关，与市场经济有关。搞这样的飞行训练，必须要和空军协调，一协调就涉及钱的问题。过去搞这些项目是不用花一分钱的，但空军说我们没有合适的飞机，没有相关设施，现有的飞机又都老了，很多东西需要更换，航天员规格很高，我们马虎不得，万一出了问题，谁负责啊？这就涉及钱的问题，没钱不好办。这就是市场经济初期带来的矛盾与困惑。结果协调了三年，2001年才搞了一次飞行训练。如果每年搞一次的话，对航天员的心理素质、操作技能的提高会更好一些。"两弹一星"为什么能在那么短的时间搞出来？说明计划经济有它的优点，大家都不计报酬，可以集中人力物力把工作完成。而现在，下达任务是按计划经济，实施中又是市场经济，所以不好干。

再一方面，训练航天员的条件、能力和经验有限。训练航天员是一项开创性的工作，中国过去没干过，缺乏基础，既没硬件设备，又没训练经验，许多事情只能摸着石头过河。航天员负责人吴川生说，开始什么都没有，许多设备连见都没见过。但国家经费有限，不少训练所需的大型设备器材只能白手起家，自己研制生产。比如模拟器，就是我们自行研制的。还有离心机，上世纪70年代曾经搞过一个液压式的，耗能特别高，每次一发动，半个海淀区都得停电，号称"电老虎"！后来改为电机型，设备小，但启动速度快。

航天员的女教官黄伟芬说，我是1985年到研究所的第一批研究生，去的时候几乎什么都没有，不光硬件的东西没有，软件的东西也没有。1997年5月我去了俄罗斯加加林中心，当时正好是他们专业训练最多的时候，我们就参与了他们每天的训练。回国后，我们在原来方案的基础上再进一步分析，开始写航天员的训练大纲。现在装在飞船上的四本手册都是我们自己编写的，这是国内第一部航天员训练大纲。在编写大纲的过程中，我们首先分析俄罗斯和美国的一些资料，看他们做的是什么，而不是看他们为什么这样做。一些好的经验我们直接拿过来就用。当然，我们也不是全部照搬，我们自己也作分析，比如对航天员的飞行有什么样的要求，天上对人有什么要求。同时还征求航天员和其他系统专家的意见，与他们反复商量，看这样做合适不合适，然后再确定我们训练什么，怎么训练。由于我们没有训练经验，对航天员所有的训练项目，我们的教员都要敢当第一个吃螃蟹的人，自己先试一次，有的要试八次、九次，通过反复体验摸索经验。比如像离心机、转椅、秋千这些滋味难受的科目，甚至像跳伞这样的危险科目，我们都要最先亲自体验，然后再把我们体验到的东西写进大纲。所以我们教练员被碰伤、扭腰、崴脚，是常有的事。如果中国要选女航天员的话，我肯定是第一人选，因为航天员训练的项目我全都亲自经历过，连训练费都给国家省了！按当时的规定，航天员训练有补助，我们教练员却连一分钱的补助都没有。但做这件事的时候我们就想好了，谁都知道加加林，但谁都不知道加加林的老师是谁。

　　而最大的问题，还是航天员的训练与训练设备研制工程是同步进行的。按理说，应该工程竣工、设备到位之后，才能开始训练航天员。而实际情况是，由于时间紧迫，工程还没完成，设备还没到位，航天员的训练就已经开始了。与此相关的研制工作也在加紧进行之中。这好像几辆急于赶路的车，都同时拥挤在了一条道上。吴川生说，当时一边要研制航天员的大型训练设备，一边要开展航天员的训练，一边还要抓飞船上的环控生命保障系统，这个系统有二百多个产品，十几个分系统，一百多个子系统。由于许多工作同步进行，所以非常艰难。举一个简单的例子，飞船还没造出来，就要搞模拟器，怎么搞？每个程序都不知道是什么样子，怎么编到模拟器上？飞船还没有，怎么搞操作训练？一段时间强调这个，一段时间又强调那个，训练大纲不断修改，而且训练设备又不能靠引进，首先美国就不可能卖给我们。即便把航天员全部送到俄罗斯去培训，俄罗斯的飞船与我们的飞船结构上有差异，不按我们自己的国情来培训，就算培训回来了也不会飞。本来原计划航天员在模拟器这个科目上训练一年或一年半的，可等模拟器搞出来后，只剩半年时间了，这就影响了航天员的训练计划。于是只有加大训练强度，航天员双休日也不休息了。

再从航天员的角度来说，要具备飞天的能力，最终成为一名合格的航天员，自身必须经过炼狱般的训练。就像《西游记》中描写的孙悟空一样，只有经过太上老君的八卦炉，才能炼出"火眼金睛"。航天员的训练内容主要有八大方面：基础理论训练、体质训练、心理训练、着陆冲击训练、专业技术训练、飞行程序与任务模拟训练、救生与生存训练、大型联合演练。其中仅基础理论这一项，就有载人航天工程基础、航天医学基础、计算机应用基础、自动控制基础、导航基础、电工电子学基础、力学基础、解剖生理学、地理气象、政治理论、高等数学、文学艺术、英语十三门课程。很显然，上述八个方面的训练都极其枯燥、艰难，极其痛苦，要想通过其中任何一项，都极不容易。

比如说，十四个航天员都是优秀的飞行员，但优秀的飞行员不等于合格的航天员。飞行员下了飞机，可以不在公众场合抛头露面，可以不参与社交活动，可以选择自行回家，休息日爱干啥干啥。但航天员不同，下了飞船，得与世人见面，不光要会微笑，要会致意，要会招手，还要会讲话。一旦参与国际空间合作，还要会讲外语——至少要会讲一门英语。这就要求航天员的修养、气质、外表、风度、言谈举止等都要与众不同，达到更高水准，具备所谓的"国家形象"。

但实事求是地说，十四位航天员的基础知识都不是太好，加上他们绝大多数出生于农村，在修养、气质、风度方面与要求的标准也存在一定的差距，所以只有通过各种严格的训练，才能加以弥补、提高。可航天员个个都是三十多岁的人了，再学"英格里氏"，再学文学艺术，再学高等数学和航天医学，该是多么枯燥、多么艰难、多么痛苦啊！据说有的航天员晚上死啃书本时，为了扛住这枯燥难熬的日子，不让自己打瞌睡，常常一手拿着课本，一手拿着牙签不停地扎着自己的脸！有一次英语考试，有个航天员只考了几分，回家后，媳妇第一句话就问，今天考得怎么样啊？他满脸通红，低着头不敢回答。因为不光无颜面对媳妇，还有儿子也在旁边竖着耳朵呢！于是他当晚一夜不睡，躲在被窝里狂背单词。翌日早上起床，还靠墙倒立，反复背诵。儿子见了问，这是干什么呀？他说这叫"倒背如流"。还有一次，为了培养、提高航天员的艺术气质，航天员大队把十四名航天员专门拉到北京音乐厅去听交响乐。可听着听着，有几位航天员居然在音乐厅里打起了呼噜！幸亏那时候的航天员还默默无闻，加上出门绝对保密，旁边的听众谁也不知道打呼噜的小伙子竟是后来中国的"航天英雄"！

比如说，航天员抗超重的耐力要达到八个G。一个G即地球表面的标准重力。即是说，我们在地面上是一个G，航天员在升空和着陆时就要高于我们的八倍。人几十万年都是生活在地球上，即几十万年都是在一个G的重力环境下生活，如果从地上飞到天上，一下子就要在八个G的环境里生存。那么怎么才能让航天员适应天上这个新的恶劣环境呢？这就要在离心机上进行适应训练。我曾亲眼见过这种训练。当离心机飞速旋转起来后，随着离心机的不断加速，航天员的脸渐渐涨红，逐渐变形，肌肉下陷，前额凸起，眼球鼓出，全身像压着一块上千斤重的石板，从而导致心跳加快，呼吸困难，其难受的样子无法描述。当然，在航天员的身边也设置了一个红色的按钮，若实在受不了时，也可以伸手按下这个红色按钮，请求停止。但在五年上千次的训练中，却没有一个航天员按过一次这个红色按钮！

再比如说，为了体验在太空环境中工作的状态，航天员就要进行失重状态的训练，体验失重的感觉。因为飞船一进入轨道，就会进入微重力状态，即通常所说的失重状态。如果航天员能提前体会一下这种感觉的话，以后乘坐飞船上天就会更适应一些。而要进行这项训练，就必须有大型的喷气式飞机，这种飞机可以飞抛物线，飞出25秒的失重状态。但中国没有这种大型喷气式飞机。这种飞机造价昂贵，中国不能为了训练一下航天员就自己专门去造一架，或者掏钱从国外买一架。最好的办法是租用外国的这种飞机。就像一个人想体验一下在空中飞行的感觉，用不着自己花钱去造一架飞机，或者到国外去进口一架飞机，而只需买一张机票，到天上飞上一圈。何况今日之世界早已变成了一个地球村，而地球村一体化经济的最大特点就是不求所有，但求所用。因此，中国决定租用俄罗斯的大型喷气式飞机，让十四名航天员到俄罗斯进行失重体验。

　　失重体验飞行是在一万多米的高空进行，飞机要在一小时内连续飞出十二个抛物线，一会儿头朝上，一会头朝下。朝上是超重，朝下是失重，超重、失重，失重、超重，轮番进行，交替出现。虽然失重时间只有短短二十五秒，却要来回折腾十二次！大脑前庭功能和体质不过关的航天员当即便会头昏脑涨，狂吐不止，根本受不了。

　　因此，当1999年中国航天员来到俄罗斯加加林宇航中心时，俄方教官一看他们个个身材瘦小，其貌不扬，估计小伙子们的身子骨根本经受不住折腾，便对中方负责人说，可能用不了半小时，这些中国小伙子们就会被折腾得死去活来。中方负责人说，不会的，你放心，这些小伙子的身体棒着呢！俄方教官说，为了对你们航天员的安全负责，飞行中要是他们呕吐了，我们就立即停止。中方负责人一听就急了，心想，这怎么行呢？来俄罗斯进行失重体验，飞一次就是十几万美元！一停飞，十几万美元岂不就打了水漂？于是坚决不同意，并半开玩笑地说，要是有人吐了，你们就把他从机舱里扔出去！不过，希望你们飞抛物线的时候，动作不要太大，我们的小伙子都是第一次体验。俄方答应试一试。

　　第二天，十四名航天员临上飞机前，中方负责人对他们说，别忘了，这是我们用美金换来的机会，这个机会对你们来说既是第一次，也是最后一次！所以希望你们无论如何也要坚持住，就是吐到了嘴里，也要给我咽回去！

　　据现场的翻译后来说，这天俄方不但没有减小反而暗中加大了飞机飞抛物线的幅度，说是要考验一下中国航天员的前庭功能和身体素质到底如何。结果没想到，失重飞行刚进行到一半，俄方一个助理教练就吐得一塌糊涂。而中国十四位航天员不但一个没吐，反而全部完成了俄方规定的科目，最终赢得了俄方教练们的一片掌声。

　　当然，航天员也是人，也是普普通通的平凡人。

　　十四名航天员中，除杨利伟出生于辽宁绥中县西关街外，其余十三人无一例外全是贫寒的农家子弟。纯朴善良、吃苦耐劳、勤奋好学、追求上进，是中国航天员最可贵的品质。而作为从农村走进军营、从茅房住进高楼的中国航天员，除了身负民族的飞天使命之外，自当兵那天起，就发誓一定要通过自己的艰苦奋斗去改变自身的社会地位，摆脱家庭的贫穷困境，这也是他们有别于世界上其他国家航天员的一个显著特征。正因为他们绝大多数出生于农村，生长在农村，小时候吃过很多苦，上学时家里连学费都交不起，只能借钱读书，所以他们能有今天这样一种生活待遇，已经感到很满足了，从不计较待遇和报酬。有一次，广东省的一位副省长问有关负责人，航天员一月能拿多少钱？有关负责人告诉他说，三四千吧。这位副省长很吃惊，说，三四千还算钱？我看三四万也不多！航天员们听说这事后，很不好意思，说，我们什么都不怕，就怕说钱。

航天员大队训练科科长张平说，十四名航天员都很朴实。性格有的比较外向，有的比较内向，外向的大约占三分之一。但多数航天员都能敞开谈，随便聊，在跟他们的交往中能做到无话不谈。航天员都很聪明，个个都是人精，他们之间的差距不是很大，每个人本身的智力、理解力和记忆力都非常好。最大的特点是个个争强好胜，上进心强，训练科目再苦再累也要完成，训练指标无论如何也要达到，计算机都达到了二级水平。打篮球时，从不服输，对方只要赢了一分，马上就拼命抢回来。他们年轻气盛，大的矛盾没有，小的磕磕碰碰是难免的，但都不在乎，彼此都非常谦让。另外，每个人在平常生活中自我和相互的保护意识都非常强，比如打篮球不小心碰着谁了，立即就问，怎么样，没事吧？

不过，常人与生俱来的弱点在航天员身上同样存在，比如担心、害怕。一位航天员说，我们刚当飞行员的时候，第一次开飞机，心里就有些怕。选上航天员后，刚到航天城参加训练时，心里也有点怕，只是嘴上谁都不说而已。为什么呢？因为驾驶飞机和驾驶飞船毕竟是两码事情，你面对的是两个完全不同的物体。加上对飞船、火箭的性能特点不了解不清楚，就会产生种种担心与顾虑。飞机上天可以飞很多次，这次不行有下次，下次不行还可以再飞一次。但飞船不行，飞船上天只有一次机会，不可能给你第二次机会，也不允许你有第二次机会，行不行就一锤子买卖。万一上去了下不来怎么办？心里难免就会犯嘀咕。后来，逐渐知道载人航天是怎么回事了，逐渐熟悉飞船、火箭的特性了，摸到规律了，心里也就不怕了。因为我们毕竟飞了那么多年的飞机，又有这么多年的航天员知识与技能的训练，还有那么多优秀的航天专家！

航天员们兴趣比较广泛，常人的喜怒哀乐、七情六欲、生活需求他们同样也有。他们喜欢收集一些纪念品，比如扇子、刀具什么的；他们喜欢文学作品，看一些传记、小说、科幻读物等；他们喜欢辩论，也善于辩论，比如看"新闻联播"，看着看着就辩起来了；他们爱好运动，喜欢篮球、乒乓球、羽毛球和足球，有的围棋也下得不错；他们个个都能喝酒，一般都能喝半斤八两，最多者能喝一斤半左右，而且喝了还不醉！

吴川生说，大部分航天员以前做飞行员时都有抽烟的历史，到了航天城后，开始时也抽烟。后来我们从医学的角度考虑，建议他们不要抽烟，他们便通通戒了，而且说戒就戒了。这也是航天员毅力的一种体现。因此，除了过节聚会，航天员一般不抽烟，不喝酒。但一旦喝起来，就不得了，他们身体素质好，个个都是海量，酒桌上很少找到对手。

此外，航天员们还喜欢跳舞。为了增强航天员的文化气质和艺术修养，教学中给他们设置了文化艺术欣赏课，并安排他们观摩一些大型的文艺演出，如交响乐、轻音乐、歌剧等，国内国外演出的都有。开始时他们听不懂，后来搞了个管弦乐队，让他们学五线谱，吹管乐，部队的一些文艺演出都要求他们上台表演。此外，一些书法、美术、演讲、卡拉OK以及体育等方面的活动也让他们参加。他们通过亲身体验，渐渐培养了兴趣，到后来有了一定的欣赏水平。部队还专门组织了一些女同志教他们跳舞。刚开始，十四个航天员没有一个会跳的，到后来没有一个不会跳的，而且兴趣颇大。航天员每年都有疗养的机会，但按规定，航天员疗养时不能带妻子。为什么？因为是健康疗养。健康疗养是调理航天员的身体，不是夫妻共度蜜月，只有康复疗养即受伤后的恢复疗养才允许带妻子。航天员在家训练时，每个周五可以回家，周六、周日自己安排，周一早上按时归队，夫妻生活与飞行员近似。虽说多了些约束，少了些自由，可每周能与家人团聚，日子并不寂寞。但到了疗养院，难免就显得孤单，因为疗养院对航天员的活动范围有限制，一般不准步出疗养院大门。航天员在家被"关"，出来还要受管，便与站岗的战士磨蹭，变着法子也要出去溜达一圈。后来疗养院组织舞会，给了航天员一个放松的机会。于是，跳舞成了航天员最喜欢的消遣方式，而疗养院的姑娘们也喜欢和又帅又酷的航天员跳舞。这一来，有的航天员的妻子便有点紧张。别看航天员个个在外八面威风，在家却几乎都是"妻管严"！据航天员大队一位负责人说，十四位航天员至少有一半怕老婆！因此，他们不光在家要受妻子的"领导"，出门也得服从妻子的"遥控"。好在航天员不仅飞行技术出色，对付老婆也有一套。比如，有一天晚上，舞会即将开始，一位航天员的妻子突然打来电话"查岗"，问，你在干什么呢？航天员说，我准备出去。你出去干什么啊？我出去开会。开什么会呀？你就别问了，反正是很重要的会，领导还在那边等着呢！妻子一听老公说"开会"，而且还有"领导"在"等着呢"，便放心地挂了电话。于是航天员关掉手机，从容步入舞场，搂着一位姑娘便"蹦喳、蹦喳"地跳了起来……

那么，航天员在妻子的眼中又是个什么样子呢？

我曾对十四名航天员的妻子做过采访，我们不妨来听听其中几位的原始录音：

杨利伟的妻子张玉梅说，杨利伟无论做什么都很认真，脑子比较好使，反应比较快。十四人里面他的基础不是很好，但有一次我去食堂吃饭，碰到他的教员，教员对我说，祝贺你，你们家杨利伟英语考了一百分！以前他对家务事基本不怎么做，家里的事没怎么让他操过心。但2001年7月，我查出来得了肾炎，住院了，杨利伟从这个时候开始做家务了，对我也很体贴，很照顾。他觉得很内疚，因为他以前不管家。医院那种地方，各种病菌比较多，我不想让他去，但最初做肾活检的时候，他陪了我一个半天、一个晚上。我做完之后他就参加飞行训练去了，我出院的时候他还没回来。杨利伟平常工作非常忙，但他还要辅导孩子学习。孩子八岁了，上小学三年级。每次送孩子去学英语，只要能去，都是他带着孩子去。近期他们做强化训练，每个周末回来都拎着一个包，包里全是模拟器训练的教材，每做一次都是新内容。他跟我说，每次他都是第一个做。他们的训练量很大。他说一次训练下来，他的体重能减两公斤左右。他的老部队的领导对他都很关心，有个副团长打电话对他说，利伟，你要是第一个上天，我组织一个战友团给你助威！我就试探着对他说，别太拼命了，差不多就行了吧。他却很认真，说那不行，我来这儿是干什么的？不上天，我当航天员干吗？在平时的闲谈中，我感觉他有想第一个上天的愿望。

翟志刚的妻子张淑静说，在我的眼中，翟志刚主要有三点。第一点，他是一个很负责、很温情的丈夫。比如说，他每天无论工作多么疲劳、多么忙、多么晚，他都要给我打个电话，让我放心。第二点，他是一个很可爱的父亲。每个周末儿子见他回来，特别亲，好像好久没见到爸爸似的。他放下东西就陪儿子一起玩玩具，一起学习。我跟他开玩笑说，给儿子买的玩具，每次都是你先玩。有一次儿子住院了，一个病房住了六个人，别的孩子下午都是父亲来看，晚上是奶奶、外婆来看。我们家就我自己。儿子就问，妈妈，我的爸爸怎么跟别人的爸爸不一样啊？我说怎么啦？儿子说，爸爸怎么不来看我呢？说得我挺心酸的。后来他给儿子道了歉。其实他对儿子很关心，就是太忙了。第三点，他是一个很孝顺的儿子。他的父亲很早就去世了，他一直对母亲非常孝顺，对家里的哥哥姐姐也很好。直到现在他都有个信念，他说他的工作不是为了他自己，老父亲和老母亲都在老家看着呢！总之，他这人做什么事都要做好，动手能力比较强，做起事来特别细，细的时候我觉得我一个女人也不如他！他心理素质特别好，坐班车的时候有个老师跟我说，他做离心机训练的时候，有的人很紧张，他还面带微笑呢！他这人心态挺好，对航天员这份职业信心挺足，聊天的时候他跟我说，如果他被选为首飞第一人，他会毫不犹豫，尽百分之百的努力去完成任务。如果选不上，也一定尽力配合好！

聂海胜的妻子聂捷林说，聂海胜对航天事业、对自己的理想有一股执著的追求精神，有坚忍不拔的品质。比如说，他当了航天员后，体重偏高，就得减肥。航天员的伙食非常好，但大虾之类的好东西他都不吃，而且我们全家也得跟着他减肥。他只要一回家，家里就不做荤菜了。但孩子一天不吃肉就不行，所以在他回家之前，我就让孩子先好好吃顿肉。减肥除了控制伙食，还有运动，他的运动量比别人要大两三倍，上完体育课，他自己还要练。甚至星期天一大早，也拖着老婆孩子去大操场上跑，谁也别想睡懒觉。他很快就减了十斤。因为长期运动量很大，后来他的关节有点积液了，他就很着急，找医生理疗。可理疗还没结束，他又开始锻炼了。还有就是学外语，他是农村小学毕业的，那时的农村学校没开外语课，到高三才开外语课，毕业时他只考了几分，只认识二十六个字母。所以他学外语非常吃力，一个单词一个单词地查它的读音。语法也不懂，费很长时间把基本语法看一遍，完了再一个一个对号入座，然后把这一句话翻译出来写在下面。不懂的地方，有时候问我，有时候问孩子，有时候干脆全家一起坐下来讨论，谁说得对就听谁的。有的项目他比别人差一些，他很着急。我就说算了吧。可他不放弃，他说，只要还没有人踏进飞船之前，我就有希望。他这个人的思想比较传统。他的一个观点就是，我尽我最大的努力，我要能上，那就最好。有一次他和我说到首飞的问题，他说，假如我是三个人中上不了天的那一个怎么办？我说别人半夜三更就得起来做准备，你可以睡个安稳觉啊！他说那我也睡不着。我说你不睡干什么？他说我就陪着这个要上天的航天员，帮他做准备，给他讲点笑话呀、弄点好吃的呀什么的，让他放松放松。

费俊龙的妻子王洁说，费俊龙这个人特别细，我跟别人开玩笑说，在家里我干粗活，他干细活。家里什么细活、小活他都能干，雨伞坏了他修雨伞，闹钟不走了他修闹钟，搭毛巾的架子松了他修架子，马桶坏了他修马桶，安装空调他自己抹泥子，甚至细到一支自动铅笔坏了他都能修好。我说一支铅笔还修它干吗，扔掉算了。他说为什么要扔，我马上就能修好。说着说着他真的就给修好了，然后还很得意地说，看看你老公怎么样？结婚前他问我，你对我当飞行员有什么看法？我说，我举双手赞成。他说那我就放心了。后来我也问他，你心胸有多宽？他说，你看蓝天有多宽，我心胸就有多宽。当了航天员后，他没有说过豪言壮语，工作上的事也很少跟我说。但有一点给我印象很深。当飞行员时不让吸烟，他戒了三次都没戒掉。当了航天员后，有一天晚上他给我说，他抽完这一包就不抽了。以后五年多，我真的再没见他抽过一支烟！

李庆龙的妻子蒋红说，当初李庆龙告诉我他选上航天员后，我也很自豪。但我觉得航天员比飞行员风险大，就很担心，我说你能不能不去啊？他说不行了，选拔的人告诉我说，你已经是国家的人了！我刚来北京，他就去俄罗斯参加训练了。孩子要学英语，还得学琴，家里所有的事只有我一人干。我家里条件很好，有人开公司，搞得挺不错，我原来搞了多年的财会，他们很需要我。2002年的时候，我说要不我就转业吧，你自己在这里干。他说我干这个工作，你哪能说走就走，走了孩子怎么办？开公司的人多得是，干我们这个的有几个？记住了，要奋斗就有牺牲！我觉得他这人干什么事都很执著，包括谈恋爱也一样。我第一次见他的时候，觉得他很普通的，个子不高，光头。那时候我还不到十八岁，他十九岁。放假时他妹妹晚上去我家，约我出去吃冰激凌，然后去了他们家。他伸出手跟我握手，我感觉很不好意思，伸了一下手就缩回来了。后来他说在这之前他见过我。我们家住的是四合院，院子里种了好多花，他一个高中同学家的窗子正好对着我们家，说我们家有五朵金花，他就从那个同学家的窗子里看见了我。后来他妹妹就让他给我写信。有一天我收到他的信，感到很奇怪，他写了两张纸，说对我感觉很好，如果愿意交朋友就给他回信。我没给他回，给他妹妹回了信。后来他妹妹跟我说，她哥哥挺伤感的，说他争强好胜的没看上过别人，看上了我又不搭理他。他妹妹就让我给他写信。后来我们就通信了。他给我写了很多信，每次给我写信都说，我一心一意想跟你交朋友。他一直很真诚，说我们家就这样，没钱，也没权，我本人个子又不高，是个"二等残废"，你可别后悔。他把给我写的信件全编了号，说看看到底能写多少。他航校毕业后，就和他妹妹一起跑到单位去看我，我一见他脸就红了。我们已经好几年没见过面了。他第一次去我们家是空着手去的，什么都没买，他自己不懂这些事，我们家也不在乎。他这人就这样，现在都不知道自己的工资是几级，一月拿多少钱。他们政委说他是小事很糊涂，大事不糊涂。不过有时候他也很浪漫的，比如结婚纪念日，他给我买了一束花。去俄罗斯训练回来时，他给我买了好几条项链，好几个耳环，还有几百块钱的香水。别人都把钱留着，他说老婆只有一个，留钱干吗？他这人个性很强，性格很倔，只要自己认准的，从不在乎别人说什么。比如请他去参加联欢会，也就是应酬的会，别人都去了，他却不去。我说你怎么不去？他说我是来当航天员的，拿个话筒摆来摆去的，干吗？他就这么个性格，我爱上他可能也是因为这个性格。他一点儿也不喜欢应酬，心无杂念，总想一心一意地干点儿事。他这人还爱憎分明，从不给人留面子。即使他母亲做错了，他也会马上指出来，说妈妈你错了，必须改。他经常说，我当老师的话，肯定是全国最优秀的老师。原来他在飞行大队当教官，学员飞得好的就上飞机，飞得不好的就下来，有时候还当着众人的面批评学员，弄得人家很没面子。我就说他。他说，批评他怎么了？这是人命关天的事，他上去出了事怎么办？我跟他父母怎么交代？他当航天员教练后，工作上的事我从来不问。他是为了追求他的事业来的，我是为了支持他的工作来的。对他能不能上天，我无所谓。他刚从俄罗斯回来时，领导说让他和吴杰也当航天员，一样参加选拔，能选上就上天。但他在十四个航天员中年龄最大，自己担任的又是航天员教练，可能觉得自己没机会上天了，就跟我说，我能上就上，上不了就好好培养航天员，一定要把中国的航天员好好培养出来!

有人说过,不想当将军的士兵不是好士兵。不想上天的航天员呢?可以肯定地说,十四个航天员没有一个不想上天的。但也可以同样肯定地说,十四个航天员不是人人都能上天的。因此,这十四个航天员自从成为预备航天员那一刻起,争取上天,便成为他们拼命追求的梦想!

但十四个航天员心里都明白,争取上天的前提是:必须从一个预备航天员成为一个合格的航天员。即是说,你得首先摘掉"预备航天员"这顶帽子,拿到正式航天员的合格证书。就像一个司机,只有先拿到了驾照,才有可能上路开车。

而要想拿到航天员的"驾照"并不容易。从苏联、美国的经验来看,他们训练航天员的淘汰率是百分之四十到五十。也就是说,在从预备航天员到正式航天员的训练过程中,有近一半的人被淘汰!从中国自身实际情况来看,训练航天员是白手起家,从零做起,训练成效到底如何,最后还须经过层层严格的考试才能知道。倘若十四人中任何一人有一关过不去,都会被淘汰出局!因此,十四个航天员尽管进了航天城,尽管脱掉飞行服、换上了航天服,尽管在训练中万分刻苦、拼尽全力,但能不能成为一名合格的航天员,最终拿到驾驶飞船的"驾照",谁的心里都没底,因而难免忐忑不安。

可喜的是,十四个航天员通过四年的拼搏努力,全部通过了几近残酷的考试,终于摘掉了"预备"这顶帽子,拿到了航天员资格证书,从而成为中国第一批正式的航天员!

但就在这时,情况突然有变。

在原定计划中,乘坐"神舟五号"上天的是两个航天员,而且在天上飞行的时间是七天七夜。两个航天员一起上天的好处是工作上彼此互补,生活上彼此照应,精神上相互支撑,心理上相互依靠,万一遇到什么问题两人可以相互商量——毕竟是第一次嘛!如果是这样,十四个航天员每人入选的概率就是七分之一。但为了把风险降到最小,上级最后决定:改变原定方案,由两个人上天变成一个人上天,由在天上飞行七天变成只飞行一天!这一变,使得本来就激烈的竞争一下子变得更加激烈了。即是说,十四个航天员中只能有一个人上天!

那么，这个人会是谁呢？

像个谜，而谜底谁都不知道。十四个航天员自己也都不知道。他们只知道，这一变，原来由两个人完成的工作现在就压在了一个人身上；上天后一旦出现问题，原来两个人可以商量，现在只有一个人自己扛。这意味着对航天员的身体条件、心理素质和技术水平等都提出了更高的标准、更高的要求，也意味着训练难度会比原来更大！于是，对于争当中华飞天第一人，十四个航天员个个都暗中铆着劲，开始了更加激烈的竞争、更加刻苦的训练！

应该说，十四位航天员无论哪一位都很优秀，都很出众，要不怎么是千里挑一呢？但相比而言，最为突出者，或者说最有特点的人，还是杨利伟和翟志刚。

先说杨利伟。

在我采访十四位航天员之前，我并不知道第一个上天的航天员是谁。但当我采访完十四位航天员之后，我感到第一个上天的航天员就是杨利伟！这个判断在当时没有任何根据，仅凭我的直觉和经验。就像有十四个漂亮的女孩，当她们分别出现在你面前的时候，你会觉得每一位都很漂亮。而当十四个女孩同时出现在你面前的时候，你一眼便能看出其中最漂亮的一位。杨利伟当时给我的就是这种感觉。

杨利伟最大的一个特点，或者说他的与众不同之处，就是他比别人多了一份淡定与沉稳。他的这份淡定与沉稳，仅仅在电视画面上或者听人讲述，你是很难体会到的。只有当你面对面地和他坐在一起倾心交谈，并注意他那一双始终静如止水的眼睛，你才有可能直接、真切地感觉得到。我在与杨利伟第一次面对面的交谈中，便明显地感觉到了这一点。尤其是当他和其他十三位航天员坐在一起的时候，这一点尤为突出。

杨利伟的这份淡定与沉稳，在我看来是天生的，或者说是他的基因决定的。这样的天分再加上后天的勤奋，便造就了杨利伟日后的从容不迫与坚毅自信。据说加加林第一次上天之前，本来排名是在第三位，但就在上天的前夕，因为他比另外两个航天员在心理上更淡定、更沉稳（传说其中一个航天员还尿了裤子），于是他便从第三名跳升到第一名，成了人类飞天第一人。但加加林在"东方号"飞船起飞那一刻，心率是一百次，而杨利伟后来在"神舟五号"

飞船起飞那一刻心率却只有七十六次！由此可见，杨利伟的这份淡定与沉稳，绝非凡人所能。而这一点，对于要在茫茫宇宙中穿行而非在地上散步的航天员来说，至关重要。这是杨利伟有别于其他十三位航天员的最厉害之处。

为了对杨利伟有一个立体的认识，我曾采访过主管航天员训练工作的女教练王伟芬。王伟芬说，杨利伟是个非常全面的航天员，技术全面，成绩很好，口才也很好。他爱人的肾有问题，他的训练却一直不受影响，做到这一点不容易。他的心理素质很好，遇事沉着冷静。原来在当飞行员的时候，曾经遇到过事故，是飞机的发动机坏了。飞机的发动机出问题是很严重的，但他很冷静，处理得很好，让飞机安全着陆，还立了功。心理素质好也体现在成绩上，成绩好能体现一个人的全面素质。他的基础不是特别好，刚开始训练的时候，他的成绩也不是最好的，后来他成绩就慢慢上去了，差不多都是优秀。他对教员很尊敬，对身边的工作人员也很尊敬，为人比较谦和，能做到一切行动听指挥。比如教员提什么要求，他肯定会按要求去做。他的突出点就是各方面比较全面，比较稳定，不是某一方面很突出。他的歌唱得不错，演讲口才也不错，参加体育比赛，五百米跑了第一名。

再说翟志刚。

什么是帅什么是酷？什么是英俊潇洒？什么是艺高胆大？什么是挥洒自如？如果你见了翟志刚，相信你会从他身上直接得到一些答案。在我看来，在十四个航天员中，翟志刚的情商最高。什么是情商？这是1995年美国哈佛大学心理学教授丹尼尔·戈尔曼首次提出的一个新概念，它包含五个方面的内容：情绪控制力；自我感知力；自我激励、自我发展能力；认知他人的能力；人际交往的能力。丹尼尔·戈尔曼教授认为，"情商"是一个人重要的生存能力，是一种发掘情感潜能、运用情感能力影响生活各个层面和人生未来的关键的品质因素。真正决定一个人是否成功的关键，是情商而不是智商。智商即智慧、智能，是人们认识客观事物并运用知识解决实际问题的能力。它包括观察力、记忆力、想象力、分析判断能力、思维能力、应变能力等。于是有人创造了一个公式：成功等于百分之八十的情商加百分之二十的智商。这个公式可以理解为，智商再高而情商不高，未必成功，即便成功了也不一定能持续成功；而智商不高但情商较高，则易于成功。1960年，美国著名心理学家瓦特·米歇尔还做了一个所谓的"软糖实验"，即把一帮幼儿园的孩子关在一间屋子里，每人面前放上一块软糖，告诉孩子不能吃，谁吃了就不奖励，谁没吃就可以再奖励一块软糖。结果，老师走后，有的孩子把手背在身后，闭上眼睛，一动不动；有的孩子刚把手伸出去，又缩了回来；有的小孩开始还能忍住，后来就把软糖塞进嘴里了。后来继续追踪研究，发现未吃软糖的孩子上初中后大多数成绩很好，有毅力，有合作精神。反之，吃了软糖的孩子则各方面表现平平。心理学家认为这些不吃软糖的孩子是情商较高的人。

儿时的翟志刚就是一个"不吃软糖"的孩子。在我看来，他的情商与母亲有很大关系。翟志刚出生于黑龙江省龙江县一个贫穷的农民之家，父亲因脑血栓后遗症而常年卧床不起，在翟志刚很小的时候就病故了。他兄弟姐妹六人，只有靠母亲一人抚养。母亲为了供他兄弟姐妹们上学，只好做点小本生意——把生瓜子买回来，用铁锅炒一炒，再一小包一小包地卖出去，从中赚回几毛钱的差价。母亲把卖瓜子的地点选在电影院门口和火车站。每场电影放映一个多小时。电影开场前，母亲在电影院门口卖瓜子。电影开始后，母亲就匆匆跑到火车站去卖，等电影快要结束时再匆匆赶回电影院门口卖。每晚两场电影，于是母亲每晚都要在电影院和火车站之间来回奔波四次。冬天天气冷，看电影的人很少，买瓜子的人更少。但挎着小篮子的母亲依然裹着头巾每晚坚持站在寒风瑟瑟的电影院门口，小心翼翼地迎候着一个个进场和散场的观众。于是翟志刚的童年，是每天晚上看着母亲在煤油灯下数着一分、两分的硬币和一角、两角的纸币度过的。看见母亲如此辛苦，翟志刚决定不再上学，要帮母亲卖瓜子。没想到母亲生气了，把他叫到身边，流着眼泪告诉他，爹妈闯关东到了东北，一辈子就是因为没文化，不会写一个字，才受了这么多的苦！你一定要好好念书，不好好念书，怎么对得起你死去的爹！于是翟志刚又回到了学校，从此发愤读书。学校的补课班要交五块钱，翟志刚交不起，就把补课班的同学的笔记拿回去抄上一遍。家里只有一个电灯，为了不影响家人睡觉，翟志刚就给电灯接上一截导线，晚上把电灯拉到外面去看书，白天再把电灯拉回房间。这时的翟志刚第一次有了自己的梦想，这个梦想就是：一定要通过自己的努力，让母亲和家庭摆脱贫穷，过上好日子！考上高中后，翟志刚学英语没有录音机。有一天，在火车站卖瓜子的母亲偶然得知卸鹅卵石车皮可以挣钱，便让女儿找来几个人包下一节车皮，然后自己也颠着小脚赶到现场。翟志刚的母亲既不能挑，也不能扛，便用手捡起一块一块的鹅卵石，再往女儿肩上的筐里装。她和女儿以及几位同乡一起，拼命干了整整四个小时，卸下五十吨鹅卵石，却只挣回三十元钱！母亲就用这三十元钱，给儿子买了一个砖头式录音机。翟志刚高中毕业时被选上了飞行员，老师同学都为他高兴。他却高兴不起来，甚至还打算放弃，原因是他担心自己走后家庭的重担会压垮白发苍苍的母亲。母亲知道后非常生气，又把儿子狠狠数落一顿，并要儿子一定穿上军装，离开家门！翟志刚临走这天，母亲第一次中断了卖瓜子的生意，亲手炒了半盆热乎乎的瓜子，全部倒在桌上，请邻居们都来嗑瓜子！在翟志刚的记忆中，从没见母亲嗑过一粒瓜子，可这天他第一次看见母亲嗑了半把瓜子。送别时，翟志刚的两个姐姐都哭了，可母亲迈着小脚跟着火车走了半里地，竟然没掉一滴泪！后来翟志刚孝敬母亲的唯一方式，就是每月给母亲寄钱。他头两个月的工资一分未花，全部寄给了母亲。用他自己的话说，能寄多少就寄多少，直到寄得自己心里舒坦为止。

是的，人就是活在梦想之中。梦想是什么？梦想就是一个念头，一个希望。一个人如果连梦都不敢想，谈何前程？谈何希望？一个没有梦想的人，或者说一个连梦都不敢想的人，如同一个没有梦想的民族，是永远不可能有前程和希望的。苦难的童年，迫使翟志刚不得不编织自己的梦想，或者说是苦难的童年造就了翟志刚的梦想。这个梦想，翟志刚实现了。而且，他最终超越了自身的苦难，超越了自身的贫穷，由个人的狭小梦想，转变为整个民族的宏大梦想。这个民族的宏大梦想就是，中华民族要挣脱地球的束缚，飞到天上！为此，他将个人的梦想叠加在了民族的梦想之上，或者说他将个人的梦想融进了整个民族的梦想之中。

于是，我们从翟志刚的身上，又看到了一种率真、大气、潇洒与豪放，体现在他的脸上，准确地说，体现在他脸上的笑容上。在与翟志刚的近距离接触中，我发现，无论在公共场合、平时生活或者训练当中，翟志刚是十四个航天员中脸上笑容最多的一个。他笑得很自然，很率真，甚至在离心机上做训练时，在七八百斤的重压之下，他依然能面带微笑，从容应对。可不能小视了这笑。从人的角度来看，如此自然、率真的笑，是人性、人情、美好内心世界的体现，今日之中国太需要这个东西了！需要，就是缺少。中国传统中的公众人物——明星们除外，特别是某些身居高位者，脸上大都写着"严肃"。严肃当然没错，但这"严肃"很容易被人民当成冷漠。如今，"以阶级斗争为纲"的年代早已过去，中国开始讲究以人为本，讲究和谐社会，我们的老百姓很需要一点人的温暖、人的温情、人的关怀。再具体点说，很想多看见一点笑，尤其是像翟志刚脸上那种自然、率真的笑。这笑，颇具中国新一代青年人的气质，很能代表新一代中国人的形象！所以，翟志刚作为一位公众人物，一位航天员，他脸上的笑便显得弥足珍贵，意义非常。这是翟志刚最具魅力的地方，也是有别于杨利伟的地方。

事实证明，翟志刚和杨利伟同样了不起。翟志刚曾先后两次入选"神舟五号"和"神舟六号"航天员第一梯队，但两次都没有上天。这两次落败，对翟志刚来说，心灵上的打击是无可避免的，至少是有影响的。但问题的关键不在于有没有打击有没有影响，而在于翟志刚本人是否经受住了这种打击或影响。后来长达五年的事实表明，翟志刚经受住了。这对一般人来说，是很难做到的。须知，从2003年到2008年，是漫长的五年漫长的一千二百八十五天！在这漫长的一千二百八十五个日日夜夜里，倘若翟志刚的情绪稍有一点沮丧，意志稍有一点松懈，必将被淘汰出局！然而翟志刚没有。历经五年卧薪尝胆之后，他终于登上了"神舟七号"飞船，出舱行走，漫步太空！他坚韧、自信、豁达、乐观的性格，或者说他独具魅力的情商，造就了他个人的成功，也成就了一个民族的辉煌！而且面对宇宙，他横空一笑，倾倒天下看客！

然而，无论杨利伟还是翟志刚，甚至包括高层领导，这个时候谁都不知道，究竟谁能成为第一个上天的航天员。

飞船开膛破肚

1999年，是中国改革开放二十年，也是中国载人航天工程最为关键的一年。这一年，中国"神舟一号"飞船发射进入倒计时。但形势不容乐观。

5月8日，美军用三枚导弹偷袭中国驻南斯拉夫大使馆，导致使馆毁坏，人员伤亡。中国人的尊严再次遭到重创！消息传出，中国人愤怒了，纷纷上街声讨美军的暴行！正在埋头苦干的航天人也愤怒了，不少科技人员一大早便赶到工厂，参加声讨大会。某研究所一位书记还带着一班人马，将本研究所生产的软质防弹背心送到《人民日报》、《光明日报》国际部，托付他们一定送给正在南斯拉夫采访的中央电视台记者白岩松。而在驻南使馆被炸身亡的朱颖的父亲，也来到航天工业总公司，流着眼泪对航天人说，在你们这里，我感受到了一种国家的力量，一种民族的力量！我只想拜托你们，再加把劲儿，再快一点，让我们的国防再强大一些！

十天后，即5月18日，中国载人航天工程指挥部召开首次飞行任务工作会议，七大系统老总聚首北京。会上，总指挥曹刚川神情凝重。他说，当前国际形势严峻，但载人航天工程必须继续往前推进！五十周年大庆、澳门回归、飞船首飞，是今年中央提名的三件国家大事。所以，"神舟一号"首次发射只能成功，不能失败！

接着，副总指挥长沈荣骏宣布：1999年11月8日至12日，在酒泉发射场择机发射"神舟一号"试验飞船！

会后，七大系统争分夺秒，夜以继日，开始了最后的冲刺！

7月23日，载着"神舟一号"飞船的专列从北京悄然出发。三天后，专列顺利抵达酒泉发射基地。千古荒原上第一次出现了飞船，发射场的官兵们感到非常新鲜，围着飞船看个没完。8月15日，"长征二号F"运载火箭出厂，三天后同样顺利抵达酒泉发射基地。

酒泉发射基地位于西北大戈壁。这里史称"死亡地带"。早在新石器时期，东西方文化就在这里交汇。从西汉至明朝，历朝历代均在此建立过地盘。可惜明朝之后，此处五百余年与世隔绝，无人问津。1958年，新中国在这里创建了第一个导弹发射场，组建了共和国第一支导弹发射部队。现在，中国第一艘飞船又将从这里起飞。只是，这一天发射场的官兵们等得太久了！

1992年中央批准载人航天工程后，对于发射场的选址，同样有过意见分歧。当时可供选择的发射场主要有两个，一个是位于四川的西昌发射场，一个是位于西北戈壁的酒泉发射场。一种意见认为，发射场应该建在西昌基地，理由是西昌基地一开始就是为发射飞船而建的，而且那里已经发射过"长二捆"

大型火箭，有现成的发射塔，用不着再建一个新的发射场，可以节约几个亿的经费。另一种意见认为，发射场应该建在西北酒泉基地，理由是酒泉基地在大戈壁滩上，发射场区占地面积五万平方公里，视野开阔，能见度好，航区二百公里内基本不见人烟，六百公里内没有密集的城镇和交通干线，万一航天员掉下来，好找。而且戈壁滩气候干燥，雷电日少，没有雨季，发射气象条件较好。如果在这里发射飞船，航天员返回时的落点就可以选在地势平坦、一望无际的内蒙古草原，便于搜寻。而西昌气候恶劣，一年四季雷雨频发，不易满足发射的气象条件。而且，发射场四周全是大山，山上全是树，航天员一旦掉进深山老林，不好搜救。此外，西昌发射的方向是西北，若是冬天发射，航天员万一掉在海里，水温很低，安全没有保障。

后来，经过一年多的勘察、论证，发射飞船的地点最终定在了西北的酒泉基地。

但对于建一个什么样的发射场，又发生了激烈的争吵。一种意见主张搞一个最先进、最现代的发射场，即"三垂"模式的发射场——火箭可以在发射场垂直装配、垂直测试、垂直转运。这种发射场的设计最早起源于美国肯尼迪航天发射中心，后来被法国和日本采用，是当时国际上很流行的一种发射场。其好处是发射时间快，火箭飞船运到发射场后，一般只需三天便能发射出去，而过去传统的老模式的发射场最快也要半个月。另一种意见主张继续沿用过去老模式的发射场，即平行测试的发射场。理由是老模式的发射场中国已经搞了几十年，技术已经很成熟，而且建设费用很低，没必要花大钱（国外要几十亿美元）再搞一个新的发射场。何况一切还得重新设计，技术上有风险。

为此，两种不同意见的专家"打"得非常厉害。尤其是个别老专家，坚决反对搞"三垂"模式的发射场，其中原因之一就是长期节约惯了，也穷惯了，穷怕了！每个项目作论证时，总舍不得花钱，更舍不得多花钱。一花钱，就心疼，能省一点，总想省一点。

后经一番争吵、论证，上级还是决定，新建一个"三垂"模式的发射场。前提是：鉴于载人航天工程总的经费有限，投资控制在十亿人民币之内。

如此少的经费，要建起一个具有国际先进水平的发射场，当时不少国外专家都认为这是天方夜谭。但中国航天人结合自己的实际情况，自己设计，自己建造，经过四年的艰苦努力，一座具有国际先进水平的"三垂"模式的发射场最终耸立在了酒泉基地弱水河东侧的戈壁滩上！

7月的戈壁滩酷暑难熬。飞船、火箭运抵基地后，各系统迅速展开工作。经过两个多月的调试，各系统仪器设备基本正常。为确保首次发射成功，指挥部决定在10月2日这天，让火箭、飞船与地面其他设备进行一次大合练。

合练中，火箭系统一路过关。

但飞船系统在联试中，当测试人员给飞船的数据处理装置和返回舱加电时，一连加了好几次都加不上去。经测试人员分析，认为可能是飞船返回舱内一个控制器出了问题！

接着，在飞船的第二轮测试中，又出现了一个更严重的问题：一个定向陀螺仪被卡在里面，原因不详。控制器属于环控生命保障系统，事关航天员的安全。而陀螺仪则是飞船的"眼睛"，它为飞船提供定位的基准信号。如果陀螺仪出现故障，飞船上天后就不能沿着预定的轨道飞行，更无法正常返回。

问题一出，发射场顿时炸了锅！因为要解决这两个问题，就必须打开飞船的防热大底，对里面的设备进行一一检测，待排除故障后再把飞船大底重新合拢，重新密封。

但凡业内人士都清楚，打开飞船大底，非同小可！飞船大底在合拢、密封之前，里面的每台仪器、每根导线、每颗螺钉、每个焊点，都是经过无数道严格程序检测过的。现在要打开飞船大底，就意味着里面已经安装好的火工品要重新装配，七十多根电缆线要重新拔出，对陀螺仪的精度要重新测量。牵一发而动全身，一旦碰坏一个焊点，接错一根导线，发生一点纰漏，便有毁掉整艘飞船的可能。据有关部门计算，打开大底再重新复原，新的损害概率是96.3%！

于是，飞船的大底是拆开还是不拆开，成为首次发射飞船争论的焦点。

一种意见认为，飞船上有备份，这个坏了，可以用备份顶替，还是不开大底为好。因为"神舟一号"飞船本来就是用电性测试船改装的，经不住折腾，万一大底开坏了，就会废了整艘飞船，首次发射也就前功尽弃！另外，离发射时间只有一个多月了，若要打开大底，势必拖延发射日期。

而另一种意见则认为，虽然打开大底确有风险，但不带问题上天，是发射场几十年来一条铁的法则。只有打开大底，排除了隐患，飞船才能上天。虽有备份，但备份是留给飞船天上用的，如果飞船还在地面上就用了备份，上天后万一出现问题怎么办？

最着急、最难受的，是飞船系统总师戚发轫和总指挥袁家军。因为无论采取哪种方案，都很为难。不开大底，飞船会带着隐患上天，有风险。若打开大底，稍有不慎，出现纰漏，也有风险！从内心来说，他们很不愿开大底，因为这艘飞船从设计、研制、生产、检验再到完全合拢，凝聚了飞船系统三万科技人员七年的心血！如果真要给飞船"开膛破肚"，他们实在于心不忍！何况开大底风险非常大，搞不好就会赔了夫人又折兵！

袁家军说，拆开大底有十四个风险，这些风险中又有四个风险是致命的。在拆开大底的过程中，如果碰到电器，还可以测量。如果碰到火工品或打包锁和非电传爆产品，就没法测量。一旦其中任何一个发生爆炸，人员和飞船都不安全，大家七年的心血就会付诸东流！但若不开大底，万一上天后再出现问题，这个责任谁承担得起啊！

结果，折腾了一天，飞船大底是拆开还是不拆开，谁也定不了。不仅飞船总师戚发轫定不了，大总师王永志也定不了。

事情很快惊动了北京。

最先乘专机赶到发射场的，是航天工业总公司总经理王礼恒和副总经理张庆伟。两人一到发射场，便在现场召开了会议。会上两种意见各执己见，谁也说服不了谁。最后总经理王礼恒只好说，科学的真理往往掌握在少数人的手上，拆不拆开飞船大底，咱们也不好举手表决。我看今天晚上暂不决定，各位总师和总指挥回去再考虑几个小时，明天再定。会后，又将北京卫星制造厂副厂长张志礼紧急调来发射场。张志礼多年从事飞船总装工作，对飞船开大底颇有经验，曾经总结过几十条对策。很快，载人航天工程副总指挥沈荣骏、参谋长胡世祥也乘专机飞到了发射场。再接着，载人航天工程总指挥曹刚川也乘专机来到了发射场。

是夜，工程指挥部召开七大系统"两总"紧急会议（即总指挥和总师会议）。会上，对于开不开大底争议仍然很大。争吵到最后，大家不说话了，都看着总指挥曹刚川。

曹刚川到发射场后，只听汇报，不表态。不是不表态，而是很难表态！但现在他必须表态了。他说，我知道，你们都等着我表态。不拆开飞船大底，就不会捅出新娄子，就能保证发射的进度。如果备份在天上听话，还能保证试验飞船的正常飞行。这样的话，上下全好交代。不错，"争八保九"，我喊得最厉害。用电性测试船改装试验船，最后也是我拍的板。现在飞船肚子疼，难道我们要让它到天上去拉稀吗？大家盼着我来，我知道，有盼着我说一个字的，也有盼着我说两个字的。我现在就说一个字：开！而且谁开谁得立军令状，绝对不能开出问题来！

会议结束后，全部压力都压在了飞船系统上。由于压力太大，航天专家张宏显走出会议室，眼泪都流出来了。

拆开飞船大底这天，测试大厅气氛异常紧张。上至副总指挥，下到技术员，全围在了飞船的身边。

返回舱的起吊，是拆开飞船大底的关键。如果返回舱吊起来不晃动，就算成功了一半。要是返回舱左右晃动，火工品就容易爆炸。所以起吊之前，大总师王永志缓缓走到飞船返回舱跟前，亲手把每一根吊带摸了一次，又摸了一次。而飞船总师戚发轫则把起吊的各个关键岗位检查了一遍，又检查了一遍。当时有人看见，两位总师的眼里都暗暗噙着泪水……

飞船大底终于拆开了。专家们发现，故障的原因并不复杂，是一根小小的信号线在合拢大底时，不小心给压断了！专家们如释重负。一位女技术人员还当众哭出声来。

由于飞船拆开大底耽误了时间，原定11月8日至12日发射的计划只有往后推。这一更变使得发射窗口必须重新确定。所谓发射窗口，是指适合发射飞船的时间范围。发射窗口有长有短，长达几天，短则几分钟，依具体气象、天体情况而定。有关部门重新预测的最佳发射窗口是11月18日至22日。于是指挥部将发射时间改定为11月18日。

然而，发射窗口刚刚确定，太平洋上又传来一条消息："远望一号"测量船在海上遇到强烈风暴，无法继续向前！

怎么办?

此前, "远望一号"测量船曾遭遇过两次台风的袭击。没想到这次根据气象预报,未来三天之内,还会出现更大的海风! 于是"远望一号"测量船能否抗住海上风暴的袭击,按时到达指定海域,又成为发射场人们心头的一大悬念。

而就在这时,正在发射场忙得不可开交的飞船应用系统总设计师顾逸东又接到了北京中科院空间环境预报中心传来的一份加急电传。这份电传说: 根据天文预测,1999年11月18日,太空将会出现狮子座"流星雨"! 如果"神舟一号"飞船在18日发射,飞船极有可能与狮子座"流星雨"相遇!

顾逸东说,看到这份电传,我脑袋都大了! 此前天天都在开展预想,什么都想到了,就是没想到还会有来自天外的"流星雨"! "流星雨"就是在太空中像乱箭般迸射的小陨石,它是航天器飞行中的"天敌"。据说一个核桃大的小陨石就能将飞船击穿。实在是防不胜防啊!

顾逸东急忙放下手头工作,接通了北京空间环境预报中心主任龚建村的电话。

顾逸东问,电传上的信息是否可靠?

龚建村说,可靠,这是我们近期通过检测和天文计算的结果。如果18日发射,飞船碰到"流星雨"的可能性极大! 而且,后面还有可能遇上"流星暴"!

空间环境预报中心组建于1998年,历史虽短,却实力不凡。进入11月后,预报中心的专家们在搜寻资料时看到国外多次报道说,11月太空可能出现"流星雨"! 果然,国际空间站的发射时间很快被推迟,美国国防部随后也为其间谍卫星发出了应急规避的轨道指令。于是这一信息引起中国预报中心专家们的高度警觉。他们加班加点,一边实施监测,一边加紧天文计算。计算结果,11月18日"神舟一号"飞船的发射窗口正好在狮子座"流星雨"的时段内。而且,其后还有可能发生"流星暴"。即是说,还有从彗星上迸出的陨石射向地球外层空间,其数量为每小时一万五千颗左右,时速为每小时七万至二十万公里,其危险程度比"流星雨"还要可怕!

顾逸东问,18日遇到"流星雨"的概率是多大?

龚建村说，18日发射，风险率为百分之百；推迟二十四小时，风险率为百分之六；推迟四十八小时，风险率几近于零。

顾逸东放下电话，当即将情况报告了副总指挥沈荣骏。沈荣骏又当即将这一情况报告了总指挥曹刚川。工程指挥部马上召开紧急会议。会上曹刚川说，我国首次发射飞船，事关重大，别说百分之六的风险，就是万分之六的风险我们也不冒！

会议最后决定，"神舟一号"飞船的发射时间再往后推迟两天，即发射时间定在11月20日。这样，既可避开"流星雨"的袭击，又给"远望一号"测量船多留了两天时间。

会后，指挥部当即将发射时间呈报中央。

果然，11月18日这天，北京空间环境预报中心获悉，美国、俄罗斯、澳大利亚、法国等国均预测到了那场可怕的"流星雨"！

消息传至发射场，专家们个个瞠目结舌，一阵后怕。

11月20日凌晨6时，即将起飞的火箭、飞船巍然屹立在发射塔上。成千上万来参观的群众不顾冬夜的寒冷，早已等候在发射场的四周。吴邦国、张万年、吴仪等中央领导也坐镇在指挥大厅观看发射。尽管此次发射的飞船里没有航天员，但由于是第一次发射飞船，所以从指挥大厅到各个技术岗位的气氛都很紧张。尤其是火箭和飞船系统的几位老总，眼睛紧紧盯着大屏幕，表情十分严峻。

6时30分，指挥员准时下达了"点火"口令，载着"神舟一号"飞船的"长征二号F"火箭拔地而起，扶摇直上，开始了中国载人航天的处女之航！

十二秒后，程序开始指挥火箭拐弯。指挥大厅频频响起调度员的声音：逃逸塔分离正常！助推器分离正常！一级火箭分离正常！

大厅随之响起一片掌声！

然而就在这时，大屏幕下方的一组曲线突然发生急剧变化。接着前方测控站传来信息：火箭飞行速度正在急速下降！

掌声戛然而止。专家们的心跳骤然加快。尤其是火箭总师刘竹生和总指挥黄春平，两人不禁一起从座位上站了起来，大冬天的，额头居然渗出一片细汗!

很快，曲线恢复正常。

接着，从北京航天指挥控制中心传来调度员的声音：

火箭、飞船分离正常！火箭反推点火成功！飞船准确入轨！

掌声再次爆响！

刘竹生和黄春平这才长长地松了一口气。

中央军委副主席张万年走到大厅的前台，大声宣布："神舟一号"飞船发射成功！它标志着我国载人航天工程取得了重大突破，是中国迈向21世纪的一座新的里程碑！

接着，江泽民总书记向发射场发来贺电，向全体参试人员表示祝贺！

然而，当"神舟一号"飞船进入第十三圈时，一个意想不到的情况再次把北京航天指挥控制中心的专家们的心揪了起来：按事先预定的程序，飞船进入最后一圈后，地面要给飞船注入一个变轨的返回控制指令。但渭南测控站第一次向飞船注入返回控制指令时，没有成功。青岛测控站第二次向飞船注入返回控制指令时，仍然没有成功。飞船很快飞临日本海上空，位于太平洋上的"远望二号"测量船第三次向飞船注入返回控制指令，还是没有成功！

北京指挥控制中心的紧张气氛一下子达到了顶点！专家们坐不住了，全都站了起来！

很快，"神舟一号"飞船进入第十四圈，即最后一圈。即是说，给飞船注入返回指令只剩最后一次机会了。这个最后的机会留给了"远望三号"测量船。而"远望三号"测量船注入指令的时间只有四十七秒！如果在四十七秒内再不能给飞船注入指令，飞船的落点将会偏离四十公里，甚至很可能失去控制！

此时，最紧张的是北京指挥控制中心飞控组的专家们。他们快速完成了故障分析、测控条件计算、数据注入仿真试验后，马上提出了故障处理方案。但飞船进入"远望三号"监测区后，当飞控组的专家对原来的第一条指令进行删除时，一连删除了好几次，就是删除不掉！再继续删除，还是删除不掉！注入指令的时间眼看着一秒一秒地流失，最后只剩下了十秒！就在这千钧一发之际，飞控组果断地向飞船发出了应急指令，终于打开了飞船舱内的接受设备，转换了应急电源!

1999年11月21日凌晨3时41分，"神舟一号"试验飞船绕地球飞行十四圈后，成功返回地面。

"神舟一号"试验飞船首次发射成功! 中国航天人终于完成了"争八保九"任务，兑现了向中央立下的军令状。载人航天工程的诸位老总们这才长长地舒了一口气。同时，航天人这一成功也进一步赢得了中央的信任。

副总指挥沈荣骏说，发射成功后，我们向中央申请补助经费的报告刚递上去，朱镕基总理当天就大笔一挥，又批给了我们四十个亿!

此次发射试验在"神舟一号"飞船上搭载了两面旗，一面是中华人民共和国的国旗，另一面是澳门特别行政区的区旗。澳门特别行政区区旗在澳门回归祖国这天，即12月20日，由航天总公司总经理王礼恒亲手交到了澳门特别行政区官员的手上。而被航天人称为"太空国旗"的中华人民共和国国旗，则在21世纪来临的第一天，迎着新千年的第一缕曙光，缓缓升起在天安门广场的上空!

零秒越千年

2003年10月15日，是中华民族历史上一个堪称伟大的日子。

凌晨一点，发射进入负八小时倒计时。

凌晨两点，航天员的随行医生依次敲响航天员的房门。医生敲响杨利伟的房门时，杨利伟还在睡梦中；敲响翟志刚房门时，翟志刚也在睡梦中；敲响聂海胜的房门时，聂海胜因听见了旁边的敲门声，自己先起来了。苏联、美国的航天员上天之前都习惯在自己住过的房间门后签下自己的名字，这天早晨三位中国航天员也按照这一"国际惯例"，各自在自己宿舍房门的背后签下了自己的名字，随后又在客厅房门的背后留下了三人的集体签名。而且，三位航天员昨晚睡觉前，还各自在一本签字簿上写下了一段留言。翟志刚的留言是："光荣属于集体，属于祖国，属于人民。"聂海胜的留言是："心系'神舟五号'飞船，誓圆中华飞天梦想!"杨利伟的留言是："神圣的使命，航天人的光荣。"

接着，随行医生为三位航天员作身体检查。三位航天员身体正常。杨利伟除了体温增加了0.1度外，其他与往常一样：血压收缩压116，体温36.1，心跳每分钟76次！

随后开始吃早餐。这顿早餐除了三位航天员，没有任何人陪同。餐桌为长方形，三人的位置是：杨利伟坐端头，翟志刚坐右边，聂海胜坐左边。早餐的内容，是杨利伟最喜欢吃的面条和饺子。这顿早餐吃得不算多，也不算少，用杨利伟自己的话说，感觉挺好，吃得很舒服。尤其让杨利伟感到提神又壮胆的是，早餐结束前，翟志刚拿出一瓶红葡萄酒，给聂海胜倒了半杯，给自己倒了半杯。然后，先给杨利伟倒了半杯矿泉水，再往矿泉水里倒了一点点红葡萄酒。翟志刚举杯说，来，利伟，为你壮行！杨利伟说，谢谢二位！说罢，三人站起来，高举酒杯，一饮而尽！这是杨利伟上天之前在地球上吃的最后一顿早餐。

早餐结束，杨利伟坐在客厅的凳子上，默想了一会儿飞行程序。然后在工作人员的帮助下，开始穿戴航天服。翟志刚和聂海胜则在旁边帮助杨利伟收拾东西，不时提醒杨利伟进舱的一些注意事项。

凌晨3时40分，随行医生为杨利伟作最后一次体检。杨利伟身体正常，几项指标依然是：收缩压116，体温36.1，心跳每分钟76次！4时整，随行医生和航天医学专家分别在杨利伟的体检报告上郑重地签下了自己的名字。

4时30分，杨利伟的一切准备工作就绪。吴川生提议，在杨利伟出征之前留个影。于是，身着航天服的杨利伟坐在中间，翟志刚、聂海胜站在杨利伟身后，宿双宁、吴川生各站一旁，照了一张合影。身后墙上的挂钟显示的时间是：2003年10月15日4时37分。这是杨利伟上天前在地球上拍的最后一张照片。

5时20分，在"问天阁"举行航天员出征仪式。国家主席胡锦涛这天也起了个大早，亲自为航天员出征壮行，并作了讲话。

胡锦涛说：

杨利伟、翟志刚、聂海胜同志，"神舟五号"马上就要发射了，这是你们期盼已久的庄严时刻，也是全国各族人民期盼已久的庄严时刻。

一会儿，杨利伟就要作为我国第一个探索太空的勇士出征，就要肩负着

祖国和人民的重托去实现中华民族的千年梦想。我们相信，你一定会沉
着冷静，坚毅果敢，圆满完成这一光荣而神圣的使命。我们等待着你凯
旋归来！

杨利伟说：

　　　　请总书记和全国人民放心，我决不辜负祖国和人民的期望。我向总
书记和全国人民保证，坚决完成任务，不辱使命！

　　之后，杨利伟左手提着航天服通风箱，向着大厅的侧门走去。这时胡锦涛
又往前走了两步，望着杨利伟的背影挥了挥手。杨利伟一回头，见胡锦涛在向
自己挥手，也挥了挥手，然后向着航天员公寓外的广场走去。

　　广场上，数百名为航天员送行的队伍早已等候在此。他们中除了航天专
家、科技人员和基地发射官兵，还有身着民族服装的少数民族男女、白发苍苍
的老人以及佩戴着红领巾、手持鲜花的少先队员。虽是10月中旬，但戈壁已是
初冬，加之是早晨，所以站在人群中的我尽管身穿棉大衣，也依然感到阵阵寒
意。

　　5时30分，杨利伟身着乳白色航天服亮相于广场，人群顿时一阵欢呼，欢
快的《迎宾曲》也骤然响起。在热烈的欢呼声中，杨利伟走到事先摆好的一个
话筒前，向总指挥李继耐庄严报告："总指挥同志，我奉命执行首次载人航天
飞行任务，准备完毕，待命出征，请指示！中国航天员大队航天员杨利伟！"

　　"出发！"总指挥李继耐庄严地大声下达了命令。

　　"是！"杨利伟行了一个标准的军礼，然后向护送自己的专车走去。翟志
刚、聂海胜紧随左右，护送着杨利伟上车。杨利伟临上车前，三人紧紧拥抱在
一起。

　　5时40分，护送杨利伟的车队在晨曦中向着发射塔缓缓驶去。杨利伟的身
后，是无数双满含热泪与期盼的眼睛，以及此起彼伏的激动人心的口号声：
"杨利伟，我们盼着你胜利归来！""杨利伟，祝你一帆风顺！"……

　　5点58分，护送杨利伟的专车直接开到发射塔下。杨利伟下车，进入防爆
电梯，身后是教练员和随行医生。李继耐、胡世祥、王永志、张建启、戚发
轫、袁家军、黄春平、刘竹生等与杨利伟作最后的告别，他们纷纷对杨利伟

说："利伟，祝你成功！""利伟，祝你凯旋！"

站在电梯里的杨利伟一脸微笑，说："放心，明天北京见！"

就在防爆电梯快要关闭的时候，大总师王永志像父亲一样伸出手臂，拉住杨利伟的手，没有任何语言，眼睛却分明在说：去吧，小伙子，没有把握，我们是不会送你上天的。由于杨利伟穿着航天服，不能正常握手，两人的手只能紧紧挨在一起，直至防爆电梯开始自动关闭，才慢慢、慢慢松开……这是杨利伟上天前与大总师在地球上的最后一次"握手"。

防爆电梯将杨利伟徐徐升至近六十米高的飞船舱门前，杨利伟走出电梯。按照程序规定，杨利伟离进入飞船的时间还有十五分钟。也就是说，杨利伟要在飞船的舱门前等待十五分钟。此刻，在六十米高的发射塔上，在飞船的舱门前，一共只有五个人：杨利伟、教练员、随行医生以及专门负责关闭飞船舱门的两位师傅，而绝对没有一个记者。所以后来见诸各种报刊、书籍的关于杨利伟进入飞船前向人们挥手致意的照片，均是记者们（也包括我在内）三天前"导演"的作品，而绝非杨利伟当日上天前的留影。由于这一时刻非常特殊，也非常微妙，五个人坐在那里，你看着我，我看着你，都不说话。毫无疑问，这一时刻对杨利伟来说是一个非常难熬的时刻，就像一个人被悬在了空中，大家都在看着你，看你什么时候升到天上，或者落在地上。而对其他四人来说，同样也是一个多少有点尴尬的时刻——与杨利伟说话也不是，不说话也不是。说了，觉得多余；不说，又不放心。

片刻，有人说了一句，给杨利伟说个笑话吧。

说这话的人是想缓和一下气氛。结果笑话还是没人说，连提议说笑话的这个人也不知说什么笑话好。后来，是一位负责关闭飞船舱门的师傅和杨利伟聊起了天。这位师傅对杨利伟说，听说苏联的加加林第一次上天的时候，也有两位师傅负责为他关闭飞船的舱门。后来，其中一位师傅退休了，另一位师傅当上了苏联国家航天博物馆的馆长……两人正聊到这里，指挥控制中心传来"航天员进舱"的指令。于是，杨利伟在教练员、医生和两位师傅的协助下，缓缓爬进了飞船返回舱。而就在两位师傅即将彻底关闭飞船舱门的最后一瞬间，杨利伟一回头，微笑着向刚才与他聊天的那位师傅开了一句玩笑："'馆长'，明天见！"这是杨利伟上天前留在地球的最后一句玩笑话。

清晨8时，鲜红的太阳从地平线上缓缓升起。

这一天，戈壁滩上的天气出奇的好。没有风，没有雨，更没有沙尘风暴，只有阳光洒满千里戈壁，戈壁一片灿烂金黄！高高耸立于蓝天之下的发射塔，在阳光的照射下，犹如一个顶天立地的伟岸汉子，站在大西北的地平线上，随时待命出征！而千古荒凉的戈壁滩，这天仿佛也突然变了模样，容光焕发，朝气蓬勃，活力四射，给人以神奇伟大、妙不可言的感觉。

的确，这是一片神奇而伟大的土地，这是一片多情而壮阔的土地，这是一个注定诞生神话与英雄的地方。默默流动的沙海勾画着历史的千年足迹；缓缓移动的驼队咀嚼着岁月的无尽沧桑；千年不倒的胡杨树撑起的是生命不朽的天空；高高的发射塔则延伸着人类从远古到未来、从陆地到太空的漫漫旅程。蒙古族人称这片土地为额济纳旗。额济纳旗位于内蒙古自治区的西北端，东临巴丹吉林沙漠，西与新疆哈密相通，南与甘肃酒泉紧邻，北与蒙古国接壤。这里曾经古树参天，草木葱茏，流水潺潺，遍地牛羊，早在原始社会便有人类生存栖居、繁衍生息。大自然的鬼斧神工在这里留下了无数的杰作：胡杨树千年不倒；弱水河长流不断；居延海烟波浩渺；"沙漠王"享誉世界。千百年来，这里上演了一幕幕血淋淋的历史大剧，也留下了无数神奇的传说与迷人的故事。老子在此骑牛西游，苏武在此牧羊十九年，霍去病在此攻打河西，马可·波罗在此秘密探险。自秦汉起，这里便是北方民族与中原王朝血火拼杀的战场。骁勇彪悍的蒙古族土尔扈特人数百年来也一直游牧、抗争于此，这个马背上的部落在1630年还西征到了伏尔加河下游，在那里创建了威震四方的土尔扈特汗国，其领土扩展至俄国乌拉尔河与顿河、察里津与高加索之间。令人痛惜的是，18世纪中叶，百折不挠的土尔扈特人东归故国时却代价惨重——离开伏尔加河时十七万之众的队伍，东归抵达故土时仅剩几万条性命！而且，这里还是中华民族梦想飞天的地方，距此不远便是飞天圣地敦煌莫高窟……漫漫黄沙，萧萧长风，历史的脚步走到了上世纪1958年，新中国的第一个导弹靶场落户于此，十万航天大军秘密开进大漠，在此安营扎寨。于是祖祖辈辈生活在这里的蒙古族同胞把最好的草原让给了共和国第一个发射场，而自己则北迁一百二十多公里，重新开垦拓荒，建立了新的额济纳旗城镇。从1958年到2003年，共和国第一支导弹发射部队在冰雪风沙中一路走来，走过了常人无法想象的四十五年，熬过了极其艰难的岁月。他们如同戈壁滩上不倒的胡杨，深深扎根于此，完成了一千多枚导弹火箭、三十四颗卫星、四艘无人试验飞船的发射，为共和国创造了波澜壮阔、震惊世界的十个"第一"——第一枚导弹从这里发射；第一枚核弹头从这里升空；第一颗人造卫星从这里起飞等等。而后，走到了今天。

今天，历史再次选择了这片土地。中国将在这片神奇的土地上用自己研制的火箭发射自己研制的"神舟五号"飞船，中国人要从这片神奇的土地上离开地球飞向太空！这片神奇的土地，能再现神奇吗？

说来有点离奇，此次"神舟五号"的发射，无论火箭还是飞船，自进入发射场后，便一路绿灯，一帆风顺，不像前四次发射，问题一个接着一个，而且每个问题都能把人吓出一身冷汗！

但是，7时49分，就在大家为这次的一帆风顺而暗自庆幸时，一个万万没想到的故障还是发生了："01"发射指挥员郭宝新突然听到火箭系统指挥员王学武报告，火箭利用系统测试电源出现掉电！

郭宝新的脑袋里"嗡"地响了一声。因为这个电源的供电时间最多为三十分钟，即是说如果在三十分钟内不能排除故障，就意味着今天原定9时发射的计划就必须推迟！郭宝新当即下令启用应急方案，王金安总师立即带领配电抢修小组赶到现场，火速排查！

发射系统的人们焦急地等待着排查结果。十五分钟后，掉电故障终于排除！郭宝新的额头一片虚汗，发射系统的官兵们长长地舒了一口气。

8时15分，紧紧搂抱着火箭的发射支架像一双巨大的手臂，开始缓缓展开，托举着"神舟五号"飞船的"长征二号F"运载火箭将自己乳白色的身姿完全袒露在阳光映照的蓝天之下，于是"中国航天"四个大字显得格外耀眼夺目。如果说飞船是飘扬在高科技的珠穆朗玛峰上的一面旗帜，火箭就是将这面旗帜插上珠穆朗玛峰的登山运动员。迄今为止，全世界已先后研制出的各种火箭有二十三个系列、二百零八个型号，但拥有能发射载人飞船的火箭的国家，只有中国、美国和苏联。中国的"长征号"系列火箭从1970年至今已有过近百次的发射纪录，而"长征二号F"火箭则是"长征号"火箭家族中可靠性最高、安全性最好、推力最大的运载火箭。它全长近六十米，起飞推力六百吨，可将八吨重的飞船送上太空!

这时,胡锦涛一行来到发射塔下,与即将升空的火箭、飞船作最后的留影纪念;在香港的参观大厅,凤凰卫视台的新闻频道正播放着一条消息:伊拉克又发生一起爆炸事故,二十名驻伊美军遇难,布什总统火速召开紧急国事会议;而在日本东京,国际宇航员会议开始不到十分钟,会议主持人便临时宣布暂时休会,于是中国即将发射的"神舟五号"和杨利伟的安全问题成了会议谈论的主题。

8时45分,总指挥李继耐与飞船里的杨利伟通话。双方声音清晰,悦耳动听。

李继耐说:杨利伟同志,再过十几分钟,你将乘坐"神舟五号"飞船飞向太空,中国人千年的飞天梦想即将实现!……希望你沉着冷静,坚定执著,按照预定的程序认真做好每一个动作。我们信任你,全国人民期盼你!

杨利伟说:感谢首长的关心!我在舱内感觉非常好,请首长放心。我一定不辜负首长和全国人民的重托,以最饱满的精神状态迎接挑战!我向祖国和人民保证,坚决完成任务!

8时50分,"01"发射指挥员下达了"十分钟准备"的口令。坐在飞船里的杨利伟向地面报告:"舱内初始状态检查完毕,设置正确。"这是杨利伟上天前在地球上作的最后一次报告。

接着,胡锦涛主席一行登上基地试验指挥楼的楼顶平台,把目光投向了即将起飞的"神舟五号"。发射场附近,直升飞机、搜索车、救护车等快速出动;一百多名记者携带"长枪短炮",争先恐后地纷纷抢占了有利地形;成千上万观看发射的战士、家属、老人、儿童以及当地百姓全都注视着发射塔;在距离发射塔两百米远的戈壁滩上,十几匹骆驼也驻足引颈,一起抬头仰望……

与此同时,在千里之外的北京指挥控制中心大厅,观看发射的中央领导人以及中央各部委贵宾也已就位,目光全部集中在了大屏幕上。在北京南苑火箭研究院的一间小屋里,一位火箭专家的妻子正盯着电视屏幕。每次发射,这位专家的妻子都要看,不管成功与失败,就像球迷看球赛不管输和赢。久而久之,她总结了一个小小的经验:每次发射前如果家里吃饺子,发射就成功;如果家里吃面条,发射就失败。于是为了这次发射成功,这天她从凌晨五点就开始包水饺，本来胃不好的她，居然一口气吃了六十六个水饺！她说，六六大顺啊！还有一个发射军官的妻子，此刻也坐在了家中的电视机前。每次发射她都看，每次看发射她都习惯在茶几上放点水果，边吃边看。有一次她吃的是西瓜，结果发射成功了。有一次她吃的是梨子，结果发射失败了。从此，她再也不吃梨子了。可有一次她分明吃的是西瓜，发射还是失败了。所以这天她不知道该在茶几上放什么水果才好，一个早上都在家里转来转去，最后决定又放西瓜又放梨子。结果，从早晨六点她就守候在电视机前，两个多小时过去了，她一会儿拿起梨子，一会儿拿起西瓜，虽然早就又饥又渴，却什么也不敢吃，一口也没吃——不是不想吃，而是怕吃错了！

"五分钟准备！" 发射进入最后的倒计时。

此刻，距离发射塔一千五百米远的基地指挥控制大厅里，看似十分平静，实则每个人心里都暗自怦怦跳个不停。谁都没注意，就在这时，总指挥李继耐侧了侧身，轻声问了大总师王永志一句："带了吗？"王永志点了点头，并用手摸了摸衣兜。由于每次发射都惊心动魄，如履薄冰，所以几十年来不少航天专家都患上了一种职业病——心脏不好。久而久之，每次发射前带上一盒救心丸，便几乎成了专家们的一种习惯，或者说一个不成文的规矩。在火箭点火前几分钟，他们彼此总会提醒一句：带了吗？王永志心脏不好，发射前医生给他和好几位专家都准备了救心丸。李继耐担心他忘了，所以问了一句。仅有三个字的这句话，听起来是那样的简单、平凡，而且与发射毫不相干，但局外人哪里知道，这三个字透露出专家们承载着多大的压力啊！

而此刻火箭系统的总指挥黄春平和总设计师刘竹生，两人脸上的表情更是分外凝重。再过两分钟，火箭就要点火起飞了，两分钟后能成功点火、顺利起飞吗？尽管为了一个航天员的生命安全和发射的成功，他们大胆突破原有设计理念，采用了五十五项新技术，攻克了故障自检处理系统和逃逸救生应急系统两大世界性难关，并对火箭三百零九个质量问题和一千多个插头，全都进行了重新检查，其可靠性已达到了工程总体要求的百分之九十七。百分之九十七是一个什么概念呢？年初美国的"哥伦比亚号"航天飞机在第二十八次飞行时爆炸，他们计算了一下，其可靠性就大致相当于百分之九十七。而可靠性是一个随机性的问题，二十八次中失败一次，这一次有可能是第一次，有可能是第十八次，也有可能是第二十八次。面对这样一个百分之九十七，谁能保证这一次绝对成功？万一那个百分之三偏偏就出在这一次呢？因此，在火箭点火前一分钟时，黄春平还是伸手下意识地摸了摸自己的衣兜——衣兜里和王永志一样，同样装着救心丸。而刘竹生的老毛病早就犯了——手心已经沁出一大片细汗！

"十，九，八，七，六……"发射进入读秒倒计时。

这时，基地指挥控制大厅的大屏幕上清晰地传出一幅图像：杨利伟举起右手，向全国人民庄严地行了一个军礼！这是杨利伟上天前留在地球上的最后一个军礼！

"……五，四，三，二，一，点火——起飞！"

随着"01"发射指挥员一声令下，2003年10月15日9时整，火箭一声长啸，腾空而起！霎时间，烈焰熊熊，雷霆万钧，山呼海啸，天地动容，指挥大厅和方圆十几公里内的人群一片欢呼雀跃！在众人的欢呼声中，火箭在熊熊烈焰中徐徐上升。火焰紧紧包围着飞船。飞船里的杨利伟此刻承受着巨大的超重压力，耳边不时响起火箭升空时脱离箭体的碎片的"嘎嘎"爆裂声，但他依然目光炯炯，神态自如，从天上传回的各项生理参数显示：他的身体状况一切正常，而且心跳还是每分钟76次！

"一、二级火箭分离！"

"火箭、飞船成功分离！"

9时9分50秒，飞船顺利进入预定轨道！从这一刻起，杨利伟终于挣脱地球的束缚，冲破地球的引力，成为第一个离开地球的中国人、第一个叩响宇宙大门的中国人！

9时33分，随行医生与杨利伟通话，询问杨利伟感觉如何，杨利伟回答说："我现在感觉良好！"这是杨利伟——一个中国人第一次从太空传回地球的声音。

9时42分，总指挥李继耐正式宣布："'神舟五号'载人飞船发射成功！"

这是中国的第一次载人飞行，全世界的第二百四十一次载人飞行；这是中国人第一次进入太空，全世界第九百五十二人次进入太空！

上天入地李鸣生

刘元举

是前几年吧，出版社组织了一拨作家去神农架，其中军旅作家和地方作家差不多半对半。

记得我们在原始森林中跋山涉溪，走了好久，来到一个原始味道很浓的湖边时，军旅作家与地方作家不知怎么居然分走在不同的两岸，我从这边眺望对岸的他们，呈一种队列行状，被幽静的湖面映衬出非常美的倒影。李鸣生的倒影就在其中。

我等于是先认识了李鸣生的倒影，而后才与他有了正面接触。他习惯性地上仰着面孔，尤其是坐着思考的时候，那种面部的表情有种穿越时空的庄严神圣之感。这种神态要是蓄上一撮倔强的胡须，差不多有屈原的《天问》风范；若是束发为冠嗜酒狂饮是不是也有李白的狂态？他在少年时，居然跑到杜甫草堂去气杜甫："'诗圣'何足哉，今朝更为雄！"此乃一牛人也！

解读李鸣生的仰脸姿态，仰视着天体而不关注脚下，不知这与他的航天报告文学系列创作是否有关。他以瘦小的身材执著于仰视高远浩瀚的天体之奥妙，望月球，望星空，望飞船什么的，独自在做他的《千古一梦》。首先是他自己当兵时在大山里挖洞渴望着看到飞船，开始了飞天之梦，才会有对于中华民族这种千年之梦的不解情结的深刻理解。不过，他的这种神态也很容易给人以错觉，让不了解他的人，见面后的第一感觉是此人甚牛，清高，傲慢。他说，他从小学五、六年级起，至高中毕业，期终评语一栏中的缺点始终是两个字：清高。"我第一次见到'清高'两个字时，什么意思都搞不懂。后来'清高'演变成了'骄傲'、'狂妄'，让我在后来的日子里吃了不少苦头。"

李鸣生吃过不少苦头这我相信，但李鸣生得到不少甜头，这也有目共睹。

他一直仰天写作，一部一部地抛出那么多的长卷四部曲、五部曲、六部曲的，简直是上天啦！可以上天的人，有一个牛的神态怕什么？管他狂不狂的。

鉴于差不多的成长年代，差不多的心性与嗜好，还有差不多的缺点——尽管，我们身穿不同衣着，也尽管我们分别行进在神农架古湖的两岸，似乎难有默契感应。然而，当我们有了近距离的接触机会时，却一下子成为无话不谈的朋友。我感觉他哪有什么架子，哪是什么恃才傲气、牛气。他很率真，快人快语，是个直肠子，也是个性情中人。甚至出语中偶尔还带有粗话，再偶尔还会骂娘。

2007年的秋天，中国作家代表团在深圳采风，我与李鸣生住到了一个房间。他的健谈、雄谈，令我难忘。他语速奇快，带辣味儿的沙哑发音，似子弹扫射到沙滩上。他思维敏捷，谈话与写作风格一致，从他身上确实能够感觉到"文如其人"。但，你又会感觉文与人之差异，且悬殊得惊人。

比如，他的文章布局周密，思维严谨，尤其写到航天的科技方面，细节精致、准确，数据缜密，分寸把握十分精到。如果仅从文章上看，可以将精细、谨慎、儒雅等词汇赠送他。然而，你跟他走近了，了解了他的一些生活上的细节，你却会得出截然相反的印象。

比如，就在我写这篇文章的时候，编辑找他索要我的电话，由于我在北京临时使用的手机回来后，换回到以前使用的号码，而且这个号码我曾给过他，结果，他一直在打北京那个临时手机号。打不通，他就在伊妹儿上让我将电话号码告诉他。我不知为何，竟然回复电子邮件时漏掉了一个数，他回信说：你这是一个骗人的号码，十位数怎么打得通呀！我马上用手机给他发短信，他大笑说我居然跟他一样：居然会出现漏掉一个数的笑话。他在嘲笑我的时候，也在自嘲。他说他以为只有他会粗心大意干出这种事儿，不想我也会这样。

他写的那些天上的高科技题材，挺吓人的。而生活中的他，却对科技东西讳莫如深。比如手机。他一直不会用手机发短信，五年当中，他一直想换个能够直接写汉字的手机发短信，但是，他以为一旦换了手机，手机号码就要改变，而一改号码，那就得通知很多朋友。为了省却这一麻烦，他忍了五年不换手机，也忍了五年不会发短信。结果，忽然有一天，不知道哪位高人让他明白了一个"伟大"的道理：更换手机是无需换号码的。他这才有了自我发现的豪迈宣布:"2007年,我实现了两大人生突破:其一,学会了发手机短信;第二,学会了开车!"

怎么可以想象,能够批量拋制出《中国863》《国家大事》《走出地球村》等别人不敢企及的高科技题材长卷的人,以如此精致的头脑,居然玩不转手机与号码的简单更换。我曾跟他打趣道:你只能适应做天上的大事,对于地上的琐屑之事,就留给我们这些俗人吧。

由于突发的汶川地震,把李鸣生从天上震到了地上。他是个军人,是个没上过战场的军人,强烈的使命感与责任感,使他踏上了故乡那片惨烈的土地。在他的家中,他打开电脑,激动不已地给我讲着他在震区的所见所闻。他说,震中不在汶川,震中在人心!他说他从未搞过摄影,但是,他给我点开了一幅幅他拍下的惊人照片。印象极深的有这样几张:废墟边的空地上,新挖出的两排大小一样,深浅一样的长条状坑,他取的标题:"学生宿舍";一处倒塌的房顶,一个酷似人形端坐的残骸,被钢筋斜刺里扎穿,标题:"川人不倒";一个老人在喂一只小猫,香肠,小猫不吃,老人将香肠嚼碎再喂,猫还是不吃。李鸣生解说:当地有个风俗,人死后要三天不吃肉的。小猫的主人死于废墟,小猫严格地恪守当地这一风俗。他一边给我看照片,一边讲,讲得相当动情。他讲一只狗如何面对一条红领巾守候着,一动不动;讲废墟里的一个活生生的肉体怎样被压薄得只有十公分。他讲一只雪白的乳房如何明晃晃地挂在了乱七八糟的废墟上……

"第二次进入灾区,奔走了十天十夜。两次行程近七千公里。"李鸣生口若悬河跟我倾诉,"我曾强行冲进北川,遭遇过6.4级余震;我在四台推土机的夹缝中躲闪拍照;我两次进入成都军区陆航团,四次进入成都市儿童医院,五次进入成都市精神病医院,差不多走遍灾区重点倒塌的学校,在弥漫着尸体腐烂气息的废墟中掏出一个个打满红钩和一百分的作业本……我录下了一百二十多个小时灾民的哭泣与诉说,拍下了五千余张现场真实的照片……尤其当我置身于一所所倒塌的学校,面对废墟上血迹斑斑的书包与课本、钢筋与砖头、衣物与尸骨,以及无数号啕大哭、悲痛欲绝的父母时,我才第一次真正懂得了什么叫凄惨,什么叫悲伤,什么叫撕心裂肺,什么叫悲痛欲绝,什么叫万念俱灰，什么叫生不如死！于是极少流泪的我，每天总是管不住自己的眼睛，甚至有一次竟陪着数百名学生家长在废墟上流了两个多小时的眼泪，以致回到北京，采访本上依然可见斑斑泪痕。"

李鸣生有着悲悯的人类情怀，有着大气的写作，大气的人生，在这一切得以彰显之时，我也注意到了他平常生活中的情感触觉，那是父子之情，那也是一种流泪：

"2002年8月上旬的一天，儿子收到了北京电影学院的录取通知书。当儿子和妻子打电话联合将这一信息告诉我时，远在成都探望母亲的我，流泪了。"（李鸣生《爱是一种痛》。）

"父亲不准我上学，要我就业。为了能继续上学，实现当作家的梦想，我偷偷发动全家替我说情，并有意在假期用我十五岁的肩膀到工地挑运上百斤的砖头，一天挣回一元钱！这才感动了父亲，同意我继续上学。"（李鸣生《狂点又何妨》）

上天入地游刃有余的人，大悲小情都有泪可流的人，最精确与最马虎的人呵，李鸣生——你这个牛人，时逢牛年，你会仰出一个文学的牛市来，天上地下的人民都会期待着你。

让读者和历史检验

李鸣生　姚雪雪

姚雪雪：您二十年前就开始并一直坚持"航天文学"及其他高科技题材的创作，被称为中国作家"航天文学第一人"，您的"航天五部曲"《飞向太空港》、《走出地球村》、《澳星风险发射》、《风雨"长征号"》、《远征赤道上空》在社会上产生了极大的影响。由江西人民出版社、百花洲文艺出版社最新联合出版的《千古一梦》一书，延续了您的航天美梦，是一部充满了浩然大气的发轫之作。这部新书与前五部书的关系是什么？

李鸣生："航天文学第一人"可能是某位记者为了新闻效应而戴的一顶帽子，说说而已，不必当真。不过1990年我在解放军艺术学院确实与江西籍的著名军旅评论家、现解放军艺术学院副院长朱向前谈论过"航天文学"这个观点，后来朱向前专门著文对"航天文学"做了精到的阐述，由此在理论上形成了"航天文学"的概念。这是朱向前对中国文学理论的贡献。其实什么文学都是文学，"航天文学"只是一种题材上的区分。"航天六部曲"是我近二十年写的主要作品。前五部写的是中国航天的几个里程碑。《千古一梦》写中国人飞天的悲壮历程。接着第七部叫《发射司令》，已写一半，通过一位发射将军的传奇故事与跌宕命运来揭示中国航天历史的另一面。航天系列七部，独立成篇，互有继承，彼此关联。

姚雪雪：您最早涉足"航天文学"的起因是什么？

李鸣生：我一直固执——也许是错误——地认为，一个作家写什么和能写什么，是上天注定的。我涉足航天题材原因有三：一是我十几岁当兵，人生的第一站就是发射场，在原始的大山沟里呆了十余年，每天除了抬头望天，无任何可看。后来到了北京又接触了中国几乎所有航天专家和别的不少科学家，与天结缘，与高科技结缘，便成自然；二是当时考虑科技是中性、世界性题材，受政治束缚可能相对小；三是中国文学书写人类陆地历史的多，表现人类空间文明的少，所以想到了所谓的"航天文学"，想斗胆为中国文学这个大花园增添一棵小草，或者说凑点热闹。

姚雪雪：报告文学创作所选择的题材一般都很重大，作者背负的压力很大，对作品负有责任和使命。您所关注的航天题材，与航天事业本身所具有的科学尖端性相符，一般作家很少涉及也很难涉及。这不仅需要民族的忧患意识和道义精神，还需要对素材有极强的挖掘力和整合力。是否因此，上世纪九十年代初，您在中国文坛的崛起才显得格外耀眼和引人关注？

李鸣生：航天领域的写作的确有难度。第一，要熟悉这个领域，学习、研究、搞懂诸多科学理论，再转化成文学叙事；第二，题材重大，主题敏感，都是国家大事，很棘手。除科技外，还涉及政治、经济、文化、历史、外交及世界航天的历史与现实等；第三，保密性强，审查严，创作空间受到限制。中国过去有位老前辈徐迟写科技，1992年我们在北京相见时，他谈到了写科技之难，后来年纪也大了，便摊上我这晚辈了。

姚雪雪：评论界认为，从社会学的角度来说，李鸣生的创作不仅属于文学史，而更应当属于国史的一部分，所鉴不仅是兴亡，更是对国家高层决策人物的"正心"之作。您如何看待这个评价？

李鸣生：国史谈不上，从某种意义上讲，有这么点意思。我的报告文学确实不仅属于文学，涉足学科较多。我希望为当下和未来的批评家、人类学家、社会学家、历史学家、政治家等提供一个参考，留下几块"标本"。事实上我的主要读者都在知识阶层，普通百姓不会读我的书。我想让作品有点史诗品格，生命力能长一点。虽然达不到，追求总可以吧？比如《千古一梦》。人在地上跋涉尚且不易，飞天之难可想而知。而要写出中国人从地上到天上这段奇特的历史，同样难于上青天。但一个民族总不能缺了这段历史吧，于是历史一不小心便撞上了我，而我身不由己也选择了历史。当然醉翁之意不在酒，写史不是目的。我希望国内外读者和后来人还可从中读出点别的什么，比如人挣脱地球束缚的悲怆与酸楚；从陆地走向太空的灵魂阵痛与精神重负；美好梦想与现实冷酷的绝对矛盾；科学真理与世俗权力的暗中博弈；美好生命与残酷毁灭的不可逃避，等等。

姚雪雪：您的成功，固然因为选择了航天发射这样的重大题材，使作品首先在题材上具有了重要的社会影响和意义。在核心事件确定后，您的思维和表达是十分自由理性的。既注重报告事件过程的完整性，又看重对人物不同性格、命运，不同的科学精神和科学行为的表现，对中国历史和现实的政治、军事、经济和文化的思考正是依附于这个重要载体表现出来的。我们看到了作家对题材的超越，看到了作家个性化的主观意识表现。您认为作家的个性对作品起到多大的影响作用，特别是对于报告文学作品？

李鸣生：从某种意义上说，报告文学是选择的艺术。一个作者选择什么不选择什么，本身就是思想、文化和审美眼光的体现。题材不决定作品，作品的个性也不取决于题材。但作家的品质与个性，一定决定作品的品质与个性。作家的个性是天生的，对作品起着决定性的作用。

姚雪雪：我很赞同您的"作家个性对作品起着决定性作用"这一观点，那么报告文学与小说、散文、诗歌等其他文体相比，您觉得哪种文体相对而言更能充分自由地展示作家的个性特质？您在写报告文学时会感到有所约束吗？

李鸣生：一个作者适合于什么文体，或说主要适合什么文体，取决于天生的性格和气质，在娘胎里就基本定型了。有的人喜欢舞剑，有的人喜欢耍棍，刀枪棍棒各有所好。但喜欢不等于适合。重要的是要找准自己到底适合什么文体。在我看来这是一个大难题。我年轻时为此深感痛苦困惑。我写过话剧、诗歌、小说、影视剧本，后写报告文学，现在又想写别的，甚至有时妄想自创一种文体，所以至今也不知什么适合我我适合什么。其实在我看来，文章本无文体之分，是文人自娱自乐没事想出来的；真正的大家脑袋里是绝无文体概念的，一如真正的武林高手从来不用刀杀人一样。事实上刀枪棍棒本无高下之分，关键看你能否"杀人"。鲁迅一辈子没写一部长篇小说，但鲁迅还是鲁迅；有人写了一辈子长篇小说，自以为高雅，但还是不是鲁迅；甚至有人挥舞了几十年大刀，到头也不知道自己原本就不是一个习武之人。

报告文学这种文体确有约束，我深受其约束之苦。报告文学本身是真实的文学，说真话的文学，但可悲的是，事实上很难做到完全真实、完全说真话。不是做不到也不是不说，而是众所周知的原因不能说，说了也白说。比如我说了你给发表吗？从这个角度讲，是影响作品深度的关键所在。因此仅在理论上谈论报告文学的真实性是没意义的。对我而言这种约束是最大的约束，其结果很可能就是挣脱或逃避。我现在就准备转向别的文体创作，比如电影、小说、随笔、杂文或者博客。写博客是什么感觉？自由、洒脱、痛快，不想打标点就不打标点，不想空行就不空行，不想揭露什么就不揭露什么，不想骂谁就不骂谁。虽说没稿费，却不受"三婶""四婶"的管束啊！当然话说回来，没规矩不成方圆，没约束就没艺术。约束即艺术。分寸即艺术。无限的艺术魅力往往就在约束的分寸之中。也许正因其约束，才显其魅力。所以关键不在于文体是什么，而在于你能表达什么。比如手机短信，人人都会，人人都能，是什么文体？可能什么都不是。但有的短信其思想性和艺术性达到了登峰造极的地步。仅凭这一则短信，便可打倒中国至少90％的作家。什么文体并不重要，重要的是自己的内心，内心有了，作家的个性特质自然而然便出来了。一个高超的芭蕾舞演员可以在极小的舞台上尽显绝技，一群蹩脚的足球运动员在宽大的球场就是不进一球。而同样是球，在巴西球员的脚下似跳芭蕾，在中国球员的脚下却沉如磐石。你说为什么？

姚雪雪：您对略萨说过的一段话格外赞赏："文学首先是对社会发言，然后才是文学本身。"这是否表明，您更在乎作品表现的内容，其次才是表现的形式和方法？

李鸣生：内容与形式我同等重视。我赞赏略萨这话，主要基于对中国社会的忧虑。我希望作为知识分子一分子的作家们在当下能先对现实"发言"，而后再"唯美"。我知道民主的进程与历史的进步哪怕推进一点点都很难，但惟其如此，更需要作家们以笔为旗，以良知为剑，呼唤正义，鞭打邪恶。即便不能大踏步地推进，一步步，甚至一寸寸地往前挪动，总比倒退或停滞不前好。

姚雪雪：报告文学这种文体和它所承载的内容，对作家提出了非同一般的要求。《千古一梦》呈现的是一种大气魄、大感动，特别能展示您吞吐和消化宏大题材的能力。在《千古一梦》的创作过程中，您感觉最艰苦的一件事是什么？

李鸣生：载人航天七大系统，七大领域，内容庞杂，问题如麻，人物众多（大小几百个），时间上纵接千古，空间上横跨全球，涉及中国乃至世界近半个世纪科技、政治、经济、文化、历史、外交等方方面面的内容与问题。每个问题都很棘手，主要人物都是大专家。最苦最难的，一是采访，二是结构。

姚雪雪：进入20世纪90年代以后，出现了"史志性报告文学"这一新的形态，往往专注某个领域或行业地区，作历史和现实的纵深比较和文化透视，结构从单一到多元，中心人物与群像相结合；在广阔背景下，展开宏大叙事，将当下与历史相观照，涵盖的生活面更广；将社会学、历史学、心理学、哲学融入，具有学术性、资料性、文献性等特点。您的航天题材报告文学是这一新形态的代表之作，这一评介对您今后的创作会有一些影响吗？

李鸣生：这一概述很准确，也很有意义。自90年代来，我一直坚持事件、人物、问题糅合在一起，历史与现实相结合的创作思路。可惜这方面研究少。我的创作不会受影响。我写作，是完成一种自我生命的表达，不受外界左右。其实我的创作早就越过了航天，比如《全球寻找"北京人"》、《国家大事》、《中国863》、《与智者聊天》、"李鸣生专访系列"以及写汶川大地震的《震中在人心》都不是航天题材。

姚雪雪：报告文学是新闻性和文学性有机结合的文学形式，已得到广泛的认同。我个人认为，"新闻性"强调"外宇宙"，"文学性"强调"内宇宙"。两者有矛盾的成分，甚至写法上都可能完全不同。处理不好，像铁轨的两头，越走越远；处理得好，可能走出的是一个圆弧，最后彼此汇合相拥。您在创作中有没有遇到如此苦恼？

李鸣生：这个观点很有见地。我认为报告文学作者大致可分为作家型和记者型，由此又可分为文学、新闻两种创作思维——当然这种划分不是绝对的。两类作者和两种思维没有高下之分，只有作品优劣之别。我用的是文学思维，新闻是我的表现手法之一，是工具不是目的。事实上在我的创作经验中，报告文学远不止文学与新闻的结合，它是诸多艺术门类和诸多学科的集合体，是一种有着自己独特文学内涵的"杂种"，一种集文学、科学、政治学、社会学、新闻学、经济学、历史学、人类学等多种学科为一身的或叙事或论述的新文体。它的文学性不是传统文学意义上的文学性，更不是小说意义上的文学性。而应理解为一种综合素质，一种贯穿于思考与发现、人物与事件、问题与议论、整体与局部、叙述与角度、情调与语言等多方面的整体性的学识风貌。它可以有小说的叙事策略，诗歌的激情空灵，散文的真切自然，政论的慷慨陈词，杂文的一针见血。还可以有政治的高屋建瓴，科学的客观冷峻，哲学的意味深长，历史的深不见底，戏剧的矛盾冲突，影视的时空自由，音乐的行云流水，逻辑的缜密严谨，等等。总之各种艺术门类的表现手法和各门学科的思想精髓，都可融入其中，自成一体。所以人们不应该用传统文学特别是小说理论去框架报告文学。若用小说的文学标准去评判报告文学的文学性，无异于用篮球规则去评判足球一样荒唐可笑。

姚雪雪：中国报告文学的发展之路并不平坦。这一方面是因为报告文学与小说、诗歌等历史悠久之传统文体相比，其内在建构与规范仍处在完善之中，文体的兼容和交叉又使得其呈现出复杂的样态；另一方面，报告文学存活的外部生态环境不尽如人意——对报告文学由名称到内涵再到艺术建构的非议、质疑、批判和否定之声从20世纪30年代以来就不绝于耳。近年来，有批评者又一次对报告文学文体展开了否定的攻势，认为报告文学的叙事伦理（逻辑）不成立，"它既承诺客观的'真实'，又想得到虚构的豁免，天下哪有这等左右逢源的便宜事？"您如何看待对文体批评的声音？您认为报告文学可以有虚构的描写吗？

李鸣生：我觉得"否定的攻势"谈不上，不过是有善意的批评家发出了一点真实的声音罢了。我的观点是：这是个很正常的学术问题。有争鸣有不同声音是好事，有利于报告文学的发展——历史上哪个文体没争议啊？报告文学是个复杂的、新型的、另类的文体。我自1984年发表第一部中篇报告文学至今，二十四年来一直在认识与探索、肯定与否定之中。报告文学最终是崛起还是死亡，轻易肯定或轻易否定，恐怕都为时过早。

报告文学绝不可以有虚构的描写。其实，不管何种文体的作品，无非都是作家通过文字与自己的读者进行交谈，而报告文学则是最勇敢、最实际、最直接、最坦诚、最接近社会神经和人生本质、最具思想风骨、批判精神乃至摧毁力量的一种交谈方式。其重要原因之一，就是报告文学是以真实性来支撑其魅力的文学，是借助生活的"土壤"来播种作者自己"庄稼"的文学。真实，是它独立的审美品格。其审美原则应该基于这样一种认识：客观生活本身蕴涵着巨大的表现力，它的丰富性、生动性、复杂性和深刻性是作家的想象与创作无法表现和穷尽的。因此，最大限度地开掘生活本身的表现力，揭示生活本身蕴涵的魅力，是报告文学特有的使命；而捍卫历史和生活的"原生态"即真实性，则是报告文学作家必须遵循的铁的创作原则。当然，我个人认为在表达方式上可以有文学的想象——没有想象哪有文学？怎么文学？但想象不等于虚构。想象是表现方法问题，虚构是立场、品质问题。

姚雪雪： 从获第一届鲁迅文学奖开始，您又拿了第二届鲁迅文学奖，还获过三次全国优秀报告文学奖、中国图书奖、中国改革开放30年优秀作品奖、全军文艺奖等全国十余项大奖。是否满意别人把您称为"获奖专业户"和"主旋律作家"？

李鸣生： 我的专业是写作和编辑。事实上我从2000年后几乎就不送作品参加评奖了。因其惭愧，也从来不好意思提奖的事。获奖不是我写作的目的。真正的写作者与奖无关。获奖的不一定都是好作品，没获奖的不一定比获奖的差。我从来不知道什么叫"主旋律作家"，但很清楚我是什么作家，也清醒写的是什么，应该写什么。如果有人硬要称"主旋律作家"，只有两种可能：要么没认真看我的作品；要么看不懂我的作品。所谓"主旋律"在我看来有两种，一种是图解政治，演绎概念；一种是书写真正的崇高与伟大、英雄与壮美，比如爱国主义、勇敢精神、悲悯情怀、良知正义、大爱至美等。我的《走出地球村》，写中国科学家为了把第一颗人造卫星发射上天，让《东方红》乐曲响彻宇宙，而自身却背负着极"左"政治的重压、心惊肉跳地戴着镣铐跳舞的荒诞历史。写的是什么？《国家大事》通过写一个科学家打成右派二十年的不幸遭遇，剖析中国人才不幸命运形成的社会原因与自身症结，从而提出"人才问题也是国家大事"的命题。写的是什么？《全球寻找"北京人"》通过六十年来全世界寻找"北京人"头盖骨的故事，呼唤到历史的隧道中去寻找湮灭的文明与失落的精神。写的是什么？二十年前写的《飞向太空港》，写中美科学家携手发射卫星，东西文化在发射场的冲突，其中一章的题目是"我们都是地球人"，题记是"献给创造空间文明、寻找人类新家园的航天勇士们"。写的是什么？现在在写了《千古一梦》，请读者朋友看看写的又是什么？

姚雪雪： 一个真正的作家，只有清醒地认识自己，才能清醒地认识世界。希望《千古一梦》能给读者带来惊喜。

李鸣生： 惊喜谈不上。只是做了我人生中应该做的一件事情而已。一切让读者和历史去检验吧。

骨科病房

徐则臣

1

6床进来的那天大家都记得，具体日期说不清楚，不过那是个好日子，国家队打败某国球队的第二天。当时8床正在看当天的晚报，他拍着被子大叫，进了一球，又进了一球。整个病房的人都竖直了耳朵盯着8床的嘴。除了8床，对足球一知半解的只有9床。但是大家在这个无聊沉闷的时刻无一例外地振奋起来，希望8床进第三个球，乃至更多。可是8床说，到此为止了，他很满意，模样有点像主教练。病房里重新安静下来，病人和他们的家属再次懒散地趴到病床上，等待晚饭早一点到来。就在这个时候，6床被一伙人抬着架着从外面进来。走在前头的护士指着空荡荡的床位说，就这里，以后你就是6床了。

他们看到的是一个脸部瘦削而身体发福的老人，头发只剩下四周那么稀拉拉的一圈。他被三个男人和一个年轻的女人七手八脚地移到床上。把他放到床上似乎不是一件容易的事，体重当然是一个问题，主要是老人嘴里嘶嘶啦啦叫疼的声音让他们不敢轻举妄动。终于放置好了，那几个人松了一口气，病房里的观众也跟着松了一口气。年轻女人说，爸，你别担心，我们已经挂了专家门诊的号，明天早上会有这里最好的医生给你诊治。另外的三个男人也都称呼老人为爸，让他安心养病，很快就会恢复如初的。老人说，恢复如初，哎哟哟，恢复如初。安慰过之后，三个男人一字排开站在年轻女人的身后，好像不知道下面该干什么。女人给6床掖了掖被子，说，愣着干什么？还不到车上把行李拿过来！三个男人相互看看，转身出了病房。

　　年轻女人留下来，她对病房里其他人笑一下，说不好意思，打扰你们了，我父亲以后和大家就是病友了，请大家多多关照。又是一笑。躺在床上的欠起点身子，坐在床边的伸直了脖子，都向她回报微笑，他们嗓子里的声音转了几圈又回去了，什么意思都没表达出来。大家面对这意外的客气多少有点不好意思。在病房里待的时间久了，整个人都随着缓慢的生活节奏松散下来，尤其对看护病人的家属来说，每一天都像是留在家里过周末，懒得换下拖鞋和睡衣，头发慵懒蓬松，甚至连洗漱都会忘记。若是突然有一身西装推门而入，礼貌地向你招呼，你会觉得这样的方式与你的生活相去甚远，以致无法适应。所以病房里的人都对着她毫无内容地微笑。他们的笑倒让她不好意思再说了，毕竟还是陌生人。这时候7床，一个九岁男孩，突然从床上坐起，说，你叫什么名字？

　　我？年轻女人吃惊地指指自己，你说的是我？

　　是你。男孩一本正经地说，你像我们语文老师，身上有好闻的香味。

　　他的母亲，此刻正坐在儿子身边的女人轻轻地拍了一下他的屁股，不许瞎说。然后对年轻女人说，小孩子不懂事，你别见怪，因为腿伤，他都三个月没上学了。她的拖鞋吊在脚上来回晃荡着，没穿袜子，脚趾甲有一圈清晰的黑垢。

　　没什么，小家伙挺讨喜的，年轻女人说，告诉阿姨，你叫什么名字？

　　遥遥。他的母亲说。

　　不，庄遥。男孩纠正。

　　庄遥的严正申辩引得病房里的人都笑起来。9床躺在床上，扭过头说，乖乖，遥遥长成大男人了，明天让你妈回家给你找个媳妇。9床的老婆，一个丰满结实的女人，接着丈夫的话说，我们家有个小邻居，叫燕燕，和你一样大，遥遥，说给你做媳妇要不要？

　　不要，遥遥说，给8床做老婆吧，他要。说完立刻拉过被子盖住脑袋。

　　大家又笑。8床是个年轻的小伙子，长得很精神，好像身上有用不尽的力气。他伸手拉遥遥的被子，对着遥遥的屁股打了一巴掌，说，我老婆多呢。小家伙竟然也知道老婆。

　　6床一句话不说，只是哼哼。三个男人回来了，手里各拎着包或者马甲袋。该给爸买点吃的了，其中年纪轻一点的对年轻女人说。她看看手表，问父亲想吃什么，过会儿给他带来。6床说什么都不想吃，腰疼。年龄稍大的一个说，多买几样带回来，爸想吃什么就吃什么。6床瞟他一眼，脸转到另一边去了。

2

第二天早上8点20分左右，骨科主任唐医生带着一群医生和护士来查房。唐医生据说是这家医院骨科的领军人物，被认为是该领域难得的专家，医院因他在全省得了声名。唐医生先是和6床的女儿，也就是那个年轻女人握了手，他们看起来很熟。后来大家知道，6床的女儿是在本市的另一家医院工作，而且还是某科室的主任，他们认识就不足为奇了。唐医生因此对6床表示了极大的慎重，他仔细地询问了6床的病情，比如哪儿疼痛，行动是否方便，腰部和腿有何感觉，饮食和睡眠情况如何。6床在断断续续的呻吟之间做了回答，必要时，他的女儿，还有站在旁边的他的三个女婿分别做了补充。根据有关症状，唐医生说，应该是腰椎间盘突出，具体治疗要循序渐进。

6床说，医生，能不能早点止住疼痛？睡不好觉，也没法走动。最主要的，要花多少钱哪，可苦了人民了。

唐医生一愣，什么苦了人民？

公费医疗啊，6床说，实报实销。

您老是退休？

离休。6床说，离休老干部。三九年参加工作呢。

大家都知道6床原来是有来头的。他们弄不清楚离休和退休有什么不同，但听6床自豪的口气，二者区别一定不仅仅是馒头和包子的关系。这些人多是自费治疗，为了筹钱费尽周折，因此不由得羡慕起6床和他的女儿女婿来。唐医生说，既是公费，那就好办了，我们可以用最好的药为您治疗，您老贵庚？

七十八。6床的女儿说。

看不出，唐医生说，看来手术还不能轻易实施，目前只能接受保守治疗，先住半个月观察一下。睡眠还好吗？要不要转入单人病房？那里的条件好得多。

不要，6床说，已经花了不少钱了。苦了人民了。

唐医生没再说什么，和6床女儿打个招呼就到其他病房去了。6床继续有一声没一声地哼哼，说疼啊，疼得睡不着觉。他的话引起昨天晚上留下来看护他的二女婿的不满，二女婿说，你还睡得不好？我给你折腾得一夜就没合上眼。6床的女儿和大女婿、三女婿一声不吭，他们昨天晚上都回到各自的家里，一觉睡到天亮。6床没有因此感谢，也没有对二女婿有所抱歉，他把头一偏，歪到一边去不理他，嘴上还说，疼啊，睡不好。

真正没睡好的应该是病房里的其他人。上半夜6床一直哼哼，更像是唱一支不成调的民歌；下半夜不唱了，代之以惊天动地的鼾声。那鼾声也不是持之以恒的同一个调门，而是忽高忽低，有时半天没有动静又异军突起，轰隆隆从鼻子和嘴里窜出座山峰来。6床的二女婿与岳父相和，睡在临时租借来的行军床上也是呼噜来呼噜去，聒噪得大家根本没法睡。这一夜他们睡得都很浅，像是浮在水面上漂流，稍大一点的风浪就把他们惊醒了。之前病房里的夜晚一直很安静，大家随便说上几句闲话就睡了，清醒的只有男孩庄遥，他左瞅瞅右看看，自娱自乐累了也就睡了。昨天晚上遥遥睡不着了，他不停地弄醒浮在睡眠表层的母亲，告诉她6床在唱歌，然后学他打呼噜的声音和样子。母亲说，睡觉，管别人唱歌干什么，你看叔叔们都睡着了。她说的是8床的小伙子和看护他的堂兄阿三。遥遥说，你骗人，叔叔都睁着眼睛。母亲转身看了一下8床，他们俩果然都睁着大眼，她闭上眼翻一个身，在6床和他的二女婿的鼾声里含混地说，去，睡。

3

病房里的人很难相信6床今年已经七十八岁，从外表看，不过六十多，若不是腰椎间盘突出让他腰疼，6床完全可以挺起腰杆走路，那模样就气派了，是个老干部。老干部这个词让人不敢低估，怎么听都像是首长厅长之类的大官，因此他们不敢随便去问。是他的二女婿不屑地告诉了别人，就是个前镇长。那也是几十年前的事了。但是6床从不这么对别人说。他很少与别人交谈，偶尔谈起的也是些陈年老事，比如建国，比如"文革"，比如十一届三中全会。

6床想当年的表情无比深重，说起"文革"的语气充满了现实感，那时候他一夜之间成了阶下囚，戴着白纸做成的圆锥形高帽，脖子上挂一块贴着批判标语的土坯，整个人忏悔似的低下腰身，比现在腰弓得还要厉害，被一群意气风发的人牵着走、赶着走，身上落满了来自四面八方的石子和浓痰，活像落魄的白无常。但是他挺过来，一声不吭地当了好几年的农民，直到十一届三中全会之后，他平反了，他成了老干部。

就这样，6床意味深长地说，成了老干部了。

他的二女婿在他遥想当年的时候总是去厕所，或者到走廊里溜达，他不愿听。6床对他的这个女婿显然也很不满意，他不看他从家里带来的那本被他翻得起毛的《"文革"十年史》，而是偷空去楼下的地摊上买那些两三块钱一本的地下杂志，花花绿绿的充斥色情和暴力的小故事。6床认为这是品位问题，他后悔当年同意了二女儿的婚事，女儿昏了头，他怎么也跟着昏了头呢。

病友们陆陆续续地知道了二女婿的一些情况，这些都是他自己说的。姓林，所以6床一直叫他小林，当然这也是很久以前的事了。自从对这个女婿横竖不顺眼后，6床连小林也懒得叫了，他不和小林说话，一说就吵，不得不说时都没有称谓，反正病房也不大，随口说一句话就知道是和谁说的。小林原来是个工人，三年前工厂倒闭，成了无业游民，其间零零碎碎做了几回生意，也是赔多赚少，索性不再为工作和生活发愁，想起来就出去跑两天，卖青菜也罢，蹬三轮也罢，只要赚钱什么都干，累了烦了就在家歇着，反正还有老婆在工作挣钱呢，女儿也工作了，操心的事不多了。人一在生活里放松了，嘴边就没遮没拦，想说什么说什么，这是6床尤其看不过去的，什么事小林都要插上一嘴。不喜欢归不喜欢，他不能把小林赶走，家里只有小林这么一个闲人可以在医院里长期照顾他。对病房里的人来说，经常看到翁婿两人生着对方的闷气也是件很有意思的事。

前面说了，8床是个年轻的小伙子，说话很滑稽，没事了就和7床遥遥逗乐。他的伤现在已经不太严重，但不能下床走动。小伙子受伤之前在少林寺习武，功夫练得不错，毕业后就留在少林寺里教一帮小孩子。半年前，他的一个师兄请他到成都帮忙，师兄在那里办了一家武术学校，请他去代几天课。他是在课堂上受的伤，弹跳的时候腿部拉伤，他以为是常见拉伤，没当回事。一个月过去仍然疼痛不止，最后连行动都困难，跌打损伤的药吃了一大堆也不见好转，只好到医院检查。结果吓了他一大跳，肌腱断裂，再拖延下去整条腿就废了。他这才慕名来到这家医院治疗。现在左腿从上到下都打着夹板，一层层地缠满了绷带。因为年轻，所以讨小护士的喜欢，他的油滑言行常常惹得护士们露出牙齿大笑。尤其是那些没见过世面的实习护士，她们从学校里刚出来，逐渐清晰的爱情意识让她们激动不已，在这寂寞的骨科十楼，她们在缺胳膊少腿的病人里发现8床不是件容易的事，所以总有小护士成群结队地来到8床身边，唧唧喳喳地围着他说笑。

早上查房的时候，8床问医生，他可不可以下床到洗手间去洗洗头发，躺着坐着大半个月，头发都能闻见臭味了。医生说不行，下床走动容易伤到筋骨，出了事后果自负，要洗就在床上洗。在床上怎么洗？他对着护士们做出思想者似的失望神态。护士长说可以洗，若真要洗就喊几个小护士帮你洗。8床一听就高兴了，随手划了一圈，就她们几个吧。那几个实习的小护士笑嘻嘻地说，美得你。说是说，查完房她们果然来了，每人端着一样器具。8床，拿头来。躺在床上洗头有一定难度，整个病房里的人都伸着头观看，甚至其他病房的也拥进来看新鲜。护士们用架子把调好的热水袋吊起来，8床仰躺在床头，脖子垫在一个半圆的凹形支架上，支架下面是一个椭圆形的器皿，水流下来就可以继续下流，一直流进放在地板上的脸盆里。实习生们大约也是第一次干这种事，几个人围成一团，在护士长的指导下才逐渐掌握要领。她们像一群喜鹊似的叫个不停，笑着抱怨水的不是和8床的不是。一个佯装气恼，说干脆把8床掐死算了。8床在底下夸张地叫，不好了，谋杀亲夫了。他的叫喊引来护士们的调笑，人人都伸出手在他头上挠一把。

8床隆重的洗头行动让观众大为羡慕，病人们开玩笑说，洗一下多少钱？我也洗一下。护士说，不要钱，免费的，你洗吗？说的时候嬉笑不见了，给对方的是一张公事公办的脸。病人讪讪地退后，他担心洗过以后还要付钱。怎么可能会有免费的服务呢？小林一直津津有味地看她们忙乎，呵呵地笑，说有意思，有意思，然后又说，你们是不是只给年轻的小伙子洗，我们老头能不能享受一下？护士说，当然可以，但是你不行，必须是病人。小林来了精神，说那好，你们给老爷子也洗一个吧。他对6床说，爸，你也洗一个吧。

年轻人的事你瞎掺和什么？6床说。

护士已经答应给你洗了，你看，都是年轻的小丫头呢。

出去！6床发火了，脸涨得通红，你就不能做点正经事？

小林气呼呼地说，不是为你好么。出去就出去。刚出门，电话响了，他又折回来，准备接电话。他喜欢接电话。

让你出去的呢！有人接电话。

说不定是找我的。小林已经把听筒放到了耳边，喂？是。他把话筒捂住，对6床说，看，是找我的吧。小三子问你还疼么？疼么？

疼！6床说，死不了！

<h1 style="text-align:center">4</h1>

自从住进医院，每天打两瓶点滴，十五天下来6床觉得仍不见效，疼痛非但没减轻反而加重，独自翻身都成了困难。医生每天早上来查房，得到的都是相同的答案，病情在加重。唐医生也着急了。因为6床先前曾在另一家医院治疗过，那里的医生就是唐医生的师弟，他在无计可施时想起了唐医生，他的声名远播的同门师兄，建议6床转到唐医生这里来治疗。这就给了唐医生很大的压力，能不能治愈6床已经不仅仅是解除一个病人痛苦的事情，而是关乎他的权威和声誉。为此唐医生的神情越发沉重，他想不通6床的腰椎间盘突出和别人的有什么不同，镇痛和缓解的药物他一换再换。他不可避免地想起"黔驴技穷"的成语来，再这样下去，他就是那头驴。不能再掉以轻心了，看来昂贵的药不一定就是最恰当的药，他决定在这个早上再询问一下6床的情况。

真是不幸，唐医生还在办公室里整理衣冠准备查房时，小林找到他。老爷子疼痛难忍，哼哼了一夜，小林说，唐医生你看我的眼，一宿没合哪，全是血丝你看到了吧？唐医生把梳子丢进办公桌里，说看到了，走，看看去。

6床躺在床上断断续续地呻吟，从昨晚十点钟叫到现在把他给累坏了。听到医生的声音他的呻吟声又提高了几个分贝。一夜的折腾，6床浑浊的眼睛红红的，脸也发红，像在发高烧。唐医生问他，现在感觉哪里痛？6床有气无力地指指腰部，然后是臀部、大腿、小腿，还有脚面。唐医生脸板得像不规则的大理石，一路摁着6床指点的地方，他看到6床的右腿在萎缩，和左腿已经出现明显的不对称。

这里疼吗？这里呢？他听到6床疼得哆嗦的声音，唐医生的右手所到之处，6床一直在告诉他，疼，麻。疼，麻。唐医生说，好，好，明天手术。说完转身出了病房。查房时没有再来。

病房里此刻昏昏沉沉，他们都没睡好，躺着或趴着打瞌睡。外面市声喧闹，病房前不远处正在建一栋新的病房大楼，塔吊伸着巨大的手臂这里抓一把那里抓一把，吱吱哟哟的声音尖锐地钻进耳朵，像刀刃垂直在铁块上走过。8床闭着眼睛想回家的事，堂兄阿三昨天刚从家里回来，告诉他，家里实在拿不出钱，不能再住下去了，医生也说了，他可以先回家，只要保持不受大的动荡，静养一个月就可以解除绷带和甲板，这期间还须坚持挂水，就是说，如果出院，必须带一大堆药水回去。8床早就想回家，可一想到回家又难过，住院的三个月里，家里的钱给他用光了，朋友那里也得了不少的帮助。应该说师兄弟们还是很讲义气的，他们从成都，从少林寺，从中国的各个地方长途跋涉来看他，每个人临走时都多少留下一些钱。就是靠这些他才能够在医院里待到现在，大大加快了康复的速度。他笑笑，转身的时候，看到9床在看他。

要出院了？9床说，你的朋友都不错。

要走啦，8床说，再过几天你该能下床走动了吧？

9床笑笑，抚着趴在床边瞌睡的老婆的肩，一声叹息。她在医院里服侍他半年，一天都没离开过，连一句怨言都没有，她只希望丈夫能早日康复，和过去一样活跃健壮。

9床过去的日子很滋润。家住这座城市的郊区，原来是农民，丢掉土地做起小生意，渐渐做大了，自己开了一家供应日用百货的杂货店，撑不死也饿不死，还交了一帮在那个小地方颇有点头脸的朋友。在其中一个提议下，他们拜了把子，发誓要像桃园结义那样肝胆相照同舟共济。去年冬天他从朋友家喝酒回来，坐在摩托车上感到屁股疼，回到家对妻子说了。妻子想也许是遭了冷风，或者是关节炎，暖和暖和就没事了。他在被窝里坐了两天，电热毯开到最高温度，浑身冒汗，可屁股那儿还是丝丝缕缕地抽着凉气，越发地疼痛起来。问题大了，才决定到郊区的诊所去。但他刚下床就跌倒了，站不稳，腰部以下好像不是自己的，扶着架着也软绵绵地站不起来。用车子拖到郊区诊所，医生了解情况后，让他赶快去大医院。医生的命令代表了某种不可言说的恐怖，车子拐了个弯直奔市区。

医生说，股骨坏死，必须立刻动手术，置换股骨。听到诊断结果，9床和他老婆头都大了。医生的意思是，腰部以下切开，取出死去的骨头，换上新的。医生说，放进去的是人造的塑料股骨，它们在下半生成为你身体的一部分。没什么好说的，切吧，换吧。问题还是钱。手术费八万。9床听到这数字倒吸一口冷气，对老婆说，买一个活人又能要多少钱。老婆就哭，十八万也做，我要的是一个健康正常、能跑能跳的人。然后就做了。他们把杂货店折价卖给了别人，加上多年来的积蓄，大大小小凑在一块儿只有七万。只好借了。从亲戚那里借了一万。

浑身酸麻地从手术室被推出来，已经到了日落时分。一天了，9床在病床上木木地想，八万就这么没了。过去他从不考虑钱的问题，身外之物，大男人不该在乎那些东西，现在他知道自己过去活得有多轻率。事实上这只是开始，他要住院疗养，医生说大概要半年才能下床行走。半年意味着一天天向医院送钱，一直送一百八十多天。他躺在床上一动不动，依靠电话和朋友们联系，告诉他们这里有一个需要现金的人，向他们借。朋友们很慷慨，三千五千地拿出来，常常三五成群地来看他。后来就不行了，他们的热情难以为继，很少到医院来看望他们的把兄弟，他们的钞票也躲得远远的。他们担心这是个无底洞，借了就还不上，你不能不怀疑那些新置进他身体里的塑料，那东西是否还能让他和过去一样行走如飞。即使行走如飞又能如何，他能把送给医院的十五万块钱挣回来？即使挣得回来，谁又能知道那时候他是否老得还能走得动路？

十五万。9床想得最多的就是这个数字，它还在上升，见风就长。他在床上不动窝躺了半年，连翻身都不能，两只脚一会儿被两个铁块吊着，名为牵引，一会儿又用架子支起。这些都没能把他累坏，累坏他的是十五万。每次老婆风尘仆仆地从外边回来，他都羞愧难当。半年来老婆只做了两件事，看护他和到处借钱。他不知道已是这间病房里的多少朝元老了，一茬一茬地进人，一茬一茬地走人，每次只把他剩下来。现在8床也要走了。他对8床笑笑，说，走了好，走了好。

5

手术进行得十分顺利。6床打过麻药后一直在等医生们动手，但是他们似乎并不急着操刀，而是在他腰部比画来比画去，像用一支铅笔在作画。大约一个小时，6床忍不住了问医生，为什么还不手术？医生说，已经结束，还有几针就缝合完毕。就这么完了？6床很奇怪。之前医生们一直说，年龄太大不宜手术，还以为多大的动静呢。他被护士从手术室推了出来，觉得想睡觉，迷迷糊糊就过去了。后来被一阵疼痛惊醒，腰部的刀口让他意识到，手术的确是做完了。他看到床边或站或坐着小女儿和小女婿，还有那个让他厌烦的二女婿小林。

爸，你放心吧，女儿激动地说，医生说再休养几天就没事了。

他没说话，闭上眼努力想再睡一会儿，听到7床的庄遥对他说，8床走了，8床出院了！男孩的声音他很不喜欢，这是最近几天才发现的，原因是他不喜欢庄遥的妈妈，那个大大咧咧的农村女人，他发现她和小林关系暧昧。

其实，住院后的第八天6床就发现了问题，小林和庄遥的母亲的眼神不大对劲，两人的目光之间老是有个来历不明的夹角，那个角度的复杂性对任何成人来说都是不言而喻的。但此时6床还是不敢相信，原因之一是他不能肯定躺在床上时发现的那个角度就是正确的；另外，那女人的确太一般了，要什么都没有，脸，腰身，实在不适合搞外遇，尤其是不乏村妇的一些粗俗举止。6床知道小林不是个十分正派的男人，但他的眼光还不至于低劣到要和这样的女人瞎搞的程度。事实证明他高估了二女婿。

6床记得刚住院的那两天，老听庄母说没钱了没钱了，没钱住院了，反正遥遥的病也不能一下子治愈，回家治也一样，那要省下好多钱。可是到了预定出院的时间他们没有离开，庄母不再提出院的事，而是说，医生说了，遥遥的膝盖积水必须再观察一段时间，过几天还要抽一次水，绝口不提钱。6床只是看到庄母没事的时候往小林身边凑，晚上睡不着也会大老远找小林搭茬。6床想，小林也不容易，从上次住院起就是他看护，那次是半个月，现在又要很多天，整天待在病房里和坐牢区别不大，一个大男人，成天这样没什么想法也不现实。尽管他不喜欢二女婿，但他服侍自己还是尽心尽力，难为他长久地守着自己，所以也不太过问小林的事。偶然一天早上，6床想去厕所，小林又不在身边，他只好自己忍痛下床，拄着拐杖慢慢地向厕所挪。在平时，都是小林搀着他去。当他挪到厕所门口时，看到庄母正抓着小林的手，很委屈的样子。他觉得浑身发抖，他们竟然在厕所门口就这种样子，那女人穿着拖鞋和睡衣，头发蓬乱，那模样大概从早上起来牙都没刷脸也没洗。他站在原地，用拐杖用力地磕地面，他不想让别人看见他女婿在医院里和一个女人胡来。

小林惊出了一身汗，上前搀住他说，爸，你怎么来了？

厕所也归你管？6床说，一甩胳膊把小林推到一边去，你忙啊！

小林在接下来的两天收敛了许多，不过很快又管不住自己的眼睛了。庄母从原来睡在儿子右边转到了左边，晚上睡觉时喜欢把腿伸出被子。天还冷，又是公共场所，病人家属睡觉都穿着外衣。庄母也穿着裤子，但是伸出被子时总能露出一截丰白的小腿。小林就睡在她不远的行军床上。6床目测了一下，小林伸出手完全可以摸到庄母的腿。6床常常在夜间醒来，第一件事就是找庄母的腿边是否多出一只手。还好，小林的呼噜如日中天，他似乎已经忘了这回事。6床开始心疼邻床的女人，天还是挺冷的。

在手术的前一天，小林端水给岳父喝，吞吞吐吐地说，手头没钱了，买饭都成了问题，能不能再给一千，就算借的。6床一听就明白，环视一下病房，那女人不在，他说前些天不是给你一千么？

没敢告诉你，爸，小林说，下楼买饭时丢了，就剩下一百，全用在伙食上了，你看我这些天连烟都不抽。

6床很想给女婿一个耳光，但这是病房。他犹豫一下，从上衣口袋里摸出钱夹，抽出五百块钱。半个月的零花钱，他说，别再丢了。他把"丢了"咬得很重。

小林慌忙接过，说谢谢爸爸，谢谢爸爸。

遥遥抱着他的受伤右腿，膝盖上缠着厚厚的绷带，大有不达目的誓不罢休的天真气，再次对6床说，8床出院了，6床爷爷，8床今天早上走了，你什么时候出院？

不知道，6床说，觉得刀口一阵阵跳痛。小林说别动，别动，渗血的管子还在刀口里。他把盛放渗血的塑料盒子向旁边移了移。这些事小林做起来得心应手，而来看望父亲手术的三女儿夫妻俩就只能在一边看着。住院以来，三女儿夫妻俩连同他们十岁的儿子，也只是来看看父亲，没在这里住上一个晚上。他们说，工作实在太忙了。

出院好。6床对遥遥说，空出一张床，让你妈妈过去睡，你妈整天陪你太辛苦，夜里都睡不好觉。

遥遥抛起枕头，开心地说，妈妈到那边睡啦，我的腿就想伸到哪儿就伸到哪儿了。他对妈妈说，妈妈，今晚你就到那张床上睡。

庄母尴尬地笑笑，说，听遥遥的，是该到那边睡了。

6

庄母在8床上只睡了一个晚上，又住进一个从其他医院转来的病人。刚来的老人成了名副其实的新8床。他也腰椎间盘突出，五十来岁，本市某所中学的化学老师。6床对新来的8床没有太深的印象，他们隔着7床，而且8床沉默寡言，整天躺在床上翻看学生的作业和他自己的课本。8床老伴说，不能上课之后，他每天都要看看学生的作业心里才踏实。老伴抱怨，看有什么用，病治好也该退休了。但8床仍然坚持不懈地看，他还想给学生再讲几堂课。6床不能过多关注8床，他的大部分时间都在和疼痛与小林作斗争。让他稍稍放了一点心，庄母回到儿子的床上，没有选择睡左边，而是回到了先前的右边。

8床进来的第二天就进了手术室，接受和6床相同的手术。类似的手术并不大，只是在腰部切开一个小口子，把紊乱的骨头调整好，然后再把刀口缝上。像为封闭的房间现开一扇窗户，跳进去把杂乱的东西收拾好，出来后再把窗户堵上。8床手术过后感觉很好，除了刀口渐趋衰微的疼痛之外，腰椎间盘突出对他的神经压迫已慢慢消失，疼痛几乎可以忽略不计。他对看望他的学生说，感觉好极了。可是6床没这么幸运，手术两天之后就对医生提出了质疑，现在不仅是臀部疼痛加剧，大腿、小腿，还有脚面，都是日甚一日地疼痛。

唐医生脸上像下了霜，他是经过全面论证才决定给6床实施手术的。6床年龄偏大，很少有医生愿意给近八十岁的老人做手术，伤口愈合太慢，容易感染或者出现其他难测的情况。现在做了，他亲自主刀，整个手术他都瞪大眼，生怕哪个地方出一丁点差错。平心而论，此次手术之谨慎是他多年所没有过的。可是结果让他浑身出汗，疼痛居然变本加厉。他询问了小林，手术之后6床是否有过大的动作或其他意外情况。小林想了想，手术后的第三天岳父就独自从床上爬起来上厕所，他要大便，而当时病房里却聚着一群花枝招展的小姑娘，都是来看望8床的学生。6床不好意思在众目睽睽之下躺在床上大便，所以要起床。偏偏小林正在走道里晃荡，他看到岳父时，6床已经走过去厕所的一半距离了。他跑上前去搀着岳父，让他回床休息。老爷子坚持要去，他只好搀着他去了厕所。回来的时候他就发现老爷子不像刚才那么自信了，涨红了脸直喘粗气，躺在床上一动也不能动了，连呻吟也发不出来。小林知道他的伤口一定很疼，他只是不愿为刚刚的贸然举动认错，闭上眼干受着。

唐医生总算找到了一根救命稻草，有点理由了，他又有了一点时间去考虑对策了。其实他很清楚，这个时候下床问题不大，而且与腿疼没丝毫关系，但他还是抓住了这根稻草，对6床和小林说，有可能受到伤口的影响，先观察几天才能定论。注意，他隆重地伸出右手指头强调，一定不能乱动。然后拎着白大褂匆匆出了病房。

遥遥和他的母亲终于决定出院。护士前一天晚上就已经催过，再不预付医药费，从明天开始7床的药水就停掉。他们前几天交上去的七百块钱已经用光，再想不出办法只能出院。看着护士表情空白的脸，庄母的嘴茫然地动了动垂下头哭了，她知道没办法了。她想不通为什么遥遥的膝盖里会有那么多水，像黄河之水源源不竭，医生怎么抽也抽不尽。不就是一个小膝盖么？不就是那么一点水么？都住了一个半月了还这样。她的哭泣引起了遥遥的悲伤，遥遥说，妈，你别哭，我明天就出院，妈，你看，我的腿好了。他用力地搬起自己的腿，刚抬离床面就摔倒了。他抱着母亲的胳膊哭起来。病房里静得怕人，所有人都不说话，那个发布命令的护士讪讪地退出了病房。

这一夜6床没睡好，腿疼只是原因之一。他听到庄母辗转翻了一夜的身，凌晨时分他终于沉沉地睡着了。醒来时已经七点半钟，侧身看一眼7床，空荡荡的，那个叫遥遥的九岁男孩不见了，他的母亲也不见了，被褥叠了，但不整齐，是匆忙之间的急就章。6床有些难过，像丢了东西，又像是想吐，他忍了忍，把那些说不明白的东西给咽了回去。这时候小林端着早饭从外面进来，说，爸，吃早饭了。

6床答非所问，他们上车了？

上车了。小林说，喝点豆浆吧，爸，趁热。

不想吃，6床说。

查房时病房里又热闹起来。医生问9床和他老婆，尝试过下床走动没有？下床走动？9床夫妻俩几乎怀疑他们的耳朵，医生你是说下床走动？医生点点头，说到日子了，应该可以下床了。9床的妻子手里的馒头落下来，掉进豆浆里，溅了她一身水。她的嘴张着，好像一直在等待馒头的到来，但是它掉进豆浆里了。她站起来，说，他可以走了？然后拍了一下自己的脑袋，我竟把这个日子给忘了。今天几号？你们知道吗？大家都笑起来，弄得她和9床都不好意思。但是他们顾不得了，她说别动，我扶你坐起来。

医生随意地挥动着他手中的文件夹，说，看把他们激动的。你们慢慢来，乍起来他可能不适应。带着一群小护士到隔壁的病房去了。

9床面目潮红，头上都冒汗了。他对突如其来的消息一时还无法接受。他们当然知道会有这么一天，而且一定也牢牢地记住了这个日期，但是半年结结实实的等候和盼望把它变成了一个抽象的东西，像一个理想，存在着，却有遥遥无期的虚空，以致突然到来竟措手不及，怀疑它是否是冲着自己来的。

夫妻俩在努力，他们不要别人帮忙。是8床的学生率先鼓起掌来，随后整个病房都加入了祝贺的行列，丢下筷子、汤匙和馒头，站着的，坐着的，躺着的，拍出了整齐的掌声。9床和他老婆哭了。她跪在床上，抱起丈夫的头和后背，一点一点向上抬。

疼不疼？她问。

没事，他说，继续。

他倾斜着缓缓升起，像一面被修复的墙。坐起来了。坐直了。腿向外移动。脚垂下床。坐直了。双脚踩地。支撑。起。起。

不行，不行，头晕。9床突然说，他笑了，躺着觉得自己重，起来倒觉得轻了，太阳真好，让我先稳一稳，头晕。

病房里一阵笑声。9床看到了窗户外面的世界，这是他半年来第一次看到广阔的天空和阳光。他看到了不远处茁壮成长的病房大楼，他记得刚来时他们还在打地基，大卡车一辆接着一辆向外运泥土。当时医生对他说，新的病房大楼和他一样高时，他就能走了。现在他在十楼，新的病房大楼真的和他一样高。他该能走了。五分钟后他小心翼翼地站起来，还没站稳就坐到了床上。他觉得两条腿不足以支撑他的身体。两分钟之后他再次尝试，又跌倒了。第三次他终于答应让老婆搀着他站起来，他的确是站起来了，两条腿像在摇着筛子，他觉得有点累，气跟不上。但是他站起来了。病房里再次响起了长久的掌声。9床满头大汗，他没忘记幽上一默，转过身像伟人似的对着大家挥挥手。

那一天9床都在不懈地练习站立。他终于能够独自站立，甚至能够独立地走上两步，但痛苦是显而易见的。两条腿一直在抖，总是用不上力气，根据以往的感觉，他觉得现在的腿只有一半是自己的，不太听使唤，总感觉哪个地方不对劲儿，具体又说不清楚。9床的脸色越来越难看，开始还挂着笑，后来笑容僵在了脸上，到了下午三四点钟，所有的笑容都从脸上掉了下来。比他脸色更难看的是他老婆，她的早饭一直放在窗台上，馒头落在豆浆里，喝足了水，浮在碗中央。

医生曾说，站起来会和好腿一样。在你身体里，就是你的。

检查的结果给病房带来了末日般的气氛。由于某种非专业人员难以理解的原因，人造骨骼与身体某些部位和系统不协调，手术失败。必须选择恰当时日重新手术。9床被护士推回病房，脸白得像一张纸，另一张纸在他妻子的脸上。病房再次安静下来，大家都知道检查结果意味着什么。又是半年。手术费八万，加上住院费生活费等各种费用，第二个十五万。

7

在小林百无聊赖的看护生活中，6床还在哼哼。他的哼哼之长久，终于让医生和他的女儿女婿怀疑上了他疼痛的虚假性。在他哼哼的同时，做过相同手术的8床让唐医生十分满意，8床的病情让每一个医生包括小护士都感到生活的前景无限美好，他正一日千里地向健康的人群跑去。再调养观察几天，出院没有任何问题。

6床不行，他在手术后一天都没停止叫疼。唐医生经过细致深入的思考，没有发现6床症状的任何疑点，他的治疗方法和用药也没有任何问题，他甚至可以自豪地说，也只有他唐医生才能如此高明地用出这些药来。他决定从病理之外的因素找原因。为此他请来了6床的小女儿和女婿，以及一直守在6床身边的小林。他如实把病理方面的所有可能一一摆在他们面前，然后从理论和实践两方面一条条加以排除。唐医生是医学院的兼职教授，带过一群博士，他以学者身份对6床做了颇具学理色彩的分析，严谨，务实，不容置疑。同为医生，6床的小女儿深知唐医生没有任何问题。

问题在别处。小林抱怨着说，都是钱闹的，要在农村，像他这么大年纪的人得了这病，疼也得挨着，直到疼死。小林的抱怨提醒了他的妻妹，她也觉得父亲有时比较过分，不就是个腰椎间盘突出么，至于那样成天哼哼唧唧吗？她觉得父亲的生活一向夸张，稍有点痛苦就搞得满世界都知道，腰疼以后，不仅在家里叫苦，还叫到医院，从镇医院叫到县医院，又从县医院叫到市医院。第一次去镇医院看望父亲，他坐在病床上神气地说，苦了人民了。当时她就想，公费就公费呗，这么张扬干吗，周围可都是为了治病东借西凑的农民兄弟啊。她把想法说出后，唐医生拍一下桌子如梦方醒，说我怎么就没想到呢？他是老革命，劳苦功高，在"文革"中又饱受打击，现在日子好过了，出现点心理问题也在情理之中。我怎么就没想到从心理方面做文章呢？

唐医生请来心理疾病的专家，在一个早上为6床会诊。会诊的过程骨科病人前所未见，医生们像幼儿园阿姨一样对6床循循善诱，问了很多让6床和病友们莫名其妙的问题。比如6床当年做镇长时的一些情况，"文革"中他所遭受的迫害，以及他现在对当年经历的看法，还有他对公费医疗和自费治疗的认识，等等。他们希望从6床的言谈举止中找到心理问题的突破口。结果令人失望，6床在七十八岁高龄依然头脑清醒，他的回答思路清晰逻辑严密，没有任何精神上偏执的迹象。他对"文革"不乏反思，对现状观点冷静，他仍然强调那句已经表达了很多次的说法：苦了人民了。经过一个上午的会诊，骨科之外的专家们无功而返，他们达成了共识：6床在精神上没任何毛病。可是他在哼哼，整个会诊的过程中他都没有停止过，而且不时用手去抚摩那条日益萎缩的右腿。该死的哼哼。唐医生简直要绝望。

会诊结束，唐医生在与众专家讨论之后，作出了新的决定：对6床进行全面复检。这是没有办法的办法。

6床不明白为什么所有人都不相信他的疼痛，从他们的盘问和眼神中他看出来，好像疼痛成了他的罪过。这让他不舒服，也许哪个地方真出了问题，但是在哪儿呢？他躺在床上无法入睡，一直到后半夜才迷迷糊糊睡着。蒙眬中他看到9床从床上笨拙地坐起，然后下床，他的动作缓慢而力不从心，扶着墙壁走到门前，静悄悄地打开通往阳台的门，似乎还顺手拿了一张凳子。9床像个影子把门重新关上，来到阳台上。6床把脸偏向另一边，他不知道自己是否在做梦，他似乎还这么问了自己，应该是做梦吧，要不9床怎么能够站起来走路呢。他告诉自己在做梦，然后睡着了。

凌晨时分他被一阵骚乱惊醒，他看到9床的老婆蓬乱着头发在病房里转圈，结结巴巴地说，人呢，人呢？病房里其他人也跟着乱起来，小林从外边揉着眼进来，说，找过了，厕所里没有。别着急，小林说，也许他感觉好了，出去呼吸新鲜空气了。

不可能，9床的老婆说，医生说他要重新手术，不可能走出去的。

说不定就有奇迹发生了，8床安慰她，世界这么大，什么事都可能发生。没准医生诊断失误，其实他已经痊愈了。

9床的老婆稍稍放松一点，扶着床头大口地呼吸，突然她发现了阳台上的凳子。谁把凳子搬到了阳台上？她大声地说，我记得昨天晚上把它放在床头的。

6床出了一身的冷汗，明白了昨天夜里他看到的不是梦，而是活生生的现实。9床的老婆已经奔到了阳台上，大家听到她慌乱的喊声：啊——声音因为惊恐变了形，不像出自人的喉咙。如6床所料，9床带着他作废的人造股骨飞身而下，从此离开了骨科病房。9床的妻子在十楼上俯视地面，一圈人围在垂直的楼下，一个人趴在清晨的水泥地面上，一动不动。她感到从未有过的疲惫，整个人像一团烂泥逐渐瘫软，缓慢地委顿在阳台上。

8

因为9床的自杀，8床提前出院。他不愿再待在这里，他总是在夜里看见9

床的笑脸，和9床第一次从床上坐起时一模一样的笑脸，惊喜中带着男人的难为情的羞涩，充满了对新生活的热爱和向往。他忍受不了一个本该好好活下去的年轻人在梦中送给他一个一成不变的死掉的笑容。8床出院的早上，临走时握住了6床的手，说老哥，保重，还是回家好啊。

6床侧身看了看空荡荡的病房，雪白的床单覆盖在其他三张病床上，一片单纯的荒凉，他觉得冷风呼啦啦地全刮进了他的心里。这种景况他在最艰苦的岁月里也没有感觉到，他被别人的鞭子赶着，孤独是有的，但那毕竟还有身后的一点无知的热闹可以听取，回回头还能看见他们意气风发的无辜的脸。现在只有他一个人，守着这巨大的房间，他感到自己真的老了，离开家两三个月了，他想回去。像8床说的，还是回家好啊。

小林坐在7床上看着他，终于说话了，爸，检查的时间到了，我扶你过去。

按照唐医生的建议，6床把内科、外科、五官科、放射科所有沾边的能查的都查过了。有的当时能知道结果的小林就打听到了，都没大问题，有的也只是老年人因为体质和身体功能退化导致的常见小毛病，与眼下的腰椎间盘突出根本扯不上关系。不能当场告知的，要等到下午下班之前来领取结果。小林在搀扶的时候，发现岳父大人走路一瘸一拐，头上出了一层汗芽，但一声不吭，不说疼也不说不疼。问他也不回答，像在生谁的闷气。一圈下来已是中午，6床累得躺在床上只喘粗气。

下午小女儿和女婿也来了，他们随着小林把所有刚拿到的检查结果送到唐医生的办公室。那里已经聚集了好几个医生，根据年龄和相貌看，个个都不可轻视，不是专家也是教授。其中还有几个是6床小女儿的熟人，他们热情地和她打招呼，然后把脑袋凑到一起对检查结果进行分析论证。作为当事人的亲属，小林他们只能坐在休息室里等候结果。他们听到里面吵吵嚷嚷，仿佛他们进行的是一场辩论，而不是对病情的剖析。

大约下午五点钟，唐医生表情严肃地出来了。小林他们迎上去，急迫地询问诊断结果。唐医生不说话，把手中的一张纸条展开在他们面前，在那张只有处方大小的纸上，他们看到了两个巨大漂亮的黑色行书字：骨癌。那两个字在他们面前停留了近一分钟，他们也盯着字看了近一分钟。然后听到唐医生低沉的声音，不会错的，一定要照顾到病人的情绪，你是医生，你知道该怎么做。

　　他们在回病房的途中，深刻地体会到了乍暖还寒的意思。冬天已经结束，但是风吹到脸上还是冬天的味道。他们都不说话，主要是不知道说什么好，是该安慰一下对方还是该大哭一场，都不清楚。他们甚至都不知道该如何走进只有父亲一个人的病房。短短的一段路花了他们十分钟。进入病房大楼。乘坐电梯。电梯升到十楼停下，他们失重似的差点跌倒。电梯门轰然洞开，不得不出来。他们希望能够在病房外边就听到父亲的声音，比如哼哼声，咳嗽声也行，那样他们还有个话说。可是病房里静悄悄的，他们的父亲残忍地不发出任何声音，他让他们无话可说。

　　房间里空无一人。病床上被子掀起，6床的鞋子没了，拐杖也不见了。小林跑出病房来到护士值班室，声音嘶哑地问她们，我爸爸到哪里去了？护士愣一下，说我怎么知道，是你爸爸又不是我爸爸！他们找遍了整层楼道都没有找到。在下楼的过程中小林逢人就问，你见到我爸爸了吗？就是挂着拐杖的老人。一直到了底层，才打听到一点眉目。一个拎水果的小女孩说，她下楼时遇到一个挂拐杖的老人，走路高一脚低一脚，半个多小时左右。谢过小女孩，他们在医院里四处寻找。他们第一次发现医院这么大，好像永远也找不遍它的角角落落。后来小林想起一个地方，就是病房垂直的楼下。

　　三个人急忙来到病房大楼后面。他们的父亲正安静地坐在毁损的花园的石凳上，像一尊雕塑，背后是继续长高的新病房大楼和它伸出的长臂塔吊。此刻夕阳将尽，光线衰弱而漫长，新病房大楼庞大的阴影干冷地倒在他身后，而他的影子，如一团形状不明的黑色物体，斜斜地躺在落满尘土的水泥地上。他身前的地面上散落着金黄的阳光，金黄之下是水泥干净惨白的底色，只有这一块最干净，被水仔细地冲洗过后，看不到丝毫残留的血迹。

　　爸，你怎么跑到这里来了？我们到处找你。

　　爸，你把我们吓坏了。

　　爸，外面风大，我们回病房去吧。

　　我没病。我的腿不疼。6床，他们的父亲，挂着拐杖老态龙钟地站起来，他被黄昏的冷风吹得更老了。回家，他哀求他们，送我回家。

下一个是你

徐则臣

　　二十岁时在念大学，因为面相老，同学叫他老罗；到了三十，老朋友见面还是老罗；四十岁，一脸成熟的男人相，同事不敢不叫老罗；五十以后，他反倒显出年轻，但老婆已经习惯了叫他老罗。还不"老罗"，老婆说，你以为你十八啊？现在的老罗一大早坐在沙发上直走神，明年4月28号退休，他一茶壶的碧螺春抱在怀里一动不动。又犯傻，老婆说，拎着提袋要去早市买菜。早市的菜新鲜。老两口起得早，这是老罗在老婆退休之后意识到的，天不亮就醒了。跟着意识到俩人老了，前些年觉可都是不够睡的。人老了觉也少了，老罗觉得这有点不合情理。老了事也少了，为什么不能让我们多睡一会儿呢。

　　闲出神经了吧你，老婆临出门又说，你看眼都直了，没事买菜去。

　　老罗放下茶壶，说好，这就跟你走。

　　这些年老罗不是没买过菜，但的确很少，那一般是老婆身体不好或者不在家，他不得不顶上去。老婆退休以后，他也跟着去过早市几次，一大半原因是碰巧他那会儿兴好致好。人一高兴了什么事都愿意干。

　　这一次去，是因为除此之外他不知道该干什么。一大早起来就茫然，又有点百无聊赖，说不清楚，就是没精神，干什么什么没意思。这个症状不是一天两天了。很多天以前了，往精确里算，几年前就开始了。在单位里他没少和同办公室的小高聊过，小高一知半解。茫然无聊谁都有过，但长期如此小高不能想象。单从工作讲，你要选题，要组稿看稿校对，甚至要了解市场，还得听上面的话，保证不出娄子。他们在报社，这是例行事务。再说生活，艰难如果称不上，那辛苦总可以说的，自己的、家庭的、孩子的，吃穿用和将来的发展，反正小高是一屁股事情，也一屁股债，他觉得每天都有根鞭子在身后追着他响。革命尚未成功，这是小高的口头禅。小高的偶像是孙中山，崇拜的原因据小高自己说，就是因为孙中山说过这句话：革命尚未成功，同志仍须努力。小高说，老罗，我没法和你比。老罗就认真想，大概这就是他们俩的差别，小高年轻，革命尚未成功。而他自己，革命就成功了吗？他不愿意承认这点，因为若是承认，那就意味着他的茫然无聊来自于生活缺少动力，没有追求，革命成功了嘛，没啥需要再干的了。

去早市路上，老罗蔫头耷脑的，走路费了他不少劲儿似的。老婆说，没睡醒啊你。老罗挺挺腰杆清下嗓子说，睡醒了。走两步腰又塌下了。老婆说，要是不想去就回去，别跟我求着你似的。老罗说你别求，你看我挺直了。腰真的挺直了。

今天是周末，要在平时他早就去单位了。在他们办公室，老罗总是第一个到，如果不是加班，他基本上都是最后一个走。全社大会上领导多次表扬了老罗：到底是老革命，没说的。其实领导不知道，老罗去办公室是因为在家没事干，到办公室也干不了正事，不过是这张纸翻翻那张纸看看，时间就消磨过去了。下班不愿走，是因为懒得动，也干不了正事，就是在网上不停地打开这个网页再关上那个网页。挪屁股上趟厕所，老罗有时候都觉得是个负担。回家只是因为饿了，晚上要睡觉。这两样你抗拒不了。

因为他下班后总盯着电脑看，同事都以为他炒股。他才不炒呢，在老罗看来，炒股基本上等同于把自己的钱拿出来给别人花，而他也没几个钱。当然也不算少，钱归老婆管，如果数目不是很可观，老婆不会一提到"银行"两个字就对他笑的。他们没有负担，孩子大学毕业，工作让他都羡慕，就是夹着个包陪领导四处开会，钞票就哗啦哗啦地往口袋里进。他不太懂，但他知道儿子值这个价，念书时的成绩摆在那里，哪次考不了第一那一定是考试之前感冒了。老罗不炒股，但老罗爱看，没事也会打开股市行情看，看它飘红，看它挂绿，知道红的是钱，绿的是绝望和眼泪。

他在家无所事事的痛苦老婆看在眼里，有一回跟他说，小区里不少邻居都去上老年大学了，要不咱们也去回回炉？老罗哼了一声，我才不去，那都是老头老太太！他坚持认为自己还没老到那份上。他也不想去学那半吊子的书法或者国画，或者做京戏的票友。他知道自己没这个天分。收藏呢？这是很多他这个年龄的老头常玩的。老罗想了想，也否了。没那个闲钱。他觉得收藏纯属烧钱，谁都知道潘家园和大钟寺的古玩市场里没几件真货。反正他什么业余的活动都没有。前两天他一个人端着碧螺春坐在电视机前，脑子里突然冒出来"一生"这个词。如此庄严正大的词汇让他觉得难为情，他习惯说"一辈子"。接下来他想到的是，这辈子怎么有一大块空白啊，毕业，谈恋爱，结婚，生孩子，然后刷地就到了现在，就像一个水漂，浮光掠影地就要退休了。那白花花的漫长光阴里好像啥也没有，日子都给谁过了呢！

年轻人说得好：没劲透了！咬牙切齿地说。这么时尚的话老罗说不出口，他只能让它在肚子里咕噜咕噜地叫。说出口的是，提不起精神哪。

老婆问，你说啥？

老罗说，没啥。到早市了。

据说这是全北京最大的几个菜市场之一，蔬菜运到这里还沾着泥土和露水。买菜的主要是平头百姓，也有个别开奔驰宝马的，图的是新鲜，他们莫名其妙地信任带泥的东西。老罗大冬天都能在这里闻到一股汗味。人很多，你卖我买，你吆喝我还价，跟乡镇的集市一样，就是稍微正规一点。老婆是买菜的好手，拎着篮子在人群里钻来钻去，身手矫健，完全不像个退休的老太太。老罗只好跟着追，这么多人，自己要丢了他会心里发慌。之前丢过几次，害得他在早市门口一等就大半个小时。老婆讨价还价时有足够的耐心。

还是跟丢了。老罗找了半天没找到，无端地就对自己生了气。为什么非要跟着她呢？又不是小孩子，怕什么！他停下来，决定以不变应万变，掏出根烟点上，在豆腐房门前的台阶上坐下来，然后开始到处乱瞅，以此来给自己填补空荡荡的心慌。然后他看到了站在杂货摊子前的那个男人，穿一件夹克外套，质量看起来不错，拎着印有"会议纪念"字样的青灰色帆布提包。四十多岁，生活绝对不会太难过，皮鞋亮得可以当镜子用。老罗看见他把帆布包换到右手的同时，一个细长的红色的东西不知道怎么从上面静悄悄地落到帆布包敞开的口里，然后他轻轻一抖，包扁了，敞开的口应该合上了。老罗疑心看错了，一个红色的东西真的存在么？它从哪里来？他站起来，看见那个摊子上摆满了散装和袋装的火腿肠。肠衣鲜红，细长。可是它从哪里来？

　　老罗想走过去看看，那男人已经转过身站在了卖核桃的摊位上。他抓着两颗核桃在右手里转，此刻帆布包又转移到了左手里。老罗看见他先是转那两颗核桃，一边和摊主说话，也许是还价，然后他放下核桃又抓了另外几颗，有人过来了，拨拉着核桃跟摊主说话，摊主向新来的顾客解释，那个男人扭扭脖子，抓核桃的手攥成拳头举起来去挠太阳穴，老罗看见那只手稍微松动了一下，两颗核桃几乎像幻象一样掉落下来，就一刹那，老罗本能地往地上看，什么都没有。然后那个男人把手里剩下的核桃放下，转身往别处去，走几步后开始把帆布包换到右手，包到右手的同时，两颗核桃落进包里。

　　老罗发现那人的右边的袖子卷了一圈，开口宽阔。

　　开了眼了。老罗突然兴奋起来，想冲上去做点好人好事。转而一念，还是抓个现行才有说服力。就这么办，跟上去。他想象自己是个地下党，竖起想象中的风衣领子，在黑夜里盯住那个小偷，跟上去。太阳晃眼，小偷偶尔故作从容地东张西望。当他往后看时，老罗就往别处看。老罗的心脏扑通扑通地跳，嘴唇发干，这感觉让他想到了二十五岁。那一年农历九月初六，他把女朋友放倒，然后女朋友就成了现在的孩儿他娘。当时的感觉就是心动过速，嘴唇干裂。放倒他。放倒他。

　　那个男人站在苹果摊前，突然改变了策略，他竟然实实在在地买起了苹果。他挑了三个放进秤盘里，拿着另外一个犹豫是不是要接着放上去。他拿着苹果的手搭在货架的边缘，旁边是更多的苹果。老罗正纳闷，那男人手一松，那个苹果悄无声息地往下落，没错，帆布包张开口在下面翘首以待。还是偷了。老罗觉得自己走过去的时候像个老练的猎手，所以没必要快，苹果在包里就是现行，没必要那么迫不及待。猎人要有风度，不年轻了，得把火气降下来。他几乎是面带微笑走过去，贴近小偷的那一瞬间突然改变了主意。他对卖苹果的说：来二斤。

　　他突然觉得就这么放倒有点可惜，他的心跳和嘴干才一小会儿，太短了。很多年没这感觉了。他明白自己为什么总觉得没劲了，原因就在这里，激情。就这个东西，激情在很多年前没有区别的生活里消失了。现在，身边的这个四十多岁的男人让他重新找到了，什么是激情？就是你猴急猴急地要做某件事，觉得生活充满了向往，一天盼着一天过，这一小时一分一秒盼着下一个小时下一分下一秒，就是感到有很多力气从手指头、脚指头和骨头缝里丝丝缕缕地钻出来，在身体和大脑里左冲右突，决心把一个个人、一件件事情放倒，利利索索地搞定。他儿子喜欢说，没问题，搞定。所以，他得节约着用。先放他一马。

那天老罗一直跟到那小偷离开早市，他继续目睹了他偷橘子、蒜头、茴香和火锅底料的全过程。他像个脱离了小偷身体的影子，远在几米之外。然后才想起买菜的老婆，赶紧往早市大门口跑。

老婆正拎着菜篮子等得团团转，见到他就说，你没被当成南瓜卖掉啊？

老罗说，谁卖得了我？只有我卖别人的份儿！

嘁，老婆哼着鼻子说，逛趟菜场还长本事了。

老罗心里说，那是，长不少呢。他没说小偷的事。第二天还是周末，起床时他就跟老婆说，买菜时招呼一声。没特殊情况，老婆每天都去菜场，因为那些菜每天只带一次泥土和露水。

小偷真去了。老罗怀里像揣了个贼，激动得两脚底下踩了云彩一样。老婆说，别跟丢了。老罗说好，转身去了另一个方向。那小偷没让他失望，换了身衣服，依然像模像样，帆布包倒是没变。偷东西之间的空闲里，他还抽上了烟。这就越发让老罗奇怪了，他抽的是"中华"，打火机都不是常用的一次性的那种。怎么看都像个有点身份的，起码不至于靠小偷小摸为生。老罗觉得更有意思了。盯住他。那天小偷在早市转悠了大概一个小时，偷的东西计有：梨、苹果、核桃、土豆、圣女果，以及数个螺丝帽和一个自来水龙头。后者是在早市最南边的五金市场里偷的。方法基本相同。

老罗的初步判断是，此人不是主题小偷，专冲着某一类来，而是遍地开花，哪个顺手来哪个。从理论上讲，这样的小偷纯属滥偷，老罗有点瞧不上，职业操守不过关。这么想老罗就笑了，成什么事了，都替人家上纲上线了。他在犹豫是不是要将小偷"现行"一下，小偷不偷了，拎着帆布包径直出了早市。那家伙的身材宽大，背影很有点样子，他从早市大门口消失的时候，让老罗多少有点失落。兴奋到此告一段落了。

一把年纪了老是走丢，老婆很生气，这还没退休呢，脑子就不够用了，别是老年痴呆提前来了吧。老罗直打哈哈，说没报告擅自上厕所了，下不为例。果然就下不为例，因为那小偷从周一到周五就没露过面。老罗有自己的小九九，每天一大早主动请缨，跟着老婆往早市跑，理由是锻炼身体。反正他单位近，从早市回来再去上班也不迟。老婆嘴上感叹太阳从此打西边出了，心里头还是没当回事，以为老罗回过神来了，知道心疼自己的身体了。事实上老罗的确有了可喜的变化，过去你嘴皮子说出血让他步行或者骑自行车上班，他坚决不干，就四站路非得在公交车上晃过去，现在好了，开始骑单车了。老婆高兴，老年人养生有一条：能走别坐车，能站别坐着，能动别躺着。老罗身上有点劲儿了，前天晚上竟然往她被窝里钻。这可是大半年来的头一回。

　　她不知道，老罗眼看那点精气神就没了。五天了，那小偷影子都没见着。周六一早起来，老罗觉得哪个地方有点不对劲儿，刷牙洗脸吃早饭，别扭劲一直跟着。饭后接了儿子的电话，因为说话断断续续，儿子问他是不是身体不舒服，老罗条件反射似的摸住胸口，发现原来是心在慌。问题是这太平盛世的心慌啥呢。放下电话他又抱着一壶碧螺春发呆，老婆拎着菜篮子从厨房出来，那篮子一闪，老罗找到毛病在哪了。早市，那小偷，今天他会去么。老罗噌地站起来，老婆，走，咱们去早市。

　　谢天谢地。老罗看见那个四十多岁的男人时，眼泪都快流下来了，像连喝三杯咖啡，精神头立马起来了。他又换装了，另一件藏蓝色夹克，还打着蓝白条纹领带，皮鞋依然是镜子。没准出了早市还要干正事。周末他才来。老罗明白了，周一到周五得上班。他跟老婆说，他想去五金市场看看鞋架，家里那个得退休了。然后一直若即若离地跟着那个体面的小偷。

　　几乎和前两次没区别，来来回回就是那些小东西，一个两个，一点两点。老罗算了一下，照这么偷法，一年偷下来也不值那一件夹克的钱。那他到底在忙活什么呢。老罗觉得自己不能再憋下去了。他跟着小偷把早市逛了一遍，跟着他出了大门，看见小偷走到一辆奥迪车前，在他打开车门的时候老罗冲过去。

　　老弟，老罗说，指着他的帆布包。我想问一下，你要这些小东西干吗？

　　小偷眼睛陡然放了光，接着又暗下去，买菜啊，你们家不吃菜么？

　　你知道我在说什么。

　　小偷笑了一下，打开后面的车门，老哥，能到车里谈么？

老罗犹豫一下钻进了车里。小偷递给他一根"中华"烟。发动引擎，车离开早市门口。换个安静的地方，小偷说。

一根烟没抽完，车到了五环外。老罗一点都不害怕，这在过去没法想象。陌生人的车，跟着人家走，谁知道会出什么事。停下时，路边是野地，很快风格怪异的楼群将在这里长出来。小偷拎出帆布包，对着一个吹掉了盖子的破垃圾箱把偷来的小东西全倒了进去。

这东西我一点都不缺，他说，图的就是个乐子，刺激。

老罗伸长脖子往垃圾箱里看。上周末他看见的蒜头、橘子和火锅底料等也在。这地方有个垃圾箱已经是怪事，现在它归面前这体面的家伙专用。

说了老兄未必理解。小偷见他不吭声，又递一根烟，我就觉得生活没劲，多少年过一样的日子。烦。有时候连觉得烦的心思都懒得有。嫌烦是要力气的。这事不算新鲜，你别笑。不过，偶尔调剂一下，就不会乏味得想死了。

老罗说，看样子你算成功人士吧？

衣服？小偷掸掸衣服下摆，又拍拍车头，车？然后笑了，说，做皇帝也会无聊。这跟你干什么没关系，跟你是谁也没关系。跟这个有关系，他拍拍脑门又对着心口窝捶了两拳。再好的日子多少年过成了一天，你也会想死。

我懂，老罗说。所以我没当场把你揪出来。

谢谢，小偷说，我姓周。对，叫我小周就行。您贵姓？哦，老罗，你是不是觉得这事不堪？他的意思是说，他没有勇气干更刺激的，比如抢银行，他不需要更多的钱。他也不想给别人带来更多的伤害。他的确顺手捎带了不少小东西，但他记得在哪顺的，过段日子他就会在那家随便买点东西，尽量不让他们找零钱，欠他们的他会还回去。

小周说，当我想到还能过上另外一种完全不同的生活时，我就觉得生活还不至于那么糟。而且是一种多少有点惊心动魄的生活。我们可能隔三岔五需要一点这样的惊心动魄。对，你说的没错，激情。它让你焕发出了一点激情，尽管不太体面。

没想过换一种别的干干？老罗的发问其实是在为自己找答案。

想过，没找到。小周说，我也不知道怎么就喜欢上这种小偷小摸了。当初朋友告诉我的时候，我觉得这玩意太糟糕了，简直下三烂。开始我只是想向朋友证明一下我绝不会干第二次，可是我干下来了，有第一次就有第二次，有第二次就有第三次，直到现在。两年了。

小周的朋友跟他一样要什么有什么，就是没劲，偶然一次顺了超市的一块香皂，上了瘾，一下子对生活充满激情，从此欲罢不能。当然现在不罢不行了，躺在医院的病床上，脑袋里长了个东西。

老罗说，我理解。我不说。不会说的。

老罗想，他们跟我一样没劲，手就向核桃伸过去。这是经过认真考察之后，最保险的东西，小而圆。借鉴小周的经验，老罗提前把外套的右袖管衬里和衬衫在臂根之前用别针别在一起，确保东西进来后不会再往里滚。他举起攥着核桃的拳头去挠痒痒，上面的四根手指稍稍一松，一颗核桃落入袖中，先是一击，然后一条微小迅疾的轨迹到了臂根处。落地和滚动的声音全世界的耳朵都竖起来也不会听见，但在老罗的耳朵里，如同鼓鸣。他感到心动过速和唇焦舌燥，嗓子眼干得咽不下口水，他觉得自己又一次回到了二十五岁。他站在核桃摊子前两秒钟，但他觉得长过数年，离开的时候步法踉跄慌乱，踩到了一个无辜的脚后跟。说对不起的时候他完全结巴了。他握着拳头端着胳膊，走了很远才把左手的包换到右手，口敞开，那颗核桃顺利滚下来，落进包里，他不敢往包里看，但他知道，一定完美地落在里面。继续走，一直到了鱼市才停下来，打开包，果然在，空荡荡的一只大包里只有一颗核桃。老罗的眼泪慢慢就出来了。他感到了惊险后的疲惫，一屁股坐在鱼市门前的台阶上，满地鱼鳞也无所谓。

早市还在喧闹，谁也不会知道刚刚丢过一颗核桃。老罗坐在那里抽了一根烟，把疲惫和惊恐一点点吐到空气里。他兴奋地想，这不光彩的一天啊。

不光彩的一天又一天。老罗做得很好，他对自己相当满意，原因不仅在于一天天过去他从来没有失过手，当然他本来就不是贪得无厌的那号人，还在于过去的一天天里他劲头十足。早上一起床他就有兴致吹几声口哨，在单位他的工作效率甚至胜过小高，搞得年轻人都打听他老婆给他吃啥了，下了班他及时回家，看书、看新闻、养花和陪老婆聊天，每周至少一次要求跟老婆合盖一床被子。老婆开始还对他的勤奋难为情，习以为常就坦然笑纳了，想起来就夸他两句：第二春就是好啊，老罗你第二春了。

半夜里老罗也会煎熬，他实在想不到自己也会干这种事。他老罗这辈子都没希望成个大人物，但还算堂堂正正的普通人吧，这事整的。可他戒不了，就那几个小动作怎么就那么让人放不下呢？能让你一遍遍回到二十五岁。他很苦恼，"痛并快乐着"。这话是小周说的。他们周末经常能在某个摊位前会师，但有个不成文的规矩，你动过这家了我决不再动，咱们得替人家考虑。他们会在某个角落交流和忏悔。

老罗说，老弟，我觉得咱不能再干下去了。

小周说，老哥，我都决定过八百遍了，还是来了。

为什么会他妈的这样呢？

我哪明白，小周说，我如果知道，早他妈洗手了，乱糟糟的菜市场我过去十年不看见都没兴趣。有时候做梦，一群卖菜的在我家里跑来跑去，摊子都摆到我饭桌上了。一定是出毛病了。没办法。咱们跟名人学，就痛并快乐着吧。

老罗没吭声。之后他为自己开脱，多大的事，想开了也没什么，打一巴掌揉一下，那一巴掌为的是自己痛快，揉一揉是替卖家，多揉几下就是了，揉重一点就是了，买东西多给他点钱。这个他不必和小周交流，他是老江湖，一定也是这么想的。

现在老罗几乎每天都来早市。老婆参加了小区的老年俱乐部，早饭之后要去小公园里排练扇子舞，腮帮子上点着腮红，穿粉红的衣服，摇起扇子像扭秧歌。既然老罗前所未有地热衷于早市，就充分放权让他去。弄得老罗不去都不行了，免得老婆生疑。

迟早会出事，这点老罗还是能想到的。你在河边走，不湿鞋那是不可能的。所以老罗决定，退了休，也就是4月28号之后，坚决不干了。他相信进入一种全新的退休生活之后，生活会让他刮目相看。不一样了嘛，没理由再无精打采地活下去。他等着崭新的4月28号。出事是在3月15号。消费者权益日，老罗被抓了个现行。

都怪老婆催得急，出门前没来得及把呢子大衣的袖子处理好。老婆跟着俱乐部去商场门口跳扇子舞，庆祝花钱人的节日，和老罗去早市顺路。老罗想，那今天就不动歪心思了。他在早市逐一买好老婆交代的东西，正打算回家，看见了红枣。耀眼的一堆，像一座紫红的小金字塔。瞄一眼，老罗知道这枣子是上品，个头大，晒得好，肉质细腻甜到你心里去。得买两斤。他走到摊子前，如果不是"职业病"不讲道理地发作，那只能认为是鬼使神差，他都不知道怎么就让红枣顺着右衣袖滚进去了。好几颗，这对老罗来说早就不是技术难题，他和小周一样成了老江湖。然后他才意识到有东西卡在胳肢窝里了，他没法像过去那样自如地放下胳膊，也不敢随便动，一动就可能从衣服里漏下来。他只能尝试着夹住那几颗枣，等离开摊位再作处理。这时候他看见右前方有个人笑眯眯地向他走来，比小周大不了几岁，衣着鲜亮，应该不是地摊货。他问老罗，胳肢窝里夹的是什么？老罗的汗在一瞬间覆盖了整张脸，他看见自己的右肩膀因为紧张和用力，陡峭地向上耸起。

那人说，我注意你很多天了。

老罗胳膊一松，红枣从呢子大衣里落下来，在脚边，一共七颗。出乎老罗意料，因为七颗枣一次落进去，难度实在太大。

在派出所里，那个人对着警察打开他功能先进的手机，把一段段录像展示给他们看。这一段里是老罗和核桃，那一段里是老罗和苹果，再一段里是老罗和一把小刀，还有老罗和火腿肠、生姜、透明胶带、板栗、柿饼等等。

警察指着录像里的老罗问老罗，是你么？

老罗点点头。

警察叹口气，还有一个月就退休的人了，你怎么干这种事呢？

老罗沉默半天，突然说，我想跟他说句话。他用下巴指指抓住他的那个人。

警察说，问。

你为什么这么久才揭穿我？老罗说，咱俩是五十步笑百步。

那人涨红了脸，一句话没说。

老罗说，我理解。

警察在一边呵斥，怎么说话呢，神经病！

师傅徐则臣

马小淘

我第一次知道徐则臣，是在某本文学期刊的封底上，一张并无特色的黑白照片，配以类似"中国的马尔克斯"式的很像宣传噱头的文字。我心想，这谁呀？怎么就中国的马尔克斯了？长得倒是像个预备役老作家。待到多年之后我初到《人民文学》实习，在走廊里与他走个正脸，一下就认出了那张杂志上被压缩成一寸大小的"中国的马尔克斯"脸。半个小时后，我被编辑部主任邱华栋带到徐则臣麾下，成了他的徒弟。"编辑业务上，有什么不懂的，都问徐则臣。"彼时我非常迷茫地冲他笑笑，想不出编辑要干些什么，也不确定所谓业务上，有什么我已经懂了的。

刚接触师傅徐则臣，感觉非常摸不着头绪。他乍看有几分木讷，仔细观察也看不出什么新鲜的，简直像电视剧里的人物，正直、善良、勤恳……总之和字典里绝大多数褒义词十分匹配，正派得简直可以主持春节联欢晚会，几乎到了脸谱化的境地。他谦逊有礼，踏实稳重，衣服的颜色从不鲜艳扎眼，上下班背着个学生式的双肩包，吃饭从不挑食，工作精神百倍，甚至包括声音，声音也是浑厚的男中音，好好练练完全可以播音。就是拿放大镜找，也找不出什么异质，浑身上下全无一点颓废，一副内敛的欣欣向荣。感觉像来自六十多年前的延安，太革命了吧。

我已经习惯了与有个性的人打交道，以为满世界都在强调着与众不同，冬天光腿套短裤，夏天棉袜配棉靴，头发是赤橙黄绿青蓝紫，嘴里是八国联军语言外加少量中文，吃某个指定商家的某种蛋糕，穿某个固定裁缝的手工衣物，不营造点出位的个性，似乎已经没法再继续混了。忽然遭遇一个徐则臣这样温良恭俭让一点不花里胡哨的人，还觉得挺吓人的，反而显得他有些另类了。作品以外，你看不出这是《跑步穿过中关村》的作者，也不知道他与"北京系列""花街系列"有什么联系。他不吟诗作赋，也没有满脸民间疾苦。工作时间，他仔细地对待一份份字迹潦草的自由来稿；度假时，他不忘为爷爷奶奶采购补钙的食品；别人夸他媳妇漂亮，他也会露出谦虚里混着得意的微笑。负责、孝顺、规矩、真诚，好得简直有些单调。他朴实中正，任何时刻都无意兴风作浪，扎实本分的派头，过于靠得住，至少从行为上判断不出他是个作家。当然，我明白，让人一眼就看出职业，人群里出挑，动不动让人瞠目结舌，其实是比较低端的。只是在这个高效快捷的世界，低端的也常常最行之有效，早已成了普世的法则。避免"有眼不识泰山"最简易的方法，是给泰山挂一块牌子，只四个字足矣：我是泰山。而徐则臣却反其道而行之，一副茫然迷惑，对谁是泰山并无兴趣。他的绚烂丰富都闪烁在作品里，做人上没有蛛丝马迹，极少有张牙舞爪的时刻。我甚至怀疑，他少年时也不曾任性过。

　　从表面上看，师傅似乎不是才子型，恃才傲物，风流倜傥，离他都非常遥远。但是非常可怕的是，他是大师型。某种需要年过半百才该显现出的东西，已经悄然出现在了他身上，当然我指的不是衰老。

　　才子年轻时都有些浮躁，泼辣，甚至尖刻，剑走偏锋，不按常理出牌，不高兴了就视这个或者那个如粪土。但是大师不一样，大师年轻时显现的不是锋芒，而是气象。大师稳重，谦和，执著，安之若素，遵循庸常的道理出牌，打得你心服口服。徐则臣对事情的态度，很少一针见血，比较常见的反应是一脸学生气的笑容，保持沉默。其实他反应很快，快到可以连续反应，自如地保持沉默，压制住可能伤害别人的第一反应。但他也并不是世故地拒绝一切交锋。他是那种人，从不摆出对峙的姿态，却从未打算妥协。无意与人辩论，但你要是非和他争，他娓娓道来的还是自己的一套，很难被干扰。虽然刚刚年过三十，但你能感觉到他内心的东西早已形成了雷打不动的内循环，不曾被入侵或破坏，没被污染和动摇。他不平铺直叙，也不故弄玄虚，却在内心深处固守着作家的贵重和扎实。

　　师傅的阅读量大得让人生疑。他曾经急迫地寻找《拍卖第四十九批》，而我压根不知道这世界上有这样一本小说存在，听闻这个名字以为是什么拍卖会的目录，并且在得知这是一本小说后也不理解为什么要奔走于各个书店、图书馆，不看就不能安生。他随意说起的一些外国作家名字，经常让我匪夷所思，因为对我来说的确是闻所未闻。在同一个办公室半年，我已然不敢在师傅面前提起任何文学作品，阅读量的差异导致我们不能在同一水平线上对话，寥寥几句，我就只能半张着嘴做讨教状了。我不知道师傅是怎样分配时间的，吃饭、睡觉、写小说、编辑小说，还看那么多小说，并且还有剩余的时间看电影和篮球比赛。他的一天也只有二十四小时吗？我不相信。

偶尔我们也谈文学。他从不曾做出要指导我的姿态，却一不小心几乎瓦解了我的文学观。其实我一直也是个挺坚定的人，坚持追求生活的趣味，大部分时间都花在哄自己高兴上。对写作的态度放任自流，当做兴之所至的事情。我从没想过成为一个伟大的人，因为伟大的人看起来都十分沉重沧桑，我一直致力于逃离沉重避免沧桑。可是师傅对厚重对深刻的理解，竟然莫名其妙让我感到受了触动。我至今没想明白这是怎么一回事，难道他会法术？他好像也没说什么，却让我生出了某种类似自尊心的羞怯：我对文学的理解过去轻浮和随意，没想清楚之前应该适可而止不要浪费纸张。作家当不成，至少还要环保。我愤愤然说，师傅，你摧毁了我继续写作的愿望。他像所有抢救病人到最后一秒的大夫一样，表示他没有觉得我就这么完了，并把这归结成我还小。我非常感动，但是仔细想想其实他比我也大不了几岁。

是的，我的师傅并不大，但是他已经异常清醒，带着对写作原初的热情。换一个方向，这样的人，因为心无旁骛，因为怀揣纯粹或过于严肃的追求，应该也是很难抚慰的。我猜测他心里必然有隐匿的悲伤忧愁，只是出于天性和教养，他展露出的都是温煦的阳光。好在，他是一个作家，可以在作品里找到出口。

徐则臣是那种可以写到死的作家，他长着一张非常适合当老作家的脸，即使出再多的书，也给人一种未完待续的暗示。这是我第一次在杂志封底看到师傅照片时的文艺版本感受，接触之后发现，我果然有看相的天赋。

能把小说越写越好的作家
必然是个自虐狂

徐则臣　李尚财

李尚财：想起当年读你的"花街"系列小说，我至今不会忘记那种美好的阅读感受。然而，即便那么喜欢，如今我还是感到读"花街"的那种印象逐渐远去，虽然你说花街在你笔下越来越长，你要将它建造成一个世界，并且的确在近两年一些小说中例如《人间烟火》《夜歌》中也还是以"花街"为背景，但总的感觉那种重心远去了，我有一种怅然若梦的感觉。当然，这是作为一个读者的印象，在你那里实际情况是怎样的呢？

徐则臣：我的小说里，有人喜欢"花街"系列，有人喜欢"北京"系列，不管大家对哪个系列有所褒贬，我依然会不管不顾地写下去。这是没办法的事，写作在某种意义上是一个人的事，我必须把我对这个世界的看法充分地表达出来，把它们放在花街或者北京。我不是很清楚你所说的"重心远去"和"怅然若梦"是一个什么感觉，大概是觉得这系列小说的阅读快感少了，或者是冲击力不够了？或者，这个系列提供的经验和想法不能让你心动了？作为一个写作者，我能保证的只有两条：一，修辞立其诚；二，尽力唯陈言务去。在我有限的能力范围内，尽力让写作在艺术的尺度中达到最大值，在艺术的意义上一意孤行。和你的感觉有点不同，"花街"系列在我的写作感觉里，它的可能的深入、宽阔和厚重让我对它的描述充满信心和激情。

李尚财：在"花街"与"北京"题材的小说中，你觉得哪一条战线可能会拉得比较长，哪一道风景更让你向往与流连？你说过乡土文学题材在国内已经极为成熟，城市文学却才刚刚起步，势必成为中国文学发展的一个大方向。结合两者，能否谈谈你的想法？

徐则臣：乡土文学这一脉在中国当代文学中已经非常成熟，鉴于中国多少年来身处于庞大的乡土社会，在乡言乡，乡土文学不发达是不可能的。而且我们的文学有着巨大的现实主义传统，这也是乡土文学盛行的理论和意识形态的保障。国内最重量级的作家写的都是乡土，最重量级的作品基本上也都是乡土文学，这个自"五四"鲁迅他们的"乡土"以降的深厚传统让我们从事乡土写作更加容易，进入文学和社会的路径也更快捷更有效。而城市文学不行，面对城市我们传统的那套处理乡土的经验统统失效，如何有效地进入光怪陆离的都市生活成了作家们十分焦虑的问题。很多出身乡土的作家在城市里待了半辈子依然写不好城市，找不到感觉，写出来也总觉得不是那么回事。我听到很多关于写乡土的作家朋友抱怨，为什么一写城市文字就没了诗意呢。的确如此，城市给人的感觉是拒绝诗意的，而乡土在我们的文学传统里与生俱来就有诗意，不管是田园牧歌还是苦难叙事，你很容易挖掘出文学必要具备的"诗意"来。所以我们的现状就是，生在城市却写不好城市。

但写不好也得写，我说城市文学必将成为中国文学未来的方向，是因为，随着中国城市化进程的加剧，随着全球化的发展，乡土社会抵挡不了式微和逐渐消失的命运，城市生活将规模越来越大地矗立在我们面前，你避不开也躲不掉，它会成为生活和写作中越来越巨大，乃至唯一的现实，就像多少年前乡土成为我们几乎唯一的现实一样。

我写"花街"也写"北京"，哪个题材我都很感兴趣——之所以一直在写就是因为我有持之以恒的兴趣。以后我的思考可能会偏于城市这一块，但写作依然会跟着题材和兴趣走，哪个兴奋点成熟了就写哪个。其实你若是留心，会发现我常把这两块拧在一块写，人物和故事从花街出发，去往城市，我希望我能写好从乡土到城市去的半道上的人和事，既非纯粹的乡土，也非纯粹的城市，这部分人和事才是我和我们的真正的现实。

李尚财：其实，你还有一类题材属于"校园"的路子，并且也有了一些作品，最早大约可以从《春暖花开》《把自己藏起来》《南京，南京》开始算起吧，后来有了《沿着铁路向前走》《作为行为艺术家的爱情生活》，以及打上擦边球的《啊，北京》《三人行》等，这就让人感到，在这一题材领域上你也非常有潜力，以后有没有可能将其写宽写大？

徐则臣：这些都是擦边球，校园做个背景而已，都没有直面。我在学校待了二十多年，从小学到本科到研究生，其间还在大学教了两年书，但我很少写校园。原因很简单，觉得距离不够，看不清楚想不明白，也可能是切入的眼光一直有问题，或者是关注的问题还不成熟，反正是下不了手。刚出版的长篇《夜火车》是直面大学校园的第一部小说，我总算找到了一个关键词：知识分子。听起来很可笑，写大学校园你不写知识分子写什么？但这些年我的确就没有清晰地意识到。或者说，我意识到但没能像现在这么明确，看知识分子还可以有这么一个角度。在这部长篇里，你会发现年轻的知识分子的可能处境之一是什么样子。这些正值青春好年华的理想主义者，他们并不一定会过上我们想象中的"好日子"，他们可能或者必然饱受体制和权威的压抑，同时，因为理想主义，必将领受自我精神困境的折磨，那么，这个理想主义如何坚持，理想主义者的出路在哪里，这是我的兴趣所在。高校题材的小说以后一定还会写，前提必须是我有了新的想法，否则吃别人和自己的剩饭那就没什么意思了。

李尚财：你的很多小说，在风景描写上都非常出色，像《最后一个猎人》《养蜂场旅馆》《我们的老海》《西夏》等，这些小说中的风景都非常美。你对小说的风景问题怎么看，以后还可能往哪边写？

徐则臣：我喜欢风景，也喜欢有风景的小说，有风景的地方怡人，有风景的小说丰润。我生在农村，睁开眼就能看到自然风景，那种人撤出来后的绝对的风景，当你面对只是风景的风景时，你才可能去认真考虑人与自然、人与环境的关系。那些阔大的风景，比如草原、沙漠、群山，或者在飞机上往下俯瞰，你可能说不清楚，但隐隐会感觉到形而上的意味。形象的东西大到一定程度，抽象就出来了。从技术上说，小说中出现风景既可以经营氛围，也可以调节叙述的节奏，让小说丰满放松，更加人性化。我的小说里基本上都要有风景，我受不了小说只在几个人之间干巴巴地走来走去。除了那种辽阔的、大得如形而上学的，我也喜欢很多偏僻、险怪的风景，有历史感，原生态，苍茫，色调偏暗，能让心往下沉的那一类，我把它称作是"悲观主义的场景"。以后会写什么样的风景真不好说，只要见到了，感觉很好，能让我看到一些意味，就可能进入我的小说。

李尚财：你小说中的人物职业特别多，有的跨度还挺大，比如《纸马》

中的主人公是为死人扎纸马的,《啊,北京》的主人公是假证贩子,《作为行为艺术家的爱情生活》中的胡扯是行为艺术家,《长途》中的主人公是长途司机,等等。将其中两篇小说放到一起对比,真的很难相信这两篇小说出自同一位作家之手,似乎哪种职业偏你就往哪里写,这不算本事,本事的是你能够将这一职业的人及其特性写得那么生动逼真。这就不禁让我感慨,你哪来的那么多"生活"呢,一个人又怎么可能拥有那么辽阔丰富而有深度的体验呢?

徐则臣: 我写办假证时,已经对假证这个行业有了一定的了解,但我想知道从业者的生活细节,以便写起来心里更有底,就问一个操此业的朋友。他的一句话让我踏实了,他说:生活中我和你一样。也就是说,除了职业习惯,生活中大家都是正常人,没必要另眼相看。你只要从一个"人"的基本感情和心理去理解另外一个人,大抵不会错到哪里去。这是人。关于职业,那你就必须去深入了解,你得知道这事怎么干,基本的操作和极为特殊的处理方式是什么。长途司机我也比较清楚,我小时候的伟大理想之一就是当个卡车司机,多少年了,相关的信息和故事我一直留心,《长途》中的很多故事就是听来的和看来的,为写这个小说我积累了很多素材。有些专业知识我特地找了朋友咨询。谁也没能力理解整个世界,但你可以尽量去理解这个世界。了解足够多了,你可以换位思考,就是所谓的"同化",你要让自己尽可能地成为他;做得好,你就是他。"同化"不是坐在那里空想,而是要做足够的案头工作,查相关资料,去咨询和实地访问。我们不能过分夸大想象力的作用,写作不仅仅是虚构,光靠两眼望天地瞎想不行,它里面还有个科学精神的问题。很多作品里遍地硬伤未必就是想象力不济,而是作家太懒,托马斯·品钦写一部小说要成年累月地坐在资料堆里。手头的一个小说里写到中医和针灸,我对这块算是有点了解,我爸就是医生,如果凭记忆、经验和想象力硬写,大概也能敷衍过去,但我不放心,还是买了专业针灸书籍来看,边看边冒冷汗,若是不下这点死功夫,没准就丢人丢大了。

李尚财: 也正是这么多不同题材、不同职业的人物,不同写作手法的小说,构建了你作为一名作家的宽阔和复杂性,加上你的年轻,我们更加觉得你复杂。"宽阔复杂"其实是你形容一些作家时说的话,你眼中的"宽阔复杂"是怎样的一种景象,什么样的作家和作品算"宽阔复杂"?

徐则臣：包容性大，视野开阔，思想深邃，纠缠在叙述中纵横捭阖，摧枯拉朽，小说内部有着磅礴的张力，不乏粗粝和野蛮，是地形复杂的山脉，而不是一座峰，更不是造型曲折精致的盆景。有些作家和作品我以为就是这种类型：菲利普·罗斯的《人性的污秽》《美国牧歌》等，拉什迪的《午夜之子》《撒旦的诗篇》等，其实这两个作家的绝大多数作品都是宽阔复杂的；多丽丝·莱辛的《金色笔记》；君特·格拉斯的《铁皮鼓》《狗年月》等；福克纳和奈保尔的小说，托马斯·品钦和唐·德里罗的一些小说，等等。这可能和阅读趣味的转变有关系，过去很喜欢精致的小说，现在越来越不喜欢太精致的小说，长篇如果过于精致，劲儿就小了。

李尚财：从你的小说中可以看出，你的故事编得特别有耐心，每一个部位都能感觉到你的用心所在，正是因为你的"用心"，所以我们一下就相信它的存在是有道理的。纵观你的小说，几乎没有一个是草草收尾的，都有足够的力量贯穿到底。你对小说的故事有什么样的看法？

徐则臣：在小说里我重视故事，因为故事是小说的载体，也是小说是为小说而不是散文和诗歌的根本。既然是小说需要的，一个写小说的，你就没有理由不去好好经营它，就像一个作家没有理由写一手烂文字一样。工欲善其事，必先利其器，这是职业道德。耐心，沈从文先生叫"耐烦"，这是写作必需的。虚构是无中生有，要把"无"变成"有"，你就得充分考虑它的逻辑、细节、可信度和可靠性，让它有效、成立，让它经得起相应的逻辑和现实的推敲和印证，浮皮潦草肯定是不行的。书法里讲笔到、意到、力到，也是这个意思，笔笔落实，字字落实，句句落实，这样作品才不会"飘"起来。

李尚财：你的小说很多细节闪闪发光，很有新意并精确。你好像也说过，对自己的小说细节还是比较满意的。你还说过，小说细节一定不要人家一看就能想得到的那种，比如"肠子也悔青了"，人人都知道这一句，要是将它写成"肠子也悔蓝了"，不也是同样说明很后悔吗，可是效果就很不一样了。你的小说细节，都是用这样的思维推出来的吗？

徐则臣：青和蓝只是随便举个例子，当不得真。我对小说细节的确很在意。我们的文学，包括我自己的写作，面临着一个问题，大的问题解决不了，小的问题又解决不好。解决大问题的能力不是一时半会就能获得的，你得认，然后努力；但小的问题我们有什么理由解决不好呢？算起来每一个成熟的作家都写了十年二十年了，但是看看我们的小说吧，小说的基本面能解决好的有几篇？你在多少小说中能看见让你眼睛一亮进而心动的细节？一篇小说里又能发现几个这样的细节？我们的平庸和懈怠已经到了匪夷所思的程度。我对小说细节的要求比较苛刻，这并非说我的细节有多好，而是说，我在不断地提醒自己：如果大处做不好，起码我在小处要上心，尽力陈言务去。这是基本的职业道德。陈言务去并不容易，你得不懈地与常规思维、常规经验和常规想象作斗争，如果你不跟自己较劲，一不小心就会变成大路货。

李尚财： 你的作品已成为当下小说的一个景观。因此，我想今天我不问你写作特质的形成，改天也会有人问。况且我十分感兴趣，就是说你为什么能写出这样的小说？你曾说过今天小说里的叙述风格，在高中的日记中能见到一些原形，可见这与你个人的审美旨趣有关。你觉得有哪些比较具体的影响形成了你今天的写作风格？

徐则臣： 高中时写过很多日记，因为神经衰弱，孤独内向，脑子里整天有些奇怪的想法和幻象又不能与人说，大家都忙着看书没人理你，也没人能够理解，我就把这些古怪阴郁的东西写进日记。那时候我是个敏感甚至多愁善感的人，你可以想象我的性格里必定有些忧郁、晦暗、黏稠、苍茫的东西在，进而出现在作品里，也逃不掉这样的底色。我的成长和阅读却又是极其矛盾的，小时候很快乐，生活在乡村，到野地里玩，放牛，自由自在，是个乖孩子，家里人很疼我，成绩好老师也喜欢，用现在的话说，有个阳光的童年和少年；但阅读的资源贫乏，读得最多的课外书是祖父订阅的《中国老年》和《半月谈》两种杂志，我父亲又经常强迫我背诵一些古诗文，这些读物和我的年龄极不相称；阅读和生活一样塑造人，我的性格里不得不早早出现苍老、早熟、理性等因子，这在我现在的小说里体现得很明显。经历、性格、疾病、阅读，这些因素共同造成我现在的趣味，我喜欢苍茫沉郁、开阔复杂、既悲观又强烈的理想主义的东西，我的写作也自然地在这个方向上发展。当然我也不可能不有所逆反和抗争，阳光的那一面你压抑不住，加上我从小就喜欢钱钟书，所以一直也有另一路的风格：幽默。写花街和乡村，风格多是前者；写城市，多是幽默。我最大限度地使用口语，力求准确、简洁、一针见血。

李尚财：对于有才华的人，很多人都会附加"灵气"来形容，读你的作品，我能够看到很多地方灵光闪闪，比如《西夏》中你描写姑娘西夏的眼睛"柳树洞里有什么东西在一闪一闪"，《最后一个猎人》中描写一只鸟"那鸟不怕船声和水响，怕杜老枪怪异的歌声，在我手掌心里乱跳，要不是我在它腿上系了一根线，翅膀坏了它也会飞走的"，以及《我们的老海》中描写偷情女人的细节"海生刚进卫生间，小鱼就凑过来，抱着我的头，把我的额头放到她平坦的小腹上"等等，这样的细节在你的小说中比比皆是。你怎么看待"灵气"这种东西，"灵气"在你的眼中是怎么样的？

徐则臣："灵气"在我看来就是感觉好，对一个东西，比如细节、语言，直觉上一下子就有了，而且能简洁准确地描述出来。因为准确、形象，你就能在叙述中不断会心，步步莲花，觉得这家伙总能挠到你痒处，小说就显得灵动而不呆板。但有时候"灵气"也会沦为扎眼的小聪明，让你满足于小精致和小卖弄，格局和气势就小了。有一次我老师跟我说，好的小说要写到没灵气才行。我当时一惊，我尽管已经很警惕所谓的"灵气"，但这个论断还是惊心动魄。我老师以《战争与和平》作比，如果你能在这小说里找到那些闪闪发光的小灵气，它就不可能成为《战争与和平》。我恍然大悟。对一部长篇小说来说，它的苍茫、雄浑、开阔和复杂，它的巨大和纵横捭阖是排斥小挂件和小摆设的，你在泰山上没事就放两颗钻石，不仅破坏了泰山也糟蹋了你自己，在泰山上你该做的是垒巨石而不是镶钻石。所以，灵气这东西也得一分为二看。

李尚财：回顾自己的写作历程，你觉得有没有哪一段时间特别值得你留恋，这段时间写出了哪些作品？现在工作了，与文学相关的活动可能多了起来，是不是很难再有过去那种比较单纯的写作时光了。你工作后的写作状态是怎样的？

徐则臣：我是一个喜欢安静的人，人吵的地方不愿去，生活上也极力化繁为简，越简单越好，如果不上班、没有别的事，我可以在家里吃一个星期的馒头和方便面不出门。所以，我只会留恋那些能让我安静下来的时间。而我的经历只有三大块：进学校之前，就是六岁之前；在学校里，有一段时间教书，也是在大学；然后就是现在的工作。我很怀念在学校的时候，一是教书时，那时候刚二十二岁，自以为是个知识分子，但其实懵懵懂懂，现在回头想，那种稀里糊涂的感觉非常好，因为我一直在生活内部打滚，跟一群年轻教师东奔西突，没写出什么像样的东西，"生活着"的感觉却很清晰；再一个就是在北大念书时，也是好日子，我早早就把学分修完了，就为了有大块的时间看书和写作。我写作喜欢有大块的安静的时间，室友们都去上课了，我一个人在宿舍里敲电脑，整个人沉浸在小说里，谁都不会干扰，哗哗哗地写，速度也比较快。在北大时候写了不少，很多这两年发表的小说都是那时候的存货。写了长篇《午夜之门》，中篇《啊，北京》《西夏》《我们在北京相遇》《伪证制造者》，还有短篇《花街》《大雷雨》《最后一个猎人》等，产量比较高。现在不行了，工作和生活中的杂事多了，有很多分心的事情，写作速度慢了很多，写作习惯也变了，对文学的想法也有所改变，写的东西就少了。慢有慢的好处，少也有少的好处，一个人哪有那么多话要对别人说？哪有那么多故事要对别人讲？现在写得少，但写作状态我还是很满意的，就是不会想当然地乱写了。过去有点想法就急吼吼地动手，现在尽力让它沉淀，觉得非写不可了才开始。我希望写出来一个是一个。工作可能会耽误一部分写作，我倒是觉得作家还是要有个写作之外的事情做，否则关在家里很容易让自己跟这个活生生的世界断了联系。工作是一个你进入生活第一线的通道，是你获得真实的生活细节的平台，是你验证感觉和体悟的现场。只要工作本身不足以把写作废掉，我觉得作家还是应该找点别的事干干。

| 评论

带着卡夫卡标记的"启程"

——评徐则臣的小说
陈　彦

每一个写作者都有自己的精神出发地。作为读者，我们时常遗憾对世界与自我的理解如此之晚。因为对自我处境没有清醒的审察，所以我们没有什么惶惑，更说不上什么生存的恐惧感，所以也很少能够理解那些颠三倒四、古里古怪的作家，比如卡夫卡。对于我来说，卡夫卡曾经是个古怪的作家。在给情人密伦娜的书信中，卡夫卡不断地描述恐惧，各种各样的恐惧，而其内在都指向那个作为"犹太人"的生存恐惧。当然，在卡夫卡那儿，也有甜蜜与情欲、热切的关怀与惦念。可是，夹杂到如此众多的惶惑与恐惧当中，一点甜蜜的气息竟然好像都是为了衬托那个巨大的不幸——在浩漫无边的生存中，他比我们所有人都站得要低———直低到把整个世界压到了自己身上。

当我带着卡夫卡给予我们的精神经验，走近徐则臣的小说世界时，我看到了不同的精神形式中潜藏着同样的恐惧和梦幻。在最隐微而内在的层面——那个由文字结构的全部经验世界中，徐则臣笔下的叙事者几乎是带着卡夫卡的精神标记开始了自己的精神成长史。

这里有一个"启程"的故事。它也来自卡夫卡。我愿意把它作为徐则臣小说的开端，是他少年时期的幸福渴望与恐惧战栗的镜像。如果不是，何以在《逃跑的鞋子》中会铭刻着六蹄老太这样的乡村传奇，《奔马》中男孩"黄豆芽"对于未曾经验之物的强烈渴望？

"启程"的故事没有起讫结束的时间。卡夫卡总是如此突兀地开始——"我吩咐把我的马从马厩里牵出来"——而这似乎就是关于徐则臣小说的最好譬喻。"我"吩咐把"我"的马从马厩里牵出来。可是,仆人没有听懂"我"的话。"我"便亲自走进马厩,给"我"的马上鞍子,然后跨上马——远方的号角声已经响起来。"我"问仆人是什么意思,他却什么也不知道,什么也没听见。那号角声是吹给知情人的暗语,或者是那些中了魔法、受了蛊惑、血液当中涌动着不安与渴望的人。"我"要离开!可是,你要到哪儿去?仆人问。"我"说"我不知道"。"我"只想离开"这儿",我只有经常地离开"这儿",才能达到"我"的目标。可是,目标是什么?仆人又问。"我"说:"我刚才不是说了吗:'离开此地',这就是我的目标。"

　　"离开"的渴望是从对彼处生活的期待开始的,那是吹给知情人的号角,无论它来自构想,还是源于真实。在对本乡本土的记忆中,徐则臣呈现的不是现代化进程中的乡村变迁,也不凝聚于田园化的乡村经验书写,而是在另外一种维度上开辟乡村。作为一种文本形式的乡村,它是承载徐则臣的焦虑与渴望的容器,就像我在《逃跑的鞋子》中所看到的那样。六鼗老太的历史早已耗散于无字记载的乡村历史中,但是作者带着自己被阻滞的热情与渴望,从村人记忆中淘寻她的生命历史。我不把她当作寻常的乡村人物,而当她是作者童年世界的象征。解开她,我们或许就得到了进入作者最初的想象世界的符码。

　　六鼗老太是被一次强行的诱拐或买卖"植入"海陵地方的人物。疏离了原乡的经验和记忆,六鼗老太成为海陵地方的一个传奇:她不断地"离开",不断地"启程"。但是,却遭遇了充满神秘色彩的阻隔。"八条水",一座被八条水环绕的村庄,这是我所能想象的最可怕的困境。哪里才是通往外部世界的道路?多雨的夏季,河水漫溢,时光在此耗尽,生命的多样可能性被锁闭于一座狭小的村庄中。其中,有过一个又一个短暂的时期,孩子充实了乡村女人的饥饿心灵。但是,孩子却不幸地接连死去,于是"离开"的激情一次又一次驱动起饥饿的乡村女人。然而,八条水环绕的堤坝却成为本质性的围困。离开和留下成为一个悖论,以至"离开"的行动已仪式化了——它只是表达着生活于别处的渴望而已,围困却是终成必然的结局。

　　这种在离开与留下之间实行的自我限制,使得主人公经历着晦暗的精神旅程:从人群中抽离而出,成为形象古怪的游离者,给人带来传说或惊恐。作者在精神上切近这些乡村与小镇上的另类的"他者"。作者貌似平庸地融入生活，可是我们却看到作者在悄悄寻觅游荡在世界边缘的灵魂，并懂得他们。在此意义上，《逃跑的鞋子》这样的乡村故事是寓言式的，它契合着卡夫卡式的精神悖论——启程，"我"不需要带任何干粮，旅行非常漫长，要是"我"一路得不到任何东西，"我"肯定得饿死。但是，干粮是没法救"我"的。那什么能够救"我"？卡夫卡用一种幸存者的侥幸口吻说道："所幸的是，这的确是一次真正惊人的旅行。"——有些更有价值的收获偿报了这些受到号角声召唤的人，为此而忍受精神以至肉体的双重饥饿是值得的。

《奔马》中的孩子们一旦受到"远方"的招引，就成了那个遥不可及的"远方"的共谋犯。"我"向男孩"黄豆芽"绘声绘色描摹奔马的快乐，"马跑得那个快呀，风经过脸上和耳边就像一只只手。真的，人就像飞起来一样。"可是，"我"也并没有尝到过奔马的快乐。这是梦想的诗学，是关于"远方""梦幻""招引"等等一切想象之物以及一切未曾经验之物或者不可能之物的渴望。"我们"都没去过那儿，男孩"黄豆芽"甚至不会骑马。可是，为了获得远方的快乐偿报，触犯禁忌是值得的。"奔马"成为一次启程的象征。我得说，徐则臣的这几个短篇在精神上几乎是卡夫卡的回应。

从乡土世界进入现代性的大城北京，由于日常生存层面的广泛展开，"启程"的精神意味显然趋于隐匿而内在了。在作为文本形式出现的乡村世界，孩子的视角指向通往渴望与恐惧之地的道路。承载着作者的意义焦虑，乡村世界显得抽象而更具象征意味，它不展现复杂的乡村社会的结构关系，好像沈从文的湘西题材小说那样。当然，这种观照视野的差异我们可以获得社会史的阐释。

然而，徐则臣的乡村书写和沈从文不同。孩子的视角限制了徐则臣对于更加复杂的乡村现实的审察，但是原因不在作者，而在于现代历史中乡村社会结构的巨大变化。进入现代历史时期，尤其是中华人民共和国时期以后，乡人作为被组织起来的村民，不再具有自主而有机地组织自我社会生活的功能。国家行政权力所贯彻的垂直的乡村管理，使得历史上活跃于乡土世界的士绅阶层彻底消失了。从城、乡、镇、村，被纳入组织化的社会体系的村民成了无须参与筹划社区共同事务的散沙式个体。作为这样的个体，徐则臣很难获得乡村经验的社会历史维度。但是，它却开掘了另一种深度——作为个体的"梦"的深度——一种本质性的渴望与焦虑，以至于徐则臣的乡村书写在其精神形式上是象征性的。

然而，一旦这种现代个体的梦想与恐惧进入更具结构性的现代都市，乡村孩童的渴望与焦虑却获得了更为广阔的现代历史意义——现代性进程中，由"启程"到"进城"，它包含着极其复杂的社会语义场。在"城—乡"二元结构中，生存焦虑，城市身份认同的迷失，以及由此引发的形而上层面的意义的惶惑——"我在'这儿'到底为什么而活？"——这是徐则臣小说《天上人间》中的主人公们不断面对的问题。无论是边红旗，还是沙袖，还是叙述者穆鱼，都和这个社会性的、同时也是个体性的精神问题纠缠在一起。"乡村"作为徐则臣的"启程"——它既是精神意义上的，也是文本意义上的——而"城市"作为徐则臣"梦想的诗学"的社会性展开，承载着更为广阔的历史意义。

曾经有过一度时期，北京是心灵的故乡，是一处居民的老家。与此相对的是上海，它是一个大旅馆，形形色色的陌生人在此汇集。20世纪30年代的上海街头，除了疾驶而过的别克小汽车，它还游荡着来历不明的外国人、打工者、失业者、打劫者、妓女、流浪汉，以及形形色色涌入这个城市的匿名者。但是，老舍时代的北京，那时候还叫北平，它却既复杂而又有亲切的边际，这样的时代已经一去不再复返。我们不用追述得太远，就可以知道，20世纪90年代开始，形形色色的陌生人汇聚到北京的天桥下、胡同口。这些"大门口的陌生人"孜孜不倦地聚集、游动，像水一样钻入每一点狭小的生存缝隙。"他们"让"我们"不安而且厌烦：他们是"外地人"，而且还是衣衫敝陋、口音乡土的外地人。

作为大门口的无名者，他们曾经以显著的集体力量，在现代历史上出没，比如茅盾小说《子夜》中身影模糊的工人阶级。或者如社会史研究，从社会分层着手，探讨社会结构中的城市移民群体的收入、交际网络、社会感受。但是，我们却不知道"他或者她"，作为个体如何带着自己的体温和梦境来回应自己的生存境遇。"他或者她"究竟是从哪里来的？"他或者她"究竟想要干什么？我曾经在穆时英笔下看到"他们"暧昧不明的身影。但是，即便是同样作为城市居民家门口的陌生人，亭子间里的文学青年也还是和打工者隔着相当远的距离——那就是一道鸿沟——郁达夫曾经在《春风沉醉的晚上》让我们看到过这样社会分层以及由此造成的文化心理的阻隔。就此而言，徐则臣《天上人间》中的四个中篇，是对现代化进程中城市移民生活非常贴近而生动的描写。

本雅明在谈及卡夫卡时说："卡夫卡将社会结构视为命运。不仅在《审判》和《城堡》中卡夫卡在庞大的官僚等级制中面对命运，而且在更具体的、艰巨得无法估量的建筑工程中也瞥见命运。"我们往往易于对生活艰辛寄予同情，比如一些评论者或写作者在以"底层"为号召的文学中表现出来的道德热情。但是，却很少有人能够像徐则臣这样，在他自己未曾清楚意识到的时候，写出我们无法规避的现代历史进程中、一个带着一点梦的普通个体在等级制的社会结构中遭遇了无法抵抗的困局与命运：这场"流动的现代性"与"城乡"二元社会结构的历史冲突，导致了个体的生存困局与精神困局。边红旗、陈子午们的梦想、挣扎与失败充满深刻的悲剧性。这种悲剧性既是生存层面的，也是本质层面的：我们为什么要在这里活着？为什么？——我一直隐隐在小说里听见这种梦想对于自我的强烈质疑。但是，放弃了作为"不可能之物"的北京，边红旗又怎么还会是边红旗呢？

沙袖和边红旗不一样。边红旗带着"启程"的强烈渴望来到北京，沙袖则带着激烈的"文化母体的排异反应"来到北京：北京有什么好呢？但是，为了爱情，她来了，遭遇了，也承受了。在一系列的挫败之后，沙袖也丧失了自己的一部分：那个单纯、明朗、快乐的沙袖。她融入了北京。但是，她所遭遇的本质层面的失败，却和边红旗的有着同样的内质：身份认同的困局，自我认知的困局。当边红旗从局子里出来，被妻子领着准备踏上返乡的旅程，他的柔弱和泪水让我难过。"北京之旅"的失败也是本质层面的失败：梦的艰辛与幻灭。徐则臣写出了当代历史进程中的困扰和痛苦，它们是历史性的，但是却带着他鲜明的个人标记：卡夫卡式的激情、渴望、恐惧与胆怯。在卑小的人的层面上，徐则臣接近了我们作为人的最真切、最复杂的一面。

那么，在那所有的梦想与恐惧当中，就有了另外一种渴望：亲密感。那是身份认知的另一种形式。在一个"人"对另一个"人"的依恋与信赖之中，对于徐则臣而言，那不是爱情的期待，而是像阿赫玛托娃写的那样："让恋人们祈求对方的回答/经受激情的折磨/而我们，亲爱的，只不过是/世界边缘上的灵魂两颗。"

于是，重新回到乡村世界，徐则臣讲述了"鸭子是怎样飞上天的"："我"和小艾，彼此相依的两个孩子，只要"我们俩"，我们就建立了亲密永恒的世界。可是，叙述者充满恐惧感，对丧失的恐惧感，对身份不明的闯入者的恐惧感。《鸭子是怎样飞上天的》，小说中出现了几乎接近童话世界的片断：大河和水，宽阔的野地，永远不绝的凉风，还有阳光，明亮的、决不炙人的阳光；"我"会背着小艾过河，河对面有红的、多汁的桑葚，宽大而柔软的桑叶覆盖着你和我。一切如此美好，好像所有童话让人以为的那样，"我们美好的日子万年长"。可是，童话却被现实破坏。小艾的妈妈重组家庭，她被带进城里上学。

小艾与"我"互为镜像的命运遭际，透露出叙述者的深刻焦虑。我甚至认为小艾即是"我"的镜像，就像离开的渴望与恐惧构成一种本质性的精神围困，"我"对亲密感的丧失与重建亲密感失败的可能性有着同样深刻的焦虑。这同样构成一种围困：当小艾逃回乡下，当"我"满怀喜悦地迎接小艾，另一种威胁却在到来，"我"的妈妈也将重组家庭；逃离城里的"继父"，回到乡下的小艾再次遭遇"继父"——这个童话世界的暴力闯入者。

《西夏》《我们的老海》《养蜂场旅馆》则是这个童话与恐惧的不同讲述方式，亲密关系的破坏者则由"继父"转化为对于自我"第三者"身份的恐惧。但是，对于不可抵抗的"亲密感"的沉迷却有着孩子式的纯粹，它有权利脱避成人世界的真相，以及由此带来的道德压抑。但是，就好像卡夫卡似的，在每一个梦背后作者都有着同样强大的否定性力量，以致在这些以成人童话的方式讲述的故事中，作者让我们看到同样的精神困局。

徐则臣继承了讲故事人的奇妙天赋：记忆与复述。但是和传统讲故事人不同的是，在这些由许许多多人的经历和经验编织成的故事里，我听到各种各样的声音，有一个声音却不容湮没：那就是作者的声音。那个由"启程"开始，带着卡夫卡的精神标记上路的少年。作者转化了无数种形式，从乡村到城市，由孩子而成年，"他"却一直生活在不同精神形式的里面，而那种"启程"的焦虑与渴望以其孤独之声与失败之声吸引读者。

　　本文所谈徐则臣小说，见于其作品集《鸭子是怎样飞上天的》（作家出版社2006年版）与《天上人间》（新星出版社2009年版）。

徐则臣评集

徐则臣的写作，已经充分显露了一个优秀小说家的能力和气象：他对充满差异的生活世界具有宽阔的认识能力，对这个时代的人心有贴切的体察；更重要的是，作为一个具有充分精神和艺术准备的小说家，他对小说艺术怀有一种根植于传统的正派和大气的理解，这使他的小说具有朴茂、雅正的艺术品格。

——李敬泽

徐则臣身上有令人敬佩的"忠直无欺"之气，有我们久违的书写品质："诚实""理解""朴素""从容""诚恳"，当这些品质慢慢累积，便构成了这个时代里罕有的某种与"正"有关系的品质，在我眼里，这也是与时代的焦灼气息保持距离的"先锋精神"。无论是诚实还是忠直，其实都是我们该有的常识、良知，但是，因为对金钱和名利的追逐，在当下大量的浮躁的作品中再也难以寻找了。所以，它们宝贵。所以，徐则臣是70后作家的光荣。

——张莉《一个人的乌托邦》

徐则臣的写作敏锐、正直、宽阔。他的小说，正视人类经验的复杂，体认卑微人生的艰难，也珍视个人成长史上的创伤记忆对自我的影响和塑造。他以一种平等的思想、冷静的观察介入当代现实，并以叛逆而不失谦卑的写作伦理建构个人的历史，使其中的每一个人都拥有被理解的权利。他发表于2007年度的长篇小说《午夜之门》、中篇小说《苍声》《人间烟火》《把脸拉下》等作品，见证了一个作家的成熟，也标示出了一个人在青年时代可能达到的灵魂眼界。他的叙事果决，但语言并不尖刻；他的内心沧桑，但感情并不孤冷。他对低矮的生活不轻慢，对重大的问题不怯场；对青春有警觉，也有向往，对人性有拷问，也有善意。随着徐则臣在稳重与冒险、写实与虚构之间的进一步抉择，他的写作也正在重新出发。

——华语文学传媒大奖授奖词

徐则臣的出现，是否预示着小说创作乃至整个纵"欲"过度的文学在新世纪的一个新的动向和转机？预示着严肃思考的经典叙事和文学传统开始反攻倒算了？徐则臣敢于在这个消费社会追新逐异的审美风尚下，转身回到传统的常规写作那里，回到了经典小说叙事的生活性、故事性、情感性和思想性，以直面现实的真诚和勇毅，直接切入生活的一些根本方面，既关注生存现实，也呵护情感心灵，善良、正义这些一度神圣庄严如今却被嘲讽揶揄的字眼，重新被赋予了精神力量，成为了他小说一再顽强表现的主题。徐则臣不以形式技巧等方面的花哨取巧，也没有任何的前卫先锋姿态，而是始终以勤奋的写作，脚踏实地地靠本色取胜。以最朴素的形式，去把握那些复杂的时代表象下的生活本质，体现出这个时代的文学少有的思想的深度和力度，越来越呈现出大家气象。

——张立新《双重镜像》

徐则臣，从内到外透露着老到，和他年龄、经历并不相称的老到。我是在2004年初认识他的，当时他正在北大读研，刚刚发表《啊，北京》和《花街》。他给我一种"横空出世"的感觉，这种"横空出世"感与所谓的有无名气、火与不火无关，他让我惊讶的是他的成熟和能力。是的，在我看来，他几乎没有经历一个作家漫长的成长期，就进入了成熟。《啊，北京》中结实的写实功力和情感推进的层次感，《花街》中那种氛围和情感的营造，他甚至给一些词都涂上了锈色。他把控严谨，收到自如，虚实间映，显示了一个作家的天分。徐则臣所操持的是名门正派的路数，招法清楚，句句落实，浑圆大气。其实，一个作家看另一个作家的作品多少类似于武侠小说中的高手过招，拆解招式看看斤两，寻找破绽是一种较普遍的心态，当时我的心态也大致如此。看过这两篇小说，我就产生了好奇，惺惺相惜，于是开始找他的其他小说。

——李浩《侧面的镜子》

他虽身处学院，但小说很少有学院的影子，尽管在文本中处处主动表露"我是学生"，却处处流露出社会混混般的沧桑气质。这种伪装术对于一个作家来说，实在是弥足珍贵的品质，它与其说来自刻苦的训练，不如说源于一种天生的体验才能，即一种准确把握各种人物特性的超常感受力。无论是处理当下问题，比如非典、办假证，还是讲述遥远的古代，比如家变、谋财害命；无论是当贩子、佣人，还是做店主当警察，都做得恰如其分，酷肖逼似。另一层不易察觉的伪装在于，他总是把令人震惊的个人经验或人生哲理，包裹在平和的糖衣下面，有一种格外的亲和力。

——师力斌《慢，作为一种人生观的艺术》

出现徐则臣，在今日中国文学写作的语境里是一个值得心中暗喜的信息，它从学院传出来，意味着中国文学被忽视甚至部分地或者说曾经断裂的学院写作的传统有了新的生机。现代时期，学院背景几乎就是现代作家的知识背景，学院身份的作家占写作队伍的大半。到了上世纪40年代后期，学院写作的淡出，几乎造成了中国文学与世界对话的可能性的丧失。状况的恢复大约是20世纪80年代初以来的事情。仅北大，20世纪80年代初养育了曹文轩、陈建功、黄蓓佳、刘震云等等一串发光带电的小说家；然后20世纪80年代中期产下李敬泽、杜丽、王芫、臧棣等散文家、诗人、小说家之硕果；然后就是不该发生的断代期，直至将近10年之后，终于出现徐则臣。

——施战军《出现徐则臣，意味着……》

正是由于这种强烈而敏感的时代意识，面对乡土和城市，徐则臣不再四顾张望，而是以自己对乡土变革的深切情感关怀介入到对乡土中国现代化时人的灵魂与价值如何认同的思索上。如徐则臣所说："故事只是小说之'用'，发现、疑难、追问、辩驳、判断，一个人对世界的独特理解，故事与现实与人的张力，才是小说之'体'，也就是说，小说的真正价值在于，肉身之外非物质化的那个抽象的精神指向。它要求一个作家能够真切地说出你对这个世界的看法"。徐则臣不是简单地说出他对世界的看法，而是由个人成长的三十年中对乡土中国变化的切身感受，敏锐地触及到中国乡土现代化进程中人的价值与情感危机、道德困惑等诸多涉及人的存在的重要问题。面对假证制造者、盗版碟贩卖者、假古董倒卖者这些底层人物，徐则臣不是热衷于编故事，把底层写得悲惨而鲜血淋漓，不是将丑恶本质化，而是俯下身来，介入自己的乡土经历去审视观望他们，这种介入式的思索无疑提升了小说的价值和品位，使得徐则臣小说的精神立场切入底层而又高于底层，显示了70后作家的思想高度。

——李徽昭《退隐的乡土与迷茫的现代性》

敌 人

陈 然

　　我想，还是从我逃学说起吧。这事说起来源远流长了，我已经记不起它最初是怎么发生的。现在回想起我的学生时代，只有一个模糊的印象，那就是，我背着书包，不顾一切地往外逃。是啊，这似乎有些矛盾，既然要逃学，又何必背着书包？我完全可以把它塞进抽屉或扔到什么地方去。这说明，我并不厌学。实际上，我是很喜欢读书的。即使是枯燥的课本，我也能读得津津有味。我有一个妙招，当我恹恹欲睡的时候，我就把课文倒着读，这样，我的大脑又重新兴奋起来。总之我会变着法子让自己的学习生动有趣，但我就是不喜欢上课，不喜欢一个人长时间地被囚禁在座位上。而我讨厌假期，丝毫也不逊色于我讨厌上课。我总是觉得星期天太漫长，寒暑假更不用说了，简直就是灾难，压迫得我喘不过气来。星期天的下午，我总是第一个赶到学校，然后又开始了逃课。好像我急匆匆地赶到学校，就是为了逃课似的。

　　的确，如果我不去学校，又怎么能逃课呢？

　　一般说来，我在逃出教室前，并不清楚自己究竟想干什么。或许我根本就没想过这个问题，我只是想逃出教室。这个念头强烈地折磨着我。我想，如果在众目睽睽之下，从老师的眼皮底下（这是老师经常沾沾自喜挂在嘴边的一句话）溜出去，那多么有挑战性。我根本没听清老师在讲什么。我盯着教室门口。如果老师点名叫我回答问题，那至少要把我的名字叫三遍我才能听到。我非常喜欢逃课前那种灵魂出窍的美妙状态。后来，老师转身朝着黑板，我就开始行动了。当然，有时候我也偷偷从教室后门出去。不过这样似乎不怎么光彩，会引起别人嘲笑。激动人心的时刻到了，当老师把课本端起来在那里摇头晃脑地念白时，我就踮起脚，像一只小鼹鼠从教室大门溜了出去，我听到背后泛起了一阵轻轻的哗哗声，就像潜艇划行后留下的两道浪花。我喘了一口气，然后是穿越无比宽阔的操场。我有些晕眩。我想到了自己刚刚看过的某场战争电影，想到了碉堡、探照灯和机枪之类的东西。政教主任是专门抓纪律的，他会经常背着手在那里踱来踱去，模样像个伪军。有一次，不知是谁在厕所里写了一句什么，他把各班不太遵守纪律的学生全部叫到他办公室，轮流审问了整整一个星期，还是没有审出来。他的脸气歪了，末了叫每个人写一份检讨书，贴在操场旁边的宣传墙上。我也在里面。我当时一挥而就，充分发挥了我写作文的特长。除了政教主任像老鹰一样时刻蹲伏在那里的阴鸷的目光，还有教学楼上的那么多门窗，它们像无数只探照灯紧盯着操场，我很容易被发现。时刻都可能有人在我背后喊：×××，去哪里？！或者：回来！再不回来我就开枪了！

我加紧了脚步。

终于跑出了校门，这时我才发现自己没地方可去。到田野去玩吗？去偷人家的红薯或到河边去划水？或者钓鱼？我已经玩腻了。这时太阳照着我的影子，它被烫得嗞嗞响，似乎要越来越小越来越小。我觉得自己特别孤单。我其实是个脆弱的人，总是急于从人多的地方逃出来，可逃出去后又想回来。明明是我抛弃了别人，反而觉得是别人抛弃了我。我在校门口徘徊，等着下课，好重新回到教室里去。不用说，等待我的还有老师狠狠的批评或掌掴。可我一点也不觉得委屈，竟然流下了热辣辣的甚至可以说是幸福的泪水，仿佛我的逃课，就是为了得到这些批评、掴掌或泪水似的。

问题是，多数老师后来对我的逃课竟然习以为常了。他们不会批评我，也不会到班主任或政教主任那里去告状。他们从黑板面前转过身后，故作惊讶地望着我，好像在说：你怎么还坐在这里？这时我就觉得自己很失败。好像我用尽了力气，朝什么打过去，结果却像是打在棉花上。这样，我再逃出去就毫无意义，因为他们已经"允许"我逃课了，我的这一行动不过是在领受或得到他们对我的赏赐。我咬着笔头，在想对策。我不能忍受这些家伙对我的蔑视。我会弄出种种刺耳的声音或在邻桌间挑起种种事端。老师终于沉不住气了，咆哮一声冲了过来，拎起我的耳朵，把我的一边脸蛋贴在黑板上，如果是夏天还挺舒服，但如果是冬天就吃不消了。不过等他的手一离开，我的脑袋就倔犟地弹了回来。我暗暗高兴，等他转身讲课的时候，我又如愿以偿，从教室里逃出来了。然而逃到半路，我发现自己又中了他的奸计，说不定我刚跑出教室，他就笑着对大家说，他是故意让我逃的，意思是说，他在用这种方法，巧妙地把我从教室里"清理"出去。

我不能让他的阴谋得逞，于是我又"逃"了回去。逃出去算什么，逃回来才算好汉。我要坚守阵地，坐在教室里跟他对着干。任凭他脾气再好，也终于有被我激怒的时候。他会斯文尽失地上来揪着我，手脚乱舞，好像一个泼妇，好像他写在黑板上的一个潦草的字母。我嘴角淌着血，冷笑着。末了我像电影里那些英雄人物一样，盯着他，故作姿态，不屑一顾地用手背擦了擦嘴角的血迹。那一刻，我的虚荣心得到了极大的满足。

频繁地逃课使我吃尽了苦头。老师经常不解地望着我，说，你到底在想什么呢？有时甚至还伸手摸了摸我脑袋。或许，他是想感化我吧。爹每次狠揍了我（他尤其擅长用放牛的鞭子在我熟睡时把我揍醒，让我在噩梦中大蛇缠身）之后，都会假惺惺地用手摸摸我脑袋。我恨这个我一定要叫他爹的人。他仿佛是为了要折磨我才和娘合伙把我生下来的。他打量我的目光，就好像一头凶猛的狮子面对着他的美餐，他之所以没迅速扑上来，是因为他看我还瘦小，想把我喂养得大一些。难怪每当我吃饭姿势不好时，他都要干涉我，如果我不小心打破了一只碗，他一定要狠狠揍我一顿，因为东西吃少了明显会影响我的生长。然后，他又假惺惺地跟我娘递眼色，叫她重新给我盛饭。我猜透了他的诡计，无论他怎样软硬兼施，我也不肯吃。我情愿饿肚子。我发现饿肚子的感觉真美妙。我想，如果他要吃我，那好，来吧，我的硬骨头肯定会硌痛他的牙（我以为，只要不吃饭，骨头自然会硬起来的，陶渊明不就是没吃那五斗米，骨头才硬得腰都弯不下去么）。有时候，不管他怎样狠揍我，我也不肯跑，虽然他很希望我跑；而另一些时候，他的手刚扬了起来，我就逃得远远的。好像我要藏到什么地方去，永远也不出来，让他吃我的计划落空。他不让我划水，我偏偏去划水。他不让我看电影，我偏偏去看电影。他要我干好事我偏偏干坏事。同样，他要我干坏事我偏偏干好事。现在想来，我为什么那么渴望干好事，大概就因为我爹缺德干了太多的坏事。他对别人小气，我就对别人大方。他在队长面前可怜兮兮，我偏偏理也不理队长。他要我认真读书，我偏偏不认真读书而且大张旗鼓地读老师不让我读的课本以外的书。

记得当时读的书里面，印象最深的是《三国志通俗演义》。诸葛亮第一次见到前来投降的魏延时，说此人脑后有一块反骨。我悚然一惊，诸葛亮真是太厉害了，远远一望就知道谁脑后有反骨。我不自觉地伸出了手，摸摸自己的后脑勺。我想，我是不是也有反骨？如果真的有，并且被人家看到了，那怎么办呢？我真的摸到自己后脑勺有一个突起的部位。我不知道那是不是反骨。后来我小心地问娘，我后脑勺是不是跟别人有点不一样？她瞄了一眼，抿嘴笑了笑，说，你小时候总是朝一边睡，看上去脑袋像是长歪了。难道这就是反骨的由来？娘的话并不能让我信服。为了不让别人发现我脑骨的异常（幸亏诸葛亮这样的人，不是什么地方都有），我想把头发留长一点，而爹总是把我捉住，让剃头师傅把我的头发几乎剪了个精光，让我的后脑勺暴露无遗。这比当众脱光了衣服还要让我难受和无处躲藏。如果我胆敢跑开，爹就会拿着放牛的鞭子到处找我。我的古怪发型成了别人嘲笑的对象。所以当老师望着我说你到底在想什么的时候，我很担心他会忽然伸出手来摸我脑后。终于，他说，你可以走了。于是我站起来，朝后退着，退到门口，才忽然转过身飞跑。

此后，逃学成了我经常而且必须保持的姿态。我逃避一切强制，一切我不喜欢、但又强加给我的东西。在大学里，我读了许多我能接触到的书。我找到了我真正热爱的东西。我热衷于精神生活。我的理想是当作家、哲学家和思想家。我是班里年龄最小的学生，年龄大的完全可以做我的叔叔。他们是上一代人被毁灭后艰难留存下来的火种。而我自信地认为，我是我们这一代人中的先觉。跟他们在一起，我没有任何隔膜，这让他们暗暗称奇。他们容许了我的加入。两年的大学生活，是我生命中的黄金部分。它永远在我的人生暗途中发光。而毕业后，我的黑铁时代就到来了。

我被分配到一个偏僻的乡村中学教书。到城里去，要转两次车（只有自行车和三轮车），还要步行十几里山路。我的罗圈腿就是在那时候形成的。由于经常爬山，在平地步行，我的两腿也会不自觉地呈八字形张开。我完全被封闭起来了。山像是鲁迅全集厚厚的封皮，在那些黑暗的夜里，我只有把自己的心翻得哗哗作响。渐渐地，我开始不遵守纪律了。只有在这种对纪律的背叛里，我才感到自己还是个活人。我的上课不着边际，话题常常超出课本之外，甚至完全跟课本相悖。学生们很高兴，他们几乎把我当成了他们的代言人。而学生们欢迎的，往往是学校和家长反对的。我带头逃课。我彻夜不眠，该我上课时就免不了在房里睡懒觉。我把一本1986年出版的当代学人的著作（若干年后，我们成了校友）套在马恩选集的红色封皮里，捂在脸上呼呼大睡。校长找到我时，看到了红色封面，伸出去的手又缩了回来。他在那里坐了半天才决定咳嗽一声。他提醒我，该去上课了。他是一个好校长，是全国优秀教师全省新长征突击手全市劳动模范。因为他的宽容，我继续犯下了许多错误，以至后来我简直怀疑他是在引蛇出洞，再打我个正着。

　　我找不到任何精神上的知己，便开始放逐自己的肉体。我渴望像卢梭一样，得到许多异性的爱情。我开始勾引镇上的一些少妇。她们有商店的营业员、豆腐西施，还有开餐馆的老板娘。由于获得了我这个戴眼镜的未婚青年的注目，她们起劲地卖弄起风骚来。我跟她们轮番上床。我闻到了女营业员身上的白糖味，那时白糖还是稀罕东西，我怀疑她经常偷公家的白糖吃。而开餐馆的老板娘，保证了我熬夜所必需的油水。我像是破罐子破摔，把罐子摔破了，我就知道里面到底藏着什么东西了。有时候，我会悲观地想，我大概永远也成不了卢梭，而她们，也显然不是华伦夫人。面对她们，我一脸严肃，故作深沉。即使在做那种事的时候，我也保持着冷静和克制。这样我便掌握了主动权。现在，我已经名满天下，不知她们是否还记得我？即使记得，但在她们看来，那个我也已经跟现在的我毫无关系了。因为她们根本不知道现在的我就是那时的我。她们只知道我身份证上的名字而不知道我写文章时的名字。或许，她们的子女也到我后来读研的那所知名大学里读书去了。我们那里的孩子是很会读书的，每年都有不少学生考上清华北大南大。开学时，她们中的一位或许就在操场上打地铺的家长堆里，她们不知道，我曾经坐在那里谈恋爱、读书。我们的屁股在草坪上轮流登场。

　　由于我的上课越来越偏离教学大纲，家长们愤怒了。当然，这种愤怒是我的一些同事挑起来的。他们都是些软骨头，他们该受苦，被人欺负，不配有好的命运。当我从一些我极不喜欢的会场拂袖而去时，他们会表现得更认真。有一次，乡里拖欠了大家一年的工资，我策划了一次罢课，甚至还通知了市报的记者，但关键时刻，他们一个个像软蛋似的往教室里溜，把我孤零零地扔在操场上，看上去像是一个天大的笑柄。我已经看透他们了。他们中的一两个人（我知道是谁），唆使全班学生联名向学校和县教委告了我的状，甚至暗示部分家长该如何如何。果然，他们都行动起来了。于是在一次上课时，我被人从讲台上揪了下来，对方像个屠户，手提一根黑乎乎的什么我没看清。然后是大会上的不点名批评，听说县教委也准备把我调到更偏僻的地方去。说实话，那时我最害怕这个。每次看到县教委人事股的那个股长到学校里来，我都以为他是来调动我了。他的权力大得可以把全县的老师都当作他掌心的鸡毛，他愿把谁吹到哪里就吹到哪里去。在乡下教书的那几年中，这种不安全的感觉一直笼罩着我。我开始想办法从那里逃出去。然而我还没想好办法，新的麻烦又找上门来，我不小心把一个女学生的肚子搞大了。我怎么跟女学生搞上了呢，因为我在遭到同事和家长反对的时候，却有一小部分学生，非常崇拜我。仿佛别人越是打击我，他们便越要支持我。我教他们朗读，爱美，独立思考，懂得善恶。这样，有的女学生便免不了用那种超出了师生界线的目光望着我。最终我们都没抵抗住彼此的诱惑。那时我不知道怎么去买避孕套，以为也要单位的证明。大概很多人认为，它是跟乱搞联系在一起的，而防止男女乱搞的最有效的方法，便是控制避孕套的供应。尽管我非常小心，小D的身体还是有了越来越明显的反应。她的脸上开始出现细小的雀斑，浑身散发出一种肥皂水的气味。上课时，她会像懒惰的男生一样呼呼大睡。我惊慌起来了，知道她的体内发生了地震。我说没有别的办法了，我们逃吧。我并没意识到，自己已处于一个逃的大潮当中。当时，几乎所有的有志青年都在逃，从内地、从机关和企事业单位逃到沿海，从稳定逃向不稳定，从按部就班逃向自由散漫。我很快办理了停薪留职手续。爹气得不理我，如果放牛的鞭子对我有效，他肯定会用上。娘哭哭啼啼的。他们对我的前途一片茫然。校长和县教委倒是如释重负，他们说，好好干，要当就当弄潮儿。我在煞有介事地办手续，而我的女学生小D，只能跟我私奔了。因为她父亲就是乡里的一个干部。她永远也不知道，我把她弄上床的另一个目的，就是要向她父亲所代表的那类人开火。这是一种特殊的斗争方式，很多人都用过。她父亲每次在主席台上不都是说他代表什么什么么？那好，我要用这种方式来取得胜利和表示对权贵的蔑视。我在县城的一个朋友M那里过了一夜，第二天，小D也不辞而别，偷偷爬上了开往县城的三轮车。我们在M家楼下的一个小酒馆里胜利会师。这情景似曾相识，让我很兴奋，仿佛在排演我读过的1930年代的某部小说。

　　关于我的朋友M，应该多说几句。他是一家酒厂宣传科的干事。我们在一起时，经常取笑"干事"这个称呼。可以说，他是我在这段时间唯一精神上的知己。为了一些很抽象的问题，我和他经常书来信往，或在一个什么地方见面。在内心里，我把他称为战友。我需要战友。在这里，也只有他，能当我精神上的战友。有时候，我会像幽灵一样忽然出现在他家门前。M条件比我好，从小在城里长大，父母都是银行的职工。他手指修长，皮肤白皙，看上去养尊处优，尤其是县城方言那种好听的卷舌音，让我有些自惭形秽，好像我们是来自两个不同阶级的人。而我一直觉得，即使在革命队伍中，来自有钱阶级和来自无钱阶级的战士，在心理上的确是很不一样的。但他，绝对是他们那个阶级中杰出的叛逆者。他有卓越的口才，是天生的演说家，并且具有突出的领袖气质。我曾旁听过他和他朋友们的一次聚会。因为我一直对集体或某种组织抱有顽固的戒心，不想参加任何团体。只听他口若悬河，妙语如珠，听得人一个个热血沸腾。对，我发现他特别爱用四字句，我也不知不觉受了感染。如果有人对这一点提出异议，他会说，四字句是汉语的骨头，从诗经到汉魏风骨，再到当下，没有四字句，汉语就是个瘫子，站不起来。如果把语言比作武器，那四字句就是利刃，握在手里，长短合适，进退自如。现在想来，他的话仍然很有道理。不久前，一些讲坛性质的节目大受欢迎，我发现，其中的诀窍就是，主讲人大量地使用四字句。在渴望文化的人群中，四字句就是灵丹妙药，就是文化水平的象征。我带着女学生奔逃南方的时候，M也开始打算离开县城。他准备报考北京一所名校的一个名教授的研究生。他说，他已经给对方写了信，并附上自己的论文，对方对他十分赏识。考研究生跟考大学不一样，它可以直奔导师而去，比较符合一位学者说的，所谓大学，应该是先有教授，再有大学，而不是相反。想到我即将流落天涯，而他却可以风度翩翩地去北京求学，我再次感到我们之间是不平等的。

　　现在想来，在南方的两年（足够了，不能再多，不然我大概要发疯了），除了给我日后写自传提供一些素材，再也不会有其他的积极作用。我发现在这里，我除了做骗子，比如给那些弱智或文盲的老板搞搞策划什么的，或向全国各地的什么人发个函邀请他们来开会或出书，其他不会有更好的出路。自然，我不屑于干这个勾当，虽然我可以想出许多种骗人的招数。实际上，在我离开南方后，我设想过的那些骗子方案很快成为流行的骗术，就是现在都可以屡试不爽。我拜访了一下各路豪杰，发现他们除了想赚钱还是想赚钱，这与我南下的初衷相去甚远。我还拜访了当地的公安局局长，这个家伙倒是被我唬得一愣一愣的，末了请我吃了一顿海鲜，恭恭敬敬把我送回住处。当然，我没让他看到我寒碜的租房，让他在街边把车停住我和他握手再见。无论天怎么热，对这里的气候多么不适应（我被焐出了一身的痱子），我一直穿着白衬衫，打蓝领带。只有我自己知道衣领是多么脏。租房低矮而潮湿，小D还没有回来，她在附近的一家酒店打工。这时我已妥善地处理了她的肚子。我一个大学同学的姐姐在医院做护士，她原是内地一家卫校的老师。老师和学生处在同一起跑线上，足以说明这里的一切都是新的，可以从头开始。小D现在一身轻快。但她下班越来越没有规律了，最后干脆不回来。我不做声，等她开口。没多久，她果然把一切都告诉了我。她说一个什么老板看上了她，经常带她去他的别墅。她说：老师，我真是一个没出息的人，我见利忘义，我的爱情已经被钱杀死了。她这时居然还用文艺腔跟我说话，让我稍感意外。她说老师你回去吧，我已经看出来，这里一点也不适合你。她一直是叫我老师的，她在床上叫我老师时我感到了某种践踏的快感，可这时我只感到她的郑重。我意识到她大概在为我作某种牺牲，但我并未点破。她说的是真话。离开的那天，她送我上船。我和她互相挥了挥手，就此作别。

刚回县里，我就被投入了大牢。那个乡干部早已罗织好了罪名，只等我来自投罗网。不过也没什么好抱怨的，我甚至还露出欣然领受的神情。其实我一直想去一个地方看看，那就是监狱，我发现，大多有成就的人都与它结下了不解之缘。有一个我极敬重的学者，一辈子几乎都是在牢里度过的。他有个著名的"三不主义"：不点头哈腰，不难得糊涂，不风吹两面倒。因为在他看来，这是读书人最容易犯的几个错误。公安局的人在车站出口处等我。这种滴水不漏的场景大概也只有小说里才有。于是我也用自己略显陌生的口吻说，请放开，我自己会走。在公安局作了笔录，我说，我想回家去拿一些东西。他们露出为难的神情。我说，到处都是你们的人，你们放心，我跑不掉的，我还等着你们还我清白，把我放出来呢。他们呵呵笑了起来。我回家去拿了几本书，一本"鲁迅"和一本《新旧约全书》，想了想，我又拿了一本《毛泽东选集》。我曾认真地把它读了两遍。我对爹说，我要去坐牢了。爹娘又急又气，好像我一下子把他们的衣服脱了个精光，没脸见人。我说，有时候坐牢是羞耻，但有时候也是荣耀。爹说，荣耀个屁，你道德败坏，把人家女学生的肚子搞大了，还荣耀。我说，你们真的以为事情这么简单吗？错了，这不过是借口。

　　我顺利地把书带进了监狱。县里的人，都知道鲁迅受过毛泽东的高度赞扬，是伟大的这个家那个家，是骨头最硬的人。至于圣经，我应该感谢他们的无知，居然认为是关于经济合同的，也被我幸运地带进去了。我设想着自己在监狱里布道，甚至还有人匍匐着过来吻了吻我的衣角，像个圣徒。他们的眼睛在黑暗中湿漉漉的，像煤骨一样黝黑发亮。夜深了，我仍在昏暗的灯光下看书，因为我在逆境中读书效率特别高，比如吵闹的教室，拥挤的会场，行进的车厢。

　　M来监狱里看望过我。因为我的原因，他也被警方传讯过，但很快就被放出来了。他给我送来了一幅字，上面写的是："尸居而龙见，渊默而雷声。"庄子的话。我一看，热泪就涌出眼眶。知我者，M也。他不知道，我曾在乡下中学的墙壁上反复写着这句话。虽然我也喜欢孔子的那句"天将降大任于斯人也"，但引用的人太多，已经烂俗了，我就一直在刻意回避着它。李白毕竟是个轻狂之徒，动辄"仰天大笑出门去"，一副急不可耐的样子。他的脑后没有反骨，有的只是任性和撒娇。这时，M已接到北京那所大学的硕士生录取通知书，只是今年不比往年，各方面审查都很严。为了顺利入学，他在配合相关部门做一些工作。他说，你出来后，也考研吧，我在北京等你。

　　进监狱之前，我已经做好了挨打的准备。我们村子里有个人，做小偷被抓住了，活蹦乱跳的一个人进去，出来时就呆了傻了，看到爹娘，半天才哇的一声哭出来，智商大概滑落到了小孩子的水平。他娘逢人就讲儿子坐牢的经历，时间长了像祥林嫂。她说儿子进去时首先挨了一顿恶打，不是警察而是其他囚犯打，等打得半死了，狱警才装模作样过来管一管。每个号子里有个头儿。而这个人，往往是犯的罪最重、打人最狠的家伙，其他人都听他的，他要打谁就打谁，要谁喝尿谁就得喝尿，要谁吃屎谁就得吃屎。他让她儿子晚上睡在尿桶边，不准乱翻身，不准捂鼻子。她儿子不肯，又招来一顿毒打。现在，她儿子动不动就蹲在那里，缩着身子，抱着头，好像随时准备挨打。难怪我被关进牢里的时候，教育局的那帮头头高兴得像稻谷笑弯了腰。所以，说我不害怕是假话，其实我是个很脆弱的人。有时候不小心弄破了手，也会顾影自怜许久。我也怕痛，每当爹举起放牛的鞭子，我就及时地逃之夭夭。如果逃不掉，我就大声地叫喊起来，企图用恐惧而空洞的喊声把他吓退。我从不讳疾忌医，身体有什么地方不舒服，我会马上去看医生。晚上睡不着觉，我赶快去买补脑汁。我想，如果一个人的脑袋出了问题，那还有什么戏可唱呢？盲目地跟疾病作斗争，是对自己身体的漠视。我把自己的生命看得很重。我不知道，一个人连自己的生命都不珍惜，还会珍惜别人的生命。当然，这珍惜，不是苟活，不是毫无原则。如果要我为一些虚无缥缈的东西去杀人，我也会像鲁迅一样选择退却。小时候看革命电影，我不理解那些人面对酷刑毫不害怕，烙铁在身上烫得冒烟，他们还在哈哈大笑。我总觉得这样的镜头不真实。不过也许是真实的。我有个同学，读完小学后没有再读，以捕蛇为业，如果被蛇咬了，他就掏出随身携带的小刀，飞快地把被蛇咬的那块肉剜下来而面不改色。如果参加了革命，他肯定也是好样的，但我明显不是这样的人。看来人与人差别很大。我最坚硬的部位是脑子。要我改变脑子里的想法，显然比我那位同学难。那个家伙，总是很轻易地让别人把他的脑子改变了。他一会儿认为这样是对的，一会儿又认为那样是对的，他不习惯于听人辩论。有一次，我跟人辩论，他也在旁边，他说他听得头痛。别看他那么蛮，可每次碰到村干部，胆子马上变小了，会绕着走，像是干了什么坏事。如果他犯了罪被抓去杀头，大概也会像阿Q那样很关心最后的那个圈是不是画得很圆。有一次，我无意中在一部纪录片中看到，德国入侵苏联的时候，一名苏联红军在德国人的枪口下显得那么可怜和无助，我被深深地打动了，因为这样的图片我以前从未看过。一时间，我以为那个人就是我自己。我想，如果是我，我大概也会那样，甚至我还会把排泄物拉到裤裆里。人性的弱点总是和排泄器官有着千丝万缕的联系。当然，我知道我的想法很天真。如果我真的这么干了，这个世界上就没有了我的容身之地。我就会成为家族乃至国家的耻辱，而被斥之为叛徒或内奸。

　　不用说，面对监狱，我没有任何选择的权利。但我安慰自己，这样不也很好么？我应该去了解一下监狱。虽然我的确害怕挨打。

　　可奇怪的是，我并没有挨打。我被带进牢房时，虽有几双饿眼骨碌碌地盯着我，但他们似乎不敢轻举妄动。另有一个人坐在那里，慢悠悠地抽烟，晃着二郎腿，我猜想，这个家伙就是号子里的头儿，其他人的行动都受他制约。难道是他阻止了他们对我拳脚相加？

　　我的猜想很快得到了证实。等狱警走了，那个人朝我笑了笑（其他几个人看了看他，又看了看我，也附和着笑起来，这使我意识到，什么地方都有奴颜，哪怕是以凶狠和犯罪著称的监狱），说，欢迎欢迎！我警惕地盯着他，跟他保持距离。他挥了挥手，说，哎呀，真是读书人，跟我们大老粗有距离——跟你说，我知道你为什么被关进来了。接着他大声说道，你大概不知道，在我们这里，最被人瞧不起的是两种人，一是小偷，二是强奸犯。这两种人最没出息，对他们，我手下从不留情。但我知道，你这个人不同一般。你不是强奸犯，虽然你把一个女学生的肚子搞大了，但你是在给她启蒙，让她懂得生理卫生。他笑得更响了。我渐渐适应了号子里的光线，我猜想，如果他这时出拳，大概会揍我什么地方呢？我紧张地思索着。他有些奇怪地瞅了瞅我，又说，也难怪，毕竟是书生，还是怕痛，怕死，戴着眼镜，手也瘦得像芦柴。他盯着我，吐掉嘴边的烟蒂，又掏出烟来，自己叼一支，递一根给我，给他自己点上火，又给我点了火。我不知道他葫芦里卖的是什么药，但到了这一步，我也豁出去了，我说我是强奸犯，我把一个女学生的肚子搞大了，我不是给她普及生理卫生，我就是想搞。她爸爸是乡干部，为了报复我，到县里找了人，我就进来了。他说，呵呵呵，其实谁都知道，这不过是借口，不过，我敬佩你这种人，跟这些人相比，你是人，他们是猪狗。是不是？他朝那几个人一瞪眼，恶狠狠地问道。那几个人忙点头，有一个人还条件反射似的打起自己的耳光来。后来我才知道，这个打自己耳光的家伙正是个强奸犯。他结了婚，老婆也长得不差，但他就是忍不住要去强奸。这次把一个干农活的妇女摁在地里掐了个半死，被过路的人逮住了。他进来的第一天晚上，号子里的这帮家伙就给他的鸡巴开了个公审大会，把它放在尿桶里浸了半个小时，第二天发了炎都肿得他挪不了脚。

接着，他又谦虚地跟我说，你来了，按道理，这号子里的头把交椅就是你的，但我考虑到你毕竟是个书生，很多事情还没有经验，所以我决定，我还是继续当头儿，你是这里的贵客，谁也不许欺负你，不然我饶不了他。其实我的决定也没错，像你这样的，即使在外面扯旗子，也只能当个军师，对吧？难道刘备有诸葛亮厉害？宋江有吴用文化高？当然没有，但领导还是刘备和宋江当，对吧？我忙点头。他说，你只管看书，有空给我们讲讲故事，消一下愁解一下闷。你一来，我们号子里的平均文化水平就提高了，说不定还会弄个流动红旗什么的。我说，这里也有流动红旗吗？他说，怎么没有，还有知识竞赛呢，到时候帮我们多弄几面红旗，说不定能让大家早几天出去呢。

看样子，他对我很满意。

我很快就知道他叫老K，是县城黑道上的一个小头头。他说他这次进来，完全是代人受过。一个哥们犯了事，但眼看着要结婚了，他就顶替对方进来了。反正他已经尝过结婚的滋味，甚至对老婆还有点腻了，正好到号子里来呼吸呼吸新鲜空气。看我一脸愕然的样子，他说，你大概不知道，在我们那个圈子里混的人，跟那些当干部的一样，他们经常要到什么地方去考察或进修，我们也一样，不同的是，我们是到号子里来进修考察的，出去了，文凭又高了一个档次。我笑着问他，那你现在大概是什么文凭呢？他说，起码是大专了。其他人都笑了起来，号子里充满了欢快的气氛。我问他，你那个哥们犯了什么事？他说，还不是动了刀子，不过对方没死，我们的人已经把两方面都摆平了，一方面定性为过失，另一方面派人去吓了那个家伙一下，如果他们还纠缠不休，有他们的好看。你以为我真的那么傻，会把故意杀人的罪名揽到身上来吗？跟你说，不是名利双收的事情我不干。他哈哈大笑起来。从他身上似乎看不出坐牢与不坐牢的区别。他说他马上要出去了。他又说，等他出去了，我就是这里的头，他会经常来看我，带红烧肉来慰劳我。

老K很喜欢跟我讲他在外面的风光。他说没有他摆不平的事，县长和公安局长家里他也是经常去的，他还陪他们的老婆打过牌。他说，跟她们一打交道，很快就会知道她们的老公是个什么样的人，古话说，一床被子不盖两样的人嘛。每年总有那么几次，他和哥儿们要到公安系统或一些政府机关去帮忙，挂照啊，检查超载啊，收税啊，计划生育啊。他跟派出所的一个所长是哥们，有时候，派出所解决不了的事，也会请他去解决。他说他也知道那些家伙不过是利用他，他一去，没有不赶快交钱或去引产结扎的，如果出现了伤亡事故，他们也会把责任推到他身上。这样，他们处理起来就游刃有余，说，政策是不错的，只不过处理方式有点不当。然后，装模作样地把我处理一下，等大家把注意力转到别的地方去了，就把我的处罚解除了，请我喝酒，给我压惊。压他娘的鬼惊，我才不惊呢，哈哈哈。他说得神乎其神，但我总觉得他有自夸的成分。他好像看出了我的心思，说，不夸张，一点也不夸张，我的事情，只讲了一点点，还有很多没讲呢。一个人说，真的哩，你不知道，就是现在，外面有什么解决不了的事，也要到这里来找我们老大写条子呢。老K唾沫四溅的时候，其他人仰脸望着他，听得津津有味，时不时地还补充一句或把他没讲完或忘记了的细节补上。看来他没跟他们少讲，以至他们都能背诵下来了。只有一个进来才两天的家伙，坐在角落里，怯生生地打量着他，既想靠近又有些畏惧。老K指着那个家伙对我说，你知道他是怎么进来的吗？说起来笑死人，这家伙原来也是一个犟头，仗着他老子大小也是个干部，平时大概没少干坏事。那天他骑着自行车在街上跟人家对撞了一下，本来是他自己吊儿郎当地撞到了别人，反倒揪住别人不放，两个人拉拉扯扯的。一个过路人看不过眼，讲了句什么，他伸手揪住那人的衣领把人家一推，骂了句×娘，然后叫人家滚蛋，谁知那人也不是好欺负的，马上一招手，过来两个身强力壮的家伙，把他扭送到公安局。原来，那家伙是公安局的一个便衣，几个人正想找点事做做，这小子撞到枪口上了。呵呵，活该他倒霉，在局子里挨了一顿鞭子，进来后又被我修理了一顿，现在乖多了。是不是？他朝那个家伙一瞪眼，对方赶忙点头。不过他马上会出去的，他老子有门路嘛。老K补充道。

　　第二天，那个家伙果然被放出去了。老K撇了撇嘴，说，这帮家伙，天生就是做败家子的料，仗着老子娘的势欺男霸女，屁本事也没有，我瞧不起他们，落在我手里，我就对他们不客气。

　　反正有事没事，老K喜欢找我说话。他说他佩服有骨气有头脑的读书人。他看过很多历史演义，也认识许多英雄好汉，但真正的厉害人，不是像他这样五大三粗头脑简单的，而是文质彬彬甚至穿长衫戴眼镜的，就说×××，不了解的人谁知道他是本县城的黑道老大？他跟你一样，也是戴眼镜，穿中山装，天再热也不露膀子，手臂瘦得跟猴子似的。说实话，有时候我在想，不知道他是怎么当上黑道老大的。但他就是，谁也无法取代他。只有有事要处理时，他才露出他的英雄本色。他一二三四，有条不紊，红道黑道，各方面都考虑到了，无论多大的事，他都能做到不动声色，冷静得让人吃惊。在我眼里，他不是一个罗汉，简直是一个政治家。我在演义里看的那些政治家，也不过如此，甚至还不如他呢。那些家伙多少露出过马脚，而他，我从来没见他有露马脚的时候。无论场面多大，事情多么辣（棘）手，他都处理得滴水不漏。他名声很大，可以说，从县城到乡下，乃至外地，无论大人孩子，没有不知道他的大名的。但认识他的人却很少很少。其实他每天都出门，像普通人一样喝茶抽烟，逛街买东西。有一次，他在公交车上碰到两个中学生，一个向另一个吹嘘，说认识他，跟他家如何有交情。他听了也只是微微一笑。那两个小家伙，哪知道被他们拿来吹牛的英雄正微笑着坐在他们身后呢。他从不张扬，有时候即使是吃亏和被人欺负也不做声。有一次，我跟他一起去买东西，对方占他的便宜，甚至出言不敬，我要出拳还以颜色，他用力一掰我的手腕，制止了我。别看他胳膊那么瘦，可不知道他从哪里来的那么大的力，我眼里立时涌上幸福的泪花。我知道，他这是爱护我，瞧得起我。这种幸福感，就是喝茅台五粮液也没法比。我希望那疼痛的感觉永远留在我手腕上。你说，我不佩服他，还佩服谁呢？

我入狱的第五天，老K出去了一次，说是有人来看他。回来时，他手里拎着许多吃的东西，他很大方地把它们分掉了，除了那条大前门香烟。当时，大前门还是高档货。他说他什么都可以戒，就是不会戒烟，烟是有营养的东西，他不抽烟马上就会变蔫，而一抽烟，他又威风了。除了每个人递了一根香烟，其他的他都收藏起来，说是留给我和他抽。我也就不客气，点上火抽起来。跟他客气，他会说你见外。他看了我一会儿，忽然说，其实你抽烟没什么瘾，大概你就是要抽烟这个姿势，你喜欢把自己放进那个姿势里去。听了他的话，我吃了一惊，觉得他的话很有道理，其实我自己都没意识到这一点。接着，他开始给我表演抽烟的绝技。他说，像你那样抽烟，真是浪费，你的烟草利用率大概只有百分之三十，看我的。说着，他长长地吸了一口，蓝色的烟雾顺理成章地从两个鼻孔里流畅地出来了，香烟给他的鼻孔蒙上了一层迷人的色彩。但出乎我意料的是，流泻出来的烟雾没有立即飘散，而是再次滴水不漏地被他的嘴巴重新吸收了进去，好像它们忽然有了某种魔法。这次，他让烟雾在肺部停留了较长的时间，直至声息全无，我以为它们不会出来了，或者他会什么魔术，把它们从别的地方排放出去了，说不定我马上会看到他衣服或头发在冒烟。我正在好奇地观望着，却见烟雾重新从他鼻孔里跑了出来。好像它们在他体内捉了一会儿迷藏，然后又开始了你追我赶。他得意地望着我，说，怎么样？我的香烟利用率比你高多了吧？我佩服，说，起码是百分之两百。

　　不过，牢房里的浪漫主义马上被打破了。一天下午，又一个家伙被推了进来。一个偷了电缆的无业青年。看守一走，几个人立时围住了他，他可怜兮兮地求饶。老K说，你这个家伙，也太不像话了，你可以去抢银行，可以去抢金店，可以去炸什么地方的办公大楼，但怎么能偷电缆呢？难怪前几天我老婆说家里停了电，说电缆被人破坏了，弄得我女儿看不了电视，你知道吗，她最喜欢看动画片和电视剧《八仙过海》，原来是你干的好事！说着一脚踹在对方的肚子上，对方惨叫起来。老K说，再叫，就把你的舌头割掉。那个人马上不叫了。老K说，你别指望谁来救你，要是他们来救你，就不会把你送到这里来，在这里，我们揍你不犯法，是在为民除害。其他几个人也上去戏弄起那个家伙来，有的搔他胳肢窝，有的撒尿到他身上。那个强奸妇女的家伙，有着一双修长的手，指甲也留得长长的，他把指甲嵌进这家伙的肉里，弄得对方眼泪鼻涕一老堆却不敢叫喊。几个人当中，他是最积极的一个。大概他急于把他刚进来时受到的待遇转赠到这个家伙身上去。他们折磨了他至少有一个小时，接着叫他去马桶边"照镜子"。他哇哇吐了起来，他们又叫他像狗一样把呕吐物舔起来，不肯又拳脚相向。那个家伙终究忍不住，拼命地叫了起来，估计外面的行人都能听到。看守再不管就说不过去了。他拿着警棍，打开牢门，冲着大家吼叫了一阵，还在几个人身上来了一下。奇怪的是，他没敢对老K怎么样。

　　我以为事情就这样过去了，没想到晚上，那个刚进来的家伙再次像杀猪一样没命地嚎叫了起来。看守闻声赶来，每个人都在呼呼大睡，而等他一转身，那个家伙又嚎叫起来。我在黑暗中听到一阵咚咚咚的声音。那声音他们谁都有份，但看守永远也别想搞清楚究竟是谁带的头。这样折腾了整整一个晚上，后来新来的家伙大概终于悟到了什么，不管咚咚的声音多么响，他不再叫了，把身体抱成一个球，任几个人踢来踢去。早晨，他们叫他用牙刷去刷尿桶，再用这根牙刷去漱口。他不再反抗，甚至还显得津津有味。渐渐地，他们取得了和解。

几天后，他便完全融入了这个集体，跟他们一起抽烟，说笑。只是身上还很痛，一不小心就会啊唷一声。可以想象，如果进来了新的犯人，他也会跟他们一起来折磨对方的，而且肯定比别人下手更狠，就像那个强奸妇女的家伙。

本来我想看看书，但想了想，还是没看。我忽然想到，那些狱警真的不懂圣经吗？真的对鲁迅的书那么放心吗？说不定他们是在引蛇出洞呢。

老K对那几个人也爱理不理的，对他们的讨好无动于衷。他似乎越来越对我产生了浓厚的兴趣。他说，海南那边热闹吧？听说你在那里也是个人物哩，有一次，派出所所长请你吃饭并亲自开车把你送回家，是吧？我眼光没错，一看你就是一个有想法的人，跟许多读书人不一样。你要是跟我们一起混，绝对是个了不起的角色，以后有机会，我把你介绍给我们老大。你跟我讲讲你在海南那边好玩的事。我敷衍他，这哪是一下说得清楚的？得慢慢讲。我已经打定主意，什么也不跟他讲。难道我能对他启蒙？我想起自己曾设想过的那个场景，不禁好笑。火种在湿柴上是永远也烧不起来的，在灰烬里更是如此。这些人，已经成了人性的灰烬。但我也不能得罪他，不然，我大概休想活着出去。谁知我越这样，他倒对我越发尊重起来，以为我越有内容。我想起自己曾构思过的一个小说，一个组织的头目为了获得手下人的信任，从路边抓了一个算命的，让自己的旨意通过算命的人说出去，结果，取得了意想不到的效果。

老K还在跟我滔滔不绝。他主动告诉了我许多监狱里的秘密。他说，你别小看了这些狱警，其实他们一个个都是绝妙的演员。有的人，花了钱减刑，狱警便千方百计给他们制造立功的机会，他事先跟对方说好，比如他叫那个人在放风时走在最后，等别人都出去了（自然是迫不及待的），狱警就在早已准备好的地方放起了火，然后大叫失火啦失火啦，这时走在最后的那个人就奋不顾身地扑上去，几乎是"用胸膛把火扑灭了"（事后，狱警正是这么向上级描述的），"保护了国家财产和狱友们的生命安全"，不用说，那个人立功了，每立一次功减三年刑。多立几次就出去了。当然，不可能老是灭火，得换个花样。那好，再花钱买通某个人叫他假装逃跑，那个人家里经济陷入困境急需钱财，便冒着加刑的危险答应了下来。于是一个跑一个抓，演了一出绝妙的双簧，便再次立功了。至于那个假装逃跑的家伙，家里已经得到了经济援助，也就继续安心服刑了，狱警同时证实他平时一贯表现很好，这次实在是一时糊涂，"请上级部门酌情考虑给罪犯一个立功赎罪的机会"。什么，你不相信？跟你说，只要你有钱，就会减刑。刑期就像量杯上的刻度，花多少钱可以减一格，当然，最好是不要讨价还价。我再跟你讲一件，我有个哥们，杀了人，被判了二十年。他入狱几年后，仇家到一个什么地方去旅游，居然看到了我那个哥们。他在一家游乐场做事，仇家见了他，以为是看到了鬼，这时我哥们也看到了对方，吃了一惊，但他马上镇静下来，不慌不忙，问客人要什么服务，仇家终于断定，眼前的这个人，就是几年前杀死了他儿子的那个人，便用力揪住他的衣领，要拉他去公安局。游乐场的人很快把我哥们解救下来。那个人气愤地回来报案，相关部门很重视，调查我哥们的案卷，却发现它们已在几年前毁于一场火灾。此事后来还不是不了了之了，我那哥们至今还在游乐场过得优哉游哉。现在，你相信了吧？他有些炫耀地望着我。

我总觉得，老K跟我讲这些内幕，似乎是想我拿什么跟他交换。他想知道什么呢？

不过后来，我还是和老K建立了一些感情。毕竟是一个很爽直的人，跟我以前打过交道的那些人完全不同。跟老K在一起，很轻松，不累。他其实不会掩饰自己。我还发现，别看他高大凶狠，其实有时，他会表现得特别软弱。那次他不知怎么的和狱警吵了起来，狱警低声说了一句什么，老K立即软了下来，脸上露出可怜兮兮的神色，让我百思不得其解。其他人见状，忙装作没听到，靠在那里闭目养神。我至今都不明白那天狱警跟他说了什么，但老K的反应也是我在狱中见到的唯一一次。我不禁想起我一个亲戚，个子高高的，也是当地的一个罗汉，他借了人家许多钱，从没还过，人家也没办法。但有一次，不知为了什么事，几个公安忽然找到他家里来，他居然腿一软，差点没尿了裤子。后来才知道是他的一个熟人犯了事，警方来找他了解情况。

没想到我还是比老K先出狱了。看我在收拾东西，老K悄悄跟我说，现在他可以告诉我了，在我还没进来之前，他就已经接到指示，奉命监视我，并尽量从我嘴里套出什么。他拍拍我的肩膀，说，兄弟，我还够义气吧，我什么也没跟他们讲。

　　这时，我已经在监狱里待了三个月。我至今都不知道自己犯了什么罪，因为法庭一直没有宣判。我离开了乡下中学，在县城租房子学外语。学英语的人太多了，我学的是俄语。我想读俄国文学的研究生。期间，跟我有些关系的几个少妇，曾到县城找过我，为了解决身体的饥渴，我再度接受了她们。她们一点也不计较我搞过女学生，坐过牢。这种朴素的民众意识，或许对我日后的思想会产生影响。让人奇怪的是县里的几个爱好文学的青年，见到我时倒不太自然，眼神躲躲闪闪的，好像坐过牢的不是我而是他们自己。他们在小小的县城里分帮结派，互相水火不容。但在对我的态度上却表现出少见的一致。这帮井底之蛙，对文学艺术的理解粗浅到令人绝望的地步，我跟他们根本谈不到一块去。他们最大的愿望，无非是轮流做一做县文联的主席。有时候，在路上碰到他们，我都是昂然而过的。当然，我听到他们在我身后叽叽喳喳，大意是说我搞过多少女人或坐过牢之类。倒是外地的一两个朋友，常来拜访我。这时我们又可以高谈阔论一番。我表情严肃。时间长了，我不知道，这严肃是摆出来的还是我真有这么严肃。反正，每当我准备谈自认为比较重要的问题时，严肃的表情就先挂到了我脸上。它像一个面具在那里等着我，又像一个偌大的会场，在等着我进去，威严地扫视一眼然后开始演说。

　　我和M在北京会合了。此前，我们一直在频繁地通信。那是我在黑暗中的精神支柱。我把信件都保存在那里。若干年以后，它们会成为珍贵的文物，对这一点，我非常自信。多年来，我不但收藏一些朋友的来信，而且把自己发出的信件也誊抄了一份留底。当然，这也没有什么奇怪的，我读过一些名人的传记，许多人都有着这一癖好。我和M决定联合起来，改变中国当前的思想和文化现状。这时，他已经在一些重要报刊开了专栏，是颇有影响的人文学者了。他说，你马上就会明白，干我们这一行，读不读研究生，是完全不一样的。我的导师跟M的导师一样，也是领域内重量级的人物。我开始把以前在乡下或县城写的文章整理出来向国内重要的刊物投稿。果然，它们很快被刊登出来了。而我以前投稿时，它们要么石沉大海，要么只得到一纸冰冷的铅字退稿信。现在，它们被登在显著位置，并屡次被转载和评介。渐渐地，我的名字被相关文章经常提及，有时候和M并驾齐驱，有时候一前一后。也有书商主动向我约稿了。

　　我开始在全国一些大中城市间穿梭奔跑，参加各种学术会议，研讨新近出现的文艺思潮，商定一些作品的排行榜，纪念一些人物的诞辰或逝世。能把将来的职业和自己的兴趣结合起来，真是一件幸福的事情。我带着一本书穿越旅途的黄昏和黑夜。然而在检票口和出站口，我总会和相关人员僵持。我很讨厌他们把我的票拿过去，毫不客气地打了一个孔或撕开一个角。我和许多人一样被设定为潜在的逃票者，这种感觉很不舒服。这时我故意表现得傲慢和漫不经心。试想，如果每一个人在旅途中一直为保存车票而提心吊胆，这对全国人民的身体和心理健康有什么好处？我听说，我们导师每次出差时，总要把车票放在一个硬盒里，并不时地像华老栓那样按按口袋，看那硬硬的，是否还在。因为他曾经丢过一次票，结果乘务员把他狠狠折腾了一番，让他斯文扫地。看来，让一个读书人斯文扫地，真是太容易了。但我没有导师那么好说话。有一次，我拒绝配合列车员的检票，他们又要我出示身份证，我说我为什么要出示身份证，结果他们把我带到乘务室，搜我的身，直到搜出那张车票。我冷冷地睥视着他们，他们自然不甘心，忽然盯住我手里的书，说我的书反动，我说这是国家级出版社的正式出版物，有何反动？但他们越是理亏，便表现得越强硬，这是所有垄断或专制行业的特征。他们说，书先放在这里，等我们仔细检查后再还给你。我想，但愿他们能"仔细检查"，也顺便让这帮大多靠着世袭进入这一行业的家伙多懂得一点知识。

　　随着我的名气日渐增大，我发现，我和M的关系，发生了一些微妙的变化。有一次，我去参加一个会议，到了那里，才知道他也去了。看到我，他愣了一愣。我觉得他在有意瞒着我一些什么，似乎有他参加的会议，不希望我也去参加。虽然他的发言还是那么犀利而富有感染力，但如果我在场，他就显得有些拘束起来。轮到我发言，他会故意提一些难以回答的问题，像是让我难堪。他开始在背后评价我和我的文章，说我的弱点。我很不理解，我们是好朋友，他有意见可以当面向我提，为什么要在背后讲我呢？我觉得，朋友之间，当面讲和在背后讲，动机是完全不一样的。这时他已经毕业了，一边攻读博士一边在大学当助教。我想认识一个很有名的学者，请他引见，因为他们关系很好。但他总支支吾吾的，要么说对方没空，要么说自己没空。还有一次，我向他提出，周末去见一个著名作家，本来他答应得好好的，临行前却说有事情，去不了。等我犹豫了半天末了还是敲响了那个作家的院门时，却发现他已经在和作家听交响乐喝咖啡了。我怀疑他已把我以前的一些事情告诉了作家，因为我走进作家的客厅里，明显感觉到了作家对我的冷淡，好像我这个人有什么问题，在他这里根本不受欢迎。

我和M的朋友关系（我曾经是把他当战友的啊），在我毕业时完全破裂了。我和他的师妹L谈恋爱了，M知道后，很不高兴。据说，M曾经也追求过L，没有成功。不久，L莫名其妙地向我提出了分手。我问她为什么会这样，起初她不肯说，被我逼急了，她忽然脱口而出道：她不可能嫁给一个强奸犯。我气得没有发抖，但我的心彻底地凉了。我知道，又是M出卖了我。或者说，不是出卖，而是诽谤。我把他写给我的信付之一炬。它们已经没有资格留在我的抽屉里。时间的马背上，我不希望有它们的位置。毕业后，我放弃了北京，虽然我知道这对我而言是巨大的损失。在学术上，我已经失去了地利。那好，一切都给M吧，我想起了闻一多先生的诗：不如把一切都让给丑恶来开垦，看它能造出个什么世界！有个成语叫不共戴天，我不会跟他共一片天空。

我回到了原籍所在的省城。让我气愤的是，M仍不肯放过我，利用他的关系网（让我吃惊的是，一个学阀的权力，丝毫也不亚于行政威力），继续散布于我不利的言论。我所在的地方，是一个观念很保守然而学习上面的文件又生怕落后的省份，有一段时间，各家学报根本不敢用我的文章。我听说，有人给省里打过招呼。我忍无可忍，终于给M写了一封信，说：难道你真的要把我逼出国吗？跟你说，我不是做不到！在北京时，我曾跟M谈过出国的事情。M似乎很有些怕我出国，仿佛到了那里，我就可以天高任鸟飞令他难以掌控了。他想了许多巧妙的办法，以此来打断我的念头。而我最终放弃出国的原因是，我爱这个国家，我觉得自己的事业必须在国内做，不然就是隔靴搔痒，毫无意义。我时常以陀思妥耶夫斯基鼓励自己。当涅克拉索夫、别林斯基在鼓吹革命而屠格涅夫在鼓吹全盘西化的时候，陀思妥耶夫斯基勇敢地写出了《群魔》。当时我是有条件出国的，我的抽屉里还保留着欧洲一所大学的邀请函，他们随时都欢迎我。我的这一"威胁"很有效，此后，M果然收敛了很多。他大概在想，我在这个落后的省份也不会干出什么惊人的业绩来。可是他忽略了，我是很喜欢逆境的。越是逆境，我越容易奋发图强。我的工作效率，和在北京时相比，至少提高了两倍。我沉浸在自己的事业中，达到了狂喜的境界。

但同时，我工作的这所学术机构，也是个人浮于事的地方（哪里又不是如此呢）。我要经常参加各种会议、学习班，要写各种总结、汇报，要填各种表格、试卷。管理后勤的人永远比做学问的人神气。当时还有福利分房，我知道想及时拿到住房很难，但还是往后勤主任家里拎了一次东西。我故意装出一副偷偷摸摸的样子，主任一见我不禁如获至宝。但他马上失望了，因为我送的东西太少了，一袋饼干和一瓶什么罐头，总共不超过十块钱。当然，并不是我不知道行情，但我就是要激怒他。主任的脸果然很难看。他把我的东西拎了出去，很严肃地叫了一声我的名字，教训我说，不要搞不正之风。我点头哈腰，诚惶诚恐，说是的是的。我说主任你误会了，我不是来送礼的，那袋饼干和罐头是我的晚餐，我还没吃饭呢。说着，我又把东西拎了回来。主任更不高兴了，说那你来干什么，我说我经过这里，忽然想起来该跟你谈谈房子的事情。主任说你来了才多久嘛，还有很多人比你来得早都没有房子。我说，那不等于我就不该要房子，对吧？单位又不是没有房子，它们不过是被人租出去了。主任大喝一声：你听谁说的？我说，这不是明摆着的吗，谁不知道呢，都是公开的秘密了。主任缓和了些，说，你的房子，又不是我一个人说了算，你应该找院长去。我说，我已经找过院长了，他叫我来找你。

现在想来，我是在故意向后勤主任挑衅。自然，我不会占到什么便宜。他要整我，太容易了。此后，他果然在很多地方卡我，找我的茬子。有什么福利，他也故意瞒着我。我也不怕他，跟他吵。他明明知道这些事情是瞒不过去的，那他为什么仍要固执地这样做呢？只有一个解释，那就是，他在等着我跟他吵架。跟他吵架，真是一件酣畅淋漓的事情，我们隔不了多久就要吵一次，不是我找他吵，就是他找我吵。我们好像对彼此产生了依赖。我们互相仇视又同病相怜。每次吵完架，我感到胸中块垒顿消，这时我就上前去拍拍他的肩膀，说我们找个地方喝酒去，他居然也没反对。在单位门口的小酒馆里，我们成了热烈的好朋友，而一到单位上，我们又剑拔弩张。直到有一天，他忽然泄了气地对我说，你已经是名人了，我儿子都知道你，买了你的书来看，还说一直想认识你，可你干吗老是欺负我这个可怜人。借着酒兴，他竟号啕大哭起来。

我吃了一惊。我意识到，我对他是过分了一点。平心而论，后勤主任是个老实人。至少是貌似老实，不然领导不会让他当后勤主任。他的贪婪也是明摆着的，不像有的人隐藏得那么深。我之所以跟他对着干，动不动就跟他争吵或故意捉弄他，也全因为他是后勤主任。而在任何单位，后勤主任跟其他职工基本上是天敌，就像学生和食堂的大师傅一样。在简单粗暴的环境里，我也变得简单粗暴了。记得在中学读书时，我们总是偷偷把死耗子或晒干的狗屎藏在大师傅那潮巴巴、几乎发了霉的被子里，有一个大师傅因此而小便失禁，要天天晒被子，听说后来一直都没找到老婆。实际上，在学生与食堂的矛盾里面，那大师傅不过是替罪羊。不过也不完全如此，有一个高个子大师傅，练就了一手让学生们痛恨的绝活，他可以把饭筒糊得看起来严严实实，有棱有角，其实是个空心，随便摇了摇，那饭筒的形状就完全崩溃。碰到熟悉的学生，他就给个实心的。多赚的米和钱又没有他的份，但他就是要这样来显示他的权力和忠诚。后来，食堂管理员要安排自己的亲戚进来，还是把他赶走了。记得他离开学校时，光着裤脚管，卷着一床铺盖，可怜兮兮的，看到人就抹一把眼泪。他的高个子加剧了他的可怜相。后勤主任大概也是这么一个角色。像我们单位这样的学术机构，本来就是一个可怜的角色，每年都要低三下四地向人家要钱。领导的车也是破得不能再破，他们自己也没时间搞学术，除了物色更好的地方调走（前任院长就调到一所大学的新闻传播学院当院长去了），就是跟一些企业跑关系，拉赞助。经常看到院长跟一些企业家从酒店里出来，后勤主任紧跟在院长后面，被人家灌得烂醉。听说有几次还住了院。他喝酒从来不玩花样，一是一二是二，他说酒是粮食做的不能浪费。喝到一定的时候，别人把酒往桌子底下倒，他仍然往肚子里灌。如果有人说喝不下，他说喝不下你别喝，让我来。抓过人家的杯子就倒进喉咙里去。他喝酒不经过舌头，直接往喉咙里倒，发出巨大的一声闷响，显得很扎实的样子，然后他心满意足、甚至有些羞赧地坐下来，类似于女子怀春时的兴奋和忸怩不安。因为经常要陪酒，他肚子大起来，血脂偏高，说不定还性功能下降。如果他在喝酒时出了什么意外，是一定要被追加为烈士的，不然就太不公平了。对于这样为了集体而完全牺牲了个人的人，我怎么能这样对待他呢？我应该同情他而不是把他当作敌人。我的敌人应该更抽象一点而不应该具体到某个人，更大一点而不是更小。不然，我只抓住了敌人的受害者，而真正的敌人逃之夭夭。

我又开始了逃会或逃课。这样的机会实在太多了，简直随手可以抓来。我故意不参加某种会议，或在会场上坐在醒目的位置（我很瞧不起一开会便不由自主地往后缩的人，被主持者像驱赶牲畜一样驱赶着：往前坐，往前坐），打开随身携带的书，旁若无人地翻读起来。我真的读进去了。在众目睽睽尤其是领导的严厉注视下读书，真的有一种快感。我微笑，颔首，猛然击掌。当然，我也可以忽然站起来，穿过长长的走廊向外走去，就像当年穿过操场。不同的是我不再提心吊胆，担心那些碉堡或探照灯了。我昂然而去。有一次，一个重要部门的官员来单位开讲，那个家伙腐朽透顶，我实在难以忍受。大家嘀嘀咕咕的，嗡嗡的声浪几乎要盖过台上的扩音器。好像下面是一堆火药，只要一个火星便会引起一场爆炸。这时我又忽然站起，大步朝外面走去。我以为只要有人带了头，会有很多人跟在我后面跑出来。这时全场静寂，我听到自己的脚步在空洞的过道里越来越响。没有一个人出来支持我，他们都在可耻地沉默着。不过这也在我预料之中。我没有停下，依然傲慢地向外走去。我激动得更厉害了。我甚至还像枚钉子一样站在大门口，颤抖着点了一支香烟。毫无疑问，这次更为艰巨的挑战增加了我的快感。胜利的激情像潮水一样淹没了我。此后的几天，我必定在一种亢奋的余波中奋笔疾书。

我发现，如果过一段时间没开会或派我去参加什么学习，我就躁动不安。我软塌塌地提不起精神，文章也写得零零散散，没有光彩。当我接到会议通知的时候，那种兴奋是难以言喻的，就好像接到了一份战斗的邀请。我把讲台上的那个人想象成一个暴君。实际上他也是一个暴君。他的发言荒唐透顶，完全是自欺欺人。这时我恨不得上去揪住他的脑袋，把它往墙上撞，或狠狠扇他几个耳光。他的暴力不来自于棍棒（即使要用到它们，也不劳他亲自动手），而是来自于语言，来自于权力。软暴力大概更令人难以承受。它像塑料泡沫一样从四面挤压着你，让你喘不过气来最后窒息。他在空气和水中散发毒素，让你不知不觉中毒而又无处可逃。这是世界上最严重的环境污染。不行，我必须离开这里。我必须有所表示。哪怕别人在背后朝我放冷箭我也不怕。是的，我经常听到那些冷箭在我耳边呼啸而过。他们平庸的心灵，最适合盛放嫉妒的火炭。我的敌人，时而是一个人，时而是一个整体。有时候他越来越抽象，有时候也越来越具体。我躲在语言的战壕里向外射击。他人即地狱，好像是一位存在主义大师说的吧？而另一个人则说，存在即合理。我的意见与他们都有所不同。我要说的是，人必须有敌人，即使没有，也务必要设定一个，就像民兵（这个词颇有些意思）在练习射击时，必须要扎一个草人。这时，草人就是他的敌人。从某种意义上说，人与敌人是亲密战友，是合作伙伴。我们相克相生。是敌人使我们目光炯炯，永葆青春。他们是火焰，是我激情的源泉。我对自己的环境很满意。我已经完全习惯了它，并产生了某种依赖，因为它可以让我时常处于战斗状态。说实话，我很担心社会进化得太快，有一天我会没有敌人，那我的所有努力都毫无意义。我要阻止这一天的到来。

不觉岁月蹉跎，而我，也已功成名就，弟子众多，与M南北分庭抗衡。学术界有"南W北M"之称。我的著作被一版再版，同时还有大量的盗版或私下传阅。有一天，我忽然发现自己已经不能逃课或逃会了，因为我已经坐到了主席台上，麦克风正对着我。单位上的例会我可以不开，谁也不会管我。我终于争取到了不开会的权利。但我仍免不了被人请去授课讲学。我摸了摸后脑勺，我想，我这块反骨，现在还有什么作用呢？为此我十分苦恼。我知道，当我失去敌人之时，也就是失去自己之日。如今，我也在台上滔滔不绝，而我的意识却脱离了我的大脑。我有些茫然地盯着台下。一次，我应邀去一所大学讲课。我像往常一样在嘴巴的惯性里忘乎所以，但这时，我忽然看到有个比我年轻的家伙从座位上站起来，头也不回地朝外走去。一片静寂，台下的目光又把我推到了风口浪尖。我像是被谁狠狠扎了一针，不禁兴奋得面红耳赤起来。

| 印象

在内心深处书写

王　君

　　其实，陈然毫不讳言的是他对短篇小说的热爱。如果说，作家与文体之间也有着某种适应性的话，那么他承认，他或许是比较适合写短篇小说的作家。他知道这是没出息的话，靠二十个字的唐诗就可流传于世的时代已经一去不复返了，但他向来不喜欢违逆自己的天性，对所谓的风俗画卷或民族史诗不感兴趣。他只是愿意延伸作为他的一根神经。是的，只能是神经。从生物学的角度来说，神经是比较宝贵的东西，各处的神经既不可替代也不完全一样。

　　1991年陈然就开始发表小说了。一个内向而敏感的人想不喜欢文学大概很难。1994年陈然的小说就已经有了一点点影响。但真正比较认真地写小说是近几年的事。从2001年开始，陈然每年大概写了四十个中短篇。他知道，想从任何一种形式里获得自由，都必须先经过艰苦的训练。他想训练一种能力，一种用短篇小说捕获心灵的能力。他希望自己能像契诃夫那样，能把任何一种事物马上变成一个优美的短篇。他认为，写作的最好状态，就是坐在自己的内心深处慢慢书写。他离世界最远，也离世界最近。当内心的水源漫上来，慢慢把他淹没时，那种窒息就是幸福。写作的过程，就是独自走在从笔尖到内心的漫漫长途上。没有可供偷懒的交通工具，只能靠虔诚的姿态和勤劳的手。

　　如果说，长篇小说是一个建筑概念的话，那么陈然以为短篇小说是一个光学概念，或者说就是一道光。光不是建筑，它类似于内功。有深厚内功浸透的东西呈半透明和烛照状，它结实，有弹性，神采飞扬。他说，好的短篇小说或小说应该是这样：它的原料平淡无奇，不过一片树叶、一块木片，甚至一根头发，可在自由的精神和巨大内功的作用下，它削铁如泥，入木三分，飞沙走石，发出了耀眼的威力。

在发表了两百多个短篇又接着写了长篇和一些中篇之后，陈然终于明白，他更适合写的还是短篇，他更喜欢的也是短篇。他说，有一天晚上看球赛——巴塞罗那对皇家马德里。可那是一场让他失望的比赛。一群天才球员在现代足球的实用打法中跌跌撞撞，无所适从，远不如南美的野生足球好看。虽然欧洲的各大豪门都少不了南美人的身影，可谁知道当南美球员为淘金来到欧洲后他们究竟失去了什么东西。大部分球员都被欧洲驯化了，只有极少数球员还保持自己的踢球风格，可他们最终遭到了淘汰。典型的例子如里克尔梅。他的踢法如今完全被欧洲拒绝。庆幸的是，他重新回到了南美，那片充满了野性和想象力的足球沃土。其实那晚的比赛，教练里杰卡尔德或舒斯特尔应该对他们的球员说，其他比赛场次暂且不论，这一场一定要不问结果，只管把球踢漂亮！可是，那么多巨星，没有一个人光华闪耀。九十分钟的比赛按部就班，居然没有一记神来之笔！

陈然说，就像他喜爱的里克尔梅重新回到了阿根廷（说到阿根廷，绝对还有一个名字令人怦然心动），他重新回到了他喜欢的短篇小说。因为，它允许他冒险。

有一段时间，陈然对写作的外在要求非常苛刻，比如要安静，哪怕是石英钟的指针的切割声也让他难以忍受。它耀武扬威地拿着两把刀（还有一把短刀是暗器）似乎要来取人的性命。陈然讨厌任何有格子的稿纸，喜欢在一望无垠的八开的白纸上密密麻麻地耕作，他像一只"猫头鹰"似的扒在那里探头探脑，似乎是丰收在望。只是誊稿子成了无尽的麻烦和痛苦。所以作为一个写作的人他热爱电脑，热爱在插入页码前的那片虚拟的可以无限伸展的白色原野。还有一段时间，陈然喜欢在写作的间隙听听成公亮先生的古琴。他把稿纸和手吹了又吹，担心上面有灰尘。

谈到为什么要写作？他说，除去情感冲动的因素，还有一个原因是，它可以让他从现实生活中暂时地逃离。十八九岁的时候，看到在我们的生活中办什么事都要求人，他就害怕了。说到底，他并不是一个生活能力强的人啊。他想，如果他有一门并不是很多人都能掌握的技术，那么从某种程度上说就可以我行我素、无欲则刚了。比如你小说写得好，即使没有熟人，也会得到发表。都说文学是一块净土，的确，陈然在这块净土里接触到了许多未被污染或拒绝污染的高尚心灵。这是他写作的收获之一。它可以增强人们生活的勇气和信心。或许正是从这个意义上说，精神的薪火代代相传。因为文学，我们受伤，可也因为文学，我们的伤口得到了舐治。刚来南昌时，陈然并不适应，几次想回到乡下去。促使他留下来的原因是，有一天他忽然想到，对于环境的过分强调和依赖，是不是说明了自己的脆弱？陈然曾经在他的小说《文学爱好者》中描写过这种心理状态：

> 一个过分依赖于外界的人只能说明你的信心和能力出了问题，或者说你的内功修炼得还不够。你有必要调整自己的气路和脉息。你应该适应城市，正如你曾经适应了乡村。
>
> 你换了一家单位。虽然屈辱的境况没有太大的改变，但你已经平静多了。做自己该做和想做的事情吧，有些事情，是值得用一生去做的，比如文学。你从文学里体验到的不仅有痛苦，还有欢乐。靠近心灵，远离其他，艺术的目的是抵达狂欢。当玛格丽特骑着扫帚把飞越城市上空的时候，你也扫除了所有时间和空间的障碍。

但进入文学内部，他发现要逃避的东西更多。也许有些人不逃避也能写作，还有些人恰恰相反，要贴近才能写作。但他的幼稚和顽固的性格使他做不到这一点。一想到自己的写作是在重复别人或重复自己，他就无端地难受，甚至对这个行当憎恨起来。他像萨宾娜一样不断地逃离。既逃避宏大叙事，也逃避流行写作。既逃避传统，也逃避先锋。既逃避主流话语，也逃避私密或所谓的边缘性写作。当很多人都在那里先锋的时候，那一定不是先锋。当很多人在那里私密的时候，那一定毫无私密可言。当很多人都喊着边缘的时候，他想那里已经不是边缘而是另一个中心了。那么他将立足何处？

他说，立足于内心，并忠实于自己的内心。

和 "现实" 拉开距离

陈 然 苦 金

陈然：中国作家协会会员，江西省文联《创作评谭》杂志社编辑

苦金：重庆文学院创作员，著有小说集《苦金小说选》《残树》等。与陈然同为鲁迅文学院第十一届高研班学员

苦金：我注意到，你的小说很少写热门的题材，也很少特意去经营什么故事情节，似乎你在故意和时代保持距离，和广大读者保持距离。

陈然：每个人都有最适合自己的表达方式吧。我祖父老是说，虫有虫路，蛇有蛇路。他当然不懂文学，甚至不识字，但这个道理同样适合于文学。很多人在干的事，我不愿去干。早年看鲁迅的小说，印象最深的是，很多人围在什么地方看热闹。很早以前，我肯定也是其中的一员，但在读了鲁迅的小说后，我就自觉地和这种"热闹"保持距离。从生活到小说，要有一个积累、沉淀的过程，经过了沉淀，下面才有结实的内容，而上面则一片清明。就像小时候看祖母滤红薯粉。我惊讶于在祖母耐心的调教下，一团混沌和泥沙俱下的东西被祖母过滤得水是水、粉是粉。其实我有时候也佩服那些热衷于写抒情文字的人，他们对社会事件的反应总是那么快。他们注定是弄潮儿，而我对太近的东西总是没什么敏捷的反应，或者说，不想有什么敏捷的反应。要过很久，几年，甚至十几年才大梦初醒，紧接着什么地方一阵疼痛。那痛就像结石，一直在我体内悄悄生长着，积聚在体内。这时我会拿起笔，当然现在是打开电脑上的word文档。顺便说一句，文学的读者，已经不广大了。

苦金：从你刚才的话，可以生发出许多命题，比如文学的启蒙，文学和市场，文学的边缘化，如此等等。

陈然： 其实启蒙并没有错。虽然现在谈这个问题有点不合时宜，但我总觉得，中国的文学启蒙其实一直没有完成。它老是被打断，不是被政治就是被经济。文学是美学，更是做人的健康之学。启蒙源于痛。一个人在铁屋子里高喊：痛啊！这就是最原始的启蒙。写作已经成了我释放疼痛的一种方式。对我来说，写作的过程，就是把那些结石排出体外的过程。我有话要说，我要说真话。

苦金： 记得你曾经把作家称为"怀抱结石的人"。

陈然： 对，我把一部分作家称为"怀抱结石的人"。结石是一种痛，也是一种病。社会和个人身体的具体情况决定了结石所在的部位和数量。有什么办法呢，有一部分作家，你让他写很实在的、很近的事情，反而写不好，写那些似乎不怎么实在、甚至有些遥远的事情，反而写得神采飞扬。那么是不是可以说，对于他们来说，在太近或太实在的地方，反而没有了想象的容身之地？陀思妥耶夫斯基说过："只看到自己鼻子尖的现实主义比最疯狂的幻想还要危险，因为这种现实主义是盲目的"。我总觉得，一些教科书上关于浪漫主义和现实主义的阐释应该完全颠倒过来，也就是说，一些打着现实主义旗号的作品，在我看来是不折不扣的浪漫主义，如果你看过塔可夫斯基拍的《伊万的童年》，就会觉得我们小时候看的那些战争电影里的小孩子简直就是仙童下凡。再比如样板戏，几个一工程。那里面的主人公也是从天上掉下来的。浪漫主义把人写成了神，而现实主义，从某种角度上说是把神写成人。我在读了古希腊的神话传说后，便很理解为什么那里会出现城邦制度。有一次，我的一个朋友想把样板戏里的一个仙姑还原成凡人，差点惹了官司。这说明在我们的文学环境里，真正的、尖锐的现实主义目前还很稀缺。它像是因新陈代谢紊乱或营养不良等等而在生活体内形成的结石，因其坚硬和所带来的痛感，便遭到了排斥，从而导致了整个社会的讳疾忌医。

苦金： 能否说说你所理解的现实主义？

陈然： 安东尼奥尼有部电影叫《放大》。我经常会想到它。摄影师托马斯在公园偷拍一对情侣吵架，当他把照片冲洗出来后，却不经意地发现在情侣背后的树丛中，有一把枪指向某处。他急忙到现场查看，果然看到了一具尸体。但等警方赶来时，尸体却不见了。为了向警方证实，他将底片"放大"，让他们看放大了几十倍的大照片。但没有人能看懂照片放大后的马赛克代表着什么。你看，当人们试图"放大"真实，得到的却是马赛克。作为一个摄影师，托马斯有权声称他追求的东西是绝对的真实。但他没意识到，如果把照片放大到某个极限，一切反而会变得模糊不清。安东尼奥尼用了长达15分钟的时间去展示托马斯放大照片的细节。正是在这种高度的细节写实中，彰显出现实生活的荒诞。

在我看来，尖锐的现实主义必走向荒诞和"放大"。我曾经说过，在所有与文学相关的概念里，我最不能接受的是"荒诞派"这么一个词。难道还有不荒诞的文学吗？即使有些文学，看起来的确不荒诞，但若干年后，作品本身却会成为荒诞的一部分。在我的意识里，现实和现代从来是同一个词。好的文字都会指向荒诞，好的荒诞都是现实主义的，好的现实主义都具现代性。卡夫卡、贝克特这些人应该是顶尖的现实主义作家。有一次逛旧书摊，我无意中发现了法国人罗杰·加洛蒂写的《论无边的现实主义》。他让毕加索、圣琼·佩斯和卡夫卡各占一章。关于卡夫卡，作者的第一句话是："卡夫卡的世界和我们的世界是统一的。"

苦金： 有许多作家抱怨创作的社会环境不好，在现在的体制下难出大师。

陈然： 呵呵，人们看到的大师，往往是躺着的，很少有站着的。好的艺术家都有某种超前性。相对来说，现在的创作环境比以前好多了，不要你天天去思想汇报、劳动改造、挂牌游街。我的一个表弟现在是个小老板，虽然文化不高，但对很多事情似乎很懂，就像人们面对记者的话筒，都知道该说什么不该说什么。几年前我从乡下中学调到省文联，他便说出了自己的担心，他说，哥，你在文联里要是犯了错误还会被开除和下放么？我听了不禁毛骨悚然，但我想了想，说，应该不会了，即使会，我也不怕。写不出好东西不要抱怨环境，首先要问问自己是否写了。不然，帕斯捷尔纳克和索尔仁尼琴这样的作家永远都不会出现。生活其实远远比小说荒诞。生活中有很多事情，的确是我们不敢想象或根本想象不到的。你去翻翻报纸，上一下网，就会明白这一点。我曾经很注意捕捉这些新闻，但我很快发现它是个误区。在这方面，小说远远不是报纸和电视的对手。这样下去，小说会可怕地成为新闻的附庸或注脚。这也是一种现实，关于文学的现实。

苦金： 难道你不希望自己的小说畅销或被改编成电视剧么？

陈然： 从不奢望。虽然索尔·贝娄的《赫索格》在美国曾一度是畅销书。河南的一个作家想改编我的《董永和七仙女》，他把剧本拿给我看，我看后很失望。据说马尔克斯的《百年孤独》被改编成电影后，只保留了原著的一句话。其实在大众传媒发达的今天，应该思索一下小说今后存在的形式。很多人都在写那种易于改编的小说，照我看，那还不如直接写剧本来的痛快，也可早日为影视文学的发展作贡献。若干年以后，如果还有小说这种恐龙文体存在的话，那它一定有不被大众传媒溶解的硬东西在。

苦金：咱们鲁院同学中，有好几位日进斗金啊，是否想写写电视剧，也为影视文学的发展作点贡献？而且据说现在影视剧的质量的确在日新月异地提高。

陈然：从业人员文学素养的提高必然会带来产品质量的提高嘛，但我知道，我不适合干那一行。就像有人种谷子，有人挖金子。谷子和金子都很重要，但我只能种谷子。

苦金：你倒是安贫乐道啊。看你的博客，发现有相当一部分小说用的都是儿童视角，写的是儿童题材。你似乎对此有所偏爱。

陈然：其实我不喜欢题材这一说。就好像你要过江，题材只是你过江的工具，你过去了就是胜利，哪管你坐的是小船还是木筏，你铁掌水上漂也行。文学是什么？弗洛伊德说，文学就是一个人的白日梦。我喜欢一些想入非非的东西。于是我在《大闹天宫》里，让一个充满了破坏欲的孩子"念念有词似的对自己说，变变变，于是他看到自己变成一只猴子，一跃而起，从屋子里飞了出去"。在《搜神记》中，一个孩子一直迫使自己相信爹死后他的灵魂还在，当村里人请来道士捉鬼时，他一把抢过道士手里的玻璃瓶，于是他"在前面跑，大家在后面追……在大人快要赶上他的时候，他把瓶盖拧开，用力朝远处扔去。——轰的一声，我们仿佛看到前面腾起一股青烟，他爹像个巨人似的从里面站了出来"。可以说，儿童的视角让我获得了新的叙述方式和某种程度上的自由。大人们总是自以为聪明，其实孩子一直在暗暗发笑。孩子不会也不属于对一些事情作那种狭隘的判断。许多成人的思维是有残疾的，当然这残疾有时候会表现出吓人和莫名其妙的敏感。此类事情不愿多说，多说容易跑题，多说会使人放弃小说而改写杂文。我想说的是，孩子的视角让我比较轻松地抵达了昆德拉所说的"被道德悬置的区域"。昆德拉又转述西谚："人们一思考，上帝就发笑。"或许上帝就是一个孩子。从儿童到成人，就好像一条河越流越狭窄，就好像黄河从古流到今。在孩子眼里，大人们热衷的事情大概很可笑吧。他会说，不好玩。而对于好小说，我曾经有个标准是，一要庄严，二要好玩。

苦金：你的有些小说，的确充满了喜剧性的成分。你很喜欢喜剧或者戏剧吗？

陈然：喜剧撕下的是无价值之物的面纱。戏剧有一种庄严之美。现在是一个充满了戏剧性而没有戏剧的时代。戏剧的主要精神：它的美，它的庄严，早已被人们忽略不计。现在的诸多戏剧乃至其他艺术作品，由于取消了虚拟和象征性，和表象的生活离得更近了。然而也正是这一点，给它带来了致命伤，使其成为简单的罗列、敷衍和照搬。从《堂吉诃德》到《巨人传》再到《大师与玛格丽特》，贯穿的其实是一种喜剧的精神。在这样的时代，喜剧的精神就是自由的精神。当很多东西都"真实"得纤毫毕现的时候，我希望自己的作品不合时宜地带上一种虚幻的色彩。我要和"现实"拉开距离。

不愿沉默的"文学爱好者"

王春林

　　文学从来就不缺乏追随者，亦从来就不缺乏敢于在浮躁世间执著于自己孤寂艺术梦想的缪斯信徒，陈然便是这样一位几近于"疯狂"的作家。说他"疯狂"，是因为他的不谙世事，是因为他缺乏应有的狡黠和市侩。他不知道靠文学怎么吃饭会更好、更有效率，他只是凭借自己的艺术直觉去写作，却丝毫没有顾及到时代的物质步伐已经把他甩得很远。或者说他已经注意到了，但就是缺乏某种洞穿世事的能力和眼光。对于他的这种状况，我们甚至于可以用没有贬义的"鼠目寸光"这样的字眼来加以形容。所以，他才选择了短篇小说这种既得不到多少物质上的好处、又产生不了多大的"社会效益"的小说样式作为了自己写作的基本立足点。所以，他至今也只能以"文学爱好者"的大众化名衔来取得某种颇为羞赧的心理平衡。更加值得我们关注的是，他竟然就是如此这般着了魔似的推着自己的独轮车默默独行，他没有吆喝，他似乎根本就不想也不愿吆喝。看着那他单纯的几乎见底的眼瞳，我突然想起李世民曾经形容魏征的两个字——"妩媚"，我想这"妩媚"大概就是可爱的意思吧。这样看来，陈然也就显得真实具体了起来，"妩媚"了起来，变成了一个可爱的人，一如他的作品，也是那么可爱，可爱到了让我这个"文学爱好者"的同类忍不住地想多看几眼，多说几句。

　　陈然的短篇小说没有固定的题材类型，各种题材几乎都有所涉及。有反映官场黑暗的，如《剃刀》；有回忆儿时往事的，如《水画》；有表现农民工情感生活的，如《幸福的轮子》；有展示农民艰难生存境况的，如《死人》；有书写城市人精神空虚的，如《热爱明星》……看起来简直就像一个大杂烩。所以在读他的作品时，映入眼帘的总是林林总总的人和林林总总的事，每一篇都会给你新鲜的感受，你仿佛穿梭在这个世间的每一处角落，不由自主地就听到、看到了许多已经发生的或正在发生的事情。最终，你会恍然大悟，原来这就是生活。不怎么惊心动魄、曲折离奇，却显得格外真实自然、沉重悠远。正如王君所说，"好的短篇小说或小说应该是这样：它的原料平淡无奇，不过一片树叶、一块木头、甚至一根头发，可在自由的精神和巨大内功的作用下，它削铁如泥，入木三分，飞沙走石，发出了耀眼的威力。"（王君《在内心深处写作——陈然印象》）陈然的小说无疑就是这样，他大多数作品的主人公都是生活在官场、职场、情场等等场的小人物。这些人物用他们并不怎么深邃甚至是多少有些世俗气、猥琐气的眼睛，观察着周围的一切，然后把他们听到的、看到的或想到的向你一一道来。他们不知道什么是艺术加工，更不知道怎么说才能符合一个读者的口味，反正那些乱七八糟的事儿就这么顺口说出来了，可即便是这样，你也还是听得津津有味、全神贯注。为什么呢？根由当然还在陈然身上，还在于他"自由的精神和巨大内功"的作用。我想，所谓自由的精神大概主要是指陈然与生俱来的那种孤傲倔强的气质，而巨大的内功则是其长久以来坚持创作所积淀下来的艺术修为。这两者齐聚在陈然身上，他的作品自然显现出了一种不拘一格、自由奔放的色彩。然而，在乱花渐欲迷人眼的篇什之中，我们还是能够看到陈然在创作中遵循的某种规律抑或取向。毕竟，任何人的作品归根结底都是属于他自己的创造，也就必然会沾染上他不同于旁人的特点。

平民意识和底层情怀

自上世纪80年代的新写实主义小说出现后，回避宏大叙事，书写日常生活和小人物的情感生活便成为小说创作领域的主流形态。尤其是在短篇小说领域，这种创作趋向愈来愈明显。新写实主义的代表作家刘恒、刘震云、苏童等人的创作情形，就都是如此。他们的作品无一例外地具有一种悲天悯人的平民意识和底层情怀，底层的疾苦，底层的无奈和忧伤是他们重点叙述的对象。活跃于其中的底层人物虽然缺少了英雄人物、伟大人物的高尚情操和传奇经历，但是他们真实甚或卑微的生活状态却更能够引起读者的共鸣，使读者在作品中看到自己灵魂的影子。与此同时，新写实主义小说也渐渐暴露出了其不足的一面，那就是人物在困境之中的行为往往表现出与现实的媾和或对现实的妥协，他们的痛苦挣扎和悲凉生活被暧昧的温情主义所掩盖，非但没有能够让人产生某种动力的源泉，反而会给人以无望和无奈的感觉。即便真有那么一点点希望，也更像鲁迅所说的，到头来还是一场"虚妄"。

值得庆幸的是，陈然的作品虽然也具有浓厚的平民意识和底层情怀，但其对于底层的关照，却并没有陷入新写实主义自我创造的桎梏之中，而是在袒露其对底层悲悯同情的同时，以一种中庸仁和的姿态来看待底层，书写底层。他笔下的底层，既不是后现代主义式的歇斯底里与非理性解构，也不是新写实主义式的向现实屈就和阿Q式的精神胜利，而是在困境中以这样或那样的方式做出自我的反抗，或乐观积极地面对繁琐又充满着幸福感的生活，或以决绝果敢的气概向现实中的种种不如意发出不平的控诉，从而达到维护自己尊严与提升自我价值的目的。同时，作者无论是叙说哪种反抗均是以温和、淡然的笔调，在不动声色的描写中更增添了小说的厚重感和真实感。

比如《幸福的轮子》中的他带妻子一块儿来省城打工。他拉板车，"拉货、搬家，能干什么就干什么"，靠力气吃饭，而她则替人缝缝补补。他们每天挣到的钱并不多，还要常常受到城里人的排挤和歧视，但是，他们却很知足。这种知足不仅体现在他们为生活处境尤其是物质生活处境的改善而产生的一种相对的满足感，而且还有一种精神上的满足感。他满足于将"吃猪口条"作为改善生活的最佳享受，她则沉浸在想念孩子的母性体验中。他在偶尔赚了一笔可观的收入（也就几十块钱吧）之后，便会带着她去逛商场，还时不时装作很有钱的样子和售货员开开玩笑，他和售货员开玩笑开得坦然、调皮，即使被售货员识破，弄得自己灰头土脸，他也不会计较，这些反而成了他们茶余饭后互相逗乐的笑柄和谈资。在这一点上，他们和具有强烈的阿Q精神的陈奂生式的农民有着本质的区别。陈奂生是以一个农村人的眼光来看待城市的，农村的贫穷和自己在家乡的卑微处境让他对城市产生了一种本能的羡慕之情，但是他又不能迅速地改善自己的现实境况，精神胜利法便是他聊以自我安慰的不二法宝。而在《幸福的轮子》中，他不仅向往城里人的生活，而且正在脚踏实地地向自己的梦想奋进，尽管还有很长的路要走，甚至有可能永远也无法成为一个城里人，但在他的内心中，城市已并不遥远，已并不那么新奇和陌生，城市也是属于他和她的，所以他在和售货员开玩笑的时候，其实已经是以城里人自居了。正是这种乐观、稳实的心态，让他没有丝毫的自卑心理和猥琐心态。他只是一个好开玩笑的人，而且是"和那些贵族而体面的人"开玩笑。如果说"开玩笑"是他对抗现实的一种颇为有效的手段的话，那么，在自尊心受到伤害时，拒绝给城里人拉车则是其维护自尊的另一种方式。当然，这也要视情况而定，譬如戴眼镜的男人叮嘱他放电脑时要轻一点时，他本能地感到"他的自尊心受到了小小的伤害"，搁在平时，他早就尥蹶子不干了，可是一想起这笔可观的收入，他就软了下来。事实上，在他看来，这也算不上什么耻辱，生存才是眼下的第一要务。从这里可以看到他精明与务实的一面。这样，物质与精神的双丰收（至少在他们看来是如此）让他们的幸福指数陡然上升，所以，对他们来讲，平板车上承载的并不是苦难和悲凉，而是幸福与轻松。

与《幸福的轮子》不同，在陈然的另一篇小说《死人》中，菊的反抗方式则带有决绝的性质。菊八九岁时，娘就跟着别人跑了，"扔下了她和穿破裆裤的弟弟以及老实巴交沉默寡言的爹"，生活的重担一下子压到了她一个人的身上。待到她含辛茹苦将弟弟抚养成人并为他操办婚事之后，自己已经二十六岁了，在农村也算得上是一个老姑娘了，她嫁给了会砖匠手艺却一无所有的喜。她本想靠着勤劳的双手打开幸福生活的大门，谁知天有不测风云，受不得一点委屈的弟媳水杏，与弟弟吵了一架后竟然喝农药自尽了。接下来便是国良带着王村的族人来寻衅滋事，要吃要喝，摔盘子砸碗，提出诸多无理要求，任凭屋里的死人尸体腐烂变臭也不闻不问，甚至逼迫菊的弟弟亲尸体的嘴唇，极尽龌龊残忍之能事。而懦弱的弟弟和胆小的爹却又都指望不上，菊再一次担当了这个家庭的监护人角色。但是，一个再刚强的女子在强大的农村恶势力和陈规陋俗面前也无计可施，最终菊为了解救弟弟于屈辱之中，毅然将水杏喝剩下的半瓶农药灌进了肚子。菊死了，她的死是对农村封建旧习俗的强烈控诉和无情揭露，也是对家人的责任感使然。她是刚烈的，又是无奈的。她在喝农药的一瞬间完成了自己生之为人的使命，但这种需要一个活生生的年轻生命来换取的尊严，代价也未免太大了。而菊死后，被当做孤魂野鬼，连在村里停尸都不能，就更增添了小说的悲凉气氛。我们在被这种农村中相当普遍而又根深蒂固的封建习俗深深震撼的同时，也看到了那些身处于这种生存困境中的灵魂自语，难道生命与野蛮的陈规陋俗比较起来就是这么卑微，卑微到非得用死来作为一种最后的反抗吗？在这里，陈然试图强调的大概是：无数在生存线上苦苦挣扎的小人物，他们尽可以承受物质的贫乏与经济的拮据，但却承受不了精神上的负累和打击，尤其是被世俗势力普遍认可的精神枷锁，更是可以致他们以亡命的毒物。

由以上可以看到，在陈然的作品中，平民意识和底层情怀是其始终无法抹去的情感关注点，他在向小人物倾斜时，更多的是去展示他们平凡中的人性光辉和坚强意志。虽然他们总是在屈辱中讨生活，但他们的内心却是明朗的、纯净的、自豪的。

叙述文体的独特与另类化

短篇小说要通过相对简短、精致的篇幅去反映生活，表现人类的生存状态或者作者的思想感情，就必须注意到这种小说体式的结构。有时候，体式结构的安排是否恰当，直接决定着这篇小说的成败。陈然在创作中显然注意到了这一点，事实上，除了一般的短篇小说体式之外，他也在不同的篇什中试图采用多种结构方式和表达样式来达到其突出主题的目的。例如，在《在中奖大会上的讲话》采用了一种演讲的形式来完成叙述，而《文学爱好者》则是以自叙传的形式敷衍成文，我们完全可以把它看作作者的一种自传，《剃刀》更像是一个犯罪分子的口供，《张拳的光辉历程》也如同给他人所做的传记……这是就宏观的方面而言。

从微观的角度来讲，陈然在具体文本中对于小说的文体运作更加多样化，简直就是异彩纷呈。首先，就叙述时序来讲，既有顺时序叙述，如《恋爱的王经理》，就是从王经理喜欢上英语老师冯可娜开始讲起，叙述他追求以至获得爱情的全过程；也有逆时序叙述，如《怀念桑树》，开篇交代奶奶在爸爸妈妈回来不久就去世了，然后以回忆的方式，讲起奶奶和我相依为命的生活，以及奶奶是怎样在孤独与绝望中死去的；还有时序的穿插叙述，如《亲人在半空飘荡》中，中间穿插了主人公"他"刚做轿夫以及怎样将妻子仙娇娶进门的经历；更多的时候则是各种叙述方式的交叉运用。总之，一切都为完成叙述目的而服务。其次，就叙述角度而言，有第三人称的全知全能叙述角度，如《考试记》；也有第一人称的叙述角度，如《一支录音笔》；还有第二人称的叙述角度，如《文学爱好者》。此外，叙述者在文本中的介入程度也有深浅之别，尤其是在第一人称叙述角度的作品中，陈然尝试了许多先锋叙事的表现手法，比如《张拳的光辉历程》便采用了"元叙事"的手法，小说开头讲自己之所以讲这个故事的来由，是因为"我"的朋友刘伟林写了一篇类似的文章，结果没有得到发表，"我"觉得"这样的人物被'埋没'掉了实在可惜"，所以才依照记忆把他写出来。而在小说结尾，又写到刘伟林和作家格非的交往以及刘伟林怎样建议张拳将自己写的东西刊出，乃至编辑以拖延策略换取名分的无耻伎俩。而在《握手》中，利用幻觉、潜意识等手法将主人公郑四庸俗卑微的"握手"梦想刻画得入木三分。内心独白、心理对话等手法的纯熟运用也颇值得称道，比如《孩子和枪》《一支录音笔》等就对人物在事件中的心理活动进行了精细的描绘和灵动的刻画。

　　此外，对于叙述结构的重视，恐怕也是他的小说值得称道的一个重要因素。上文已经提到，作为叙述为主的短篇小说，若想取得令人满意的效果，就必须对叙述过程也就是情节结构作适当的安排。否则千篇一律，缺少变化，则会显得沉闷单一，且有雷同化趋向。更重要的是，不利于主题的表达。陈然的作品在这方面应该说还是相当到位的。《考试记》讲的是主人公宁可在城里当公务员，不愿意做一份单位组织的所谓"考试卷子"，由此和领导以及同事之间产生诸多矛盾和冲突。通篇几乎全都是叙述他从决定不做卷子起遇到的种种冷眼与嘲笑以及内心的交结斗争，直到最后，他被局长叫到办公室时，还忐忑不安地担心局长会批评甚至惩罚他，然而局长却根本不知道这回事，反而告诉他市里要派他去北京学习一段时间，他这才如释重负。而当他找办公室主任要答案准备抄一遍时，主任却"看了看他，说，不用了，他已经请人代抄了一份交上去了。"这一戏剧化的结尾，就解构了前面所有的一切不快与担忧，产生了妙不可言的艺术效果。《一支录音笔》也是如此，单位要搞一次国际性会议，办公室主任给了"我"一支录音笔，让"我"负责会场的录音和记录，可是后来，主任却忘了跟我要录音笔，由此，一系列和录音笔有关的事件在单位中陆续发生，以至后来发展到大家人手一支录音笔，用以相互窃听和监视，原来如死水一般的单位现在则变得混乱不堪。当然，始作俑者还是我和我的这支没有还回去的录音笔。而当单位已经被搅和成一锅粥的时候，主任却突然想起跟我要回录音笔了，小说到此也就戛然而止。这样的一种情节结构，既在意料之外，又在情理之中。在精巧灵活的叙事结构中，将人与人之间的冷漠与不信任乃至暗中相互攻讦的弱点展现得淋漓尽致。

夸张、反讽与幽默

这一部分特征本来应该是在叙述文体中提到的，之所以单独拿出来分析，主要是因为夸张、反讽与幽默的元素在陈然的作品中表现得格外突出，且已达到了出神入化的境界，所以不能不详细述之。在陈然的作品中，夸张、反讽与幽默一般是不分家的，他们同处于小说文本当中，成为小说的有机元素而嵌入了小说的内容当中。尤其是在涉及官场、职场的小说中，三者的协调性与深刻性表现得更为明显。作者往往对人物可笑的行为举止刻意放大，让这些行为纤毫毕现地出现在读者面前，然后，又以不甚光彩的尴尬结尾为人物的灵魂世界刻下现实的画像，以此作为镜像来影射官场或职场的种种沉滞和死寂的现象，进而达到了反讽的艺术效果。而调侃性的诙谐语句与夸张和反讽相互搭配，则使作品于冷峻中见出幽默，于批判中显出锋芒，无异于为当下官场与职场中的虚假湖面上投下了一颗颗警示的石子。

除了上文已经提到的《考试记》和《一支录音笔》之外，陈然的另一个短篇《剃刀》便是描写官场腐败的。叙述人"我"是一个剃头匠，这样"我"就有机会接触各行各业的人，从这些南来北往的顾客中，"我"听说了许多新鲜事，对本县县委书记一手遮天、鱼肉百姓的行径也就有了更为全面的了解。诸如由他家直通公园外面的秋千用来收受贿赂，发明抓阄的游戏来任命官员，用"百年不遇"的口头禅来推卸责任，搪塞上级。当他调入市里当副市长后，本县的老百姓本来是拍手称快的，有的还放起了鞭炮，"有如当年毛主席带领我们赶跑了血吸虫"。但让大家没想到的是，市电视台的记者却把这场面拍成了盛大的欢送。他们说，书记在和我们老百姓依依惜别，而我们老百姓依依不舍。据说在教育局的提议下，县中心小学的语文老师不得不让学生以此为题写了作文。这些咄咄怪事，让我们在笑声中着实体会到了某些地区严重的腐败毒瘤和体制方面存在的诸多问题。另一位给领导当秘书的小青年的阴暗心理，则更让"我"毛骨悚然，他为了报复自己的姐姐，以一种破罐子破摔的态度努力适应官场。他大口喝酒，说粗话，沾染上了赌博的恶习，"一有领导在场他就输，领导不在场他就赢。当然赢了也不往口袋里塞，要和别人一起到酒店或舞厅里把它花掉。"他像一条狗似的跟在领导身后，极尽阿谀奉承之能事，甚至无中生有，背后放人冷箭，落井下石。而且他还有更"伟大"的抱负，就是"继续往上爬，要贪污受贿，无恶不作，成为一个大贪官，然后被关进牢房，枪毙，好让两个姐姐的'投资'完全落空……""我"为了不让他的阴谋得逞，把我们县里弄得更加乌烟瘴气、鸡犬不宁，后来，干脆就用小小的剃刀结束了他的生命。这样，一种冷峻的幽默风采也就跃然纸上了。

　　总之，作为青年作家的陈然，他的艺术生命还刚刚开始不久。尽管他反复谦虚地称自己还仅仅是一个"文学爱好者"，但是在我看来，他的作品已无可辩驳地说明：他在艺术上已是一个相当成熟的作家。退一万步讲，即便真如他自己所说只是一个"文学爱好者"，那也只能是一位"不愿沉默的'文学爱好者'"。

陈然评集

正是在对"弱势群体"进行"人文关怀"的角度和意义上，我很欣赏江西青年作家陈然的一些作品。我对陈然的经历和文学创作了解不多，仅知道，他生于1968年，还很年轻。但从这部《幸福的轮子》所选的20篇作品来看，他对社会生活有深切的体察，艺术感觉很好。题材取向极显人生历练，艺术手法也很老到。他的题材的领域大致有两个方面：一是写"弱势群体"的人生际遇；二是写青年男女的现时心态。这两方面都写得很有特色，但我尤为欣赏他描写"弱势群体"的那些故事、那些人物和那种独特的风格。……陈然这部集子中，《幸福的轮子》《亲人在半空飘荡》《我们村里的小贵》《死人》《怀念桑树》《民歌》《张拳的光辉历程》等，都可以说是写"弱势群体"的。主人公有三轮车工人、苦力轿夫、中小学教员、家庭主妇、村姑弱女……他们往往命运不济，遭受着人生的各种苦难与不幸。但是，在作者的笔下，这些不幸者中的大多数，虽有命运的哀叹，但几乎都不怨天尤人，他们善于从苦难中寻找生活的出路，从不幸中剥离出痛苦而取得欢乐，从卑微的境遇中表现出崇高的精神境界……我读陈然这些作品时深切地感到，作者对"弱势群体"中的那些正直善良的人们是充满着热情的，对他们的艰辛劳作与幽默智慧充满着赞美，这与我读那些单纯去展览底层苦难和卑微心理的某些所谓"审丑"作品，感受是大不相同的。我从这些作品中看到作家立意新颖、匠心独运，对"弱势群体"不仅同情，也有期望，对这些弱者改变命运的努力寄予热情的关注，表现出一种充满激情的高尚的"人文关怀"。

——缪俊杰《"以人为本"与"人文关怀"》

我十分钦佩陈然写作上的这种执著，这种挖井式的姿态。从目前的创作来看，陈然始终关注着社会的底层，评论家缪俊杰先生非常称赏他对"弱势群体"的关注。……到了2004年，情形已经发生了相当明显的变化，从他的几篇作品来看，"轮子"不管怎样向前滚动，"幸福"与温情再也不会到来了。陈然已经具有直面现实的勇气，他做好了充足的心理与认识上的准备，与其把愿望寄托在虚无的未来与美好的祝愿上，不如干脆让现实的残酷逻辑来演绎一切。这从陈然对故事结构的安排上也可以看出来，《幸福的轮子》那种早期作品典型的悬置式的结尾没有了，那些渐行渐远渐淡未置可否的尾巴被陈然干脆利索地一刀斩断，宁可牺牲作品的诗意，他也要将残酷的现实甩在人物面前，再不作善良的安慰，他明确地告诉他的人物，不管他们作怎样的努力，结果都是徒劳的，他们不配有好的命运。因为陈然不但看到了现实生活铁一样的法则，更看出了这些人物自身的痼疾。

——汪政、晓华《诗意的消失》

近几年来，底层写作的风格似乎定型了，因为一说到底层，那就意味着同情、怜悯与批判，于是其艺术风格也相应地呈现为正剧的或悲剧的，严肃有余而轻盈不足，单一而僵化。陈然不是这样，他的近期小说表现出越来越自觉的主体意识。……同样是写底层，陈然是自信的，也是放松的，他不惮人们说他对底层缺乏同情，也不顾忌人们是不是认为他歪曲了底层的形象。如《手》《蚯蚓》《我们小区的保安》《愚人节》《南瓜籽与伊拉克战争》等作品，都充满了戏剧性、趣味性、夸饰、调侃、反讽等喜剧性元素。《董永与七仙女》等几部作品实际上都是悲剧性的，但陈然却以喜剧的、幽默的语态去叙述；人物如老何、南瓜籽的行为是鄙琐可笑的，但陈然却能以"正剧"的方式很严肃地加以表现，这都是对人物相当成功的反讽式的处理，而这种故事层面与叙述层面的声音则构成了作品的复调。陈然的大部分作品在结构上都是对话体式的，即使短篇，结构也是对话体式，比如《蚯蚓》的冲突实际上是多重的，至于《愚人节》中的文化习俗、游戏规则与人物的悖反行为，《南瓜籽与伊拉克战争》中的故事文本与新闻文本、广告文本，《董永与七仙女》中神话传说、电影文本与故事文本更是具有相当的意义张力的对话。近作《我是许仙》写得更为放松，它首先采取了经典小说常用的愚人视角，现实生活经过黑豆的表达变形了，它与真实的生活形成了反讽的关系，使得在正常的视角下无法形成的叙事成为可能。比如换成一个正常的人，要么不会参与到姐妹俩的犯罪行动中，要么就是她们的同谋。当然，最根本的，黑豆外出寻找白蛇这一小说最基本的故事框架也不可能形成。《我是许仙》充满了一种谐谑的、狂欢的气息。由于采取了愚人视角，事物残酷的、严峻的一面被弱化了、遮盖了与忽略了，一些行为的性质被模糊了，一些事件的意义被隐去了，比如姐妹俩的犯罪行为，在黑豆眼里成为神秘的、神奇的游戏，而他本人的不幸也因为其幻想与超乎常理的夸张而变得滑稽可笑。《我是许仙》从文本上看是复调的，具有后现代的意味；它是小说的，也是日记的，又是戏剧的，它的潜文本就是《白蛇传》。陈然好像对这种方式情有独钟，在此之前，他就曾经写过一篇《董永与七仙女》，它的潜文本就是《天仙配》。在《我是许仙》中，黑豆一直以《白蛇传》的人物与剧情来看待现实。小说是表现当代生活的，但这个当代生活被《白蛇传》的方式处理过了。它实际上完成了两种叙事，一种是显性的，即黑豆的，也是《白蛇传》式的；一种是隐性的，是姐妹俩的，现实的。这一显一隐，构成了富于张力的审美空间，形成真实与虚构间的荒诞和错位，也形成阅读上的失重感与虚无感。所有这些，当然是美学的，但又是认知的，因为它给了人们别一样的视角，而它更大的意义在于在对底层的表现上，它使更多的可能成为可能。

——晓华《底层如何呈现》

陈然的小说，艺术上有一个鲜明的共性，那就是以轻微的笔触描画细节，这其中包括对生活细节的刻画。但陈然更关注的还是人的心理世界，所以，读陈然的小说，你不要试图读到一个多么惊奇的故事，但你肯定可以得到一些心灵的启迪，可以领悟到心灵之间的交流，也可以感受到心灵的震颤。就像有一把锋利得几乎让人察觉不到的手术刀，在轻轻地引导你，去摸索与触碰那最敏感也最隐秘的人类心灵世界。

陈然展示的心灵世界，并不是无所不包，而是有一个共同的中心，那就是针对着人性的软弱。……也许，在陈然看来，虽然这些弱点是作品主人公的，但它同时也潜藏在我们每一个人的内心深处，只是我们平时没有注意，没有那么极端的机会爆发出来罢了。

所以，读陈然的小说，很自然地产生类似读俄国小说大师陀思妥耶夫斯基作品的感觉。虽然他的小说没有陀思妥耶夫斯基的那么阴暗，揭示的人性世界也没有那么深邃和宽广，但将人性世界和细腻的细节描写结合起来，去准确地捕捉心灵世界的每一次律动，以细节方式展示人类最隐秘的心灵世界，他的小说确实具有了陀思妥耶夫斯基的某些魅力。相比之下，陈然的笔触更为轻柔，也更为细腻。我们有理由对陈然寄予更多的期待。

在当下中国文坛上，像陈然这样执著地关注人类心灵、关注人性世界的作家已经不多了。人们都热衷于涂抹现实中的种种浪漫或传奇故事，热衷于对外在物质世界的关注。其实，人性是一个更丰富也更内在的世界，也更值得作家们去关注。因为，我们所生活的，首先是一个人的社会，而不是一个物质的社会。

——贺仲明《轻轻触碰人性的软弱》

一个好小说的针对性和探索性，大概就是类似的方向：人身上的永恒特征和永无止境的想象。以陈然先生的审美，他设计的小说款式不太可能流行开来，相对适合一部分人。喜欢克洛德西蒙、胡安鲁尔福、马丁瓦尔泽等人的小说款式的人也不会多，他们多变的、极不稳定的款式，正是基于对人类纷繁的内心、想象力的尊重和引导。

……那些照搬生活、循规蹈矩的小说，对读者无疑是一种侮辱，读这样的小说，读者的思路大多会自作主张，会任性。陈然的小说不给读者这种机会，任性的是他本人。任性就是不断地变化，这需要勇气。陈然在我眼里是位任性的梦想者，随着梦想的深入，他已经在尘埃覆盖下的人性里发现了诸多蛛丝马迹，这些充满疑虑的东西，逐一成了他小说里的吉光片羽。他由此获得了心灵的安宁，也是对一部分读者的生存安慰。我想，这才真正叫精神文明。

——朝潮《陈然小说中的山鲁佐德》

陈然的短篇小说没有固定的题材类型，各种题材几乎都有所涉及。有反映官场黑暗的，如《剃刀》；有回忆儿时往事的，如《水画》；有表现农民工情感生活的，如《幸福的轮子》；有展示农民艰难生存境况的，如《死人》；有书写城市人精神空虚的，如《热爱明星》……看起来简直就像一个大杂烩。所以在读他的作品时，映入眼帘的总是林林总总的人和林林总总的事，每一篇都会给你新鲜的感受，你仿佛穿梭在这个世间的每一处角落，不由自主地就听到、看到了许多已经发生的或正在发生的事情。最终，你会恍然大悟，原来，这就是生活。不怎么惊心动魄、曲折离奇，却显得格外真实自然、沉重悠远。陈然的小说，大多数作品的主人公都是生活在官场、职场、情场的小人物。这些人物用他们并不怎么深邃甚至是多少有些世俗气、猥琐气的眼睛，观察着周围的一切，然后把他们听到的、看到的、想到的向你一一道来。

　　陈然的作品虽然也具有浓厚的平民意识和底层情怀，但其对于底层的观照，却并没有陷入新写实主义自我创造的桎梏之中，而是在袒露其对底层悲悯同情的同时，以一种中庸仁和的姿态来看待底层，书写底层。他笔下的底层，既不是后现代主义式的歇斯底里与非理性解构，也不是新写实主义式的向现实屈就和阿Q式的精神胜利，而是在困境中以这样或那样的方式作出自我的反抗。或乐观积极地面对繁琐又充满着幸福感的生活，或以决绝果敢的气概向现实中的种种不如意发出不平的控诉，从而达到维护自己尊严与提升自我价值的目的。

　　　　　　　　——王春林《营筑短篇里的大千世界——陈然短篇小说论》

| 作品

美人谷（节选）

祝 勇

序

我觉得自己至今仍然生活在美人谷。我希望自己每晚依然能够在漆黑的木屋里啜饮酥油茶，在早上用冰凉的水洗脸，然后站在"拉吾则"上观看雪山光影的变化。

人与自然的和谐之美，都包含在美人谷的名字里。是这个名字对我进行最初的煽动，让我前往这个群山环抱、河流交织的云中天堂。此前，我没有关于美人谷的任何知识准备，只是在地图上寻找过它的位置—四川甘孜州丹巴县，古老的康巴地区，大金川、小金川、革什扎河、东谷河和大渡河五条河流交汇之地。河流已经率先证明了丹巴是一个神异之地。河流是先知，有着充足的阅历与智慧，引导着我们的旅程。我从不怀疑河流的选择。

我满怀神秘感地走进雪山的迷宫。每当我的脚步在雪山的威慑前变得犹疑的时候，都是河流为我指明了方向。在冰雪的夹缝里，河流传达着来自美人谷的讯息。

关于美人谷的所有想象都将是失败的，美人谷证明了我们想象力的限度。因为美人谷不是得自想象，而是产生于时间与空间某种神异的结合。巨大的雪山占据着蓝天最显要的篇幅，雪线下是红白相间的藏式民居，散落于大山三分之二的高度上，绵延的山势如同风中飘动的裙摆一般此起彼伏，被鲜嫩的黄栌和火爆的枫树所装饰，而山脚下翻腾的河水，刚好是它们卷曲的花边。神灵已经在雪山上生活了几十个世纪。在一片花海中，古老的碉楼倔犟地耸立，暗示着时间的悠远。我在丹巴寻访到五六千年以前的墓葬群，以及新石器时代遗址，我对这里的文明陡生敬意。至于碉楼，更是我的视线无法躲避的奇迹。本书将以诸多篇幅讲述我所看到的碉楼。甘孜藏民为什么要修造碉楼？有人说它们是战争的工事，也有人说它们与甘孜藏民的成年礼有关。不管怎样，它们都是生命的保佑者，在反复宣讲着有关生与死的主题。

作为大自然的果实，这里的女孩子有着与自然相匹配的朴实与美丽。她们健康美丽的体魄，与民族之间的血缘融合密切相关。这里地处汉藏两大文化圈的衔接带上，自古就是民族争战和迁徙的通道。原始部族古老王国的宁静在唐代被打破，吐蕃铁骑在翻越万千雪山之后，带着经卷和刀剑，一直冲杀到大渡河东岸。唐宋以后，这一地区又卷入与中原王朝长达几百年的激烈争战中，并接连陷入三百年的部落纷争中。马帮满载着绚丽的货物，穿梭于动荡的康巴地区，在马帮身后，一条漫长的"茶马古道"悄然形成。所有这些历史信息，在经过大自然的转述之后，已经变得异常平静，潜伏于太阳、月亮、雪山、河流、白云、土地、家园、青草、庄稼、杯盏、劳动、睡眠，以及微笑中，只有仔细观察和谛听，我们才能得到来自时间深处的讯息。

一八九二年，法国传教士倪德隆被任命为康区教区主教，成为第一位涉足这一地区的外国人。三十年后，美国《国家地理》记者约瑟夫·洛克到达云南丽江，此后开始了长达二十七年的康巴之旅，走遍了康巴的所有地方。但是，很多年来，美人谷仍然蛰伏于雪山深处，延续着古老的民俗，成为真正的世外桃源。二〇〇五年，《中国国家地理》举办"选美中国"活动，我作为推荐人，推荐的丹巴藏寨被评为"中国最美的乡村古镇"排行榜第一名。我至今难以为自己的举动给出一个道德的评价。媒体以"发现丹巴"来表达惊喜。然而，"发现"这个词里暗藏着主流文化的某种不恰当的优越感，而丹巴，以它不可言喻的完美，恰好构成对这种优越感的反讽。丹巴不需要被"发现"，"发现"丹巴不是丹巴的幸运而是我们的幸运。在"发现"之外，美人谷的传奇在蓝天碧水间茁壮成长，从来不曾中断。丹巴之旅是我生命中的一个奇迹，我用一本书的篇幅表达对丹巴的感激之情，并希望这些不会成为对丹巴的侵犯，更不希望美人谷在我们的文字和照片中沦为丧失了生命活力的碎片。

一　回忆

丹巴是我一直不敢触及的地方。它仿佛熟知我的秉性，就在我内心的最柔软处栖息，只有在那里，它才最安全、妥帖和完整。丹巴就像想象中的爱情，让人不知道该如何安置它。所以，到达丹巴的时候，我的内心略带一点慌乱；而离开丹巴，心中充满忧郁。不可救药的悲伤彻底害了我，它修改了美景的意义，使它们看上去更像一次苍凉的告别。我不知道我会不会再来，但此刻，我们正要跨过最后一道河谷。

我对摄影的迷恋并非企图带走什么，相反，我们把魂都留在了这里。那些光影交织的照片将为我们寻找丢失的灵魂提供路标。内心已经背弃了我们乏善可陈的身体而另寻出路，它在炫目的雪线下找到归宿，这种弃暗投明的行为显然得到了某种鼓励，因此，它没有丝毫的内疚。这使身体陷入更加不堪的境地中，每一步都面临绝境。

丹巴是圣洁之神，但它不能拯救我们，相反，它令我们痛苦—如同海市蜃楼，让我们绝望；如同光，使我们隐入更黑的

黑暗。

很多年后，我将面对一大摞布满灰尘的旧照片。它们将告诉我，我曾经到访过的丹巴，将不会再在那里等我，它也有它自己的旅程。或许，我们将在某一路口相遇，但是，我敢保证，我们会彼此陌生，甚至，谁都无法辨认对方的面孔。

二　以美人命名的山谷

以美人谷来命名丹巴，使我在到来之前就对这里充满遐想。几乎是这个动听的名字，构成了我这次旅行的理由—还需要什么更多的理由吗？面对地图作出决定往往只是一分钟的事情，仿佛一场爱情，就在一分钟里发生。但这一分钟却往往决定一个人的一生。这一分钟就像一个路标，不眠之夜会成群结队地紧跟在后面尾随而至。或许是偶然将我们送到某一条岔路上，那么，我们必须准备迎接所有的奇遇和煎熬。

以美人命名的山谷，深不可测。走进去的时候，没有人知道会发生什么。那里曾经是血流成河的古战场，如同古希腊一样，美人成为许多场战争的借口。《清代野史》的《金川妖姬志》里记录的首次金川之役，起因就是对美女的争夺。这将美女置于历史的中心位置上，而战争，则成了美女最奢侈的装饰。但是美人终会老去，她们不堪一击，永恒的是河谷。奔腾的河水中蕴藏着巨大的能量，它像血液一样使丹巴永不委顿。这里果木繁盛，美女茁壮，来历不同的古代部族几乎无不将这里当做它们寻找生存之路的通道。他们在这里彼此杀戮和相爱，坐在雪山面对的木屋里，推开窗户，仍可看到一千年前在死亡里奔突的马匹与闪亮的雪刃。

我知道我将走入一幅深奥难测的古代阵图中，此后，道路就不再受我的控制。在踏上这条道路之前，首先需要想清楚的一件事是，如果我真的爱它，我能为它付出多少。

三　通往丹巴的路

山路是睡眠的敌人，它惯以颠簸、泥泞和弯曲摧毁旅人的睡意，以危险和困难来显示自身的重要性。尽管在拥挤的长途车里，我尽可能绷紧身体，但道路依旧使我的梦境如同器皿里不安分的水银，不时从我的躯体里溅出。我无数次看见，它们像行踪不定的蚂蚱，在阳光下一闪就不见了。想在它们飞出我身体的最后一刻逮住它们。我甚至能够听到它们摆脱我身体的控制时发出的快乐的尖叫。睡眠是我通向目的地的最短的道路，经验告诉我，只要穿过这片黑色地带，我会在一张舒适的床上安全着陆。但山路对此有不同看法，于是在那条黑色走廊上设置了许多伏兵，它们的袭扰使得我行程的终点变得遥不可及。

这一情况在去丹巴的路上发生了微妙的变化。我并不是说山路改变了它的本性，而是这一次它修改了策略——它开始以变化多端的景色来收买我的视线。显然，这一策略更加有效，它使我开始主动放弃抵抗，甚至与睡眠反目成仇。无数次在睡眠的边缘挣扎，头不停地碰撞着窗玻璃，每次醒来，眼前都会呈现出完全不同的图景——草原、森林、江河、峡谷间的吊桥、石砌的民居、城堡、繁花间流淌的雪水，以及无法企及更无法接近的巨大冰川。它们像不可思议的插页，穿插在梦的叙事中，它们反衬出那种叙事的单调、古板、缺乏想象力乃至不可救药，并因此对梦的存在价值提出质疑。由于能够从风景中得到更多好处，几乎没有犹豫，我就放弃了对于睡眠的忠诚。

通往丹巴的道路是某种神圣叙事的开始，有许多奇迹埋伏在道路的周围，蠢蠢欲动。在成都茶庄子长途客运站吃过一屉小笼包以后，我们的旅程就开始了。在黎明前的黑暗中，汽车穿过城郊的劣质街道、汽车修配厂、肉联厂和各种饭馆，那些灰色破旧、麻木不仁的房屋，使我们日常生活的简单潦草一览无遗。在它们的衬托下，我们更像是城市中的潜逃者。我们由于透支了对于生活的全部忍耐力而显得虚弱不堪。但敏感的人能够从平庸的城市生活中预感到奇迹的存在，美丽而遥远的丹巴，正是从麻将声四起、花柳病泛滥的城市脱胎出来的。它为每一个人准备了一条道路，它充满危险、神秘以及各种超乎想象的可能性，在这条道路上，每个人都可能成为传奇的主角，而不是仅仅收获几张矫揉造作的观光照片。

这条道路处于成都平原到青藏高原的过渡带上，因而这是一条充满隐喻的道路。它用极为繁复和曲折的修辞表达它的主题。它表述的过程充满转折，不断用另外一个事实否定前面的事实，当然，它很善于预留线索，但只有走完全程，我们才能发现那些不同景色之间的联系。山路最大限度地弯曲着（你曾试图在云南寻找著名的"二十四拐"，但这些道路的连续转折已经无法用数字准确表达），尽可能地展现着过程的乐趣，而绝不轻易给出一个结局。对此，心急的人表现得有些不耐烦，他们用尺子在地图上丈量过之后，便根据两点之间直线最短的原理，用炸药和起重机，在山岭间炮制了若干条本不存在的直线。隧道直截了当地侵占了山神的居所，神灵们开始移民，取而代之的是呼啸而来的车流。科技战胜魔法，它缩短了路程，同时使世界的神秘性大打折扣。道路见证了无神论者的步步进逼。

这条通往康区的道路让我在一天之内经历了几个完全不同的世界。从我最熟悉的城市，经过伟大的古代水利工程都江堰、卧龙原始森林、邛崃山、巴朗山、四姑娘山，最后在小金川的引导下，抵达那座大山夹缝中的县城。而那座县城，也仅仅是一轮轮新的旅程的开始，县城中林林总总的旅店、客栈证明了这一点。有无数古代的遗民隐居在峡谷背后或者高山之巅，只有找到那些隐晦的道路，或者爬过在高空中晃动的铁索桥，才能与他们谋面。这是一些无法反映在地图上的道路，它们牵动着许多事物，比如植物的青春期、蛇的密谋、神灵的脚印、骚动的矿物质、心照不宣的风流韵事、家族间的生死交往以及亡者在地下的叹息，唯独与书本上的地理知识无关，也无法记忆和背诵，因为它们从来都不是一成不变的，它们变化多端，每当更换一个进入的角度，都会有一组新的道路网络浮现出来。它们像情欲一样，在暗处活跃，并且随时会唆使你完成一次想象之外的约会。

四　莲花

我至今还记得最初的兴奋。我们都没有想到，那辆肮脏不堪的长途汽车会把我们带到一个意想不到的奇异世界，仿佛一个老谋深算的术士，污秽，却法力无边。峡谷横空出世，水流湍急，植物茁壮，太阳在消失之前投下最美的光束，它有意赶在黑夜来临之前呈现丹巴的美，我对它的善意感激涕零。我开始相信道路的诺言，在此之前，它还显得形迹可疑。

没有照片，但那个傍晚的景象曾经一万次地在我的记忆里出现。河水与山谷的默契、光线与树叶的心照不宣，色彩丰腴、艳丽、性感。无论如何无法想到，迷乱的地图上的那条曲线，竟然是一条如此神秘的通道。那些异质的植物、性格古怪的石头、桀骜不驯的流水以及捉摸不定的光线彼此纠结，但是更多的事物深隐在它们背后，我们无法判断它们的来历和去向。比如一片不知名的树叶，突然就从深红的丛林中跳跃出来，在飞翔中探寻着风的薄厚。鸟兽鱼虫一律是机会主义者，它们蠢蠢欲动，却只有在某些不可预期的时候它们才会公开身份。所有的一切都在暗示，这是在四川西部，在这里可以遭遇一切传奇，因为这里几乎是所有事物的必经之地。

五条河流—大金川、小金川、革什扎河、东谷河和大渡河—打了一个结，那个结就是丹巴。所以无论沿着哪条河谷行走，我们都必然在丹巴相遇。地理学家将此称为"旋涡状旋扭构造"，是喜马拉雅造山运动这一宏大叙事中一个微不足道的细节，但它却制造了一朵直径数十公里的巨大莲花，丹巴县章谷镇就是莲花的几何中心，而白菩萨山、拥波山、万年雪梁山、哥妈山和墨尔多山，就是五片肥硕的花瓣。进入丹巴的道路不止五条，有无穷无尽的道路被掩埋在花丛和雪原之下，交织错落，耐心地等待它内定的主人。每一条道路都寄生在一个人的身上，一一对应，不可重复。朋友说，道路不是一个外部事实，它就在我们的身体之内。我们一出生就带来了我们的道路，我们前进，并不是因为我们有脚，而是我们体内的微型道路在不断放大，并诱使我们去追赶它。当我终于明白了这一点后，暗中大吃一惊。事情总是在不知不觉中进行，顿悟只是结束时一份可有可无的总结。道路并不总是企图让我们顿悟，相反，它一直在争取隐瞒真相。

道路一直用掩蔽自己的方式躲避人们的视线，但我们都知道它的存在。甚至在我们相遇以前，我们都同时闻到了这条道路的气息。道路是我们生命的一部分，是我们的血肉。我们的身体时常因为道路而疼痛，我们的梦与快乐也源自道路。我们将牢记道路告诉我们的一切，我们将品尝道路送来的果实。

……

五　繁星

我们看到了繁星。这无疑是我们生命中的一件大事。仿佛失去的老朋友不约而同地聚会。因为黑暗离我们很近，所以它们也很近，它们对黑暗紧追不舍，试图化解黑暗的势力。如果我们向天空伸出手臂，它们刚好在我们指尖的位置上。如果踮起脚尖，就会触到它们冰凉的身体。在黑暗里，它们炫耀着自身的明亮与璀璨。我几乎是第一次深切地感觉到星星是一个庞大的阵营，它们缓慢行进，无数把钢斧在黑暗中发出神秘的幽光。我的确觉得那些星星一律是某些器物的反光，有很多看不见的势力把持着它们，隐在帷幕后面，在暗中保佑我们。

在丹巴，我们会为许多普通的事物而激动，星光只是其中之一，但它们的确值得夸耀。在睡眠的空隙里，无数次与满天星光不期而遇。明亮的星辰就在我的头顶，像小僧徒们干净的眼睛，令我惊慌失措。它们混淆了梦与现实的界限，它们组成的离奇花纹中蕴涵着难以猜测的隐喻，它们使我忘记寒冷呆立很久，直到衣着单薄的身体被高原的冷风吹得彻底麻木。繁密的星图像佛堂里的经卷，或者朝拜者的歌声，我无法懂得它们的真义，却为之激动。我相信繁星是每天夜晚启迪我们灵魂的经文。

旅途的困顿使我睡得很深。梦像一个固体，一滴声音都漏不进去。而醒时，却有一种梦游般的晕眩感。现实中的一切都像是梦中的布景，我很难相信它们的真实性。早晨的阳光使所有事物变成清澈透明—树木、花朵、石头和房屋，它让目光可以不受阻碍地抵达一切事物，它使所有沉重的事物都变得像幻想一样轻盈。

六　血脉

在穿越河谷的部族中，不知哪一支是丹巴人的祖先。但是他们一定会到这个地方来。丹巴为他们准备了足够的道路，以及天堂一般的生存条件。所以，在时间深处像旋风一样闪过的马队中，有一支部族停止了前进的脚步，他们决定在这里延续自己的血脉。但是那支部族离我们太远，他们的背影已经无比模糊。漫山遍野的碉楼证明着他们曾为守卫家园而浴血奋战，除此之外，人们对祖先的创世史诗几乎一无所知。

有人认为丹巴人源于党项羌，是西夏王族的后裔。他们的王国被成吉思汗的铁蹄踏平之后，残存的皇族沿着甘南草甸、阿坝红原大草原一路南下，"其中一部分在称为大小金川河谷地带停下了脚步，重建他们梦想的家园，并将美丽和富贵的血质注入这方风和阳光剧烈的土地。"（胡庆和、杨丹叔：《"美人谷"丹巴》，见《民族》，二〇〇一年第七期）

司马迁曾经这样写："自筰以东北，君长以什数，冄駹最大。其俗或土著，或移徙，在蜀之西。"（《西南夷列传》，见《史记》，第二九九一页，中华书局，一九五九年版）

而《隋书》上则这样写："附国者，蜀郡西北二千余里，即汉之西南夷也。"—来自两个遥远朝代的信息在这里衔接—"有嘉良夷，即其东部，所居种姓自相率领，土俗与附国同，言语少殊，不相统一。其人并无姓氏。附国王字宜缯。其国南北八百里，东南千五百里，无城栅，近川谷，傍山险。俗好复仇，故垒石而居，以避其患。"

我们从古书中得到两支部落的名字：冄駹、嘉良夷，有学者认为，它们是同一支部落，在汉代称冄駹，而在隋代则称嘉良夷，到了近代，它的名字是：嘉戎。（马长寿：《氐与羌》）

我们已经很难从久远的历史叙事中分辨出一条真正可靠的消息，那些复杂的血统如同神秘莫测的河流一样令我们无所适从，或许，文字并不比脚下的一块石头更懂得历史，当我们的双脚从荒草上踏过的时候，我们或许刚好踩痛了历史的神经，它会以各种隐秘的方式，呈现那些荒芜的细节。

有一点至少可以坚信，这里曾经是历史的秘密通道，有无数张被时间隐去的面孔从这里穿过，完成他们有关生存或者死亡的史诗。任何一段故事都值得炫耀，但他们从不在意。或许，所有的故事如今都隐藏在丹巴人的面孔里，隐晦得有如一段谶语，需要用血液和心跳去辨识、破译。

《隋书》写到："嘉良有水，阔六七十丈，附国有水，阔百余丈，并南流，用皮为舟而济。"还写到："附国南有薄缘夷，风俗亦同。西有女国。其东北连山，绵亘数千里，接于党项。往往有羌：大、小左封，昔卫，葛延，白狗，向人，望族，林台，春桑，利豆，迷桑，婢药，大硖，白兰，叱利摸徒，那鄂，当迷，渠步，桑悟，千碉，并在深山穷谷，无大君长。其风俗略同于党项，或役属吐谷浑，或附附国。"（《隋书》，第一八五九页，中华书局，一九七三年版）

一长串名字，简明，陌生，不知所云，但我们能够感觉到群落的密集，在黑夜里伸出手去，我们就能摸到一张古人的脸。

现在我关心的是，上面提到的"女国"，是否就是"美人谷"？古代的书写者们，是否已经阅尽丹巴的春色？

七 中路

由于丹巴处于"旋涡状旋扭构造"的中心，这决定了将有许多条道路延伸出去。这使我们的前景呈现出某种不确定性。这里民族的复杂性，使得每一条道路都指向一种不同的生活，而那些鸡鸣犬吠的村庄，将包含着许多新鲜的奇遇，我们将要遇到的人，和将要遇到的事，都具有不可重复性，它们像水上的浪花一样一闪即逝，我们必将在错过其中的一部分之后，与另一部分相遇。道路使我们感到谦卑和惶惑，我们必须选择其中的一条，就像抽签一样，我们面对的是均等的机会，而一旦作出决定，就不可能再有悔改。我们必须服从签上的安排，直到面对下一次选择。命运实际上就是无数个接踵而至的路口，它考验我们的果决与运气，我们必须在无数种可能性中挑选一种。在那无数个路口的后面，一条道路将离另一条越来越远。

我们在一个清晨溯着小金川向东走。我们要去一个名叫中路的地方。很久以后，我在甘孜州遇见一个女孩，名字叫泽仁康珠，是一位藏族作家、在美人谷长大的美丽妹妹。她的父亲，就是中路人，她拥有土司贵族的血统。她告诉我，中路，原来是明正土司卓笼土百户的领地。中路，在藏语里的意思，是"向往的好地方"。中路人的祖先由西藏向外迁徙时，求神指点，代表神旨意的喇嘛给迁徙者一只羊，说："你带着羊走，羊死在哪里，哪里就是你想去的好地方。"迁徙者带着羊走，到中路，羊就死了，他们就在这里定居下来，繁衍子孙。

我们在河谷里搭了一辆车，由于道路颠簸，车速不快。开了两个多小时之后，司机让我们下车，说剩下的路只能爬山了。我们就此告别，约好三天后，他在这里等我们。

这时候我们已经处于一座大山的阴影中了。大山通过阴影显示它的权威，我已经预感到，我们必须进入山的话语体系。阴影里的事物都显示着它们朴素的本色，而阴影外的事物，比如花草、泥土、岩石与飞鸟，它们的色彩则都受到了阳光的夸张，显得强烈、明媚和刺激。随着时间的变化，阴影处于缓慢的移动中，逐一抹去附着在事物上的光粒，使它们显露原初的形态。

我刚好站在山峰的投影中。山峰的轮廓既确立了我们攀登的起点，也暗示了我们的终点。它向我们描述了终点的形貌，却并不作出任何许诺。一切都得依靠我们自己。现在，我们只有依靠双腿来与大山对话。

登山是一种最难作出修饰的肢体动作，它经常使我们身体的虚弱暴露无遗。一个举止优雅的人很难在这里保持风度。我们与大山构成了一种不平等关系。山作为这里至高无上的神，显然喜欢这种关系，在它的面前，我们显得无比渺小、孱弱和微不足道。它甚至还经常用陡坡来增加我们的难度和危险。它要以此来确认，我们是否可以获得走进这些村庄的路条。

　　我注意到一个有趣的现象，丹巴藏民的村庄大部分都在接近山顶的位置，不像汉族村庄，大多聚集在山谷里，尽可能地靠近水源。这令我感到不解。从某种意义上说，他们选择了最不方便的方式建立自己的家园。从一个村庄可以清晰看见峡谷对面的村庄，绛红色的房子如同在风中散落的花朵，在丛林后面闪烁跳跃。但是，这样的直线距离只属于眼睛，而不属于双脚。从一个村子抵达另一个村子，双脚要经过比眼睛复杂得多的过程，要下山、渡河，再上山。假如没有桥梁或者渡船，那么它们还要再绕一个更大的圈子，找到合适的渡口，才能到达对岸。盘山路要平坦得多，但这种平坦是以牺牲距离为代价的。它几乎使得两个村子间的距离变得无限远，因而，它遭到遗弃。没有人走盘山路，真正的道路从不虚张声势，它们掩藏在山坡上，被各种植物所遮盖。所以，从一个村子到另一个村子的道路是不确定的，它取决于一个人的体能、胆识和对山的熟悉。山本身就是路，这是我在丹巴的一项重要发现。几乎所有的道路都以山的形式存在，它们像草丛里的蛇一样游动不止，从不固定，所以一个人不可能在不同的时间，走在同一条路上。

　　长时间的游走生活使我深知欲速则不达的含义，我因在山的面前保持了适当的谦恭而得到奖赏，在爬上第一座山冈之前，我的体能没有透支。我们坐在石头上休息，这时我们都注意到视角的变化——我们不但看到了峡谷对面的村庄，我们将要前往的村庄也在丛林的后面浮现出来。

　　藏民对于高山从不胆怯，相反，高山使他们的身体变得剽悍、壮苗和奔放，他们生活中的全部激情都来自高山，因而，山从来不是他们的敌人。我们与他们都崇拜山神，我们是出于畏惧，他们是出于感激。我看见妇女在河边打水，然后背着水罐回家，水罐的皮绳在她们的胸前交叉，深深地勒进她们的藏袍，使她们的乳房格外突出，在那些用油彩装饰过的房子里，她们的孩子嗷嗷待哺。女孩子们脸颊很红，汗水明亮，顺着下巴往下滴，她们身体里充满水分，双腿健康有力，精心编扎的发辫在风中飞舞，偶尔会有水珠像斑斓的蝴蝶，从水罐里飞出。我甚至看见老妇人背着沉重的沙土上山，她们要用这些沙土盖房子，最重要的一项劳动不是盖房子本身，而是运输。

　　她们的步履飞快，所以她们会突然出现在我们身边，又突然消失。我几乎记不清她们一闪即逝的面孔，而你，则用镜头挽留她们。不久以后，我们在村子里与她们再度相遇，这使我在走进村子的时候，发觉这里几乎一半是熟人。

八　老妇人

但是那个老妇人却令我难忘。我们在半山坡上与她相遇。其实我们并不知道她的年龄。她的脸很黑，脸上布满皱褶，像放久的苹果。她背着重重的沙子，在陡坡上艰难行进。看到我们，她停下来，在几米距离以外，打量我们。

最初我以为她仅仅是感到好奇，没想到她把一只苍老的手伸进衣襟。那是一身黑色藏袍，肮脏破旧。我看见有些斑秃的羊毛吞没了她的手。它在里面游动了半天，摸索出一团近乎黑色的东西，伸到我们眼前。我辨认出那是一张馍，又圆又大，只是已经残缺了一多半，残余的部分还留着清晰的齿印，如同某种植物的叶子，它的横断面就像山路一样崎岖不平。我感到它的分量很重，老妇人试图把它定格在我面前，但那干柴般的手在风中有些飘忽不定。

我从没遭遇过这样的目光，善良、单纯、朴素。她担心我们饥饿，就把身上仅有的食物拿出来。触动我的不仅是她的善意，而是她对贫穷的不加掩饰。贫穷不构成她的耻辱，因而她不懂得她的善良在某些时候可能被歪曲，成为轻蔑和嘲笑的对象。由于贫穷，她对富有者的心态一无所知，她有属于她自己的常识，那就是在路上遇见我们的时候，给予我们干粮。

馍的表层已经被柔软的袍子蹭得油光锃亮，仿佛经过打磨的铁器。来自文明社会的恶习使我难以接受来自老者的恩典，你却走上前去，我注意到你掰馍的动作十分内行，而且脸上始终挂着微笑。你的微笑与老妇人渴求的目光刚好相配。

九　家族

我们都没有想到整个村子会以一场盛宴欢迎我们。尽管那场盛宴是为一位逝者的忌日准备的。益西多吉的母亲去世三周年这一天，我们一起走进这个村庄。开始我们对此毫无察觉，我们顺着山路靠近那些逐渐密集起来的房屋的时候，整个村庄像熟睡的婴儿一样安静。藏式民居错落排列，篱墙外的土路上布满牛粪。与城市街道不同，牛粪在这里不是作为污物存在的，而倒像是一种炫耀，尽管村路空无一人，但那些牛粪证明村庄内部暗含的生命力。你曾在你的书里描述过你缅因州家乡农场里的牛粪，你曾把牛粪的气味视为耻辱的标记，那时你的梦想是逃离劳苦的农场，去寻找一个真正的世外桃源。但是世外桃源里依然有牛粪，浑圆的牛粪像乡村的宣言一样，发表在道路的最显眼处。它们与土地那么相配，因而在这样的场合，它们显得无比干净，而且，没有臭味，是牲畜粪便与植物气息相混合的一种味道，这种味道像一种神奇的药物使人精神振作，让人产生劳动、歌唱和做爱的欲望。

两位红衣喇嘛抬着一面大鼓，迎面走来。他们很年轻，剃光的头发上已经长出青青的发茬。我知道有法事即将举行，便上前询问。结果，他们就把我们带到益西多吉家。

尽管我曾在西藏游走，但这是我第一次进入藏民的家庭，同时对于受到的善待没有丝毫准备。几乎所有人都对我们露出微笑，我看到老人包金的牙齿的闪光。他们捧出酥油茶招待我们，还爬到院子里的果树上摘下苹果和梨，塞满我们的背包。这时我们才注意到，漫山遍野的果树上，通红的苹果和黄澄澄的梨像节日的灯盏一样，具有强烈的装饰作用。主人们说，山上的水果吃不完，运输出去的费用比水果本身还贵，所以没有人拿出去卖，每年只能烂在地里。它们在土地里与牛粪亲近，它们具有某种血缘关系，或者说，山上的一切事物，都属于同一个家族。

十　逝者

人们用饮宴的方式证明一位逝者的存在。我感觉益西多吉的母亲并没有死，在一个特定的日子，是她将这么多的人召集起来，我几乎可以看见她在院子里忙碌的身影。她喋喋不休的声音在空气中重复。所有的事情几乎都是按照她的愿望进行，包括到来的亲人，和菜肴的口味。

整个院落已经成为一间巨大的厨房，各路工种秩序井然。负责烧菜的卓玛是最美的一个。我忙着为她照相的时候，你已经融入到干活的女人中，劳动成为你们通用的语言。劳动中的女人很美。这里的男人已大多着汉装，女人却始终穿戴藏族装饰，仿佛身着礼服砍柴挑水。她们往灶膛里添柴的时候，手腕上的银饰闪闪发光。她们躲在自己的语言里窃窃交谈，关于柴米油盐或者某一个康巴男人，而所有的私语都会在我的镜头光临的时候戛然而止，面对镜头，她们会用手掩住面庞。我发现，整个院子里只有我是多余的人，如果我离开这个院子，那么这里的一切都将天衣无缝。这时我只好去找小尼玛，她是一个小学生，只有她愿意听我的话，并且，十分乐意让我照相。

但我很快找到了自己的工作，那就是与男人们一起喝酒，这是游手好闲者的最佳选择。但那些男人与我不同，他们是岩石的化身，透过衣衫，我能看见他们坚硬的骨骼。有两种东西在他们身上须臾不能离开，那就是酒和刀。这两件事物不仅是男人们永久的装饰，也是他们对话的最佳方式。

我注意到对死者的祭奠充满欢乐的气氛。死亡就像一次平常的外出，令人惦念，却无须悲伤，铜制门环在深夜里突然发出的响动，可以被认做逝者归来的信号。她走得并不远，即使她已升入天堂。他们生活在三千米的高度上，在生命的尽头，只需一拐弯，就进了五彩天堂。

十一　拉吾则

藏式民居大多一宅一院，但这是一个由两栋房子组成的院落，房子的主人分别是兄弟俩—益西多吉和格桑多吉。两栋房子都是典型的藏式民居，梯形的石木结构，像佛一样坚定。弟弟的一座是新盖的，浓重的木料味道还没散去，外墙也以绛红的涂料刚刚漆过，在阳光下绚烂刺眼；另一座是老房子，色彩陈旧暗淡，像穿着一件辨不出颜色的僧袍。

从这一天开始，我们几乎每天夜晚都在藏民家里度过。藏民的房子多为四层，底层为畜圈，二层为厨房、贮藏室和锅庄房，三层作居室、经堂，四层被称为"拉吾则"。由于三层和四层的面积逐级递减，因而在二层和三层的屋顶上分别形成"L"形平台，可供晾晒粮食和家人休憩。房屋下部多为泥石结构，外表涂以白色，或者白色与石头原色相间；上部为纯木结构，漆为红色，檐头的绛红色色带下，再涂黑色色带。藏屋的结构大抵相同，我们稍不留神就会走错家门，但无论在谁家，我们都会受到相同的善待，这几乎已经成为村庄的永恒定律。这使得对这些房屋的分辨显得不那么重要。像一部预先规定了结局的小说，错综复杂的路程不会令我们感到担心。我们无法在天黑前如约回到卓玛的家中，却能从央宗那里尝到同样的手艺；在大伍龙斯交的木床上醒来时，胃里还残留着翁波家的酒液。当夜晚抹去我们的道路，躺在女主人精心铺好的床上，我甚至有些怀疑旅途的存在，被子的温度抵消了房屋的差别，我觉得自己每天出入的是一个相同的院子。

但这里是我们住过的第一座藏族民居，我们显得有些激动。我们分别在格桑家的二层找到了"自己的"房间。里面摆放着内地20世纪七八十年代流行过的衣柜，墙上除了绘有藏族特有的彩色纹饰，还贴着刘德华、关之琳的招贴画。房屋错落繁复，我有时会顺着木楼梯上上下下，在幽黑的走廊里痴迷地寻找某一个失踪的房屋。我永远闹不清究竟有多少人在这座房子里，可能随时多几个，又随时少几个。我跟着一个孩子进入一间屋子，发现屋内仅有一名满脸皱纹的喇嘛，他的手势深奥难解。我紧盯着它们，却发现它们在一束神秘的光线下变得像少女的手一样妩媚和透明。

十二　诵经

黄昏的时候，僧人开始越来越多地涌进院落。有红教僧人，也有黄教僧人。他们分别在二层两间房间里布置经堂。整个晚上，小喇嘛都在用酥油制作他们的法器和神像。在昏暗的室内，那些法器被酥油灯映照得晶莹剔透。小喇嘛靠近酥油灯，去整理那些法器的时候，他的脸也像灯盏一样亮起来，使我可以清晰看见他耳后的一颗黑痣。酥油灯在每个僧人身上勾勒了一个亮边，使僧袍上衣褶的线条更加夸张，而他们的表情，则深隐在黑暗中，就像他们的喉咙诵读的经文，混沌不清。我悉心地把经堂里的一切画在自己的记录本上，并且详细问询了所有神物的名称（由于没有汉语名称，所以我记下的均是藏语的译音），喇嘛们不厌其烦地为我讲解。可惜，记录本在以后的辗转中丢失，这使我失去了描述那个夜晚法事的精确词汇，有趣的是，我在那个晚上拍摄的照片，也无一显影。

含混不清的诵经声自夜深时响起，那时，经堂已经布置停当，喇嘛们也各归其位。屋子里除了神案，没有任何家具，所有人都坐在草垫子上。我披上红色的僧衣，坐在喇嘛们中间。一碗酥油茶在喇嘛们中间传递，他们用它驱散夜晚的寒意。我看得见碗口细腻的黑泥，仿佛专门设计的图案，一丝不苟地环绕着碗边。传到我手里的时候，我愉快地喝了几口，老喇嘛诧异地看了我一眼，随即笑了，我看见了他的牙洞。现在，我的一切都与喇嘛们没有分别，但语言的界限却让滥竽充数的我原形毕露，当所有喇嘛的诵经声逐渐变成柔美的和声的时候，我却在跳动的灯影里昏昏欲睡。间或响起的锣鼓声冰凉刺耳，会令我突然惊醒，让我从一个梦里，跌入另一个梦里。很久以后，我感到自己已经在床上。我的梦没有开始，似乎也没有结束。

十三　梦境

梦与现实的区别在于，现实中的故事可以延续，而梦却不能。时间是梦的敌人，再绚丽的梦也无法跨越时间的门槛。我们会在规定的时刻醒来，我们对于不合时宜的苏醒充满悔意，但那是我们的宿命。

在苏醒之前，我们却难以划分现实与梦。因而我们经常把梦当成现实，或者把现实当成梦。于是我们常常不得不作出这样的判断—现实与梦没有区别。因为生命也在时间的掌握之中，所以它本身就是一场梦，一切都将在最后的一刻化为乌有。人们说浮生如梦，就是这个意思。

到现在我也不知道，丹巴对我来说是现实，还是梦。中路，一个我从地图上也查不到的地方，正在我梦醒的时候等候着我。如果它依旧是梦，那么我的幸运在于，我可以选择一个合适的高度，来观察梦的全景。我的确这样做了，我顺着木梯爬到房屋高处的平台上，这时我才发现自己正站在峡谷的上方。

我住在格桑的那幢房子里。它与益西的房子格局完全相同。我可以爬到"拉吾则"的顶上，那是整座房子的最顶端。除了一楼与二楼之间有楼梯，房屋以上的部分没有楼梯，而是以简单的独木梯代替。所谓独木梯只是一根刻有脚窝的圆木，这让我们在刚开始的时候难免为自己的双脚担心，但屋顶以最美的景致发出诱惑，这让我别无选择。我顺着独木梯的指引来到屋顶，在接近屋顶那个洞口的时候，我就看见对面的雪山正向我压来，越来越近。随着角度的移动，我陆续看到了画面的其他部分—整幅画面是从上到下向我展开的—阳刚的山峰、肥硕的云朵、风情万种的花树，以及性情暴躁的溪流。藏式民居恰到好处地分布在雪线下面，仿佛雪山颈上的饰物。站在房屋顶上，就等于站在山的高处。风吹透了我的身体，我感到自己的肺叶像花朵一样绽开，我身体上残留的梦被它彻底吹散了，那一刻我觉得我真的已经醒来。

那时候太阳还没有出来，整个峡谷沉浸在肃穆的气氛中，仿佛在等待着一场庄严的法会。那样的宁静在我的生命中似乎从未遭遇过，因而，对我而言，这份彻骨的宁静反而显得有些离奇和怪诞。梦境常常因为违反常识而受到怀疑，从这个意义上说，丹巴具有梦的品质。我的常识是，我应该在这个时候挤进一列准时开来的地铁。我每天都是如此，分秒不差，别人也大抵如此，因此，我差不多能认出地铁里每一名乘客的脸—我们已经成为盟友，共同承担着时间强加给我们的使命。但是现在，地铁几乎在无穷远的距离之外，因而，可以被忽略不计。我无须支持地铁的事业，我的身体也无须接受群体的压力—环绕周围的人群正在互相成为对方的压迫者，在闷罐式的车厢里，每个人的身体都被挤压变形。现在的情况大不相同，我感到我的身体回到了身体上，每个毛孔都在呼吸，每个器官都与自然遥相呼应。

时间消失了。整个山谷履行着钟表的职能，它以光线的变化，来显示时间的刻度。我坐在屋顶上，仔细观察着大山光影的变化，日子久了，我就会知道，一座山的剪影，会在几点钟爬到另一座山冈上。最奇妙的是色彩的变化，它使一座山在几分钟后完全变成另一座，那些深隐在阴影里的鲜花会像被突然公开的隐私一样呈现出来，绚丽、炫目。如果我是画家，面对大山我会不知所措，因为我的画笔不可能与光线的变化保持同步。峡谷会成为一切艺术的嘲笑者，它会使艺术家陷入失语和尴尬。

但我仍然每天坐在屋顶平台上写作，尤其在早晨。我甘心于自己在表达上的劣势，我已经习惯于在书写的时候聆听风的暗示。我已经知道每当我抬头的时候，峡谷里的布景会发生变化，那些变化只可意会，不可言传，但它让我生命与感情的变化与自然的变化息息相通。

十四　墨尔多神山

每天写作的时候，我都面对一座巨大的雪山。益西告诉我，那就是墨尔多雪山—嘉绒藏区最著名的神山之一。益西还说，从这座山翻过去，走三天三夜，可以见到山背后有一片神秘的海子，比九寨沟还要漂亮。但是路途艰辛，所以很少有人知道。

我每天都要端详这座神山。这几乎成为我不能省略的早课。直到今日，我也无法说清它的魅力到底在哪里。宗教感从来都是理性的敌人，无所不能的科学无法进入灵魂这个场所，在那里，它的威力将荡然无存。这使我这份没有来由的崇拜显得理直气壮。墨尔多神山，几乎成为我每天希望看到的第一件事物。它像神一样纯净、安详，有着无可比拟的体量。它赋予我巨大的空间感，使得所有的生活，都在一个无比广阔的背景下展开。即使在夜里，我都能感觉到它的存在。它更像是天上的事物。它与星月的唯一区别在于，有一条实际的道路，可以通向它的顶端。

但那只是理论上的道路，我不相信它能把我送达山顶。雪山令我望而生畏，只有神可以在上面来去自如。在神的暗示下，我们可以看到空冷的山上络绎的人影。墨尔多山从来都是人头攒动的热闹之地，只是我们过于愚钝，无法看清罢了。我们能够看到的只是钢铁一样沉默的岩石，还有永不消失的积雪—积雪的光芒使山峰永远处于白昼之中。我们看不到白若咱纳大师隐藏在山石间的手印、足迹与头像，白若咱纳的得意门生玉札宁波的足印，以及白若咱纳大师升天的道路。但是我总有一天会上去，从我第一次目睹墨尔多神山我就知道了这一点，它已经为我准备好了道路，它是我的宿命。

十五　碉楼

在益西的提醒下，我才注意到房屋的帽形顶层"拉吾则"，从侧面看，均是月牙形造型。益西说，从宗教意义上讲，它们代表四方诸神；从形状上看，很像牦牛头，代表着嘉绒藏族的牦牛图腾崇拜。四角角顶除安放白石，以作诸神的象征进行供奉外，角后还专设插入嘛呢旗的钻有孔洞的预留石插板；后方中部还设有用做"煨桑"的松科。有趣的是，"拉吾则"的含义是曾经建造碉楼的地方，它暗示着这里本应是碉楼的位置，它的高度无法与碉楼相比，在碉楼隐退之后，它成为房屋的制高点。

碉楼是过去时代的遗物，它们支撑着所有关于过去的记忆。站在房屋顶上，可以看到许多远处的碉楼，像一千年前一样把守着峡谷。它们从一开始就是决定人们命运的神物，一种使时间消失而自己却岿然长存的神秘之物。它证明了我们的脆弱和需要保护。仿佛一些石柱，它们撑起一座巨大的房屋—整个丹巴就是一幢看不见的房屋，人们在石柱的下面安置自己的生活。碉楼是阳性的，在大地上勃起，充满力度，但它们捍卫的却是阴性的生活，柔和、细腻、温软。所有的丹巴人共同生活在那间无形的房屋里，包括死去的人，和即将出生的人。他们的一切都因丹巴而存在，他们的善良、幸福和爱情都是丹巴赐予的，因而离开丹巴他们将会窒息。碉楼表明着丹巴的存在，它们把丹巴人的梦想牢牢地揳在大地上。它们像篱笆一样，划出世外桃源的界限。这里欢迎所有人的到来，只要他们对这块土地没有任何的轻蔑和冒犯。

我们来丹巴的念头最初起源于那些碉楼。我们在几千里以外就望见那些碉楼了，当然不是用我们的眼睛—它们一直兀立在我们内心的天际线上，它们必然成为天然的目标，吸引我们的脚步。所以在中路乡的第一个早上，当我在屋顶平台上完成在丹巴的第一段文字以后，我们决定去看碉楼。那时你正在经堂里拍摄法事。老喇嘛告诉我，法事要进行三天三夜，于是我们开始收拾自己的摄影包，暂时离开经堂，去寻找碉楼。

碉楼是藏人和羌人独创的建筑形式，在藏区和羌区广有分布，但是丹巴是碉楼最为密集，同时也是品类最齐全的地方，为各种类型的碉楼提供范本，因而，细心的人可以从中发现高碉的历史。据文献记载，丹巴碉楼数量在明代和清代中叶曾经达到三千多座，而《丹巴县志》提供的清康熙年间的丹巴的户籍数字为四二八三户，由此可知，当时平均1.1户拥有一座碉楼，除去那些公用的寨碉以外，几乎不到两座房子上便拥有一座碉楼。而在丹巴，又是中路乡的碉楼最为密集。"在视线之内者有八十七个，此外隐藏在坡下和沟中未见到者计有二十五个，总数约一百一十二个。全村户口一百六十一家，平均有碉楼房屋占十分之七。"（庄学本：《丹巴调查报告》）显然，中路是观察碉楼的最好的地方。

由于碉楼一般都有二三十米高，君临一切，所以发现它们并不是一件困难的事，困难的是寻找接近它们的路径。村中的道路回环曲折，在农田、树林和房屋的掩盖下极具欺骗性，有时我们认为自己选择了一条最近的道路，结果却发现越走越远，所谓正确的道路常常带领我们抵达一个完全不同的目标——在这种情况下，修改方向似乎更加可行。这有点像历史，充满了阴差阳错，它绝对不是按照正确的逻辑走到今天的，我们也不能天真地用某种公式推算未来。时间的深处充满无法预知的变数，而历史，正是这些变数累积的结果。道路不需要真理，一条岔路将引导我们走向另一条岔路，一个奇遇里埋伏着另一个奇遇，而最初的目标，将成为人们最大的痛苦和负担。直到人们向心中的目标挥手告别，道路才为他们提供奖赏。

但我们都是执迷不悟的人。我们及时地发现了道路的阴谋，它将用它的平稳、安全和诗意，来隐瞒世界的真相。因而我们放弃了道路。我们开始穿越农田、翻越山崖，放弃安全的曲线而选择危险的直线。显然，碉楼喜欢这样的冒险者，当我们触摸到那些粗糙的砖石，它们开始向我们呈现深处的秘密。

……

十六　巴惹

美人谷也可以被称做“死亡谷”。美人，是死亡谷里生长出的奇异之花。她们经常成为战争的借口，甚至成为战利品，但她们的本职工作却应该是在自己的土地上开放。战争因为她们的装饰而显得更加刺激和妖媚，但她们不是为战争而生，她们代表的是自然中某种和谐的力量，这一点从她们的面孔上一望即知。

见到丹巴的第一个少女，我就喜欢她的“巴惹”（头帕）。巴惹上绣有彩线花边，四角绣有花卉图案，前面的两角还系扎彩线束，复杂得恰到好处。它出现在少女们的长发之上，与她们的面孔、盛装遥相呼应，仿佛身体上盛开的花朵，百媚横生，异峰突起，强调着令人惊艳的美，既有康巴人的奔放，亦不失古雅神秘、含蓄内敛的东方气质。每名少女的巴惹，都是她们自己绣的，那些巴惹，像她们的容貌一样个个不同。丹巴人的爱情就是从巴惹开始的。男人们不仅通过容貌，而且通过巴惹辨认他们心仪的女孩。

不久以后，大伍龙斯交就在夜里向我们讲述他抢头帕的故事。当然，抢头帕不是饿虎扑食般的抢劫，而是略近于西方男女萍水相逢时的接吻。这个在域外人看来有点暴力色彩的举动里，暗藏着异性之间的和谐与幸福。我还喜欢女人的百褶裙，但它的震撼力不是由少女，而是由一名老妪带来的。对此，我将在后面的文字里述及。

巴惹以端庄秀美的质朴语言讲述着少女们的渴望，女孩子们自小就要学习绣花，把自己的青春岁月凝缩在小小的头帕上，而她们的全部努力，就是她们的作品被心仪的男人打劫。一个男人抢走了少女的头帕，就意味着他在向这个女孩示爱。她们创造头帕，目的却是头帕的消失。这是一个悖论，但它是迷人的。正是这个悖论，引导着一个女孩由幼稚走向成熟。在美人谷的爱情辞典里，头帕的地位举足轻重。男人们是主动的，他们通过对头帕的解读来了解一个女孩的内心，无论成败，他们都会孤注一掷，将敏捷的手伸向芳香的头帕。而从另一方面来说，少女也是主动的，她们将细密的心事掩藏在针脚间，心事百回千转，面容风轻云淡，她的选择，已经通过头帕表述清楚。眼睛在选择头帕，反过来，头帕也在选择眼睛——在男人们纵横交错的视线中，必定掩藏着一双心有灵犀的、只属于她的灼热视线。

泽仁康珠对我说，她小的时候，最令她心动的，就是观看抢头帕。庙会、嘉绒年和节庆日，都是抢头帕的好机会。那几天，三五成群的姑娘小伙在县城街头你追我逐，整个县城都弥漫着一种春季特有的馨香和燥热。那时她住在政府临街的宿舍楼，楼下的街道成为姑娘小伙们在街道里追逐表演的舞台，银行或工会门口的街灯，照亮了他们缠绵、痴迷、慌乱和留恋，像游戏，但多少缘起缘灭、生死离合都从此开始，她不用下楼，就可以看得清清楚楚，甚至可以看出喝彩和眼泪来。为了更好地观看剧情，淘气的康珠妹妹甚至拿出她不太正规的军用望远镜，趴在窗台上，一丝不苟地观看那些人生里的规定情节，乐此不疲。我问她，你不怕别人抢你头帕吗？她说，我是政府工作人员，没有头帕，而且，这几年生活变化大了，女孩子们都去做导游了，而抢头帕这种习俗，在县城已经越来越少见了。

于坚在描述藏族女人时说，她们"无法用汉语中的杨柳腰、樱桃小口或玫瑰之类的比喻来比喻。首先在西藏本身就不存在这一类的植物。其次，一个这样的女人是不可能在西藏这样的地域里生存的。西藏的女人是另一种美，我不知道应当如何形容这样的美。我关于女人的词汇在这里是失效的。"（《在西藏》，见《于坚集》卷四，第二一三页，云南人民出版社，二OO四年版）诗人于坚在面对西藏女子时感到了语言的尴尬，我并不比他高明，但不知为何，我在丹巴藏区见到的女人让我想起希腊的女神，柔媚中具有某种刚性的力量。她们身材苗条，肌肉坚实，适合于出现在任何场合—汲水、背石、祭祀或者舞蹈。她们总是不由自主地唱歌，或者说，是和谐的旋律，借用了她们的双唇。

十七　　合影

　　我们在法事的最后一天回到益西的家里。成群的喇嘛已经散去。你要为益西全家照一张全家福，这是他们家族历史上唯一的一张合影。现在，这张照片就在我的桌上，它让我轻易就把你支起三脚架的那个黄昏拿在手上。照片上也有我们，我们在那一瞬间成为他们家族的一员，但这只是我们制造的幻觉。由于我们不可能改变自己的血统，因而我们永远无法读懂他们的历史。

　　但我们总是试图知道更多的东西，我们关心他们的生活甚于关心自己的生活，这是为什么？不知这是否验证了疯子兰波有关"生活在别处"的预言，或许，它证实了我们对于真理的想象—我们从不相信真理就在身边，在自己的吃喝屎溺之间，唾手可得，它必然依靠一个合适的距离来维持它的体面。藏区的生活亦近亦远，犹如梦境，乐于接纳我们的理想主义情绪。然而，那毕竟是藏民自己的世界，它会对困境中的我们伸出援手吗？或许真如费曼所说，存在只是撕开一层又一层的表象，但那无疑是更加内在的表象。核心隐藏在事物深处，我们可以离它无穷近，却永远无法抵达。

　　在益西家度过的时光，在我与小尼玛的记忆中形成的烙印是绝然不同的，对此我坚信不疑。我无法换一双藏民的眼睛看待丹巴，所以我面对神山的那份激动，与藏民的激动，不是同一种物质。

十八　山路

几天中，我们一直顺着革什扎河谷行走。路途中看不到一个人，我们像走在侏罗纪的河谷中。我感觉途中会遭遇一只恐龙，或许，有一只从未见过的动物，正蹲在岩石后面，盯着我们。

山坡上一座寺庙吸引了我们，就决定朝那个方向走。那座庙距我们很远，隐藏在红色的树林后面，只有特别注意才能看到。你最先发现了它，你对寺庙十分敏感，而我，需要顺着你的指尖端详半天才能看到。周围的村寨都在接近山顶的位置，仿佛天堂里的居民，具有某种优越感。只有那座寺庙在半山上，所以我们把它当做首选目标。山上几乎没有路，所有的路都藏身于灌木丛的下面，像冬眠的蛇，需要仔细辨识才能认出。我叫不出那些植物的名字，它们显然并不出于同一种系，但它们亲密无间地杂居在一起。它们对山冈具有某种装饰作用，但它们对来访者的态度显得有些冷漠。有些杀手藏匿在植物丛中，它们的尖刺如刀刃般锋利，并且不断企图在我们的腿上验证这一点。这使我们除了计算山的坡度和自己落脚的角度之外，还要考虑如何躲避这些利刺的攻击。这无疑增加了我们登山的难度和趣味性，由于攀登的姿势不断变化，身体上几乎所有的肌肉都参与了这场莫名其妙的较量。

我们都出了汗，气喘吁吁，但我们与寺庙之间的距离并没有实质性的改变。你想出一个办法，你看到有一条管道沿着山体盘桓而上，于是建议我们沿着管道的水泥凹槽走。我们的大胆决策在两个小时以后被一个巨大的瀑布否决。当我们正为自己的小步快行沾沾自喜的时候，瀑布突然出现，阻断了去路。它以湍急的流速向我们发出忠告——不要轻举妄动。我向脚下的深渊望去，估算着可能发生的危险，退回去最安全，但我们显然都无法接受这一方案。这时，你发现有一块凸出的巨石，延缓了瀑布的流速，你开始在上面投放石块，那将是我们在水流中落脚的地方。我知道，我们已经别无选择。那些湿滑的石头，已经成为我们上演高空杂技的道具。

通过瀑布的时间实际上只有一秒钟，但这一秒钟里我几乎踩到了地狱的门槛。我感到自己的身体消失了，只剩下血液，像瀑布一样急速流动。我的腿回到我的身体上是在片刻之后，那时我意识到土地的存在，以及脚上的刺伤在经过浸泡之后的有些夸张的痛痒。

　　半个小时后，我们又见到了那座寺庙，在我们面前几十米的地方，几乎伸手可及。它连通着不同的路径，如同一只皱纹纵横的手掌，将所有来路上的人们，攥到自己的掌心。

　　……

十九　百褶裙

　　扎仓的父母在一瞬间找回了他们的青春。

　　扎仓在我们身边等候了很久，执意要带我们去他家里。我起初以为他是想赚我们的钱，显然，这是一个恶俗不堪的念头，它只能在我们这些"城里人"的头脑里产生。扎仓显然没有意识到，他与他的客人存在着某种交流上的障碍，他的表情朴实而天真，充满善意。城市生活早为我们准备好了一套教科书，它让我们学会了提防，我们面对欺骗比面对善良更加坦然。然而这样的提防在丹巴纯属多余，他们在夜晚睡觉时甚至不去关上院门。应该提防的倒是丹巴人自己，在这个唯利是图的年代里，他们应当提防"文明人"的闯入。他们太善良了，对于可能到来的危险浑然不觉。

　　那是我们在柯尔金走进的第一个村子。这里的建筑与中路大致相同。时间是中午，我们不打算投宿，所以仅仅在扎仓的家中吃了午饭。午饭后所有人坐在露台上乘凉，扎仓的母亲不断地给我们的银碗里倒酥油茶。

　　扎仓的母亲倒茶的动作悠缓而安静，缓慢的动作被老旧的衣衫包裹，仿佛那动作本身已是旧时代的遗物。经年的劳动使两位老人显得苍老和落魄。他们千疮百孔的衣衫，似乎在暗示着青春已经越来越远。他们的身体就像衣褛一样，已经失去翠绿的汁液，而变得僵硬和脆弱。只有从银制的壶嘴里跃出的酥油茶，保持着鲜嫩的光泽，像一百年前一样。它的芳香如同亢奋的阳光，蜿蜒向所有它可以到达的地方。

　　我让他们谈彼此的爱情。他们羞涩地笑了。他们的那份羞涩再现了他们的青春。时光可以修改一个人的面容，却修改不了他的表情。作为心灵的标识，那表情将在他的脸上顽固地存在。只有长久相伴的人，才能从那些脸上的符号中读懂背后的寓意。现在，他们已经把决定写在脸上：他们要重新穿上结婚时的服装。

他们的决定使这个懒散的午后发生了变化。当老夫妻重新站在露台上的时候，我们都惊呆了。扎仑的父亲穿的是绛紫色的藏袍，鲜艳的花纹在阳光下熠熠生辉；母亲则穿上漂亮的百褶裙，旧年的流彩没有褪色，更重要的是，他们昏弱的眼神射出亮光。那些离散的七彩光芒又回到他们身上。他们开始跳舞，动作敏捷而潇洒，脸上像年轻人那样露出天真的笑容。

第一次见到百褶裙，我心里有些激动。它像一个传说，在我心里埋伏了许久。我的朋友林茨曾以《百褶裙》为题写过一本书，但他描述的是彝族妇女的百褶裙，从他提供的照片来看，与丹巴女人的百褶裙大同小异。作为嘉绒藏族女性的传统服装，古老的百褶裙用胡麻纺成，长长的裙摆几乎垂到脚踝，一百多条皱褶自然垂落，跳舞的时候，它们便会飞旋起来，让宽宽的裙边成为一朵硕大的圆圈。随着动作的变化，百褶裙的线条变化多端，对动作作出修饰，而动作也常常在百褶裙的鼓舞下，变得更加狂放。

泽仁康珠告诉过我，百褶裙的名字，来自裙子上共有一百零八条褶，每褶宽三厘米左右。一百零八这个数字在藏传佛教里是最为常见的数目，佛珠也是以一百零八为基数。它是为了表示求证百八三昧，而断除一百零八种烦恼，从而使身心能达到一种寂静状态。关于百八烦恼的内容，说法各异，总的来说，六根各有苦、乐、舍三受，合为十八种；又六根各有好、恶、平三种，合为十八种，计三十六种，再配以过去、现在、未来三世，合为一百零八种烦恼。如经文所言："诸菩萨问：云何百八？佛言：有所念不自知心生心灭中，有限有集，不知为痴，转入意地亦如是，识亦如是，是为意三；见好色中色恶色，不自知著不自知灭，有阴有集，乃至触亦如是；彼经但列六根各六，虽无三世之语，而结云百八，如知是约刹那而为三世也。……三世三个三十六故，故有百八。"（转引自[藏]泽仁康珠：《穿越女王的疆域》，第二十四页，成都：四川民族出版社，二〇〇七年版。）

康珠妹妹还说过，百褶裙上身是用土布做坎肩样式，外配齐膝两边开衩的长外套，这种外套跟清朝妇女的秋冬上装很像，不同的是下摆上镶有水獭皮或者其他的仿皮装饰，布料多用氆氇、平绒或缎面。在百褶裙上配上珊瑚、绿松石、玛瑙等穿成的项链，银制的呷乌（藏族常佩戴的护身符，也可作装饰），腰间挂上若干银链串连的各种配饰，走路的时候，宽阔的裙摆被风吹起来，配饰的叮当声，与女子们的步伐刚巧吻合，举手投足中，寻常女子也飘然若仙。

那两个表情僵滞的老人突然消失了，我们看到的是一对年轻的夫妻，在露台上起舞。他们面孔兴奋，嘴唇湿润，仿佛刚刚彼此吻过。百褶裙具有一种绝缘的力量，可以防止忧伤、苍老和痛楚对于身体的渗透，使身体在经历漫长的时间之后仍然年轻。它们不再粗鄙不堪，而是光芒四射，并且获得了一种上升的力量，像风中的云，有无数的光粒飞跃而去。那些光粒在飞行过程中彼此碰撞，发出轻微的响动，像音符，在百褶裙变幻的线谱里起落沉浮。

演出结束了。他们脱下百褶裙，小心翼翼地叠好，并且恢复了农夫农妇苍老的形状。褴褛的衣裳表达着他们生活中的创痛与辛酸。天空的银幕暂停放映美丽的童话。

二十　天国里的村庄

站在扎仓家的"拉吾则"上，可见看见许多村落。下方是一条巨大的峡谷，革什扎河像一条绳子，把两侧的山脉衔接起来。与中路不同，这里的村庄规则地排列在峡谷两侧，对面山顶，是抽牛村；而在柯尔金同一侧，则可以远远望见大寨。云雾把这些村庄渲染成天国里的村庄—它们在云雾中神出鬼没，时隐时现。天气好的时候，我们可以看见村庄的下方，各种彩色的植物遍及山体，像是赶赴秋天里的一场狂欢。这让我觉得对面那座大山像一只蹲伏着的花斑豹子，会在某一个不经意的瞬间突然跃起，而覆盖在它身上的所有花瓣将像爆炸一样缤纷散落。峡谷中的村庄许多都保持着姻亲关系，所以，在露台上吃饭或者乘凉的时候，人们会看到自己亲人的房屋。亲人之间至少保持着一种视觉上的联系。实际上，所有的村民都是广义上的亲人。我看见旁边一座民宅的屋顶，一位老人正抱着她的小孙子向我们招手。看到那个孩子，扎仓的父亲立刻兴奋起来，做出各种滑稽动作，逗孩子发笑。

但是天空并没有为这些天国中的村庄安排道路，所有的道路都必须途经人间。我们只有穿越那些花的走廊，顺着山体下到峡谷的最深处，越过河流，才可能到达对面的村庄。这样的行程对于我们而言，至少需要一天的时间；而对于当地住民来说，只要两三个小时。于是我知道，我们不处于同一时间系统中。如果我们对各自的时钟进行核对，我会发现它们截然不同。我对自己的时间概念深信不疑，但在丹巴，我的权威性荡然无存。人们沉浸在自己的时间系统中，根据自己的方式将距离换算成时间。这使我用近四十时间积累起来的经验显得无比可笑。时间在这里移动得极为缓慢，以至于至今停留于古代之中，而老人，则停留于年轻之中—所有人都年轻而天真，像孩子一般不谙世事。

二十一　歌手

这一点在大伍龙斯交的身上得到了证明。大伍龙斯交四十多岁，有三个女儿，由于生活负担重，只有最小的女儿能够上学。但他每天都生活在快乐之中，在他的脸上丝毫见不到生活的阴霾。

我们想在天黑以前赶到大寨去，所以尽管扎仑的父母有着热情的邀请，我们并没有在柯尔金逗留。我们顺着高悬的山路行走。那个充满温度的村庄渐渐消逝，眼前是一堆零乱的山石，以及拥挤不堪的草木。我意识到，即使山村为我们准备了甜美的奶茶和舒适的被褥，我们依然是多余的人。丹巴人生活于一个与现代社会格格不入的国度里，坚守着自己的哲学。那是一个众鸟喧叫、众兽起舞的乐园，在那里，巫师穿行在梦想和各种各样的隐喻中，让它们起立、致敬或者歌唱。他们用自己的语言来与山鸟、河流与石头说话。我们像白痴一样疯狂打造自己的地狱，把暴行当做正义，并因此而到处树敌—生物、山河、历史甚至神灵，都被我们宣布为敌人。这为我们的事业注定了某种不祥的性质。即使已经遭到惩罚，我们依然执迷不悟，这是因为我们的事业是一条不归路，没有悔改的机会。与清醒比起来，沉迷更令人觉得轻松、舒适和坦然。有人开始义无反顾的偷渡—比如我们，山村为我们准备了无数个入口，它们以温柔的臂膀迎接我们。它们的宽容使我们惭愧。我们的移民身份轻而易举地就会暴露。我们不是从这块土地上长出的生命，因而我们即使与原住民处于同一时空中，我们的生命感受也会截然不同。

四下无人，但有歌声，追寻着我们的脚步。时隔已久，我已记不清歌的内容，但对那嗓音却记忆犹新。那是一个粗粝却悠扬的男声，从气脉充足的身体里迸发出来，肆无忌惮。显然，这不是用于表演的声音，人们在表演的时候，尤其对于电视晚会上那些珠光宝气的伪民歌而言，嗓音往往经过修饰。所谓的声学训练，就是一种修饰。它企图用一种人为发明的假声，取代真实的声音；企图将那些从不同的身体里迸发出的生命之音纳入一个统一的程序之中。它们与虚假的表情相匹配，成为激情缺失的生活中的某种代用品或曰赝品。山上的声音却全然不同，我能感觉到它不是从喉咙里，而是从所有的器官中喷发出来的，带有血的热度和心跳的节律。一个人的生命就在这种天然的声音中迈开步子，勇往直前。

没过多久，我们就看见了那个唱歌的人。一个汉子背着一把铁锄，出现在山岭上。他循着山路，越走越近，没多大工夫，就追上了我们。

我们问他为什么唱歌，他说不知道，就是想唱。他脸上布满泥土，眼神却干净得透明。他到山上是为修整自己的一块田地，并且为它竖上篱笆。他到山上干了一天，要在日落时分赶回家里。那块田地离他家很远——至少我是这样认为，但他对自己的生活十分满足。因而，无论多苦，他的心里充满快乐。他说，不仅他爱唱歌，不论男女老少，所有丹巴人都爱唱歌跳舞，每逢喜庆的日子，他们便聚集在一起，唱歌，跳锅庄舞，而所有的歌舞，皆源于他们内心的幸福感。

一年以后，当我第二次来到丹巴的时候，我目睹了真正的锅庄舞。我迅速被那些密集的歌声所吞没。我甚至加入到歌舞的人群中。但我的内心充满了焦虑，因而我不可能像他们那样忘情。痛苦的人生和浮躁的生活几乎断送了我歌唱的激情。但在丹巴人这里，民歌不仅仅是一段音符或歌词，它更可能是，甚至根本上就是人与自然、生活与命运、声音与苦难的合一。作为历史和自然的一部分，它借用了人的身体，亘古传唱。在山上偶然听到的歌声，为我完成了对于锅庄的启蒙。很久以后，我从史籍中找到了对它们的记载。

据《丹巴县志》记载，"丹巴锅庄形成于隋唐时期"。而吴德熙于清同治年间撰写的《章谷屯志略》，则是最早用汉文记载丹巴锅庄的史料，该书对于丹巴锅庄的描写如下："夷俗每逢喜庆，辄跳锅庄，自七八十人至一二百人，无分男女，附肩联臂，绕逐而歌，所歌者数十百种，首尾有定局，其中所歌，在人变换之巧拙。其语有颂扬者，有言日月星辰者，有论阴晴风雨者，有念稼稿之艰难者，有谓织纴之辛勤者，有肖鹿麋之僬俟者，有状牛羊之濈湿者，有诮惰而称勤者，有男女相爱悦者，有相互赠答者，有叙离合忧思者，有怀野田草露者。悉以足之疾徐轻重为节，呕哑嘲哳虽难为听，周折转旋，颇堪寓目。亦歌舞之派别也。"

吴德熙详细记录了歌词的内容，但我无法听懂他们的唱词，因而对我而言，重要的是曲调，是他们唱歌时的那种生命状态，就是吴德熙所说的"呕哑嘲哳"。正是这种"难为听"、不合正音的曲调，透露了他们的快乐与奔放。但它们只能在我的外部流动，而无法化为我的血液。我知道，这块土地上到处都是歌手，只有依靠那些在歌声中居家过日子、翻耕土地、放牧牛羊的底层歌手，丹巴的历史和灵魂才能真正存在。丹巴人向来默默无闻，只有他们的歌声，是他们留给世界的宣言。

后来我们知道，那个荷锄的男人叫大伍龙斯交。我们很快结识了他的妻子和女儿们，因为这一晚，我们住在他的家里。

二十二　晚餐

很久，我都无法分清大伍龙斯交的妻子和女儿，她们更像是姐妹，她们一样年轻和美丽。在大寨，这是一个并不富裕的家庭，但大伍一家保持着适度的自尊。他的家隐身于村子里依山而建的几十幢民居中，一点也不醒目。在村子里的石路上，只能看到一扇由粗大的圆木钉成的院门，但是它的内部布局却严守着藏式民居的规则，虽然没有像有些人家那样镶上彩色马赛克，但它的彩绘却一丝不苟。这使它的房子在俭朴之中具有了接近原始的品质。

坐在厨房里，没有电，我们隔着桌子，在越来越浓的黑暗里说话。许多农具和灶具隐藏在黑暗里。女人在厨房里进进出出，准备晚饭。大伍说，他妻子为我们准备了"揪揪面"，只有在过节或者有贵客来的时候才吃。炉火闪烁，女人的脸膛时隐时现。从炉膛里燃尽后飘出来的黑灰，在黑暗里积攒起来，越积越多。女孩子们躲在墙角里看我们，眼睛里闪动着像羊一般温顺的目光。那张隐在黑暗中的桌子成了所有人的中心。那上面有大碗大碗的酥油茶。我伸手就能够到它，热热烫烫地喝下去，它无疑是穷人命途上的玉液琼浆。女人不时为我们把酥油茶舀满，当女人忙于做饭的时候，她的小女儿就会代劳，即使我们喝上一夜，那碗也永远不会空。我想，他们的所有劳动都是为了这一张桌子，为了一家人在夜晚围桌而坐的时候，所有的碗都被填满。这是一种无比朴素的愿望，但所有的幸福都源自这里，比如丈夫在劳作中不停地唱歌，一定是因为他想到了晚上的食物，和妻子的身影。

大山建立了一种秩序，它容纳了所有的生灵。任何一种生物都可能选择一种适合自己的生存方式。这同时需要气度和智慧，而这两种物质在我们的社会中已极为稀缺。一个人在这样的山上开始一种鲁宾逊式的生活是完全可能的，从水果到大豆，这座山上样样不缺，它们会使夜晚变得富饶而充实。这里当然没有汽车和电视。但这里到处都是山路，没有比双脚更便捷的交通工具；至于电视，只能给都市里那些感情匮乏的人们提供精神支援，丹巴人有藏戏、锅庄、女人和酒，他们不需要它，他们有属于自己的夜晚的传奇。

"揪揪面"是用手搓成的粗面条，端上来，满满的一碗，像一个微型的粮垛，有一个明显的尖儿。它的味道并不迷人，但它质朴而吉祥，对我们身体的体贴恰到好处。这就像丹巴的女人，并不艳丽，所有妖娆的姿态都纯属多余，她们从不令人感觉心旌荡漾、疯狂和迷醉，相反，她们让人觉得安静和踏实。她们不是玉，是一颗晶莹饱满的米粒，试图用自身的光泽来抵消我们身体内部的黑暗。

……

二十三　女人和树

即使是美人，也终会死去。神灵赐予少女美貌的同时，并没有授予她们时间上的特权。相反，时间在她们面前表现出近乎苛刻的态度，她们的美貌那么容易被时间所消磨。时间在女人的脸上进行着一种近乎残忍的游戏，企图以此证明自己的价值。

在井备村，人们找到了对付时间的办法。这个东谷沟里美丽如画的山村，距县城大约十公里，历史上是明正土司管辖的二十四村之一。我们是在将近傍晚时分抵达这个村子的。据说这个村子是丹巴著名的美人窝，被称为金玉之乡。它与其他村庄看上去没有区别，藏式民居如同鲜艳的玩具，散落于田野之间。房前堆得很高的麦秸垛，以及露台上悬挂的辣椒，都成为房屋的最佳装饰。村子里有老妇、孩童和少女。她们是不同时代的美女，她们的面孔中包含着时间的隐喻。它们与这里的雪山峡谷、晨曦中的植物、斑驳的史诗，以及梦境中的歌谣遥相匹配，而且永不凋谢。一些面孔老去，而另一些面孔却正值青春。容颜在血缘的河流中穿行不止，这使美女获得了与时间相同的属性，而无法被时间所消灭。时间可以摧毁某一张具体的面孔，但那消失的美会从另一张脸上浮现出来。

但美人的死总会令人感到神伤。在井备村，与那些冰雪清洁的女孩说笑，我就在想，有多少张美丽的面孔，在这里出现过，又消失无踪？那些消失的面孔，是否将永远沉落于时间的死角，而使我们永远丧失了目睹的机会？我在睡觉之前想到了这个问题。那时我刚刚从水缸里舀出冰凉的水，倒入铜盆，准备洗漱，曲玛正在为我铺被。舀水的时候，我望了一眼窗外，看到天井上的那方天空，星辰正大面积地浮现。我们汉人总是以星星代替死者，而我从曲玛口中得到的答案却有所不同。曲玛问我："你有没有注意村中的柏树？"我茫然地摇头。曲玛说："很久以前，丹巴县内巴底、巴旺、革什扎土司都到井备村选美，明正土司和附近其他县份的土司也来这里选美。村中美女如果被土司选中，嫁娶时，都得栽上一棵柏树。所以，村中有多少棵柏树，就可以证明村子里出过多少个美人。村中有一棵两人合抱的古柏，就是当年巴旺土司在井备选美时栽的。"她嗓音轻细，但我仍被她的话惊呆了。我被民俗中惊人的想象力所折服。井备人已经意识到生命不是时间的对手，所以，他们开始借用自然的力量。一株柏树在女人死亡之后仍在生长，它代表着一个女人的真正未来——我相信，死亡之后仍有未来。每个女人在栽下柏树的瞬间，对衰老和死亡的恐惧都会消失，她们可以在柏树的成长中得到关于未来的许诺。

一夜醒来，我看到无数棵柏树在无比深邃的天空下，像女人一样挺立和呼吸。风在穿过它们时发出的声音令我痴迷，而消失的往事将于枝叶的和声中悄然复活。

二十四　塔公

高山上特有的眩晕感使我的记忆有些紊乱。现在我已记不清自己是先穿越的塔公草原,还是先到的县城。时间隐匿了自己的脚迹,如同故事抽掉了自己的线索,只剩下一些孤立的情节,在记忆里散乱地陈列,使彼此之间的联系,看上去更像巧合。

由于在塔公逗留时间不长,小镇塔公对我而言仅意味着一条街道和一朵灯盏。那时我们正在从丹巴通向塔公的路上。我们雇了一辆破旧的面包车,用了一整天的时间,穿越了牦牛沟,经过八美,驶向塔公。破车像骨架松散的老鬼,在山谷间奔跑。颠簸的山路随时可以使它支离破碎。我担心它的安全甚于我自己,但它安然无恙地把我们带到了目的地。那是一座漂亮的藏式小镇,两边尽是石砌的房屋,由于空气能见度高,眼前的一切事物都在发亮,红漆大门和门楣上五彩的图饰晃得人几乎睁不开眼睛。在穿越无人区之后,这座炫目的小镇仿佛蛮荒星球上的一座奇幻之城。有马帮从小镇中穿过,那些马匹鬃毛闪亮,被带着雪山气息的风吹拂着,此起彼伏地颤动。僧侣、少女和康巴汉子在街上走动,脚步从不急促,仿佛时间永远在前面等待着他们。我甚至觉得他们没有重量,因为他们脚下从不荡起烟尘。行踪不定的落风撩动了他们的裙袍,使它们看上去像迎风的旗帜,或者游动的火苗。风在他们身上并没有受到阻碍,它能穿越他们的身体,吹动他们的心脏、血液和肌肤,从喉咙中出来时,就变成了悦耳的藏音。所有声音都像铜号的琶音一样干净和清亮,而不是像尘埃一样零乱地飘浮。小镇唯一的主街两边,有各种商铺和饭馆。有外国人按照自己的习惯,把桌子搬到街边来用餐和喝茶。这使这里更像一座中世纪的欧洲小镇,充满宁静和诡异的气氛。

我们认识了一个名叫泽仁的男孩子,二十多岁,是典型的康巴汉子,颧骨突出,鼻梁高傲地挺立。他把我们带到家中烤火。这里虽然阳光充裕,但只有在中午施舍一点温暖,空气在大多时候都像雪水一般冰冷刺骨。没有夜生活的小镇在夜晚寂静得像一座死城,山风也不像白天那样温顺,而是如野狗一般撞击门扉。但在泽仁狭小的石屋里烤火,却充满童话气氛。一盏锈迹斑斑的马灯悬挂在墙上,火光映出了它自身的影子。黑夜是广大的,但光亮却是那么狭小,几张映红的面孔，是它的光明王国里仅有的臣民，它们分别代表着不同的人生经历和文化背景。有的时候，泽仁的哥哥也来，他是塔公寺的僧人。我就会向他询问有关修行的事情。那是一座有一千多年历史的古寺，它的全名是"一见解脱如意寺"。寺内保存着一尊与拉萨大昭寺相同的释迦牟尼像。传说是文成公主进藏路经此地时，将她携往拉萨的释迦牟尼像复制了一尊，留在这里。寺中还有几件珍贵的宝物，比如元朝帝师八思巴法王在石头上留下的足印、印度大成就者建造的成就佛塔，以及千手千眼观音像。大殿后面是一片塔林，这里是历代高僧的最后归宿地。寺庙后山上，满插着如海的经幡，在寒风中整齐地舞蹈。在酥油灯成排的光焰中看到泽仁的哥哥，我对他充满敬意。内地人出家，往往因为看破红尘。而在这里，宗教是每个人与生俱来的信仰，是最重要的生活，它像墙上的马灯一样具体和神圣。宗教准许了我们做梦的权利，并且让我们看见了自己做的梦。在马灯的光圈里，这个令我肃然起敬的年轻人给我带来的却是一种兄弟般的亲切感。我甚至认为我们之间应该具有某种血缘关系。那是一种精神上的血缘关系，它使不同语言间的对话成为可能。我们四个人使用着三种语言，但在这个偏僻的角落我们竟能交谈。这样的聚合令我觉得有些离奇。我知道所有的面孔都将像火苗一样一闪即逝。纪伯伦早就意识到这一点，他曾对我们说：你们都是灯盏里的火苗。我把这句话解释为：我们都是黑暗里的奇迹。

二十五　雅拉神山

一场突如其来的大雪封闭了我们的道路。那时我们正陶醉在自己的旅程中。旅程中遍布着低垂的溪水、透明的鲜花和海水一样泛滥的云朵。我们甚至与一对年轻的夫妇相遇，他们骑在各自的马上，驮着新买的货物，返回他们遥远的家。那是一片生动的草原，仿佛诗歌，以寂静的方式唤醒我们的想象。

泽仁向我们指示了塔公草原的方向。他的哥哥还告诉我们，在穿过塔公草原之后，我们可以找到一座尼姑庵，每一个年轻的尼姑背后，都有一串神奇的故事。我忘记了我们是在穿越塔公草原之后见到泽仁，还是在泽仁的指点下闯入塔公草原的。

事变是在瞬间发生的。大雪修改了草原的语言，使它变得暴戾和冷酷。大地像上帝随手翻动的纸牌。天堂与地狱只一步之遥。上帝如此轻易地把我们置于死地。我意识到自己闯入的是一片由极端分子统治的王国。它们大权在握，翻脸不认人。暴雪控制了我们的身体和脚步，现在，它们的工作是攀爬雪坡和涉过冰河。没过多久，我就沮丧地发现自己的裤腿已经被冻在肉腿上，成为我身体的一部分。体重也因此增加。鞋、袜子和脚也亲密无间地粘在一起，它们的关系变得更加牢不可破。再愚蠢的人此刻也能意识到面前的危险—过不了几个小时，我们将变成两具新鲜的冻肉。实际上，真正的危险不是危险本身，而是我们找不到解救的路。大雪抹杀了我们的道路。由于参照物的消失，我们失去了方向。所有能够指示方向的事物都不约而同地不辞而别，原本明确的道路也尾随着它们悄然逃跑。这暴露了道路的机会主义本性。我们不能相信道路，因为它总是在最关键的时候出卖我们。当我们沉湎于草原的景色的时候，我们丝毫没有对美丽背后的危险有所察觉。我们陷入窘境，是因为我们对命运恶意的嘲弄缺乏足够的防范。

　　雅拉神山就是在这个时候出现的。我们同时看到天空中出现一件神秘的事物。那是一座雪山的峰顶，恰到好处地出现在云层的空隙中。而雪山的大部分，则深隐于阴霾的天幕。海拔五千八百二十米，是适宜神居住的高度。雪一如既往地下，没有迟疑，只有在峰顶上的位置上，晴空一片。雪白的山峰像是悬在空中，令我目瞪口呆。我看到无数道光柱顺着云的缺口俯身进来，照亮了远方的草原。在那里，许多黑点在温柔地游动，我知道每个黑点代表着一只牦牛，它们正在草原上共进午餐。我们于瞬间得到神的启示，按照神指示的方向行进。我们知道，在牦牛吃草的地方，我们能找到自己的朋友。

二十六　毡房

　　狂雪的威力顿减，此后的跋涉要容易得多。在没有方向的雪原上，游动的牦牛是我们永恒的路标，它们为恍惚中的我们提供了回家的路。它们在哪里，哪里就有炊烟、酒和歌声。我们的脚步并没有因为疲惫而减缓，我的整个身体都感觉到了双脚的渴望。我的心跟随着它们向雪的深处走去。我已经知道，在狂雪的深处，将出现一个毡房。一对夫妻、一个刚刚长成的少女和几个幼童，将在里面围着一只发黑的铁炉煮奶茶。奶茶的热量将抵消整个草原的寒冷。它将使一个家庭能够在草原上孤独和倔强地生存下去。而此刻，我们需要的，刚好是一碗烫手的奶茶。

少女的面孔逐渐清晰。她正站在毡房口，手搭在眉毛上向远方张望。她的视线在穿越纷乱的雪花之后与我们相遇。那时的天幕早已合拢，她无法看见雪峰，也无从领会神的旨意。我想，我们的到来，一定让她感到不可思议。

……

二十七　结局

我企图以摄影的方式纪念我短暂的丹巴之旅，这个计划以失败告终。从丹巴回来不久，我的所有胶卷神秘失踪。我几乎找遍了住宅的所有角落，翻遍了所有的行装，但结局却令我沮丧。除了一个空洞的旅行袋，我拿不出任何可以证明我行迹的事物。丹巴消失了，时间和空间已经联手将它置于我能够触及的范围之外。这时，我有理由对自己的记忆产生怀疑。记忆是不可靠的，它是一个老谋深算的骗子，用虚构的故事欺骗我们。那么，我所有关于丹巴的文字，是否是在它的诱惑下完成的呢？

照相机曾经是我抵抗时间的一种武器，它甚至拥有与武器相类似的长管和扳机，它们以相似的方式瞄准，但目的却大相径庭——一个是要杀死对方，另一个则是要对方永生。时至今日，我才知道，后者的努力是徒劳的。照片一经产生，我们就被抛到了照片之外，孤立无援。照片与我将成为两种事物，我们无法证明彼此间的联系。图像中的丹巴将封堵我们的道路，使我们无法置身其中。为此，我开始为胶卷的丢失感到庆幸。这为我重返丹巴提供了理由。丹巴不是影像，不是记忆，也不是想象。它是一个地方，它将如同莲花一样，按照自己的规律生长、凋零和复活。

*本文省略号为删节处

（本文收入祝勇《西藏：远方的上方》一书，已由百花洲文艺出版社出版）

| 印象

对祝勇的口诛笔伐

邵　丹

一

这是经典的祝勇语录："这已经拖得不能再拖了，没办法了。月底交稿，也就万八千字吧。"那"万八千字"说得跟抹了油般的滑溜，好像字都是自动生成，不用人写的。

整场对话兜兜转转的，不得已接了这最后通牒式的"求情"，立即就字数展开讨价还价。祝勇的要求先是飞流直下三千尺，从"万八千"降到"几千"，才一答应，数码在电话挂断之前被祝勇及时弹回到"五千"的水准。

祝勇谆谆教诲过，在北京秀水街上淘货，对半砍价是相对公平的交易。

二

祝勇的敏感点及麻木点非同常人。聚焦到写作上，他对字数完全麻木。周晓枫的经典评论是："祝勇这人写作，是以百米赛跑的速度跑马拉松的距离。"

也就说，某些作家，如我，平均每个月憋一万字就烧香拜佛，祝勇可以一天写一万字，而且，祝勇可以几本书同时写。而写书，还仅仅是他编书、阅读、研究（他目前在攻读博士学位）以及投入大型电视纪录片的撰稿及制作之外的一件事情而已。当然，他还会旅行，照顾家人，兴起就做蛋炒饭。

祝勇的蛋炒饭于我是一次惊艳。祝勇应邀到美国柏克莱加州大学访学，老兄玉树临风，颇赚得柏克莱多位母亲级长辈的宠爱。我冷眼旁观，原来世上还有一个比我更不会生活的人—简直就差饭来张口，衣来伸手嘛。但祝勇品尝过我为他准备的据说是他此生最难吃的早饭后，坚决主动下厨，所以有了蛋炒饭。果真异常精致，色香味俱全，还一个劲感叹，缺这个配料那个配料的，不然怎样怎样的。

有人评价祝勇一心为文，无心尘务，我看恰恰相反。祝勇于美文入手文学，主题与结构一直在追求创新，但文字的标准只有一条：精深。或者说，恰恰是因了这种极致的抠劲，从文字泛滥到了生活。不能说祝勇小资（一直认为时下对小资的定义是错乱的），但祝勇颇有几处让你意想不到的较劲处。比如客厅里的方形茶几，找人全部刻上宋体字，如放大的宋代雕版。再则就是爱挂些文人字画，不多，以字居多，从张仃到黄永玉，还有吕正操。祝勇最看重吕老的不在于字，却在于人，也就这时，他不顾斯文，对胸无点墨只会写字的所谓"书法家"龇牙咧嘴：他们"还敢出来混"。他到底对字极为敏感，字形字义，差哪都能招他惹他—但字数另当别论。

祝勇对音乐相对麻木，却颇迷恋我家怀民。怀民用小提琴随便拉些革命歌曲的旋律，祝勇就五体投地了。但真正恋恋不忘的并非在此。2010年，我成了"海龟"，怀民成了"海鸥"，祝勇有空就电话询问："怀民什么时候来？"总是忙，总是错过，祝勇在远方发来短信："告诉怀民，想他的肉了。"时在地铁，哈哈大笑，立即回信："我老公不是唐僧，勿念。"

祝勇迷恋的是怀民的红烧肉。他到底因了食欲而出了文字的纰漏。

三

祝勇跟怀民的交情颇令我费解。怀民看到文字就头痛，这毛病自从发现我也喜欢舞文弄墨后益加严重；而祝勇好像从未谈过古典音乐呢。两个东北男人自有相知的路数：对喝点小酒，谈谈相通的童年记忆，最要紧的则容我慢慢叙述。

先是怀民成功地把祝勇撺掇成苹果电脑用户。两人高高兴兴，巡视礼硅谷所有专卖或代卖苹果电脑柜台，最后祝勇认准了一款黑色苹果手提—他莫名其妙地认为其他颜色不够男人。问题是苹果电脑是讲潮流的，那款式过了期，只找到一台样品。事后的麻烦就不说了—祝勇对电脑所知甚少，一下子跳到苹果系统里，真是活活找罪受。普通的技术问题还好解决，关键祝勇往往是十万火急的—他竟然是不会备份的人！这种山顶洞人式的习性吓得我差点精神失常，事关人家文字心血，实在担不起干系。结果两个大男人谁也不着急，晃悠悠也不知怎么解决了问题。

祝勇趁机买了很多高科技产品：多功能打印机、投影机等。怀民花别人的钱，过他的电器购买瘾，皆大欢喜。两人满载而归，我在楼下客厅内被投影机包装盒绊到，善意提醒："祝勇，这盒子别忘了带，包装保护得好。"

无人回答。

继续一起玩。看电影之类的。反正祝勇在美国单身状态，而我与怀民直到那时还是没心没肺的游戏人生的态度，真正是臭味相投。

等祝勇兄大包小卷重回伟大祖国，怀民被迫confess了。绊到我的包装盒根本不是祝勇的。祝勇那么讲究的人怎会忘了如何保护他的宝贝玩物？那包装盒是怀民的。也就是说，祝勇"品味"的东西，怀民一样搞一套。最可恨有了祝勇壮胆，根本俭省了例行的老婆大人批准程序，这可是搞阴谋政变。天下可恨者，文人也—诱良民以各种非关基本生存之欲望，又辅以瞒天过海之术。慎！

四

祝勇与我以文相交。其实在海外，我们共同的朋友，台湾女作家喻丽清就一直向我推荐祝勇，说是青年才俊，大可学习。

按国内流行的说法，我是上世纪九十年代中期出的国。扎扎实实算下来，一去十三年，误入尘网里。我在海外开始写作，最初没有特别的想法，小心情小稿费小快乐，仅此而已。海外生活极平静，或许太平静了，常有螺蛳壳里做道场的局促，就像雷蒙卡佛的短篇，几乎千篇一律的苍白的背景前一个微弱的手势，最大的悲剧恰在于这千篇一律，恰在于苍白与微弱。按祝勇对海外中文写作的描述："两眼一抹黑，太不容易了。"这份不容易，是相对于国内文坛的活力而言的。

出国前对国内文坛的了解极有限，出国后又没有机会，祝勇成为我了解中国文坛的温度计。祝勇从青少年时期的短小美文（他或许至今还在写）出发，如今写的是一种全新气象的文字—据说有人定义为"新散文"。

无论中文或英文，文字历来统分两类：诗及散文。随着市民阶层的兴起，小说渐次繁荣，实则还隶属于散文类。小说于中国萌芽于魏晋，成长于大唐，至宋明为第一次高潮，自上世纪五四以降，现代小说发展则几乎与颠簸的新文化之路平行。小说在西方的脉络相对简明，与资本主义相辅相成，但迄今资本主义已进入金融资本阶段，网际网络，尤其社交型网络应用蓬勃兴起彻底改变人类的思维习惯和文化习惯，小说何去何从，已被烙了个问号，滋滋冒着白烟。而这些背景，在我看来恰恰成就了"新散文"的意义。

祝勇自己如此写过："几乎所有方法已经穷尽，所有的困境已经表达，所有的语言材料都被消耗（尽管新词语层出不穷，但文学显然不是在词语爆炸面前的语言失禁），也就是说，文学已被终结。"

断章取义容易引起误解，其实祝勇在同一篇思想随笔（《好的散文更像接头暗号》）里紧接着写道："当下的作家和散文家，实际上从事着与命运作对的勾当。他们想尽力脱离生活的平面，跳得高些。每一次跳跃，都具有不可重复性，荣誉或者挫折，都可能蕴含其中。世界纪录是否会有极限？我想，极限在理论上是不存在的，今天的技术足以把高度划分为无限细小的刻度，那么，纪录就可能遵循着无穷小的刻度，永无止境地爬升。"

"新散文"努力向上提升了一小节刻度，却足以让我这个海外游魂反复学习：文字上，"新散文"应该是白话文运动以来最精致最纯熟最现代的一个流派；文体上，"新散文"其实突破了小说、狭义散文甚至学术研究间的泾渭分明，创造出极富阅读趣味的新文本。格致的作品更偏叙述性，她的《减法》是女性版的《活着》，《转身》与《站立》是散文化的小说；张锐锋的作品富有学术性，很多文字结晶与思想论著无二，说起来西方很多伟大哲人的作品最初也不过当作散文处理；周晓枫的作品弥漫着精神的诗性，阅读她的文字就是追随作者的灵魂，上下求索的一场神游；而祝勇的作品相对而言最富有建筑的美，最经典的当属《旧宫殿》如一本阳刚的线装书，两翼铺展，中轴落在了炽热的"阳具"上。

五

祝勇强调"行走文学"—读万卷书，行万里路的现代表述，但他基本上是静态的。据说祝勇喜欢踢足球，还曾为此光荣负伤，瘸腿半年，但文学上的他是相对静态的。

文学祝勇的静态有四方面：一则祝勇及很多当代作家的人生经历与前辈们相比都是相对静态的—没有战争，没有大规模的动荡，就算有高速运动，那至少在表面上看是向上的运动。近十多年来中国经济高速增长，带动中国文化事业至少是表面的繁荣与相对稳定。二则他的文字思维是相对静态的—结构的精致必然暗含着美学的稳定，而他具体的文字铺展并非靠故事驱动，而是落在精致的结构安排里。三则他的文字不断挖掘思想深度及题材深度，但这种开挖工作的前提是必须静坐书斋，精读细想—在肉体上，读与想都是静态的。四则祝勇的文学企图相对静态。虽然号称要向上刻一细微的刻度，但他早已认定："从本质上说，散文是与轰动效应为敌的，具有轰动效应的散文是对散文的篡改和诽谤。"

六

每次问祝勇写作习惯与计划，他总是没有答案，好像他从未考虑过这种问题："没什么特别的啊。想写就写了。"

要多接触一些，才明白以上问题在祝勇那里的确算是moot question（不可成立之问题）。当我与怀民第一次拜访他当年的新居，祝勇初始彬彬有礼，领着我们一间房一间房地兜，书架上的书，墙上的字画，出处来历，一一配以文人式的唠叨注解。及至进入其工作间，一张超大尺度的明式画案，上面堆满了丘峦起伏的书刊书稿。不过就多嘴一句，夸他工作繁忙，有志青年，祝勇当即巴甫洛夫式反应，抓起一叠书稿，说是正在校对。就是那种经典表达，"这已经拖得不能再拖了，没办法了。马上要交稿。"一头说着，一头就坐下校起了书稿，圈圈点点的。我不愤，偏偏多问几个问题，祝勇头也不抬，语速放慢，虽是回答了，也不知他是否明白自己答案的意义，关键是他的手头已然飞速哗哗校了两三页。无何，转身去厨房寻乐子，半晌，祝勇大约清醒，或者文字瘾暂时满足，悠悠踱步而来，继续介绍他的新居。

说起来，祝勇是我有限的接触里，少有的从小到大对文字一往情深的人，他喜欢的、学习的、工作的、生活的，都在文字里。他是很纯粹的文字的人。我都觉得他可以为了文字改变生活，而不是正常人那样，很可能为了生活而改变文字。

但祝勇最大的幸运并非在于能够将喜欢的与谋生的完美结合，更在于他能与自己能与自己所喜欢的文字保持着一种相得宜彰的健康距离。热爱，并清醒，这是境界。

多少作者，多少优秀的作者，由热爱出发，最终却为爱所累。最可惜的是很有才气的作者，或者为浮躁短暂的外界干扰了内心恒久的感悟，或者无法跳出自身的束缚，不断重复自我，那个注定并不完美的自我。祝勇难得之处在于对文字一直保持着理性的自审。我隐约记得他说过：他对文字的兴趣就是不断地写新的东西。这个新，祝勇的定义极明确，不仅是题材的新，也在于文体的，思想的。每思至此，我就认为祝勇真正迷恋的是一种思维的乐趣，文字不过是这种思维的载体。从散文入手文学的人大约都有这样的特性。散文相对于诗，就在于一份逻辑与思维。

应该正是因为这份真正的本质的热爱，祝勇才会在不惑之年去念个艰深的博士学位，据说还心甘情愿落在以严厉出名的导师手里。而在文字上一向是少年得志，一帆风顺的祝勇，也就在他导师命令他重新提交论文大纲时，才能罕见地竟因了文字而神情肃穆，语气严重，终于不复那种对短时间内出品达到发表质量的"万八千字"口轻飘飘的德性。

想起Garrison Keillor在美国国家公众电台（NPR）的A Prairie Home Companion节目中有档无厘头私家侦探的小专栏，种种荒唐的经历，每至结束，片尾音乐响起，很弘扬的，便是那经典的点评，这人群中微小无奈的私家侦探在苦苦寻索着正确的答案，为那些"life's persistent questions（人生恒久之问题）"。

写作，如果没有这种跟生命紧紧相连的动力，怕是持久不得。

七

祝勇喜欢用二手素材来演述他的人生思考的。他对历史素材尤其痴迷。其实早在《旧宫殿》里，他的历史素材就已经不是狭义的历史素材了。如果说，国内狭义的散文定义是非虚构性，则祝勇和他的"新散文"写作早已突破这种人为樊篱。他的历史是主观的，现在进行时的，随着他思索的加深，他在这条路上越走越远。

记者出身的我最坚决反对那些狭义的所谓真实与客观。标准只有一个，只能有一个——为"人生之恒久问题"寻找答案。当然，这个"人生"可以是小资的，个体的，可以是宏观的，社会的，亦可是历史的，未来的，现在的。凡此种种都是不同的表象，而不同的富有生命力的富有个性的写作风格正由此出。

2010年早春，祝勇忽然拉我去故宫。按其一贯风格，又是桩"拖得不能再拖了，没办法了"的事情，并且又是那种众多文字相关的项目被他同时游戏着，一个白天愣被他安排出无数次见面、商谈，以及故宫巡游。但即便如此，他可不是带我周游故宫，而是再度沉浸在自己的文字世界里了。他一回首，需要确证眼角余光里的角楼飞檐是何形状，是何名称，从养心殿到储秀宫该走怎样线路，等等；他走在嵌在高墙广厦间的路上，想象着自己正重复当年帝皇将相的脚步，走在某历史大关节处。

祝勇正写一本长篇历史小说。不知什么时候动笔的，恍惚间完成大半了。又是那种应该被口诛笔伐的轻盈语气。

八

祝勇"求"我写篇印象记，抓紧机会口诛笔伐，一报宿怨。时间紧，任务重，"万八千字"对半砍价成四五千字，口诛笔伐意犹未尽，这场交易吃亏的还是我。

| 对话

写作是我们的信仰

——于坚、韩东、祝勇对话录

于坚： 著名诗人

韩东： 著名作家

祝勇： 著名作家

    读一个作家的单部作品是一回事，读他的文集是另一回事。这两年，我开始注意一些作家文集的出版，因为从那里，可以更清晰地看到一个作家成长探索的轨迹。只有当多卷册的文集放到你面前，你才能知道聚沙成塔的威力。它同时也是一种冒险，因为需要写作者有不悔少作的勇气。到底是写作技艺的精进，还是功力的衰退或重复，都暴露在读者眼皮子底下。而好的文集，会呈现出一种坚持，既有时间上的坚持不懈，还有写作信仰的坚持。这是我在看到新散文作家祝勇由百花洲文艺出版社出版《祝勇散文系列》，以及祝勇刚刚由上海人民出版社出版的新散文论著《散文叛徒》时的感慨。也是逛书店时看到韩东、朱文们那些作家文集时的感慨。

    时间不禁算，说起来，有许多作家好像已经在写作路上走了好多年。当年积攒的那些声名，可能早已被现在的新秀所替代，但他们似乎却越来越从容，越来越有自己的写作信念。从他们的文字中散发出来，也从他们的言谈举止中散发出来。

    在网络的平台越来越把写作变成一马平川的上传与粘贴之时，我们反而更愿意多听听这些人对写作的看法。因为关于写作这件事，他们已经思考了几十年。现在也依旧在思考。这些思考，对我们也不无启发。散文家祝勇与诗人于坚、小说家韩东2009年春上在江苏常熟昭明太子读书台进行过一次对话，这里所涉及的话题，我在华语文学传媒大奖的活动中，又一次听于坚说起过。他有句话我至今记忆犹新："我不相信才情。我觉得真正的写作是持续不断的、工匠式的写作。"

——孙小宁（《北京晚报·书香周刊》主编）

祝勇：首先感谢于坚兄、韩东兄参加这次谈话。我们分别来自北京、昆明和南京，见面的机会很少，所以我很珍惜这次谈话，尤其在这样一个美丽的季节，在南朝梁时期著名的昭明太子读书台。我想它一定会成为我写作生涯中一次难忘的记忆。

韩东：谈话录实际上是一种古老的书写方式。这种方式自有它的优异之处，有它的顽强。"文如其人"，话，就更是如此。谈话录的现场感、即时性以及对抗性（问答之间）的和谐使得思想成为可流动的、可触摸的，使得叙述成为可感和富于人情的。好的谈话录就像剧本会显露无遗。

我喜欢访谈录这种方式，因为它是一种考验，因为它"赤裸"的程度，也因为它的"现实"性。读与写（或说）的关系在开始就是真实的，你不得不在一个具体的场景中对着一个现实的人说，渴望对方的理解，并接受刺激以及反馈。当然这种方式也是要经过学习才能把握的——整理修订过程的松紧程度以及它所产生的后果。访谈录是一柄双刃剑，作为一个有责任有能力的写作的人，不仅需要了解它的性能，也得按规则行事。

于坚：我想说我们与所有写作者的不同之处在于，我们都是职业写作者。祝勇、韩东，和我，包括已经去世的王小波，都是这样。这个职业不是什么人、什么组织赋予我们的，而是我们自己赋予的。我们都在坚持职业写作，不仅把写作当作自己的事业，也当作自己的职业。尽管写作给我们带来的现实利益屈指可数，但我们仍然靠写作养活自己，而不是从事一份其他的工作，再用业余时间写作。这真正意义上的职业写作。

祝勇：于坚几乎每天写两千字。刘庆邦不会电脑，每天手写，三百格的稿纸，写七页，就不写了，天天如此，我很喜欢他的这种风度，不动声色，驾轻就熟。我也已经习惯在白天写作，越来越从容不迫。这是一个作家最理想的状态。写作是一生的事业，必须常态化。实际上每个作家，特别是业余写作者，都有这样一个梦想，就是写作成为他唯一的工作。从前，在出版社上班的时候，我就梦想成为一个职业写作者，把自己的有效时间都投入到写作中去，不再有时间上的压迫感，不需要为赶稿子而一蹴而就。这样才能对作品进行千锤百炼。我觉得我这些年最大的收获就是能够安心写作。我的作品集收录的作品，几乎都在这样一种状态下写出来的。我很满足。我同意于坚对于职业写作的界定。我认为我们这代人已经有了从事职业写作的空间和能力。这是历史赋予我们的机遇。我们应该珍惜。

我想强调一点，职业写作与专业写作有所不同。专业写作，是指作协体制内的专业作家的写作。而对于职业写作者来说，是否从属于某一组织并不重要，可以是，也可以不是，如刚才于坚所说，写作是他的个人选择，与他人无关。这样，写作不仅是他的唯一工作，而且，他也不需要为组织完成什么任务，是一种听从于自我的自由写作。这样，至少在写作状态上，与国外的作家接轨。所以，职业写作不仅仅是一种状态，也是一种心态，自由、平和，同时不乏执著的心态。

韩东： 真正意义上的职业写作是民间性的。民间是真正的个人性得以存在和展开的场所。个人性这个东西很简单，就是我们的根据，我们每个人的立场。你要发言，你要写作，你要做事情，那么你的立场跟你本人是要贴的，很贴的。那么就是说在 '民间'，这样一个比较不受约束的状态下才能显示出来。

但是，我反对用概念来思索。所谓体制内、体制外，民间与官方，都是概念。我们活在一个世界里面，不是依赖某个概念而存在的，而且也不是非此即彼的状态。我认为用这些概念思考或是描述很复杂的现实都是言不及物的。

祝勇： 西方的作家基本上都是职业写作者。他们的写作处于一种常态，是每天都必须面对的工作，既不伟大，也不卑微。他们像理发师、商人、律师、演员一样生活和工作。在美国、欧洲、日本的书店里，都把纯文学书籍摆在引人注目的位置上，甚至诗集，都印得那么考究。这令我有些意外。我曾经以为纯文学，特别是诗歌，在西方商业化环境里已没有立足之地，实际情况刚好相反，它们都健康地活着。

于坚： 帕慕克写作，会用摄像机把素材拍下来，然后回来再看录像。他每个细节都记录下来，不管这种写作方式你是否同意，但这种写作态度就是职业的态度。

祝勇：苇岸也这样。他写《二十四节气》的时候，每年的某一个节气，都会在他所写的乡村的同一个地点，拍一张照片。他要在相同的位置上观察时间的变化。很多年后，他把相同地点的照片放在一起，比照它们的不同，一篇千字文，他会写好几年。

于坚：乔伊斯也是的，都柏林的乔伊斯。文学的所谓现代性就在这里。如果你永远是才子式的、即兴的、风花雪月散文式的，你的汉语就永远停留在浅表的层面，没法深入。所谓现代性，并非遵从于某种时髦观念或者主义，现代性，就是对待写作的职业态度。这是我们与前辈作家区别的最根本标志。

祝勇：也区别于以后的作家。或许，像我们这样对待写作的人，以后不会有了。

韩东：贾樟柯说，他看剧本，觉得本子写得不够考究，就反复修改，直到满意为止。你知道，电影剧本只是拍电影的参照，它的语言最终要全部转换为镜头，所以，它的修辞好坏并不直接影响影片质量。如果说人物对白考究一点，还可以理解，那么，将剧本中的描写打磨得很精美，就没有必要了，近似于无用功。但贾樟柯坚持这样做。他认为，这对他是一种训练，训练他集中精力，沉浸到一个事物中去。如果我们不能使一个剧本变得完美，我们也同样不能使其他任何事物变得完美。

对于写作者而言，有没有用心写，写了一遍还是两遍、三遍，在文字上是呈现得出来的。可能对于只看故事的人来说，效果没有什么不同，但要使文学或艺术达到精微，就不能不呕心沥血。一个敷衍的写作者，可能骗得过普通读者，但骗不了同行。

做一件事情，你得按你的理解力去做，不敷衍了事。或者不像别人那样敷衍了事。做别的事情也是这样，只要我是主动的，我会尽量不去敷衍它。当然，我也有敷衍的时候，但我不会让它出现在正常的情况下，不正常的时候我也会去敷衍。你说的严谨可能是指的这个吧，你问是怎样导致的，因为我的东西跟我是很贴的。或者我尽量让它贴，我不太相信跟我不贴的东西。

祝勇：所以，写作者必须专注于过程，有了这个过程，才有结果。我喜欢改自己的作品，不断地改。《旧宫殿》已经出版了五版，我还在改，现在收进《祝勇作品集》的，是第五版，与以前的又有变化。我愿意把自己的作品视为流动的作品，像水一样，永不固定，这样才有活力。《旧宫殿》我还会改下去，因为还有新的想法。或许，我会用一生的时间，来最终完成这部作品。我痴迷于这样一个缓慢的、渐进的过程。

现在很多人的写作，只是为了呈现一个结果，他们只为结果而写作，在动笔的一刹那，每一个笔画都在朝着结果飞奔，比如评奖、改编影视、翻译、向XX献礼，等等。实际上是对自己的写作不负责任。

于坚：这些都是写作者的一些基本原则，但这些最基础的东西到了今天就变成了一个问题。

韩东：这种实用化写作，是工业化，或者说是商业化的结果。电影虽然是工业化的产物，但是电影行业有很多地方值得学习。有些东西可能没有必要学习，但是它操作的规范和严谨，职业的态度，我很欣赏。

西方的写作早已职业化，职业分工很细。包括悬疑小说、商战小说、情感小说，也都职业化。作家的写作都很职业，他们都是某一方面的专家，甚至以化装、卧底的方式收集素材，他们的职业精神，让我们的许多作家望尘莫及。

西方的评论体系，也十分严格，这无疑有利于文学的正常发展。马建跟我说过一件事，让我很吃惊。英国有一位著名批评家，马建第一本书出来，她写了一个书评，刊登在报纸上。马建第二本书出来时，就主动跟她联系，想请她写个书评，她说，不行，因为我们联系过，或者说，我们已经认识了。在这个行业中，认识的人是不能写评论的，要避嫌。他们的行业规范已经严格到这个程度，每个人都自觉地约束自己，令我们肃然起敬。

于坚：我曾经在纽约遇到过一个擦皮鞋的黑人。他每天的工作就是擦皮鞋，他热爱，并且享受着自己的职业，没有想过去做别的事情，现实中的各种热闹，在他面前无足轻重。我请他为我擦皮鞋，他擦鞋时娴熟的动作让我着迷，擦完后，他双手一举，亮出一个pose，说声："OK！"他的声音里带着快乐和自信。

职业写作中必然渗透着一种职业精神。我们的工作就是写作，像他擦鞋一样，无论遭遇什么样的处境，都不会中途退场。

实际上我们都对自己的写作有所要求。我们不会按照既定的模式写作，我们把阅读、田野调查、思考、文本上的探索，结合在一起，实际上形成了一种"综合文本"。有人把它们称为"散文"，但我们都知道，我们的作品，包括《祝勇作品集》里面的作品，都不能简单地用"散文"这个概念囊括。完全可以给它们取另外一个名字。

韩东： 就叫"它文体"。"它"，就是另类、与众不同的意思。

祝勇： 所以说，职业写作，不同于专业写作。专业作家，是一个身份，而职业写作，则是一种态度，一种精神。真正的作家，以职业写作的方式，表达着他对写作的忠诚。

于坚： 有些人的写作不是常态的，他们的热情只能在短时间内燃烧，他们信奉"一本书主义"，这种缺乏坚持的写作，并非真正的职业写作。

他们的写作是灵感式、偶发式、即兴式，正是这种写作方式导致"一本书主义"。"一本书"完成之后，他们再也不去写，或者说写不出优秀的作品了。真正的作家，必须有一个量作保证，《鲁迅全集》16卷，《沈从文全集》32卷，《雨果文集》20卷，这是他们一生完成的工作量（还只是部分，或者说大部分工作量，并不是全部）。职业作家必须有这样的工作量，这样的工作量，表明他在认真地干活。

电脑为我们的写作提供了便利，为我们进行量的积累提供了物质条件，这是我们这一代作家与毛笔时代作家的重要区别。是好是坏我们另当别论，但是我们必须接受这个现实。我们用电脑写，就必须比古典作家写得多。以前留下的文献那么少，比如诗、赋，都是短的。我认为这和书写方式有关。但是现代写作某种意义上也被纳入了全球化的范围之内。汉语实际上被拼音化了。我们不能回避这一点。这会决定我们的思维方式。年轻一代的散文或小说，它的语言流动方式和以前的作家是不一样的。

过去的许多作家，一生就写几本书，屈指可数，但一个当代作家如果是这样，显然是说不过去的。

祝勇： 也就是说，作家的职责不是提供一本，或者几本书，而是要提供一生的写作。作家的价值，也不再根据一本书来评判，而是根据他一生的贡献，来综合判断。或者说，职业作家正是在这种漫长的、看不到头的努力中完成自己，而不是通过一两本书捞得现实的好处。况且，好的作品，也不是天外来客，只有在长期的磨砺中才能产生。所以我相信量的累积，一种缓慢的进展，渐进的过程。我认为只有写得多，才能可写得"精"，写得少，未必会"精"。前者是必然，后者是偶然。文学永远不是一蹴而就的事业。金庸说过，有人向他推荐14岁的"天才"写的武侠小说，请他看一看，金庸拒绝看，因为他认为一个14岁的孩子，无论怎样聪慧，对人生的体验都是有限的，换句话说，她受到的打击还不够多，所以不可能提供深刻的文本。美术大师张仃先生也说过类似的话，他认为大器晚成是艺术的规律，是长期探寻的结果，在艺术上，没有捷径可走。这是从事写作，与从事其他行业——比如从商、从政——的不同之处。写作不能坐直升飞机，每个人都要经历漫长的煎熬，所以，与其他行业相比，写作的成功来得更加艰难。

韩东：这个时代似乎使作家们很容易浮躁。作家们的急于求成，与整个社会的急于求成相吻合。我们的作家，包括某些知名作家，经常会标榜自己"大跃进"式的写作速度，比如，某一部著名的长篇小说是在一个月内完成的，等等。

祝勇：写作是一次长达一生的长跑，只有到了最后的时候才能做出评判。他们太急于见出分晓了，他们对于文学已经失去了耐心。

失去耐心的极端化表现，是对文学的放弃。文学的叛逃者层出不穷，他们已经失去了在阵地上坚持的勇气。即使他们一度写过振聋发聩的作品，他们也不是合格的作家，这暴露了他们投机分子的本性——他们把写作视为一种投资，人生的投资，而不是信仰，当文学带给他们的利益少于预期的时候，他们就会改变投资渠道。

韩东：艺术评论家王小山用排队来比喻他们——他们在人群中排队，心浮气躁，焦急不堪，快排到他们时，他们却换了一个队。

于坚：无论如何，我知道在座各位是要玩到底的。我们写了多少年了？至少二十多年了吧，显然我们还会再写一个、甚至两个二十年。现在这个时代，对于作家来说应该说是最好的时代。历史上几乎没有一个时代能像现在这样有利于写作。在这种情况下，已经没有理由不好好写作。如果一味强调运动了写不了，革命了写不了，那现在，已经三十年没有革命，也没有运动，你为什么依然放弃写作？或许，贫穷是作家们推卸责任的最后借口，但现在的作家没有吃不上饭的，五四那代作家即使在战乱冻饿中仍然写作。所以，对于一个有信仰的人而言，贫穷并不是一个有力的借口。如果说作家只有吃山珍海味才能写作，我是无论如何不能苟同的。

祝勇的散文精神

蒋　蓝

记得是1996年冬季的某个下午，我在成都盐市口街边的一个小书摊闲逛，见到祝勇的文化随笔集《文明的黄昏》，随手买下，这便是我读到的祝勇的第一本书。后来陆续买到他的《行走的祝勇》以及他主编的人文随笔集《声音的重量》等等，我开始留意这个身材高大、长相英武的北方汉子的文字。

2003年初夏，由于敬文东、周晓枫的引荐，我和祝勇有了通讯联系。后来他来成都，我们聚了几天，有关散文的很多观点我们进行了深入交流：新散文，人文随笔，人文地理，批评，消解，细节，打开细节使之成为一个流动的、生长的、环绕的特质……那时，他正往返于故宫的宏大建筑与康区的残损碉楼之间，穿梭于湘西古城与蓝印花布之间，用他的话来说，自己近年"主要是行走"。这颇有些类似中世纪的行吟诗人，一路行走，一路向人们叙述沿路捡拾的黑耀石，放出那些吸纳的梦，但在某个拐弯处突然哑灭。

他不断寄来他的新作、新书，一些篇章我几乎是第一个读者。在我的印象里，祝勇具有一种知识分子的安静气质，文体回环陡转，绵绵无尽。而来自知识的深厚储备不断对阅历予以查漏补缺，这为他的大地思考提供了一个展翅的空阔地域。在我看来，大地的根性往往缺乏诗性，缺乏诗性所需要的飘摇、反转、冲刺、异军突起和历险。也可以说，诗性是人们对大地的一种乌托邦设置；而扑出去却忘记收回的大地，就具有最本真的散文性，看似无心的天地造化，仔细留意，却发现出于某种安排。一百多年前，黑格尔曾断言："中国人没有自己的史诗，因为他们的观察方式基本上是散文性的。"这是特指东方民族没有史诗情结，却道明了实质，让思想、情感随大地的颠簸而震荡，该归于大地的归于大地，改赋予羽翅的赋予羽翅，一面飞起来的大地与翅下的世界平行而居，相对而生，成就了祝勇的散文。

很显然，一个没有多少经历的人，很难触及经验性写作；而一个无法对经历进行处理的人，其经验性根本就无从谈起。个体经验不可能绝对化。闭门造车的天才就不在此空域内，他们高起高打，不可言状。谈及经验写作，让我想起一些写家老是要纠缠语言、语感、语义之类的问题。一个作家如果连这些问题都没有解决，就好像隔着玻璃在研究鱼和水的关系。目前，在这个只能依靠经验性写作才能发力的写作领域，我倾向于谈论诗或散文，而不是语言或语感，隐喻或反讽。因而，在论述祝勇的散文过程中谈论题材、语言、审美、阅读史、生活史之类就没有太大的必要。严格地说，比起过往的写作人，我们的确难以再发现什么了，很多所谓的"洞见"不过是换了一个说法，又闪烁在文学爱好者的低空。尽管它们均是经验的构成部分，但还不是文学的经验性。从个人化的生活史中彰显既符合历史语法、又迥异于宏大叙事的言说，我们可以通过祝勇言说的指向，抵达那看不见的所在，以"说出即照亮"的命名方式，正在成为一种检验写作人实力的标尺。

非对称的翅膀

在大地上持续行走的祝勇，2002年转身扎进了故宫深处，拿出了一部构思多年的六万字长篇散文《旧宫殿》。时间凝结在空间之中，建筑、器物、设施、历史、人物、杀戮、纵欲、权力在时光的磨蚀下只能成为空间的组成部分。还原过去、彰显细节之余，祝勇不是一个"修旧如旧"的工匠，他翻开辉煌的瓦楞，让权力的屋檐露出了霉变的耻部。

史家们普遍认为，明朝是中国历史上最为黑暗的时期，但黑暗并非毫无变异，它像鸦片一般连续制造着诡异的噩梦和厚黑盛宴。明成祖的名字总是与郑和、奴儿干都司、《永乐大典》联系在一起，稍有历史常识的人还知道，明成祖五征漠北，浚通大运河，并大规模营建北京。作为一个封建帝王，他在完善北京著名的对称建筑格局以后，同时也实现了对暴力、专制和力比多的绝对问鼎。这段历史是诸多史家和文学家关注的焦点，但作家祝勇以散文的言路予以重新的阐释，为21世纪的汉语写作提供了一个前无范例的"陌生化"文本。

如果说《旧宫殿》的主体框架是来自于故宫的建筑对称隐喻的话，那么作家显然是想揭开这层对称、平衡的面纱，解剖"存天理、灭人欲"的权力癖，将那只飞翔在宫殿上空谶语般的鸱鸟凸显出来—黑暗的权力建筑在羽翼的倾斜下亮出了历史的性器。而中轴线的敞亮与历史的性器被阉割的事实，在散文中就得到了富有意味的重合，使消解的策略峰回路转，重构出历史的胆汁和情貌。因此，散文由表面的对称推延，经过刻意的中断，发展到非对称的飞翔，显示了作家异于常识性散文的建筑雄心。这就仿佛作家用谜面的平衡，来隐蔽了一个危机四伏的、不断变异的谜底。

互文性概念的提出者法国符号学家朱丽娅·克里斯蒂娃曾提出："任何作品的本文都像许多行文的镶嵌品那样构成的，任何本文都是其他本文的吸收和转化"。即每个文本都是其他文本的镜子，每一文本都是对其他文本的吸收与转化，它们相互参照，彼此牵连，形成一个潜力无限的开放网络，以此构成文本过去、现在、将来的巨大开放体系和文学符号学的演变过程。

而还有一种互文，是着眼于学科的"互嵌"。美国历史学家海登·怀特所说，历史只"是以叙事散文话语为形式的语言结构"。回溯历史，意义来自哪里？是史料，还是文本自身？还是隐含在史料与文本之中，以及研究者对语言的配置之中？显然，历史学家给出了自己的回答：只能是后者。并且只有在后者之中，人们才能找寻到历史的真正意义（李宏图：《历史研究的"语言转向"》）。

一方面是文本本身的修辞互文，另外一方面是历史与文本的"对撞生成"，用此观点比对《旧宫殿》，可以发现祝勇的"默化"努力是相当高超的。祝勇没有绕开文学而厉声叫喊，他的散文根性是匿于事物当中的，不是那种风景主义的随笔，不是那种历史材料的堆砌，散文的根须将这一切纳入到一个生机勃勃的循环气场之中。建筑术语、历史档案、小说细节、思想随笔、戏剧场景等等，在高密度的隐喻转化中使这些话语获得了空前"自治"。但这种"自治"并不等于作家文笔的失控或纵情，而是统摄于宫殿空间语境当中的。我们就仿佛看见，各种文体在围绕王座而舞蹈，它们在一种慢速、诡异、陡转、冷意十足的节奏中，既制造了矜持的谜面，又翻出了血肉的谜底。

正如德里达认为的那样，文字的本质就是"延异"，而《旧宫殿》的文体正是对终极历史意义达成的"拖延",是一种在不断运动中发散的歧义文体。于是,在《旧宫殿》的意义已经完全由文体差异构成的程度上,文本变化中的每个精心设计的语言场景,都可以由另一语言场景的蛛丝马迹来予以标识,内在性受到外在性的影响,谜面受到另一个谜底的影响,建筑格局受到权力者指令和杀戮的影响,它们既彼此说明,又互设陷阱。因此,对《旧宫殿》的阅读,其实是在寻找历史为未来打开的一条通往无限变化的、不稳定的历险之路。

暴力一直是黑暗历史的动词,暴力与性、权力的结盟整合了黑暗历史的句法。在散文家祝勇不断为散文界带来新气象之余,我同样希望,他的这一令人惊喜的文体变化,同样是与以往、与当下散文非对称的。这就如同一些人迎着刀锋,忠臣可以分解为二臣;在我与你与他、她、它之间,可以无风摇摆;但在御风、御女和御用之间,祝勇断然收回了翅膀,他从未丧失散文的立场与自由品质。

"反阅读"的阅读策略

2008年,在汉语写作领域有两部有关20世纪60年代私人记忆的著作引人关注,一是朱大可的《记忆的红皮书》,另外就是祝勇的《反阅读—革命时期的身体史》。我认为它们代表了近年写作界回眸20世纪60年代私人生活的"高峰体验"。

祝勇认为,"反阅读"在本质上就是对规定性阅读的否定,是具有叛逆特质的阅读方式,它脱离文本而发生意义转型,向人们显示若干受到遮蔽的内涵。《反阅读》通过观看艺术来观看身体,进而打量附着于身体上的历史。以艺术为起点,历史为终点,由身体扮演中介者的角色,将20世纪60年代作为一个时代切片,对"革命中的身体"做一次深入的研究,来考察身体在历史中所处的生态环境,以及它与历史之间的对话关系。书中所探讨的身体,侧重于文化的身体,侧重于身体在历史中的状态、命运,侧重于身体在社会体系中的抉择、行动与对策,以身体及身体行为作为外在线索,昭示了中国人身体的文化处境。

《反阅读》的关键词是身体政治。法国思想家福柯指出,身体政治就是权力拥有者对辖区之内的所有身体实施的管理与规训，一些拒不服从者将受到权力的公开惩罚。可见，一个人的灵魂一旦被权力确诊为"病变"，其藏身的处所理应受到惩罚和洗脑，这是得到大家一致默认的惩罚逻辑。与外国的情形相比，中国人的"身体政治管理学"有过之而无不及，引起了不少学者极大地关注。但以作家之笔予以金钩铁划，也只有朱大可、许晖、祝勇、敬文东、南帆、周晓枫等寥寥几位。

在对《春苗》的"反阅读"中，祝勇写道："我们不得不承认，医生是疾病的唯一克星，对于我们的病弱的身体，只有医生具有扭转乾坤的能力。即使不考虑春苗所担负的阶级斗争重任，她的形象在广大贫下中农当中仍然是无比高大，只因为她是医生，即使仅仅是一个赤脚医生……在偏方的要求下，我必须在每年冬至吃下一个不加任何佐料的烤白萝卜。那真是令人作呕的食物。它不如'冷香丸'高贵，却可能关乎我的未来。我在母亲近乎乞求的目光下将它吞食下去。治疗过程加重了我的身体苦难，我们试图通过折磨身体的方式来解救身体。我们对医生的诺言深信不疑。"

他太懂得这触及灵魂的医术以及语法，他用自己的亲身经历证明了身体的无辜。这城门失火、殃及池鱼的"身体政治管理学"，难道不是现象—本质、存在—意识等等观念的形象反映吗？因而，所谓阅读之"反"，恰恰是一种回归到历史理性中的"正阅读"。祝勇读出的酸甜苦辣，无一不是那个时代赋予他的荒悖规训。

我也出生于20世纪60年代，我在本书《姿态》《饥饿》《疼痛》《恐怖》《劳动》等篇章里，不时想到自己的童年和阅读。我不但读到了少年祝勇十分敏感的心迹，也仿佛看到了幼年的自己，在塞满标语、口号、臂章、拳头、红茶菌、甩手疗法、蜂窝煤、样板戏的弄堂里"苗壮成长"的身形。这就意味着，20世纪60年代对当时的孩子来说是双重性乃至多重性的，它既是狂欢和苦难的复合体，也是激情主义与理想主义煮为一锅烂粥的混沌。一勺而知味，祝勇分析与描绘的文体交缠而逶迤，展示了祝勇自《旧宫殿》之后文体的变异。就是说，他将严格意义的散文与思想随笔推衍到了一个更为开阔的"新散文"空间。

散文就是大地的原生形态

把散文写成生活流水账，或者把散文弄成意识形态的"火药包装纸"，这两者大概都不属于散文应该抵达之地。在一个价值多元的时代，固然有混乱的表象，但更有价值的底线存在。很多人希望在这种文学体裁里注入太多的元素，那可以成为论文，成为批评，成为考据，成为檄文，或者成为关注底层生活的考察记录，但这些不是严格意义的散文。一种人渴望推倒既往散文谱系而树自己或一己的散文观为圭臬，宣布不通过自己发明的"旱地渡船"并留下摆渡钱就无法抵达经典地带。呵呵，这让我联想起俄罗斯作家索洛乌欣在《掌上珠玑》里提到的一则掌故：诗人特瓦尔多夫斯基评价一个无才的诗人时说："他这个可怜的人，一生总是在旱地上拖着小船！"我们身边大树圭臬的人才华甚多，反而是那些入其彀中者，在旱地拼命拖着小船冲向"经典"地带。还有一种人，棒杀主流意识形态之外的新散文言路，至今还在做"资产阶级世界观"帽子的批发生意。这些行为，一者是"出名焦虑症"的周期性发作，二者是顾忌话语权力的旁落。表面看来，他们似乎处于两级对垒，但基本上操持的都是从意识形态出发的非文学策略。

我基本认为，"新散文"的这一批散文家，在对生活辐照度、穿透力方面尚需开拓、审思，不必过于迷恋私人文体的威力，但他们基本就是"新时期"以来中国散文写作的"高峰时刻"。

2005年10月，我在"中国新散文批判研讨会"上，陈述过如下观点，"新散文"有两个含义：一是指"新时期"以来，明显区别于杨朔式歌德散文，开掘个人心路和生命体验的散文的总称；二是指以祝勇、周晓枫、钟鸣、张锐锋、于坚、宁肯、苇岸、冯秋子、翟永明、庞培、王开林、格致等为主的，以《布老虎散文》为根据地、相对松散的新锐散文家。与《七月》诗人不同的是，目前尚未形成"新散文"清晰的流派概念，他们只是逐渐形成了有关"新散文"在思想、美学、文体意识方面的趋同。当然，"新散文"展示得较为充分的是在文体的"破与立"方面。2002年，作为新散文的领军人物，祝勇写出了长篇论文《散文：无法回避的革命》，对"新散文"进行了阶段性总结。着眼于文体，他列出了长度、虚构、审美、语感四项指标，论证了"新散文"所不同于"正统散文"的特质。散文的叛逆者们不可避免地对所谓"正统散文"表现出不信任，从而寻求一种更接近内在真实的表述方法。"这些探索者们更专注于自己的内心，因为专注内心比轻视别人更能显示一个创造者的自信。"而在他即将出版的散文论著《散文叛徒》里，他已经远远不再满足于文体的叛逆了。

在为汉语散文文本祛魅的同时，我们必须注意，如果无视祝勇主编的数十期《布老虎散文》以及多卷《21世纪中国文学大系·散文卷》秉承独立、高扬自由、坚持创造的精神向度，歪曲他们在思想领域的价值取向，甚至以生活在底层/上层的经济身份来质疑这批作家的社会处境和动机，不但游离了文学的前提，也无疑是对"新散文"的妖魔化。

正是在这个意义上，凸显出祝勇之于汉语散文的现实意义。

针对自己横跨多个门类的数百万字作品，祝勇曾对我坦言，自己不是历史、地理学家，而且一个作家，更关注生命以及由生命联结而成的历史。那些"死"的材料，比如传统民居，无论是北京四合院、上海石库门、湘西吊脚楼还是福建土楼，都是人伦情感的产物，无论从时间上，还是从空间上考量，它们都凝结了不同历史阶段、不同的地域的人对于自身生存方式的思考，我们可以从中体会他们如何安顿自己的生命。最重要的不是那些建筑，而是他们对于理想的生存方式的追寻。"我愿意站在今天的视角上反思他们，也愿意站在他们的视角上反思今人。"

面对跌宕的各种压力，根植大地的散文性赋予了祝勇"虽千万人，吾往矣"的猎猎大气。这不是一句口头禅。我不能把这句话作为描述语，而宁愿视之为拒绝被叫喊扩散为概念恐龙的密钥，它将奔突的才情压缩为一朵内敛之花，在匍匐已久的肢体里连接断路的纤维，在所有血脉的缝隙间达成默契和确认，在大脑的风暴当中矗立成灌顶的螺旋，并在与未来签订的契约上，让独立精神成为唯一的灯。而一个心智与艺术趋于成熟的散文家，都会通过他的经验话语来传递精神的吐纳。这是散文的使命，更是散文的地力，促使祝勇与大地有了一个密约。我想，这就是祝勇的散文精神。

原野藏獒

杨志军

远古的时候，在我们巴颜喀拉草原，生活着六位獒头女神。这些女神后来都被宗教艺术家用极大的热情描绘在了唐卡或者壁画中。

第一位獒头女神是朱砂眼红母獒，她口吐毒气，吃人肉，喝人血，在清晨夺走了敌人的最后一息；第二位獒头女神是紫砂眼绿母獒，她张开大嘴，龇露獠牙，吐出传染恶疾的毒雾，喝着敌人温热的脑浆；第三位獒头女神是血红眼黑母獒，她嘴里冒出的毒物就像云朵一样上升，獠牙如同钢刀一样锐利；第四位獒头女神是深蓝眼金母獒，她咧嘴龇牙，鼻孔大张，满脸流血，眼睛里蓝焰闪闪；第五位是獒头女神是猫眼紫母獒，她大口毕张，吼声威震八方，手里提着一个装满疫病的口袋，正在给敌人和叛誓者施放恶疾和瘟疫；第六位獒头女神是鹰眼白母獒，血红色的头发如同云彩一样飘拂，利牙尖长，舌头曲卷，刚刚咬断敌人的脖子。

她们是凶恶的山神，盘踞一方，为所欲为，直到佛教到来，才被金刚乘的祖师莲花生大师一个个降服，成了守护山野、造福一方的护法大神。这个传说说明一种曾经称霸一方的凶猛野兽被人类驯化的过程，它们就是藏獒的祖先。驯化后的六位獒头女神可以变幻无数化身，有的是人，有的是藏獒，还有的是雪山、河流和草原。

我喜欢绵延的山脉、宽阔的河水、高旷的草原，喜欢雪色苍茫和无边的寂静以及寂静包围着的各姿各雅城。

各姿各雅城是一个坐落在青藏高原腹地、巴颜喀拉山脚下的政治文化中心，就是许多人都知道的州府所在地。德吉平措的电话就是从州府的邮电局打过去的："政府说了，保护环境是大政策，两年之内，黄河源头所有草原上的所有牧民都得撤下来。你给我阿爸阿妈说一声，让他们把牛羊早点卖掉，准备搬家。"

两百公里之外的巴颜县政府收发室里，巴颜乡的才让乡长正在接电话："你阿爸阿妈肯定不听我的。"

德吉平措说："你就这样说，你们的儿子不会回到一个没有了河水、没有了青草的地方，他们要是想见儿子，就到各姿各雅城里来，各姿各雅城里已经有了规划，准备盖房子，便宜卖给撤出草原的牧民。"

家乡没有了喝饱就能挤奶的河水，没有了吃饱就能奔跑的青草，

才让乡长说："这么大的事情，还是你回来说吧。"

德吉平措说："我就是回到巴颜喀拉草原也不能露面，我一露面他们就更不会卖掉牛羊进城啦。"

才让乡长说："那你给他们写信吧，信上的字对他们就像经文一样重要。"

德吉平措说："你先说着，等藏獒繁育中心搞起来，我就写信。"

巴颜喀拉山就是我的故乡，冰雪和草原让它的美丽流传了一代又一代。但是有一天，我突然意识到，关于故乡的美丽似乎已经是一个久远的话题了。我天天看到的，是没有冰雪覆盖的茫茫群峰，云彩就像褴褛而鲜艳的衣衫，披挂在峰峦之上。山下是牧场，现在是黄昏。

一条瘦细的河在夕阳下粼粼闪烁，就像着急回家的孩子。它要去寻找湖水，寻找黄河，可是走着走着就走不动了——它总会在某个地方断流。一座佛塔高高耸立着，旁边是方形的嘛呢石经堆，七彩的经幡从石经堆的顶端朝四面铺泻而下，就像神佛来去的七彩天路。

在佛塔的南边，是一块巨大的真言石，上面除了六字真言，还有象征人类早期游牧活动的人、马、牛、羊的岩画和苯教咒语。真言石顶上，挺立着一个硕大的野牛角和一圈儿羚羊角。

河畔草地上，没有多少草，只是零零星星开着一些夏天的狼毒花。离河湾大约两百米的高地上，是一顶黑色的牛毛帐房。帐房旁边的地上是黑色而无草

的，说明我家把帐房扎在这里已经有些日子了。刚刚牧归的羊群站的站，卧的卧，一片咩咩的叫声。羊群旁边是牛群，它们干什么都慢慢腾腾。

年轻高大的母獒卓娃跑动着，把牧归时落在后面的几只羊驱赶到羊群里。

六岁的我拉着鼻涕，戴着一串只有大人才戴的红玛瑙项链，看着几只羊从我身边经过，突然跑过去，扑在了母獒卓娃身上。卓娃放弃赶羊，扭头舔着，舔湿了我那张红扑扑的小脸。我喜欢这样的舔舐，那种痒酥酥的舒服是大人不知道的。我骑上去让它驮着我走，它小心翼翼地走着，生怕把我摔下来。

我奶奶拉珍站在帐房门口，望着牧归的大儿子扎西尼玛，表情木木的。

扎西尼玛下马，丢开缰绳，走到我奶奶跟前问道："阿爸呢？"

我奶奶拉珍说："乡政府里去了。"

扎西尼玛说："去也是白去，乡政府是不会给我们新草场的，从阿尼玛卿雪山，到巴颜喀拉雪山，这么大的地方，哪里有一片闲置的草场？"

我奶奶拉珍叹口气说："没有闲置的草场，我们的牛群羊群怎么办？"

扎西尼玛说："等着饿死吧。"

　

黑夜，我躺在帐房里，摸着脖子上的红玛瑙项链，从天窗里望着星星。星星是明亮的，是一开一闭的眼睛。我有时觉得那是天神的眼睛，有时又觉得是魔鬼的眼睛。有一天，我爷爷告诉我，其实那是同一双眼睛，当你害怕的时候，它就是魔鬼的眼睛，当你信赖的时候，它就是天神的眼睛。我爷爷摸着我的头说，孩子，你永远不要害怕天上的和地上的眼睛。我问道："阿妈的眼睛也不害怕吗？"我爷爷不说话了。

突然我叫起来："阿妈，阿妈。"

睡在我身边的我奶奶拍了拍我说："睡吧孩子。"

我瞪着天窗说："我看见阿妈了，她在天上，她说你来找我。"

我奶奶说："你到哪里去找她？她被狼叼走啦。快闭上眼睛睡吧。"

尽管我奶奶总是诅咒着阿妈，但在我的记忆里，阿妈仍然是最亲最亲的人。最亲最亲的人突然离我而去了，在去年的一个早晨，当大家醒来的时候，发现她穿走了自己最好的藏袍，骑走了家中最好的马。她留给我的只是她从不离身的那串红玛瑙项链和一双寻找她的眼睛。

帐房外面，母獒卓娃朝着远方声音沉沉地吼叫着。

我爷爷洛桑回来了。母獒卓娃迎了过去。我爷爷下马，摸了摸母獒卓娃的头。母獒卓娃迅速离开我爷爷，再次朝远方吼起来。

我爷爷喊道："尼玛，尼玛。"

扎西尼玛披着皮袍从帐房里出来。

我爷爷指着远方说："你听，你听。"

远方隐隐传来一阵浑厚的狗吠声。

扎西尼玛说："谁来到了我家的草场？"

我爷爷说："快啊，快去把他们撵走。"

扎西尼玛跳上马背，跑进了黑夜。

永远忘不了那个夜晚，月光下，一个老人和一个姑娘正在搭建一顶白色的简易帐房。帐房的右侧是一群牛，左侧是一群羊。一般来说，牛羊在晚上是不会吃草只会反刍的，但来到这里的牛羊显然是饿坏了，都在夜色中大口啃咬着牧草，一片"嚼嚼嚼"的响声。

扎西尼玛勒马停下，喊道："哪里来的一窝瞎老鼠，快快离开我家的草场。"

一只伟健的黑色藏獒忽的一声扑向了扎西尼玛。

一个姑娘喊起来："鲁噶，鲁噶。"

受惊的马扬起前腿，几乎把扎西尼玛掀下马背。公獒鲁噶跳起来撕住了扎西尼玛的衣袖。情急之中，扎西尼玛解开腰带脱掉了皮袍。鲁噶獒头一甩，把皮袍甩了出去。姑娘扑过去，抱住了狂怒不止的鲁噶。

扎西尼玛稳住马说："靠了藏獒就能占领我家的草场吗？休想，休想。"说罢打马而去。

姑娘放开公獒鲁噶，跑过去捡起尼玛的皮袍，骑上自己的马，追了过去。

公獒鲁噶亢奋地跟在了后面。

纵马而驰的姑娘追上了扎西尼玛："大哥，把你的皮袍拿走。"

扎西尼玛停下。姑娘走过去，将皮袍扔给了他。他接住皮袍，望了一眼姑娘。黑夜笼罩着姑娘的脸庞，水汪汪的眼睛代替了月光。

姑娘说："大哥不要生气，我们是路过，路过你家的草场。"

扎西尼玛说："路过也不行，难道路过的牛羊不吃草吗？你们的牛羊吃了我们的草，我们的牛羊吃什么？请你们从草场边绕过去。"

姑娘说："你家的草场这么大，绕不过去了。"

扎西尼玛挥着手，坚定地说："那就退回去。"

姑娘身后的公獒鲁噶威胁似的冲他吼了一声。

扎西尼玛掉转马头就走，大声说："明天早晨，不要让我再看见你们。"

早晨，太阳还没出来，扎西尼玛就带着年轻高大的母獒卓娃，前来驱赶老人和姑娘一家。母獒卓娃首先叫起来。它很生气陌生的人和狗闯进自己的领地，就要扑过去。

扎西尼玛制止道："卓娃不要。"

公獒鲁噶警惕地望着缓缓靠近的人和狗，从胸腔里发出一阵呼噜声。

姑娘迎过来，挡在了公獒鲁噶前面。

扎西尼玛停下说："实话给你们说，你们穿过我家的草场也没用，那边已经是沙子地啦，一棵草也没有。"

姑娘乞求地望着他说："你是说这里是唯一的草场，那就让我们待在这里吧。"

扎西尼玛大手一挥说："不行。"

似乎公獒鲁噶知道他这是拒绝，大吼一声，扑了过来。

与此同时，母獒卓娃扑了过去。

两只藏獒扭打在一起。公獒鲁噶明显是让着母獒卓娃的，扭打了几下，转身就跑。母獒卓娃愤怒地追撵着。

公獒鲁噶在前面跑，母獒卓娃在后面追，环绕着老人和姑娘以及扎西尼玛转了一圈又一圈。老人、姑娘、扎西尼玛也原地转圈紧张地观看着。母獒卓娃突然停止了兜圈子，直插过去，堵挡在了公獒鲁噶前面。公獒鲁噶转身就跑，也是直线奔跑，把母獒卓娃引到了一座草冈后面。

草冈后面一片互相咬噬的叫声。

突然不叫了，安静的时候传来了百灵鸟的叫声和旱獭的吱吱声。

姑娘首先跑了过去。扎西尼玛策马跑了过去。

　　草冈后面，母獒卓娃站着不动，公獒鲁噶讨好地舔舐着它，不断绕到它身后，嗅嗅它的屁股。母獒卓娃不好意思地摆脱了对方，但又不走远，似有期待地望着对方。公獒鲁噶走过去，翘起前肢搭在了母獒卓娃的身上。母獒卓娃又一次摆脱了，但还是不走远。

　　姑娘和扎西尼玛站在草冈上看着它们，又互相看了看。

　　姑娘说："我家的公獒是草原上最好的公獒。"

　　扎西尼玛说："我家的母獒也是草原上最好的母獒。"

　　姑娘说："我家的公獒会让你家的母獒生出一窝小藏獒，就算是我家送给你家的礼物，让我们待在你家的草场吧，别赶我们走了。"

　　扎西尼玛说："不行，草场一天天退化了，我家的牛羊还不够吃，你们今天就得走。"

　　两只藏獒又开始撕扯，接着是互相追逐，一会儿是公獒鲁噶追逐母獒卓娃，一会儿是母獒卓娃追逐公獒鲁噶。

　　老人和姑娘把拆卸下来的简易帐房捆绑到牦牛背上。

　　姑娘问："阿爸，我们现在怎么办？"

　　老人说："他说那边是沙子地，那我们就不去了，回啊，回我们姊妹湖草原。"

　　姑娘说："那还不如把牛羊卖掉。"

　　老人看了看天色和远方，长叹一口气。

　　姑娘吆喝着公獒鲁噶。

　　公獒鲁噶恋恋不舍地离开母獒卓娃跑了过去，然后就轰轰轰地吼起来。它一吼，牛群和羊群就跟了过去。

　　老人和姑娘跟在了牛羊后面。

　　两个人、一片牲畜、一只用吼声引导畜群的藏獒，缓缓离开了草场。

　　天色又要暗下来，河畔高地上黑色的牛毛帐房前，出现了公獒鲁噶的身影。它走过来，碰了碰母獒卓娃的鼻子，又舔了舔对方的鬣毛。一公一母两只藏獒卧在了一起。一会儿，公獒鲁噶起身朝前走去，母獒卓娃跟上了它。

　　我站在帐房里面，摸着我的红玛瑙项链，从门口窥伺着它们，眼睛睁得如同星星，想去拦住母獒卓娃，脚一迈又缩了回来。我好像发现了一个秘密，我不能惊扰这个秘密。

我爷爷说："喜饶快来睡。"

我走到毡铺上，脱衣睡下了。

午夜，一阵羊群的惊叫唤醒了全家人，我爷爷、我奶奶、阿爸扎西尼玛和我都跑出了帐房。

扎西尼玛喊着："卓娃，卓娃。"

没有回音。

扎西尼玛操起一根木棍跑向了羊群。

黑暗中，两匹狼逃离了羊群。扎西尼玛追了过去，听到羊群那边又起了一阵骚动，赶紧转身往骚动的地方跑。逃离的两匹狼迅速回来，扑向了羊群。

我爷爷盛着两碗红艳艳的牛粪火走了过去，看到一匹狼已经叼住了一只小羊，哗哗地把牛粪火抛了过去，喊着："卓娃，卓娃。"

狼放下小羊跑了，跑了几步又停下，回望着。

我奶奶站在帐房门口，紧紧抱着我。

我好像并不害怕，问奶奶："你说阿妈被狼叼走了，就是这些狼吗？"

我奶奶说："不是，世上可恶的狼多着呢。"

突然牛群奔跑起来。扎西尼玛和我爷爷都跑向了牛群。

这边的狼趁机叼起小羊就跑。

但是狼没有跑多远，就被狂奔而来的母獒卓娃拦住了。母獒卓娃一阵撕咬，咬伤了狼，然后又扑向了别的狼。

四匹大狼围住了母獒卓娃。卓娃拼命搏斗着。狼退了，留下了一具狼尸。

母獒卓娃浑身是血，舔着自己肩膀上的伤口，走到了被狼咬死的三只羊前。

扎西尼玛生气地说："你干什么去了？干什么去了？"

母獒卓娃朝远方愤怒地叫了一声，惭愧地低下了头。

大概是第二天，或者是第三天。开阔的草原上，放牧的扎西尼玛坐在地上捻毛线。他从左袖筒里拉出用活套连接起来的羊毛，扯成细细的条状，转动线轴，一边捻，一边缠，已经缠出了一个很大的纺锤样的线团。草原上的男人都这样。我是男人，我知道长大以后我也会捻出一根根羊毛线。

公羚鲁噶从远处跑来，跑向了母羚卓娃。

扎西尼玛生气地自语道："又来了，看样子他们没走远。"他收起捻线活，走向了自己的马。

扎西尼玛一路奔驰。在离自家草场不远的一片黑土滩上，他见到了那顶白色的简易帐房，见到了老人和姑娘。

老人和姑娘正在出售自家的牛和羊。

牛羊似乎知道自己将离开主人，此起彼伏地叫着。两个在草原上四处收购牛羊的藏族商人数着羊，不时地扑过去抓住一只羊摸一摸。

一个商人说："这么瘦的羊没见过。"

另一个商人说："大羊五十，小羊三十，太贵了。"

老人神情木然地摇摇头，突然流下了眼泪。

一个商人说："羊能变成钱就是好事儿，你伤心什么？"

老人说："没有了牛羊我们还有什么，钱能生出孩子来？"

另一个商人说："你还惦记着生孩子。如今草原都变成了黑土滩，就是因为牛羊生了太多的孩子。"

这时姑娘看到了扎西尼玛，眼泪汪汪地盯着他。

扎西尼玛说："怎么都卖了？都卖了日子怎么过？"

姑娘说："不卖也得饿死，瘦死，牛羊的日子比人还难过。"

扎西尼玛看了看那些正在出售的牛羊，对姑娘说："看好你家的藏獒，不要让它再去找我家的母羚了。"说罢，掉转马头往回走。

一个商人把一沓钱塞到了老人手里："你数一数。"

老人没有数，看着两个商人赶走了所有的牛羊，浑身颤抖着，颤落了手中的钱，在一阵眩晕中，倒在了地上。

姑娘扑向了老人："阿爸，阿爸。"

老人用僵硬的手指着离去的牛群和羊群，想说话，张开嘴却说不出来。

姑娘喊着："阿爸，阿爸。"

离开的扎西尼玛停下来回望着。

姑娘丢开突然中风瘫痪的阿爸，从地上捡起钱，跑向了两个商人："不卖了，不卖了，把牛羊还给我。"

姑娘把牛群和羊群赶了回来，有几只饥饿的羊大胆地咬着姑娘的皮袍下摆。更多的牛和羊在互相撕扯皮毛，一些羊毛被吞进了羊嘴，一些牛毛被吞进了牛嘴。

姑娘扑到阿爸跟前说："阿爸，我们的牛羊回来了。"

老人还是想说话，就是说不出来。他一动不动，除了眼球在活动，嘴在呼吸。

姑娘哭了。一些乌鸦和秃鹫在天上飞旋。乌鸦的叫声和秃鹫的叫声响成一片。扎西尼玛下马扶起哭泣的姑娘。

他说："留下你家的羊吧，到我家的草场去放牧。"

姑娘说："好心的大哥，你叫什么？"

他走到马前说："我叫扎西尼玛，你叫什么？"

姑娘跟过去说："我叫央金拉姆，我拿什么报答你？"

扎西尼玛长长地吐了一口气，不说话。

不远处，老人躺在地上一动不动。牛群围了过去，赶开了大胆落下来的乌鸦和秃鹫，然后把老人围住了。接着，羊群围了过去，挤挤蹭蹭地穿行在牛群里。许多牛嘴和羊嘴撕扯着老人的衣服。老人想喊救命，却发不出声音来，恐怖地瞪凸了眼睛。

央金拉姆和扎西尼玛大吃一惊，扑过去驱赶。牛羊散了。乌鸦和秃鹫落了下来。老人死了，姑娘的阿爸死了。

央金拉姆哭叫着扑在他身上。扎西尼玛一把拉起她，用自己结实的胸怀挡住她说："你阿爸转世到有雪山、有草原的地方去了，我们不要拦住他，让他去，让他去。"

转眼到了七月，剪羊毛的季节到了。

我爷爷和我阿爸扎西尼玛还有我把羊群赶到了河边。我爷爷堵住一头，我堵住一头，母獒卓娃来回奔跑着堵住了另一头，只有河这边没人堵，羊怕水不敢下河，很容易被抓住。扎西尼玛抓一只，剪一只。他是剪毛的好手，扑过去撕住羊的背毛，轮空放倒，双腿压住羊，既不重，也不至于让它挣脱跑掉，然后贴肉剪下去，羊毛便翻滚而起。剪完这一侧，翻过来再剪那一侧，转眼就在地上堆起了高高的羊毛山。

整个剪羊毛的过程中，我爷爷和扎西尼玛一直不停地唱着：

> 可爱的绵羊，脱掉你的皮袍，
> 勤劳的男人，拿起你的剪刀，
> 羊身上的虱子赶快跳，
> 雪白的羊毛是堆成山的财宝。

母獒卓娃不停地奔跑和喊叫，堵拦羊群的主要是它，我和爷爷不过是协助。

剪了两天，才剪完我家羊群的毛。母獒卓娃累坏了，趴在地上一动不动。扎西尼玛虽然很累，却顾不得休息，骑马跑去给央金拉姆帮忙。

在一座草冈崖下，央金拉姆和公獒鲁噶堵拦羊群，扎西尼玛抓羊剪毛，转眼又是一座白花花的羊毛山。

扎西尼玛汗流浃背，央金拉姆端了一碗奶茶让他喝。他喝了，望着央金拉姆，仰身陷进羊毛堆里，也把她拽了进去。

他们在柔软的羊毛堆里翻滚着，等他们钻出羊毛堆时，都已经一丝不挂。草原人的裸体，生命的绽放，一个丰腴饱满，硕大的乳房和浑圆的臀部展示着母性的活力；一个健美挺拔，黝黑的皮肤和隆起的肌肉描述着雄性的风光。一切都是自然，山是自然，原是自然，人也是自然。

公獒鲁噶望着他们，似乎觉得机会来了，转身就跑。它跑向了我家的帐房，跑向了母獒卓娃。

从此每天都是这样：

日照中天的时候，缓缓起伏的草原上，公獒鲁噶会奔跑十多公里，去和母獒卓娃约会；扎西尼玛会奔跑十多公里，去和央金拉姆约会。

有一次，扎西尼玛和公獒鲁噶在半路上相遇，停下来互相张望。

扎西尼玛喊一声："喂，你这个好色多情的家伙，你干什么去？"

公獒鲁噶则用"轰轰轰"的叫声回应着。

扎西尼玛又喊一声："我家的卓娃是草原上最好的母獒，你要好好对待它。"

公獒鲁噶又是一阵"轰轰轰"的回应。

在扎西尼玛家的羊群牛群旁,公獒鲁噶和母獒卓娃相亲相爱。

在央金拉姆家的牛群羊群旁,扎西尼玛和央金拉姆的幽会就像搏斗,简易的白布帐房被滚翻了,牛群和羊群被惊跑了,皮袍和靴子摞了一地,辽阔的原野上,响起了死去活来的生命欢叫。伴随着的还有牛的叫声、羊的叫声、狼的叫声、藏獒的叫声、乌鸦的叫声、秃鹫的叫声、旱獭的叫声、鼢鼠的叫声。

完了,他们会唱着歌离开,这是最响亮的声音,他们一唱,所有的声音就都消失了。

> 在格萨尔征服过妖魔的地方,
> 我遇到了草原最美丽的姑娘,
> 她眼睛的明亮是世上没有的,
> 她仙女的温柔是草原的吉祥。
> 扎西尼玛一唱完,央金拉姆就会接上:
> 我遇到的这个男人他不是山,
> 却比巴颜喀拉大山更伟岸,
> 我看见的不是藏王赤松德赞,
> 却和藏王一样是英雄好汉。

剪了羊毛就得擀毡。我家每年都要擀三四条毡。

帐房前的平地上,铺着一块毛氆氇,扎西尼玛把撕碎的羊毛一层一层地铺在上面,铺好一层,洒一层水,铺到厚约一尺后,连同毛氆氇一起卷起来擀,擀一阵,摊开,洒水,卷起来再擀。他不断重复,直到羊毛互相粘连着,不再掉毛,然后撤掉毛氆氇,只管擀羊毛。整个擀毡的过程中,他都在唱歌。这没什么奇怪的,祖祖辈辈、男男女女,只要干活,就都这样:

> 草原的恩情,给了我们"手抓",
> 绵羊的恩情,给了我们毛毡,
> 我擀的毛毡,就像天上的云朵,
> 但比云朵光滑、瓷实、美观。
> 绵羊啊,山羊啊,擀一下,

长毛啊，短毛啊，擀两下，

细绒啊，粗绒啊，擀三下。

擀好了一块毡，已是日落西山。

去放牧的我爷爷回来了。牛叫羊叫一片叫。母獒卓娃照例尽职尽责地奔跑着，把牛羊往一块儿驱赶。

我奶奶把一个食盆放在了帐房门口，里面除了糌粑糊糊，还有几块肉骨头。那是母獒卓娃的晚饭。

我首先跑进了帐房，接着我爷爷和我阿爸扎西尼玛都进来了。

牛粪火正在燃烧，照耀着正面帐壁前的藏箱。藏箱上供着一尊莲花生大师的佛像，帐壁上挂着唐卡，上面是彩色的十地菩萨。香炉冒着柏烟，酥油灯闪着金光，净水碗和吉祥宝瓶一高一矮守护在两边。

人的脸膛一片红亮。泥炉灶上，铜壶冒着热气；小矮桌上，摆着一碗曲拉、一碗酥油和几碗奶茶；矮桌一边，放着油亮的糌粑匣子。

我爷爷和扎西尼玛拌着糌粑。我奶奶给他们的茶碗里添着奶茶。我跪在地毡上，一边啃着一根肉骨头，一边喝着糌粑糊糊。

我爷爷对扎西尼玛说："你把央金拉姆娶回来吧。"

扎西尼玛说："要娶就得把她家的牛群羊群，还有公獒鲁噶都娶过来。"

我爷爷禁不住高兴地说："那我家的牛群羊群就大了。"

我奶奶说："草场呢？羊群大了，草场小了。"

我爷爷神色顿时黯淡，叹口气说："我明天再去乡政府问问，看有没有新草场划给我们。"

扎西尼玛朝着佛堂跪下，磕了一个头说："佛爷啊，请赐给我家一片新草场。"完了说："阿爸，明天我去吧，我去找乡政府。"

似乎对阿爸要娶央金拉姆不满，我突然喊了一声："我看见阿妈了。"

大家一惊，都看着我。

我奶奶问道："你在哪里看见了？"

我说："羊吃草的地方。"

我奶奶说："别胡说孩子，你阿妈是一个狠心的人，你看不见她了，她现在和狼在一起。"

我不听奶奶的，瞪了一眼阿爸说："我要找到阿妈。"

在我们巴颜喀拉草原，虽然也有固定的乡政府，但人们还是遵从着老习惯，觉得乡长在哪里，乡政府就在哪里。乡长一家也和普通牧民一样，有自己的一片草场，他们在自己的草场上忽南忽北，漂流无定。我阿爸扎西尼玛在寻找乡政府的时候，带上了母獒卓娃。他希望卓娃用它灵敏的嗅觉帮助他用最快的速度找到乡政府。这一点，母獒卓娃做到了。

太阳出来了，扎西尼玛迎着满地金绿色的霞光往前走去。太阳落山了，金绿色的霞光铺满身后的时候，他看到了才让乡长家的帐房。

乡长家的黑公獒喊叫着通知主人：来客人了。乡长走出帐房，迎着霞光，眯起眼睛眺望。扎西尼玛远远地下马，走过去，脱下帽子，屈膝，弓腰，两手平伸，恭敬地行了见面礼。

扎西尼玛说："乡长你好，家里人都好吗？你家的牛啊羊啊马啊狗啊都好吗？"

乡长才让说："好啊，好啊。你家的一切都好吗？"

扎西尼玛说："好啊，好啊。"说着，指了指母獒卓娃又说，"你看我家的藏獒多好啊，它就要生崽子了。生了崽子，我给乡长一只，要母的，还是要公的？"

乡长才让说："母的吧，有了母獒，就能引来公獒，就像你家的卓娃。"

才让乡长把扎西尼玛请进帐房，坐在了卡垫上。乡长的老婆给扎西尼玛端来了奶茶。扎西尼玛双手捧住，小口小口喝着。

帐房外面，乡长家的黑公獒走向母獒卓娃，亲热地嗅嗅鼻子。卓娃迅速躲开了。黑公獒靠过去，又想嗅嗅母獒卓娃的屁股。母獒卓娃转身，吼一声，一口咬在了黑公獒的肩膀上。黑公獒赶紧退到了一边。

扎西尼玛说："我就要和央金拉姆结婚啦，到时候请乡长到我家喝酒去。"

才让乡长说："一只外来的年轻公獒，一个外来的美丽姑娘，扎西尼玛，佛爷真是保佑你啊。"

扎西尼玛说："还有一群牛一群羊。"

才让乡长叹口气说："草场都没有了，牛羊是要不得的。上次你阿爸来乡政府，我已经给他说了，两年之内，黄河源头所有草原上的所有牧民都得撤下来，这是政府保护环境的新政策，谁也不能例外。我让你弟弟德吉平措回来，他说他不会回到一个消失了河水、没有了牧草的地方，要是你阿爸阿妈想见儿子，就到各姿各雅城里去。各姿各雅城里已经有了规划，准备给撤出草原的牧民盖房子。"

扎西尼玛扑通一声跪下说："进城就是要了牲畜的命，求乡长恩赐啦，再划给我家一片新草场。"

才让乡长说："你以为我是佛，我能生出新草场？"

扎西尼玛说："这么大的巴颜喀拉草原，总会有新草场吧？"

才让乡长大声说："没有了，佛爷作证。"

十月一到，宰牲就开始了。

这天早晨，扎西尼玛拿着一根牛毛绳走向一头牦牛。他把套圈抛在犄角上，迅速拉紧活套。牦牛使劲甩头，看甩不脱活套，就冲向了扎西尼玛。扎西尼玛顺势拉着牦牛来到一根大腿粗的木桩前，把犄角牢牢捆在了木桩上，然后从腰里解下一根牛皮绳，一圈一圈地在嘴上缠着，缠住了嘴，又缠住了鼻子。十分钟后，牦牛就被活活憋死了。

扎西尼玛用这种办法连续杀了三头牦牛，再去杀羊，也是绳杀，一连杀了八只羊，然后拔出锋利的藏刀，开始剥皮放血。

他一刀插在牛脖子上，使劲划着，划到了胸脯上，然后挑断大血管，放血到木盆里。放完了血，便开始从头到尾剥皮。完了，剖开胸膛和肚子，取出内脏，砍断牛头和四蹄。牛皮摊开着，鲜血淋淋的胴体被扎西尼玛卸成了十块，井然有序地摆放在地上：两只前腿、两只后腿、两扇肋巴、两半胸骨、两块臀肉。

整个宰牲卸肉的过程中，扎西尼玛都唱着古老的《宰牲歌》：

　　　　牛儿羊儿你不要动，
　　　　我在这里超度你的灵魂，
　　　　我为失去了你难过伤心，

　　杀你的罪孽让我和你一样疼痛。

　　帐房里，我奶奶跪在佛堂前，一边祈求牛羊亡魂的原谅，一边哭泣——牛羊在她眼里是家庭成员，她不忍心如此宰杀。我爷爷一直在念经祈祷，念几句经，就说一句："快去吧，快去吧，不要再受牲畜的罪了，来世做人，来世做人。"

　　我爷爷走出帐房，来到扎西尼玛身边，看了看，突然喊起来："你怎么多宰了一只羊？"

　　扎西尼玛说："阿爸，我担心冬天不够吃，卓娃要生小狗了。"

　　我爷爷转身就走，走进帐房，扑通一声跪在佛堂前，再次祈祷起来。每一个死去的生灵，只要陪伴过我们，我爷爷都要为它祈祷一百遍。

　　这时候我吃惊地望着卧在帐房旁边的母獒卓娃。

　　母獒卓娃正在生产，生出了一只，又生出了一只，一共生出了七只。

　　我大声喊："生下了，生下了。"

　　一边是宰杀，一边是生养，它们常常会同时来到我眼前，草原就是这样。

　　扎西尼玛骑着马一阵狂跑，跑向了十多公里外央金拉姆的帐房。他喊着："生下了，生下了。"

　　公獒鲁噶摇着尾巴扑向了扎西尼玛，在他身上闻了闻，闻到了崽子的气息，立刻箭一般飞向了扎西尼玛家。

　　央金拉姆从自家帐房里出来，脸上笑盈盈的，要去骑自己的马，却被扎西尼玛一把拉住，拽上了他的马。

　　一路奔驰。马背上，扎西尼玛搂抱着央金拉姆，扳倒她，撕开她的皮袍，一头埋进了她硕大的波浪起伏的乳房。马还在奔驰，奔驰在乳房一样波浪起伏的草原上。突然他们从马背上掉了下来，乳房裸露着，草原从乳房开始延伸，柔美的线条延伸到了天边地角。母性的草原，哺育生命的草原，到处都是隆起的乳房。

　　扎西尼玛和央金拉姆结婚了。举行婚礼的时候，巴颜喀拉草原上的许多牧民都来到了我家。

　　就像许多地方一样，婚礼是从新娘家开始的。新娘就要上马了，前来迎亲的人纷纷把哈达搭在她脖子上和马脖子上。一个女人扶她上马，一个男人牵马前行，被乡长派来权充娘家人的几个牧民骑马跟在了新娘后面。最后面是我和公綦鲁噶，我和公綦鲁噶赶着央金拉姆的牛群和羊群。

一路都是歌声。

唱得最响亮的当然是新娘，她一刻不停地展示着自己的歌喉：

嗓子和山歌是一对，

牛粪和火炉是一对，

骏马和金鞍是一对，

帐房和天窗是一对。

每唱完一段，大家都要齐声发出一阵喊叫："哦呀，哦呀。"然后是合唱：

草原和雪山是一对，

河流和河床是一对，

今天有了世上最好的一对，

男人的勤劳配上了姑娘的贤惠。

半途上，遇上了六个敬酒的姑娘。她们提着酒壶，捧着双龙戏珠碗和八宝吉祥碗，一边唱歌一边敬酒：

请问聪明的歌手，

你家的牛羊吃什么草？

你家的帐房住什么人？

你家的酸奶谁酿造？

被敬的洛桑大叔以歌对答：

糊涂的歌手你听着，

我家的牛羊吃的是天上的仙草，

我家的帐房住着善良美丽的姑娘，

我家的酸奶没有谁酿造，

酸奶桶自己长出来。

然后接过酒碗一饮而尽。

过了三重敬酒对歌的关口，就到了我家的帐房门口。门口各处点起了七堆攘除邪祟的牛粪火，新娘后面的人争先恐后地策马过去，欢笑着踩灭了所有的牛粪火。

有人过来拦住新娘的马，开始唱《祝福歌》：

> 雄狮的骏马是新郎，
> 梅花的母鹿是姑娘，
> 婚姻就像不落的太阳，
> 子孙好比草原的牛羊。

然后新娘下马，踩着一个用青稞组成的大大的"万字不断"，和新郎扎西尼玛一起走进了门口铺着白毡的帐房。与此同时，哈达飞起来，所有挤进帐房的人都扬起了哈达，扬着扬着便扬在了新郎和新娘身上，更多的哈达则挂在了帐壁上和堆在了毡铺上。

拜堂开始了，先拜正前方藏箱上的佛堂，再拜父母，后拜亲戚。完了，新娘出去，抱进来一摞牛粪，再出去，提进来一袋酸奶，又出去，背进来一桶水，挽着袖子，做出要做饭的样子，证明她已经是这里的主妇，可以操持家务了。我奶奶赶紧过去，唱着歌，心疼地把媳妇推到了新郎身边。

接着是展示和参观嫁妆。人们纷纷走出了帐房。央金拉姆没什么嫁妆，嫁妆就是一群牛和一群羊。我爷爷呵呵笑着，亲自把牛群赶进了我家的牛群，把羊群赶进了我家的羊群。人们唱起了赞美的歌。

> 我家的绵羊多又多，
> 多得就像翻滚的海洋，
> 我家的牦牛壮又壮，
> 壮得就像嘉那嘛呢石经墙。

公獒鲁嘎和母獒卓娃似乎意识到从此就可以共同守护畜群，不必再分开了，激动地叫着，围绕牛群和羊群，跑了一圈又一圈。

下来是酒宴。人们围坐在铺了一圈的新擀的白毡上，吃着手抓肉、血肠、面肠、酸奶和油炸的面食，喝着自酿的青稞酒，说着永远说不完的赞美的话。

新郎和新娘一边唱歌，一边敬酒。

敬酒完了，在乡长的吆喝下，大家纷纷起来，跳起了"锅庄"。

天黑了，人们点起了篝火，仍然是唱歌跳舞、吃喝说笑，直到男人醉倒，女人累倒，大家和衣睡在草地上，包括我爷爷和我奶奶。

能够在帐房里睡觉的只有新郎和新娘。

扎西尼玛醉了，迷迷糊糊被人抬进了帐房。央金拉姆脱光自己，摇了摇他，看他不醒，过去舀了一碗水，泼在了他头上。他醒了，仰头看着央金拉姆，伸手把她拉倒在自己身上。他们必须做爱，这天晚上的做爱是神圣而吉祥的。他们在洁白哈达的簇拥下，用光洁的肌肤和火辣辣的热情证明着婚姻的美好。

帐房外面，公獒鲁噶和母獒卓娃卧在一起，共同守护着羊群和牛群。它们的孩子——七只小藏獒在母獒卓娃的怀里滚来滚去。

躺在地上睡了一觉的才让乡长起来小解，借着月光看到了一大片牛群和一大片羊群，突然哀叹一声，眼泪哗啦啦流了下来，自语道："过不了多久，过不了多久啊。"

才让乡长走向自己的马，骑上去，悄悄离开了这里。

草原上的秋日短得几乎感觉不到，很快就是冬天了。雪后的风日，阳光惨白惨白的。积雪被大风吹起来，好像要把来自天上的寒冷还到天上去。

我家帐房的旁边，有了一个用草皮和稀牛粪垒起的接羔暖房。接羔暖房里，炕上和地上都铺着一层干草，放满了刚刚产下的羊羔。央金拉姆正在往炕洞里丢着干羊粪，想把炕再烧热一点。

扎西尼玛抱着两只羊羔进来说："太多了，今年的羊羔太多了。"

央金拉姆说："两群羊合成了一群，能不多吗。"

扎西尼玛脾气不好地说："可是母羊吃不上草，哪有奶水喂它们。"

央金拉姆一筹莫展："这是早该想到的呀。"

扎西尼玛走出接羔暖房，愁眉苦脸地望着面前的一大片羊群。那些产下羊羔的母羊知道它们的孩子就在暖房里，围过来不停地咩咩叫着。扎西尼玛突然返回去，用锅底的烟炱在刚刚抱进去的两只羊羔身上打上了记号。这个记号能让他准确记住哪只羊羔是哪只母羊的孩子，一旦搞错，母羊是不会喂奶的。

我站在帐房门口，看到七只小藏獒在母獒卓娃的怀里发抖，就把它们抱进了帐房。母獒卓娃跟进来，看我把它的孩子安顿在了火炉旁的毡铺上，感激得摇了摇尾巴，就出去了，它不习惯待在温暖的帐房里。

我和七只小藏獒玩了一会儿，听到公獒鲁噶和母獒卓娃叫起来，赶紧出去，看到才让乡长骑马从雪色朦胧的远方走来。

才让乡长被我爷爷迎进了帐房。作为主妇的央金拉姆端上了奶茶，又把糌粑匣子放在了他面前。

才让乡长喝了一口奶茶说："我一路走来，看到你家的草场已经没有多少草了，再这样下去，最多三个月，你家就没有草场了。"

我爷爷一脸茫然地问："那怎么办啊？"

才让乡长说："政府给我们想出了一个办法，就是牧繁农育，也叫西繁东育，就是把瘦羊和断了奶的小羊卖给东边的农民，让他们养。"

我爷爷问："他们有草场？"

才让乡长说："他们是圈起来养，用饲料喂大育肥，然后宰了卖肉。"

我爷爷激愤地说："草原上的羊是山神的孩子，怎么能圈起来呢？它们会吃饲料吗？饲料是什么？它们祖祖辈辈可都是吃草的。不经过山神的允许，没有我们的念经超度，宰了卖肉是有罪的。"

才让乡长说："这我也知道，但是没办法呀，山神的孩子太多了，连山神自己也照看不过来了。你怎么知道没有人念经超度？"他将碗中的奶茶一饮而尽，起身道，"走啦，我还要到别处传达政府的指示。今天就是动员，你们想一想，想好了就把瘦羊和小羊往县上赶。牛也一样，留下吃肉的、挤奶的，其他都往县上赶。"

我爷爷哼了一声说："牧人没有了牛羊，算什么牧人？"

才让乡长说："你这个老顽固，要是不听政府的话，那就得把你家的牛羊分开，让央金拉姆把她带来的牛羊赶走。"

我爷爷说："那就是分家。"

才让乡长说："对，分家。"

才让乡长朝门外走去，突然盯上了我。

我坐在火炉旁，正拿着红玛瑙项链让七只小藏獒轮换着舔，红玛瑙上抹了酥油，它们舔得津津有味。

才让乡长说："当初扎西尼玛说过，你家的母氂生了崽子，要给我一只母的，哪只母氂好啊，我今天就要带走。"

我爷爷说："他肯定是想让你划一块新草场给我家，才这样说的，不给。"

才让乡长说："还是给我吧，你们不能说话不算数啊。"说着，从皮袍胸兜里掏出一封信在我爷爷面前晃了晃，又说："你儿子来信啦，要不要？"

我爷爷伸手去接。

才让乡长缩起手来认真地说："不给小母氂，我就不给信。"

才让乡长看准的是我最喜欢的小母氂，我叫它喜饶，喜饶是我的名字。

小母氂喜饶被才让乡长抱走的时候我哭了，联想到我自己，就哭得更厉害。

我说："喜饶会找阿妈的。"

我奶奶自信地说："它会找到我们家里来。"

我爷爷和我奶奶拿着那封我们谁也看不懂的信，当天就去了巴颜喀拉寺，想让认识字的洛卓活佛念给他们听。

巴颜喀拉寺坐落在一面山坡上，红墙白檐，参差错落，如意白塔一座挨着一座，法钟和宝瓶高耸，经幡猎猎飘扬，红衣喇嘛来来往往。洛卓活佛站在大经堂前的石阶上，表情严肃地看着信。石阶下，恭恭敬敬站着我爷爷和我奶奶。

洛卓活佛说："你儿子德吉平措说，他一辈子都不会回来啦。"

我爷爷说："不回来了？为什么？"

洛卓活佛说："他说他是一头牛，家乡没有了喝饱就能挤奶的河水，没有了吃饱就能奔跑的青草，他回来干什么。"

我奶奶摇着嘛呢轮哭了："那怎么办啊？"

洛卓活佛说："你们知道河水为什么枯了、青草为什么不长了？因为神灵搬家啦，他带着雪宫离开巴颜喀拉山到别处去啦。转山吧，等你的虔诚感动了神灵，他就会带着雪宫搬回来，那时候河水就有了，青草就茂盛了，你儿子德吉平措就会回来，你们也就用不着丢掉牛群、羊群和帐房，到各姿各雅城里住房子去啦。"

我爷爷和我奶奶"呀呀"地答应着，朝着大经堂全身扑地磕起了头。

大经堂里，传来喇嘛念经的声音，就像潮水一浪推着一浪。

我奶奶开始转山了。转山就是围绕着巴颜喀拉山的神峰一圈一圈地转。我奶奶是磕着等身长头转山的，她戴着很厚很厚的木头手套，围着牛皮围裙，每一次磕下去，都要念一遍六字真言，说一句："河水来，青草来，儿子来，我们不去城里啦。"

我跟在我奶奶身后，像她那样磕头，也像她那样用我尖细的童音念着六字真言，喊着："河水来，青草来，儿子来，我们不去城里啦。"

我奶奶纠正道："是叔叔，不是儿子。"

我又喊道："河水来，青草来，叔叔来，我们不去城里啦。"

六只小藏獒跟着我，只要我趴下，就会跳到我身上，撕咬我的衣袍。在它们眼里，我就是一只大獒，它们对我的撕咬，就是对母獒卓娃和公獒鲁嘎的撕咬。

磕了一会儿，累了，我就带着小藏獒在山脚下玩，等奶奶磕头磕远了，再抱着晚上睡觉用的厚皮袍跑到前面去。六只小藏獒在我身后一阵疯跑。

我奶奶时不时地提醒我："喜饶磕头，小孩子的祈求是最灵验的。"

我不听我奶奶的，眼光四下里寻找着。

我奶奶问道："你找什么？"

我说："我找阿妈。"又问我奶奶："什么时候才能转一圈？"

我奶奶说："转一圈得七天。"

饿了，我们会停下来吃糌粑。糌粑装在一大一小两个羊肚口袋里，小的背在我身上，大的背在我奶奶身上。糌粑是用奶茶和酥油拌好了的，一捏就会变成块。吃糌粑的时候需要水，我奶奶就认真地做好下一次磕头开始的标记，带着我去找水。我们找了好几条河，河道都是干的。

我奶奶说："过去，这里都有水。"

小藏獒们知道我们在找水，到处嗅着。突然它们叫起来，我跑过去一看：啊，水。一股细弱的清水在石头缝里羞羞答答流动着。

晚上，我们就在我奶奶做好的磕头标记旁边睡觉。我奶奶裹着皮袍搂着我。六只小藏獒守护在我们身边。它们很警觉，有一点声响就会叫起来。

它们一叫，狼就来了。狼一听声音就知道它们是小藏獒，一点也不害怕，甚至独狼也不害怕，一对绿幽幽的狼眼出现了。

六只小藏獒喊叫着扑了过来，绿幽幽的狼眼迅速消失了。

我爬起来，跑了过去，喊道："阿妈，阿妈。"似乎来到跟前的就是叼走了阿妈的狼。

我奶奶追过来抓住了我，责备道："谁给你的胆子，你不怕狼？"

我说："阿妈跟狼在一起，我为什么要怕狼？"

春天，扎西尼玛骑马到处走着，想看到自家的草场上，牧草绿了没有。冰雪正在消融，草场上少有返青的迹象，不是一片黑，就是一片黄。他来到畜群旁，忧郁地望着它们。

羊群快步往前走，终于找到了一块刚刚长出牧草芽的地方，立刻排成长长的纵队，贪婪地啃咬着。牛群则散成一片，跑向更远的地方寻找牧草。

公獒鲁噶和母獒卓娃奔跑而去，想把跑远的牛群赶回来。

扎西尼玛突然大声哭起来。

晚饭的时候，扎西尼玛说："没有了，绿色没有了，去年采食得太狠，我家的草场大部分已经是黑土滩了。"

我爷爷愣怔着，轻轻放下了手中的奶茶碗。

扎西尼玛忧愁地说："阿爸，你说到底怎么办？"

我爷爷说："分家。"

分家当然是一件大事，它不仅意味着家庭的财产将一分为二，还意味着相亲相爱的人将分手而去，各过各的日子。分手是艰难的，谁和谁分手都是艰难的。最初大家都觉得应该是我阿爸扎西尼玛带着我和他的妻子央金拉姆离开我爷爷和我奶奶，后来发现，这样的分手几乎是不可能的，因为正在转山的我奶奶一听说我阿爸扎西尼玛和我要离开这个家，一下子就晕了过去，醒来后说："一个儿子不回来，一个儿子又要远去了，佛爷怎么不保佑我呀。"央金拉姆不希望看到我奶奶这样，就坚决主张丈夫留下来，她一个人赶着她的牛羊离开，这样就等于回到了从前，他们彼此不认识的时候。

早晨，阳光一如既往地明媚着，风在吹，帐房在颤抖。

我爷爷说："央金拉姆，你准备去哪里？哪里有草场等着你？"

央金拉姆说："回我的家乡姊妹湖草原，谁家有草场我就去谁家。"

我爷爷拿起酥油碗，用拇指指甲挑下来一块，抹在了央金拉姆脸上。这是给远行人的祝福。

大家七手八脚把一群羊分成了两群羊，把一群牛分成了两群牛，然后拿出央金拉姆带来的家什，驮在了牦牛背上。

扎西尼玛说："扎西德勒，扎西德勒。"说着，抹了一把眼泪。

央金拉姆也说："扎西德勒，扎西德勒。"说着，也抹了一把眼泪。

我爷爷哗哗地流着泪。

扎西尼玛叹口气说："你是先走，过不了多久我们也会走，巴颜喀拉草原已经不养育我们了。"

央金拉姆喊起来："鲁噶，鲁噶，我们走。"

公獒鲁噶和母獒卓娃卧在一起。它知道今天的"走"意味着分手，无奈地站起来，恋恋不舍地舔着母獒卓娃的鼻子，转身要走，又回来，绕着卓娃转了一圈，再一次这儿那儿地舔了舔卓娃。

扎西尼玛也喊了一声："鲁噶快去。"

公獒鲁噶走向了已经被央金拉姆赶起来的牛羊。母獒卓娃忽地站起来，望着公獒鲁噶叫了一声，快步跟了过去。

卓娃的眼睛是泪闪闪的，鲁噶的眼睛也是泪闪闪的。

我爷爷走过去，俯身抱住了母獒卓娃。

央金拉姆带着公獒鲁噶和一群牛、一群羊，离开巴颜喀拉草原的第二天傍晚，公獒鲁噶回来了。它跑得气喘吁吁，一来就扑向了母獒卓娃。

母獒卓娃似乎早知道它要来，一直守候在向南离帐房一百米的草冈上。

傍晚的斜阳里，一公一母两只藏獒的拥抱变成了生命相亲的剪影，忘乎所以地热烈着。我爷爷和我阿爸扎西尼玛站在帐房前，看着草冈上的情形，眼睛潮潮的。

扎西尼玛端着糌粑糊糊走了过去。

公羧鲁噶舔了几口糌粑糊糊，又很快离去了，走了几步，就开始奔跑。

母羧卓娃用悲伤的叫声送别着它。

一连三天，每天傍晚，母羧卓娃都会站在草冈上等待公羧鲁噶。公羧鲁噶总会准时出现。它疯狂地奔跑而来，和妻子亲热片刻，就又疯狂地奔跑而去。

后来，变成了两天来一次。再后来，变成了三天来一次，变成了一个星期来一次，变成了半个月来一次。

每次来，扎西尼玛都会端着糌粑糊糊让公羧鲁噶舔几口。

扎西尼玛悲伤地说："远了，央金拉姆越走越远了。"

我爷爷说："是啊，越走越远了。"

终于，公羧鲁噶再也没有出现在我家的草场上，尽管母羧卓娃天天傍晚都在草冈上眺望着、等待着、"轰轰轰"地呼唤着。

扎西尼玛望着草冈上的母羧卓娃，凄凉地自语着："央金拉姆，央金拉姆。"

一天，扎西尼玛一放牧回来，就问站在帐房门口的我爷爷："卓娃呢？卓娃今天没跟我去放牧。"

我爷爷看了看牧归的羊群，又看了看不远处的草冈说："等一等吧，明天就会回来，它去看鲁噶了。"

扎西尼玛说："我怎么就没想到去看看央金拉姆？我不如狗啊，阿爸，我要去看看央金拉姆。"

扎西尼玛连夜骑马走向了姊妹湖草原。

他走了很长时间也没遇到一顶帐房。到处都是灰黄的颜色，没有牧草，没有牛羊，一些鹅卵石和大水冲刷的痕迹说明脚下曾经是河床。他沿着河床的痕迹走下去，走进了一片沙漠。

几根巨大的柱子插天而立，又迅速移动着，那是突起的旋风把天和地霎时连接了起来。扎西尼玛掉转马头躲避着，旋风一下子包裹了他，把他从马上掀了下来。他一头栽进沙漠，闭着眼睛胡乱爬行着。等他爬出旋风，站起来，揉亮眼睛四下里寻找时，马已经不见了。

他踉踉跄跄往前走，走向了一座沙丘，看到前面还有许多沙丘，赶紧往回走，没走几步，发现四周全是沙丘，才知道自己已经迷路了。

他往东走，往南走，往北走，往西走，越走越迷糊。

他往天上看，似乎想从湛蓝的天空突围。一阵风沙遮住了他的眼睛。他跪倒在地，祈求神灵的保佑。沙尘水浪一样扑过来，掩埋了他。

母獒卓娃奔跑在回家的路上，突然停下，朝着风吹来的方向使劲嗅了嗅，扭身疯跑而去，跑向了沙尘起源的地方，用穿透力极强的轰鸣震撼着寂静的荒漠。

风沙小了，母獒卓娃奋力刨挖着，一会儿用前爪，一会儿用后爪，终于把扎西尼玛刨出了沙堆。扎西尼玛跪起来，在风沙中紧紧抱住了母獒卓娃。

扎西尼玛站了起来。母獒卓娃飞跑出去，一会儿，又赶着扎西尼玛的马跑了回来。

母獒卓娃带着扎西尼玛朝北走去，大约一个时辰后，来到了一顶帐房前。

拴在门前的公獒鲁噶站起来，摇着尾巴喊叫着。

母獒卓娃跑向了公獒鲁噶。它们碰碰鼻子，激动地互相舔着。

扎西尼玛走过去，摸了公獒鲁噶的头说："多日不见了，你好吗？"

央金拉姆走出了帐房，吃惊地说："扎西尼玛？"

扎西尼玛愣住了，看看有孕在身的央金拉姆，又看看她手里拉扯着的一个孩子。

央金拉姆弯弯腰，两手伸到自己膝盖上，客气地把扎西尼玛让进了帐房。

扎西尼玛问道："这是谁的家？"

央金拉姆说："我的。"

扎西尼玛又问："孩子呢？"

央金拉姆说："萨木旦的。"

扎西尼玛又指指她的肚子说："这个孩子呢？"

央金拉姆说："你的。"

扎西尼玛顿时阴沉了脸，端碗喝了一口奶茶道："我的孩子？你要给别人生下我的孩子了。"

央金拉姆把糌粑匣子放到他面前。

扎西尼玛说："不行，我的孩子我要，连你我也要。跟我回去吧，把羊群牛群留在这里。”

央金拉姆说：“你去给萨木旦说。”

外面有了公獒鲁噶的叫声，年过半百的萨木旦回来了。

萨木旦一进帐房就说：“来客人了吗？哪里来的客人？”

扎西尼玛说：“巴颜喀拉草原的客人，来寻找他的老婆。”

萨木旦笑了笑，坐下来，接过央金拉姆端给他的奶茶，呷了一口说：“你来到了我家，到底是来寻找我的老婆，还是来寻找你的老婆？”

扎西尼玛说：“连我家的母獒卓娃都来寻找它丈夫了。我是人，我不能不如狗。”

萨木旦说：“这个我知道。前些日子鲁噶总要去看它原来的老婆，我把它拴住了，它跑来跑去的，谁来看护我家的牛羊？我今天就是去给它找老婆的，不信你去看。”

萨木旦带着扎西尼玛来到帐房外面。央金拉姆也跟了出去。

离帐房二十步远的地方，拴着一只铁包金的母獒。陌生的环境让它显得十分不安，来回走动着，警惕地望着人和藏獒。

母獒卓娃保护似的匍匐在公獒鲁噶前面，从胸腔里发出一阵“呼噜”声，做出随时扑过去的样子。

公獒鲁噶则显得很平静，只当是多了一个伙伴，漫不经心地望着铁包金母獒。

萨木旦说：“你把你家的母獒带走，今天晚上我就让我的母獒跟鲁噶交配。”

扎西尼玛说：“不可能，除了卓娃，鲁噶决不会跟别的母獒交配。”

萨木旦说：“那你就看着吧，要是鲁噶不跟我的母獒交配，我就解开它的铁链子，让它去找它原来的母獒。”

扎西尼玛说：“还有央金拉姆呢。”

萨木旦说：“也让她去找你。”

扎西尼玛说：“让她来找我，你把她的牛群羊群留下。”

萨木旦摇摇头说：“过去，羊群和牛群是牧人的财富，谁家牛羊多，谁家就受人尊敬。现在不是这样了，牛羊成了累赘。我家草场也不大，我要那么多牛羊干什么。央金拉姆一走，我就把她的牛羊卖掉，钱会给她留着，她什么时候来取都可以。"

扎西尼玛带着母獒卓娃回到巴颜喀拉草原自己的家时，已经是第二天傍晚。他解掉马的缰绳和辔头，卸下马鞍，让它自己去找草吃，然后从帐房的拉绳上取下一块干牛肺，丢给了母獒卓娃。饿极了的卓娃大口吞咽着。

一如既往的霞光里，我爷爷赶着牧归的牛羊出现在地平线上。

扎西尼玛走过去，扶着我爷爷下了马。

我爷爷看着母獒卓娃，高兴地说："卓娃回来了？"

扎西尼玛自信地说："鲁噶也会回来的，明天就回来，还有央金拉姆，她要回来生下我的孩子。"

我爷爷瞪起眼睛说："你的孩子？她怀了你的孩子？"

扎西尼玛又说："就人回来，她的牛群羊群不回来。"

我爷爷说："你阿妈转山转来了福气，好啊，好啊。"

我奶奶和我还在转山。

半夜，六只小藏獒吼起来。我从我奶奶怀里爬起来，看到一溜儿绿幽幽的狼眼出现在二三十米远的地方。

小藏獒们冲了过去，我也冲了过去。我和小藏獒们一样不怕狼。

我边跑边喊："阿妈，阿妈。"

绿幽幽的狼眼消失了，消失得很快，好像狼眼是不存在的，是我和小藏獒们的错觉。我们扫兴地回来，又睡了。

早晨，我们在斜阳里吃了糌粑，一天的转山开始了。

我奶奶手上的木头手套已经很薄很薄了，牛皮围裙也磨得几乎洞穿，磕烂的额头上结着疤，流着血，而念诵六字真言的声音依然健朗，"河水来，青草来，儿子来，我们不去城里啦"的声音依然健朗。

和以前不同的是，用身体丈量土地的行为总是伴随着瞩望，我奶奶常常会停下来，望着远方发呆，喃喃地说："河水啊，青草啊，怎么还不来？"

扎西尼玛给奶奶和我送来了糌粑和奶皮子。

我说："我不转山了，我要回家。"

　　我奶奶说："那你就回吧，把小藏獒带回去。"

　　扎西尼玛说："小藏獒可以回去，你不能回，你必须给奶奶背着皮袍和吃的，奶奶背不动。再说了，转山会修来一辈子的福，我比你还小的时候，就转过山。"

　　我说："那小藏獒也不能回。"又问道："转山能把阿妈转回来吗？"

　　我阿爸望了一眼我奶奶，生气地说："她跟着狼走啦，永远不回来啦。"

　　也就是在这天，我爷爷带着母獒卓娃去放牧的时候，来了一股狼群，大约有二十多匹。残酷的獒狼之战开始了。

　　母獒卓娃扑了过去。狼群仗着势众并不怕它，一次次地反扑着。好几匹狼受伤了，卓娃也受伤了。

　　我爷爷紧张地用喊声给卓娃助威："咬死它们，咬死它们。"

　　狼群很快分成了两拨。一拨留下来继续纠缠母獒卓娃，一拨扑向了羊群。羊们惊怕得都不会叫了，一只只抖颤着。

　　突然从远方隐隐传来一阵藏獒的叫声，叫声越来越大。一只藏獒穿透白闪闪的光晕，飞奔而来。

　　我爷爷意外地喊起来："鲁噶，鲁噶。"

　　公獒鲁噶直扑狼群，一口咬住了一匹狼的脖子。

　　如果不是公獒鲁噶及时赶来，我家羊群的损失就大了。鲁噶和卓娃一起赶跑了狼群。鲁噶心疼地舔着卓娃的伤口。

　　我爷爷走过去，抱着公獒鲁噶说："你回来啦？央金拉姆呢，是不是到帐房里给我们准备晚饭去了？"

　　牧归了，扎西尼玛站在帐房门口，看到了公獒鲁噶，高兴地说："我说对了，鲁噶会回来的，除了卓娃，它决不会跟别的母獒交配。"

　　我爷爷呵呵笑着说："央金拉姆跟它一样啊，她只能是你的。"

　　扎西尼玛问道："央金拉姆呢？央金拉姆在哪里？"

　　我爷爷一愣："她不在帐房里？"

　　扎西尼玛摇摇头，突然就显得非常沮丧，喃喃地说："央金拉姆还没有回来，她肯定舍不得卖掉她的牛群和羊群，不回来了。"

　　扎西尼玛走向草冈，眺望着远方，很久很久，直到天黑，直到公氂鲁噶从自己身边经过。

　　扎西尼玛说："你要去找央金拉姆，那就快去吧。明天我也去，我一定要劝她卖掉她的牛群和羊群，她肚子里还有我的孩子呢。"

　　一大早，太阳还没出来，扎西尼玛就骑马上路了。

　　天就要黑的时候，他到达了姊妹湖草原的萨木旦家。

　　他看到那只铁包金母氂孤独地卧在帐房门口，四下里找找，没发现公氂鲁噶，就喊起来："鲁噶，鲁噶，央金拉姆，央金拉姆。"

　　萨木旦说："我不会说话不算数，我放了公氂鲁噶，也让央金拉姆走啦。"

　　扎西尼玛说："她去了哪里你知道吗？"

　　萨木旦说："不知道。我早晨醒来就不见了，她的牛啊羊啊都不见了。"

　　扎西尼玛说："她是去寻找新草场了，哪里还有新草场？"

　　萨木旦摇了摇头。

　　扎西尼玛环绕着萨木旦的帐房四处走了走，看到了牛蹄羊蹄的痕迹，追踪着走了一段，又停下了，自言自语道："她赶着牛群和羊群，只能到有草场的地方去，我没有草场接纳她，我找到她有什么用啊？她不肯舍弃自己的牛羊，我就不能得到我的孩子。"

　　扎西尼玛遗憾地掉转马头，朝回走去。

　　央金拉姆躺在地上睡着了，身边是公氂鲁噶和她的马，周围是牛羊。露天过夜，对牧人是家常便饭。天一亮，公氂鲁噶就用吼声唤醒了央金拉姆。她赶着牛群和羊群继续往前走，走了整整一天。黄昏的时候，她走进了一片苍绿的草场。一个牧人骑着马朝她奔跑而来。

　　牧人老远就喊道："不要再往前走了，这是我家的草场。"

　　央金拉姆停下来说："让我的牛群和羊群留在这里吧，我可以做你的老婆。"

　　牧人说："你赶来了这么多牛羊，谁家的草场养得起啊。"

央金拉姆拍了拍自己隆起的肚子说："你看看这里是什么，一个孩子，用一个孩子做陪嫁，这样的便宜难道你会错过？"

牧人欣赏地说："啊，你是一个会生孩子的女人，可惜我已经有老婆了。你去找我哥哥吧，他没有老婆，也许会收留你。"

央金拉姆说："他会收留我的牛羊吗？"

牧人说："不知道，也许会吧，他是个没出息的酒鬼，他叫索加。"

央金拉姆朝着牧人指给他的方向走去。走着，走着，公獒鲁噶跑起来。它跑向了一匹马，边跑边吼。

十几只秃鹫正在三五米远的地方窥伺着马身边的一个人，看到公獒鲁噶跑来，轰的一声惊飞而起。

酒鬼索加显然是从马背上栽下来的，手里攥着缰绳，躺在地上呼噜呼噜睡大觉。如果不是央金拉姆和公獒鲁噶及时赶到，很可能他就是秃鹫的美餐了。

央金拉姆跳下马，站在酒鬼旁边望了一会儿，蹲下来扶起了他。

她指着酒鬼索加说："鲁噶，鲁噶。"

公獒鲁噶走过来，闻了闻酒鬼，随着央金拉姆的手势朝前跑去。

央金拉姆让自己的马卧下来，扶着酒鬼索加趴在了马背上，然后吆喝着牛群和羊群，拉着马，跟着公獒鲁噶往前走。

半个时辰后，她来到了酒鬼家的帐房前。帐房旁边，还有一座修建了一半的石头碉房。

帐房是破破烂烂的，里面冰锅冷灶，连佛堂佛龛也没有，只在帐壁上贴着一幅格萨尔降服妖魔的画。锅灶右侧，脏腻的毡铺上，堆着一床羊皮缝制的被子。

央金拉姆把酒鬼索加扶进了帐房，用摞在帐房一角的干牛粪点着了炉火，看到木桶里还有水，就倒尽了铝壶里的茶叶渣滓，涮一涮，盛水搁在了泥炉上。

第二天一早，酒鬼索加醒了。

央金拉姆说："你家有草场，你却没有牛羊，为什么？"

索加说："你是谁？"

央金拉姆说："是你弟弟让我来找你的，他说你会收留我。"

索加用鼻子哼了一声，起身走向了帐房外面。

他一眼看到了牛群和羊群，不禁惊呼一声："哦呀，这么多的牲畜。"又看到了卧在帐房旁边的公獒鲁噶，又惊呼一声："哦呀，这么大的藏獒。"

央金拉姆从帐房里出来说："现在都是你的了，连我也是你的了。"

索加说："你是我的？你能看上我这样的人？"

央金拉姆说："我看上你家的草场啦。"

索加看了看牛群和羊群，又看了看她，突然明白了，朝着遥远的旷野扑通一声跪下了，大声说："伟大的山神恩赐我啦，让我得到了一个有财产的寡妇。"他连磕三个头，站起来，扑过去，抱住央金拉姆压倒了她。

央金拉姆推搡着喊道："孩子，孩子，我有孩子。"

公獒鲁噶跑过去，一头撞开了索加。

索加站起来说："孩子？"

央金拉姆半跪着，拍了拍自己的肚子说："他（她）也是你的孩子。"

央金拉姆的新生活就这样开始了。

每天都是她做饭、挤奶、背水、捡牛粪。放牧的事情就交给了索加。索加每天带着公獒鲁噶去放牧牛羊。一个星期过去了。

早晨，出牧的时候，央金拉姆奇怪地看着那座修建了一半的石头碉房。

索加走过来说："好不好啊？以后，我们就住碉房不住帐房了。"

央金拉姆说："住碉房有什么好？碉房不能驮到牛背上跟我们走。"

索加说："走？我们还能往哪里走？草场就这么大一点，没有冬窝子，没有夏窝子，没有秋窝子，也没有春窝子，追着水草四季搬家的日子已经结束了，县上星宿海酒馆的老板说，以后不会再有牧民啦。"

阿爸扎西尼玛带着母獒卓娃来看望我奶奶和我。

他远远地下了马，朝巴颜喀拉雪山走去，马背上的褡裢里，鼓鼓囊囊装着风干肉、酥油和糌粑。母獒卓娃跑在前面，准确地找到了奶奶和我的位置。我奶奶停止了磕头。

扎西尼玛走到跟前说："阿妈你好吗？身体好吗？吃得好吗？"

我奶奶说："好啊，好啊。你好吗？家里人好吗？牛群羊群好吗？卓娃好吗？"

母獒卓娃礼貌地过来，让我奶奶和我摸了摸它，然后走向了六只小藏獒。

六只小藏獒呆愣着，好像对母亲有点陌生了，或者，它们大了，有点矜持了。母獒卓娃闻着它们的鼻子，温情地轮番舔着它们。突然，它们摇起了尾巴，几乎同时扑向了母獒卓娃。一番激烈的嬉戏打闹。

扎西尼玛从马背上卸下褡裢，放下一个鼓鼓囊囊的牛肚口袋对我说："我把口袋装满了，你背得动吗？"

我双手搂着口袋抱了抱说："背得动。"

扎西尼玛把另一个饱满的牛肚口袋装进褡裢，又放回马背，骑着马，沿着转山的路跑了很长一段，然后下马，挖了一个坑，把牛肚口袋埋起来，又用石头做了记号。

等扎西尼玛回到我们身边时，我奶奶又开始磕头了。他看了看我和六只小藏獒，大声喊道："卓娃，卓娃。"

我说："卓娃跑了。"

扎西尼玛问道："往哪里跑了？"

我指了指。

扎西尼玛望了望说："它去找公獒鲁噶了，还有央金拉姆，他们现在在哪里呢？"

我们这时候还不知道，是藏獒神奇的预知能力让卓娃跑向了公獒鲁噶。鲁噶需要它，鲁噶有难了。

我仰脸望着扎西尼玛，突然问道："你为什么不去找阿妈？"

扎西尼玛说："我去哪里找？"

我盲目地随便指了指。

扎西尼玛吃惊地说："各姿各雅城？"他使劲摇摇头。

傍晚，索加没有把牛群和羊群赶回来，公獒鲁噶也不见了。只有他一个人，趴俯在马背上，流着口水，被马驮了回来。

央金拉姆把索加从马背上抱下来，着急地喊道："羊呢？牛呢？鲁噶呢？"

索加又喝醉了，咕咕哝哝的，满嘴吐着口水，什么也说不清楚。

央金拉姆把索加拖进帐房，自己骑马去寻找牛群和羊群。她"鲁噶、鲁噶"地喊了大半夜，跑遍了索加的草场，也没有看到一头牛、一只羊。

她跑回帐房，撕起沉睡的酒鬼索加，声嘶力竭地喊着："我的牛群呢，羊群呢，鲁噶呢？你把它们搞到哪里去了？"

索加迷迷糊糊告诉她："我把牛羊卖了，把鲁噶也卖了，卖给县上的人了。"说着从胸兜里掏出几沓钱来，"你看，你看，这就是钱，我们有钱了，这些钱，可以把我们的碉房盖起来，还可以喝一年的酒。"

央金拉姆放下索加，再次飞马跑进了黑夜。

黎明时分的县上阒无一人。"县上"这个称呼需要解释一下，它是县政府所在地，又不具备城镇的规模，有房子，都是平房，丁字形的街道，五分钟就走到头了，所以人们就叫它"县上"。县上的东边，一些简陋的土坯房簇拥在马路两边，就像从远古走来的废墟。

公獒鲁噶闭着眼睛趴在地上，一根粗铁链子套住了它的脖子，又连接着一根木桩。它身后是一个土墙围起来的大羊圈。从大羊圈里传出咩咩的羊叫声和哞哞的牛叫声。

薄雾朦胧的马路上，沙沙沙地走来两个人，一个穿着酱色氆氇袍，一个穿着老羊皮袍。他们比比划划说着什么，来到了公獒鲁噶面前。公獒鲁噶忽地站了起来。

"氆氇袍"说："死狗，一晚上一点动静也没有，我都没听到它喊一声。"

"老羊皮袍"说："好狗不叫，两万块便宜你了。"

"氆氇袍"说："你两千块买下的，要两万块卖给我，还说便宜了我。"

"老羊皮袍"说："你会五万块卖给各姿各雅城的人，各姿各雅城的人又会五十万、上百万地卖给内地人，你以为我不知道？"

"氆氇袍"说："它不会咬我吧？"

"老羊皮袍"说："乖着呢，昨天就没有咬我。"说着，走过去从木桩上解开粗铁链子，拉在手上，准备交给"氆氇袍"。

　　就在这时，公獒鲁噶跳了起来，它沉静了一晚上似乎就是为了等待这个机会。它扑向了"老羊皮袍"。"老羊皮袍"转身就跑，粗铁链子脱手了。公獒鲁噶追了几步，回身又扑向了"氆氇袍"。"氆氇袍"边跑边叫，礼帽掉在地上都来不及捡起来。

　　公獒鲁噶追了一会儿，迅速回来，朝着大羊圈的木栅门撞了几下，又用锋利的虎牙咬起来。木栅门用一根木棍闩着，哪里经得起公獒鲁噶的猛撞猛咬，哗啦一声开了。公獒鲁噶轰轰轰地吼起来。牛羊一听这吼声就往外跑。公獒鲁噶朝前跑去，边跑边吼，牛羊从羊圈里鱼贯而出，奔跑着跟上了它。

　　"老羊皮袍"跑过来，想拦住奔跑的牛羊，差一点被一头公牦牛撞倒，喊道："我的牛羊，我的牛羊。"

　　央金拉姆听到了公獒鲁噶轰轰轰的吼叫，纵马跑了过去。公獒鲁噶边吼边靠近着她。

　　"老羊皮袍"和"氆氇袍"带着八九个人骑马追了过来，分成两拨，左右包抄着奔跑的牛羊。

　　公獒鲁噶停下来，不再吼叫，望着追过来的人。

　　母獒卓娃出现了，用吼声呼唤着公獒鲁噶。

　　公獒鲁噶跑向了母獒卓娃。两只藏獒迅速碰了一下鼻子，又默契地分开了。

　　母獒卓娃边吼边朝前跑，继续引导着牛群和羊群奔跑。

　　公獒鲁噶从牛群和羊群中间直插过去，冲向了刚才被它冲撞开的大羊圈。

　　大羊圈连接着大羊圈，一溜儿全是大羊圈，里面全是集中起来准备运往东部实行"牧繁农育"的牛羊。

　　公獒鲁噶撞开了一扇栅栏门，又撞开了一扇栅栏门，几乎撞开了所有大羊圈的栅栏门。都是在草原上自由奔跑惯了的牛羊，早就存心逃跑了，立刻从敞开的栅栏门蜂拥而出，带着对圈养的愤怒和对旷野的热爱奔跑起来。

　　到处都是牛群和羊群。公獒鲁噶又喊又叫地驱赶着它们。它们跟在了央金拉姆的牛群和羊群后面，把狂奔变成了惊雷的鸣响和潮水的滚动。

　　"氆氇袍"喊道："拦不住了。"

"老羊皮袍"喊道："能拦住几个是几个。"

他们带着八九个人冲进牛群和羊群，连成一堵墙，堵挡着牛羊的奔跑。但根本就挡不住。公獒鲁嘎疯狂的驱赶让牛羊也变得疯狂，人墙很快被冲垮了。

满草原都是浩浩荡荡的牛羊，央金拉姆驱马跑在最前面，母獒卓娃跟着她用吼声引导着央金拉姆的牛群和羊群。别的牛群和羊群又紧跟着央金拉姆的牛羊。而在满地疯跑的牛羊后面，是公獒鲁嘎又吼又咬的拼命驱赶。

所有的牛羊都跟着央金拉姆跑向了酒鬼索加的草场。

饿极了的牛羊突然停下来，贪婪地啃咬着牧草。

央金拉姆突然意识到她把事情做错了，大叫起来："索加，索加，快来啊索加。"

索加站在建了一半的碉房墙上，看着自家草场上突然来了这么多牛羊，吃惊地叫唤着："哎哟佛爷，哎哟佛爷。"

央金拉姆驱马来到他跟前说："快跟我来，把不是我们的牛羊赶出去。"

索加说："为什么要赶出去？"

央金拉姆说："它们吃了我们的草，我们的牛羊吃什么？"

索加说："我们还有牛羊？对了对了，来到我家草场的都是我们的牛羊。哎哟佛爷，我明天就把它们卖掉。"

索加无动于衷。央金拉姆只好跑向公獒鲁嘎和母獒卓娃，又是手势又是吆喝地撺掇它们赶走不是自己的牛羊。但公獒鲁嘎和母獒卓娃已经没有力气了，趴在地上，吼喘着，长长地吐着舌头，几次挣扎着站起来，走两步，又卧下了。

央金拉姆望着一眼望不到边的牛羊，痛悔地俯身在马背上。

天黑了，又亮了。吃了一夜的牛羊们有的卧着，有的站着。已经无草可吃了，它们都抬着头。央金拉姆躺在地上睡觉，她的身边是恢复了体力的公獒鲁嘎和母獒卓娃。

一阵马蹄的骤响，几十个人奔跑而来，其中有"老羊皮袍"和"氆氇袍"。他们追踪而来，要把所有的牛羊包括央金拉姆的牛羊赶回去。

央金拉姆跳了起来，看到来人已经跑到跟前，大喊一声："留下我的牛羊。"

"老羊皮袍"说："你是谁？哪是你的牛羊？"

几十个人挥舞鞭子，驱赶着央金拉姆的牛羊。

央金拉姆喊起来："鲁噶，鲁噶。"

公獒鲁噶朝离它最近的"老羊皮袍"扑过去，把他从马背上撕下来，又去扑咬另一个驱赶牛羊的人。它一连扑倒了五个人，扑惊了五匹马，最后扑向了"氆氇袍"。"氆氇袍"是端着叉子枪的，立刻瞄准它扣动了扳机。

砰的一声响，公獒鲁噶倒了下去，突然又跳起来，再次扑向了"氆氇袍"。"氆氇袍"打马就跑，没跑多远，就被追上来的公獒鲁噶咬倒了马。他从马上栽下来，抱头惨叫起来，惨叫了几声，发现藏獒并没有压住自己，抬头一看，发现公獒鲁噶已经倒在地上了。

央金拉姆跑了过来。母獒卓娃跑了过来。

响起了一阵哭声，央金拉姆喊道："鲁噶，鲁噶……"

母獒卓娃用自己的鼻子在公獒鲁噶还在呼吸的鼻子上碰了碰，就要扑过去报仇，却被央金拉姆紧紧抱住了。

"老羊皮袍"和"氆氇袍"带着几十个人，赶着所有的牛羊离开了酒鬼索加的草场。

母獒卓娃舔着公獒鲁噶的伤口呜呜呜地哭叫，眼泪一滴一滴缓慢流淌着。

央金拉姆不甘心自己的羊群和牛群就这样失去，骑马追了过去，追了一段路，看到被牛羊采食过的索加的草场已经全部变成了黑土滩，绝望地尖叫一声，从马上栽了下来。

血从盖住脚面的衣袍下摆处流了出来。她疼痛地扭曲着身子，躬起腰，看到了血，知道自己流产了，"啊呀"一声昏了过去。

母獒卓娃丢开受伤昏迷的公獒鲁噶，含着眼泪，跑向了央金拉姆。它不知道发生了什么，着急地闻着，舔着，叫着，围绕着央金拉姆来回兜圈子。看她没有清醒的样子，扭身就跑，箭镞一般插向了地平线。

母獒卓娃跑过了整个白天，跑过了整个黑夜，一头撞进了扎西尼玛家的帐房。

扎西尼玛跟着母獒卓娃，来到了索加的草场。

他把央金拉姆扶出索加的帐房，又扶她上了自己的马，然后骑上去抱住她。

索加过来说："我的媳妇，你为什么要带走？"

扎西尼玛："你卖了她的牛群和羊群，就差一点卖掉她了，她恨你。"

索加说："等我盖起了碉房，她就不恨我了。"

扎西尼玛说："没有了草场，也没有牛羊，光有碉房你吃什么？"

索加说："依靠政府啊，政府让我们吃什么，我们就吃什么。"

扎西尼玛说："懒汉，你会饿死的。"

索加说："饿不死，我的碉房可以是酒馆，我卖酒给过路的人喝。"

央金拉姆突然喊起来："卓娃，咬他，卓娃，咬他。"

母獒卓娃回身朝着索加吼一声，就要扑过去。

扎西尼玛说："卓娃不要。"然后对索加说："你卖了央金拉姆的牛羊，你把钱拿来。"

央金拉姆说："我不要钱，我要我的牛羊，你把我的牛羊还给我。"

索加"呀呀"地答应着说："能赎回来我就给你送去。"

扎西尼玛说："我再问你一遍，你真的不知道鲁噶去了哪里？"

索加说："我再说一遍，我看见它死了，后来就不见了，大概被人拿去剥皮了吧。"

央金拉姆说："鲁噶不会死。"

母獒卓娃转身离开了他们，四处跑动着，想找到公獒鲁噶消失的踪迹。但显然它没有找到，跑出去一会儿，又不吭不哈地回到了扎西尼玛身边。

草原的天空，云彩低得似乎触手可及，一片白、一片乌、一片蓝，对应着地上的一片黄、一片黑、一片青。天上的蓝很少很少，地上的青也很少很少。风声呼呼地响，沙土一股股地飞舞着。

我家的帐房里，刚刚坐下的才让乡长说："我上次说的卖牛卖羊的话还记得吧？"

我爷爷说："卖牛卖羊的话不记得，不卖牛不卖羊的话记得。"

才让乡长说："我什么时候说过不卖牛不卖羊的话？"

我爷爷说："五六年前就说过。"

才让乡长说："那时候的草原没有退化，当然要增加存栏率啦。现在草原都成黑土滩了，政府的办法是对的，是为了让地上有草，河里有水。"

我爷爷说："政府的什么办法是对的？"

才让乡长说："你看你，我上次说了也是白说嘛。我再说一遍，就是牧繁农育的办法。把我们的瘦羊和小羊卖给东边的农民，有什么不好？我今天就是来督促的，你看看你家的草场，这么多的牛羊还能吃几天，吃得都把土皮翻起来啦，土皮不到两寸厚，下面就是沙子石头，沙子石头要是露面了，风一吹，两个月就是沙漠，赶快把牛群羊群送到县上去，留下够你们吃肉挤奶的就行了。"

我爷爷说："你这样逼我们，就不是我们的乡长了，你走吧。"

才让乡长说："我连一口奶茶都没喝上，我不走。"

央金拉姆匆匆进来，从铜壶里倒了一碗奶茶，放在了才让乡长面前。

我爷爷说："奶是牛挤出来的，你想喝奶茶，就不要说对不起奶茶的话。"

才让乡长说："你不让我说话，我就不喝你的奶茶。扎西尼玛呢？放牧去了吗？我去给他说，他比你明白事理。"说着，气狠狠地起身走了。

又是风沙，草原变成了荒原，一片迷茫。

扎西尼玛赶着大部分牛羊走向了县上。

我爷爷和央金拉姆满含眼泪，送别着牛羊。牛羊们似乎不忍离去，哞哞地叫着，咩咩地叫着。

母獒卓娃追了过去，尽职尽责地跟在了扎西尼玛身后。

扎西尼玛说："回去吧，不用你跟着。"

卓娃便跑回来，跑上了离帐房大约一百米的草冈。不，那已经不是草冈，是一座光秃秃的土冈了。

它仰头眺望着，月落日出，天天如此，等待公獒鲁噶的归来成了它生活的一部分。

浑莽的巴颜喀拉山的神峰脚下，我奶奶还在转山。她一丝不苟地把双手举起来，在空中拍一下，在额头处拍一下，又在胸间拍一下，然后全身扑地，清晰地念一遍六字真言，再说一句："河水来，青草来，儿子来，我们不去城里啦。"

我奶奶的嘴唇干裂了，脸上紫红一片，每一条皱纹都像一条刀痕。

我依然跟在我奶奶身后，像奶奶那样磕头，也像奶奶那样念着六字真言，喊着："河水来，青草来，叔叔来，我们不去城里啦。"

我的身后，是六只长大了一些的小藏獒。它们也像我一样，前腿伸直，匍匐在地，一次次地匍匐在地。

晚上，我奶奶和我又被六只小藏獒的吼叫吵醒了。我睁开眼睛看到了一溜儿绿幽幽的狼眼，却没有像往常那样爬起来，磕头磕得太累了。

小藏獒们冲了过去，一溜儿绿幽幽的狼眼渐渐远去。我知道小藏獒们很快会回来，就闭上眼睛，再次沉睡过去。

谁会想到，小藏獒们这一去，就再也没有回来。

早晨，我发现六只小藏獒不在身边，就喊起来："洛桑、拉珍、扎西、尼玛、仁增、旺姆。"这些名字都是我起的，我用我爷爷、我奶奶、我阿爸、我阿妈的名字命名了我的六只小藏獒。

我奶奶望着远方不说话，她以老年人的经验知道，六只小藏獒凶多吉少。

我喊不来六只小藏獒，就问奶奶："怎么办，奶奶？"

我奶奶说："你到前面去看看。"

我跑了出去，什么也没看到，除了几只吱吱叫唤的鼠兔。我飞跑回来。

我奶奶说："狼把六只小藏獒吃掉了。"

我哭了，哭了一会儿说："狼也会吃掉阿妈吗？"

我奶奶毅然转身，无比虔诚地磕起了头。

扎西尼玛把我家的牲畜赶到县上的这天，才让乡长也去了。他在县政府的收发室里，给两百公里之外的各姿各雅城邮电局打了一个电话："找一下德吉平措，我是才让乡长。"

邮电局的人说："等着等着，别放话筒，我去街上给你找。"

才让乡长告诉德吉平措："你家的羊群赶到了县上，牛群也赶到了县上。你赶紧回来吧，回来把他们接走。"

德吉平措对着话筒说："太好了，藏獒繁育中心已经搞起来啦，各姿各雅城里的房子也快盖好啦，等买到了房子我就回去搬家。"

才让乡长说："我一趟一趟往你家跑，你也把我弄到州上去嘛。"

德吉平措说："你是乡长，你到州上来干什么？"

才让乡长说："我们乡里没几户牧民了，留下我这个乡长干什么？"

德吉平措说："行啊，行啊，我给你想想办法，估计房子问题不大。"

才让乡长说："多谢啦，多谢啦。"

荒败的草原上，一匹大黑马移动着。德吉平措回来了。

母獒卓娃"轰轰轰"地叫着，跑了过去。

挤牛奶的央金拉姆直起身子看着。

正在搬牛粪的扎西尼玛喊一声："阿爸，阿爸。"

我爷爷走出了帐房，看到了德吉平措，不相信地揉了揉眼睛说："又做梦了。"

扎西尼玛说："阿爸，不是梦，梦里不会有声音，你听卓娃的叫声。"

德吉平措跳下马，和扑过来的母獒卓娃紧紧拥抱，然后跑过来，抱了抱我爷爷，弯着腰说："阿爸你好吗？"又过去，就像藏獒与藏獒见面那样，和扎西尼玛碰了碰额头说："哥哥你好吗？"

扎西尼玛说："你好吗，你怎么才来？"

"忙啊，忙啊。"德吉平措又转向央金拉姆，"这是我的新嫂嫂吗？"

央金拉姆和德吉平措互相弯了弯腰。

德吉平措说："阿妈呢？阿妈呢？"

扎西尼玛说："阿妈还在转山，你回来了，她就不会再转山了。"

德吉平措说："那我现在就去把阿妈接回来。"说着，走向了自己的马，又喊道，"卓娃，卓娃，快去告诉阿妈，我回来了。"他说着，从脖子上摘下护身的"格乌"（装着佛像或经咒的金属小盒），套在了母獒卓娃的脖子上。

母獒卓娃飞奔而去。德吉平措骑马跟上了它。

挤牛奶的央金拉姆放下奶桶，从帐房跟前拿起鞍子，走向了自己的马。

当母獒卓娃突然出现在我奶奶面前时，我奶奶收住了就要弯下去的腰。她一眼看到了母獒卓娃脖子上的"格乌"，愣住了。突然，她扑通一声跪下，甩掉木头手套，双手捧住"格乌"，惊叫一声："德吉平措，德吉平措回来了。"

我奶奶抬头望了一眼巴颜喀拉山，还是老样子啊，没有老年间的冰川和雪峰。再看看四周，河里还是没有水，旷野还是没有草。她固执地推开挡在面前的母獒卓娃，又开始了三步一磕头地转山。

我捧起"格乌"看了看，对母獒卓娃说："叔叔回来了，你让他来，到这里来。"说着指了指远处。

母獒卓娃眨巴着眼睛望着我，突然明白了，转身跑起来。

德吉平措很快被母獒卓娃领到了我们身边。他把马一丢，抱着我奶奶哭起来。

德吉平措说："阿妈，跟我回家吧。"

我奶奶说："河水不来，青草也不来，你来了又要走，我回家干什么？"

德吉平措说："阿妈，不仅我要走，你也要走，到各姿各雅城里去。"

我奶奶说："我已经祈求过神灵，我们不去城里啦。"

德吉平措说："沙化的草场不养活牛羊，不走就没办法过日子。"

说话的时候，我奶奶刚才停止磕头的标记处，又有女人开始磕头了，那是央金拉姆。

央金拉姆说："你们走吧，转山的事情交给我啦。"

德吉平措说："你是我的新嫂嫂，你也得走。"

央金拉姆说："我要在这里等着我的牛羊和公獒鲁噶，它们还会回来，一定会回来，我不走。"

我望着央金拉姆，似乎觉得我找不见阿妈是因为她的出现，便仇恨地大喊一声："它们不会回来啦，你走吧。"后来我才理解央金拉姆：转山、求神、拜佛也需要接班。感觉告诉她，她必须在这个时候接过我奶奶的班。

我奶奶和我还在转山，央金拉姆也在转山。

　　不同的是，我奶奶的转山是为了河水和青草以及儿子德吉平措能够回来。央金拉姆的转山是为了她的牛羊和公氂鲁噶回来。我的转山是为了阿妈回来。

　　我奶奶仍然磕一个头，念一遍六字真言，说一句："河水来，青草来，儿子来，我们不去城里啦。"

　　央金拉姆是磕一个头，念一遍六字真言，说一句："牛羊快回来，鲁噶快回来。"

　　而我是既不磕头，也不念六字真言，边走边说："河水涨起来，草原绿起来，阿妈快回来。"

　　转山不能停止，大家只好都不走。

　　德吉平措闷闷不乐地一个人走了，走出去一段路，正要骑上马，突然又拐回来，对我爷爷说："过两个月我再来，我一定要把你们接到各姿各雅城里去。"

　　母氂卓娃挺立在土冈上仰头望着远方。

　　德吉平措大喊一声："再见了卓娃。"

　　卓娃冲他"轰轰轰"地喊叫着，算是告别。

　　德吉平措往前走去，前面的地平线上，一队红衣喇嘛迤逦而行。他追了过去。

　　德吉平措下马问道："尊敬的喇嘛，你们去哪里？"

　　有个喇嘛说："到各姿各雅城的寺院念经去。"

　　德吉平措又问："为什么不在这里的寺院念经？"

　　喇嘛说："巴颜喀拉草原已经没有几个牧民了，我们给谁念经？听经的没有，布施就没有，酥油灯已经点不起了。佛祖说，你们应该到人多的地方去，到各姿各雅城里去。"

　　两个月以后，我奶奶死在转山磕头的路上。

　　天葬这天，德吉平措回来了。

　　德吉平措这次回来，是下了决心要把全家接到城里去的。

　　晚饭的时候，他激动地说着："明天汽车就来，走也得走，不走也得走。弃牧进城这是个大趋势，什么叫大趋势知道吗？就是所有的人都要进城去住，乡长已经进城啦，巴颜喀拉寺的喇嘛们都已经进城啦，包括让阿妈转山的洛卓活佛，也在巴颜街上出现啦。天上的佛神、山上的山神、地上的河神也都要进城去啦，各姿各雅城里建起了寺庙、建起了拉则神宫你们知道吗？今后草原上的神都要到城里安家落户。还有，到了各姿各雅城，喜饶就可以上学啦，他在这里连个挡羊娃都不是。各姿各雅城里人多，常住的人，来来往往的人，哥哥扎西尼玛不是有擀毡的手艺吗，擀毡卖毡就能挣钱嘛。我嫂嫂央金拉姆可以去奶牛场当挤奶员，我已经给奶牛场说好啦。再说我的藏獒繁育中心还能挣一点钱，我能贴补你们。"

大家看着德吉平措，一时不知说什么。

央金拉姆跪下来，给佛堂磕了一个头，又给所有人磕了一个头，说："求你们丢下我，我要转山，我要等待我的牛羊。"

扎西尼玛说："我也不走，我跟你留下来。"

德吉平措大吼一声："不行，谁也不能留下。"

我爷爷来到帐房外面，望着无雪的山脉、无水的河床和无绿的草原，大把大把地揩着眼泪。

央金拉姆从我爷爷身边经过，走向自己的马，骑马悄然走进了黄昏。

扎西尼玛走出帐房，望着央金拉姆远去的身影，喊起来："你回来，回来，你不能走。"喊着就要跑过去。

德吉平措追出来，拦腰抱住扎西尼玛说："你让她去吧，她根本就不留恋你，她心里只有她的牛群和羊群。"

扎西尼玛挣扎着，挣扎着，突然跪在地上，哭着说："阿妈，阿妈，我们把你丢下了。"

我也哭起来，嘴里念叨着："阿妈，阿妈，我们把你丢下了。"

第二天，汽车来了，是一辆大卡车。

我们拆了帐房，把所有的东西搬上了车厢，然后让车屁股对准一个土坎，利用土坎把两头母牛、几只母羊和四匹马弄上了车。

母獒卓娃知道全家都要离开这里，不安地跑来跑去，一会儿跑向土冈，朝着远方轰轰轰地吼叫，一会儿跑回来，围绕我们转圈子。

扎西尼玛说："它知道我们一走，鲁噶一旦回来就找不到我们啦。"

　　我说："那怎么办？"

　　德吉平措武断地说："把卓娃抱上车厢，那个鲁噶不会回来了。"

　　扎西尼玛和德吉平措把母獒卓娃抱上了车厢。

　　母獒卓娃扒在车厢上，不怕摔伤地跳了下来，一连几次都是这样。

　　德吉平措说："把它拴住，拴住。"

　　母獒卓娃听懂了他的话，一见人走近，就会远远地跑开，任你怎么叫唤，都不会靠过来。

　　德吉平措说："它是不想坐车，车一走，它就会跟上来，就让它跟着汽车跑，汽车可以走慢一点。"

　　一切妥当，就要出发了。

　　扎西尼玛恳求地说："等一等，让我再去找一找央金拉姆。"

　　德吉平措说："好吧，你快去，她不听你的，你就把她绑回来。"

　　扎西尼玛又打开后车厢板，把拉上卡车的马从土坎上拉下来，骑了上去。

　　我喊起来："阿爸我也去。"

　　扎西尼玛俯身一把将我揪上了马背，驱马朝着转山的地方跑去。

　　然而巴颜喀拉山下没有央金拉姆的身影。

　　我们沿着转山的路奔跑着。

　　扎西尼玛不停地喊着："央金拉姆，央金拉姆。"

　　我也不停地喊叫着："阿妈，阿妈。"

　　我觉得阿妈就在我熟悉的草原上，现在我要走了，她应该出来，跟我一起走。回答我们的只是满眼的荒凉、呜呜呜的狂风。

　　扎西尼玛只好往回跑，脸上的神情无奈而迷茫。

　　我们不知道，就在转山路的旁边，一双悲伤的眼睛一直注视着扎西尼玛。央金拉姆藏起来了，藏在山隙里的还有她的马。

　　汽车开动的前一刻，扎西尼玛从车上卸下了一头母牛和四只母羊，又把厚重的牛毛帐房从车上掀了下去。大家看着他，知道他要把这些东西留给央金拉姆。

　　我们走了。所有人的眼睛里都含满了眼泪。

　　已经不再冰清玉洁的雪山，已经变黑变黄的草原，在泪光中闪闪烁烁。

阳光下的河流早就干涸。佛塔勉强地耸起着。嘛呢石经堆孤独的沉默里，由高而下铺向四面的七彩经幡，失去了往日的鲜艳，褪色了，所有的颜色都褪成了灰土色。和佛塔遥遥相对的巨大的真言石突然矮小了，象征人类早期游牧活动的人、马、牛、羊的岩画和苯教咒语有些模糊，真言石顶上，硕大的野牛角和一圈儿羚羊角蒙上了一层沙土。

河畔土地上，没有一棵草，甚至都没有一朵预示草原退化的狼毒花。

阿爸扎西尼玛和我站在车厢里，一把一把地揩着眼泪，但内容是不一样的，在他是告别央金拉姆，在我是告别阿妈仁增旺姆。

母獒卓娃站在那座土冈上，悲哀地吼叫着，然后追了过来。

它一路都在追撵汽车，有时候我们能看见它，有时候看不见它，看不见它的时候我们就喊叫着让汽车慢下来等等它。

我们看到，母獒卓娃追一段，就会撒一脬尿。

扎西尼玛悲伤地说："它给自己留记号呢，它还想回来，它要是坐了车，就回不来了。"说罢，他沉默着，突然唱起来，是一首忧郁的歌：

> 为什么为什么我要离开故乡，
> 请问尊贵的天神莲花生法王，
> 为什么为什么我告别了哺育我的阿妈，
> 就像雪山的水漂流到陌生的远方？

两天后，我们到达了各姿各雅城。母獒卓娃累瘫了。

在各姿各雅城，我家是个小院子，院子西面和北面是两层的藏式碉房，东面是棚圈，南面是一堵墙、一道门。

我们祖祖辈辈都是牧民，不习惯除帐房以外的所有住宅，看着楼梯，都不知道那是可以上下的。

住进新家的第二天，茫然无措的生活里突然有了一个惊喜。

一只铁包金藏獒出现在我家的院子里。

先是我看见了，喊起来："爷爷，爷爷，阿爸，阿爸。"

我爷爷和阿爸扎西尼玛从房子里出来，都很吃惊，拴在房檐下的母獒卓娃居然没有发出敌意的吼声。

扎西尼玛说："哪里来的藏獒？"

铁包金藏獒朝我走了两步，突然扑了过来，与此同时，我也扑了过去。

我抱住铁包金藏獒翻倒在地，喊着："喜饶，喜饶。"

我爷爷和扎西尼玛这才认出来，它就是被才让乡长抱走的那只小藏獒。他们高兴地说："啊，喜饶回来了。"

我和喜饶从地上站起来。

母獒卓娃拽直拴它的皮绳，亲切地和自己的孩子碰了碰鼻子。

但喜饶最感兴趣的并不是它的阿妈，也不是我爷爷和我阿爸以及我本人，而是我阿妈留给我的那串红玛瑙项链，那是它从小舔过的，现在又迫不及待地舔起来。

我从脖子上摘下项链，进厨房抹了酥油，拿出来让它舔。

喜饶舔了几下，从我手里叼过项链，转身就走，走了几步就跑起来。

我追了过去。

喜饶在前面跑，我在后面追。

我喊着："喜饶，喜饶把项链给我，那是我阿妈留给我的。"

我越喊，它跑得越快，我们沿着各姿各雅城的街道从南跑到了北。

各姿各雅城的街道两旁排列着一些碉房式的建筑，有商铺，也有饭馆，饭馆大多是四川人和青海穆斯林开的，商铺有藏民开的，也有回民和汉民开的，出售一些色彩斑斓的民族用品和日用品。骑马的藏民和步行的藏民穿来穿去，偶尔有汽车路过，差不多都是向外拉运活牛活羊、羊毛和皮张的。

喜饶停下了，停在了一座大院子的大铁门前。

大铁门左边的院墙是白色的，上面写着几个红色大字：黄河源藏獒繁育中心。可惜当时我不认识。大铁门右边是一排砖瓦结构的平房，好像是住人的。

喜饶走向了一扇半掩着的门，用头撞开，把半个身子探进去看了看，又转身朝我走来。

有个女人从房子里出来。她穿着红衣服、黑裤子和皮鞋，是汉人的打扮，但面孔和头发却明显是藏民。

那女人一见我就愣了。我也愣了。

我们分别才一年多，彼此一下子就认出了对方。

我叫了一声："阿妈。"

阿妈惊讶地说："你怎么来了？"又看看我身边的喜饶，"这不是才让乡长家的藏獒吗？"然后疾步过来抱住了我。

我没想到被人抱走的喜饶又回来了，而且帮我找到了阿妈。阿妈留给我的红玛瑙项链上有阿妈的味道，也有我的味道，喜饶记住了味道就把我和一个它肯定多次在各姿各雅城里见过的女人联系到了一起。

我阿妈从喜饶嘴上取下红玛瑙项链，摩挲着，又戴在我的脖子上，然后拉起我朝房子走去，突然又停下，问我："你爷爷好吗？你阿爸好吗？"

我点点头。

我阿妈说："你们来了就好，各姿各雅城好吧？"

我点点头。

我阿妈说："各姿各雅城里有学校，以后你要上学。"

我点点头。

我阿妈说："你叔叔会管你们的。"

我点点头。

我阿妈说："你不要给你爷爷和你阿爸说我在这里。"

我点点头。

我阿妈说："你回去吧，以后不要再来这里。"

我点点头，但我没有动。我没想到阿妈会这么快就打发我走，呆愣着。

我阿妈望着喜饶说："多好的藏獒啊，又壮实又聪明。"

我看着阿妈，发现她看藏獒喜饶的眼光比看我还要明亮，心里就酸酸的，转身走开了。

喜饶还在那里仰头望着我阿妈。

我回头说："喜饶，走。"

我阿妈说："它也叫喜饶？"

这天晚上，喜饶没有回到才让乡长家去。它就卧在我家的小院子母獒卓娃的身边。临睡觉的时候，我也凑了过去。我睡不惯房子里的炕，就想睡在露天的地方，就像我转山时和我奶奶以及六只小藏獒睡在巴颜喀拉山下一样。

半夜，院门开了。

母獒卓娃和喜饶的叫声吵醒了我。我看到一对绿幽幽的狼眼出现在门口。

母獒卓娃扑了一下，被拴它的皮绳拽住了。

喜饶扑了过去。

绿幽幽的狼眼迅速后退着，渐渐消失了。

我追出了院门，看到二十步远的地方喜饶继续朝前追着，它身边伫立着一个黑影。我心说：狼呢？

我跟了过去，悄悄地一直跟着。

喜饶走进了昏黄的路灯光晕里，它身边的黑影顿时变成了一个我熟悉的人：叔叔德吉平措？

德吉平措右手拽着一根绳子，绳子连在喜饶的脖子上；左手拿着两支绿灯泡的小手电，那就是绿幽幽的狼眼。我的脑海里立刻浮现了巴颜喀拉山下吸引走了六只小藏獒的绿幽幽的狼眼。

我继续跟踪着，来到我白天来过的地方：一座大院子的大铁门前，大铁门左边的院墙是白色的，上面写着几个红色大字：黄河源藏獒繁育中心。大铁门右边是一排砖瓦结构的平房。

我呆愣着，皱起眉头，咬牙切齿地在心里叫了一声"阿妈"，突然哗啦啦流下了泪："阿妈，我知道你为什么离开我了。"

我阿妈从平房里出来，冲着德吉平措手中的藏獒叫了一声："喜饶。"

德吉平措和我阿妈走进了大铁门。

门半掩着，我溜了进去。

朦胧中我看到大院子里有一排铁栅栏的房子，房子里狗影幢幢。我禁不住喊起来："洛桑、拉珍、扎西、尼玛、仁增、旺姆。"

突然爆起一阵藏獒的集体轰叫。

德吉平措和我阿妈倏然回头看着我。

我又一次喊道："洛桑、拉珍、扎西、尼玛、仁增、旺姆。"

从靠边的一间栅栏房里，突然传出一阵藏獒"呜呜呜"的鸣叫，像哭一样。我扑了过去，扒在铁栅栏上使劲摇晃。我的六只被人拐走的小藏獒拼命把鼻子从铁栅栏里伸出来。我摸着它们的鼻子，掰着掰不开的铁栅栏。

我阿妈过来，打开了铁栅栏的门，放我和喜饶走了进去。

我和我的七只已经长大了的小藏獒拥抱在一起。

整个夜晚，我们都拥抱在一起。

早晨，我阿妈和叔叔德吉平措来到了铁栅栏的外面。

我阿妈说："出来吧，你该回去了，你爷爷和你阿爸会着急的。"

我坐在地上，搂着藏獒们，瞪了她一眼，一动不动。

德吉平措说："回去不要把你看见的说给你爷爷和你阿爸，不要说你看见了你阿妈。"

我还是一动不动。

德吉平措说："喜饶你怎么了？"

我说："我要带走我的藏獒。"

德吉平措说："不行。"

我说："那我不出去。"

我阿妈和德吉平措对视了一下。我阿妈要打开铁栅栏的门，德吉平措粗鲁地制止了她。

德吉平措说："它们都大了，一天要吃很多肉，喝很多糌粑糊糊，家里养不起，你会给你爷爷和你阿爸添麻烦的。"

我阿妈说："你以后还可以来看它们嘛。"

我想了想，走出了栅栏门。

我的七只小藏獒要跟着我走，德吉平措赶紧关上了门。

我阿妈拉着我的手离开了那里。我哭着。

我回到家里时，我爷爷和我阿爸扎西尼玛正准备出去找我。

扎西尼玛说："你到哪里去了？各姿各雅城里人多，小心丢了你。"

我一脸泪痕，紧闭着嘴唇，什么也不说。

扎西尼玛说："你怎么了？"

我把阿妈留给我的红玛瑙项链从脖子上取下来，摔到了地上。

母獒卓娃叼起项链，拽直拴它的皮绳，凑到我面前想还给我。

我接过项链，没好气地套在了母獒卓娃的脖子上。

第二天，我再次来到那座大院子的大铁门前，看到大铁门是开着的，就走进去，走向了靠边的那间栅栏房。

那间栅栏房里空空荡荡的，什么也没有。

我喊道："喜饶、洛桑、拉珍、扎西、尼玛、仁增、旺姆。"

从别的栅栏房里传来了藏獒的叫声。我跑了过去，跑向了所有的栅栏房，看到的都不是我的七只小藏獒。

我疯狂地跑动着，疯狂地喊叫着。

我阿妈跑来了，要抱住我。我躲开了，继续跑动喊叫着："喜饶、洛桑、拉珍、扎西、尼玛、仁增、旺姆。"

德吉平措跑来拦住了我。我又躲开了他，还是跑动喊叫着："喜饶、洛桑、拉珍、扎西、尼玛、仁增、旺姆。"

德吉平措大声说："喜饶你还小，你不知道城里的生活需要钱，家里的碉房是用钱盖起来的，你阿爸以后擀毡的羊毛是要用钱买的，你上学也要用钱，全家吃喝拉撒都需要钱。我们没有了草原，没有了牛羊，我们只能卖藏獒。"

我不听他的，也不看他们的面孔，喊叫着："把我的藏獒还给我。"

我阿妈哭着说："我们也是没办法呀。"

我跑出了大院子。

我阿妈追撵着我："喜饶，喜饶。"

我没有理睬我阿妈，从此再也不理睬她了，也不理睬我叔叔。这是他们出售七只小藏獒的代价，也是我对阿妈背叛阿爸跟着叔叔过日子的惩罚。

我家的院子里，戴着红玛瑙项链的母獒卓娃拽直了拴它的皮绳，"呜呜呜"地叫着，不停地叫着。我爷爷害怕绳子勒坏它的嗓子，解掉了皮绳。

母獒卓娃跑出了门。

我和阿爸扎西尼玛追了过去，只见它迅速消失在各姿各雅城的街道尽头。

后来我们才知道，母獒卓娃从此开始了它的长途奔跑。它从各姿各雅城里我家的院子出发，跑向了几百公里以外的巴颜喀拉草原。

我想象着母獒卓娃的奔跑，不知路途上经过了多少艰难险阻，终于到达了我们的老家。它站在离帐房大约一百米的土冈上，眺望着，吼叫着，等待公獒鲁噶的归来。

　　然后便是往回跑，母獒卓娃从老家跑向了各姿各雅城。

　　我家的院子里，跑回来的母獒卓娃累瘫在地上。

　　我端来糌粑糊糊喂它。它舔着，舔着。我们全家人都围着它。

　　母獒卓娃跑一个来回得一个星期，回来后在我们身边待上四五天，便又会跑向巴颜喀拉草原我们的老家。它不会放弃各姿各雅城里的主人，也不会放弃在巴颜喀拉草原对丈夫的等待，尽管它等待的也许永远不会再来。

　　母獒卓娃奔跑的身影，就像一股风；卧倒在我家院子里的身影，就像一片水。它的脖子上一直戴着我阿妈留给我的红玛瑙项链。

　　渐渐地，我们都习惯了，母獒卓娃来了又走，一次次地来了又走，它用这种来来去去的奔跑，维持着我们和故乡巴颜喀拉草原的联系。

　　三年过去了。

　　我家的小院子里，扎西尼玛一边擀毡一边唱：

> 草原的恩情，给了我们"手抓"，
> 绵羊的恩情，给了我们毛毡，
> 我擀的毛毡，就像天上的云朵，
> 但比云朵光滑、瓷实、美观。
> 绵羊啊，山羊啊，擀一下，
> 长毛啊，短毛啊，擀两下，
> 细绒啊，粗绒啊，擀三下。

　　扎西尼玛突然不唱了，问道："卓娃走了几天了？"

　　坐在太阳下面，摇着嘛呢轮的我爷爷说："七天了，今天该回来了。"

　　扎西尼玛说："怎么现在还不回来？"

　　我爷爷走进房子，把半盆给母獒卓娃准备的糌粑糊糊端出来放在了地上。

　　各姿各雅城的街道尽头，我站在那里眺望，累了，就搬一块石头坐在路边的草坡上，草坡上有我家的两头奶牛。我一直等到天黑，也没有看到母獒卓娃的影子。

　　扎西尼玛擀好了一块毡，又擀好了一块毡。我爷爷把食盆里的糌粑糊糊换了一次又一次。我天天都在各姿各雅城的街道尽头眺望、等候，每一次我都会新搬一块石头放在路边的草坡上，静静地坐上大半天。被我搬来坐过的石头变成了一长溜儿。

我快快不快地回到家里，伤心地说："卓娃不回来了。"

我爷爷看看我，又看看扎西尼玛，摇着嘛呢轮走进房子，跪在佛堂前，开始祈祷。

扎西尼玛跟进去说："阿爸，我明天去看看。"

我说："我也要去。"

我阿爸扎西尼玛骑在马上，我就坐在他怀里。

我们朝着巴颜喀拉草原的方向走去。月落日出，又一次月落日出。我们风餐露宿，终于看到了母獒卓娃。

母獒卓娃歪躺在一片草丛里，死了。

这是我最后一次看到母獒卓娃，为了不抛弃我们，也不抛弃它的丈夫公獒鲁噶，它在城市和草原之间，把自己跑死了。

母獒卓娃，你为什么要这样？你把自己跑死了。

我哭着。扎西尼玛也哭着。

片刻，我从母獒卓娃的脖子上取下那串红玛瑙项链，迟疑着，缠在了胳膊上。

扎西尼玛抹着眼泪，看到卓娃身下身边都是草，吃惊地说："牧草？这里有牧草？"他举目远看，又说，"看啊，前面是绿茵茵的。"

我们走进了我的故乡巴颜喀拉草原，走向了我家曾经的草场。

我们惊呆了：一片翠绿，是一望无际的翠绿。我们离开时那种一片黄、一片黑、一片灰的破败风景已经不见了。

我们抬头望远，更是惊讶：一片冰白，座座雪山列队而来，绵延而去，就像我刚出生时看到的那样。失去的雪山回来了，所有灰铁似的岩石都被冰雪覆盖了。

我们悲伤而兴奋地朝前走。

宽阔的河水在阳光下流淌，沉稳而舒缓，似乎它不想流走，它想永远待在巴颜喀拉草原，待在我家的草场。

不远处，依然耸立着高高的佛塔，旁边方形的嘛呢石经堆被洗刷得干净明亮，七彩的经幡向四面瀑泻着，鲜艳如初，猎猎如鼓。

和佛塔遥遥相对的真言石上，象征人类早期游牧活动的人、马、牛、羊的岩画和苯教咒语更加不清晰了。真言石顶上，硕大的野牛角和一圈儿羚羊角以不朽的姿态，坚顽地定格在时间的流逝里。

河流两边，草新花艳，一任蔓延。离河湾大约两百米的高地上，依然升起着我家的帐房。帐房周围是几头牛、几只羊，帐房向南一百米，那座由草冈变成的光秃秃的土冈，如今又变成青青苍苍的草冈了。

帐房门口传来一阵藏獒的叫声。

我和扎西尼玛都喊起来："鲁噶，鲁噶。"

公獒鲁噶朝我们跑来，它身后居然跑动着五只小藏獒。

我们从马上下来，迎着公獒鲁噶跑去。公獒鲁噶先和我扑咬、拥抱和打滚，又和扎西尼玛扑咬、拥抱和打滚。

我们跑向了五只小藏獒，抱了这个，再抱那个。

扎西尼玛说："卓娃和鲁噶的又一窝孩子。"

公獒鲁噶仰头望着我们，吐出长长的舌头，发出了一阵呵呵呵的声音。

我说："阿爸它在问你，卓娃怎么不来了？"

扎西尼玛说："它不来了，它已经把自己跑死了。"

我们走进了帐房，看了看里面的佛堂、泥炉和毡铺，又默默地走了出来。然后骑马走向了巴颜喀拉雪山，走向了转山的路。

远远的，我们的眼界里，出现了央金拉姆的身影。她就像当年转山的奶奶，一丝不苟地把双手举起来，在空中拍一下，在额头处拍一下，又在胸间拍一下，然后全身扑地，清晰地念一遍六字真言，再说一句："河水来，青草来，丈夫来，我们不去城里啦。"

我们的马蹄声打搅了她。她回过头来，望着我们，笑着，红彤彤的脸上笑着，那是原始的灿烂，是我一生都无法忘怀的灿烂。央金拉姆的灿烂，是巴颜喀拉太阳的灿烂。

扎西尼玛跪下了，我也跪下了，朝着妙音仙女一样的央金拉姆，朝着她转山的虔诚和无比坚韧的信念，更朝着雪线低低、冰岩累累的巴颜喀拉雪山，磕起等身长头，一点一点地接近着。

终于我们和央金拉姆挨到一起了。我站起来，从胳膊上取下那串红玛瑙项链，戴在了央金拉姆的脖子上。

央金拉姆吃惊地说："这是你阿妈的项链。"

我默然无语。我阿爸扎西尼玛更是默然无语。

草原一如既往地辽阔着，雪山远了，河流远了，我们远了，一个绿和白的世界，一个山和水的故乡，远了，远了。

我奶奶献出生命的转山没有白转，神山终于有雪了，枯河终于有水了，草原终于有绿了。母獒卓娃旷日持久的奔跑也没有白跑，公獒鲁噶回来了，又和它度过了一段相亲相爱、生儿育女的日子。而我们却没有再搬回巴颜喀拉草原，已经回不去了，我们的心对我们说：就让那儿永远地安静着，也永远地美丽着吧。巴颜喀拉草原，那儿只有央金拉姆，永远都只有灿烂而寂寞的央金拉姆和那些只属于草原的藏獒。

顺便说一句：德吉平措的藏獒繁育中心越来越红火了。

当我们有草场、有牛羊的时候，藏獒为我们奔跑、守护、操劳。当我们因为说不清的原因失去古老的生活，来到城镇定居点的时候，藏獒又用它们自身的价值，为我们提供了温饱甚至富足。而我，就是靠了出卖藏獒的钱，渐渐长大，有了文化，有了一技之长：我去已经搬到各姿各雅城的巴颜喀拉寺学习绘画，在我经常临摹的唐卡和壁画中，有六位远古时代的獒头女神。我用这些女神的造像印制了许多布艺的饰品和画片，当我不断把它们卖给一些喜欢它们的人时，我就有钱买一切想买的东西了。有时想，我是多么幸运啊。

但在我内心深处，却永远涌动着最温暖的失落、最惆怅的惜别：故乡、草原、藏獒。它们有时是梦，有时是歌——一首悲情的藏族人的歌：

那里有风雪的呼号，
那里有山脉的奔跑，
黄河源头的苍莽地貌上，
走动着回家的狼豹。

嘛呢石经堆上伫立着牛角，
山腰里悬挂着寺庙，
经幡和太阳一起照耀，
一家老小朝着山宗水源拜倒。
夏天穿着羊皮袄，
人怀里揣着羊羔羔，
最好的风景是雪山和鹰鸟，
最亲的伙伴是牛羊和牧草。
更有四条腿的兄弟和姐妹让我们自豪，
他们的名字叫藏獒，
就在昨天夜里，
他们还发出一阵轰轰轰的吼叫。

印象

沉默与激情的矛盾体

张　薇

　　杨志军是一个非常独特的文化存在。他的独特首先在于他的完全边缘人的状态，我无法把他的作品归入任何一个文学史的流派，他的创作在一种完全独立自由的空间，天马行空，无拘无束；其次在现实中他不属于任何一个派别，没有个人的小圈子，似乎是城市里的隐居者；第三他行走在生活的边缘，没有现实意义上的世俗生活概念，沉浸于自己的理想王国，追求一种极端的精神化，仿佛注定了是一个悲剧中的盗火者。他从20世纪80年代突兀出来，以前卫的思考进入当代，又奇异地保留了80年代的时代精神和品质特征，却与当下的现实保持着审慎清醒的距离与认知。

　　这样的一个作家，同时是一个天真的人。他可以悠然神往地表达他的文学理想，其时眼神清澈，视点单纯，倾听者会在他的叙述里感受到一个气场的存在，那一时刻，杨志军神飞天外，神思泉涌，神情宛如一个少年。杨志军平日不是一个喜欢言说的人，他更多的保持的是静默与倾听的姿态，他有他自持的对话对象，在很多时候，他凝思的情景使人不忍打扰了他的清梦，——那大草原一般雄浑壮阔的史诗正在他的脑海天人交战。而偶有契机触到他的兴奋点，他所关注的自然与生命、信仰与灵魂、动物与道德等等命题，他便突然发力成为一个天真的孩子，一个倾诉的狂人，一个穿梭于未知时空的勇者。他的滔滔不绝，他的幻想与想象，他的痴迷于自己世界的表情，他目视空旷自说自话的无所顾忌，无一不令人感叹这个作家拥有的如此复杂奇异的气质，他的深沉与天真，是如此怪诞地纠结在一起，呈现出独属于他的生命症候，成为杨志军最具魅力的性格标记。

　　与此相呼应的，是杨志军潜藏于内心的激情，这种激情支撑了杨志军的全部创作。他可以在作品中让激情一泻千里，也可以在冷峻的描述背后激情如暗潮涌动；可以在私人场合激情洋溢，也可以在公共平台激情四射。2007年《藏獒》获得全国五个一工程后，中央电视台《艺术人生》栏目采访杨志军，杨志军在与主持人朱军对话时，不是一个心有城府的作家，而是一个壮怀激烈、念天地之悠悠的古代骑士。节目进行中，就有未见过其面但闻其声的朋友自广州打来电话，说：原来杨志军是这样一个充满激情而不染尘埃的人。他的旁若无人，他的迫切表情，他的慷慨陈词，甚至他的辅助说话力度的手势，都是一种力量，一种迫人而激情的古代文人的古意。

是的，杨志军是一个有古意的人。他自然有众生的欲望与要求，但他保持了高度的自制与敏觉，坦然于心灵的清明与透彻，他追求信仰，在信仰中仰望神圣与高尚，在信仰中获得能量与质量，在信仰中度己与度人。他愿意隐于世而敏于世，也意图在历史与现实之间寻找到救世的路径，他以一个知识分子的声音说话，也以一个作家的责任吁求，在最后的道路之后，人类将无路可走。

于是，他写了《伏藏》。

他捕捉到了自然最神秘的声音，在那条通往荒原极地的幽密黑洞，他被上天赋予了惊世骇俗的激情，孩童和成人的混合气质，天真与成熟的艺术想象，浪漫而机敏的语言表达，从而成就了他的具有真正独立人格的文学写作。

这是一个有着非常意志的人，他的敏锐和洞悉事物的能力使他领悟了长久被隐藏的事实，他的智慧和犀利又帮助他坚持了独立自守的知识分子品格。他因此比别人承担的更多，也因此决定了他的边缘话语的位置。正是这种边缘话语的出场身份，更加确立了杨志军的知识分子立场。我庆幸，我们能够分享杨志军的孤独并且使他的孤独显得更为深刻，在他的作品里，我们能够看到自己的内心，还有和内心的孤独一起生长的完整健康的生命。

生命、自然、信仰

杨志军　张　薇

一　关于荒原

　　张薇：读你所有的作品，有个非常深刻的印象，从20世纪80年代一开始写作，你仿佛就从命定的责任和使命出发，抵达了自然的荒原，你在荒原找到了精神家园、你一切写作的根柢。你把触角直接探进了自然，探进了人与自然惊心动魄的断裂，从而构成了你的庞大的荒原体系。

　　杨志军：我的"荒原"是一个象征，是一种生命的体验，是我经历过的危险的心理历程，而对一个作家来说，没有什么比这种历程和体验更重要的。荒原也是我思想的载体，更是我一生寻求的神性高地，是我安放灵魂的精神寄所。自从自然与人的断裂发生，现代人就丧失了栖身的居所，是荒原接纳了我，包容了我，安慰了我，也从根本上奠定了我的写作基石。

　　我的荒原承载了我对人类自然的全部梦想，它是我面对世界的苦难意识的哲学思考。我所关注的是人类以傲慢冷漠的姿势与大自然抗衡时，显示出的所谓人"征服自然"的悲壮与残酷，渺小与无力，而自然在对人类奉献了所有后得不到尊重的冷酷复仇。这是双重的苦难，其结果是两败俱伤的巨大悲剧。

　　张薇：你崇尚自然主义，喜欢描摹一切原生态的事物，我看到，你的写作态势呈现彻底解放甚至奔放的景象，你用白描手法极端地表达人与生活的冲突、自然与人的分裂，你的写作都是源于天性与内心的强烈呼唤，灵魂深处与自然生命的认定。你的重要著作《环湖崩溃》、《海昨天退去》、"荒原系列七卷本"、《失去男根的亚当》、《江河源隐秘春秋》、《圣雄》(《大悲原》)、《天荒》、"藏獒系列"、《远去的藏獒》、《敲响人头鼓》等,应该都是人与自然、人与生命的现实映象,那些不同时期的作品,具有你的独特印记,最为重要的灵魂,是其中呈现的"自然"。这样的表述符合事实吗?

杨志军: 是的,我所写的都是我的内心,我听从内心的声音,听从自然的呼唤,听从荒原的命运安排,听从生命的原生态的释放。除了最近出版的《伏藏》是表达信仰的,之前的作品基本都在诠释自然与人的关系。人类从暴殄自然中获得满足,而荒原对人类的抵触也由猛兽的威胁变成神祇们的抗议了。人妄自尊大地以为人可以战胜一切。但结果是,人类的必然归宿是人和自然,同归于尽。

张薇: 这种灾难性的结果是人类生存的巨大阴影,也是你与世界对话的基石。在人和自然的对抗中,你重视的是生命,关注的是生命,信仰的也是一切生命。因此,生命本身就成为你对世界说话的超验性命题,你所有对自然与人关系的思考和书写,都来自于对生命至高无上的敬畏与信仰。

杨志军: 在荒原,我发现了自然的博大与残酷,发现了人在自然面前的微贱与脆弱,其实人类对自然的每一次征服都意味着失败,人类永远不能说自己胜利了,在人类所谓"征服"自然的过程中,所付出的远远超过了想象和预算。人类的意识是不能超越死亡的,对死亡的轻描淡写永远违背着造物主和人类自己的心愿。

张薇: 这是这个时代对生命的神圣认识,也是人对自然的重新发现,我们应该回到生命本身,赋予生命最高的荣誉和尊重。

杨志军: 对我们来说,忘记了代价,就意味着死亡。

张薇: 你的荒原有一个现实高地——青藏高原,它构成了你的小说母题,也是你所有关于自然和人关系的追问出处。从1987年发表《环湖崩溃》,到2010年的《伏藏》,二十多部的长篇小说创作,你的视野没有离开过青藏高原。

杨志军: 我所书写的荒原的确有一个实指的地域,那就是青藏高原。在地理位置上,青藏高原被称之为"世界屋脊",耸立在地球最高处,是真正意义上离天最近的地方。青藏高原是我们人类看着升高的，我们人类是青藏高原看着进化的。而青藏高原的水更是源头的水，长江、黄河、雅砻江、澜沧江、怒江、雅鲁藏布江都发源于山峰极顶，那些水源之山都是在人文经典和社会意识中取得了崇高地位的山，都是人类精神的制高点。正因为如此，"山水"的意义在青藏高原就非同一般，它涵盖了全部自然的生命魅力。

二　关于《藏獒》

张薇：你写作《藏獒》是否在表达这样一个理念：自然是人类与一切生命的同气连枝，因此遵循生命规则，实际上就是在信奉共同的生命本身，自然与人是不可分离的，动物与人都是自然生命体的存在。

杨志军：换言之，是动物作为生命对一种道德理想的朴素见证。我曾经走遍了青藏高原的所有牧区，见识了不少的藏獒，比如在昆仑山下的阿尔顿曲克草原，我住在牧人的帐篷里深夜不敢出去小解，外面游荡着守夜的藏獒，它要是把我当成了贼怎么办？我把尿接在皮鞋里从帐篷下面塞出去泼掉里面的尿。第二天，太阳一晒，皮鞋就变形了，两头翘起来如同一只歪葫芦，穿在脚上根本就没办法走路，只好扔掉。这是藏獒带给我的损失，但我不能对它有丝毫的怨恨，因为对它的家园来说，我是一个摸不清底细的外来者，它的威慑是天经地义的。我欣赏藏獒的立场：在它们的眼里，人只分两种——主人和敌人，没有既亲又疏、亦友亦敌、忽左忽右、时好时坏的中间人物，所有的中间人物、骑墙人物、两面三刀的人物，都是坏人，自然也就是敌人。

张薇：所以《藏獒》中的父亲用毕生的努力抗拒着人对自然的侵蚀以及人对动物的残害，最终成为被自然及藏獒全心全意接纳的家族一员。父亲与草原生命的血肉相连，由此而演绎的关于自然与人的冲突与和解，就具有了深刻的文化意义，你寄寓藏獒的文化诠释也便有了理想的着落。

杨志军：经常去草原的人都知道，孤独的人、寂寞的马、结队的牛、成群的羊，炊烟袅袅的帐房、七彩斑斓的风马、曲曲弯弯细又长的小路，甚至黑色的牛粪、聒噪的乌鸦，都给人冬日阳光的感觉，温暖亲切。唯独藏獒是一种威猛而警惕的存在，它们对除了主人以外的所有人都充满了怀疑，对一切敌意和非敌意的闯入者都抱着防患于未然的态度，时刻准备出击。

张薇：藏獒雪山狮子冈日森格在《藏獒》的出场就恰似一个侠气充沛的武林高手，它驻守的领地是与人类息息相关的草原家园，与之同在领地的其他藏獒以各自秉持的生命准则，构成了令人震颤惊叹的草原风景，它们负载着父亲的人文理想奔跑在草原深处，其实也是负载着你所尊崇的文化精神啸傲于江湖。

杨志军：是这样。更多的时候，藏獒只是一种威猛的象征，只是一个凛然不可侵犯的比喻，它们代表了一种精神。

张薇：你藉着父亲和藏獒表达了对当下文化现实的态度，人类缺失的文化精神和道德准则活在了藏獒的生命里，通过藏獒，人类收获了沉甸甸的果实：道义、良知、责任、真善、悲悯、仁慈、勇往直前……

杨志军：不错，是有一种藏獒精神漂漂亮亮地存在着，你对藏獒知道得越多，就越觉得正是这种精神挽救了一个犬种的命运，使它们在漫长的历史中成了草原生活的重要组成部分而没有被淘汰出局。

张薇：所以藏獒世界的生命规则与彼此间的仇恨无关，它们的愤怒和仇恨都来自于人类的意念，天赋的忠诚和信诺让它们懂得爱与善，后天磨砺的勇敢和坚韧让它们实现侠义的本能，但在和人类的共处中，它们最为本真自然的生命状态却时常被剥蚀，被掠夺，被扭曲和粉碎。它们的忠于职守是天然的本分，却被人类滥用而浸染着血腥暴戾。

杨志军：是的，在很多情况下牧人会把羊群交给藏獒去照看，自己去办别的事情，到了牧归时间，藏獒就会跑前跑后、喊喊叫叫地把羊群赶回来。但是遇到特大雪灾羊群完全走不动了的时候它只有原地守护，等待着主人的到来。但主人在这种时候根本就到不了它们那里，到了也没用，也是毫无办法的。于是藏獒就一直守着，直到所有的羊都被冻死，直到它自己也被饿死冻死。藏獒是决不吃自己看护的羊哪怕是冻死的羊羔，除非主人杀了羊割下肉来丢给它。由此可见，对藏獒来说，忠诚勇敢的含义并不轻松，它是要以生命为代价的。这是本能，是青藏高原赋予它们的使命，是遗传、后学、家教种种因素合力而成的狗之道德。一旦违背了这种道德，或者说一旦在它们的道德律令中只有凶狠威猛而别无其他懿行特征，藏獒就不是奇伟的草原英雄而仅仅是蛮野的荒地杀手了。

张薇：有人说杨志军在写完《藏獒》后沉入了蛰伏期，其实我觉得你是开始了神秘冒险的掘藏之旅，你追随西藏六世达赖喇嘛仓央嘉措伟大的灵魂，在仓央嘉措遁迹的路途，发掘仓央嘉措情歌的历史声音，还西藏历史一个文学真相。这是你写作悬疑小说《伏藏》的原始动力吗？你为什么会有这样的转身？

杨志军：对于把灵魂交给写作的作家而言，每一部作品都是一个新的开始。文学要承担的是对世界、对社会、对人、对个体心灵的责任，因此文学要完成的是关于信仰、生命、自然的思考与描绘，并且应持续有力地表达对人的生存状态的关注，对动物乃至一切生命的悲悯。这是作家写作的现实态度，也是文学关注灵魂的终极目标。我希望《伏藏》是一部模糊了严肃和通俗界限的作品。我并没有转身，我仍然在严肃地写作。《伏藏》是用严肃的姿态写通俗，用通俗的方式写严肃。仓央嘉措情歌是世界上最美的诗歌，也是关于爱的终极表达。所以写仓央嘉措也是我的一个宿命。

至于悬疑，这是小说的基本手段，也是小说的天然品质，西藏幽闭深邃的地理、隐秘复杂的历史、神秘独特的文化，提供了丰富的悬疑资源，符合小说解读的需要。

信仰的寻求者

张 薇

　　杨志军，1955年生于青海，现定居青岛，曾被誉为中国荒原作家第一人。2005年出版的长篇小说《藏獒》使人们重新认识杨志军的独特创作，而动物与人、生命与人、自然与人的思考，作为他作品中的一个醒目标识，也再次浮出水面，提醒着我们的注意力和判断力。此前他已有多部长篇小说问世：《环湖崩溃》《海昨天退去》《大悲原》（《圣雄》）《苍茫唐古特》《失去男根的亚当》《江河源隐秘春秋》《天荒》《无人部落》《大祈祷》《亡命行迹》等出版，此后有长篇小说《敲响人头鼓》《藏獒》《藏獒2》《藏獒3》《伏藏》、散文集《远去的藏獒》出版。

　　光看这样的一个书目，我们就能大致了然杨志军的创作轨迹与关注视点，他的所有已出版作品，都打上了鲜明的荒原烙印。在20世纪的80年代，杨志军就以独立边缘的姿态选择了他的书写方向，他一开始进入的就是荒原，而不是社会普遍趋同的主流话语的表述；他自觉地认同了自然，而没有把自己汇入喧嚣沸腾的群体性写作潮流。这是一种鲜见的现象，他似乎一出场就表明了此后一生的创作轨迹，而且目标明确，信念坚定，仿佛是荒原天然择定的不二人选，要为荒原发出它们静默的声音。回首20世纪80年代的中国氛围，杨志军的写作不啻是一个异数，一个神秘而独特的文化存在。

　　杨志军之所以把青藏高原作为一生书写的坐标，源于荒原给他的启示。这是最为本真纯粹的自然，是承载人类精神的荒原，是地理意义和灵魂意义上的神性高地。由此出发，杨志军在独立的行走中，完成了自然与人的生命探索。他书写的是自然，内在的文化肌理是生命，而人、动物、荒原正是自然的所有内涵。

生命意识是杨志军荒原行走的巨大收获，也是他作品的核心内容与价值指向。因着对生命的虔诚与悲悯，杨志军洞悉了荒原的本质，那一种没有欲望和功利，超越了世俗与卑微的，对自然无条件的亲近，是荒原精神最可宝贵的内涵。正是由于这样的思考，杨志军的作品显现了极为丰富壮观的生命景象，生命成为至高无上的信仰，他给生命以温暖，让生命穿越历史穿越自然，在向神性高地攀缘的路途完善生命。

于是，青藏高原所沉淀的荒原意识植入杨志军的骨髓，荒原成为他的精神归宿，负载了他的完整的精神意义：回归自然的前卫思想，返本还源的先锋意识，崇尚光明的净土理想，生命永恒的终极关怀。

在广袤的荒原，杨志军皈依了信仰。这个信仰，是自然，是生命，是宗教。这是杨志军全部重要写作的核心，也是他思考世界并且进入世界的最终结局，尽管这个结局还有待于延续并且发展，目前就我们所看到的，他在已完成的作品里，不仅记录了追寻信仰的过程，而且在形式与内容上都切实地抵达了信仰。一个热烈而宽广的灵魂，呈现在复杂丰富的小说文本中，构成了杨志军鲜明独特的写作风格。他物化了小说的诗性原则，自始至终坚持"有我之境"的诗学美学，进而在"无我之境"的大树立中实践理想写作。他行走在一条另外的路上，成为中国当代具有先锋意识的充满理想色彩的现实主义作家。

一开始杨志军就具有他的个性标记：阳刚、激情、孤独、豪烈，雄性。这种气息构成他所有作品的基调，且从未丧失其纯正品格。杨志军心无旁骛地经营着一个荒原部落，这是他的世界，他勤恳地劳作，朴素地理解着荒原上的生灵，他把自己对自然最直接的体验与领悟，毫无保留地贡献给荒原，以此保持了一个人类灵魂在孤独境遇中对所信任事物的绝对致敬。杨志军在早年传达给世界的信息，已经被证明是先验的，倘或我们的心灵和精神更自由一些，也许他的真正先锋的思考能够被我们早些看到。

1991年是杨志军写作极为关键的一年，他于这一年开始寻求精神突围。此前的新时期文学处在一个修复记忆和探索未知的混沌中，杨志军有很长时间也在混沌之中，时代的混沌与个人的混沌构成了他内心无可名状的冲突，与潮流保持着的警惕和距离，非常幸运地还原和修正了他内心的写作本质，他的突围有了出处。杨志军崇尚自然主义，一切原生态的事物都是他所喜爱的，原生态是他认为最能表达生命的存在方式和人生状态之本质的，从这一事实出发，他把天然质朴的表情发挥到了极致，他的写作态势开始呈现彻底解放甚至奔放的景象。这是一种完全开放式的敞开的描写，杨志军不用调色板，不用颜料，不用任何装饰，他就用白描、透彻、坦白、直接、赤裸、极端地表达人与生活的冲突，自然与人的分裂。他不是在反抗什么，亦不是在显示明确的抵御姿态，他只是陈述看到和听到的自然的事实，他与任何自然生物之间都没有障碍。这决定了他自始至终的写作都是源于天性与内心的强烈呼唤，灵魂深处与自然生命的认定。

1994年，"荒原系列七卷本"、《失去男根的亚当》、《江河源隐秘春秋》、《圣雄》（《大悲原》）、《天荒》等问世，成为杨志军早期创作的积淀与高峰。此前，杨志军的重要著作是《环湖崩溃》《海昨天退去》等，那些作品是其对自然最初的强有力的观照。当杨志军从荒原出走，他在都市回望的目光仍然是那片广袤的大地。1995年，杨志军来到青岛，完成了关于青藏高原苦难文本的写作。这是他走向未来的过渡期，他更愿意称之为"苦难系列"的《大祈祷》《亡命行迹》《无人部落》出版，无疑，《大祈祷》是其中最有分量的代表作品，那里面记录的历史是中国并不久远的历史真实。《大祈祷》与此后根据《环湖崩溃》《海昨天退去》再版的《高原大劫史》构成了杨志军这时期的重要文本。2005年，《藏獒》系列的出版，成为杨志军写作的高潮，也是他抵达理想的重新开始。"藏獒系列"包括《藏獒》《藏獒2》《藏獒3》终结版、《远去的藏獒》《敲响人头鼓》。这些作品是人与自然、人与生命的现实映象。

这些不同时期的作品，最具有杨志军独特印记，也最为重要的灵魂，是其作品中呈现的"自然"。

这里的自然有两种，一种是以森林、沙漠以及所有野生动物和家养动物为代表的外在自然，一种是以人的肉体和欲望以及"男根"为代表的内在自然，两种自然坚决对立，同时又在各自的内部制造出种种矛盾。人和自然的矛盾，首先是人和自身肉体的矛盾，其次才是人和环境的矛盾。

更重要的是，无论是"外在自然"，还是"内在自然"，它们都面对着一个时刻准备毁灭人性和毁灭自然的人类社会。

　　杨志军试图向我们表达，自然和人类走向决裂的关键一步，就发生在"人"走出森林的那个黎明——人一走到森林的边缘，就会看到自己的墓碑。而"失去"的"男根"和终将无性的"亚当"所传达的象征意义，则显露出杨志军深刻的悲观主义姿态和人道主义立场，是小说文本对人类发展的巨大隐喻，也是人和自然的全面冲突走向无法调和时的形象展示。

　　他超越了人与人的历史与关系，实际上也超越了单纯的"高原"意味，从而进入了他的"荒原"，一个自然与人的大世界，一个原生态的自然的生命史。我们置身其中，就是置身于一个已在而未知的世界，一个历史与现实交错呈现人类生存真相的荒原。这是我们迄今仍未曾彻底探明的地域，在地理意义上，有着人类不可征服的高峰，而在神性的属地，亦仍是人类不可企及的高度。

　　我在杨志军的"荒原"里获得了朴素、单纯、强烈而宽广的神性，在他与之呼应的伟大声音里发现了生命最质朴的原色和精神所能达到的高度。我知道我们断裂的生活肯定不会完全弥合，但是却被提供了一种信仰的可能。

　　杨志军2010年7月出版的长篇小说《伏藏》，就是一本关于人与灵魂的书。灵魂就是信仰。杨志军试图表达这样一种信念：用仇恨消除仇恨，永远不是我们需要的宗教。世界的力量，能够撼动我们的力量一定是友善与高尚，是爱的思想。信仰的表现最不掺假的方式就是爱。在文学的范畴里，那些被苦难培养而超越苦难的精神高度，一定是和信仰殊途同归的，它们共同组成了人类最美好的风景，就像流淌之于江河、葱茏之于林木。

战　事

弋　舟

你总是在挑选着钥匙。

——策兰

　　第二次海湾战争的时候，丛好回到了兰城。十三年过去了，兰城变化自然不小。街道宽了，楼高了，但骨子里，还是那个兰城。在街上，甚至还能见到穿着那种叫做"健美裤"的紧身毛裤的女人。下车后丛好先去配了眼镜。出门时她和丈夫潘向宇吵了架，推搡中，摔碎了眼镜。那副镜架被她带着，只是重新配上镜片。兰城作协接待丛好他们一行，安排他们去周边的一些景点游山玩水。丛好对此没有兴趣，虽然作为一个兰城出来的人，这些景点大部分她都没有去过。她向负责接待的一个小姑娘提出要求，请人家给她借一辆自行车来，而且要那种男式的"二八"自行车。小姑娘当然感到奇怪，但还是满足了她的要求，心想，这些作家们自然有他们不同寻常的地方。

　　丛好骑着这辆车子在兰城的大街上穿行，慢悠悠的，一副心无所属的样子。她的心里也的确是空着的，十多年的时间被抽去，她仿佛还是那个兰城齿轮厂技校的女生。丛好想，如果当年张树没有在技校门前拦住她，也许她就顺利地毕业了，然后顺利地成为一名齿轮厂的女工，接着呢，结婚，生子，下岗，无外乎就是这些吧。

　　如今丛好回到了齿轮厂家属七区，居然还有人认出她。一个半老不老的妇女正坐在院子里织毛衣，看到她就瘪瘪地叫一声：

　　"啊呀，这不是丛好吗！"

　　马上就有人围过来，七嘴八舌地跟她打招呼，却没有一个是她能认得出来的。他们问老丛——丛好的父亲——好吗，问老丛结婚了吗，嘻嘻哈哈的。丛好逃跑一般骑上车子走了，听他们在身后古怪地笑，想起了什么似的。丛好的车子拐进了家属区东边的那条小巷。这里依然阒无人迹，初春的风在里面形成一股阻力。迎着风穿越过去，丛好已经是泪流满面了。心里的波澜大到夸张的地步，那种濒临绝境的情绪，令她自己都觉出一种戏剧感。她最终还是没有去张树的家，她没有那样的勇气去探听什么。好像是一个泥泞的陷阱，即使还埋藏着某些珍宝，也令人不敢涉足其间。丛好只是漫无目的地骑行着，仿佛就要一直这样骑下去，只是骑，一直骑到死去。出门时潘向宇的那记耳光，把她打到一种无意识的状态中了。一切都是没有道理的，一切也都将向着没有道理而去。

晚上回到驻地，同行的人已经回来了，拉着她出去唱歌，她就跟着去了。同行的有两个有些名气的评论家，一个叫何况，一个叫祝乃至，都是四十岁出头的男人，但还被归在"青年评论家"的范围内。丛好对这两个人没什么好感，知道他们喜欢和圈子里的女人搞出些名堂，平时多少对他们有些不屑。但是女诗人杨一坚决要她一起去，都有些要翻脸的意思了，只好就答应下来。在KTV唱歌的时候，好像商量好了，祝乃至挤住杨一坐，何况挤住丛好坐，分赃似的。这是两个聪明男人，连歌都唱得很不错。在KTV唱歌，五音不全不要紧，只要情绪饱满，该亢奋的时候能亢奋上去，该悲伤的时候能悲伤下来，就是一个好歌手。他们唱得尽兴，有股表演的味道在里面，自己感觉发挥得不错，就喝下去很多啤酒。女诗人杨一也很高兴，唱着，喝着，鼓掌着，就依在了祝乃至的怀里。丛好起来上洗手间，从他们身边经过，一眼看见祝乃至的一只手是探在杨一裙子下面的。她有些吃惊。虽然这种事情在圈子里根本不值得大惊小怪，但他们这样明目张胆的，还是令丛好感到有些尴尬。从洗手间回来，却没了这两个人的影子，只何况一个人举着麦克风在唱《三套车》。

丛好也不便问他什么，他也不解释什么，唱一句"你看吧这匹可怜的老马"，对着她心照不宣地挤下眼睛。唱完这首歌他就不唱了，坐回到丛好身边，一只手很自然就搭在丛好腿上。丛好点支烟夹在手里，茫然地看着电视机上的画面。从来没有哪个圈子里的男人试探过她，大家都知道她有一个有钱的老公。潘向宇的成功对他们构成了障碍，虽然他们也都是些自认为成功的男人，但和一个商人的成功比起来，就都有些缩手缩脚了。也许此时离开潘向宇几千公里了，那个成功商人的影子覆盖不到这里，所以评论家何况的手就自信起来。

丛好感觉那只手渐渐在用力，渐渐放肆起来，越来越接近她敏感的地方。令她惊讶的是，她居然不反感这只手。她也喝了不少的酒，而且包房里的光线也暧昧，这些都令她沉溺。还有更重要的一点，丛好是一个不怎么会拒绝的人。她的冷漠其实有时候是种无能为力的表现。何况用另一只手搂在她肩头上，她也就靠进他怀里了。那种想要腐烂的愿望是一瞬间席卷上来的。丛好突然间渴望让自己或者变轻，或者变重，轻到浮起来，重到坠下去，总之有一个方向就好，下或者上，都是无所谓的。她感觉到了自己的欲望，腹部不自觉地在收缩。这么多年以来，在性事上，丛好基本上是没有过欢乐的，潘向宇那种单方面的索取一以贯之，她已经习惯了那种被"使用"的姿态，以为天底下就只这一种方式，但欲望却是真实地蛰伏在身体里。潘向宇不可谓不强，而且是那么强，但是，丛好总感到身体里流动的那部分东西对他关闭住，越积越多，没有释放的希望。

何况的一只手伸进她的毛衣里，迂回着摸上去。丛好感到一种从来没有过的温柔，眼睛闭起来，忍不住发出呻吟。她感觉自己的衣服被卷了起来，胸罩被打开了，感觉被不停顿地吻在胸前，整个乳房被含进一张温热的嘴里。丛好觉得自己真的是浮起来了，也真的是坠下去了。突然左手的两根指头一阵刺痛，原来那支烟燃到了尽头，烫到了她的手指。丛好痛得张开眼睛，看到了这个爬在自己胸口上舔食着的男人。他的眼睛也是闭着的，脸上挂着一种类似手淫般的别扭的幸福感，微酡着，很陶醉。

由于半天没人点歌，那台显示器自动换到了电视频道上。战争已经打响了，伊拉克驻联合国的代表，在电视里慷慨激昂地指责入侵者对于平民的杀戮，然后是军事专家对战争的预测，他们用一些确凿的数据作分析，结论却不是很确凿，他们给不出一个肯定的答案，赢，或者输。但是丛好在心里却作出了自己的判断。她已经不是那个兰城时期的少女了，对于世界，不但具备了基本的常识，而且可以算是有了比较透彻的理解。可是此刻，陷身在一个男人攻击下的丛好，再一次对自己强调：萨达姆·侯赛因，这一次，你一定赢。电视里，这位大名鼎鼎的伊拉克领袖在发表讲话，内容被同期翻译出来：

我可以告诉你们，我并不感到任何胆怯和恐惧……

我并不感到任何胆怯和恐惧——丛好在心里重复一遍这句话，从中汲取到一股力量。她恍然醒悟，十三年，原来自己的开始与结束，是夹在两场战争之间的。电视里的伊拉克领袖一身戎装，头戴黑色贝雷帽，神态漠然，甚至有种漫不经心的木讷。丛好呆呆地望着他，心里想，自己生命中的严峻时刻，居然总是和这个男人神奇地对应起来。与这一身戎装相比，丛好觉得他更应该是披着长长的阿拉伯白袍，衣冠如雪，松弛地骑在单峰骆驼的背上，嘴角挂着一丝不易觉察的微笑。这样的形象，更符合三十岁的丛好对于一个勇士的设想。

电视的画面切换到夕阳下的巴格达。整座城市陷入在寥廓的静寂中，伊斯兰建筑的圆顶在斜阳下划出高贵的弧线，如同一幅剪影。丛好感受到这座城市危如累卵的骄傲，心想，其实一切就是从这样的画面开始的。

丛好被一下有力的啃噬惊醒。何况没了分寸，弄疼了丛好。她动作粗暴地推开了他。何况还没有明白过来，稀里糊涂地又往上凑，被她抬起的一只脚阻挡住，才愣在那里。丛好慢慢地整理自己的衣服，有种毁于一旦的痛彻。杨一和祝乃至突然从墙壁里冒了出来。原来这间包房是有夹层的，门开得很隐蔽，让人难以发现。这两个从墙壁里出来的人都软软的，一脸的散乱。丛好觉得自己陷入在一个"大变活人"的魔术表演里了，成为了一件道具。

接下去几天，丛好依然骑着那辆"二八"自行车在兰城游荡。她的样子令人瞩目，穿着件烟灰色的薄羊绒大衣，用一双质地优良的小羊皮靴，蹬着一辆破旧的男式自行车。

离开兰城的那天，丛好坐在火车上，看着站台上的那些兰城人，心突然揪紧。她摘下眼镜揉揉眼睛，然后戴回去仔细再看，心里就颤抖着叫出一声：

妈妈！

那个推着食品车在站台上叫卖的女人，的确是她的母亲。她明显地肥胖了，身材似乎也矮了下去，臃肿地裹着一件已经不是很白了的白大褂，剪得很短的头发已经白多黑少，胡乱地在风中支愣着。丛好用尽了所有的力气，才控制住自己没有走下火车。母亲什么时候又回到了兰城？又为什么到了这样的地步？丛好想这些都不重要了，重要的是那种没有余地的衰老，和那种绝对意义上的宿命。火车启动了，丛好满脸泪水地在心里和母亲作出了告别。

一

十七岁时的丛好，比同龄的女孩子高出一些，同时也瘦上一圈，留着很短的、蓬茸的头发，骑一辆庞大得足以使兰城齿轮厂技校女生们望而生畏的"二八"自行车，慢悠悠地往返在兰城的街道上。

车子是父亲的，说不上旧，但绝对算不上是新。丛好从来不擦它。一个纤弱的少女，骑一辆巨大的男式车子已经很不相称了，如果这车子还不恰当地被擦拭一新，只会令人觉出滑稽。相反，家里被父亲骑着的那辆红色女车，却总是光彩耀眼。父亲把它的车圈擦出光亮刺目的效果，甚至动手给它的车梁缝了布套。这辆车子是母亲的。但是，两年前母亲不告而别，从这个家消失掉。一个中年男人，突然在一夜之间失去了妻子，当然会颓唐沮丧。父亲表达他痛苦的方式，就是坚定地改骑母亲留下的这辆自行车。他骑着它，把它装扮得如同一位新娘。有一天，父女俩凑巧同时回家，一进齿轮厂家属七区的大门，就被一群孩子捕捉到了灵感，他们响亮地笑起来，其中一个非常朴素地总结出了他们父女的状况，并严肃地宣布出来："公的骑母的，母的骑公的。"丛好恶狠狠地从车子上跳下来，逼视住父亲，等待他做出惩罚性的举动。其实她并不是很愤怒，她只是把这当成了又一次检验，看看她的父亲，是不是真的那么猥琐。没有出乎她的意料，面对检验的父亲，再一次被打上了"猥琐"的标签。他垂头丧气地从车子上下来，小心翼翼地把它扛在肩上，自顾上楼去了。

一个十七岁的少女能经历什么不幸呢？对于丛好来说，它们依次是：近视，痛经，学习成绩不佳（于是只能去读齿轮厂的技校），母亲离家出走，却留下一个"猥琐"的父亲给她。"猥琐"这个词丛好是在某本小说上读到的，母亲走后，突然就被她安放在了父亲头上。这个对于父亲的定义一旦落实，它所具备的那种凌厉的屈辱感令丛好不由得哭了一场。丛好真的是认为父亲是猥琐的。父亲的猥琐无处不在。譬如骑那辆女式自行车骑出的暧昧，譬如面对一群孩子的侮辱也只能忍气吞声。

父亲在丛好心目中的形象，早已经在那个雨天崩溃了。丛好记得那一天的每一个细节，甚至父亲被雨水打湿后耷拉在鼻梁上的头发——它们伏伏贴贴地低垂着，间隔很长的时间滴下一滴水，然后又间隔很长的时间，再滴下一滴水。能够被丛好这么细致地观察到，完全有赖父亲当时的造型。父亲目瞪口呆地静止住，在不该静止的时候。母亲和一个男人紧紧地抱在一起，两颗头前后左右地交错，令丛好分辨不出你我。他们躲在厂区那排人迹罕至的仓库后面，挤在一台巨大的废弃车床的遮蔽之下。丛好忘记了，为什么会和父亲冒雨进入厂区，她只记得那把支撑在自己头上的伞，突然就被父亲扔掉了。雨水像一层冰凉的纱蒙上了她的脸。父亲仿佛是被眼前的景象迷住了，脖子微微缩进肩膀里，头向前探出去，聚精会神地看车床下纠缠在一起的两个人。他们非常忘我，根本不知道自己已经暴露。丛好紧张地观察父亲。她认为父亲应该发作，应该扑上去，应该采取某种她无法估计的残酷行动。但是父亲的态度令她迷惑。他那么安静，眼神里甚至有股自己做了错事的不知所措。丛好有生以来，第一次感到了胸口那种酸酸的滋味。这样的父亲是令人悲愤的。很多事情丛好不能够确定，但那股悲伤的滋味却非常确凿，直觉令她生出憎恶。母亲的面目被另外一颗脑袋所掩盖，但父亲的模样却历历在目。他呆若木鸡的面孔近在咫尺，并且被放大变形，像是照在游乐场的哈哈镜里，产生出古怪的扭曲。丛好憎恶这张脸，这张脸曾经蒙受过的所有羞辱都被唤醒：它对每一个人的讪笑；它的两道眉毛像两根中间被埋下了枕木的铁轨，永远没有聚合在一起形成那种叫做愤怒的表情的可能……

父亲行动起来后的第一个举措，是用手抹了一把脸上的雨水，又抹了一把，接着捡起雨伞（他居然还记得雨伞），扯住丛好的手回头便走。起初他的步子有些蹑手蹑脚的味道，像一个贼，走出他所认为的危险范围后，突然加速，丛好在后面被他拖得踉踉跄跄。

回到家里，父亲扑向阳台上那只养了一年多的母鸡，左手掐在鸡脖子上，右手抄起盛着鸡饲料的搪瓷碗，表情麻木地砸向鸡脑袋。那只鸡凄厉的悲鸣戛然而止，尸体被重重地掷出去，兀自扑棱着翅膀跌跌撞撞地乱冲了一气，然后，才死不瞑目地栽倒。丛好第一次目睹这样的暴力，吓得缩成一团。她突然认为，父亲还是像个傻瓜那样地静止住好，因为她已经肯定地认为，母亲也会被父亲像对待这只母鸡那样地屠杀掉。

少女的心就这样被恐惧攫住。这是一场漫长的、令人窒息的恐惧，除了恐惧，丛好丧失了任何其他的意识。结果却大相径庭。母亲一身泥水地回来，那只母鸡，被父亲加工成了一盘香喷喷的鸡块。他们坐在饭桌的两端，若无其事。父亲甚至夹了鸡块在母亲的碗里。他们像商量好了，都坚定地忽视坐在中间的丛好。如此出乎意料的局面，是丛好无论如何也理解不了的。她没有丝毫如释重负的感觉，反而觉得胸口更加壅塞。一想到自己的恐惧原来是一场代价昂贵的浪费，雨中蓄积成的那股憎恶，就空前地滋长起来。

丛好把憎恶不留余地地给予了父亲。母亲最终选择离家出走，丛好没有感到多少意外，甚至都少有怨怼。在她眼里，母亲是能够被宽恕的。母亲和父亲总是在夜里搏斗，发出些沉闷的撞击声，然后就会披头散发地潜入她的房间。黑暗中，母亲的气息依然急促，刚刚进行过一场艰苦的抵抗，她无法做到令自己悄无声息。她总是躲得离丛好的床头远一些，努力压抑住自己的喘息。其实她不知道，丛好总是瞪大了眼睛看着她。丛好从来都是醒着的，她的睡眠都已经交给了白天，她把黑夜用来聆听各种喑哑的对峙，用来凝视母亲像一个女鬼般的身影。

这就是少女丛好的青春期，诸般不幸导致出一种浑浑噩噩的倦怠，令她在白天总是处在一种睡不醒的态势中。在学校里，丛好基本上是靠着睡觉打发掉时间的。她没有朋友，也不期望有，有了朋友，就意味着要把自己猥琐的父亲推荐出去。丛好只期望不受干扰地睡觉，结结实实地睡着比什么都好。

二

那年夏天，丛好无意中看到了这样一幕，心里才像个真正的少女那样泛起了涟漪：

暑假是如此漫长，漫长到都使丛好睡得失去了倦意。一个午后，丛好在窗前漫无边际地眺望出去。越过烈日造成的氤氲，越过家属区布满尖锐玻璃的墙头，她看见十字路口被红灯阻拦住的车辆。在燠热到几近丑陋的空气里，在甚嚣尘上的街中央，这些挤作一团的家伙显得那么猥琐。是的，猥琐。正是在这样的时刻，少年张树像一道闪电，划破了庸常，而猥琐，成为他最好的衬托。

被红灯阻拦住的，有一辆拉货的卡车，上面垒满了货物。少年张树从车后飞身而上，拎起两箱东西跳下来，在众目睽睽之下飞奔而去。他是如此迅捷，如此从容不迫，以至于使他的偷窃行为具备了一股舍我其谁的正义气概。丛好震惊了，如同目睹了一个奇迹。她想立刻跑下楼去，她看到这个少年拐进了家属区东边那条小巷，她想去看看他，面对面地看看他。但是她不敢，一种绝望的恐惧，没有道理地攫紧她，让她的呼吸都局促起来。

日后丛好不止一次地进入到那条小巷，骑着那辆巨大的自行车，飞快地穿越过去，像一个真正的贼那样，感受着那个少年英雄的内心。她希望有一天可以看到他的背影，幻想着自己像风一样从他身边刮过时的心情。但是，她再也见不到他了。有一段时间，丛好甚至怀疑这件事的真实性——那不是一个梦吧，或者是一个少女在溽热的夏日午后，饱睡了一觉后产生出的幻觉？

直到有一天，张树拦在她的车子前，嬉皮笑脸地问她骑的车子是不是偷来的，丛好的心里才呀地叫出了声：原来是他啊！

张树是兰城齿轮厂一带有名的问题少年，只读到初中毕业，就开始在社会上为非歹了。其实像张树这样的少年，在这一带像杂草一样的丛生并且茂盛，只是他更狠，更招摇，是杂草里独领风骚的那一棵。他突然盯上了丛好，这个瘦削高挑、留着男孩子般短发的少女，与齿轮厂技校那群处在青春期特殊肥胖的女孩子一对比，马上就显出了与众不同。张树把丛好比作"花儿"，这是这个问题少年心目中最高级的比喻。他决定追求丛好，用齿轮厂一带问题少年的话说，就是决定把这朵花"摘了"。

他在技校门口拦住丛好，先调笑着问丛好骑的车子是不是偷来的，然后就开宗明义地说："你给我做媳妇吧！"

这也是齿轮厂一带的语言，任何处在恋爱关系中的女方，都可以被称为媳妇。由于那个夏日午后所目睹的一切，和其后一直贯穿在心里的那份盼望，使得丛好在听到这样尖锐的要求后，再一次陷入到迷乱的情绪当中。如今，当这个像闪电一样穿透猥琐的少年站在她面前时，她根本就无法拒绝什么了。她从车子上下来，交给张树骑上去，然后侧坐在后座上，被张树风驰电掣地载走了。

张树带着丛好在一家路边店吃了面条。吃的时候两人告知了对方自己的名字。丛好知道了，原来张树也是齿轮厂的子弟，比自己大两岁。现在，她没有丝毫的紧张，刚刚坐在车子的后座上，她的不知所措，已经被速度造成的冷飕飕的风，逐渐地吹散了。眼前的张树又是这么松弛的一个架势，大口大口地往嘴里填着面条，真的像是一个在自己媳妇面前吃饭的男人。这种态度感染了丛好，让她也觉得心安理得，好像已经给张树做了一辈子的媳妇。吃完面，丛好又重新坐回到车子的后座上，继续被张树带往下一个地点。

这就算是丛好初恋的开始了。没有其他少女那样的忐忑，虽然也缺乏那种巨大的喜悦，但却是被满满的踏实感填充着，也不失为一种美好。坐在后座上，丛好想，这辆车子终于适得其主了。

张树把车子拐进了家属七区东边的那条小巷。他的这个选择，却在无意中讨好了丛好。这条她曾经多次怀着梦一般期待进入过的小巷，在一瞬间令丛好生出了甜蜜的感觉。小巷平时就鲜有行人，此刻已是黄昏，整条巷子里更是阒无人迹，却灌满了一个少女稀薄的梦。张树从车子上下来，丛好还没有站稳，就被他一把搂进怀里。失去驾驭的车子倒下去，砸在丛好脚面上，痛得她倒吸一口凉气，声音却被张树的嘴热烘烘地堵了回去。某种复杂的气味和温度涌进丛好的口腔。她感觉张树是在给她的身体里吹气。那股气流被蛮横地送进来，一往无前，源源不断，甚至具备磅礴的气势，令她膨胀，身体被一点一点充盈着，渐渐地向上浮起。然后，她又感觉到了挤压。张树的手没头没脑地钻进她的衣服里，隔着胸罩，抓在她的乳房上。他在反复地挤压，将丛好的感觉置于这样的境地：像一只硕大的，并且在不断扩充的气球，却被塞进了逼仄的笼子里，随时都有破裂的危险。他的手试图从胸罩下挤进去，刚刚进去一点，却在一瞬间变得迟疑了，动作也变得缓慢，竟然有股缠绵悱恻的意味。他的手指试探着碰触到了丛好的乳头，就从衣服里抽了出来。

他趴在丛好的耳朵边，热乎乎地说："我怕你羞。"

眼泪一下子从丛好的眼睛里涌出来，没有丝毫的征兆。

他又窄着嗓子说一遍："我怕你羞呢。"

丛好的心被温暖地抚摸过去，她认为自己从来没有被人如此爱惜过。

停止下来的张树变得有些忸怩，有些愤愤不平。他并不习惯这种所谓的温柔，所以扶起倒在地上的车子后，突然就冲着丛好发起火来："你哭个屁，老子又没真搞你！"

丛好没有一点反感，心里暖洋洋的，身体里有种酸酸的舒服，想立刻睡一觉。

为了说明什么似的，张树又补充道："老子摘过的花儿多了。"

丛好扑哧一声笑出来。她也不知道，听了张树这句话为什么就会破涕为笑，红着脸，偷偷地看着张树。这个大她两岁的男孩子，在丛好眼里，已经具备了一个男人的身板，牛高马大，热气腾腾，那辆"二八"自行车被他一对比，一下子变得委委屈屈。

回到家天已经黑透了。丛好本来是有些紧张的，她从来没有回来晚过。但是一进门，就看到父亲蹲在客厅里，正在擦拭他的那辆女车。父亲全神贯注，甚至没有察觉到丛好的归来。于是，丛好吃惊地在父亲的脸上捕捉到诡异的表情。他的脸虽然平平整整，却无端地显示出一种咬牙切齿的味道。这种味道不但表现在脸上，而且贯穿在他身体的每一个姿态中。他一丝不苟地擦拭着那辆车子，那团蘸了机油的棉纱，阴险地摁在放倒的车身上，怎么看，怎么像一种刑具正被施加在肉体上。丛好在父亲的行为里读出了狰狞。恐惧在鄙视中涌上来，丛好快速冲进自己的房间，把门插住，一头扑在床上。父亲在门外小心翼翼地叫她，让她出去吃饭。她一声不响地趴着，眼泪洇湿了床单，心想，如果自己是母亲，也会离开这样的男人，他只会对着一辆车子发狠，把自己全部的尊严，寄托在对于一辆车子的惩罚上。这样想着，丛好就更觉得张树的出现对于自己是一件可贵的事。

三

兰城是个什么样的城市呢？若干年后，当丛好成为了一名作家，她是这样回忆兰城的：

"如果一定要区分，那么它是由两部分组成的，一部分是工厂，一部分是家属区。然而这两部分几乎是没有区别的，工厂像家属区，家属区像工厂。这样的状况就导致，家属区一样的工厂令人不能指望会产生出效益，而工厂一样的家属区同样令人不敢奢望舒适。你经常可以在工厂的某个角落里发现衣衫不整的偷情男女——他们把这里当成公园；你也可以在家属区里看到某个男人挥舞着工具加工某种精细的工业产品——他们把这里当成车间……生活在兰城的人，如果想要活得滋润，就必须具备一种'不讲究'的作风，并且还得敢于出击，具备一种'车间主任'的派头。

兰城人在他们的大工厂里喝茶，打麻将，口音瘪瘪地开着玩笑，鼓励儿子早日把女孩子领回家，于是就经常上演这样的画面：一位具有少妇神态的少女穿着睡裙冲到马路上大声呼唤，被她召来的，也是一位少女，但你不要以为这是她的姊妹，这其实是她的女儿。

"——这就是我永远无法忘怀的兰城的画面。"

这是女作家丛好记忆中的兰诚，也是现实中的兰城。

张树的到来，深刻地改变了少女丛好青春期的轨迹，把她从相对封闭的状态带进了具体的兰城状态。他们几乎天天见面，为此，丛好开始逃学，坐在车子的后座上，被张树带着在兰城四处游荡。很快她就被张树带回了家。张树的父母同样是齿轮厂的工人，但他们并不认识丛好，因为兰城齿轮厂足够的大，大到半个兰城那样的规模。他们也不会干涉自己的儿子，这是兰城父母们的观点：只要自己生的是儿子，在这种事情上，总归是不会吃亏的。张树的家也几乎和丛好家一模一样，都是那种一层十户的格局，都是两室一间小厅，这是兰城统一的面目。他们在张树的房间里搂抱，亲吻，逐步开始相互抚摸。

张树的手第一次钻进丛好的内裤，心虚地问她："碰这里会不会很疼？"丛好也不太能确定，于是更有些紧张。这样一来，抚摸就带有了实验般的探索性质。张树粗糙的手虚张声势地拂过去，拂回来，"疼吗？"再拂过去，拂回来。渐渐开始用力，直到丛好发出了类似痛苦的声音。看来是疼了！张树立刻住手，不安地观察丛好。丛好的脸埋到他的怀里，不让他看到自己古怪的表情。他张嘴要问个明白，却被丛好的嘴堵了回去。丛好喜欢张树的亲吻，那种像打气一样的亲吻，汹涌澎湃，令她整个人都充实起来，血似乎都变浓了。

少女丛好的脸上终于有了青春痘。而且，一直困扰着她的痛经，也似乎得到了缓解。但是，这个毛病还是给他们带来了一次麻烦。

张树带着丛好去看电影。进场的时候，丛好突然捂住肚子蹲下去。疼痛来得不可理喻，让她丝毫没有分辩的机会。她在电影院的入口蹲下去，就像是给正在泄水的龙头塞进了塞子，正往里拥挤的人流一下子黏住。

立刻就有人骂上了："妈的X，怎么在这尿上了！"

张树立刻不干了，梗起脖子往人堆里梭巡，嘴里狠狠地问："谁？妈的X谁？"

问着就确定了目标，隔着几个人就硬扑了过去。四周根本没有可供打斗的空间，人挤住人，被张树凶猛地一冲，哗地倒下一片。张树扑腾着揪住那个人就打，连同滚在地上的有五六个人，并且立刻又被挤上来的人淹没。骂声，怪叫声，沸反盈天。丛好的疼痛都被这巨大的混乱赶跑了，死命往人堆里挤，拖着哭腔叫张树。但她的呼唤像掉进沸水里的虫子，根本就没有挣扎的余地。更糟糕的是，这个时候治安人员出现了，一下子涌来十多个壮汉，仿佛平添出一股洪水猛兽，令局面更加地不可收拾。人群开始没有方向地冲撞起来，丛好被裹挟在里面，身不由己地往前涌动。等身边松懈下来，发现已经被挤到了电影院外的广场。她试图挤回去，但这显然无法办到，于是只好站在人流稀疏的地方哭。等到人群渐渐被疏导开，丛好冲进去，却不见了张树的踪影。刚刚厮打的地方，居然没有留下任何痕迹。她赶紧往外跑，她觉得张树一定是跑回家了。

她气喘吁吁地敲开张树家的门，却被告知张树并没有回来。丛好的心一下子就乱了。她想张树一定是被抓起来了，或者就是被打坏了，总之一定是出了危险。越想越怕，仿佛天塌下来了一样。她哭着又往电影院跑。兰城的夜晚总是刮着风，路灯半明半晦。丛好哭着往前跑，远远地就看到一个高大的身影歪歪斜斜地骑着车子过来，面孔在路灯的变幻中难以辨认。等到了近处，一眼认出来，凄惨地叫一声："张树！"整个人就倒下去。

张树的额头上破了一大块皮，眉骨处也伤了，血痂凝固了半张脸。他从车子上下来扶丛好，丛好早哭得上气不接下气了，一看到他满脸的血污，心更是拧成了一团。

张树被她哭得发起火来，骂道："老子又没死，你哭丧呢？"

丛好还是止不住地哭，一股气上不来，又搅在了小腹，疼得她整个身子都窝下去。张树看她真的是要疼死过去的样子，就慌了手脚，围着她来回转。他不知道少女疼痛的根源，从身后揽起丛好，下意识地把一只手伸进她的衣服，贴在她的肚皮上轻轻地揉搓。丛好肚子里那股跋扈的疼痛，居然被他一下一下地赶走了。

在兰城刮风的夜晚，在晦暝的路灯下，疼痛被满脸血污的张树温柔地驱散——这样的一个记忆，永久地刻在丛好的心里，令她日后无论跋涉到哪里，仍然被那种巨大的、阳刚的温存包裹住。

这天夜里丛好住在了张树家。张树试图脱光她的衣服，但丛好裸着上身死死地攥住裤腰，说什么也不愿意褪下裤子。张树不理解她的做法，试了几次不能得逞，手底下就没有了分寸，一只手把丛好的胳膊反扭过去，另一只手一拳捣在丛好的肚子上。丛好的眼泪涌出来，说不出的悲伤令她放声大哭。

张树的母亲听到了吼："在外面还没有打够，跑回来还要打！"

丛好吓得止住声音，把一只拳头塞在嘴上去堵，肩膀起起伏伏地瑟缩。她也不清楚是什么令自己如此悲伤。

说得出口的理由似乎只有一个，就呜咽着对张树说了："我来月经了。"

说完，所有的委屈都随着这个理由释放出来，眼泪顿时更加地汹涌。张树立刻被说服了，这点常识他还是有的，而且还要表示出来。

他理解地点头，窄着嗓子说："早说啊，靠，有什么害臊的？"

他们关了灯，挤在张树的小床上。丛好还在抽泣，张树就趴上去亲她，用舌头舔她的耳朵、颈窝、眼睛。丛好哭着哭着就去回应，用嘴去找他的嘴。终于找到了，那股磅礴的气息一点点被送进来，一点点挤走了悲伤。张树喉咙里发出呼呼的喘息。他还有些不甘心，又试图去脱丛好的裤子，只是被丛好一阻拦，就收回了手，却把自己的短裤脱了，拉过丛好的手，放上去。丛好配合着抚摸他，感觉他一耸一耸地抵达着。这个时候张树的父母突然吵起架来，用瘪瘪的兰城话，响亮地相互漫骂。

丛好紧张地停止住，张树呼哧呼哧地说："别理他们，他们一会儿就日上了。"

这句话突然让丛好浑身发冷，在黑暗中，泪水再一次涌出来。她动着，哭着。想，哦，这恶劣的家伙，我这热乎乎的情人！

四

　　第二天早上十点多钟丛好才醒来。身边已经没了张树的影子，她不知道张树哪儿去了，她从来不知道张树在外面都做些什么，只是隐约地判断，张树一定是在干那个夏日午后自己目睹的危险勾当。因为无业的张树兜里似乎从来没缺过钱，两百，三百，有时候更多，这绝不会是父母给的——作为兰城齿轮厂的职工，张树父母每一次凶猛的争吵，都是围绕着金钱展开的。对于张树在外面的营生，丛好没有恶感，甚至也没有多少担忧。她想，如果张树不去无畏地做坏事，他还是张树吗？少女丛好的心里，就是期望着这样一个男人，眉头能够拧起来，能够扑上去打人，胆大妄为，绝不会只对着一只母鸡或者一辆自行车耍威风。

　　丛好很疲倦，身体有种空空如也的痛。她不想去学校，就直接回了家。家里也空空如也，阳光毫不吝啬地扑进来，就像她少女的身体，明媚，却空空如也。少女丛好突然生出一种陌生的感觉：散漫，寂寞。若干年后，她懂得了这种感觉，那就是一个少妇才经常会有的百无聊赖。她开始在自己的家里漫无目的地踱步，用审视的目光打量这个家：各种各样的废罐子，墨绿色的旧式沙发，贴着旧挂历的门。她走进父亲的房子，母亲走后，她就很少进入过这个空间，于是产生出一些好奇。一张大板床塞满了她的眼睛。铺得平平展展的格子床单，叠得一丝不苟的被子，唯一的瑕疵是稍显零乱的枕头。丛好不由得就俯下身子去整理了，于是就翻出了枕头下的那本画报。她立刻被这本画报上的画面吓住了，肉，毛发，姿势，色泽，组合成一道密集的子弹，凶猛粗暴地射进丛好的眼睛里。这就是父亲的秘密！丛好骤然愤怒了，有一股撕碎这本黄色画报的冲动。但另一股欲罢不能的冲动又促使她翻阅起来。心是潦草的，手是潦草的，终于面红耳赤，心都要蹦出来。这令她更加愤怒，狠狠地把画报摔在地上，狠狠地踩，踩得它丑陋地翻卷起来。她奔回了自己的房间，扑在床上，又一次恸哭起来。

　　她想起有一天夜里自己起夜，看到父亲站在漆黑的厕所里，背对着自己，双手放在前面，两个肩膀专心致志地耸动着。丛好以为他在撒尿，却听不到声音，在后面等了几秒钟，就带着迷迷糊糊的疑惑回房睡下了。现在，她恍然大悟出父亲古怪的行为，联想到昨天夜里，张树在她的抚摸下热乎乎的喷涌，就一切都明白了。她记起一些邻居总是拦住父亲说："老丛啊，夜里又打飞机了吧？看看你这张脸，流出来的鼻涕都成稀的啦……"是的，"打飞机"！少女丛好在一瞬间破译了兰城的这些秘密的暗语，一个世界在她眼前骤然打开，除了一种莫名的悲愤，她找不到更准确的情绪。

父亲回来了。兰城齿轮厂从来没有过严格的制度，所以他这个时候回来也不奇怪。

他站在丛好面前，低声下气地问："你昨晚去哪儿了？"

丛好坐起来，满脸泪水地瞪着他，一言不发，只是瞪，只是，瞪。父亲被吓住了，吞了口口水，喉咙夸张地起伏一下，讪讪地回自己屋了。他越是这样，越是令丛好愤怒，心里的疯狂被纵容出来，她要闹得更凶一些，像是要砸烂一个旧世界。她开始翻箱倒柜，故意把声音搞得轰轰烈烈。她收拾好了自己的衣服，塞进一只大编织袋。当她拖着编织袋走到门前时，父亲终于出来了。他当然看到了被摔在地上的那本画报，此刻更是满脸的惶惑。

他哆嗦着问："你去哪儿？"

丛好冷冷地看他，平静地说："我要走，离开这个家。"

父亲的声音拖着哭腔了，他说："你要走，你要去哪儿啊？你妈有地方去，你去哪儿啊？"

丛好突然爆发了，尖厉地叫道："我去给人打飞机！"

说完就冲出门去，她拖着包，包拖着她，跟跟跄跄地从楼梯向下冲。父亲在身后哇地大哭起来，声音像某种动物的哀鸣。他只是哭，却没有追出来。

很多年后，丛好回到兰城齿轮厂的家属七区，还有记得这一天情景的人在她的背后指指戳戳。他们的记忆太深刻了，老丛家的闺女拖着一只大编织袋，几乎是从楼上滚了下来，她的脸上浮着微笑，却有种绿油油的杀气，以至挡了她道的人，赶快机敏地闪到一边。

张树的家，在齿轮厂家属区的第四十三区。仅从数字上，就可以推测出距离的遥远。丛好就是这样面带着绿油油的微笑，一步一步地拖着沉重的编织袋，穿越了几乎半个兰城，走到了张树家。

她在楼下喊张树："张树！张树！"

张树的父亲从阳台上探出头来，吼一声："死了！"

继而是张树的母亲，她口气比较和蔼，说："还没疯回来呢。"

丛好就坐在编织袋上开始等。一坐下她就感觉到了累。天气还不是太冷，她却不由自主地微微发抖，更糟糕的是，小腹也搅痛起来。但她真的是困啊，居然在疼痛中迷糊过去了。直到感觉有人在揪自己耳朵。一抬头就看到了张树的脸，粗重的、向上卷起的眉毛，硕大的鼻子，宽阔的嘴。他正俯下身子看她。丛好圈住他的脖子，把自己的脸深深地埋进他的怀里，一句话也不说，只是埋进去。

夜里丛好开始发烧，说了一夜的梦话。张树的母亲过来帮着儿子照顾她，听她断断续续地叫"妈，妈！"不由得也红了眼圈，说："多可怜的闺女。"

这样，丛好就在十七岁时辍学了，搬到大她两岁的张树家与其同居。在兰城，这没有什么好奇怪的。

五

父亲在第二天找到张树家。张树是齿轮厂有名的人物，自然会有热心人告诉父亲丛好的去向。这不奇怪。令丛好奇怪的是，父亲真的会找来。他在黄昏的时候来了，站在外面谨小慎微地敲着门。丛好躺在床上，听自己的父亲被让进了屋，和张树的父母在客厅里热烈地交谈。主要是张树的父亲很热烈，大着嗓门，用瘪瘪的兰城话，一口一个"咱们厂"。当然是兰城齿轮厂了，他们虽然不认识，但拥有一个共同的兰城齿轮厂。父亲的话题被他的工友带上了歧路。他似乎忘了自己此行的目的，身不由己地附和着张树的父亲，声音嘶哑着拉起了"咱们厂"的是非。好像说了某位厂长的廉洁问题，还有某个车间昨天出了事故，一名工人的肚子被机床上突然飞出的零件击穿，"肠子哗就流出来了，有那么长！"——这是父亲的声音，音调突然高涨起来。丛好缩在被子里，想象父亲此时的神态，一定是兴奋了，什么时候听他说过这么多话呢？又有谁和他说过这么多话呢？这么想着，就觉得自己像个多余的人，被置于了尴尬的境地。于是就悄悄下了床，走过去把门插牢，然后跑回床上，继续缩在被子里。

　　张树的父亲让张树的母亲去做饭："多炒几个菜，我要和老丛喝酒。"

　　父亲好像突然间清醒了，声音一下子弱下去，说："还是让我见见丛好吧，酒呢，就不要喝了。"

　　张树的母亲就来敲丛好的门。丛好的心里矛盾着，她不能够确定，自己要不要见父亲。张树又出去了，不知道干些什么勾当，一想到这，丛好就无声地哭起来。她觉得自己真的是可怜，孤零零睡在别人家里，发着烧，唯一的一个亲人就站在门外，却不知道应不应该见面。

　　张树的母亲在外面喊："小好你开门，哪有这样的，自己的爹来了都不露个脸！"

　　这就是指责了，张树的母亲当着父亲的面，指责她。丛好立刻觉得无地自容。这样的局面令她委屈万分，觉得自己真的是贱，似乎就没有人是袒护她的。她一言不发地躺着，身子微微抖起来。

　　张树的母亲失去了耐心，开始用力拍门："小好你插什么门？这还怪了，在我们家，你插的哪门子门？"

　　这话像刀子一样割在丛好心上。她没有方向，无处可去，只有紧紧地缩住身子，大颗大颗地流着泪。

　　"这孩子！简直是有毛病嘛，在我家里，倒把我关外面了！"张树的母亲气急败坏地嘟哝。

　　父亲说话了，声音喑哑："算了，我还是回去了，我们家丛好给你们添麻烦了。"

　　然后就没了动静。过去了十多分钟，丛好才判断出父亲已经走了。没有人送送他，张树的母亲在生气，张树的父亲因为"和老丛喝酒"的倡议没有得到响应，也在生气。这就是兰城人的作风。

　　房间里变得安静。夕阳的光把丛好包裹住。她的心里甚至有些感激父亲，如果不是他的退却，丛好真的不知道该怎样收场。但是丛好被一个更大的问题覆盖住——她将面对什么样的未来？这个问题是如此宏大，少女的心是无力承载的。她只有再哭一次，忽然觉得生命是这么不值得留恋，如果让她现在就死去，也几乎是没有什么遗憾的。想到了死，这让丛好恐惧起来，她必须找到一个理由来对抗这份威胁。那么是的，她还有张树！她在心里热烈地思念张树，她的恋人，唯一的支撑，一个"生"的象征。

张树在深夜才回来。丛好一直躺在床上，从黄昏一直到黑夜。她没有被叫出去吃晚饭，这个家里仿佛没有这个人。她躺着，充分捕捉了时间从光明走向黑暗的每一个瞬间。若干年后，当她成为了一名作家，她回忆起，自己作为作家的所有禀赋，都是在这一刻生成的。这是一个根源，是一条河的起点，是一个偷偷的开始。

丛好挽住张树的脖子，说她要洗个澡。

张树粗声粗气地说："洗什么澡呢？你不发烧了？"

丛好真的是不烧了，那种额外的温度，不知道什么时候从她的身体里奇迹般的退去了。她需要洗个澡，这个愿望非常明确。张树只是不理解，但还是去厕所替她准备了。

张树的母亲在自己屋里说："这么晚了洗哪门子澡？神经病啊？"

张树吼一声："睡你的觉，管得宽！"

里面就再也没声音了。

洗澡的设备是自制的，一个大铁皮筒子挂在墙上，一条管子进水，一条管子出水，一根电线接出去把水烧热。这样的洗浴设备，在兰城几乎比比皆是，它们都是出自兰城齿轮厂职工灵巧的双手。丛好站在过于滂沱的水花里，一瞬间产生了错觉，觉得是站在自己家的厕所里。所有的东西都是一致的，结着黄渍的便池，单缸洗衣机，50瓦的灯泡。这是兰城统一的厕所，这是兰城人统一的洗浴。唯一不同的，是自己，是这个叫做丛好的少女，今夜，要把清洁的自己交出去。她洗得格外仔细，如同进行一个仪式。

洗干净的身体微微发凉，张树热乎乎的身体贴上来，嘴里就叫了声"舒服"，问她："你那玩意哪儿去了？"

他的意思当然是问那个周期是否过去了。但问得滑稽，丛好就不由得要笑，一笑，心里那份肃穆的感觉就淡了。张树在她身上心浮气躁地尝试，渐渐地猛烈起来。丛好起初有一些荡漾的感觉，但越往后，越有一种无聊的情绪生出来。一切似乎不是她所预计的那样，没有奇妙，甚至没有疼痛，以至于她被饥饿的感觉困扰住。她感到肚子饿极了，想到自己只是在中午时喝了一碗大米稀饭，就更觉得饿，恨不得立刻被食物填满肚子。丛好从来没有过关于饥饿的体验，所以这种感觉令她记忆深刻。这种感觉使她的胃像涨潮一样地泛起酸水，酸得她嗓子都辣起来。她在心里对自己说：原来这就是饿啊！

张树闷闷地哼一声，又长长地嘘一声，像是一个悠长的叹息。他有点奇怪，突然就有了些颓废的腔调。

他有气无力地说："我摘得花儿多了，就你最好哇。"

丛好不知道跟他说什么好，过了半天，才忸怩地说："张树你去给我找些吃的，我饿。"

这就是丛好告别少女时代的夜晚，被饥饿充斥着，并且留下长久的阴影，令她和张树的每一个夜晚都被饥饿统治着。直到若干年后，丛好在自己的丈夫潘向宇那里才证实了这样的一个事实：原来，自己依然完好如初。

六

第二天中午，丛好还睡在梦中，听到张树在阳台上喊她："你快来看，这个老头在这蹲一早上了，一定是个老贼！"

丛好迷迷糊糊就预感到什么，爬起来跑到阳台上，向下一望，就看到父亲蹲在一棵槐树下，勾着头，用一根树枝在地上划来划去。

张树肯定地说："这老家伙一定是盯上哪家了，在这死等，有机会就下手呢！"

丛好怔怔地说："他是我爸。"

张树立刻来了精神："叫上来啊，快叫上来，我要见我老丈人！"

丛好说："不要，他不爱进别人家。"

张树说："那我下去会会他。"

丛好在楼上看到他跑出去蹲在了父亲身边，一条胳膊搭上父亲的肩膀。父亲惊恐地看张树，听他说着些什么，突然呼地站起来，把张树的胳膊甩开，举着那根树枝，在张树的面前戳戳点点。

丛好惊讶极了，她料不到父亲会做出这样的举动。他怎么会发火呢？张树已经不是一个孩子了，那么壮，他一定打不过的，而且，即使面对的是一个儿童，父亲也是不该发火啊。可是父亲的确是在发火。他的表情丛好看不到，她在楼上只能看到他微秃的头顶。但是那根树枝，那根激昂的树枝，却让丛好看得真真切切。它飞舞着，有力地凌空起伏，令张树不由退了几步，躲避着，差一点被身后的道沿绊倒。丛好的脸上浮出笑来。哦，这个判若两人的父亲！父亲在一瞬间警告了张树，然后转身就走，一边走，一边抽搐着肩，步态散乱。这些都逃不过丛好居高临下的眼睛。他在短暂的爆发后，就迅速地恢复了常态，并且心有余悸。丛好看着父亲的背影，突然就可怜起这个男人，胸中被一股酸涩噎住。父亲渐行渐远，一点点变得模糊。丛好发现自己的视力又衰退了。她的眼睛本来就是近视的，看书的时候就得戴上眼镜，但是从来还没发现过景物也会模糊。

张树灰溜溜地回到她身后，说："你爸挺狂啊，说我要是欺负你，他就把命跟我换了。"

丛好问："他真这么说吗？"

张树说："真这么说，还说他快活了三个我这么大啦，跟我换命，他不赔本。"

丛好的眼睛就红了。却不想让张树看到，脸扭到一边，说："张树我眼睛看不清东西，我的眼镜忘记带着了，你能陪我配一副吗？"

下午，两人一起去兰城百货大楼配眼镜。百货大楼的柜台都租赁出去了，尤其是卖眼镜的，都被一些说着南方话的人占据着，他们是第一批渗透进兰城的异地口音，从兰城人的视力开始，逐步改变兰城。丛好验光回来，张树已经替她选好了镜架，黑色的，细细的边框，丛好戴在脸上，对着一面镜子看。她被镜子里的自己迷惑了。她发现，自己在一夜之间变得令自己陌生。有种捕捉不到却又非常确凿的根据，让她在心里对着镜子中的自己说，看啊，这个戴着黑色细边眼镜的女人，她的头发长了，那么软，她身上穿着三年前妈妈买的白色毛衣，已经有些短了……是的，她已经是个女人。

付钱的时候，丛好才知道这副镜架居然要800元。这在1990年代的兰城，绝对是一件奢侈品。但她并不去阻止张树，看着他从皱巴巴的裤兜里往外摸钱，却不一次摸出来，变戏法似的，一张一张往外摸，直到摸够了那个数，在柜台上摔打一下，递出去。张树一直用眼睛斜睨着她，没有等到他期望的惊讶，就有些丧气。他想让丛好表现出对他刮目相看的样子，却落空了。他们走到兰城的大街上，张树开始找事，明目张胆地踢翻了路边的一个垃圾筒。

丛好吃惊地问他："你发神经啊？"

张树看了她两眼，手插在裤兜里自顾往前走了。走出老远，又折回来，像个陌生人似的与她擦肩而过，神神鬼鬼的，反方向而去。丛好不知道他搞什么把戏，站住，远远地看他突然又狂奔了回来，一眨眼就到了身边，挽起她的手，继续正正经经地走。丛好的心里一瞬间感到了幸福，哦，这个浑身精力的孩子，这个如此简单的人！她叹息着，有一种苍老的感慨在里面，手就把他的手挽得更紧。

深秋的兰城是一年最好的季节。强劲的风把一切都刮跑了，工厂烟囱里冒出的烟，空气中的有害颗粒，马路上的果皮纸屑，小吃店前油乎乎的塑料袋，虽然都在漫天飞舞，却似乎都接近不了人的周围，就在你目力所及的范围内与你隔绝着。丛好和张树手挽着手往前走。迎面走来两个和他们年龄相仿的少年，手都背在身后，若无其事的样子。等到了跟前，突然就从背后抡出两根胳膊粗细的木棍，劈头盖脸地打向张树。没有等丛好来得及恐惧，张树已经倒在了地上。两个少年打了一声呼哨，飞奔而去。丛好新配的眼镜上一片喷薄的鲜血。她蹲下去看张树。张树的脸整个变了形，翻着肿胀的嘴唇对她说着什么。丛好哭着把耳朵贴近些，才听懂了，是"上医院啊"。于是跑到路边去拦出租车。连续拦下几辆，都是看一眼情况就开走了，没有人愿意拉血肉模糊的张树。他趴在地上，被一圈人围住看，看得生气起来，义愤填膺地冲着围观者嘟哝："滚，滚！"由于口齿不清，就成了无力的"浑，浑！"人群笑起来，丛好却放声大哭了。终于挤进来一个膀大腰圆的妇女，两只手插进张树的腋下，毫不费力地把他拖了起来，放在一辆平板三轮车上，然后招呼着丛好也坐上去。妇女在前边蹬着车，把整个后背摆在丛好面前，那么宽，肉一路颤抖着。

在医院里，也是这位妇女帮着丛好安顿了张树，一直陪她把张树抬到治疗台上。然后她就走了。

丛好在张树兜里摸出所有的钱追出去，喊："大姐，你等一下。"

可是人家已经骑着三轮车走了。丛好有些发愣，终于找到了原因——她喊那位妇女大姐，这在昨天都会是滑稽的，换了昨天，她是要叫人家阿姨的。

七

张树在外边和人斗殴是家常便饭的事，有时候他打别人，有时候就被别人打。他躺在门诊的治疗台上，呜呜噜噜地冲着医生发火："我躺在这儿她能跑了吗？她跑了你割我个肾卖掉，也赔不了钱吧？"

他让丛好回去找他父母要钱，但医生认为他的伤势严重，光检查的费用就得一大笔，所以坚持交了费才给他就诊。张树发火，理直气壮的样子，似乎还有用，医生终于答应了，让丛好快去快回，说着招呼进来几个护士，帮忙收拾张树。

丛好攥着张树给的钥匙一路跑回去，打开房门就直奔他父母的房间。她认为他们这个时候一定是不在家的，张树也说了："如果不在，就从他们床头柜的抽屉里把存折拿出来。"

但是他们却在。大白天的，赤裸裸的，一个坐在一个身上。丛好一下子怔住，定定地看了几秒钟才呀的一声跑出来。张树的母亲骂起来，一边套件衣服，一边急吼吼地追出来，对丛好喝道："你真的有神经病哇！"

丛好脸色煞白，半天才把事情语无伦次地说清楚。张树的母亲像一只焦躁不安的母鸡，立刻在屋里扑腾起来。丛好六神无主地跟在她后面，又回到他们的房间，看她整个身子钻进衣柜里，摸索半天，举着一张存折爬出来。原来它并不在床头柜里，是张树故意迷惑医生才这么交代的。张树的父亲依然躺在床上，脸扭向墙的一面，身上蒙着条被子，一直蒙到耳朵上，只留出一片乱糟糟的头发。丛好突然间陷入到莫名的悲伤中——这就是自己以后的生活吗？在大白天，和张树"日"！这个想法伴随着一幅非常具体的画面冲进她的脑海，像一排巨浪，来得势不可当，猛烈地扑向她，撞得她头晕目眩，骤然向下栽倒。多亏张树的母亲手快，一把拽住她，一迭声地问："怎么了，怎么了，你哪儿不对了？"

丛好清醒过来，但身体像虚脱了一样。

她说："没事，我没事，我们快去医院吧。"

张树的确伤得不轻。头上缝了十多针，左臂骨折，打上了石膏。张树的母亲见到他后就恢复了平静。在她眼里，自己儿子被打成这样早不是第一次了，根据她的经验，张树没什么危险，所以就安静了，只是一个劲地抱怨："三千多，你又花了我三千多！"

张树看都不看地说："去去去。"

张树住在医院里，丛好就一天三回地往返在家和医院之间，提一把分成几层的保温瓶，分别盛上饭和菜，为张树运输三餐。

有天中午，她快走到家属区门口时，身边突然插过来一个老头，笑嘻嘻地对她说："张树媳妇，张树又和人打架了啊？"

丛好一时没有反应过来，以为这人是在和别人说话。走出很远了，才回味过来，人家这是和她说话呢——"张树媳妇"，这不就是她吗？丛好走在深秋的街道上，身边不时经过一些肥了腰身的中年女人，有一个居然和她一样，也提了一把同样的保温瓶。这个偶然的一致，在丛好的心里就有了某种象征性的意义。于是，一片落叶从眼前飘过去，就令丛好有些不能自持的难过。可是难过什么呢？又说不出。

晚上一进家门，张树的母亲就问她："隔壁王伯跟你说话，你为什么不理人家？"

丛好又一次反应迟钝了，想一想，才回答道："我可能没听见吧。"

张树的母亲口气带着训斥，说："人家是伯呢，你不理不睬的没个样子。"

丛好埋头回了张树的房间，不开灯，坐在床边，心里面一瞬间是空着的，什么感觉也没有，只用一只手反复地抚摸着自己的脸。张树的母亲却跟了进来，端一碗饭，上面尖尖地全是菜。

张树的母亲像大多数兰城的妇女一样，基本上是可以算作善良的，起码不低于一个劳动妇女所应有的平均善良。丛好代替她行使起照顾张树的职责，她就完全把丛好当做媳妇看待了，操心起丛好的饮食，而且动手给丛好织一件紫色的毛衣。丛好有些温暖的感觉，不强烈，和时常涌起的一些没有根据的难过一样，都是含糊不清的。对于张树的眷恋，却是日甚一日。丛好觉得只有待在张树身边，她才是踏实的。张树的左臂打着石膏，向前半举着，像动画片里的铁臂阿童木。丛好喜欢看他的这个样子，喜欢把头依靠在他的"铁臂"上，那种凉凉的、硬的感觉，却令丛好的心柔软。她把张树伺候得很好，饭都是一勺一勺喂在嘴里。张树天生就是有些不知好歹的，被丛好体贴着，倒多出许多脾气来，有次让丛好去医院门口给他买烟，丛好稍慢了些，就发起火，让丛好滚蛋。其他病友都看不下去，说他："这么好的媳妇，上哪找？"其实这是张树爱听的，一转眼就换上了笑脸，有些洋洋得意的味道。丛好也笑，觉得做一个媳妇，也没什么不好。

张树的体格似乎生来就是抗打击的，住了一周的医院，就恢复得差不多了。出院那天，丛好和他母亲一左一右陪着他回家，走在风中的兰城街道上，完全是一家人的样子了。

恢复了的张树依然在外面混，通常都要很晚才回来。丛好一个人在家，心里空荡荡的，倒不是寂寞，没有那么锐利，只是空，时间一长，性格似乎就固定成这样的模式，成为一种顽固的无聊感，什么也不往深了去想。她自然而然地开始给张家的三口人做饭了，一上手，居然就是一个娴熟的主妇，一切都做得像模像样，仿佛她十七年来，只神秘地学会了一件事情，就是成为一名合格的主妇。丛好不知道，这种奇迹只是发生在她一个人身上，还是所有的兰城少女们，都是这样神奇而又简单地转变着。她当然不会去这么想，她在做饭的时候，偶尔想起过父亲，想起过母亲，也都是不往深处想。

不知道从什么时候起，张树的母亲把家里的菜钱都交给丛好来掌握了。于是，在兰城的菜市场上，又多了这样一个女人：趿拉着棉拖鞋，经常穿一条叫做"健美裤"的那种紧身毛裤，手里拎着各种蔬菜，有时候还有一块硬邦邦的冻肉，和其他的女人们没什么不同，只是戴着一副兰城女人们脸上少见的细边眼镜。

八

冬天的一个傍晚，丛好在菜市场见到了自己的母亲。当时她正在菜摊前挑萝卜，付完钱回过身来，就看到了母亲。母亲眼睛红红的，看着她。丛好的心最初是没有丝毫波澜的，她只是很专注地看着母亲的形象。母亲显得年轻了，头发光滑地绾在脑后，额头和眼角没有一丝皱纹，穿一件鲜红色的大衣，质地很好的样子。可是，母亲的眼泪从眼眶中滑出来的瞬间，丛好的心也跟着猛烈地痛起来。母亲的嘴唇一直在抖，说一句"好好怎么会这样……"就再也说不出什么了。丛好木木的，也觉得什么也说不出。母女俩站在菜市场里，需要不时躲避一下身边经过的三轮车，这似乎分散了她们的悲伤。

终于母亲又说话了，她说："妈回来看看你，妈都知道了，那个男孩子对你好吗？"

丛好点点头。

母亲说："他们家人对你好吗？"

丛好的头埋下去，依然点一点。

母亲呜咽着说："好好，妈还会回来的，下次，下次妈回来，就会带你走，把你也带走……"说完她塞给丛好一只信封，然后就回头走了。

丛好看着母亲的背影，像一把熊熊燃烧的火炬，看着这把火炬走着走着就跑起来，拐过菜市场的出口，消失了。

母亲给她的那只信封里装着一叠钱。丛好从来没有拿到过这么多的钱，她犹豫了一会儿，从里面抽出一张，买了两条草鱼。

这两条草鱼一进家门，就被张树的母亲发现了。她夸张地叫一声："啊呀，怎么买了鱼——还是两条？"

丛好一言不发地进到厨房里。厨房的灯泡惨淡惨淡的，照在鱼鳞上却发出斑斓的光泽。丛好突然间就觉出了张树家的寒酸。以前她从没有这样觉得过，但是今天，似乎两条鱼的鳞片成为了镜子，把这种感觉反映了出来。

饭还没有做好，张树就大呼小叫地回来了。"打起来了！要打起来了！"

他兴奋地叨咕着，额头上渗着一层细密的油汗。

他父亲怒冲冲地问他："你又要跟人打仗啦？我跟你妈生下你，就是为了让人在外面打死掉吗？"

这是兰城人的语言，他们把打架叫打仗，说明打起来就很有气势，很有规模，不死不休那样的。

张树不屑地反驳他的父亲："你懂什么？是老美要和伊拉克打起来了！多国部队听说过吧？萨达姆听说过吧？——你懂什么！"

他父亲不甘示弱，说："我天天看新闻，我什么不知道？我还知道爱国者导弹呢！"

张树咧开嘴笑了，说："那好，你天天看新闻，现在轮到我看了。"说着就动手把客厅那台十八寸的电视机抱到了自己的房间。他父亲不愿意，被他反插住门挡回去，也只好罢了。

丛好做好饭，喊张树出来吃。

他说："给我端进来。"

他母亲大声说："你出来吃，有鱼！"说着剜一眼丛好。

丛好心里生出抵触的情绪，分出一条鱼，和盛好的饭菜一起端进了张树的房间。

张树躺在床上看电视，让丛好找张报纸铺在床上，把饭菜放上去，就这么坐在床上吃。电视里是黄昏中的伊斯兰城市，剪影般的建筑物，无声行驶着的车辆。画面的质量很差，镜头时常摇晃起来，令夕阳下的城市显得更加阴郁，像一艘被浪涛拍打着的船舶。丛好端着碗，有一下没一下地看看电视。她的心也是阴郁的，像没开灯的房间，只被电视里那抹巴格达的斜阳勉强地照亮着。

光线在一瞬间明朗起来。电视里连贯地穿插进一组画面：那个留着神气的小胡子的阿拉伯男人，他在阳光下亲吻儿童的额头，他微微凸出的小腹在戎装下傲慢地挺起，他在气定神闲地吸着粗大的雪茄，他在漫不经心地微笑，他浓密的眉头蹙起来，他不动声色地举着枪向天鸣放，他被簇拥着，脸上挂着一种似是而非的梦态……"他是一个遗腹子，他是一个有号召力的少年，他曾刺杀过国家一号人物，他曾屠杀过持不同政见的人，他发动过两场战争，他同世界第一号强国对抗……这就是萨达姆·侯赛因……"电视里这样解说着这个男人。丛好记下了这个名字。这个名字和它一同出现的画面，共同使张树的房间，在冬天的夜里明亮起来，无端地成为一种具有意味的东西，牢固地定格在少女丛好的心里。如果说那个盛夏的午后，少年张树的出现，在丛好的心里，像一道闪电划破了猥琐的庸常，那么，在这个冬天的兰城之夜，这个异国男人的出现，就是令黑暗在一瞬间嬗变成为了光明。丛好却不觉得他不可企及，甚至有一种久违的亲切。她看出来，这个男人的微笑有种梦游般的飘忽感，是不确定的，若有所失的，他在笑，却笑得自己都不能察觉。丛好恍惚地盯住电视屏幕，她镜片下的眼睛是模糊的，就像十七岁的心一样，世界似乎是清晰的，却总显得朦胧。一根鱼刺卡在她喉咙里，她用力地吞咽着，却总是下不去。

丛好有事情做了，开始天天守在电视机前，关注起一场即将爆发的战争。她缺乏基本的国际常识，心里面作出错误的判断，认为在萨达姆·侯赛因的带领下，他的国家一定会赢得胜利。这个判断如此固执，以至令丛好都有些焦灼，盼着战争早一天打响，从而为这个男人赢得光荣。丛好坐在电视机前，一边摘菜一边幻想，所谓的多国部队，在这个男人的攻击下溃不成军，他却不耻笑自己的对立面，依然是那副若有所失的微笑。丛好觉得，这个世界有这样的男人存在，才不显得那么令人沮丧，父亲，丈夫，这些称呼，才能够被期待。

张树对这场战争同样充满了热情，一个不良少年的心，突然被国际风云挟持了。张树天天在饭桌上和他的父亲用瘪瘪的兰城话辩论。他有着和丛好一样的立场，认为萨达姆会赢得胜利。张树作出这样的判断，虽然没有丛好那么盲目，但也基本上是基于一种少年式的颠覆情怀。萨达姆·侯赛因，仿佛天然地就会赢得少年们的心，尽管他一定赢得不了战争。张树的父亲虽然不认可儿子的判断，嘴里一口一个人家老美如何如何，但是立场就没有那么坚定，连丛好都看出来，其实老张也是期望萨达姆获胜的。丛好想，其实兰城人都是站在自己一边的。她在菜市场买菜时，都听到菜贩子们众口一词地说：萨达姆肯定能干过布什！

1990年的年末，整个兰城都陷入在对于这场战争的期待中了。萨达姆·侯赛因的名字被兰城人瘪瘪地广泛议论，街头少年们的血在舆论中沸腾起来，连续发生了好几起性质恶劣的群殴，他们迫不及待，惊惊乍乍的，先愤怒地打起仗来。

九

1991年过完元旦没几天，张树就在半夜里被警察揪走了。他用一把军用刺刀刺穿了另一个少年的肺。他说他早就打算这么干了，那一次，就是这个少年伙同他人把他打得住了院。

丛好和张树的母亲追到派出所，一眼看见张树被反铐在院子里的一棵树上，身上裹一件军大衣，腿上就只有一条线裤。他是被人从被窝里带走的，警察连穿上裤子的时间都不给他。丛好看到了，张树的腿在哆嗦——他是冷还是怕啊？这个问题令丛好一下子就哭了。张树的母亲求警察允许给张树穿上条裤子。

一个魁梧的警察吼一声："你儿子还怕冷吗？"

丛好就知道了，张树在发抖，是因为恐惧，不是因为寒冷。她的眼泪流下来，心里的感受很纷乱，只隐约地觉得，她宁愿张树冷，也不愿张树怕。又想到张树可能就要这样离开她了，不由得也颤抖起来。她没有征得许可，自己走过去，把怀里抱着的一条厚裤子给张树套上。张树的两只手反剪着，需要丛好替他把腿套进裤子里，并且提上去系好。丛好更加明确地感到了他的恐惧。他腿上的肌肉都在跳，线裤下像是爬着一窝游走的蛇。

丛好却镇定了，轻轻地对张树说："你不要怕，啊？"

张树咧着嘴笑一下，深吸口气，抖得似乎轻了一些。

张家乱了套。以前张树也被警察揪走过，但这次不同了，要严重得多，受害者躺在医院的急救室里，还没有脱离危险，能不能脱离，也还是个问题。所有能赶来的亲戚都赶来了，聚在张树家商量对策，七嘴八舌的，说来说去其实只有一个关键词——钱。这是兰城人最大的生活智慧，当然也是最实用的生活智慧，所有严峻的问题，解决之道，不外乎一个"钱"字——受害者要用钱来安抚，法律也可以用钱来贿赂。办法是现成的，立刻就能总结出来。但是，一具体到钱的来源，亲戚们就都没了主张，看似说得热闹，其实谁也说不出钱从何而来。丛好坐在厨房的一把小马扎上，听着满屋子瘪瘪的"钱"字，就想起些什么。她回到张树房间，从床上的褥子下抽出那只信封，出来递给张树的母亲。

张树的母亲打开一看，就被吓到似的叫出声："这么多钱！"

令丛好始料不及的是，她对丛好硬邦邦地问道："张树还给你留下多少，全拿出来呀！"

丛好呆呆的，看着满屋子的人都瞪起眼珠看自己，半天才明白过来些什么。她的呼吸急促起来，拼命控制自己的情绪，但眼泪还是哗地流出来。

"你哭啥？"张树的母亲不可思议地说，"我儿子眼看要坐牢了，你把他的钱交出来救他不应该啊？"

丛好咬住嘴唇，说："没了，就这些。"

张树的母亲显然是不能相信她的，使一个眼神，亲戚们就浩浩荡荡跟着她开进了张树的房间。他们开始在里面搜查，被褥卷起来了，几只抽屉全部抽出来，里面的东西倒了一地。

丛好直挺挺地站着，嘴唇都咬出咸咸的血来。有那么一刻，连她自己都怀疑起来，是不是张树真的给她留下大笔的钱了呢？屋子里闹哄哄的，谁也注意不到她，她开门离开时，他们依然在专心地搜查着。

丛好走在冬天的街上，眼镜上面的泪水很快就成了一层雾，她看不清路，踩在一个冰疙瘩上，一个趔趄栽倒在马路边，眼镜都飞出去。她爬起来，捡回眼镜，戴上之前用手背狠狠地把眼泪抹了。她去了派出所，进门后却在那棵树前看不到张树的影子。原来张树已经被送进了看守所。丛好重新走回到街上。又开始下雪了。她走在雪里，想回忆一些有关张树的事情，但奇怪的是，居然只能想出一些模糊的大概，脑子仿佛被冻成了冰疙瘩，记忆在上面根本站不住脚，意识也被冻成一块含混的固体，出溜着滑到意识以外的地方。甚至让她都可以这样来认为：一切都没有发生过，她还是那个齿轮厂技校的女生，现在正是放学的时间，她在往家里走。可是，那辆令兰城齿轮厂技校每个女生望而生畏的"二八"自行车哪儿去了呢？丛好失声哭起来，她不知道，为什么一想到那辆自行车，自己就会如此悲伤。

天黑的时候，丛好回到了自己的家。父亲目瞪口呆地傻住。她一言不发地进到自己的房间，衣服都没有脱，就那么湿漉漉地把自己裹进被子里睡了。半夜里却又醒来，裹着被子缩在客厅的沙发里，打开电视看。父亲从他房间里贼眉鼠眼地探出半个头，被丛好扫一眼，就急忙缩了回去。新闻依然在滚动播出着，那场战事已经一触即发，距离美国人下达的最后期限已经日益临近。丛好呆呆地，看着电视画面中那个不断闪现的男人的身影，心渐渐被一种遥远的担忧揪扯过去。这样的担忧是虚妄的，因为实在是与己无关，所以就不是令人难以承受的。但它成功地分散了丛好具体的忧伤，把她从现实中带离，成为一个不知愁苦的旁观者。谁能够想得到呢，远在天边的一场战争，却安慰着一个兰城的少女？

十

1991年1月17日晨，以美国为首的多国部队开始向伊拉克发起了代号为"沙漠风暴"的军事打击。2月24日，多国部队向伊拉克部队发动了代号为"沙漠军刀"的地面攻势，伊拉克军队在遭受重大伤亡后，于26日宣布接受联合国的有关决议，多国部队停止进攻性行动，持续了42天的海湾战争结束。

——新华社综述

少女丛好在电视机前完整地目睹了这场战争，夕阳下的巴格达，成为她眼中一道挥之不去的风景：短暂的静谧，霎时的浓烟蔽日，火光冲天……这场战争发生在少女丛好艰难的日子里，世界以"战争"这种最虚无的面目呈现在她眼前，当一切尘埃落定，她有种历经沧桑的滋味。萨达姆以失败告终，张树的影子立刻就爬上丛好的心头。她剧烈地思念起张树，想他在看守所里是否也能够得到这个消息，萨达姆的失败，会不会令他沮丧，他还怕吗？丛好觉得张树的怕是可以被原谅的了——萨达姆都失败了，他怕一下，就是可以被原谅的。丛好去了一趟张树家，他母亲依然断定丛好藏匿了张树的不义之财，干脆不给她开门。

丛好又去了看守所，在那扇打着铁钉的铁门外等了一天，才从一个警察嘴里得到些消息，说张树有可能会被判处十年以上的刑期……回去的路上，丛好感觉自己飘啊飘的，脚底下仿佛没有了根。一切都这么虚无，胡乱地发生着，胡乱地终止着，没有一点道理，就像一场战争和一个少女一样地联系不到一起。

父亲在这段时间却少有地清晰着。他在忙一件大事情。南方的一座城市来了位私人老板，在齿轮厂招聘技术过硬的人员。父亲毫不犹豫地应聘了，并且最后还被人家看中。倒不是因为父亲的技术格外过硬，是那个时候兰城人的观念还非常固执，齿轮厂的工人们并不舍得他们大公园似的工厂，他们已经习惯了，已经露头的对于生活的恐惧，还不足以激励他们做出离乡背井的抉择。这样，父亲的优势就显出来。他对兰城充满失望，他在这里丢失了妻子，看黄色画报还被女儿发现，兰城在他眼里就成为了悲观之地。所以他很踊跃地抓住这个离开的机会。那个老板的要求很挑剔，甚至苛刻，所以被选中后，父亲就有些拔得头筹的自信生出来。他不承认这是人家退而求其次的结果，觉得自己还是有价值的，以至于不再擦那辆女车了，风里来雨里去，把它骑成蓬头垢面的样子。

春天的时候，丛好跟着父亲登上了离开兰城的火车。他们几乎是空着手的。兰城没有给他们积攒下行李，只积攒下些心里面的包袱。开车前夕，丛好看到一个和自己年龄相仿的少年，从另一辆火车抬起的窗子里，抓出一只黑色的包就跑。站台上的几个列车员追上去，紧跟着失主也从车上追下来，又冒出几个乘警和见义勇为的人，汇合在一起，形成一支正气凛然的队伍，沿着铁轨追赶那个少年。他在拼命地跑。他们在拼命地追。终于追到了，按在铁轨上，往死里打……丛好的眼睛被泪水模糊了。她在一瞬间甚至以为，那个被拼命追打的少年，就是张树。她想起那个夏日的午后，张树像一道闪电划破庸常。现在，她要离开兰城了，戴着一副细边眼镜，穿一件紫色的毛衣，它们都与张树有关。火车启动的时候，丛好想，自己这辈子也不会再见到张树了。

另外的人生开始了。丛好就此会遭遇一个又一个的男人，宛如经历一场又一场的战事。

然而，寻找一个英雄，谋求那种热烈的、瞭望的声援，始终会是一个少女憔悴的梦想，即使萨达姆·侯赛因这样骄傲的男人，终究也会有一天穿着传统的阿拉伯长袍，形容枯槁，满面胡须，服服帖帖地被一双戴着手套的大手肆意地拨弄着，被扳开嘴检查牙齿……

印象

染了后青春期的忧郁以及略略的荒诞

人　邻

那年，我们一行人，在兰州的名山五泉山喝了酒晕晕乎乎下来，在某处喝茶歇息的时候，老管（此人如今是出版社的社长、以前曾在著名的《当代文艺思潮》编稿子）带来一个人。

老管怕冷落朋友，一上来就先介绍：这位叫弋舟，是一流的设计师。弋舟的"弋"字，老管怕大家弄不清楚，还专门解释了，好像说的是"游弋的弋"。也许是老管怕大家不相信，介绍的话语过于强调的缘故，大家瞥他一眼，稍稍客气，却都不吭声。一流的啊！拜托拜托。这一行人，说是写作圈的，却都懂点美术，没有哪个人不挑剔的。这边出版社设计的书，说实在话，不敢恭维。

那次，见面时间很短。散伙的时候，似乎也没有谁细问弋舟什么。似乎散了就散了，以后并不准备再见面的。

奇怪的是，这之后，我却因为某些现在如何也想不清楚的什么事情，和弋舟见面很多。大多是几位女作家加上弋舟，有事谈事，没事，只是喝酒聊天。

弋舟后来说，要写有教养的小说，其实这家伙自己也算是个有教养的，对几位女作家，更是开口必然姐、姐的，男人呢？则是兄、兄的，招人喜欢。

弋舟似乎也颇为喜欢唱歌。几个人喝晕了，跑去唱歌，弋舟抓住话筒会唱个不停。弋舟唱歌很动情，神情忧郁、哀伤的样子，低头时会叫人觉得这家伙快要落泪了。

这时候，弋舟已经在悄悄写小说了，可是呢，只是暗地里用劲，面上不大说的。

一天，《天涯》忽然刊了他的小说《锦瑟》。《天涯》双月刊，每年发不了几篇小说，且这份人文刊物，也算是颇为挑剔，能刊在那里，应该是不错。我心里暗想，这家伙终于跳了出来。心下要恭喜他，却没说什么。写作这活，长着呢，且慢慢熬吧。

转眼几年，七八年，还是更多一些呢，记不清楚了，弋舟面相几乎未改，还是小子的样儿，却呼啦呼啦，满世界的发小说了。这小子，蹦跶得真快！弋舟某某兄、某某姐地叫着（他小嘛！叫是自然的），很快就在圈子里优哉游哉地熟悉起来。

好几年之后，一次吃饭，弋舟借着酒劲，说最早和这帮人见面那件事情，似乎对他有些刺激。也似乎就是这刺激，弋舟才下决心写点什么。

不过，这也好，歪打正着。

多了一个小说家。

按照弋舟自己说，写了十年了。真快！我都有点不敢相信，竟然真的十年了！

看着这个家伙每天急急忙忙背着个大书包，里面塞满各种各样乱糟糟的东西，跑出版社、杂志社、印刷厂，设计封面和书稿，心想，这家伙哪里有那么多时间写小说。

后来跟弋舟聊，才知道这家伙是真正的夜猫子。

在兰州的写作圈里，熬夜的作家不少，可我愿意说弋舟是特别的一个。

夜深之后，我想象这个家伙，依旧会戴着一顶运动帽（在兰州，有三个人几乎是一直戴着运动帽的，除了弋舟，还有叶舟和诗人阳飏），帽檐一直压得低低的，怕人看见他的表情似的。戴运动帽的人，什么样的心理呢？压得低低的帽檐，实在是隐蔽自己的好办法。稍一抬头之际，顺着帽檐急速地扫别人一眼，而后自己一低头就可以忽然消失的。这样的人，似乎有窥视欲，可是哪个人没有窥视欲呢？尤其是写小说的人。

弋舟的小说，大多是在暗夜降临的时候，以一根指头（他竟然不会多用几根指头）独自敲出来的。当他被迫面临着那个虚构的世界，在无奈交出自己的内心之时，那些文字才出现了。诗歌和散文是另外一种形式。也许只有小说家才会有那种感觉，生命是随着那一枚枚钉子一样的词语，借助键盘敲进去的时候，才产生了一点意义：生命的木质部分感到了胀痛，它的泥土部分感到了金属的锈蚀，但是它的流水依然是毫无感觉地流逝着，毫不怜惜。

弋舟是忧郁的吗？

忽然想起，弋舟眼神转向别处，不给人看见的时候，也许真是忧郁的。有些人是天生的，即便没有遇到什么可以忧郁的，也是那样。也有些人，一辈子都不知道忧郁。细想一下，忧郁是很特别的东西。因为某件事情痛苦，也可以伤感，只有忧郁，却允许来自于莫名其妙、无法说清的东西。

上帝制造了忧郁，其实是制造了某种美学的东西。能够体验忧郁的人，是有慧心的人。

因为忧郁而写作，这也许是有道理的。人写作的时候，不会是常态。而弋舟执意的那些文字，大略可以相对应于他在长篇小说《跛足之年》的《后记》里写着的那种"生着冻疮，长着粉刺，体内滋生着生肉的气息"。那种气息里的忧郁，是什么样的忧郁呢？我们习惯里的忧郁，是阴性的，带着些阴柔的，带着幽暗花香的，在某种光影里逶迤的。而弋舟的忧郁是另外一种忧郁，是那种后青春期的，过不完的后青春期，即便成年人了，也是那种过不去的忧郁。

他的小说里，几乎没有那种世俗意义上的完全成熟了的男人。就某种角度说，弋舟不关心另一些层面的男人，起码在现阶段，他的小说里还没有关心另外一些男人。弋舟笔下的那些男人，似乎在某个阶段，内心的生长忽然停滞下来，甚至在生理上也发育不全。

《跛足之年》的开头，青年马领几乎无缘无故的哭泣，引起一个妇女的注意。正常的写法，应该是马领和妇女的正常交谈，沟通和递进。可奇怪的是，情节一拐，却是马领忽然站了起来。以下情节再次一拐，妇女竟然会以为马领要动手打她，于是先发制人。情节在这里再次一拐。几乎是不合理的一拐。再往下，是别的人冲马领喊："不要打女人！"我的天哪！怎么会有这样的情节。往下，则是乘警出现。下面还是一拐，本来乘警应该是询问"不要打女人"这件事情的，却又拐成乘警问："你哭了没有，啊，你哭了没有？"情节的发展简直有些荒诞不经。可是，这却是最有效的情节发展，给了读者颇有意味的阅读滋味。

在读弋舟小说的时候，我一直会猜想，弋舟为什么写了这样的小说，那些男人，一个一个的，都怎么啦？

停滞和发育不全的忧郁，和弋舟是什么关系？弋舟的内心里，究竟有些什么呢？

我曾经对人说，观察一个人最好的办法，就是在他的屋子里安装一个摄像头，看他一个人待着的时候，在做些什么，有着什么样的神情。

很难想象，弋舟一个人在屋子里的时候，是什么样的。尤其夜晚，近乎孤独的台灯下，光影照在一张似乎并未显得十分成熟的脸上，他的神情，将会显现出一些什么？

这样想象，我似乎可以看见弋舟斜拧着坐在一张转椅上，神色严峻地盯着电脑屏幕，一根手指打字的样子。随着文字一个词、一行的出现，弋舟脸上现出近乎调侃的、痛苦的表情。

在他的小说里，那些年轻、苦闷的男人，经历不够丰富却也够多了的男人，着实是有弋舟的影子的。有些人的小说，不大容易看到作者自己。弋舟的小说，却常常引起人的这种猜想。那种虚构的，略略荒诞的，镜片磨损开裂而有些变形之后才能看到的，有些灰的苦涩的影像，我细心阅读的时候，常常会觉出里面折射了弋舟隐藏着不肯轻易交出的那一面。那里面似乎没有温暖，只有阳光，亮度不够的阳光，无非给人白天的感觉罢了。这白天的生活，却是暧昧不明的。叫人看见，细究之下，觉得不真实，却如骨在喉地鲠着人。也并不太痛苦，弋舟不是那种写绝对痛苦的人，弋舟只是写那些不够痛，却不容易痛过去的痛。那是旧了一样的痛，还没有新，就已经旧了的痛。

也正是因为这样的痛，无法解脱，弋舟才写了一篇又一篇小说，写了那些人物，让他们自己行走，自行痛苦，或并不痛苦。那些琐碎的生活，有时候甚至是卑琐的生活，没有理由痛苦的生活，构成了弋舟的小说世界。

也许就是这样的痛苦，晦暗的，它本身就不是陷阱，也就无从拔脚出来。

很多年前，弋舟的职业应该是一个美术老师，或者说是一个画家，是一个通过线条、体积、色彩甚至是温度反映世界的人。弋舟自己说，他以为绘画是平面的，而写作是立体的。也就是说，如果人生有必须解决的问题，可能借助文化的方式解决的话，绘画是没有办法解决的。那么，弋舟的写作，究其内里，是要解决一些问题的。一些什么问题，难道真的能够说清楚吗？能够说清楚的，已经不需要解决了。

　　高更多年前画过一幅画《我们是谁？从哪儿来？要到哪儿去？》，这是以绘画方式试图解决些什么。其实高更自己也清楚，绘画并不能解决什么。他也只是把问题拿出来，甚至只是喃喃自语。弋舟的转向文字，也有这样的意味吗？

　　这个科班学习绘画的人，竟然会在很长一段时间几乎完全放下绘画，沉迷于文字，究竟是为了什么呢？

　　二十多年前，在北方某所大学的图书馆里，每当有新一期的《收获》和《花城》，管理员阿姨总是会"概不外借"。因为她要留给一个渴望的少年。这个少年就是弋舟。那个时候，他的大部分课余时间，都是在阅读中度过的。大量的阅读，会低度酒精一样地慢慢渗透这个少年。在学习绘画的过程中，文学的麻醉剂其实已早就暗自得手，只等待这个人的走动，就会在走动中慢慢显现麻醉的意味。

　　这个从少年时期就大量看小说的人，一个几乎是小说滋养起来的少年，在枯燥的人世，那些小说里的人和事给了他多少欢愉和寂寞，多少快乐和忧伤。以至于这个人，也许从少年时代就觉出人生意义的匮乏，必须不断从小说的虚构里才能丰富，也必须有小说那样的人生，才自认是有意义（或者无意义）的人生。

　　可是，人生的问题永远不会得到解决。面对生活，文学依旧是惶惑的。小说家只能在惶惑里写作惶惑，在看见太阳却感受不到阳光的城市的街道上独自徘徊。温暖，只是瞬间。

　　弋舟的博客上，有几个字相当显眼：光与盐。

　　光和盐的意味，不需要我来解释。

　　但是，我知道的是，凡是需要去寻找的东西，总是找不到的。找，只是完成一个过程。而在那个过程中，一生就那样过去了。找，是一种幸福，不断地找，才能有不断的幸福。

　　屏幕空白，写下第一行字的时候，弋舟也并不清楚他将写下一篇什么样的小说。人生如此，写作也是如此，即便是那些有着打腹稿习惯的作家也是一样，他根本不能有效控制全程。

至于弋舟要写的那些他自己定位的"有教养的小说"，我是一直疑心的。小说，也只能是小说，从来不是别的什么。也许，对于教养，弋舟有另一解，那就是"在轻浮中写出悲怆，在猥琐中写出庄严"。

弋舟的大部分小说，是滞涩的，有些苦楚和荒诞疑问的。读他的小说，让我骨鲠在喉。在这些小说里，他也许是在追问人生的终极意义。可什么才是人生的终极意义？也许，我们不过是追问罢了。追问本身就是意义，此外，别无任何可说的意义。

我曾经在另外一篇文字里写道：毫不怜惜，也许这才是世界的本相。

毫不怜惜，心肠硬到这种程度的时候，也就接近了这个世界的本相。小说到了那种程度，才是真正的好吗？我不知道。

弋舟，但愿你真的能找到自己的光与盐。

| 对话

我们都是寓言的主角

弋　舟　王小王

弋舟：作家
王小王：作家、编辑

　　王小王：评书先生把醒堂木一拍，说我要开始了——以这种方式开始谈小说，我就会有点儿失语，拍完木头自己也变成木头。我自我分析了一下，大概有两个主要原因：一个恐怕是自己天生地上不了台面，另一个便是对"说"本身怀有疑虑。"说"出来的总是"正确"的，尤其是当知道它可能还要被发表，说得就更正确了，会自觉不自觉地努力显得高瞻远瞩，动用储备以示渊博。

　　弋舟：不错，这是普遍人性上的事儿。既然是普遍人性，咱们也就不需要格外苛求自己了吧？文学之事能不能说？我想是应该能的。问题是怎么说，用什么态度来说。当我们对他人、对自己那种大而无当的述说感到厌倦甚至憎恶之时，其实应该清醒，并不是那个被说之物很糟糕，而是我们这些说的人很糟糕。同时，我们不应当惧怕空泛，这也是没办法的事。在我看来，空泛，乃至空虚，亦是文学的题中应有之义，这个我们避免不了的，就像我们避免不了人生一样。而且我们还得做好准备，当我们说文学时，同样也避免不了陈词滥调，因为，离开了陈词滥调，我们已经几乎无法把一件事说得稍微明白点儿了。

　　王小王：不久前参加研讨会，面对一个有正反观点的议题，很多作家评论家都谈得很好，各有角度，各有反思，各有结论，但正是这种"好"，让我突然对这种讨论的意义产生了不信任。因为虽然表面上似有争议，但你会发现只是角度和说法不同，根底都是一样的，都是极为"正确"的文学观。研讨会如果开得足够长，最后就会沦为辩论的模式——没有对错，只有争执技巧上的输赢。就是说，我觉得我们现在的文学圈有些喧嚣，各种文学事件层出不穷，各种文学讨论五花八门。评论家们说作家说得太少，总是评论家在发言，可我认为我们的作家还是说得多，外在的东西多，遵从内心的东西少。这导致很多作家的作品跟从所谓的文学形式，缺少内在的恒力。

弋舟： 评论家说作家说得太少，这是陷阱和圈套。如果不把这个"说"字局限在"评论腔"的范畴内，显然，对于文学的表达，作家们远远"说"超了搞评论的。但似乎，评论者并不把一个作家的具体作品当做是他们眼中的那种"说"。什么意思呢？这种漠视具体作品、言不及物的评论，也许是我们当下文学生态的必然景致。这种生态，需要并且滋生这种喧哗，几乎就是内在逻辑规定好了的。由此，一个别样意义上的枝繁叶茂的图景就成为了可能——挺繁荣的。你的感觉不错，在这种生态下创作的作家们，的确是说得太多了，并且是在用那种非作品的方式在说。但也许我们应当宽宥和体谅，因为我们同处于这样的生态之中，不拔高一个音节，实在就会给吞没掉。当然，这一定不能成为作家们声嘶力竭的正当理由。我相信，一个有尊严感，有自制力，有雄心和壮志的作家，自然会秉持着自己内心的操守。这就是你所说的"恒力"吧。

王小王： 很多作家都怀着可爱的天真，面对某些不负责任的肯定，他们常常信以为真。有多少作品刚出来时被冠以瑰丽名头，被评论界毫不吝啬地授予至高无上的夸奖，甚至被誉为某类巅峰，但是却很快就销声匿迹了，被遗忘了，下一个，下下一个"巅峰"又在不断产生着。当然，这里面有出版界过度宣传的因素，但问题是，会有一些作家真信，他们从此会以"大师"自居，起码会觉得自己离大师仅仅咫尺之遥了，不再学习，不再训练自己，开始随随便便地写了。我见过一些取得一点儿成绩就觉得中国文坛已经装不下他了，张口闭口斯德哥尔摩在等着他的作家，可是再没有见到他的好作品。

我觉得更有意思的是我们眼下的作品研讨会。作家评论家请来一群，围着你夸，偶尔委婉地提些无关痛痒的小毛病。究竟是什么原因形成了这样的氛围，这不好说，分析起来可能是个大议题，涉及到中国社会的特点等等吧。这不是短时间也不是几个人可以改变的。但是至少，我想，作家们应该清醒，应该有自知之明，应该多向自己的内心发问，有怀疑才能有进步吧。

弋舟： 我其实一直比较怀疑评论的意义。对一个成熟作家最妥帖的评判，也许只应当来自另一个对等的作家，并且这里评论的意思都不太多，完美的话，应当是一种切磋与探讨。因为，同样是在干一个工种，并且级别相当，这样才能形成那种比较有效，同时也令当事者相对买账的气氛。就好比两个钳工，在技术职称上大家都是三级或者四级，一个对另一个加工出的零件提些意见，彼此促进一下，提高一下，重要的还有温暖一下，岂不是种最舒服的局面？我也开过不少的研讨会，有个发现，如果会场上真的有比较恳切的声音响起，那大多都是出自一个严肃作家的口中。虽然如今连这样的声音都日渐稀缺了，但我想，我们不应当低估作家们的操守，向内自省的目光，必定恒久地存在于那些真正的偏执者身上。

王小王：2008年我在北京参加帕慕克的作品研讨会，帕慕克简短发言之后，研讨会即将正式开始，他却起身离座，然后竟一路走了出去。后来主持人解释了他的意思，大概就是他觉得面对这么多人，听大家谈他的作品觉得很不好意思。我不知道别人怎么想的，我当时觉得非常尴尬。我觉得他说得很委婉，而实际上心里是对这种研讨怀着不屑的。在座的学者、作家于是面对一把中国的椅子，展开准备好的发言稿，一个接一个地读下去。这种研讨，对于帕慕克有什么意义？

弋舟：我曾经说过，那种巨大的"羞怯"，对于一个小说家是何其重要，这几乎就是一种世界观和生命态度了，这种态度对于一个商人或者官员无关紧要，甚至会是妨碍，但对于一个有志于小说这门艺术的人，却是堪称紧要的基本气质。在这个意义上，任何一场针对小说家的会议，都是伤害，是压迫和取闹。好在帕慕克携诺奖之威，给我们捍卫了一下小说家的尊严。这也就是我所说的不要低估作家们操守的一个证明。

王小王：对，你说了不应当低估。是的，不低估，不急躁，不杞人忧天。总是看到不如意，总是挑毛病，是不是也是人性的普遍劣根？其实想想，今天真是文学的好时代。80年代文学极盛是一种时代的意外，是"非常"现象。现在文学这样不温不火，我倒觉得是一种"正常"的状态。艺术只是生活的一部分，对有些人来说大一些，对有些来说小一些，没必要为它争取主角的地位，那是不现实的。

弋舟：文学的好时代？这个我得有所保留。这个时代对文学的干扰并不少多少，不过是面目不同而已。同时，在我看来，文学的好时代已经永不再来。这本是没有办法的事情。就好比京剧的好时代已经永远消逝在我们背后，一两出大戏，根本无法挽回一个时代的远去。无论从创作者还是到阅读者，我们都已经无法复原托尔斯泰的时代，卡夫卡的时代，甚至曹雪芹的时代和塞万提斯的时代。文学日益像一个古董或者标本了，放在博物馆里供少数人瞻仰和凭吊，并且心生安慰——我们也阔过。当然，我们这里所说的"文学"，是一个特指，那种范式和模样，如果还要生发与延宕，以配合这个时代，必然是另一种价值之上的东西了。由此，也可见你我之荣幸，在这样的时候，耽情此事，并且自得其乐，实在是奢侈。我们感到了异常的幸福，就是被上帝眷顾的一个确据，在上帝眼里，将此事看为宝贵。

王小王：真正的文学就是奢侈品。我们既然承认喜欢贝多芬的是少数人，就没必要痛心人们不理解莎士比亚。艺术是整个人类的需要和灵魂表达，但通往其深层之美的路径却是难以窥破的神秘所在。我发现有很多"文化人"都是不屑于读小说的，他们认为是瞎编乱造，认为吃饱了撑得没事儿干的人才去读小说，更没事儿干的人便去写小说了。现在人人都或多或少读过些名著，但是绝大多数都是只看到里面的"故事"，看不到"故事"的里面。所以你问他名著怎样，他也不觉得怎样，就那么回事吧。没办法，你替人家惋惜，人家还觉得你傻。你体会不了他的欢乐，他也理解不了你的幸福，这才是世界的本来面目。

弋舟：对啊，这还是各自按各自的路数出牌、没必要相互谴责的事。不过我发现了，我们今天的对话之所以如此困难，根源就在于大家所持有的标准往往截然不同，但两种不同的标准，往往又借着同一个名目，比如文学啦，作家啦，小说啦，这些名堂的概念已经非常混乱。你所说的这些"文化人"，可能在我这里并没有这样一个身份上的认同，在我这里，毫无歧义，一个文化人是不会排斥小说艺术的，起码他不会藐视和不屑于。当然我这个标准你可以忽略其中的褒贬之意，我只是陈述一个自己的标准，并不说明，人家不读小说就天然地不高级。

王小王：所以出于寻找家园的内心需求，我们不得不需要辨识出和自己标准相同的人。我原以为起码搞文学的人都跟我是自己人吧，后来发现也不是，这个圈子里照样有令我恐惧的，令我鄙视的，令我烦恶的，同样，我肯定也被别人鄙薄着，厌嫌着。而你，是我气味相投的人，这不是人与人接触之后得来的结论，而是文字之间的私下结盟。我第一次读你的小说（我们就是这样认识的），就觉察到了心底的感动，我想，这是一个自己人。小说就是有这种力量，它给人无限丰富的人生感受。有时候一部好作品真的是能把你填充得一瞬间好像要涨开来，这样的好东西读得多了，一次一次被涨开，整个人就真的被涨大了，真的更丰富了。

弋舟：听了这样的话，实在是温暖人。如果说我们做的这些事情，能够有所回报，那一定就是这样的吧——以"文字私下结盟"，如同找到亲人般的，找到属于自己的那支队列。所谓圈子，一定是不能涵盖这种情感的，起码大多数时候，圈子并不能让我们支取到正当的力量。对于我的小说，你当然有发言权，我也庆幸，自己发在刊物上的两部长篇，都是你做的责编。其实当我们力图用小说这门艺术来打动所有人时，实际上，我们能做到打动同类就已经堪称安慰了。于是，自己人终于会合，穿着蓬蓬裙，或者赤着脚，跳舞，或者跋涉。

而且你还准确地说出了读小说这件事对人的裨益。这种感触不是读一两本名著便可以收获的，而是将阅读浸淫到那么一个相对充分的地步，才可以获取的曼妙滋味——以有限的生命去体察无限的岁月，然后，卑微的自己便得以丰盈。

王小王：有时候我们会说写作是出于内心的需要，但是，如果写出来没有一个读者，我们内心的需要是否会得到满足呢？假如写出来没有一个人看，或者没有一个人喜欢，你是否还会写呢？

弋舟：这个可能会出现两种状况：不写了，彻底承认，自己干不了这个；继续写，写到愤世嫉俗，没准会变成个疯子。在我，估计会是第一种局面。首先我不能算是一个非常有恒心的人，其次，我也不算心智彻底非理性的人——没人读便去怀疑别人的水准。但这种局面不太容易发生，写作之初，那么一点点自信，还算是有，也因此，才有提笔的动力，何况，真要庆幸，最初我便得到了那些弥足珍贵的声援，总有些渠道，可供我们承荫蒙泽。这说明世上令人绝望的事儿还是有限度的，总有些跟自己相仿佛的家伙吧。

王小王：我自己觉得其实作家都是有大野心的人，这种野心不以名利啦物质啦权势啦什么的来衡量。在我看来，这是一种终极野心，是有神性的。作家的内心是想把人看明白，并告诉世界，人是这么个样子。假如有一种别的方式，可以让人真的拿捏人性，甚至具备一种"造物"的能力，我想作家们便不会再采取这种无望而又无奈的"写"的方式了。

弋舟：这也许就是现代作家和古典作家的分野了？那种不期待被阅读的作家，起码不热烈期待被阅读的作家，一定有，但看来只属于古典时期了。而且，那部分作家已经被证明，不乏杰出者。但是，文学到了今天，实在是被裹挟着前进，也愈发接近于一门职业了。这里面并无优劣，不能说当我们盼望读者时，就一定比古典作家埋汰了一些，当然，庸俗一些可能是会有，但是没有办法，人在时代面前就是这么卑微，即使你是个野心勃勃的作家，也不能不潜移默化地接受时代给出的一些准则和方式。其实我觉得，一个作家的野心，往往都是隐而不发的，甚至往往都是不自知的。从我的写作经验来看，我没有明确地要去堪破或者改造什么的目的，但那份根本的动机一定是有的，否则如此无望和无奈，谁还会去为之颠倒生命？如果再往最根本的地方说，显然，我们如今的文学生态，几乎已经没人敢这么追根究底了。起码大多数人，是羞于甚至耻于这样表态了，我们已经习惯语焉不详或者躲避比较高级的诉求。比如寓言这种文体，如今几乎没人喜欢了，好像这东西有些幼稚，在我们日益完备的大脑里，多少已经不属于这样的方式。但殊不知，这个世界的本初，便是建立在寓言之上的，神也借着寓言来向我们显明上帝自己。文学之事，从来是，而且永远是高级的东西，那种终极性的、神性的方向，也永远借着寓言般的"幼稚"，在根本上哺育着一切艺术，否则，时风之下，若没有这样一个根基，文学早玩完了。那么是不是可以这样说呢？我们这些自己人心怀野心，无望而又无奈地写着，本身便是一个寓言，并且，我们"私下结盟"的那个角落，原来就是在寓言的地盘上，在那里，我们是天然的主角。

我们为什么读小说

鱼　禾

一个人读小说，肯定不是为了获取实际的用途，也不是仅仅为了获得一个故事。否则，去看菜谱，去看电视剧，一定是更为有效的办法。

我们为什么读小说？至少，在看到弋舟的小说之前，准确地说，在看到《隐疾》之前，我甚至从来没有思考过。人的行为其实在许多时候都是盲目的，许多事，也许还是自认为很重要的事，若是追问其中的缘由，会把自己问得茫然失措。弋舟的叙述，令我对自己的阅读状态产生疑惑：你为什么会在阅读一篇小说之后感到沉痛，感到你其实误解甚至高估了生活。

即使生命犹如监牢，也总是会有一部分人，是受到命运优待。尽管我获得的并不丰盛，但我一直觉得自己还算是被优待的人——衣食无忧，家人安好，有足够的闲暇来阅读或写作。于是我也就有了挑剔。如果阅读中的挑剔严格到所剩无几，弋舟的小说也应该是被保留的那部分。因为，我常常在欲哭无泪的时候，读弋舟。

《隐疾》，乃至弋舟所有的小说，几乎都是不可转述的。它们所呈现的幽暗与悲痛，难以略写。

《隐疾》中小转子的梦游症，或老康们为了攫取而不惮制造出的人间地狱，抑或"我"内心深藏的委屈、孤独、软弱和羞耻，这一切躲在光鲜仪式之下，已如瘟疫般浸透了我们的生活，逃都逃不脱。"那些天我们整日在草原上游荡，不知所终，忘乎所以。我偶尔也会想到老康，想到左玲莉，想到瘦岗村和水俣病，但仅仅限于'想到'，他们如同一些非常遥远的往事，就像前生一样，说和我有关就有关，说无关，也实在是无关。眼前的一切成了我生命中的一段盲区，从时光里抽出，悬置于蒙昧之处，就像小转子记忆中那些电脑碎片般的间歇性的空白。"两个孤独、伤痛的人，从老康、左玲莉、瘦岗村和水俣病构成的景象里出逃，行走在意识的蒙昧之地，行走在另一种黑暗里，沉静，疯狂，恬适，悲伤，似乎进入了独属于自己的梦境，与其余一切失去了联系。

弋舟说：在这个意义上，我们都是梦游者。

让向日葵低下头去的，一定是黑夜。它吞没了颜色、热度和清晰。小转子唯有在癔症里才可以与之匹敌："我把他干掉了。"而"我"，面对瘦岗村的水俣病，只能在打开的电脑上留下一个无字的页面。"我"与小转子的出逃被老康截获；小转子被带回精神病院，被限制，并被做掉了孩子；与瘦岗村一样，小转子所在的地方"医院里人满为患，因为，这里发现了铁矿。"

阿莫偷用公款，开始是为了一件昂贵的毛衣，为了掩饰过于细长的脖子，让自己看起来顺眼一点。然而偷顺了手，阿莫渐渐习惯了用偷来的公款赎买一切，直到公款的缺口变成了一个难以置信的天文数字。除了对那个年轻男孩的爱情含有确凿无疑的执意，阿莫所做的一切，似乎都陷于懵懂。一切丧失殆尽的时候，阿莫乘着出租车漫无目的地走，隔着玻璃，她看见了一株幼小的黄色栖生植物，如同"被无限缩小了的向日葵"，在路边"动人的冷漠"里开放（《凡心已炽》）。

对于爱，对于安慰，金农军是有所向往的。他的谨慎与天真，并没有避免丧失。他失去了爱情，失去了诗歌，失去了儿子和财产，甚至失去了身体的完整。"金农军终于知道了，自己第一次离家远行时无法遏制地颤抖的原因——那个家伙长久以来柔韧地蛰伏在他的心里，确凿无疑，不以人的主观意志为转移，它觊觎着，无时无刻不在伺机荼毒他的生活——那就是，一个人一无所有的，孤独"（《金农军》）。

毛萍在一个荒寂优美的废旧车间里被恋人的手指戳破，得到一疙瘩黄金。当初恋被父亲的一桩交易毁尸灭迹，从此她就爱上了黄金，她不断交出自己，换得黄金（《黄金》）。

张教授的羞愧成为一桩杀人事件的引索。这羞愧，来自一段困兽般的经历："一切都被放大了，饥饿已经促成了谵妄，它挤出了我身体里所有的本能，并且在这一刻，无限地放大"，"当我被一声响亮的撞门声唤回到现实中，我发现自己竟然压在那女人赤裸的身子上"，"他没有对我进行任何暴力的惩罚，只是凝视着我，目光里充满了怜悯。这怜悯是何其的深切，子弹一样地穿透了我"（《锦瑟》）。

毁坏之后，谁也难以说清这是怎么了：竟不是美好在修复残缺，而是残缺在毁损美好。

这一切，还有讨回的可能吗？

毛萍也许试过了，最后，她去找了那个当初无意间毁掉她的处女膜的人，"十多分钟后毛萍出来了，她的脸色煞白，神情却很平静"，当初那块黄金回到了她手上。然而，她顺手把它抵偿给了那个向她索赔的小卖部摊主。摊主问她那一疙瘩金属是什么，"毛萍觉得自己依然如同16岁时的那个黄昏一般的疼痛和庄严，她在一瞬间的憔悴中体面地说出了那两个熠熠生辉的字：黄金。"

谁曾讨回过呢。谁可以通过毁弃和放纵，再讨回什么呢。

生命中布满了试探、诱惑和强迫，往往，毫无预兆地，我们会突然跌进壕沟。无论你自以为多么洞察，都会被精确无误地算计；有一些东西，永远不可能以你自以为拥有的力量去克服。

于是，我们只得以自己的卑下和不堪去克服。

就像一直试图抵抗卑下的曲兆寿，面对不由分说的剥夺，还是被迫亮出了这样的底牌："我的眼睛有些发乌，有两团絮状的白颜色爬了上来。……我感到喉咙奇痒无比，禁不住就要用手去抓，但那痒在喉咙里面，我只有把自己的脖子掐起来，才能管些用。我觉得有泡沫从自己的肚子里翻涌上来，顺着嘴角流了出去"（《我们的底牌》）。

这样的撕开，像冷空气一样无孔不入，呼应着生命经验里难以言说的幽暗和悲恸，因而令阅读化为沉溺，化为剔除与清洗。仿佛我们面对的已不是虚拟之事，而是一场正在发作、原本浑然不觉的隐疾。

一切似乎都如此无望。

不过，在弥漫的晦暗之中，总会有一种明亮的，哪怕很微渺。那是见证过冶炼与败坏、从炉膛里抢出碎瓷的手（《碎瓷》），是在被贬低的冷漠里求生的向日葵（《凡心已炽》），是本来无邪、却被玷污的黄金（《黄金》），是令"我"视如同命、被人用以藏匿毒品的锦鲤（《锦鲤》），是高傲的金枝以卑贱的方式换得安身的资本之后，那令人啼泣的戏剧式的独白（《金枝夫人》）。当然，还有在"我"与小转子的逃路上，那匹"巨大的藏獒，它在越野车刚刚提速的一刻悍然扑了上来"（《隐疾》）。当"我"面对毁损感到了无上的绝望，当"我"已经没有勇气再读小转子的来信，那匹坚决骁勇的藏獒，却冲进了记忆，它"撞碎了我体内那种恒久的昏聩与消极，尽管只有那么一瞬间，但我也猛然地感觉到了，在这个瞬间，我是一个焕然一新的、宛如初生之婴儿一般充满光明面的完好如初的人"。

当生活被冷硬和蒙昧一再践踏，当纯洁一点点没入黑暗，这些明亮的事物，有如乍然出现的强光，直刺得人泪眼婆娑。

遇到他的小说的时候，我正深陷在一种失败里，整个人变得无情，唯恐最后一点热气也随风散尽。那时候，我遇到了弋舟的叙述，遇到了弋舟笔下那些虚构的人。那些被着意摹写的人，精神上有一种息息相通的东西，如果一定要用一个词来归纳，那就是：病人。那是这样一些特立独行的病人——单纯，痴情，坚决，骁勇，怀着幽暗的无边无际的梦想，在俗常生活冷硬的逼迫中永远不懂得妥协与叛变，宁可、也只能把自己撞碎；即使碎落在尘泥里，也还是目不斜视。

这令人悲戚、貌似绝望的特质，才是人性深处的光辉啊。这样的照耀，常常令我内心的沉痛化为汹涌的泪水，令我为自己的苟且自惭形秽。

我想我遇见的，不仅仅是表达的庄严。那道看穿之后而能温存、悲恸之时仍含想往的目光，也许就是我们梦寐以求的理解、安慰与珍爱，它不是文字的修炼所能企及的，它来自表达者的虔诚与洞察。那种悲痛与信念，化为檀木般浓沉的意蕴，似乎无迹可寻，似乎柔软似水，却具有无坚不摧的辐射力。它像银针一样刺中了我们自己都抓摸不到的痛楚，令人陡然醒彻：原来，我们身上竟然藏匿着如此多、如此深、如此隐蔽的疼痛；原来，我们竟是遍体鳞伤的人；原来，我们无论多么黑暗，多么羸弱，也都可经由体认与顺服，化为光与盐。

弋舟说，我们的写作，是为了将生命的姿势降低；小说最基本的意义，就在于守护不存在的事物，企图用真来诉说无。

那些——向日葵、黄金、藏獒、锦鲤、台词——并非虚妄，它们呈现的，也许恰恰是一种逼真的灵魂图景，由于太明亮、太单纯、太坚决，所以会令我们羞愧难当。甚至，一切纯粹、锐利的事物，比如爱情，都可以照见这种深埋于内心的羞惭："和你在一起，我常常感到自己很滑稽，而且，挺可悲的——我是说，即使没有你，这些东西也是我自身本来就存在的问题——但没有你，它们就是不易察觉或者是可以被有意忽略的，有了你，这些东西都变得很尖锐，让人无法承受，嗯……和你在一起，我总是，很羞愧"（《跛足之年》）。

　　无疑的，生活是被我们自己毁坏了，我们身体内部埋藏着如此无可转圜的黑暗和残缺，以至于，遇到任何有轮廓的东西，我们都会像梦游症患者似的在不自意中绞碎它。但这些黑暗和残缺，又是什么时候栽植下来的呢？似乎只要呼吸，就会不停地加深自己的毒性，就会污浊下去、坏下去。

　　他们也感到了这可悲的不可克服，他们也知道没有什么可资清洗、弥补。他们，凝视着锦鲤的"我"，带着小转子逃向草原深处的"我"，在向日葵丛中质问爱情的阿莫和黄郁明，搂抱着的金农军和小史，讲故事的张老和听故事的老张……他们，"哭了，哭了，哭了"。甚至那场发生在草原深处的肌肤之亲，也充满了怜惜和悲戚，不，这甚至就是两个人在抱头痛哭："这里面有爱，那是确凿无疑的，我怜惜身下的小转子，有种害怕将她弄坏般的谨小慎微；然而除了爱，这里面也有确凿无疑的悲苦与凄凉，毋宁说是一种抵抗，抵抗我们的不完美，抵抗被时光弄得支离破碎的一切"（《隐疾》）。

　　我们心底的委屈、疑问和羞惭，还可以怎样来倾诉、来申辩呢。也许，我们阅读，读小说，正是为了抵达这样一场哭泣。它赋予我们沉醉初消般的疼痛与孤独；它赋予所有的悲痛以尊严；它赋予我们痛彻之后，片刻的安宁与怀念。

江西老表

刘上洋

一

每当到外地出差，总有些热心者问我哪里人。我回答是江西老表。对方先是点头一笑说："是革命老区来的，你们那里山好水好人好。"话语之中既有赞美之意，但也暗含着另外一层不便表露的潜台词。讲过之后，他们又会把眼睛瞪得大大的："为什么大家都称你们江西人为老表呢？"惊奇中带着一种迷惑不解。

是的，在许多外地人看来，把江西人称为老表，似乎是一种贬义，是瞧不起江西人，因为"老表"这两个字很土气，很下里巴人，就像上海人把所有的外地人叫做阿乡一样，是在用一种特殊的称呼骂人。

尤其使人纳闷的是，不仅外地人称江西人为老表，江西人也自称为老表。

世界上哪有这样自己贬损自己的？

其实，江西老表这个称呼不含有丝毫的讥蔑之意。

在中国传统的亲属关系中，兄弟姐妹的子女之间互称老表，年龄大的叫表哥、表姐，年龄小的叫表弟、表妹。表亲之间，虽不是直系亲属，但也有着一定的血缘关系。

把江西人称为老表，流传最广的有两种说法。

一种是始于明朝初年。为了争夺天下，朱元璋和陈友谅在鄱阳湖展开了激战。当时，碧波荡漾的八百里湖面到处闪动着刀光剑影。有一次，朱元璋打了败仗，被陈友谅在后面紧追不放。正当朱元璋走投无路之际，一位善良的渔民出现了，他把朱元璋领到船上藏了起来，然后摇着橹向湖心扬长而去。朱元璋得以安全脱险了。在离开的时候，他含着眼泪对这位渔民说："谢谢你的救命之恩！如果以后我打下江山做了皇帝，你就去京城找我。臣子和卫兵如不让见，你就说是我的亲戚江西老表来了。"过了几年，朱元璋终于战胜了陈友谅，在南京如愿以偿地穿上了皇袍。这位渔民带着几个同乡去看望当今的天子，果然，他们在皇宫内外不论遇到什么人，只要说一声"我们是皇上的亲戚江西老表"，就一路绿灯，畅通无阻。江西老表也就从此叫开了。江西老表，皇帝的亲戚，可见这个称呼是多么的高贵且令人羡慕。

另一种是始于同湖南的关系。江西同湖南，不仅山川地貌极为相似，而且地相连，人相亲。据统计，现在湖南的六千多万人中，大约有百分之六十四的人祖籍是江西。这样就形成了一种历史的亲缘关系。加上两省长达近千公里边界人家的长期相互通婚，他们的后代便以表亲相称。表亲者，血亲也。由于江西是祖上所在地，湖南人也就渐渐尊称江西人为老表哥，久而久之，干脆把"哥"字省去叫老表。于是老表也就成了江西人的代称。

可以说，在一个有着四千四百多万人口的省份，老表这个唯一统一称呼只要一讲出来就知道是哪里人的，在全国恐怕也只有江西。

江西人也以有老表这样一个称呼而感到非常自豪。无论海角天涯，无论素昧平生，相互之间只要听到"我是老表"，马上就像久别重逢的亲戚一样。

江西老表，一个洋溢着浓郁亲情的名字。

二

在中国地域文化的研究中，存在着这样一种现象，就是江西老表虽然广为人知，但对江西老表的性格却很少论及。即使论及，也是寥寥几笔一带而过。有人说得更直白，江西老表没有什么给人印象深刻的突出特点。

所以，在中华民族这个大家庭中，江西老表的性格一直处在被忽略的地位。

不过，没有鲜明的特点也许就是江西老表最大的特点。

你看，在人声嘈杂、杯盘交响的餐馆里，江西老表有着自己的"吃文化"。他们也吃辣，但不像湖南人那样猛烈，可以把一只干辣椒放在嘴里嚼得眼泪鼻涕一大把；他们也吃甜，但不像江浙人那样每菜必糖，甜腻得使人不愿动筷子；他们也吃鲜，但不像广东人那样讲究配料烹饪，一定要让人吃得津津有味直咂嘴；他们的口味也偏咸，但不像北方人那样上桌就是一盘盘卤菜，来个大碗吃肉，大杯喝酒。江西老表这种"不太辣、不太甜、不太鲜、不太咸"的饮食风格，在全国就没有什么鲜明特点，所以赣菜的牌子也就始终响不起来。

　　同样，在其他方面，江西老表的特点也不很明显。人们在谈论文化时，讲到北京就知道是官文化，讲到上海就知道是商文化，讲到苏浙就知道是水文化，讲到内蒙就知道是草原文化，讲到西藏就知道是佛文化，讲到香港就知道是殖民文化，而讲到江西，就不知道是什么文化了。还有语言也是如此，从吴越软语到闽粤鸟语，从东北话到四川话，从河南话到陕西话，各自都有其鲜明的特征。但江西话就不是这样，"五里不同音，十里不同调"，各个地方都有自己的方言，差别非常大，互相讲话都很难听得懂。这里不由得想到前些时候流行过的一个段子，说的是假如有一个外星人掉到地球上，中国各地人的不同反应：北京人首先问他是哪个级别的干部，上海人马上将他进行展览赚钱，温州人立即请他吃饭并合伙到外星球做生意，广东人先将他洗干净然后决定怎么吃，四川人邀他上茶楼打麻将，河南人立马复制几个卖向全世界。这里没有提到江西人会怎样对待。这绝不是有意的遗漏和疏忽，而是江西老表缺乏突出的个性特点，实在是难以概括。

　　江西老表这种没有显著特点的性格的形成，同江西的历史发展密不可分。早在春秋战国时期，江西就分属于吴国和楚国，故有"吴头楚尾"之称。以柔甘为主的吴文化和以悍辣为主的楚文化在这里交汇和碰撞，并融合为介乎两者之间的另外一种文化。特别是隋炀帝开挖京杭大运河和唐代张九龄开凿大庾岭梅关驿道之后，江西成了连接南北的大通道；加上万里长江又流经赣北，江西同时又是承东启西的大门户。正是这种特殊的交通枢纽地位，客观上使江西成了人们南来北往、东行西走的主要驿站。尤其是每当北方陷于烽火连天、战乱不息的时候，江西更是成了逃避乱世的"桃花源"。最突出的是"五胡之乱"、"安史之乱"、"靖康之难"三个时期，北方的大批移民潮水般地涌向江西，他们带来了发达的中原文化，这就使江西老表的性格之中又渗进了北方人的一些气质。从一定的角度来看，江西老表的性格是东西南北性格的一种大杂烩，江西文化也是东西南北文化的一种大杂交。

各种性格和文化的交汇，既有利于取长补短，以至产生一种新的性格和文化，但同时也容易毁掉自己原有的性格和文化特点。博采众长的结果最终往往是失去了自己的所长。

这也许就是江西老表的性格没有突出特点的深层原因。

三

如果人们认真想一想，江西老表还是有着自己的个性特点的。

江西老表的第一个特点，就是温和守矩而缺乏敢为天下先的精神。

江西老表的温和守矩，首先表现在做人做事的低调上，他们不善张扬，不善自我标榜，也不善唱高调。有了成绩不沾沾自喜，挨了批评也不暴跳如雷；得理时不盛气凌人，失利时也不怨天尤人，无论何时何地，都保持着一种平静的心态。同时，他们也不喜欢挑头，不轻易越雷池一步。凡是遇到重大的事情，他们会格外谨慎，先是站在远远的地方，斜睨着观察一下动静，心里盘算一下利弊，然后再决定是否行动。江西在历史上的绝大多数时间里之所以能够保持社会安定和经济繁荣，主要得益于江西老表的这种温和守矩的性格。

江西老表的温和守矩，还有一个重要表现，就是服从大局的意识很强。每当党和国家需要的时候，他们会毫不犹豫地牺牲局部支持全局。人们永远不会忘记，在那艰苦卓绝的战争年代，为了革命的胜利，江西老表争先恐后地把自己的优秀儿女送上前线打仗杀敌，一曲《送郎当红军》至今唱来仍然那么荡气回肠。人们也永远不会忘记，在五十年前人民共和国处于三年困难时期，为了解决一些地方百姓的饥荒问题，周恩来总理飞赴南昌，要江西紧急支援一亿斤粮食。江西老表二话没说，宁可自己勒紧裤带，忍饥挨饿，硬是一斤不少地把粮食交给了国家。

危难之时见境界。江西老表的这种服从大局的意识，已经远远地超出了其本身，而上升为一种自觉的奉献精神了。

但是，正像有些群体的某一性格既是突出的优点但同时又是突出的缺点一样，江西老表温和守矩的性格，在另一方面又暴露了它的负面和不足，这就是缺乏敢为天下先的闯劲。

由于不敢闯不敢冒，江西老表在前行的路途中总是显得小心翼翼，顾虑重重，特别是在一些关键时刻，他们更是求稳怕乱，畏缩不前，既不敢去英勇地挺立于历史的潮头，又不敢去大胆地领导历史的潮流，而只能跟随着历史的潮流走，或者被历史的潮流夹裹着被动前行。

因此，在江西老表身上，既很难看到那种"我自横刀向天笑"的决绝和无畏，也很难看到那种"吾可取而代之"的雄心和壮志。也正因为如此，在中国历史上江西老表很少有带头造反者，很难出现气吞山河、号令天下的第一号人物，江西也就从来没有出过一个皇帝，哪怕是一个偏安于一隅的小皇帝。

江西老表的这种现象不仅仅发生在古代，而且一直延续至现代。翻开中国革命史册，江西在第二次国内革命战争时期，总共约有三十多万人参加红军，是人数最多的省份。但是在1955年中国人民解放军授衔时，江西虽然有三百二十五人被授予少将以上军衔，位列全国第一，但是却没有一位元帅，也没有一位大将。而相邻的湖南，不仅出了毛泽东这样叱咤风云的最高领袖，出了刘少奇、任弼时这样党和国家的核心领导人，而且元帅就出了三位。这充分说明湖南人的军事禀赋和领导才干比江西老表要高出一筹。

其实，这只不过是一种表面反映，在骨子里却还是江西老表没有湖南人那样具有敢闯敢冒、敢为人先的精神。

由此可见，不能敢为人先、勇当第一的江西老表，也就永远不能处于决定全局的中心地位。他们中的佼佼者，最合适的岗位就是宰辅、将军一类。他们统治不了江山，但他们可以很好地辅佐江山，成为杰出的名臣良将。这也许就是江西老表性格的必然归宿。

有什么样的性格就有什么样的命运。江西老表的历史再次印证了这个论断的正确性。

四

江西老表性格的第二个特点，就是不排外，但会搞内耗。

一般地说，移民地区都不排外。因为大家都是从外地移居来的，倘若排外岂不把自己也给排挤掉了。也许因为江西是古代移民比较集中的地方，虽然经过了漫长的历史风雨，但江西老表的不排外却随着他们滚烫的血脉被一代一代地传承下来。这样，不排外也就成了江西老表最优秀的品格之一。

每逢有外地官员到赣任职，江西老表总是以一种特殊的大度予以欢迎。尽管开始时他们的心里也打着问号，脑子里也有些疑虑，但是背后不会指指戳戳，更不会去抱成一团做一些抵制之类的小动作。相反还会主动地支持外来官员开展工作，特别是在差额选举时，宁可本地官员选不上，也要保证外来官员高票当选。倘若有哪个外来官员人品出众，才能非凡，做出了显著的政绩，那江西老表更是会奔走相告，广为传颂，以至成为其忠实的崇拜者。所以凡是到江西工作的外地官员都有一个共同的感受，就是很容易融入当地，没有陌生感，没有孤立感，没有隔阂感，没有一堵无形的墙堵着他们，因而工作起来也就十分的舒心和顺利。

同样，由于这样那样的需要，从过去至现在，不断地有一批又一批的外地人来到江西定居，不论他们是大学毕业的学生，还是从部队转业的军人；不论他们是从沿海省市随工厂整体搬迁而来的工人，还是因水库建设而移居来的农民；不论他们是"文化大革命"中从上海下放而来的知识青年，还是从外地来赣的大量技术和务工人员，江西老表都像对待自家人那样，给这些不断出现的新面孔以温暖关心、以支持帮助，使他们很快地安心下来，成为了新的"进口老表"。

江西老表不排外，使赣鄱大地这方令人陶醉的青山绿水显得更加的多彩和大气。

但是，在江西老表内部，却是另外一种景象，无处不在的内耗，简直让人触目惊心。

倘若你到一个大家庭里去就会发现，同为一个父母所生的兄弟姐妹之间，不是情同手足、和睦相处，而是相互之间像乌眼鸡似的，你盯着我，我盯着你，生怕自己吃亏别人占便宜，有时甚至为了一点利益方面的小事，相互大开恶口，大打出手，闹得不可开交，最终结果是亲人变成了仇人。

倘若你到一个村庄里去就会发现，村民之间不时会出现种种摩擦和纠纷。如果这个村庄是同一个姓的，那每一个家族便会自动地结为一个利益共同体，并以此来对抗其他的家族。如果这个村庄是多姓的，那人口最多的姓就处于一种主导地位，无论是选村干部还是利益分配，常常是独占先手，这样就引起其他姓氏的不满，直至发生严重的冲突。这种因宗族和姓氏产生的内耗，使不少农村常常处于不和谐不稳定的状态。

倘若你到一个单位里去就会发现，表面上大家都笑容可掬，客客气气，然而在风平浪静的下面，却是暗流涌动，旋涡翻滚。有时为了一个职位或职称，互相钩心斗角，你争我夺，背地里使绊子，设障碍；有时为了在领导面前争宠，不惜拨弄是非，打"小报告"，使"离间计"，欲置对方于死地而后快。还有一种人只做两件事：别人成功了，他拼命嫉妒；别人失败了，他到处讥笑。所以，在不少单位，一个平庸者，对其的阻拦者往往很少；而一个出众者，对其的阻拦者却往往很多。这样，随之出现的也就不是优胜劣汰，而是劣胜优汰，平庸者不断得到升迁，出众者却很难出人头地。

在江西的官场上，流传着一种"出生入死"的说法，其含义为，凡是调出到外地工作的江西干部都有如蛟龙入海，大展才华，因此被委以重任；而留在本地工作的江西干部，即使德才兼备政绩突出也难以提拔。造成这种现象的原因虽然很多，但其中最重要的一条就是江西干部的内耗。在有些省份，本地干部有一种"抱团"精神，彼此之间相互信任，相互支持，相互帮助，相互维护。而江西的干部却不是这样，不仅"以人划线"，搞"小圈圈"，而且对不是属于"自己的人"百般排挤，甚至打压。由于相互内斗，江西也就很难出干部。大家不是都慨叹如今在中央和国家各部委以及外省市任职的江西籍领导干部太少么？这并不是江西干部的能力和水平不行，而是江西干部太会搞内耗。

内耗，耗掉了江西老表的元气，耗掉了江西老表的精力，耗掉了江西老表的自信，使江西老表始终构不成一种整体的合力。

江西老表的不排外和内耗，看起来似乎很矛盾，其实是一个硬币的两面。不排外是表象，内耗是根源。因为内部不能平衡，谁也不希望别人比自己好，因而相互制约，相互拆台。在这样一种心态的驱使下，唯有外面来人，各方都感到自己没有吃亏，都感到对自己没有威胁，所以也就一致地拥护和接受。

因此，江西老表的不排外，并不表现为一种具有现代意义的真正包容，而只是一种以不损害自身狭隘利益的被动容忍。

五

江西老表性格的第三个特点，就是有小聪明，但缺乏大视野。

有一首歌曾经唱遍大江南北："江西是个好地方，山清水秀好风光。"

俗话说，一方水土养一方人。正是这怡人的灵山秀水，哺育了一代代聪明的江西老表。

从古至今，江西老表虽也不乏大聪明，但从整体上来说都属于小聪明。

精于各种各样的智巧技艺，是江西老表的一大特长。景德镇的瓷器，以其"薄如纸，白如玉，明如镜，声如磬"而誉满天下；萍乡万载的爆竹烟花，在古老的神州大地绽放着喜庆的声音和吉祥的图案；樟树的药材，在中国古代中药加工技术方面独领风骚；宜春的夏布，在华夏的纺织技术方面独树一帜。在许多村庄，一方方精美的木雕和石雕令人拍案叫绝；在城乡的每个角落，一个个从事堪舆和星相的江西老表身影充满着高深和神秘。应该说，诸如此类的工艺技术，虽不要大智慧，但却离不开心灵手巧的小聪明。江西老表在这方面似乎有独到的才能。

江西老表还有一个优势，就是善于经营小生意。"一个包袱一把伞，跑遍全国做老板。"明清时期的江右商帮，不仅将生意做到了湖南、湖北、云南、贵州、四川等地，而且在江浙和北京，他们的生意也很活跃。遍布在许多地方的大大小小的万寿宫和江西会馆，就是江右商帮的活动场所。有一则资料这样告诉我们，从明至清，全国各地的万寿宫共有一千多座，而在北京的江西会馆则从明初的十四所增加至清光绪年间的五十一所，五百多年来一直位居全国的榜首。江右商帮以其独特的经营方式创造了小农和自然经济时代商业的辉煌，被称为与徽商、晋商齐名的全国三大商帮之一。

然而，使人遗憾的是，江右商帮的生意无论怎样也难以做大，既没有出现像徽商那样坐拥巨资、堪与王侯相比的富商大贾，也没有形成像晋商那样经营票号行业的垄断巨头。这不能不是江西老表的一个悲哀。

其实，岂止是在古代，就是在现在，江西老表的生意都始终在"小"字上打转转。许多人还记忆犹新，当改革开放刚刚兴起的时候，江西老表在不少方面开创了全国"第一"：第一辆摩托车是江西造，第一台电风扇是江西造，而且汽车和电视机的生产也遥遥领先于一些兄弟省份。在二十世纪八十年代，当看到江西汽车飞奔在大江南北，赣新电视辉映在千家万户，江西老表的心里该有多么的自豪！而那时，安徽的奇瑞汽车和四川的长虹电视还不知道在哪里。但此后仅仅过去了十几年，事情却来了个一百八十度的大转弯，奇瑞汽车以其"初生牛犊不怕虎"的劲头迅猛发展，一举驰骋于国内外市场，并成为我国唯一具有发动机自主知识产权的汽车品牌。长虹电视也异军突起，一举成为了全国销量和品牌的霸主，并出口到世界各地。反观我们江西，曾经为全国第一的摩托车和电风扇不见了，曾经为抢手宠儿的赣新电视机消失了，江西的汽车也因几次错失良机被远远地甩在了同行业的后面。历史的车轮从来就是这样的滚滚无情。

好的幼苗却长不成参天大树，领先的产品却发展缓慢以至被淘汰，这不能不是江西老表心上永远的伤与痛。

为什么会出现这种现象？有人认为是因为江西老表醒得早、起得晚、走得慢。

这也许有一定道理，但绝不是事情的本质。根本的原因在于江西老表的视野不宽。缺乏大的视野，眼光就看不远，生意就做不大，往往会小富即安、小进即止，这样不仅会导致已有的东西渐渐丧失掉，而更为严重的是会因看不清发展前景而坐失壮大自己的良机。有一则故事令人啼笑皆非：1970年，国家决定在江西建设第二汽车制造厂，这本来是一次千载难逢的机遇呀！但江西却婉拒了，理由是有了这么一个几十万人的厂子每天要供给大量的粮食蔬菜而抬高物价。这个"小算盘"打得也太精明了。于是，该厂改在湖北的襄樊落户了。江西老表就这样因为自己的小聪明而失去了一个关系全省长远发展的大企业，可见小聪明一旦失去大视野会产生多么可怕的后果。

江西老表的视野不宽还和江西的地形有着某种关联。

打开江西地图，人们就会发现其形状就像一个大盆地，四周几乎都被高山包围着。东面的武夷山隔断了通往闽浙的商道，南面的大庾岭阻挡了广东吹来的海风，西面的罗霄山挡住了三湘的英武之气，东北面的怀玉山和西北面的幕阜山则像两只钳脚一样夹峙着，仅给江西的北部留下了一个小小的豁口。而全省中北部的地势却比较低，从南向北贯穿全境的最大河流赣江以及抚河、信江、修水、饶河，犹如五条巨龙，不仅从不同的方向汇集成了浩瀚无际的鄱阳湖，而且在赣中北部冲积成了一片广阔的平原。人首先是自然环境的产物，也许正是这种盆地地形，使江西老表不知不觉地产生了"盆地意识"。由于被四围高山遮住了视线，江西老表也就陶醉在"采菊东篱下，悠然见南山"的盆地生活之中。

看不见外面的精彩世界，江西老表的视野怎么能大起来呢？胸怀怎么能宽起来呢？

六

江西老表性格的第四个特点，就是会读书，但缺乏创造力。

有一组数字足以说明江西老表具有超乎寻常的读书天赋。

自从隋朝创办科举制度直至清代末期的一千三百多年间，全国共考录进士约十万人，其中江西就达一万人，占全部进士的十分之一。

在江西吉安、临川等地，曾经出现"一门三进士，五里十状元"的盛况，"唐宋八大家"之一的曾巩，一门五人同登进士科，祖孙六代有三十八人考中进士。

在中国历史上，第一个书院诞生在江西，这就是唐代德安陈氏宗族创办的东佳书院；第一个在全国最具规模最具影响的书院也在江西，这就是庐山白鹿洞书院。

遥想当年的赣鄱大地，那是怎样的一种景象啊！在数以万计的私塾里，在遍布各地的书院里，多少学子正襟危坐，在老先生严厉目光的监视下，诵读着四书五经。每当考试来临，学子们又纷纷告别书斋，穿上长衫，不辞辛苦，跋山涉水，行色匆匆地奔走在通往城里考场的乡间小道上。特别是参加殿试，从江西到京城，那可是几千里之遥，一走就是几个月，途中要经受多少风雨，历尽多少艰险！为了中榜，多少人从青丝熬成了白发，从耳聪目明熬成了老眼昏花。读书奔科举，构成了江西历史上一道最为亮丽的文化风景线。

如果说历史的辉煌已经暗淡了的话，那么今天的江西老表是不是还喜好读书呢？

答案是肯定的。岂不是么？近三十多年来，尽管江西的经济仍欠发达，但是在历届高考中，江西的录取分数线都是比较高的，而且比一些发达地区要高得多。同样的分数，北京、上海和广东等地的考生可以上重点大学，而江西的考生却只能读一般本科院校。于是，在前些年大学录取比例较低时出现了不少学生"在江西读书，到外地高考"的"飞地升学"的怪现象。特别是那个被誉为"才子摇篮"的临川中学，更是以其不同凡响的教学质量和名列全国前茅的升学率，吸引着来自祖国四面八方的求学者。这里，每年都有许多优秀的学子源源不断地走向北大、清华等一流的高等学府。

也许就是因为江西老表会读书，所以在中国文学和学术的灿烂星空中，出现了一连串闪闪发光的江西人名字：陶渊明、欧阳修、王安石、黄庭坚、曾巩、晏殊、朱熹、陆九渊、文天祥、汤显祖、八大山人……

江西老表会读书，关键在于有一个代代相沿重视读书的传统。无论是在偏僻山区的土屋里，还是在江湖平原的农舍里，不管什么人家，哪怕穷得锅里没有一粒米，也要想方设法养上一头猪，以供养孩子上学读书。对于许多人家来说，有了猪，就有了孩子的学费；有了猪，就有了孩子的前途。正是养猪，使一些处于贫困和社会底层的子弟有钱读书而改变了自己的命运，不少父母也通过养猪实现了望子成龙的愿望。

在人们的心目中，猪是愚蠢的象征，想不到江西老表却用它铺就了一条长长的通向聪明之路。所以，很多人对此深有感触地说："江西老表，一会养猪，二会读书。"

按一般逻辑，读书好坏同创造力的大小是呈正比的。读书好的人创造力相对比较强，读书差的人创造力相对比较弱。如此看来，江西老表会读书，他们的创造力也一定非常强。

然而，事实却并不是这样，江西老表所缺少的恰恰就是创造力。

　　江西老表创造力的缺乏，集中体现在创新精神不强上。他们读书，大多只是一味地啃书本，而不是把书本作为启迪智慧的钥匙；他们读书，只是一味地相信书本上的答案，而不是去有所怀疑，有所探索，有所发现，有所发明，有所创造。所以，从古至今，在自然科学和社会科学那些极需要创造力的领域，江西老表常常显得力不从心，无所作为。在长达几千年的古代，江西几乎没有出过什么有影响的发明家，也几乎没有出过什么革故鼎新的思想家。就是在近现代，江西也极少出过什么具有杰出开创性贡献的大科学家、大政治家和大学者。

　　江西老表创造力的缺乏，是封建文化和科举制度结出的恶果。江西是宋明理学和心学的发端地和传播地。朱熹的"存天理，灭人欲"，主张根绝人的一切欲望。陆九渊的"心即理"，认为"心"和"理"是永恒的，一切封建的道德教条都是人心固有的，也是永不变化的。几百年来，这两种学说就像两块巨大的石头，首当其冲地压在了江西老表的心头，使他们动弹不得，久而久之也就变得麻木起来。试想，一个没有欲望冲动的群体，一个深被封建道德教条禁锢的群体，他们怎么会有生机勃勃的创造力呢？

　　当然，导致江西老表创造力缺乏的另一个因素，是在长期八股科举制中形成的与书本知识趋同的思维定式，一切顺着书本思考，一切照着八股作文。江西老表的这种顺向思维定式通常所产生的就是缺乏创造力的"高分低能"。可见读书既可以为人类的进步插上飞翔的翅膀，同时也可以使人类的创造失去想象的天空。

　　江西老表，什么时候能把"会读书"真正转化为"会有创造力"呢？

<h2 style="text-align:center">七</h2>

　　江西老表性格的第五个特点，就是有着强烈的官本位意识而缺乏市场经济观念。

　　不论走到赣鄱大地的哪一个角落，人们都会产生一个相同的感受，这就是江西老表"官崇拜"的情结非常浓厚。

　　在一座座姓氏宗祠里，祖先中谁的官最大谁的牌位就最显眼。

在一本本厚重的家谱里，最引人注目的是那些为官进士者的名字。

在一个个古老的村庄里，最使村里人自豪的是那些陈旧斑驳的官邸、官牌和官匾。

在一次次茶余饭后，人们谈论最多的话题之一就是当官。特别是那些业余组织部长，更是趁机发布有关干部的"新闻"，什么某某人要到哪任职了，某某人要提拔重用了，某某人是一匹"黑马"，讲得绘声绘色，听得大家直瞪眼。

在一个家庭，不论是父亲母亲还是儿子儿媳，或是女儿女婿，只要有人提拔当官了全家都会情不自禁地举杯相庆。倘若长期没有人升迁，就会悲观丧气，尤其是男性会有一种无形的压力，感到抬不起头来。

同样，在一个地方，在一个单位，一个人如果提拔得快，官做得大，大家都会赞他有本事并刮目相看。反之，一个人如果提拔得慢，或者久未得到任用，大家就会说他能力差，甚至投以鄙视的目光。怪不得在全省的每个地方和单位，都以出了大官而感到无比的光荣和骄傲。

一切以是否当官为尺度，一切以官职大小来衡量，这就是深深浸透在江西老表血液里的官本位意识。

正是因为这种浓厚的官本位意识，在江西老表中形成了一种强烈的"官磁场"。许多人对做官趋之若鹜，有的人甚至为了捞个一官半职，不惜跑门子、拉关系，使出浑身解数，甚至无所不用其极。

也许是把全部心思都用在了官场上，所以江西老表不太懂得市场，不太会搞市场经济。

不像浙江人那样可以把小商品做成大产业，不像江苏人那样可以把小企业做成大公司，不像广东人那样勇于渡船出海下南洋做商贸，不像上海人那样敞开胸襟打造国际商埠，江西老表似乎对商品和市场表现得非常迟钝。他们就像一个迈着八字方步的老先生和缠裹着厚厚臭布的小脚女人，或好奇地在市场经济的岸边观望，或小心地在市场经济的岸边徘徊。所以，直至1949年新中国成立前夕，偌大的一个江西省，除了清朝晚期开办的安源煤矿外，几乎没有什么像样的工商企业。省会南昌只有为数很少的手工作坊式的企业。就是在一百多年前被英国人辟为"五口通商"且有"小上海"之称的九江，也仅有几家规模很小的纱厂。

有这样一种观点认为，江西老表市场经济观念的缺乏，是因为没有受到近代资本主义的影响。这应该说是很有见地的。历史给人们留下了这样令人心痛的几幕：当西方列强在十九世纪中叶从海上用炮舰轰开中国市场大门的时候，江西老表却还沉迷在心性命理学的清谈中。当沿海地区的工商贸易蓬勃发展的时候，江西老表却还沉迷在自己的那一片田园风光中。当邻省的洋务运动和民族工业方兴未艾的时候，江西老表却还沉迷在农耕田粮应是全省头等大事的旧式思维中。可以说，在市场经济面前，江西老表几乎是一张白纸，这样他们也就不可能有什么市场经济意识。

然而，这还不是问题的全部。曾记得温州人说过这样一句话：我们的市场意识是恶劣的自然环境逼出来的，因为人多地少无法生存，所以只得出外做生意谋生。由此反观江西老表，也许正是因为自然条件过于优越，到处山清水秀，土肥水美，使得他们坐享天成，安于现状，不思进取，世世代代在这种舒适惬意的自然经济生活中打发着时光。

由此观之，江西老表缺乏商品和市场经济观念，与其说是官本位意识太强和没有受过市场经济熏陶造成的，不如说是优越的自然条件造成的。一个特殊的地理环境，既给他们带来了大自然的巨大恩赐，但又使他们丧失了生存的压力；既给他们带来了巨大的财富，但又使他们背上了沉重的包袱。

一个没有生存压力而又有着沉重包袱的群体，在充满激烈竞争的市场经济大潮中是难免要沉沦和被淘汰的。

八

江西老表性格的第六个特点，就是朴实热情，但缺乏勤劳刻苦精神。

在一般人眼里，都觉得南方人比北方人勤劳刻苦，北方人比南方人朴实热情，但作为彻头彻尾南方人的江西老表好像是个另类。

江西老表的朴实厚道，可以说在全国都是有口皆碑的。他们对人对事，有一说一，有二说二，是好就好，是坏就坏，不会忽悠人，也不会要心眼。而且缺乏灵活性，遇到问题不会随机应变，遇到困难不会伸手，老实得简直有些可爱。正如国家一些部委的同志所说的，江西老表从来就是不叫不到，不吵不闹，不给不要。

江西老表的热情好客，也是远近闻名的。有人讲上海人不大喜欢请客，不喜欢别人到家里做客，不喜欢连续几天陪着一位外地朋友玩。而江西老表却不是这样，每当"有朋自远方来"，他们可是"不亦乐乎"，不仅把客人请到家里，拿出珍藏多年的好酒，烧上一桌具有当地风味的佳肴，尽情地让客人品尝。倘若客人要到什么地方走走时，他们会主动陪同，不管花上多长时间也在所不惜。江西老表对待客人的情意，就像自家门前奔流不息的小河，清澈而又悠长。

如果说江西老表待人朴实热情的话，那么他们对待自己则容易满足。

容易满足的结果，一方面是在任何时候都能够保持一种知足常乐的心态，另一方面则会导致勤劳刻苦精神的缺失。在江西老表中广为流传的"白米饭，木炭火，神仙不如我"，就是一种最典型最形象的写照。

为什么江西的百姓创业经济不发达？诚然，江西老表身上缺乏商品经济的细胞是一个十分重要的原因，但同时与江西老表缺乏勤劳刻苦的精神也是分不开的。在奉行丛林法则的生意场上，他们没有浙江人的那种"跑遍千山万水，吃遍千辛万苦，想遍千方百计，说遍千言万语"的勤奋与顽强，没有浙江人的那种"白天当老板，晚上睡地板"、"吃常人所吃不了的苦，赚常人所赚不了的钱"的刻苦与执著，而是一遇到艰难困苦就灰心动摇甚至败下阵来。所以，浙江人可以把生意做到全中国，做到全世界，江西人只能在本地小打小闹，很难把企业做大做强。

这不由得又使人联想到另一种浙江人。他们就是移民江西的浙江人。二十世纪五十年代，由于新安江水电站的兴建，大批的浙江人离开故土迁移到江西。当时，他们安家落户的地方都是荒山贫壤。经过半个多世纪的艰苦创业，如今这些地方都变成了全省最富裕最美丽的新庄园，而江西老表世代居住耕作的家园，尽管条件要好得多，但因为他们不愿付出过多的汗水而大大落在了后面。

勤劳刻苦精神的欠缺，既是江西老表人格方面的一个缺陷，也是江西老表精神层面的一个缺陷。如果说这种缺陷表现在个体身上时还不至于构成大的危害的话，那么当它成为一种群体性的缺陷时就是灾难性的了。

历史反复证明，勤劳刻苦精神永远是人类进步的原动力。哪个地方的人勤劳刻苦，哪个地方的发展就快；反之，发展就慢，甚至停滞不前。

九

从唐代至清代中期，是江西历史上最为发达的时期，尤其是宋代，更是江西老表辉煌灿烂的时期。

但是到了近现代，江西却在滚滚向前的历史车轮中明显地落伍了。

可以说，现在的江西老表遇到了前所未有的尴尬。

江西是中国革命的老根据地，本来这是一块令人向往和崇敬的红土地，但不知从什么时候起，老区却成了落后的代名词。

江西是中国中部的一个省份，曾几何时，由于既不能享受中国东部的大开放政策，又不能享受中国西部的大开发政策，江西老表这种不东不西的处境，被人戏称为"不是东西"。

也许是因为经济发展与全国特别是沿海发达地区不断拉大的缘故，一段时期，江西老表到外地开会总是不声不响坐在最后一排，有些人甚至不好意思说出自己是江西人。

江西老表有些被自卑感压得喘不过气来。

有人曾把江西落后的原因归结为交通。毋庸讳言，交通兴则江西兴，交通衰则江西衰。自从二十世纪初期随着京汉和汉粤铁路的建成，南北交通的重心西移，江西的交通枢纽优势便丧失殆尽，江西因而也就急剧地衰弱下来。

但是，这只是问题的一个方面。从根本上来说，是江西老表的观念和性格导致了江西的落后。

由于思想观念的陈旧和性格的劣根性，因而当二十世纪七十年代末和八十年代初中华民族拉开改革开放大幕并逐步迈向市场经济时代之际，江西老表却显得非常的不适应，显得非常的困惑和彷徨。

江西老表明显地感觉到了自身的陋习，也明显地感觉到了自身的窝囊。

他们也想迈开大步向前进，但步履总是那样沉重，甚至有些踉跄。

他们也想扬帆出海闯世界，但总是觉得自己水性不熟，甚至有些惧怕惊涛骇浪。

他们也想开拓创新续辉煌，但总是觉得自己功底不深，甚至有些瞻前顾后。

所以，江西老表要在中国的版图上重新崛起，就必须彻底冲破传统观念的牢笼，彻底改造自己性格的劣根性。

从某种意义上来说，这就是对江西老表整体人格结构的一种改造和重塑。

无疑，这是一个脱胎换骨、凤凰涅槃的痛苦过程，因为这需要解剖自我、否定自我，没有足够的勇气是决然不行的。

同时，这也是一个不断锤炼和养成的长期过程，这就不仅需要一定的历史时间，更需要在市场经济的大海中搏风击浪，在游泳中学会游泳。

江西老表正在改造和重塑自己人格结构的征途上奋勇地前进，一个新时代江西老表的新形象正呈现在世人的面前。

可以肯定，江西老表人格结构和重塑完成之日，也就是江西老表重新创造历史的辉煌之时。

江西老表，人们期待你们！

江西老表，人们相信你们！

滕王阁

刘上洋

一

　　徜徉在中国的山川大地，在星罗棋布的人文名胜中，你几乎找不出一处有名有姓的普通老百姓的历史古迹。人们所看到的，要么是像万里长城那样的古代军事设施，要么是像北京故宫和十三陵那样的帝王宫殿和陵墓，要么是像苏州拙政园那样的达官贵人的府邸和园林，要么是像杭州灵隐寺那样的什刹庙宇，要么是像山西鹳雀楼那样的亭台楼阁，要么是像韩愈和苏东坡那样的历代文人骚客的题吟之地。一部中国名胜古迹史，其实就是一部帝王将相和才子佳人的遗迹史。

　　闻名千秋的滕王阁亦是如此。它不仅为一位赫赫皇子所建造，而且以他的封号所命名。

　　这位皇子就是唐朝开国皇帝李渊最小的儿子李元婴。

　　公元653年，也就是唐高宗李治永徽四年，带着一道谕旨，李元婴由苏州刺史转任洪都都督。那时的洪都，虽地处江南，却偏僻落后，一片荒凉，既无京城的繁华，又无苏州的绚丽，过惯了声色犬马、灯红酒绿生活的皇子，哪能受得了这样的贬用和冷寂。于是，李元婴将一切政事置于脑后，整日寻欢作乐，不是花天酒地、歌舞相陪，就是到郊外的山林里打猎游玩。有一天，他来到洪都城外赣江东岸的一片小山冈上，放眼望去，只见西山披翠，长空如碧，赣水滔滔，白帆点点，鸟鸣于绿林，蝶舞于花丛。置身于这怡人的美景之中，一个念头在滕王的脑海里产生了，他要在这山丘之上修建一座楼阁，这样既可揽山川之秀，又可极歌舞之乐。果然，没有多久的时间，一座瑰丽的高阁便耸立在赣江之滨了。

历史往往就是这样具有讽刺意味，一座具有浓郁高雅文化气韵的江南名楼，最初却是一位皇子沉湎歌舞、追求享乐的产物。

其实，岂止是滕王阁，纵观古今中外，有许多为我们今天引以为豪的建筑，不都是如此么？无论是法国的凡尔赛宫，还是俄罗斯圣彼得堡的夏宫；无论是中国的颐和园，还是印度的红堡，全部都是最高统治者们为了追求豪华奢侈生活而建造的。没有帝王显贵们永无休止的贪婪和享乐，我们就会少了许多的名胜古迹，历史也就不会显得如此的晕眩耀眼。

所以，从文化的视角看，有些大丑是可以产生大美的，一些不朽的东西往往是从腐朽之中产生的。

二

一千多年来，在滕王阁上发生了许多动人的故事，但最脍炙人口的是"时来风送滕王阁"。

那是公元675年，被誉为"初唐四杰"之一的年轻诗人王勃，从家乡山西动身去探望被迁谪到南海任交趾令的父亲。当他乘船沿长江而上行至江西彭泽的马当时，突然狂风骤起，波浪滚滚，船一会儿被抛上浪尖，一会儿被摔下波谷，随时都有翻沉的危险。就在这万分紧急的时候，老艄公当机立断，迅速将船摇到了马当山下停靠，一场突如其来的灾难就这样避免了。

然而，奇怪的是，没过多久，江面又风平浪静了。喜好山水的王勃于是下船借机游览。刚至山顶，他就被眼前的景色所陶醉了。两岸的青山像一把钳子般地夹峙，长江像一条游龙逶迤西来，突然在此裹紧腰身穿峡而过，然后又甩开身子呼啸东去，真是好一道水上天险啊！

王勃一边漫步一边观赏，突然，他看见前面不远的一块巨石上，端坐着一位白髯皓眉、貌若仙人的老者，连忙整衣向前，作揖施礼。哪知老者一动不动，甚至连眼皮也没抬，就告诉他，明天是九九重阳，滕王阁有高人聚会，你快前往参加并作文章，定可名垂千古。王勃听后感到迷惑不解，此地离洪都约有六七百里之遥，一个晚上哪能到得了呢？老者微微一笑道，你只管上船，自有清风助你如期到达。话音刚落，老者就遁而不见了。

遵照老者的吩咐，王勃迅即返回船上。果然，随着一阵清风渐起，小船张着白帆，如箭一般向前驰去。天渐渐黑了，大地一片迷茫，月亮的银辉洒在水面上，不时在船的四周闪动着一圈圈白色的涟漪。王勃只听见耳边风声呼呼，好似腾云驾雾，于是慢慢进入了如幻如梦的境界。等他醒来，天已大亮，船也稳稳当当地停靠在洪都的赣江之畔了。

此时，一场盛宴正在滕王阁上热闹非凡地进行，真可谓高朋满座，胜友如云。王勃悄然到来，坐在其中，面对各界名儒学士，宴会的主人阎都督再三起身举杯，请求诸公为重修竣工的滕王阁作序，并刻石为碑，以传后世。因为此前大家都知道阎都督已要其女婿先写好了序文，所以都一一推辞，假装不敢接受。也许是因为年轻才高，在轮到王勃时，他毫不谦让，立即铺纸挥毫，洋洋洒洒地写了起来。不多时，一篇《滕王阁序》就一气呵成了，引得满座一片惊奇和羡慕。

曾经听到过一种议论，有关王勃"时来风送滕王阁"的故事，不过是后人的杜撰，以那时的交通条件，王勃根本不可能在一夜之间从彭泽马当到达洪都。据查，这个故事最早出自唐末五代时期进士王定保所著的《唐摭言》一书，这时离王勃登临滕王阁作序已经两百多年了。可见作者也是根据民间传说记载的。我们没有必要去考证这个故事的真伪。因为文学需要的是具有丰富想象力的神话，而不是经过严密考证的科技。考证只会扼杀文学的生命。一座著名的楼阁，一个著名的才子，一篇著名的文章，一定会伴有一个无比动人的神话故事。如果没有王勃的神话故事，滕王阁就会失去神秘，失去浪漫，失去魅力，失去色彩。中国文学史上就会失去一个美丽的传奇，《滕王阁序》也就不会得到如此广泛的流传。

也有一些人认为，王勃虽然才思敏捷，但从未到过洪都，不可能一登滕王阁就当场写出那么好的序文，应该是他来了多日之后的有感之作。这种推断有一定道理。其实，对于一个文章大家来说，写一篇华丽的文赋并不是一件很难的事。在中国文学的灿烂星空中，有些华章就是作者并没有身临其境而写的。唐代的杜牧根本没有见过阿房宫，却写出了撼人心魄的《阿房宫赋》。明初的南京，根本没有阅江楼，而大臣宋濂却写出了千古名篇《阅江楼记》。由此可想而知，王勃在来到洪都之前，他尽管没有登过滕王阁，但一定登过其他楼阁，同时他事先也一定了解了洪都和滕王阁的人文历史和地理环境，所以，凭着已有的经历、体验、知识和文才，他登阁即兴有感而发写一篇滕王阁的序文也就不足为奇了。

三

在中国历史上，恐怕没有一座楼阁像滕王阁这样屡毁屡建，至今已是第二十九次了。

世事沧桑，兴毁频仍，滕王阁是不幸的，又是有幸的。

那么，究竟是什么原因促使人们在滕王阁不断地被毁之后又不断地去重建呢？

一种比较普遍的看法就是因为王勃的《滕王阁序》写得精彩，多少年来，人们对它赞赏有加，被誉为千古绝唱。事实也是这样，序以阁名，阁以序传。人们来登楼，更是来寻文。从王勃的序文开始，滕王阁便开始了它漫长的文化旅程。历代文人的诗词文章使这座始建时并不起眼的楼阁，逐渐成为了誉满天下的江南名楼。

所以，清代诗人尚镕说："倘非子安序，此阁成荒陬！"这也许就是文学的力量。

但是，如果把王勃的序文放在中国古代文学的同类作品中相比较，就不能算是一流的了。

中华民族历来有文以载道的传统。一篇一流的文学作品，思想一定是深刻的，境界一定是高远的。否则，就是文字再生动，也只不过是一篇内容肤浅的美文。王勃的《滕王阁序》，人们从中读到的，尽管也有大气磅礴的描写，也有触景生情的议论，但那大都是对洪都物华天宝、人杰地灵的赞美，对滕王阁瑰伟奇特、万千气象的惊叹，对自己生不逢时、怀才不遇的感慨，总体上给人的感觉是华美有余，内涵不足，既缺乏宽广向上的人生气度，也缺乏振聋发聩、使人深省的严峻理性。

　　相反，同是登楼赋文，范仲淹的《岳阳楼记》就不一样了。他在以恢弘的笔墨描绘了洞庭湖"衔远山，吞长江"的波澜壮阔，描绘了洞庭湖淫雨丽日的变幻多姿之后，进而发出了"不以物喜，不以己悲"、"先天下之忧而忧，后天下之乐而乐"的心声。毫无疑问，这种境界与胸襟远比王勃要宽阔和高尚，给人们的启迪也远比王勃要巨大和深刻。

　　如果说王勃的《滕王阁序》所抒发的是"小我"的话，那么，范仲淹的《岳阳楼记》所抒发的则是"大我"。

　　人们推崇王勃的《滕王阁序》，还有一个重要原因，就是认为其文字优美，文采飞扬。确实，不论是写景还是抒情，王勃在序文中都大量运用排比和对仗，极尽华丽、夸张之词，把中国传统文化中的对称美和音韵美发挥得淋漓尽致，给人以强烈的感染力，特别是有些既精辟又形象的语言，至今还活在人们的口头上。但是，人们在华丽之中，也看到了序中深深浸透着魏晋南北朝时期空洞奢靡、矫揉造作的遗风，缺乏一种清新朴实自然的韵味。不仅如此，就是文中一些常常让人击节的佳句，也大多不是王勃的创造。"落霞与孤鹜齐飞，秋水共长天一色"，是仿出于庾信的"落花与芝盖同飞，杨柳共春旗一色"；"老当益壮，宁移白首之心；穷且益坚，不坠青云之志"，是仿自马援的"丈夫为志，穷当益坚，老当益壮"；"东隅已逝，桑榆非晚"，是仿自《后汉书·冯异传》里"失之东隅，收之桑榆"。所以，就文字水平来讲，《滕王阁序》也不能算是一流的。

　　当然，我们也不能去苛求王勃。因为任何文学作品的产生，都要受到作者所处时代、经历、思想和艺术水平的限制。作为出身书香世家、有"神童"之誉的王勃，二十岁以前，可谓是少年得志，春风得意，不仅仕途顺达，未及弱冠，便授朝散郎，而且诗文绮丽，声名远播。由于当时的京城里诸王斗鸡取乐成风，王勃仗着文才，戏写了《檄英王斗鸡文》，惹得唐高宗龙颜大怒。一头雾水的王勃哪里知道，在至高无上权力森严的宫殿里是决不允许文学家们任意挥笔戏说的，于是，他被逐出了长安城。从此，年轻的诗人便步入了命运多舛的途程。他先在四川客居了三年，返回京城后又到虢州任参军，继而因匿杀官奴被判重罪。虽然恰遇朝廷大赦恢复旧职，而此时的王勃，已经心灰意冷，彻底绝望了。加上他本质上只是一介书生，且经历单纯，不像范仲淹那样是一个久经磨砺、思想成熟的政治家。所以，在这样的一种背景下，要求王勃的《滕王阁序》像《岳阳楼记》那样具有高远的思想境界和强烈的震撼力也就勉为其难了。

这也从一定程度上印证了一个奇特的文学现象，中国文学史上最优秀的作品，往往都不是那些纯粹的文人所写的，而是出自那些集政治家、思想家和文学家于一身的人之手。

四

古人的楼阁，一般都建立在山冈等制高点上，就是没有高地，也要建在高高的基座上。所以，楼阁一般都是全城最高的建筑，也是全城的标志性建筑。

唐初的滕王阁，尽管高度只有十几米，规模也不大，但由于建在城外江边的山冈上，因而看上去显得非常的雄伟。王勃在序文中形容它"层台耸翠，上出重霄；飞阁流丹，下临无地"。那时的滕王阁，不愧为人们登高抒怀的最佳之地。

是啊，当人们站在高高的滕王阁上，极目远眺，山川大地尽收眼底，诗情画意涌上心头，那是一种多么惬意的情景啊！

这种感觉在一千三百多年后的滕王阁上还能找到吗？

今天的滕王阁，是由我国著名建筑专家梁思成先生根据宋代的草图而设计，于1989年10月8日"重九"之日竣工落成的。它高达57.5米，占地4.3公顷，不仅气势雄伟，规模宏大，而且画栋雕梁，金碧辉煌。尤其是那拾级而上的城墙式基座，那凌空欲飞的七层重檐，那悬缠在阁上的三层回廊，那翠如碧玉的琉璃脊顶，使整座楼阁显得既古色古香，典雅庄重，又灵动飘逸，超凡脱俗。

毫无疑问，重建后的滕王阁，是历史上无与伦比的。不仅如此，在江南三大名楼中，它也是最高的，真可谓是不折不扣的"西江第一楼"。

但是，在登临另外两座名楼后，对高居第一的滕王阁又感到有些名不副实。

黄鹤楼，虽然没有滕王阁高，但由于建在龟山之顶，又面向长江，伫立其上，使人有一种横空出世、如临云霄之感。

岳阳楼，这座仅高三层的清代建筑，面对洞庭湖浩渺无际的烟波，伫立其上，使人有一种思接千载、气吞万里之感。

而站立在滕王阁上，尽管也能像王勃当年那样看赣水奔流，观江洲芳草，听绵绵春雨，迎萧瑟秋风，然而缺乏那种"天高地迥，觉宇宙之无穷"的高远与深邃。在其四周，几乎被水泥森林包围了，东面、南面和北面都是几十层高的五光十色的大厦，隔着赣江的西面则是新崛起的红谷滩新城。在现代化的进行曲中，滕王阁变得越来越矮小了，变得越来越逼仄了。在这里，已看不见了南浦飞云，看不见了西山积翠，看不见了徐亭烟树，看不见了东湖夜月，也看不见大地与长天的交汇了。

丧失了昔日那种独立高耸气势的滕王阁，当然在人们的心目中也就产生不了那种"欲穷千里目，更上一层楼"的诗意，就产生不了那种叩问苍茫、感慨万千的激情。产生不了诗意和激情的滕王阁，只能是一个纯粹供人们游玩的景点。

从建筑学和美学的角度看，这不能不是一个巨大的遗憾。可见，对于一座供人们登高抒怀的古代楼阁来说，如果失去了高度优势，失去了视线的宽广和通达，也就失去了其基本的功能和意义。

人们赞美西安大雁塔的雄伟，并不是因为它是古老佛教的象征，而是因为在今天日新月异的建设中仍保持着一塔矗立的气势。

人们惊叹巴黎凯旋门的壮观，不仅因为十二条大道以它为中心呈放射形向四面伸展，更因为它从建成至今一直是巴黎老城区的最高建筑。

因此，面对那些历史文化名楼，人们在推进现代化的过程中，千万要小心翼翼地保护好它们的原始风貌，保护好它们周边的原始环境。否则，我们就会失去一段历史的文化高度，失去一段历史的文化视线，失去一段历史的文化空间。

滕王阁，人们期盼着你重新高耸在南昌城头。

滕王阁，人们期盼着你重现昔日的人文辉煌。

把握时代的高度

华　文

　　非常欣喜地读到了刘上洋的这本散文新著。在这本散文集中，收入了他多年来创作的不少优秀篇什。这些作品在报刊上发表后，或获奖，或被选载，既在读者中产生了一定的影响，也赢得了文学评论界的热情关注。

　　不朽的文学经典往往蕴涵着时代的理想。所谓"文章合为时而著，歌诗合为事而作"，说的就是文学与时代的关系。任何文学艺术创作，都离不开时代，何况散文这种最简便、最自由的文体，更可以从多侧面、多角度、多层次去表现时代。刘上洋的作品之所以能够在繁花似锦的散文园地里引人注目，首先在于他的创作总是站在时代生活乃至人类命运的高度，来审视和观照散文题材，开拓新的题材领域，并发掘或创新题材的意义。反映毛泽东1965年重上井冈山的《高路入云端》，就是一篇具有强烈时代意蕴的大气之作。作者从黄洋界那高入云端的路写起，深情地回顾了毛泽东率领军民创建井冈山革命根据地，开辟"农村包围城市，武装夺取政权"的中国革命胜利道路的情景，热烈赞颂了以毛泽东为代表的中国共产党人对社会主义道路及其前途命运的勇敢探索。整篇作品立意高远，旨深境阔，历史和现实交织，写景抒情与议论说理相互辉映，既给人以超时空大跨度的史诗般的厚重感，又给人以披荆斩棘奋勇前行的使命感。这篇作品的出色，就在于没有就历史写历史，而是从革命历史题材的富矿中开掘出了永恒的时代意义。可以说，类似关于紧扣时代和人类命运的作品，几乎贯穿于刘上洋的整个散文创作中。我们从他的《好汉坡情思》《呼唤亚马孙》《马塞马拉协奏曲》《澳大利亚散记》《圣保罗印象》《沙漠中的大都市》《初揽美利坚》等篇章中，都可以看到他关于自然生态环境、关于经济社会协调发展、关于民族文化、关于人类文明进步等有关人类发展现实和未来的思索。正因为作者怀着一颗真诚的心去拥抱时代，关注时代，体察时代，所以他的散文不仅体现了一种准确把握时代的高度自觉，而且洋溢着一种与时代共命运的执著情怀。

著文章，写文章，要传道义，担道义。这是中国文学的优良传统，也是文学作品的内在精神之魂。一篇优秀的散文，必定闪耀着思想的光辉，必定给人以思想的启迪。如果没有思想，就是文字再美、形式再新也是苍白肤浅的。纵观古今中外那些脍炙人口的散文名篇，也无一不是以思想深邃打动人的。刘上洋的散文，也正是以其有较强的思想性而见长的。他出国访问考察，留下了不少墨迹。但他不是简单地去描写异国他乡的人文历史、山水名胜和民俗风情，而是用冷峻的目光用心地进行审视和提炼，或者穿透现象直逼其本质，或者通过深入的思考得出自己的结论。在连续十年经济不景气的日本，他目睹首都东京人们仍然沉醉在一派喧闹繁华之中，马上敏锐地意识到这表象的背后，分明是一种危机，是一种比经济危机更可怕的人的精神危机。在实现统一多年后的德国，柏林墙虽然早已被推倒了，但他却洞察了依然存在于东西柏林人心中的"无形的柏林墙"，并敏锐地捕捉到发生在马克思铜像前的感人场面，坚信"用真理铸造的信仰之墙是任何力量也摧毁不了的"。在满目废墟的罗马，他为罗马人没有在废墟上去恢复和重现古罗马的壮丽辉煌而是独具匠心地将废墟原封不动地保存起来而感到无比的庆幸，因为他认为残破的废墟是历史的遗物和文明的见证，是完整历史的映照，毁掉了废墟也就毁掉了历史和文明，只有尊重废墟，才能超越历史，去创造新的辉煌。这里不仅体现了作者一种思接千年、神追万里的深沉宽厚的历史情怀和历史眼光，更重要的是把人们对废墟的认识提升到了一个新的高度，有一种雄视古今、穿透未来的思想力量。在南非的好望角，他面对两洋交汇的壮景，回想当年葡萄牙人搏风击浪绕过好望角，而中国的郑和七下西洋却在距此一步之遥的东非海岸驻足不前，白白错过这重大地理发现的历史，发出了一连串的追问。这些追问，直指中西两种文化的差异，步步紧逼，犀利沉重，扣人心弦，发人深省，强烈地传达出作者对我们民族历史文化的反思，从而使作品获得了更多的思想容量，获得了更多的思想重量。

社会生活是多姿多彩的，文学创作最忌重复和趋同。克隆，产生不了佳作；跟风，产生不了真正的艺术家。艺术之神，永远眷顾那些具有独特眼光的散文作家。散文是我手写我心，最能反映每个人内心的不同。而每个人观察和思考生活的角度不同，又决定了其对生活的独特发现和独特看法。刘上洋散文的一个突出特点，就是他在观察社会和事物时有自己独特的视角和感悟。巴西利亚，一直以"世界城市建筑展览馆"著称，为此这座仅有几十年历史的年轻城市被联合国评为世界文化遗产。但刘上洋在访问时并没有去倾心关注这里的建筑景观，而是把目光投向了看似普通的路。他发现，巴西在落后的中西部地区新建首都巴西利亚，那像飞机一样的城市设计，那一条条围绕飞机形状而建设的城区道路，不就是一条条拓荒者的路么？不就是一条条带动巴西经济起飞的路么？如果作者没有关于经济发展的长期思考，是很难捕捉到这么一条条有特殊意义之路的。可以说，在刘上洋的散文里，这种眼光独特、思维独到的文字比比皆是。在滑铁卢，他看到的不是一个打了败仗的拿破仑，而是一个失败的英雄。在开罗，他看到的不是金字塔的雄伟壮美，而是没有野蛮和罪恶就不可能有伟大的人类历史文明。在里约热内卢，他看到的不是高楼大厦和贫民窟的不协调，而是蕴涵在这种巨大反差中的和谐包容之美。在伊瓜苏，他看到的不是世界第一大瀑布轰然飞奔而下的奇观，而是人生落差所激起的生命浪花的壮丽辉煌。在哈尔滨，他看到的不是冰雪节的恢弘和壮美，而是人造冰雪之类的发明最终将给人类制造毁灭性的灾难。这些看法，不仅察人之未察，思人之未思，给人以一种新的视角，而且具有浓厚的思辨色彩，给人以理性的启示，同时也体现了作者思想的敏锐性和洞察力。

　　刘上洋的散文，还有一个鲜明的特点，就是善于运用发散思维，以丰富的联想将自然、人文、历史和现实联结起来，进行纵横捭阖和挥洒自如的描写阐释，从而使文章显得大气磅礴。《双头鹰的国度》就是这方面的代表作之一。作者以俄罗斯的双头鹰国徽为支点，由此而想到像双头鹰一样横跨欧亚大陆的俄罗斯国土，想到如双头鹰一样具有两面性特征的俄罗斯人，继而从历史、文化的角度剖析了形成俄罗斯人这种双重性格的原因。应该说，用双头鹰来概括俄罗斯民族的文化人格，既形象贴切，又抓住了本质和要害，字里行间有大思考、大理性，有大纵深、大眼界，充分显示了作者机敏而睿智的目光。同样，在《一张小桌和一首名词》里，作者感慨于毛泽东主席在陕北一户农民家中的一张小桌上写下了气势恢弘的诗词《沁园春·雪》，不禁浮想联翩，神思飞扬，曾经伴随着伟人度过难忘岁月的许多小桌子一齐涌上心头，于是他深情地写道："在艰苦的革命战争年代里，小桌子是毛主席领导中国革命从胜利不断走向胜利的大舞台，中国革命胜利的伟大诗篇就是毛主席率领全国人民在这一张张小桌子上谱写的。"小桌子，成了这篇散文的气场。因为有了这强大的气场，一部波澜壮阔的中国革命史，也就化作了作者波澜壮阔的情思，真可谓荡气回肠，撼人心魄。这里还要提及的是《九江赋》。这篇赋谈古论今，恢弘豪迈，跌宕起伏，一泻千里，把九江几千年的文化历史诉诸笔端，展现了一幅广阔深邃、壮丽多姿的画卷。由此我们也可以看到，作为一个散文作者，只有具备了高远的思想境界，才能使自己的作品呈现一种风云翻卷的大气象，一种情智飞扬的大气度。

随着社会的发展和艺术的进步，当下活跃而丰富的创作实践已经赋予散文新的艺术特质。因为散文表现形式的相对多样性和包容性，散文写作也就成了最需要思想、智慧、阅历和知识的一种创造活动。由于刘上洋长期在党政机关工作，又担负着一定的领导职务，有一定的理论修养，有较丰富的社会阅历，熟悉政治、经济、文化等方面的工作，加上平时又比较勤于研究和思考，这就使他在散文创作中不仅有开阔的思路和视野，而且常常会引入一些新的元素。其中最为突出的就是冲破了传统散文单一的形象思维模式，引入逻辑思维和理论思维，把文学性和思辨性结合起来，把描写抒情与理性思考结合起来，用理性的思维进行艺术创作，用艺术的手法表达理性的思维，融诗意和思想于一炉，融情景和理智于一体，从而使他的散文形成了自己独有的风格。在《江西老表》中，我们看到他通过一个个细节的艺术描写和一段段精辟深刻的分析论述，把江西人的性格特征表现得惟妙惟肖、淋漓尽致，简直就是一幅江西人的自画像。在《滕王阁》中，我们也看到了他对这座江南名楼的生动描写和精当议论。特别是他在文中发出的"一部中华民族的名胜古迹史，其实就是一部帝王将相和才子佳人的遗迹史"、"有些不朽的东西往往是从腐朽之中产生的"以及"如果我们不好好保护这座文化名楼的原始风貌和周边的原始环境，就会失去一段历史的文化高度，失去一段历史的文化视线，失去一块历史的文化空间"的感叹，更使这篇作品富含哲理，让人回味无穷，掩卷难忘。

　　当今时代，是一个改革创新的时代，是一个和平发展的时代。鲁迅先生曾经说过："文艺是国民精神所发的火花，同时也是引导国民精神的前途的灯火。"我们要在新的历史条件下实现中华民族的伟大复兴，离不开文化的大发展大繁荣，离不开优秀文艺作品对民族精神的塑造和引领。刘上洋作为一名宣传思想文化战线的领导干部，利用工作之余进行文学创作，这是一件很有意义的事情。这不仅可以陶冶性情，丰富学养，使自己的精神世界变得更加充实，而且可以为人民群众创造精神财富。祝愿刘上洋在未来的岁月里创作出更多的散文力作，让文艺的百花园变得更加绚丽多彩，使中国现代文学的星空变得更加灿烂辉煌。

我的散文创作之路

刘上洋

　　我写散文，纯粹出于一种兴趣和爱好。

　　那还是在读初中的时候，我就很喜欢散文。每当诵读那些名家大作时，总会陶醉在一种美的享受之中。于是也就自觉或不自觉地学着写起散文来。然而，由于"文化大革命"的爆发，我和其他同学一样全部辍学回乡，我的散文之梦也就中断了。1973年，我有幸上了大学，读的正好是中文系，这又重新激起了我写作散文的欲望。当时正值十年浩劫时期，大部分书籍都禁止出版和发行，书店里买不到好的散文集子。怎么办呢？为此，我就利用课外时间常跑学校图书馆，在一行行书架上搜寻着那一个个熟悉的名字：茅盾、巴金、孙犁、朱自清、杨朔、秦牧、袁鹰、刘白羽、屠格涅夫……我如饥似渴地读着他们，同时我又把他们的一篇篇名作用笔一字字抄下来，汇装成厚厚的一大本，放在小书桌上，作为我学写散文的教科书。

　　大学毕业后，我分在了党政机关工作。前期主要是撰写文稿，后来到县、市担任主要领导职务。也许是因为凝聚在心中久久不解的文学情结，使我不由得萌生了一个想法，这就是在从政的同时能不能搞点文学创作呢？由此我想到了古代的曹操、欧阳修、王安石、苏轼、范仲淹等人，他们不是在做官的任上写下了大量不朽的诗文吗？我又想到了毛泽东、陈毅、叶剑英等老一辈无产阶级革命家，他们虽然肩负重任，日理万机，但却在戎马倥偬和繁忙工作之余，作诗赋词，为中国文学留下了一片灿烂的星空。可见做官和为文是相辅相成的，这也是中华民族的一个优良文化传统。于是，我也试着拿起笔来，利用工作间隙写点散文。也许是工夫不负有心人吧，经过长期不懈的辛勤耕耘，没想到在散文创作的园地里竟然收获了一点点自感欣慰的成果。

同做任何事情一样，散文创作也离不开创新。在传统散文的写法中，主要有象征式、叙事式、抒情式和夹叙夹议式。我刚开始散文写作时，也不外乎在这几种体例中打转转。随着改革开放大潮的兴起，文艺创作呈现出了百花齐放的崭新局面，散文的写法也春意盎然，不拘一格，尤其是青年新锐散文和余秋雨的文化大散文，不仅使人们的眼睛为之一亮，而且大大地拓展了散文的创作空间。从一定意义上来说，这是散文创作的一次深刻变革。这也使我从中受到了深刻的启迪，一个人的散文要有生命力，必须形成自己的独特风格。而这就需要创新，需要在散文创作中引入新的元素。于是，我有意识地在这方面进行了一些初步探索。按照常义，散文属于形象思维，其主要特征是描写和抒情。但我在散文的写作中引入了逻辑思维，引入了理论思维，也就是说，把文学性和理论性结合起来，把描写的生动性和理论的思考性结合起来。这样就使自己的散文不仅具有文学的可读性，而且具有较强的思辨色彩，具有较深的思想内涵，在给人以艺术愉悦的同时，又给人以理性的启示和思想的力量，从而逐渐走出了一条具有自身鲜明特点的散文创作之路。

写好散文，还必须具有独特的眼光。有了独特的眼光，才会有独特的视角，才会有独特的发现，才会有独特的感悟。没有独特发现和感悟的人云亦云，哪怕文字再华美，也只能是一篇毫无新意的平庸之作。所以，为了写好散文，我十分注意用自己的眼光去观人观事，察人所未察，思人所未思，悟人所未悟，言人所未言，写人所未写，在别人已有答案的地方找出新的答案，在别人熟悉的风景中寻觅新的风景。在罗马，人们看到的是废墟，我看到的是辉煌；在东京，人们看到的是停滞的繁华，我看到的是隐藏在这种繁华深处的人的精神危机；在滑铁卢，人们看到的是一个打了败仗的拿破仑，我看到的是一个失败的英雄；在柏林，人们看到的是一道倒塌了的有形的墙，我看到的是一道依然存在的无形的墙；在开罗，人们看到的是金字塔的雄伟壮观，我看到的是野蛮和罪恶铸就了人类初期的伟大文明；在好望角，人们看到的是殖民者的血腥扩张和两洋交汇的壮景，我看到的是中国人为什么就绕不过这个角和东西文明最终将汇为一体的人类大同世界；在巴西利亚，人们看到的是"世界城市建筑博物馆"，我看到的是一条通过迁都带动巴西经济起飞的路；在里约热内卢，人们看到的是高楼大厦和贫民窟的不协调，我看到的是这种巨大反差中的和谐与包容；在伊爪苏，人们看到的是飞流而下的壮丽瀑布，我看到的是像瀑布一样轰然坠落所激起的人生奇观；在哈尔滨，人们看到的是冰雪节的恢弘和壮美，我看到的是人造冰雪和有些重大发明将给人类制造毁灭性的灾难。曾经听到这样一句话，眼睛能够看到的地方叫视力，眼睛看不到的地方叫眼光。也许正是因为写了一些眼睛看不到的地方，所以，我的散文往往会给人留下一种见解独特、意境新颖的印象。

　　散文要"大"，这也是我在创作中一直努力追求的目标。传统的散文，写的多是风花雪月、奇山异水、亲情人情和个人的经历感想之类，题材既窄又小，且表现手法也是精短小巧。"小"，似乎成了散文的一种秉性、一个特征。这一方面使散文成为了文艺创作的一支"轻骑兵"，但另一方面又严重地制约了散文的发展。因为"小"，就缺乏厚重，不免轻飘；因为"小"，就显得有些随意，甚至太过自由；因为"小"，不少人就把散文当做一种辅助性的休闲创作；因为"小"，散文在整个文学艺术的大格局中就始终处于一种从属和边缘化的地位。因此，散文要崛起，就一定要跳出"小天地"，让自己"大"起来。这种"大"，首先是散文创作的题材要大，凡是涉及重大题材的创作，散文不能缺席。同时，散文的表现手法也要"大"，给人以登高望远、大气磅礴之势，就是小题材，也要小处着笔，大处着眼，以小见大，以管窥豹，给人以"一尺具千竿之势"。应该说，异军突起的文化大散文在这方面率先树起了一面旗帜。在这面旗帜的导引下，我也在散文创作中努力朝"大"的方向前行。这些年，我试着写了一些重大题材的散文，如剖析俄罗斯两重性格的《双头鹰的国度》，描写1965年5月毛泽东重上井冈山的《高路入云端》，反映江西人文化性格的《江西老表》，描绘九江壮丽山川和人文历史的《九江赋》等。在一些小题材的散文写作中，我也力图从小处切入来体现宏大的主题。其中比较有代表性的是《一张小桌和一首名词》。五年前，当我从延安革命历史纪念馆里得知《沁园春·雪》这首脍炙人口的词是毛泽东伏在陕北一户农民家中一张小得不能再小的桌子上挥笔写就的时候，我的心激动了，我的思绪奔涌了。这张小桌不就是毛泽东领导中国革命的大舞台么？中国革命胜利的伟大诗篇不就是在这一张张小桌子上谱写的么？这样就"哗"的一下开掘和升华了一张小桌和一首名词的巨大丰富内涵。所以，不管是大题材还是小题材的散文，我觉得都应该站在"大我"的高度进行思考和写作，这样，所写出来的作品才能真正大气起来。

当然，要创作出优秀的散文，光注重文学功底和写作技巧是远远不够的。陆游曾对其儿子说过："汝要学写诗，功夫在诗外。"散文写作也是如此，功夫在文外。由于从事机关文字工作时间较长，这就迫使我大量地阅读政治、经济、文化、历史、哲学和科技等方面的书籍，这也就在无形中提高了我的理论水平，拓宽了我的知识视野，特别是大大地增强了我分析和观察问题的辩证思维能力，加上在市、县任职又进一步地丰富了我的实践和阅历。可以说，这些对我的散文创作都起了很大的帮助作用，甚至是至关重要的作用。由于有了一定的理论功底，这就使我在写作时能够由表及里，由事及理，引发很多的看法，引发很多的思考，引发很多的感悟，引发很多的哲理，从而使作品变得更为深刻。由于有了比较广博的知识，这样就使我在写作时能够产生丰富的联想，由政治想到经济，由文化想到科技，由现实想到历史，由今天想到未来，由中国想到世界，从而使作品变得更为开阔。由于有了较为丰富的阅历，这就使我在写作时能够紧密地结合自己的人生体验，更好地反映社会生活，更好地反映时代本质，从而使作品变得更能引起人们的共鸣。

以上所写的这些文字，是我的散文创作的一些感想，也是我对我的散文的一番自我评论。其中难免有许多不妥之处，也可能有些自吹自擂之嫌。在此，我真诚地希望广大读者提出批评和意见，并以海纳百川的胸怀予以理解和原谅。

图书在版编目（CIP）数据

领衔 /《百花洲》编辑部编著. -- 南昌：百花洲文艺出版社, 2013.10
（中文之美书系）
ISBN 978-7-5500-0749-9

Ⅰ.①领… Ⅱ.①百… Ⅲ.①中国文学—当代文学—作品综合集 Ⅳ.①I217.1

中国版本图书馆CIP数据核字(2013)第240064号

领衔

《百花洲》杂志社　选编

出 版 人　姚雪雪
责任编辑　胡青松
美术编辑　赵　霞
制　　作　张诗思
出版发行　百花洲文艺出版社
社　　址　南昌市红谷滩世贸路898号博能中心A座9楼
邮　　编　330038
经　　销　全国新华书店
印　　刷　江西千叶彩印有限公司
开　　本　720mm×1000mm　1/16　印张　25.5
版　　次　2013年12月第1版第1次印刷
字　　数　400千字
书　　号　ISBN 978-7-5500-0749-9
定　　价　38.00元

赣版权登字　05-2013-291
邮购联系　0791-86894736
网　　址　http://www.bhzwy.com
图书若有印装错误，影响阅读，可向承印厂联系调换